Neue Vahr Süd

Sven Regener

Neue Vahr Süd

Roman

Eichborn BERLIN

3 4 06 05 04

Umschlaggestaltung: Christina Hucke
Lektorat: Wolfgang Hörner, Esther Kormann
Layout: Cosima Schneider
Satz: FVA, Fulda
Druck und Bindung: Clausen & Bosse, Leck
(Eichborn Berlin)

ISBN 3-8218-0743-1

Verlagsverzeichnis schickt gern:
Eichborn Verlag, Kaiserstr. 66, D-60329 Frankfurt am Main
www.eichborn.de
www.eichborn-berlin.de

I. BUCH: GRUNDAUSBILDUNG

1. HARRY

Am letzten Tag, bevor er zur Bundeswehr mußte, war Frank Lehmann in keiner guten Stimmung. Es war der 30. Juni, ein Montag, und er hatte nichts zu tun, es gab nicht einmal irgendwelche Scheinaktivitäten, in die er sich hätte stürzen können, um seine Gedanken von der unausweichlichen Tatsache abzulenken, daß er sich am nächsten Tag in der Niedersachsen-Kaserne in Dörverden/Barme einzufinden hatte, um dort seinen Dienst als Soldat zu beginnen. Das schöne Wetter machte die Sache nicht besser, im Gegenteil, hätte es wenigstens geregnet, dann hätte er vielleicht zu Hause in seinem Zimmer bleiben können, wäre mit einem Buch und einer Tasse Tee auf seinem Bett liegengeblieben und hätte den Tag vergammelt, aber das ging bei schönem Wetter nicht.

Genau das impfen sie einem als kleinem Kind schon ein, dachte er, als er am Vormittag in seinem alten Opel Kadett sinnlos durch Bremen fuhr, daß man bei schönem Wetter auf keinen Fall zu Hause bleiben darf, das kriegt man nie wieder raus, dachte er, als er sich ein bißchen am Osterdeich ans Weserufer setzte und darauf wartete, daß ein Bockschiff vorbeikäme, dem er hinterherschauen konnte, dabei ergibt das für jemanden, der zwanzig Jahre alt ist und gerade ausgelernt hat, überhaupt keinen Sinn, bei schönem Wetter draußen herumzuhängen, dachte er, als er wieder im Auto saß und zurück in die Neue Vahr Süd fuhr, einem großen Neubauviertel im Osten von Bremen, wo er noch immer bei seinen Eltern wohnte, und das ist ja auch Quatsch, mit zwanzig noch bei seinen Eltern zu wohnen, dachte er, eigentlich ist das eine Schande, Manni wäre das nie passiert, dachte Frank und merkte wieder einmal, wie sehr ihm sein großer Bruder fehlte, seit der aus Bremen weg nach Berlin gegangen war. Mit Manni hätte er sich jetzt gerne unterhalten, Manni hätte irgendwas gesagt, das einen aufgemuntert hätte, dachte er, als er durch das Einkaufszentrum Berliner Freiheit schlenderte, Manni weiß immer irgendeinen Ausweg, oder jedenfalls sagt er immer etwas, das die Sache in einem anderen Licht darstellt, dachte er, oder er hat irgendeine Idee, obwohl er, was diese Bundeswehrsache betrifft, auch nur Quatschideen im Kopf hatte, dachte Frank, aber ich habe noch nicht einmal das, dachte er, bei mir reicht's noch nicht einmal für Quatschideen, ich weiß noch nicht einmal, wie alles überhaupt so weit kommen konnte.

Irgendwas ist schiefgelaufen, dachte er und setzte sich, des Schlenderns durch das Einkaufszentrum Berliner Freiheit müde geworden, auf eine Mauer mit Blick auf den Vorplatz des Bürgerzentrums, soviel ist mal klar. Da unten war zum Beispiel mal der Minigolfplatz, dachte er fahrig, der ist nun auch weg, und Manni auch, und ich ab morgen irgendwie auch, und so müssen sich Arbeitslose vorkommen, dachte er, ich hätte die Lehre nicht machen sollen, das war schon mal ein Fehler, die hat mich irgendwie rausgehauen, aus der Kurve getragen, dachte er, man verliert seine alten Freunde, wenn man eine Lehre macht, jedenfalls die aus der Schule, dachte Frank, und man gewinnt nicht viele neue dazu, genauer gesagt gar keine, dachte er, letztendlich ist nur Martin Klapp übriggeblieben, und der ist untauglich, außerdem bin ich zu alt für die Bundeswehr, dachte er, und alle anderen haben verweigert und fahren Behinderte, wie Ralf Müller, und der ist auch schon fast fertig damit, und danach studieren sie oder was, dachte er, und ich bin gelernter Speditionskaufmann und wohne noch bei meinen Eltern und muß zum Bund, wer konnte damit rechnen, und wenn man schon wie ein Arbeitsloser hier rumhängt, dann kann man auch gleich in den Vahraonenkeller gehen, dachte er und stieg kurzentschlossen aus der sonnendurchfluteten Berliner Freiheit hinab in den Vahraonenkeller, in dem er früher, als er noch gegenüber auf das Gymnasium an der Kurt-Schumacher-Allee gegangen war, immer seine Freistunden und auch die unentschuldigten und entschuldigten Fehlstunden verbracht hatte, die seiner Schulkarriere schließlich das Genick gebrochen hatten.

Wahrscheinlich ein Fehler, hier reinzugehen, dachte er, als er den grottenhaften Raum betrat, in dem nur ein paar Trinker fortgeschrittenen Alters herumsaßen, von ein paar Schülern einmal abgesehen, die – wie um ihm einen Spiegel vorzuhalten – in einer der Sitzbuchten saßen und miteinander schwatzten und lachten, es war damals schon ein Fehler, hier reinzugehen, aber da hat es wenigstens Spaß gemacht, dachte er, heute ist es nur noch falsch. Er setzte sich so weit wie möglich von den Schülern weg an einen leeren Tisch und bestellte eine Tasse Tee. Das ist Quatsch, das hätte man gleich lassen können, das ist jetzt alles Vergangenheit, dachte er, im Vahraonenkeller sitzen und Tee trinken, das bringt nichts, man muß nach vorne schauen, dachte er, aber als er da so saß, in seinem Tee rührte und nach vorne schaute, sah er da nur die Bundeswehr, die in Dörverden/Barme auf ihn wartete, dahinter war gar nichts, er hatte nicht den Hauch einer Ahnung, was er danach machen sollte, außer vielleicht in seinem erlernten Beruf weiterarbeiten, aber das geht ja auch nicht, das ist ja total sinnlos, wenn man so einen Quatsch wie die Bundeswehr durchzieht und dann einfach da wieder weitermacht, wo man vorher aufgehört hat, dachte er.

Natürlich hätte ich verweigern sollen, aber wer konnte auch ahnen, daß sie einen jetzt noch einziehen, dachte er, während er hastig seinen Tee trank und sich dabei die Zunge verbrannte, das bringt nichts, hier Tee zu trinken, schnell weg damit, ich muß hier wieder raus, es war ein schlimmer Fehler, hier reinzugehen, dachte er, ich bin Tauglichkeitsstufe drei und werde im Herbst einundzwanzig, das ist doch alles Mist, ich bin ein Idiot, dachte er, und wenn Martin Klapp verweigert hätte, dann hätte er mir vielleicht dabei helfen können, daß ich das auch durchziehe, von Martin Klapp hätte man sich beraten lassen können, nicht aber von Ralf Müller, der hätte es tun können, dachte er, aber wer will sich schon von Ralf Müller helfen lassen, Ralf Müller war schon auf der Schule komisch, er ist Martins Freund, nicht meiner, dachte Frank, das war schon damals so, und das ist schon schlimm genug, von so einem kann man sich nicht helfen lassen, Ralf Müller ist ein Vollidiot, dem will man nichts schuldig sein, dachte er, aber man hätte zu einer Beratungsstelle gehen können, da ist was schiefgelaufen, es ist überhaupt alles schiefgelaufen, dachte er, und dann war der Tee endlich alle, und er konnte wieder nach oben an die frische Luft gehen.

Frische Luft, dachte er, das haben sie einem immer erzählt, geh doch mal an die frische Luft, aber was man da eigentlich machen soll, das haben sie einem nie gesagt, dachte er, während er die Treppen hinaufstieg, na ja, dachte er, frische Luft werde ich jedenfalls genug haben bei der Bundeswehr. Dann traf er Harry.

Harry kam gerade aus dem Café Heinemann und hielt eine Tüte Pommes mit Mayo in der Hand, als sie zusammenstießen. Frank erkannte ihn sofort, wenn auch zunächst nur an der Stimme, denn als sie zusammenstießen, brüllte Harry: »Paß auf, du Arsch, oder ich reiß dir den Kopf ab!«

»Harry«, sagte Frank und versuchte, um die Situation zu entspannen, ein bißchen Freude in seine Stimme zu legen, obwohl es das letzte war, was er in diesem Moment empfand. Harry, dachte er, ausgerechnet Harry, nach all den Jahren.

»Frankie, bist du das?«

Harry war einmal sein Freund gewesen, zu Grundschulzeiten, und auch noch am Gymnasium bis etwa zur siebten Klasse, ab da hatten sie sich aus den Augen verloren, weil Harry einen etwas anderen Weg als Frank eingeschlagen hatte.

»Harry, lange nicht gesehen«, sagte Frank. Und das ist kein Wunder, dachte er. Das letzte, was er von Harry gehört hatte, war, daß er wegen schwerer Körperverletzung drangekommen war, das war zwei oder drei Jahre her, irgend jemand hatte es erzählt, eine unangenehme Geschichte im Zusammenhang mit einem Spiel von Werder Bremen gegen den HSV, und Harry sollte, so hieß es, ein Messer benutzt haben.

»Mann, jetzt hätte ich fast das Essen fallen lassen«, sagte Harry. »Gut, daß du das bist, sonst hätte ich dir was aufs Maul gehauen.« Er schaute auf seine Tüte Pommes und hielt sie Frank hin. »Auch was?«

»Nee, danke«, sagte Frank.

»Wie geht's denn so?« fragte Harry.

»Geht so«, sagte Frank. »Lange nicht mehr gesehen, Harry.«

»Ja«, sagte Harry.

Es gibt nicht viel zu sagen, dachte Frank, und das ist auch besser so.

»Ich wohne nicht mehr hier in der Gegend, ich hab 'ne eigene Wohnung, in der Nähe vom Bahnhof«, sagte Harry.

»Das ist gut«, sagte Frank, der nicht wußte, was er sonst sagen sollte. Bei Harry kann jedes Wort das falsche sein, dachte er nervös.

»Was machst du denn so«, fragte Harry, »bist du noch auf der Schule?«

»Nee, wieso, ich hab 'ne Lehre gemacht«, sagte Frank.

»Lehre, das ist gut«, sagte Harry. Er trug spitze Stiefel, Jeans und eine Jeansjacke mit abgeschnittenen Ärmeln. Auf die Jeansjacke waren allerlei Dinge, den SV Werder, die Hölle und die Ehre betreffend, aufgenäht. »Das ist gut«, wiederholte er. »Was mit Autos?«

»Wie, mit Autos?«

»Na die Lehre, was mit Autos?«

»Ach so, nee, wieso?« sagte Frank, der jetzt nur noch wegwollte. Unter der Jacke trug Harry ein eng anliegendes T-Shirt, und Frank konnte die gewaltigen, mit allerlei Kram tätowierten Muskeln sehen, die sich darunter wölbten. Damit fing alles an, dachte Frank, diese ewige Muskeltrainiererei, diese dauernden Klimmzüge und der ganze Scheiß, dachte Frank, der damals, als Harry damit anfing, gerade das Interesse an Prügeleien endgültig verloren hatte, die Sache war ihm mit fortschreitendem Alter zu brutal geworden, da hatte er sich entschieden, lieber auf den gewaltfreien Trip zu kommen, während Harry aus der veränderten Lage ganz andere Konsequenzen gezogen hatte.

»Nee, Speditionskaufmann«, sagte er. »Ich muß dann auch mal.«

»Bei deinem Vater?« fragte Harry. »In der Firma von deinem Alten?«

»Das ist nicht seine Firma«, sagte Frank. »Der arbeitet da auch bloß. Ich muß dann mal los, da lang, da steht mein Auto und so.«

Harry ging darauf nicht ein. »So, so«, sagte er. »In derselben Firma wie dein Alter, was?«

»Ja.«

»Das ist ja knallhart, Alter.« Harry lachte. »In der Firma von deinem Alten.«

»Ja«, sagte Frank und lachte höflich ein bißchen mit.

»Mein Auto ist liegengeblieben«, wechselte Harry abrupt das Thema. »Hab meine Eltern besucht. Springt nicht mehr an. Steht auch da drüben.«

»Ja klar, mein Auto auch, ist ja auch der Parkplatz«, sagte Frank idiotisch, wie er selber fand, aber bei Leuten wie Harry war es nie falsch, ein bißchen den Deppen zu geben, vor allem, wenn man nicht wußte, worauf Harry hinaus wollte, da war es nicht klug, einfach zu gehen oder ihn sonstwie vor den Kopf zu stoßen. Letztendlich muß Harry entscheiden, wann dieses sinnlose Gespräch zu Ende ist, dachte er, bei Leuten wie Harry sollte man nicht zu sehr auf die Tube drücken.

»Wo fährst du denn jetzt hin?« fragte Harry.

»Nach Hause«, sagte Frank, obwohl er sich da gar nicht sicher war, er hätte gerne irgendwas anderes gemacht, aber nichts mit Harry, soviel stand fest.

»Nach Hause? Wo denn?«

»Bei meinen Eltern.« Erst sieht man Harry jahrelang nicht, dann trifft man ihn ausgerechnet einen Tag bevor man zum Bund muß, und dann schafft er es sofort, einen fertigzumachen, dachte Frank, er schafft es auch auf der geistig-seelischen Ebene, dachte er, den Finger dahin zu legen, wo es weh tut.

»Kannst du mich mitnehmen? Eben kleinen Umweg machen?«

»Wohin denn?« sagte Frank.

»Hab ich doch gesagt«, sagte Harry, und es schien Frank, als hätte sich ein verärgerter Unterton bei ihm eingeschlichen. »Ich wohn am Bahnhof, in der Nähe da.«

»Ja klar, kein Problem.«

»Okay, gehen wir.«

Harry ging voraus, und Frank folgte ihm.

»Verstehst du gar nichts von Autos?« fragte Harry ihn über die Schulter hinweg.

»Nein.«

»Scheißkarre.« Harry ging auf dem Parkplatz zu einem alten Ford Capri und trat gegen seine Tür. »Gerade erst gekauft, die Scheißkarre. Der Arsch kann sein Testament machen.« Er guckte Frank an, als erwartete er einen Kommentar.

»Vielleicht solltest du den ADAC rufen«, schlug Frank vor.

Harry sah ihn an und lachte. »ADAC?«

»Naja«, sagte Frank vage.

»ADAC? Den Scheiß-ADAC? Ich? Bin ich Mitglied im ADAC, oder was?«

»Naja, dann nicht«, sagte Frank.

»Ich brauch keinen Scheiß-ADAC, Alter. Der Arsch holt das Schrottding ab und stellt mir 'ne neue Karre hin. Gerade erst gekauft, das Scheißding.« Er trat noch einmal gegen das Auto und noch einmal, dann verlor er das Interesse.

»Wo ist dein Auto?«

Frank zeigte es ihm. Harry warf den Rest seiner Pommes ins Gebüsch, und sie stiegen ein.

»Ist das 'n guter Wagen?«

»Ist okay«, sagte Frank. »Fährt und so.«

»Wo hast du den her?«

»Von meinem Bruder, der hat ihn mir vor einem Jahr überlassen. Wollte ihn nicht mehr. Braucht kein Auto mehr, hat er gesagt.«

»Dein Bruder? Was macht der denn so?«

»Ist in Berlin«, sagte Frank. »Macht Kunst.«

»Kunst?« Harry lachte. »Was denn für Kunst?«

»Der macht so Objekte, weiß nicht, so Skulpturen und so.«

Harry lachte wieder. »Objekte? Ist der 'ne Schwuchtel, oder was? Der ist doch keine Schwuchtel, dein Bruder.«

»Nee, ist er nicht.«

»Der hat mir mal was auf die Schnauze gehauen«, sagte Harry, und es klang nach einem echten Kompliment. »Das war früher irgendwann, bevor ich bei den Lizzards war.«

»Ach so«, sagte Frank, der nicht genau wußte, was die Lizzards waren, wahrscheinlich eine Konkurrenz der Silverbirds, dachte er, aber er fragte lieber nicht nach. Es ist besser, nicht allzuviel über Harry und die Lizzards zu wissen, dachte er.

Sie fuhren los Richtung Bahnhof und schwiegen eine Weile nebeneinander her.

»Wieviel PS hat der?« fragte Harry schließlich.

»Weiß nicht«, sagte Frank.

»Sowas weiß man doch«, sagte Harry. »Kadett. Kadett taugt nicht viel. Kannst du wegschmeißen.«

»Naja, er fährt«, sagte Frank vorsichtig.

»Ja«, sagte Harry. »Wieso bist du nicht arbeiten?«

Der Themawechsel kam unerwartet für Frank. Er macht es schon wieder, dachte er. Und immer da, wo's weh tut. Das könnte ich dich auch fragen, hätte er gerne gesagt, aber er tat es lieber nicht. Er erinnerte sich noch gut an einige Leute, denen Harry, schon bevor sie sich aus den Augen verloren hatten, die Nase zu Brei geschlagen hatte, weil sie die falsche Frage gestellt hatten. Inzwischen schien er selbst auch einiges eingesteckt zu haben. Frank bemerkte die Narben in seinem Gesicht und daß seine Nase ziemlich unförmig und schief war.

»Ich hab frei. Muß morgen zum Bund.« Es schmerzte Frank, das sagen zu müssen, es klang so lächerlich.

»Ach darum hast du so kurze Haare. Hatte mich schon gewundert. Du bist doch eigentlich mehr so der Hippietyp. Sieht auch scheiße aus. Bund. Da wollte ich auch mal hin.«

»Ich weiß«, sagte Frank. Harry hatte früher viel davon erzählt, daß er Zeitsoldat werden wollte.

»Die wollen mich aber nicht mehr.«

»Schon klar.«

»Wieso?« fragte Harry scharf und sah ihn an.

»Wieso was?« gab Frank möglichst harmlos zurück. Bei Harry darf man nicht leichtsinnig sein, dachte er.

»Wieso schon klar? Was ist daran klar?«

»Nix, ich meine, schon klar, also, irgendwie, was weiß ich, sei doch froh.«

»Hm...«

Harry brütete eine Weile vor sich hin. Frank konzentrierte sich auf die Straße. »Wo genau?« fragte er, als sie sich dem Bahnhof näherten.

Harry beschrieb ihm den Weg und ließ ihn schließlich neben einem Neubau an der Hochstraße, die am Bahnhof vorbei nach Walle führt, halten.

»Hier ist gut.«

»Wohnst du da alleine?« fragte Frank neugierig

»Ja. Wieso?«, sagte Harry mißtrauisch.

»Nur so«, sagte Frank. »Nur so.«

»Ja«, sagte Harry. »Dann mach's mal gut. Viel Spaß beim Bund!« Er stieg aus, drehte sich dann aber noch einmal um und starrte von draußen in das Auto hinein.

»Wieso geht einer wie du zum Bund? Du bist doch mehr so der Hippietyp? Warum hast du nicht verweigert?«

»Weiß nicht«, sagte Frank. »Hab's verpennt.«

»Ganz schön blöd«, sagte Harry.

»Ich weiß«, sagte Frank, und dann warf Harry die Tür zu, und er war wieder alleine mit sich und seinen trüben Gedanken.

2. SERBISCHES REISFLEISCH

Nach Hause wollte Frank jetzt nicht mehr. Es war Mittagszeit, und der Gedanke, zu Hause auf seine Mutter zu treffen, die demnächst von ihrem neuen Halbtagsjob in einem Imbiß am Bahnhof zurück sein mußte, schreckte ihn ab. Aber Hunger hatte er, und deshalb beschloß er, zur Universität zu fahren, um in der Mensa etwas zu essen, er hatte das schon einige Male gemacht, und es schien ihm eine gute Gelegenheit, unter Menschen zu sein, ohne mit jemandem reden zu müssen. Es sei denn, Martin Klapp ist da, dachte er, das kann man bei der Mensa nie wissen, schließlich ist er Student, dachte Frank hoffnungsvoll, die Mensa ist sein natürliches Umfeld. Martin Klapp zu treffen wäre gut, er ist aber auch der einzige Mensch, den man an einem solchen Tag ertragen kann, Martin ist gut, dachte Frank, Martin ist entspannt, er ist vor allem nicht Harry, damit geht's schon mal los, Harry ist alles andere als entspannt, dachte er, und Martin weiß, wer Harry ist. Martin könnte man erzählen, daß man Harry getroffen hat, ohne allzuviel erklären zu müssen, dachte er, und dann war er am Stern, wo immer die Studenten an der Straße zur Uni standen und darauf warteten, daß man sie mitnahm, und er entschloß sich, genau das zu tun. Wenn man schon ihr verbilligtes Essen ißt, ohne Sozialwerkgebühren zu zahlen, dachte er, dann sollte man wenigstens einigen von ihnen eine kostenlose Fahrt spendieren, das ist nur fair, dachte er. Sein Bruder hatte ihm das alles mal erklärt, damals, als er noch in Bremen studiert hatte, bevor er Knall auf Fall alles hingeworfen hatte und nach Berlin gegangen war. Damals hat Manni sich noch für solche Sachen interessiert, dachte er, damals hat er sich überhaupt für alles mögliche interessiert und von allem möglichen erzählt, dachte er, denn seit sein Bruder in Berlin wohnte und Künstler war,

war Frank sich da nicht mehr so sicher, sie sahen sich selten, und ihre Telefonate wurden immer komischer.

Er hielt also am Stern und drehte sich um, um zu sehen, wer einstieg. Es warteten dort viele Studenten, es ist Mittagszeit, dachte Frank, darauf können sich wahrscheinlich alle einigen, und es schien ein System für das Trampen zu geben, denn es gab keinen Streit unter den Wartenden, es waren genau vier Leute, die auf seinen Wagen zurannten. Die erste, die ihn erreichte, war ein Mädchen, das die Tür öffnete und den Sitz nach vorn klappte, damit die Nachfolgenden hinten einsteigen konnten.

»Hallo«, sagten die drei auf das Mädchen nachfolgenden Jungs, jeder nacheinander, als sie einstiegen. Dann klappte das Mädchen den Sitz zurück und setzte sich neben ihn. Frank fuhr los.

»Wo fährst du hin?« fragte das Mädchen.

»Zur Mensa.«

»Das ist gut«, rief einer von hinten, »da wollen wir auch hin.«

»Schon klar«, sagte Frank. Sie halten mich für einen Studenten, dachte er, aber für einen komischen, wegen meiner Haare, so einen Scheißhaarschnitt hat man als Student eigentlich nicht. Martin Klapp hatte ihm die Haare am vergangenen Samstagabend eigenhändig für die Bundeswehr zurechtgeschnitten, Ohren und Kragen frei usw., »Ich kann das«, hatte er gesagt, und das Ergebnis war so furchtbar gewesen, daß Frank sogar seiner Mutter erlaubt hatte, einiges daran zu korrigieren, was die Sache aber auch nicht viel besser gemacht hatte.

»Studierst du auch Germanistik?« fragte das Mädchen.

»Nein. Wieso?«

Frank sah sie kurz an. Sie war sehr klein und sehr dünn, und sie hatte sehr lange, glatte, blonde Haare, so lang, daß sie auf ihren Beinen auflagen, wenn sie saß, aber sie ist ja auch nicht sehr groß, dachte Frank, da gehen die Haare schnell mal bis zu den Beinen. Sie kurbelte das Fenster herunter, und ihre Haare flogen durcheinander und berührten sogar Franks Gesicht dabei. Sie fing sie wieder ein und hielt sie fest. Frank war es sehr recht, daß sie das tat. Das bringt jetzt nichts, dachte er, wenn einen am Tag vor dem Bund noch die Haare fremder Frauen berühren, am Ende verliebt man sich noch, und dann ist das extra bitter, dachte er.

»Nur so, ich dachte...«, sagte sie.

Frank sah sie aus den Augenwinkeln an und wußte nicht, was er davon halten sollte. Er konnte sich nicht vorstellen, daß jemand an der Bremer Uni Germanistik studierte, mit dem man ihn verwechseln konnte, schon wegen seines neuen Haarschnitts schien ihm das unmöglich. Ich bin ja eigentlich schon voll stigmatisiert, dachte er.

»Ich bin kein Student«, sagte er.

»Ach so!«

»Und wieso fährst du dann zur Mensa?« kam es von hinten.

»Was ist los?« fragte Frank ärgerlich und in scharfem Ton gegen die Windschutzscheibe. »Was ist das für eine dämliche Frage?«

»Naja, ich meine nur...«, kam es von hinten, gleich schon etwas kleinlauter, wie Frank, der sich aus einem ihm selbst nicht erfindlichen Grund in einen ungeheuren Ärger gegen den undankbaren Wichser, wie er ihn in Gedanken nannte, hineinsteigerte, der da auf der Rückbank seines Autos saß und sich nicht entblödete, wie er es in Gedanken nannte, ihn auszufragen, geradezu zu verhören, wenn nicht gar anzuklagen, weil er als Nichtstudent in die Mensa ging, während er, Frank, ihn freundlicherweise und völlig selbstlos in seinem Auto mitnahm, das gehört sich nicht, dachte er, so geht das nicht, das verlangt harte Gegenmaßnahmen, dachte er, obwohl er wußte, daß das Pipifax war, das ist Pipifax, dachte er, das ist klein, da sollte man drüberstehen, dachte er, aber er stand da nicht drüber. »Was soll das heißen, ich meine nur?« stieß er wütend hervor. »Was meinst du damit, ich meine nur?«

Der Typ schwieg.

»He, ich habe dich was gefragt! Was meinst du nur?«

»Naja, ich habe mich nur gewundert, wieso man zur Mensa fährt, wenn man nicht studiert.«

»Vielleicht will man was essen!«

»Naja, aber eigentlich ist die doch nur für Studenten.«

Der Arsch hört nicht auf, dachte Frank, er macht alles immer schlimmer, er bringt sich in Teufels Küche und merkt das nicht einmal, dachte Frank, er fährt ernsthaft bei mir im Auto mit und will mir gleichzeitig erzählen, wo ich essen darf und wo nicht, dabei sollte er froh sein, dachte Frank, daß ich nicht Harry bin, Harry würde das jetzt ganz anders regeln.

»Und was jetzt? Die Bullen rufen, oder was?«

Es kam keine Antwort.

»He, ich hab dich was gefragt? Willst du die Bullen rufen, oder was?«

Der andere schwieg immer noch.

»Außerdem hast du keine Ahnung«, griff Frank weiter an. »Es gibt nicht nur Studenten an der Uni, und auch nicht nur Professoren und studentische Hilfskräfte und Asisstenten und den ganzen Scheiß. Oder was hast du gedacht?«

»Schon gut, Mann...«

»Es gibt auch noch Leute, die da arbeiten, schon mal gehört? Arbeiten, verstehst du, was ich meine? Arbeiten! Meinst du, die Uni läuft von selber? Meinst du, da gehen nur Studenten hin?«

Es herrschte wieder Schweigen im Auto, und jetzt, das spürte Frank genau, war es ein peinliches Schweigen. Der Typ ist ein Arsch, dachte Frank, aber ich mache mich auch zum Arsch, ich versaue allen den Tag, dachte er, aber andererseits versauen sie mir auch den Tag, das sind doch alles Wichser, dachte er, fahren hier mit und quatschen einen von der Seite an, und warum sollen die heute einen guten Tag haben, wenn ich morgen zum Bund muß?

»Ich meine, hast du schon mal *gearbeitet*, Kerl? Oder wenigstens schon mal darüber nachgedacht, wie viele andere Leute in der Uni *arbeiten*, Techniker, Köche, Bibliothekare, Putzfrauen und was weiß ich nicht alles, damit du da studieren kannst? Hast du da schon mal drüber nachgedacht?«

»Entschuldigung«, kam es von hinten. »Hab ich nicht so gemeint.«

»Was jetzt?« setzte Frank noch eins drauf. »Eben hast du gesagt, du meinst ja nur, jetzt sagst du, du hast das nicht so gemeint. Kannst du dich mal entscheiden, was du meinen willst und was nicht?«

»Entschuldigung! Tut mir leid, ehrlich.«

»Ja, ja...« Frank war immer noch sauer, jetzt aber mehr auf sich selbst, ich hätte nicht noch einmal nachtreten sollen, dachte er, wenn sich einer entschuldigt oder sonstwie aufgibt, dann soll man nicht weiter draufhauen, dachte er, das würde nicht mal Harry machen, obwohl, Harry vielleicht, dachte er, aber auf jeden Fall ist das nicht fair.

»Jetzt hör aber auch mal auf«, sagte das Mädchen neben ihm. Frank sah sie an. »Ich meine, schau mal raus oder so. Die Sonne scheint. Es ist Sommer. Entspann dich mal, er hat das nicht so gemeint.«

»Entspannen? Ich bin entspannt. Aber es kann ja wohl nicht sein, daß man Leute im Auto mitnimmt, und dann wird man blöd von der Seite angequatscht.«

»Mein Gott«, sagte sie, »du kannst doch jetzt nicht dein Auto benutzen, um uns deiner Art zu denken zu unterwerfen, das ist doch total pervers.«

»Soso, man kann also nicht sein Auto benutzen, um jemanden seiner Art zu denken zu unterwerfen, richtig? Habe ich das richtig verstanden, ja? Um jemanden seiner Art zu denken zu unterwerfen?!«

»Das ist mir jetzt irgendwie zu aggressiv«, sagte das Mädchen und schaute zum Fenster raus.

»Ich bin nicht aggressiv, ich bin überhaupt nicht aggressiv. Und ich habe mein Auto auch nicht benutzt, um jemanden meiner Art zu denken zu unterwerfen, was ist das für ein Quatsch. Ich habe mein Auto benutzt, um zur Mensa zu fahren, um was zu essen. Und dann habe ich es auch noch benutzt, um einige Leute mitzunehmen, einfach so, damit die sich nicht mit Bus und Bahn durchschlagen müssen, was man im übrigen auch machen könnte. Stimmt's?«

»Stimmt was?«

»Wie, stimmt was?«

»Ob was stimmt, daß man sich im übrigen auch mit Bus und Bahn durchschlagen kann, oder das andere, worauf bezieht sich das mit dem *Stimmen?*«

»Das andere«, sagte Frank verwirrt. »Ich habe mein Auto benutzt, um zum Essen zu fahren und habe dabei einige Leute mitgenommen. Habe ich damit angefangen, die Leute meiner Art zu denken zu unterwerfen? Habe ich euch gefragt, warum ihr Studenten seid oder so? Nein. Ich wurde gefragt, warum ich in der Mensa esse, obwohl ich kein Student bin. Fragt man jemanden so etwas, der einen gerade mitgenommen hat? Und was will man mit dieser Frage erreichen? Ist es nicht so, daß diese Frage letztendlich bloß darauf hinausläuft, daß ich mich rechtfertigen soll? Und habe ich das nötig? Nehme ich deshalb Leute mit?«

»Du kannst uns doch nicht alle dafür verantwortlich machen, daß einer von uns dich das fragt! Das ist ja Sippenhaft.«

»Ja«, sagte Frank, »Sippenhaft, klar, Sippenhaft. Habe ich jemanden in Haft genommen? Habe ich Konsequenzen angedroht? Habe ich gesagt, ihr sollt raus, oder was? Habe ich euch das angedroht? Habe ich mein Auto benutzt, um eine Drohung auszusprechen? Sippenhaft...!«

»Das ist mir jetzt aber echt zu aggressiv«, sagte das Mädchen wieder, aber jetzt sah sie nicht mehr aus dem Fenster, sondern starrte ihn an, und das war Frank dann doch unangenehm. Das ist alles ein bißchen peinlich, dachte er, für alle, ich versaue ihnen den Tag, und sie versauen mir den Tag, das kann nicht gut sein, aber der Arsch da hinten hat angefangen, dachte er, man sollte ihn nehmen und rausschmeißen, Harry hätte das sofort gemacht, dachte er, aber ich bin ja wohl mehr der Hippietyp, wobei ihm jetzt auffiel, daß er noch nicht einmal wußte, wer der eine überhaupt war, der ihn da angequatscht hatte, er hatte nicht in den Rückspiegel geschaut, um nachzusehen, wer diese peinliche Frage, deren Inhalt er mittlerweile vergessen hatte, überhaupt gestellt hatte, von wegen Sippenhaft, dachte er, wenn man nur den einen rausschmeißen würde, wäre ihr das natürlich auch nicht recht. Ich hätte sie nicht mitnehmen sollen, die ganze Bande, scheißegal, was Manni damals erzählt hat, dachte er, man sollte solche Sachen nicht machen, nur weil es heißt, das mache man so, was gehen mich die studentischen Bräuche an, dachte er, sie gönnen mir ja noch nicht einmal ihr dämliches Essen, obwohl, dachte er, die Frau kann ja nun eigentlich wirklich nichts dafür. Er fand sie ganz nett, und es war ihm unangenehm, daß sie ihn immer noch anstarrte, was soll's, dachte er schließlich, morgen bin ich beim Bund, da brauche ich mir heute keine Gedanken mehr darüber zu machen, wie ich bei einer nett aussehenden, kleinwüchsigen Studentin ankomme, das bringt nichts, da würde doch höchstens Kummer von kommen, dachte er, und dann waren sie auch schon bei der Uni, und er bog in die Straße zur Mensa ein.

»Okay, Sippenhaft«, sagte er, »und deshalb dürft ihr jetzt auch alle aussteigen, da ist die Mensa, ihr wollt ja sicher alle was essen, und ihr dürft das auch, ihr seid ja Studenten!«

Er hielt, und das Mädchen stieg aus, klappte den Sitz nach vorne, und die Jungs kletterten mühsam hinaus. Sie gingen wortlos. Das Mädchen nicht. Sie klappte den Sitz wieder nach hinten und schaute noch einmal herein, bevor sie die Tür zuwarf. Das ist der Tag, an dem die Leute noch einmal hereinschauen, bevor sie die Tür zuwerfen, dachte Frank, erst Harry, jetzt die da, und auch sie wird sicher noch irgend etwas Wichtiges und Endgültiges sagen, dachte er, es ist halt so ein Tag, an dem die Leute das machen, dachte Frank, nun sag's schon, dachte er, während das Mädchen ihn nur anschaute, sie war so klein, daß sie sich kaum zu bücken brauchte, um ins Auto hineinzuschauen. Sie weiß nicht genau, was sie sagen soll, dachte Frank, sie sucht nach einem guten letzten Satz, so einem, wie Harry ihn gebracht hat, naja, dachte er, irgendwie geschieht es mir auch recht.

»Vielen Dank fürs Mitnehmen«, sagte sie schließlich, und Frank konnte sich nicht entscheiden, ob sie das nun ironisch oder ehrlich meinte.

»Gern geschehen«, sagte er und versuchte, es ebenso ambivalent klingen zu lassen.

Das Mädchen warf die Tür zu, und Frank suchte einen Parkplatz.

Als Stammessen gab es serbisches Reisfleisch, und das war Frank gerade recht, denn er mochte das nicht oder jedenfalls nicht besonders, und gerade darum war es gut, daß es das heute gab, es wäre nicht richtig, dachte er, als er das Angebot studierte, heute noch etwas Leckeres, Gutes zu essen, wer weiß, was es morgen bei der Bundeswehr gibt, dachte er, und je höher man steigt, umso tiefer fällt man, und wenn es heute noch etwas extra Leckeres zum Mittag gibt, dann ist der Schock morgen nur um so härter. Diesen Gedanken fand er so bescheuert, daß er lachen mußte, und lachend ging er an den Büchertischen des Kommunistischen Bundes Westdeutschland, des Kommunistischen Bundes, der KPD/ML, der Marxistischen Gruppe, des Arbeiterbundes für den Wiederaufbau der KPD, des Kommunistischen Arbeiterbundes Deutschlands und des MSB/Spartakus vorbei und ließ sich serbisches Reisfleisch geben, und dann sah er auch schon weiter hinten im Saal Martin Klapp sitzen und an etwas kauen, das auch wie serbisches Reisfleisch aussah. Da ist er ja, dachte Frank und freute sich, obwohl man sich, dachte er, seinen vorherigen Gedanken wieder aufnehmend, eigentlich nicht darüber freuen sollte, Martin Klapp hier zu treffen, wahrscheinlich wäre es besser, wenn man ganz einsam hier sitzen und ganz allein am serbischen Reisfleisch kauen müßte, das würde einen dazu bringen, sich geradezu nach Veränderung zu sehnen, und sei es nur die, daß man endlich zur Bundeswehr kommt, und dieser genauso bescheuerte Gedanke brachte ihn in eine gewisse Hochstimmung, und er lachte wieder, als er auf Martin Klapp zusteuerte, der, wie er im Näherkommen bemerkte, sein serbisches Reisfleisch nicht einmal mit der Gabel aß, sondern gleich einen Eßlöffel genommen hatte, er stopft es hinein, dachte Frank, er dödelt nicht lange rum, rein damit und gut, und er wünschte sich, während er sich Martin Klapps Tisch näherte, auch er hätte einen Löffel genommen statt einer Gabel, aber man kann nicht immer ganz vorne mit dabeisein, dachte er, das kann nur Martin Klapp.

»Frankie«, rief Martin Klapp so unaufgeregt und beiläufig, als sei es ganz normal, daß Frank in der Mensa zum Essen auftauchte. Er winkte mit dem Löffel. »Setz dich doch. Ich habe gleich ein Seminar.«

Frank setzte sich ihm gegenüber. Sonst saß niemand an dem Tisch.

»Serbisches Reisfleisch, phantastisch«, sagte Martin Klapp mit vollem Mund. »Das bringt den Geist nach vorne.«

»Auf jeden Fall.«

Sie aßen eine Zeitlang schweigend.

»Bei uns zu Hause hieß das immer Risibisi«, sagte Martin Klapp irgendwann.

»Risibisi ist anders, das ist mit Erbsen«, sagte Frank.

»Da ist eine Erbse.« Martin Klapp hielt ihm den Löffel hin. »Könnte jedenfalls eine Erbse sein.«

»Könnte auch was anderes sein.«

»Ja. Ich hab gleich ein Seminar«, sagte Martin Klapp. »Deutsch.«

Martin Klapp studierte Deutsch und Sport auf Lehramt, so nannte er das. Für Frank hatte das von Anfang an zwei Fragen aufgeworfen: zum einen, wie ausgerechnet Martin Klapp auf die Idee kommen konnte, Lehrer zu werden, und zum anderen, wieso einer, der untauglich für die Bundeswehr war, Sport studieren konnte. Aber dieses Thema sprach er jetzt natürlich nicht an, das hatten sie schon einige Male durchgekaut, und Martin Klapps Antwort auf beide Fragen war immer die gewesen, daß er, Frank, das alles viel zu ernst nehme.

»Phantastisch«, sagte Frank.

»Ja. Was machst *du* denn hier?« stellte Martin Klapp nun doch die Frage, die Frank eigentlich gleich zu Anfang erwartet hatte.

»Wollte was essen. Hab heute frei, hatte noch einen Urlaubstag, der mußte weg«, sagte Frank. »Muß morgen hin.«

»Ja, ja«, sagte Martin Klapp. »Bist du am Wochenende wieder da?«

»Ja, glaube schon«, sagte Frank.

»Das ist gut«, sagte Martin Klapp. »Wir sollten gleich noch einen Kaffee zusammen trinken, das ist wichtig. Da nebenan gibt es auch guten Kuchen und Pudding und so Kram, das macht fit.«

»Ich dachte, du hast ein Seminar.«

»Seminar, stimmt. Oh, hallo!«

»Hallo Martin.«

Das Mädchen aus dem Auto stand plötzlich an ihrem Tisch mit einem Tablett in der Hand. Sie nennt ihn Martin, dachte Frank fahrig, sie kennen sich, und sie hat nicht das serbische Reisfleisch genommen, sie hat Milchreis, dachte er, als sie ihr Tablett auf dem Tisch abstellte, und das ist die bessere Wahl, mußte er in Gedanken zugeben.

»Ah, der Mann mit dem Auto«, sagte sie.

»Ihr kennt euch?« sagte Martin Klapp. »Das ist gut.«

»Hm«, sagte Frank nur vage. »Was heißt schon kennen…« Er mochte solche Zufälle nicht.

»Er mag keine Studenten«, sagte das Mädchen. »Aber er nimmt sie in seinem Auto mit.«

»Das habe ich nicht gesagt, daß ich keine Studenten mag«, sagte Frank. »Außerdem spricht man nicht über anwesende Leute in der dritten Person.«

»Kann ich mich dazusetzen«, sagte das Mädchen.

Ich dachte, du sitzt schon, hätte Frank in diesem Moment gerne gesagt, konnte sich dann aber gerade noch zurückhalten. Man soll an seinem letzten Tag in Freiheit nicht noch boshaft werden, dachte er.

»Ja, logisch«, sagte Martin Klapp. »Frankie hat sicher nichts dagegen.«

Das Mädchen setzte sich und strich sich die Haare sorgfältig hinter die Ohren, bevor sie zu essen begann.

»Woher kennt *ihr* euch denn?« fragte Frank, damit es nicht so still war.

»Wir sind im selben Grundkurs. Textinterpretation«, sagte Martin Klapp. »Ganz tolle Sache.«

»Ja, ja«, sagte das Mädchen ohne Begeisterung. »Und das Goethe-Seminar.«

»Und das Goethe-Seminar, das ist auch ganz toll«, bestätigte Martin Klapp lustlos.

Das ist interessant, dachte Frank, nun sind sie schon Studenten und müssen nicht arbeiten, und zur Bundeswehr müssen sie auch nicht, aber viel Spaß daran scheinen sie nicht zu haben. Das gefiel ihm, er mochte diesen Gedanken, obwohl er sich darüber im klaren war, daß ihm das nicht zur Ehre gereichte. Es ist schäbig, sich an der Freudlosigkeit anderer zu erfreuen, dachte er, es ist nur eine billige Methode, die eigene Freudlosigkeit zu ertragen. Aber er freute sich trotzdem, und irgend etwas braucht man ja auch, um über einen Tag wie diesen zu kommen, dachte er.

»Was eßt ihr da? Ist das das serbische Reisfleisch?« fragte das Mädchen unterdessen.

»Ja, das ist auch phantastisch«, sagte Martin Klapp. »Und Frankie hat dich im Auto mitgenommen, ja?«

»Ja, das war sehr, sehr nett von ihm«, sagte das Mädchen. »Hat uns dann auch schön erklärt, daß er kein Student ist.«

»Man redet nicht über Anwesende in der dritten Person«, sagte Frank.

»Ich gehe gleich noch einen Kaffee trinken«, wechselte Martin Klapp das Thema.

»Gleich ist das Goethe-Seminar«, sagte das Mädchen.

»Natürlich, das Seminar mit Goethe. Da gehe ich auch hin«, sagte Martin Klapp.

»Ich nicht, ich gehe da nicht hin«, sagte Frank gutgelaunt.

»Ich glaube, ich auch nicht«, sagte Martin Klapp.

»Ich gehe da hin«, sagte das Mädchen.

Sie schob ihre Schüssel von sich. »Das ist Mist.«

»Willst du vielleicht tauschen?« sagte Frank. »Nimm doch mein serbisches Reisfleisch.«

Sie schaute ihn an und dann auf seinen Teller mit serbischem Reisfleisch.

»Hab ich noch nicht viel von gegessen«, sagte Frank und schob es ihr hin.

»Und dann willst du den Milchreis haben?« fragte sie mißtrauisch.

»Naja, wenn's geht... Ich bin nicht so für Reisfleisch.

Mir hat gerade heute einer gesagt, ich wäre mehr so der Hippietyp«, sagte Frank.

Sie nahm sein Essen, benutzte aber weiter ihren Löffel.

»Das Zeug ist ekelig«, sagte sie und schob ihm den Milchreis hin.

Frank behielt seine Gabel und aß den Milchreis. Das bringt aber nichts, sich jetzt mit ihr anzufreunden, schärfte er sich ein. Am Ende verliebt man sich noch, und dann wird das extra bitter.

»Mein letzter freier Tag«, sagte er zu Martin Klapp. Gleich mal reinen Tisch machen, dachte er.

»Er geht morgen zum Bund«, sagte Martin Klapp zu dem Mädchen.

»Zum Bund? Wer macht denn sowas?« fragte das Mädchen und schaute Frank verblüfft an.

»Frankie macht sowas. Er macht immer das, was die anderen nicht machen. Er ist Speditionskaufmann und geht zum Bund. Und ißt in der Mensa«, sagte Martin Klapp.

»Hör wenigstens du damit auf, über mich in der dritten Person zu reden«, sagte Frank. »Das hat irgendwie was Herrenmenschenhaftes.«

»Da verweigert man doch«, sagte das Mädchen.

»Jaja«, sagte Frank, »man verweigert. Jaja! Das tut man wohl.«

»Ja und?«

»Nix ja und. Hab's verpennt. Ganz schön blöd«, wiederholte Frank Harrys letzte Worte. »Ich weiß.«

»Ich zieh am Samstag um«, wechselte Martin Klapp das Thema. Er hielt sich nie lange bei derselben Sache auf.

»Ich weiß«, wiederholte Frank. Martin Klapp hatte zusammen mit Ralf Müller eine neue Wohnung gefunden. Dann war noch ein Dritter dabei, Achim, ein Ex-Genosse von ihnen, der immer noch organisiert war, aber den kannte Frank kaum. Ihn, Frank, hatten sie gar nicht erst gefragt, was verständlich war, wie er fand, irgendwie aber trotzdem schmerzte.

»Bist du dann wieder da?« fragte Martin Klapp.

»Wahrscheinlich. Nehme ich an. Soweit ich weiß, lassen die einen zum Wochenende wieder raus.«

»Ich verstehe nicht, wie man da hingehen kann«, ließ das Mädchen nicht locker. Sie starrte ihn immer noch an. Frank wünschte sich, sie würde damit aufhören.

»Verstehe ich auch nicht«, sagte er.

»Wie, verstehst du auch nicht?«

»Naja, du sagst, verstehe ich nicht, wie man da hingehen kann, und ich sage, verstehe ich auch nicht. Das ist doch nicht schwer zu verstehen!«

»Das verstehe ich trotzdem nicht«, sagte das Mädchen und runzelte die Stirn. »Das ist doch bescheuert.«

»Ja, das ist bescheuert, und da gibt es auch nichts zu verstehen«, sagte Frank. »Ich hab's ja gesagt: Ganz schön blöd!«

»Ab morgen renovieren wir schon mal«, sagte Martin Klapp unbeirrbar. »Aber du bist ja nicht da...«

»Nein, sieht nicht so aus.«

»Naja«, sagte Martin Klapp, »und was machst du jetzt noch so?

»Keine Ahnung«, sagte Frank. »Vielleicht noch einen Kaffee trinken?«

»Genau, Kaffee«, sagte Martin Klapp, »da komme ich mit.«

Er überlegte kurz und wandte sich dann an das Mädchen. »Kommst du auch mit? Noch einen Kaffee trinken?«

»Nee, ich gehe in das Seminar.«

»Stimmt, das Seminar. Mit Goethe. Da müßte ich eigentlich auch hin.«

»Dann eben kein Kaffee«, sagte Frank. Ihm war nicht ganz wohl in seiner Haut, das Mädchen sah ihn so komisch an, es wird Zeit zu verschwinden, dachte er, das bringt ja alles nichts.

»Ja, laß uns einen Kaffee trinken«, sagte Martin Klapp. »Und dann?«

»Renovieren?« schlug Frank vor.

»Nein, das geht erst ab morgen, morgen ist der Erste, vorher kommen wir da nicht rein.«

»Ich weiß, daß morgen der Erste ist. Morgen muß ich zum Bund.«

»Gehst du da wirklich hin?« ließ das Mädchen nicht

locker. »Ich meine, das ist jetzt kein Witz oder sowas?«

»Nein. Ja. Tut mir leid. Es war nicht meine Idee. Es nennt sich Wehrpflicht«, sagte Frank gereizt.

»Wieso hast du denn nicht verweigert?«

»Weil ich blöd bin.«

»Vielleicht sollte man an den Unisee gehen«, sagte Martin Klapp. »Das schöne Wetter ausnutzen.«

»Ja, das schöne Wetter ausnutzen, das mache ich schon den ganzen Tag«, sagte Frank und lachte. Martin ist gut, dachte er, Martin ist entspannt, wo Martin ist, ist alles scheißegal!

»Laßt uns doch alle an den Unisee gehen!« Martin Klapp wandte sich an das Mädchen. »Kommst du mit?«

»Nein, ich gehe in das Seminar«, sagte das Mädchen.

»Ach ja, das Seminar«, sagte Martin Klapp.

»Oder einen Kaffee trinken«, sagte Frank.

»Und dann Unisee, nackt«, sagte Martin Klapp und lachte.

»Och nee, nicht nackt«, sagte Frank.

»Unisee heißt nackt.«

»Ich gehe in das Seminar«, sagte das Mädchen.

»Erst noch einen Kaffee«, sagte Martin Klapp.

»Ich glaube, ich fahre gleich nach Hause«, sagte Frank. »Ich will heute nicht baden gehen, ich muß morgen zum Bund.«

»Sinniger Zusammenhang. Wenn man morgen zum Bund geht, kann man heute nicht baden gehen.«

»Ja, ich weiß auch nicht, ich glaube, ich will leiden«, sagte Frank.

»Leiden kann man auch am Unisee, nackt«, sagte Martin Klapp.

Frank lachte. Es war gut gewesen, in die Mensa zu gehen und Martin Klapp zu treffen. Martin ist gut, dachte er wieder, wo Martin ist, ist alles scheißegal.

Das Mädchen stand auf und nahm den Teller mit dem halb aufgegessenen serbischen Reisfleisch in die Hand. »Ich geh dann mal«, sagte sie. Sie schaute Frank noch einmal an. Jetzt kommt wieder das letzte Wort, dachte er, mal sehen, was ihr diesmal einfällt.

»Viel Spaß beim Bund«, sagte sie. Dann ging sie davon. Sie schauten ihr beide nach.

»Das ist Sibille«, sagte Martin Klapp.

»Aha…«

»Kaffee. Und dann Unisee.«

»Muß das sein?« sagte Frank.

»Keine Ahnung. Immer noch besser als Goethe.«

»Ja«, sagte Frank. »Wahrscheinlich.«

»Schade, daß sie nicht mitkommt«, sagte Martin Klapp.

»Ja«, sagte Frank.

Aber eigentlich war es ihm lieber so.

3. BRÜCKEN BAUEN

»Und? Wie war dein letzter freier Tag?« fragte Franks Vater beinahe schelmisch, als sie zusammen beim Abendbrot saßen, Frank, sein Vater und seine Mutter.

Frank sah seinen Vater an und rätselte kurz darüber nach, wie die Frage gemeint sein könnte. War sein Vater neidisch, weil er heute in die Firma gemußt hatte, sein Sohn aber nicht? Wollte er bloß beiläufig ein Gespräch anfangen, weil ihn die Stille am Tisch nervös machte? Lag ein ernsthaftes Interesse vor? Was will er hören? fragte sich Frank. Aber noch bevor er etwas sagen konnte, kam ihm seine Mutter zuvor.

»Er war den ganzen Nachmittag zu Hause«, sagte sie empört. »War nur in seinem Zimmer und hat gelesen.«

»Es hat geregnet«, sagte Frank. »Was soll ich machen, wenn's regnet? Minigolf spielen?« Er hatte mit Martin Klapp gerade die Uni-Cafeteria verlassen, als es plötzlich wie aus Eimern zu regnen begonnen hatte. Daraufhin hatten sie sich getrennt, Martin Klapp war in sein Goethe-Seminar gegangen, Frank nach Hause gefahren.

»Die gibt's doch gar nicht mehr, die Minigolfbahn«, sagte seine Mutter. »Die haben sie doch weggemacht.«

»Na siehst du«, sagte Frank zufrieden.

»Naja, ab morgen sieht das dann anders aus«, sagte sein Vater, und schon wieder wußte Frank nicht, wie er das meinte.

»Wie heißt das, wo du dich da melden sollst?« fragte seine Mutter.

»4. PiBataillon 8«, sagte Frank.

»Was heißt denn das?«

»Das wird er schon rausfinden«, sagte sein Vater.

Schadenfreude, tippte Frank. Er empfindet Schadenfreude.

»Pioniere«, sagte Frank. Das hatte jedenfalls Martin Klapp gesagt, er hatte Achim, den Ex-Genossen, mit dem er ab morgen zusammenwohnte und der beim Bund gewesen war, gefragt, und der hatte ihm etwas von Pionieren gesagt.

»Was für Pioniere?« fragte seine Mutter.

Frank seufzte. »Pioniere halt«, sagte er. »Ich bin sicher, in einer Woche kann ich dir das ganz genau erklären.«

»Das würde ich auch mal sagen«, sagte sein Vater. Frank schaute ihm direkt ins Gesicht. Was willst du? dachte er. Sein Vater schaute weg, aus dem Fenster hinaus. Frank tat es ihm nach. Sie wohnten im dritten Stock eines Neubaus und hatten vom Wohn- und Eßzimmer aus einen schönen Blick auf die Straße und einen kleinen Parkplatz. Es schien wieder die Sonne, und ein Wind fegte durch die Bäume und schüttelte die letzten Regentropfen herunter. Die Bäume sind groß geworden, dachte Frank, und die Häuser klein. Sie hatten immer hier gewohnt, hier war er aufgewachsen, und jetzt fiel ihm das plötzlich auf. Früher waren die Bäume kleiner gewesen und die Häuser größer, dachte er, und dieser Gedanke machte ihn traurig. Es ist vorbei, dachte er, ich bin wie einer dieser Bäume, ich bin irgendwie aus der Proportion geraten, ich sollte hier nicht mehr sein, dachte er, ich hätte es wie Manni machen sollen.

»Was machen die denn so, die Pioniere?« ließ seine Mutter unterdessen nicht locker.

»Was weiß ich?« sagte Franks Vater. »*Ich* war nicht bei der Armee!«

»Das mußt du doch wissen, schließlich gehst du da doch hin«, wandte sich seine Mutter an Frank. »Wenn du da schon hingehst, dann mußt du doch wissen, was die da von dir wollen?«

»Sie werden ihm das schon erzählen, wenn es soweit ist«, sagte sein Vater mit einem, wie Frank fand, unangenehm sarkastischen Unterton. »Die werden ihm das schon beibringen, da braucht er sich um nichts zu kümmern!«

»Aber man kann ja wohl mal fragen, schließlich hat er doch was gelernt, das müssen die doch wissen und berücksichtigen.«

»Das mußt du schon denen überlassen«, sagte sein Vater. »Ansonsten kann er sich ja beschweren, schließlich ist er da freiwillig hingegangen, da werden sie schon auf ihn hören.«

»Was soll das denn jetzt heißen?« fragte Frank, dem sein Vater langsam auf die Nerven ging. »Wieso freiwillig? Glaubt ihr, daß ich da freiwillig hingehe, oder was?«

»Ich weiß nicht...«, sagte seine Mutter nachdenklich.

»Er hätte ja auch verweigern können«, sagte sein Vater.

»Hört endlich auf, über mich in der dritten Person zu reden, das ist ja widerlich.«

»Das stimmt«, sagte seine Mutter, »das tut man nicht. Aber ich habe das auch nicht gemacht, ich habe nicht über dich in der dritten Person geredet! Ich will bloß wissen, was die da machen bei diesen Pionieren!«

»Dritte Person, na und?« sagte sein Vater. »Deine Mutter hat gefragt, und da habe ich ihr geantwortet, du sagst ja sowieso nie was, da ist doch klar, daß man dann die dritte Person benutzt, was soll daran schlimm sein?«

Frank seufzte und trank einen Schluck von dem Tee, den es immer zum Abendbrot gab und den er vor allem dafür verantwortlich machte, daß er neuerdings nachts schlecht einschlafen konnte. »Die machen Brücken und legen Minen und so«, sagte er, sich an das erinnernd, was ihm Martin Klapp von seinem Gespräch mit dem Ex-Genossen berichtet hatte. »Außerdem sprengen sie Brücken und räumen Minen wieder weg«, fügte er der Vollständigkeit halber hinzu. »Hab ich gehört«, sagte er, nur damit seine Eltern nicht dachten, er würde so etwas von selber wissen, das ist sowieso lächerlich, dachte er, daß ausgerechnet ich meinen Eltern die Feinheiten der militärischen Waffengattungen erkläre, als ob ich schon Soldat wäre oder sowas.

»Das ist doch Schwachsinn«, sagte seine Mutter. »Das ergibt doch überhaupt keinen Sinn, wenn die das alles gleich wieder kaputtmachen. Und wieso stecken die dich unter solche Leute, du hast das doch gar nicht gelernt, Brücken bauen, du hast doch was ganz anderes gelernt, du hast doch Speditionskaufmann gelernt, das ist doch was ganz anderes!«

»Das finde ich auch«, sagte sein Vater, »dabei brauchen die doch gerade auch Nachschubleute und so, das weiß man doch, da hast du doch genau das Richtige für gelernt, wieso stecken die dich zu den Pionieren?«

»Woher soll ich das wissen?« sagte Frank gereizt. »Und was weiß ich vom Nachschub? Und was wißt ihr darüber? Ich meine, ich hab mir das doch nicht ausgesucht! Ich konnte ja nicht einmal ahnen, daß die mich überhaupt noch einziehen!«

»Wieso nicht?« fragte seine Mutter.

»Ja, wieso eigentlich nicht?« haute sein Vater sofort in die gleiche Kerbe. Das sieht ihnen ähnlich, dachte Frank, sonst sind sie sich nie einig, aber sobald sie eine kleine Schwäche bei mir finden, hauen sie gemeinsam drauf. »Die können einen doch einziehen, bis man siebenundzwanzig Jahre alt ist«, sagte sein Vater. »Oder du hättest nach Berlin gehen können, wie Manfred«, fügte er hinzu. »Das wäre natürlich auch gegangen.«

Frank sah von seinem Vater zu seiner Mutter und zurück, um herauszufinden, ob das ein abgekartetes Spiel war, ein vorher vereinbarter Versuch, ihm etwas Bestimmtes mitzuteilen. Sie ließen sich nichts anmerken, tauschten nicht etwa wissende Blicke aus oder so, was die Sache eigentlich noch verdächtiger machte. So geht das nicht, dachte er, sie treiben mich in die Enge, und dann bringen sie auch noch Manni ins Spiel, so geht das nicht.

»Was soll das?« fragte er rundheraus. »Worauf wollt ihr hinaus?«

»Was meinst du damit?« fragte seine Mutter, verdächtig harmlos, wie Frank fand. »Ich habe doch nur eine einfache Frage gestellt?«

»Die Frage ist nicht einfach«, sagte Frank, »sie ist ganz und gar nicht einfach. Vor allem deshalb nicht, weil ich sie nicht beantworten kann. Ich weiß nicht, warum ich zu den Pionieren muß, ich habe darauf keinen Einfluß. Außerdem wüßte ich gerne mal, wieso ihr plötzlich Manni ins Spiel bringt? Was wollt ihr damit sagen?«

»Also«, sagte sein Vater zögernd, »ich wundere mich

schon, daß gerade du zur Bundeswehr gehst, das paßt doch gar nicht zu dir, was willst du denn da?«

»Was ich da will? Ich will da überhaupt nichts. Die ziehen mich ein, das ist Gesetz, und wenn ich nicht gehe, komme ich in den Knast. Wollt ihr das? Ist euch das lieber, oder was?«

»Knast?« rief seine Mutter. »Wieso Knast? Ich will doch nicht, daß du in den Knast kommst, seit wann denn sowas?«

»Du hättest auch verweigern können«, gab sein Vater zu bedenken. »Dann könntest du in Bremen bleiben, das machen andere auch, das brauche ich dir doch wohl nicht zu erzählen, der Sohn von den Meierlings zum Beispiel, wie heißt der noch, Martha?«

»Der ältere oder der jüngere?«

»Na der, der da verweigert hat?«

»Jürgen«, sagte seine Mutter. »Jürgen ist das. Der ist jetzt beim Roten Kreuz oder so, das gefällt dem gut da, sagen die Meierlings.«

»Na prächtig«, sagte Frank, der jetzt etwas verwirrt war ob dieser Wendung. Das ist doch totaler Quatsch, dachte er, das ergibt doch überhaupt keinen Sinn, das läuft total falsch, dachte er, der Sohn verweigert, und die Eltern nennen ihn Drückeberger, so läuft das, dachte Frank, was reden die beiden da, sie sind doch keine Hippies, dachte er, *ich* bin doch mehr der Hippietyp, hat Harry gesagt, dachte er, und wußte überhaupt nicht, was er jetzt noch sagen sollte.

»Ich hab den Krieg noch erlebt«, legte derweil sein Vater noch eins drauf, »ich weiß, wie das ist. Ich hätte verweigert.«

»Hätte, hätte«, sagte Frank, »hätte ist kein Argument. Du mußtest ja gar nicht erst hin, da ist leicht reden. Da muß man erst mal durch die Prüfung kommen, hast du eine Ahnung, wie man das macht? Was man da sagen muß?«

»Ich würde mich damit beschäftigen«, sagte sein Vater.

»Ja, klar«, sagte Frank. Er schäumte vor Wut. Jetzt bringen sie einen noch so weit, daß man die Bundeswehr verteidigt, oder jedenfalls verteidigt, daß man da hingeht, dachte er, erst Harry, dann das Mädchen an der Uni, und dann auch noch die eigenen Eltern, und das, bevor man überhaupt da ist, dachte er, nicht, daß sie nicht recht hätten, dachte er deprimiert, natürlich hätte ich verweigern müssen, und Harry hatte auch recht, und das Mädchen auch, wahrscheinlich gehöre ich da wirklich nicht hin, dachte Frank, irgendwas ist schiefgelaufen, irgendwas hat einen Tag für Tag davon abgehalten, sich um die Sache zu kümmern, und jetzt ist es zu spät, und das ist schon schlimm genug, dachte er, da braucht man sich nicht auch noch von seinen eigenen Eltern verspotten zu lassen.

»Andere schaffen das doch auch«, machte sein Vater ungerührt weiter, »sogar der Sohn von den Meierlings, das muß man sich mal vorstellen, und unser Sohn geht einfach zur Bundeswehr.«

»Ist das jetzt eine Prestige-Frage, oder was? Steht ihr jetzt vor den Meierlings doof da, oder was? Außerdem ist das Quatsch, der älteste Sohn von den Meierlings ist höchstens fünfzehn, ihr kriegt da was durcheinander. Und der heißt auch nicht Jürgen.«

»Ach so, dann war das der Neffe«, sagte seine Mutter unbeeindruckt, »ich glaube, die haben das von ihrem Neffen erzählt, nicht wahr, Ernst?«

»Weiß ich nicht«, sagte sein Vater.

»Seit wann haben die Meierlings irgendwelche Neffen?« donnerte Frank dazwischen, froh, etwas gefunden zu haben, bei dem er angreifen konnte.

»Naja«, wich seine Mutter aus, »jedenfalls ist das doch komisch, daß du da zu diesen Brückenleuten kommst, wenn du Speditionskaufmann gelernt hast.«

»Darum geht's doch jetzt gar nicht mehr«, sagte sein Vater.

»Wieso denn nicht?« sagte seine Mutter entrüstet. »Das hatte ich doch gefragt! Und warum muß er ganz bis nach Dörverden, hier in der Vahr ist doch auch eine Kaserne, da hätte er sogar zu Fuß hingehen können, wieso muß er da nach Dörverden? Wo ist das überhaupt?«

»Bei Verden«, sagte Frank.

»Das ist doch Quatsch«, sagte sein Vater, »das kann er doch gar nicht entscheiden, da hat er doch gar keinen Einfluß drauf, wenn er erst einmal da hingeht, und das will ich doch bloß von ihm wissen: Warum er da überhaupt hingeht!«

»Das kann ja sein, daß du das wissen willst. Ich hatte aber was anderes gefragt. Ich hatte gefragt, wieso er da Brücken bauen soll, wenn er Speditionskaufmann gelernt hat.«

»Das weiß *ich* doch nicht«, sagte Franks Vater.

»Na schön, daß das schon mal klar ist, daß du das nicht weißt«, sagte seine Mutter triumphierend. »Vielleicht geht's aber auch mal darum, was *ich* wissen will, und nicht immer nur darum, was *du* wissen willst!«

»Wieso geht es immer nur darum, was *ich* wissen will. Seit wann geht es immer nur darum, was *ich* wissen will?«

»Ich hatte zuerst gefragt.«

Jetzt schwiegen die beiden und schauten auf ihre Brote. Na gut, dachte Frank, abgesprochen haben sie sich jedenfalls nicht, im Gegenteil. Er sah vom einen zur anderen, und irgendwie taten sie ihm ein bißchen leid. Sie wissen nicht, was das alles soll, dachte er, sie wollen nicht, daß ich zur Bundeswehr muß, immerhin, dachte er, aber es geht nicht anders als immer nur so, es ging noch nie anders als immer nur so, dachte er, es geht immer nur mit Streit, immer nur jeder gegen jeden, dachte er, und wenn nicht jeder gegen jeden, dann die beiden gegen mich, jedenfalls seit Manni nicht mehr dabei ist, dachte er. Ob es davor, mit Manni, wirklich besser gewesen war, wußte er zwar nicht mehr genau, aber ich war damals jedenfalls nicht allein mit ihnen, dachte er, Manni war dabei, ich war nicht allein mit ihnen, dachte er, und sie nicht mit mir.

»Okay«, sagte er, um ein bißchen Frieden zurückzubringen, sein Zorn war weg, irgendwie verraucht, »wahrscheinlich hätte ich verweigern sollen. Hab's verpennt. Okay. Und warum ich zu den Pionieren muß...« Er hätte gerne eine Erklärung gehabt, obwohl das ja nun wirklich nicht seine Schuld war, aber das würde die Sache endgültig entspannen, dachte er, wenn ich für beide Fragen eine befriedigende Antwort hätte, befriedigend, genau das ist das Wort, dachte er, obwohl, befriedigend klingt auch irgendwie komisch, dachte er, eher befriedend vielleicht, eine befriedende Antwort sollte man haben, dachte er, und er sagte: »Naja, warum ich da hin muß, keine Ahnung, okay, ich geb's zu, ich habe keine Ahnung, warum ich die Verweigerung verpennt habe, und ich habe keine Ahnung, warum ich zu den Pionieren muß.« Das muß jetzt reichen, dachte er, mehr können sie nicht verlangen, beim besten Willen nicht.

»Vielleicht haben sie dich verwechselt«, schlug seine Mutter vor.

Franks Vater seufzte.

»Nein, wirklich«, sagte seine Mutter, »das kommt doch vor. Lehmanns gibt's doch wie Sand am Meer.«

»Ist schon gut, Martha«, sagte sein Vater. »Er weiß es halt nicht. Ist halt alles ganz schön blöd.«

»Ja, ja«, sagte Frank, »ganz schön blöd.« Nun ärgerte er sich doch wieder, weil sein Vater, so sah er das, noch einmal nachtrat, nachdem er, Frank, schon freiwillig zu Boden gegangen war, und dann benutzt er auch noch Harrys goldene Worte, danke Harry, dachte Frank. Er sah seinem Vater direkt in die Augen und sann auf Vergeltung. So geht das nicht, dachte er verbittert, so geht das nicht, man tut alles, um Frieden zu schaffen, und dann fallen sie einen hinterrücks wieder an!

»Kein Problem, ich kann ja immer noch was tun«, sagte er.

»Was denn?« fragte sein Vater.

»Ich gehe einfach nicht hin.«

»Mach doch keinen Unsinn«, sagte sein Vater.

»Nein, ernsthaft, das geht, das ist kein Problem, ich kann nach Berlin gehen, da dürfen die nicht hin. Ist Mannis Idee, ich habe letztens mit ihm telefoniert, schöne Grüße soll ich euch sagen, Manni meint, ich könnte jederzeit kommen. Dann wohne ich bei ihm, und die kriegen mich nie. Da ist bloß ein Problem dabei...«

»Aber jetzt hör doch auf«, unterbrach ihn seine Mutter, »das meinst du doch nicht ernst!«

»Typisch Manfred«, sagte sein Vater. »So ein Quatsch. Das kannst du doch nicht machen!«

»Wieso nicht?« sagte Frank unschuldig. »Ist doch kein Problem. Ich hab doch das Auto. Wenn ich jetzt losfahre, bin ich in fünf, sechs Stunden da, oder was weiß ich. Noch ist Zeit. Da ist bloß ein Problem dabei...«

»Ach Quatsch, das ist doch keine Lösung«, unterbrach ihn sein Vater erregt, »mach doch keinen Unsinn. Die fünfzehn Monate, das ist doch nicht so wild.«

»Wieso? Du sagst doch selbst, du hast den Krieg noch erlebt. Na bitte, entweder – oder. Hast du doch selbst gesagt.«

»Ja aber sowas, da machst du dich doch strafbar.«

»Solange ich in Berlin bleibe, können die mir gar nichts. Da ist nur ein Problem dabei...«

»Was für ein Problem«, biß seine Mutter endlich an.

»Ich könnte erst mal nicht wieder zurück. Bis das verjährt ist.«

»Um Gottes willen«, sagte seine Mutter. »Das meinst du doch nicht ernst!«

»Und ich glaube, anmelden könnte ich mich da auch nicht. Müßte ich schwarzarbeiten. Machen viele, sagt Manni.«

»Ach Quatsch.«

»Mach doch keinen Unsinn.«

»Frank, bitte, mach dich doch nicht unglücklich. Die fünfzehn Monate, das geht doch auch noch vorbei.«

»Nein«, sagte Frank, »ihr habt völlig recht. Ich gehöre da nicht hin. Und zu den Brückenbauern schon gar nicht.«

»Nun hör aber auf«, sagte seine Mutter.«

»Ich brauch ja nicht viel, ich pack einfach ein paar Klamotten ein. Und was gespart habe ich auch noch, das muß ich bloß vom Sparbuch runterkriegen.«

»Ernst, sag du doch mal was!«

»Frank«, sagte sein Vater streng. »Frank! Jetzt rede doch nicht so einen Quatsch.«

Vielleicht ist das wirklich die Lösung, dachte Frank. Ich muß hier sowieso raus, dachte er. Und Manni hatte es ihm wirklich angeboten, »komm rum«, hatte er gesagt, »das verjährt irgendwann.« Es wäre ein Ausweg, dachte er, nicht toll, aber immerhin ein Ausweg. Er sah in die Gesichter seiner Eltern, und was er dort sah, berührte ihn dann doch, sie waren entsetzt, sie hatten wirklich Angst um ihn, seine Mutter kämpfte sogar mit den Tränen.

»Ich will ja auch nicht, daß du da hingehst«, sagte sie mit zitternder Stimme und hielt sich die Hand vor den Mund. »Aber du kannst dich doch nicht für dein ganzes Leben unglücklich machen wegen den paar Monaten.«

»Fünfzehn!« sagte Frank, aber es machte keinen Spaß mehr.

Seine Mutter wischte sich die Augen. »Warum muß das alles immer so furchtbar sein?« fragte sie.

»Nun laß mal, Martha«, sagte sein Vater. »Er macht doch nur Spaß. Er zieht uns doch nur auf, oder? Stimmt doch?« wandte er sich an Frank.

»Naja«, sagte Frank, »das wäre immerhin ein Ausweg. Aber wenn ihr meint, ich sollte doch lieber zum Bund gehen... Ich meine, ich bin da nicht scharf drauf, so oder so.«

»Siehst du!« sagte sein Vater zu seiner Mutter.

Ich muß hier raus, dachte Frank. Es wird Zeit. Schon lange. Und dann kam ihm ein komischer Gedanke. Vielleicht, dachte er, habe ich deshalb nicht verweigert. Vielleicht wollte ich einfach nur, daß endlich etwas passiert, etwas, das man nicht aufhalten kann, etwas, das mich unwiderruflich hier rausholt. Ein erschreckender Gedanke, aber es ist was dran, dachte Frank, kein Mensch ist so blöd und verpennt seine Verweigerung ohne Grund, dachte er, nicht mal ich, nicht mal ich bin so blöd, ich bin nur das, was Harry gesagt hat, dachte er, und was alle anderen auch denken: ganz schön blöd. Ganz schön blöd, aber nicht *so* blöd.

Er mußte lachen. Seine Eltern, die sich langsam wieder beruhigten, schauten ihn verwundert an.

»Siehst du, er hat nur Spaß gemacht«, sagte sein Vater.

»Einen aber auch so zu erschrecken!« sagte seine Mutter.

»Ja«, sagte Frank, »war nur Spaß.«

So weit ist es schon, dachte er, daß man nicht einmal mehr Lust hat, die eigenen Eltern zu erschrecken.

4. BÖSES ERWACHEN

Als Frank zwei Tage später erwachte, sah es nicht gut aus. Das war auch sein erster Gedanke, das sieht nicht gut aus, dachte er, das wird kein guter Tag. Das Geschrei, das sie wohl wecken sollte und das es in seinem Fall auch sofort getan hatte, kam von draußen, vom Flur, und es wurde ab und zu vom Geräusch einer Trillerpfeife unterbrochen, und der zweite Gedanke, der Frank in den Sinn kam, war der, ob der Mann, der die Trillerpfeife blies, wohl derselbe war wie der, der schrie. Zwar überlagern sich die beiden Geräusche nicht, dachte er, aber es stellt sich schon die Frage, wie der Schreiende noch Luft holen kann, wenn er die Trillerpfeife auch noch bedient. Dann sprang die Tür, auf und ein Mann stürmte herein und brüllte, daß sie aufstehen und das Sportzeug anziehen sollten. Das Geschrei und Getrillere ging auf dem Flur derweil weiter. Es sind viele, dachte Frank. Dann war der Mann wieder weg. Frank hatte nur seine Beine gesehen, denn er lag zuunterst in einem dreistöckigen Bett, und als er sich aufsetzte, um die Situation zu überdenken, schlugen Leppert und Schmidt, zwei Männer, die jetzt seine Kameraden waren und über ihm schliefen, vor ihm auf dem Fußboden auf. Frank hatte die beiden am Vortag zum ersten Mal getroffen, so wie die anderen Leute in der Stube auch, sie hatten zusammen dort gehockt und gewartet, was wohl passieren würde, um drei Uhr hatten alle dasein müssen, und dann hatte es auch Punkt drei Uhr angefangen mit dem Geschrei, und seitdem hatte es damit nicht mehr aufgehört. Zuerst hatte Frank gedacht, daß da wohl irgendwas nicht stimmen könne auf dem Flur, da ist einer verrückt geworden, hatte er gedacht, irgendein Notstand ist ausgebrochen, hatte er vermutet, und die anderen in seiner Stube hatten auch ziemlich verwirrt aus der

Wäsche geschaut, und, da war Frank sich sicher, sie taten genau das allesamt immer noch, obwohl es für Verwirrung eigentlich keinen Grund mehr gab. Nach einem halben Tag und einer Nacht in der Kaserne mußte eigentlich jedem klar sein, daß das Schreien immer und ausnahmslos ihnen, den Rekruten, galt.

Sie schreien und schreien, dachte Frank nun, während er auf seinem Bett saß und dabei zuschaute, wie Schmidt direkt vor ihm stand und sich am Hintern kratzte und Leppert zu seinem Spind humpelte und sich dabei eine Zigarette anzündete. Sie waren neun Leute auf der Stube, es gab drei dreistöckige Betten, neun Spinde, neun Stühle, einen Tisch und einen Aschenbecher. Der Raum roch nach Zigaretten, Alkohol und alten Socken. Sie schreien und schreien und schreien, dachte er, sie können gar nicht anders, man darf es nicht persönlich nehmen, das ist das ganze Geheimnis, dachte er. Dann kam wieder jemand hereingestürmt, sah ihn da sitzen und fragte ihn brüllend, ob er tot sei oder warum er sonst herumsäße wie ein Sack Mehl. Er brauchte nicht zu antworten. Es war eine rhetorische Frage, und der Mann war gleich wieder draußen. Frank stand auf und ging zu seinem Spind. Das war sicher nicht persönlich gemeint, dachte er wieder, aber er wußte, daß das nicht viel zu bedeuten hatte, das sind alles nur Mutmaßungen, dachte er, es ist eine fremde Welt, und über die Motive und Absichten dieser Leute kann man nur spekulieren, dachte er und öffnete den Spind. Alles schön und gut, dachte er dann und starrte in den Spind hinein, alles schön und gut. Das Problem ist nur, daß man so eine furchtbare Angst vor ihnen hat!

»Wenn es heißt ›3. Zug raustreten‹, dann treten Sie aus den Stuben heraus und stellen sich auf dem Flur auf. Die Fußspitzen berühren genau die zweite Fuge der Steinplatten. Das habe ich Ihnen gestern gesagt, das sage ich Ihnen heute und das sage ich Ihnen morgen. Übermorgen ist Freitag. Wenn Sie das bis dahin nicht begriffen haben, üben wir das am Wochenende auch noch. Und raustreten heißt nicht schlendern, raustreten heißt rennen, Männer. Ist das klar?«

Fahnenjunker Tietz stand direkt vor Frank, als er das brüllte, und dann schaute er triumphierend nach links und nach rechts den Flur hinunter.

»Fahnenjunker Heitmann und GUA Pilz werden jetzt Ihre Stuben inspizieren«, fuhr er brüllend fort. »Wenn Ihr Name gerufen wird, ist das schlecht für Sie. Dann rennen Sie in die Stube und tun, was man Ihnen sagt.«

Die beiden genannten Männer stürmten in eine Stube, erste Namen wurden gerufen.

Frank fürchtete das Schlimmste, und nur um irgendwas zu tun, schaute er hinunter, ob seine Fußspitzen auch wirklich an der zweiten Fuge der Steinplatten waren. Dann schaute er wieder hoch, und sein Blick traf den des Fahnenjunkers.

»Ist was? Haben Sie noch Fragen?«

»Nein.«

»Nein, Herr Fahnenjunker, heißt das.«

»Nein, Herr Fahnenjunker.«

»Also gleich nochmal: Wie heißt das?«

Das ist ihnen wichtig, dachte Frank, daß man genau so redet, wie sie es wollen. Er fand das eigenartig. Noch eigenartiger aber fand er die unglaubliche Unfreundlichkeit, mit der ihm und seinen Leidensgenossen hier begegnet wurde.

»Wie heißt das?« brüllte Fahnenjunker Tietz mit überschnappender Stimme.

Das ist seltsam, dachte Frank, eigentlich müßten sie doch froh sein, daß man nicht verweigert hat.

»Was jetzt?« fragte er zerstreut.

»Was jetzt, Herr Fahnenjunker! Sie sagen immer am Ende Herr Fahnenjunker, wenn Sie mit mir sprechen, haben Sie das verstanden.«

Ich meine, wer ist noch so blöd und geht zum Bund, dachte Frank, da müßten sie doch eigentlich über jeden froh sein, der kommt, und ihn nett behandeln, wie ein rohes Ei eigentlich, dachte er.

»Haben Sie das verstanden?!«

»Ja.«

»Wie?«

»Ja, Herr Fahnenjunker.«

»Jawohl, Herr Fahnenjunker, jawohl Herr Fahnenjunker heißt das. Ja ist was für Zivilisten, Sie sagen jawohl, wenn Sie einen Befehl empfangen oder eine Frage bejahen.«

»Jawohl, Herr Fahnenjunker.«

»Wie heißen Sie noch mal?«

»Lehmann.«

»Lehmann, Herr Fahnenjunker. Genauer gesagt: Pionier Lehmann, Herr Fahnenjunker. Sie sind jetzt Pionier, das ist Ihr Dienstgrad, das ist Ihr neuer Vorname, das ist alles, was Sie hier haben. Also nochmal: Wie heißen Sie?«

»Lehmann, Herr Fahnenjunker.«

»Pionier Lehmann. Also nochmal: Wie heißen Sie?«

»Pionier Lehmann.«

»Na? Na?«

»Herr Fahnenjunker.«

»Na also.«

»Pionier Lehmann!« rief es aus Franks Stube.

»Schon weg sein, schon wieder hier sein«, brüllte Fahnenjunker Tietz. Frank lief in die Stube. Dort waren auch schon Schmidt und Hoppe, Hoppe stand vor seinem Spind, hob Hemden vom Boden auf und faltete sie neu zusammen, und Schmidt hing oben an dem dreistöckigen Bett und zupfte an seiner Bettdecke herum. Im Raum stand Fahnenjunker Heitmann, hatte die Hände in die Hüften gestemmt und wartete auf ihn.

»Was gibt's denn?« fragte Frank.

»Was gibt's denn?« kreischte Heitmann. »Was gibt's denn? Ich höre wohl schlecht.«

Er machte eine kurze Pause, wie um Frank die Möglichkeit zu geben, etwas zu sagen. Frank sagte nichts.

»Ist das Ihr Bett, oder ist das nicht Ihr Bett? Ist das Ihr Name da auf dem Schild, oder ist das nicht Ihr Name.«

»Ja.«

»Jawohl, Herr Fahnenjunker.«

»Jawohl, Herr Fahnenjunker.«

»Na also. Da sind Falten drin, machen Sie das glatt, aber ganz schnell, gleich ist Antreten.«

Frank trat ans Bett und beugte sich runter. Da waren keine Falten zu sehen. Er zupfte trotzdem ein wenig an der Wolldecke herum, wodurch überhaupt erst Falten entstanden. Er versuchte, sie wieder wegzumachen, aber das war schwierig, denn er mußte sich, um nicht vornüberzufallen, am Bettpfosten festhalten, außerdem wackelte der ganze Bettenturm, weil Schmidt ganz oben mit ähnlichen Problemen kämpfte.

»Hat er was gibt's denn gesagt?« hörte er hinter sich Fahnenjunker Tietz fragen.

»Hat er gesagt«, sagte Fahnenjunker Heitmann.

»Mann, Lehmann, mit Ihnen werden wir noch Freude haben«, sagte Fahnenjunker Tietz.

Daß die beiden hinter ihm standen, während er da unten herumfummelte, machte Frank aggressiv. Außerdem wurde es mit den Falten durch sein Gezupfe und Gezerre immer schlimmer. Besser wäre es gewesen, er hätte sich hingekniet, dann hätte er beide Hände frei gehabt, aber das wollte er auf keinen Fall, nicht mit den beiden Fahnenjunkern im Rücken.

»Das kann man ja nicht mit ansehen«, höhnte Tietz. »Nun machen Sie mal hin, gleich ist Antreten.«

Frank verlor den Halt, ließ den Pfosten los und fiel aufs Bett. Vor lauter Ärger und Nervosität mußte er lachen.

»Was lacht der?«

»Ich glaub, mein Schwein pfeift. Lehmann, wenn Sie so weitermachen, üben wir das am Wochenende.«

»Sie sollen mit dem Lachen aufhören!«

Frank lachte immer weiter. Es ist kein fröhliches Lachen, es ist eher hysterisch, dachte er, und es ist nicht das Klügste, was man tun kann, aber es füttert sich selbst, dachte er, erst lacht man, weil alles so absurd ist, und dann muß man weiterlachen, weil die Lacherei auch absurd ist, so geht das nicht, dachte er, das ist nicht klug, sowas nehmen die persönlich. Er versuchte hochzukommen. Hinter ihm plumpste Schmidt auf den Boden. Aus der Ferne waren Rufe zu hören.

»Aufhören, das ist der Befehl zum Antreten«, brüllte Fahnenjunker Tietz.

Frank lachte und lachte. Mühsam kam er hoch. Erst als er aufrecht vor Fahnenjunker Tietz und Fahnenjunker Heitmann stand und in ihre Gesichter blickte, konnte er mit dem Lachen aufhören. Das ist auch höchste Zeit, dachte er. Schmidt stand mit dabei und starrte ihn entgeistert an.

»Raus, raus!« schrie Fahnenjunker Heitmann. »Alle beide!« Vom Flur her war zu hören, wie die anderen Rekruten losrannten, nach unten, zum Antreten vor dem Kompaniegebäude.

»Wir sprechen uns noch«, schrie Fahnenjunker Tietz. »Da kommt noch was nach, Lehmann. Und hören Sie auf zu grinsen, Schmidt. Raus, sofort raus.«

Frank glaubte, aus der Stimme von Fahnenjunker Tietz so etwas wie Panik herauszuhören, und das gefiel ihm.

»Raus, aber schnell!«, schrie Fahnenjunker Tietz.

Er scheißt sich ein, dachte Frank. Das ist wichtig, darüber muß man mal nachdenken, dachte er, aber er wußte, daß dafür jetzt keine Zeit war. Er mußte raus, aber schnell!

Frank gehörte zum 3. Zug der 4. Kompanie des Pionierbataillons 8. Der 3. Zug war ganz oben im zweiten Stock des Kompaniegebäudes untergebracht. Das ist das Problem, dachte er, während er neben Pionier Schmidt die Treppen hinuntersprang, das bringt es mit sich, daß die Soldaten des 3. Zuges immer die letzten sind, die unten beim Antreten ankommen, da können wir rennen wie die Teufel, dachte er, während er glaubte, den Atem von Fahnenjunker Tietz und Fahnenjunker Heitmann im Nacken zu spüren, denn die beiden rannten direkt hinter ihm und brüllten unaufhörlich »Schneller, schneller, schneller«, und »Ich mach euch Beine« usw., die Hetzerei nützt nichts, dachte Frank, es ist sowieso immer einer vom 3. Zug, der als letzter unten ankommt, dachte er, die Rekruten der anderen Züge werden ja genauso angetrieben, und sie haben einen Vorsprung, wer vom 3. Zug der letzte ist, und das sind wir beide, der ist immer auch der letzte der ganzen Kompanie, dachte er, und dann fällt man schon morgens extrem unangenehm auf, sie rufen einen ja immer mit Namen, dachte er, deshalb steht da auch immer Feldwebel Meyer, wurde ihm plötzlich, während er neben Schmidt immer weiter die Treppen herunterstürmte, klar, Feldwebel Meyer kennt unsere Namen, er gehört ja zum 3. Zug, dachte er, deshalb steht der immer da unten, dachte Frank, weil die wissen, daß immer einer vom 3. Zug der letzte ist, und er dann die Namen weiß, aber dann konzentrierte er sich lieber auf das Treppenspringen, sie waren weit hinten, Schmidt und er, und Schmidt drohte ihm jetzt davonzuziehen, deshalb nahm Frank immer vier Stufen auf einmal statt nur drei, das brachte ihn wieder nach vorne, hinter ihm schrien die Fahnenjunker irgendwas vom Wochenende, aber darauf konnte er jetzt nicht mehr achten, dafür ist jetzt keine Zeit, dachte er, es ist auch nicht wichtig, was genau sie rufen, dachte er, die Geste zählt, ein alberner Gedanke, dachte er, das kommt von der Lacherei, das ist zwar eigentlich gesund, mal richtig lachen, aber wohl nicht hier, dachte Frank. Dann war er endgültig an Schmidt vorbei und schämte sich gleich ein bißchen, daß er versuchte, Schmidt in den Regen zu stellen, einer muß der letzte sein, dachte er, da sollte man nicht gegeneinander antreten, und Schmidt ist okay, dachte er, deshalb tat er, als würde er straucheln, um auf diese Weise ein bißchen das Tempo rauszunehmen, worauf Schmidt an ihm vorbeistürmte und sich in das panische Gewühl warf, das aufgrund einer Stauung am Ausgang des Kompaniegebäudes entstanden war, die Rekruten schubsten sich dort unter Einsatz der Ellenbogen gegenseitig weg, jeder wollte so schnell wie möglich durch die Tür, keiner wollte der letzte sein. Von hinten kamen mit Frank zusammen die brüllenden Fahnenjunker dazu und riefen Dinge wie »Ihr sollt da nicht schwul rummachen, ihr sollt antreten«, was die Panik nur noch verstärkte. Frank stellte sich dazu und versuchte, so gut es ging, locker zu bleiben, einer muß der letzte sein, dachte er, das liegt in der Natur der Sache, aber dann drängelte er sich mit aller Macht durch und war doch nicht der letzte, der draußen, auf dem engen Weg am Kompaniegebäude an Feldwebel Meyer vorbeilaufen mußte, der letzte, das hörte er am Gebrüll des Feldwebels hinter sich, war Pionier Klotz aus Franks Stube, dem das schon öfter passiert war. Frank lief weiter bis zum Antreteplatz und versuchte sich gemeinsam mit den anderen Rekruten unter dem allgemeinen Gebrüll der Ausbilder so aufzustellen, wie man es ihnen schon am Tag zuvor versucht hatte beizubringen und wie sie es auch heute noch nicht konnten und wie sie es auch an den darauffolgenden Tagen noch lange nicht beherrschen sollten.

»Heute ist Mittwoch, morgen ist Donnerstag und übermorgen ist Freitag, Männer, da solltet ihr eigentlich ins Wochenende gehen können. Aber wenn ich mir euch Hühnerhaufen so angucke, und wenn ich mir das Gepiepse von euch anhöre, dann denke ich mal, daß ihr alle schön hierbleibt und noch ein bißchen Nachhilfe nehmt.«

Der Spieß war ein kräftiger Mann mit einem imposanten Brustkorb, den er ordentlich herausdrückte, während er grimmig lächelnd vor der Kompanie stand und sie anbrüllte.

»Also noch einmal: Guten Morgen, Kompanie!«

»Guten Morgen, Herr Hauptfeld«, brüllten die Rekruten.

»Das war noch nichts. Noch mal: Guten Morgen, Kompanie!«

»Guten Morgen, Herr Hauptfeld«, brüllten die Rekruten.

»Mein Gott! Höre ich schlecht, oder was? Lebt ihr noch, Leute? Guten Morgen, Kompanie!«

»Guten Morgen, Herr Hauptfeld!«

»Hm... Gleich, nachdem ich ein paar Dinge mit Ihnen besprochen habe, werde ich Sie dem Kompaniechef melden. Wenn das dann wieder so ein schlappes Gemurmel gibt, dann gute Nacht, Leute, dann auf Wiedersehen, Wochenende, dann wird das geübt bis Montag morgen. So, und nun einige Dinge.« Der Spieß schaute auf einen kleinen Zettel in seiner Hand. »Wer von Ihnen hat keinen Freischwimmerausweis mitgebracht?«

Einige Soldaten meldeten sich, darunter Frank und seine Stubenkameraden Leppert, Hoppe, Schmidt, Hartmann und Neubarth. Frank fand es beruhigend, daß er überwiegend mit Leuten zusammenwohnte, die auch keinen Freischwimmerausweis hatten. Was sind das für Leute, dachte er, die ihren Freischwimmerausweis zehn, zwölf Jahre aufheben, vielleicht sogar länger?

»Was sind Sie für Leute«, nahm der Spieß diesen Gedanken auf, »daß Sie sowas nicht aufheben? Jetzt müssen Sie den Freischwimmer noch einmal machen. Achten Sie auf das Schwarze Brett, da werden Sie bei Gelegenheit Ihre Namen finden, und dann geht Oberleutnant Schwarzkopf mit Ihnen ins Freibad, um das nachzuholen. Verdammte Schweinerei ist das.«

»Was ist, wenn man nicht schwimmen kann?«

Das schien den Spieß auf dem falschen Fuß zu erwischen. Er schwieg eine Weile und musterte dabei die Kompanie. Schließlich fragte er: »Wer war das.«

Ein Soldat meldete sich.

»Ich.«

»Wie? Wer?« brüllte der Spieß. »Wie heißt das?«

»Pionier Seidel, Herr Hauptfeld.«

»Soso. Und wie heißt das, wenn Sie fragen wollen, was ist, wenn man nicht schwimmen kann?«

Der Rekrut schwieg.

»Also, nochmal: Wie sollen Sie sagen, wenn Sie fragen, was ist, wenn man nicht schwimmen kann?«

»Was ist, wenn man nicht schwimmen kann, Herr Hauptfeld.«

Der Spieß nickte zufrieden.

»Das sollten Sie sich mal lieber merken, Herr Pionier. Es kostet mich ein müdes Arschrunzeln, Ihnen das am Wochenende beizubringen.«

Er schwieg eine Weile.

»Und Sie können nicht schwimmen?« fragte er dann ungläubig.

»Nein.«

»Wie heißt das?«

»Nein, Herr Hauptfeld.«

»Warum haben Sie das denn bei der Musterung nicht gesagt?«

»Es hat ja keiner gefragt, Herr Hauptfeld.«

»Hm...«, sagte der Spieß. »Wird mir schon was einfallen. Vorläufig gehen Sie am besten erstmal nicht ins Wasser.«

Die Ausbilder lachten.

»Werden Sie halt kein Brückenpionier, Seidel. Zum Minenschleppen wird's reichen.«

Jetzt lachten die Ausbilder noch mehr.

»Und Vorsicht beim Duschen«, fügte der Spieß hinzu und lachte selber mit. Auch einzelne Rekruten lachten.

»Sie haben hier gar nichts zu lachen«, brüllte der Spieß. »Ihre Ausbilder dürfen lachen. Ich darf lachen. Der Kompaniechef darf lachen, und der Bataillonskommandeur darf auch lachen. Und wenn wir Sie gegen alle Wahrscheinlichkeit am Wochenende rauslassen, dann dürfen Sie bei sich zu Hause, in Zivil, auch mal lachen. Hier lachen Sie erst, wenn Sie was zu lachen haben. Und das wird dauern, Männer. So, wie ich das sehe, wird das sogar verdammt lange dauern!«

Der Spieß machte eine Kunstpause, dann seufzte er und schaute wieder auf den kleinen Zettel in seiner Hand.

»So. Nach dem Frühstück geht der 3. Zug zur Einstellungsuntersuchung. Der hat noch nicht. Die anderen werden irgendwas anderes machen. Vor allem werden wir dafür sorgen, daß Sie mal ins Grünzeug kommen, ich kann dieses Sportzeug nicht mehr sehen. Und jetzt melde ich Sie dem Kompaniechef, macht mir da bloß keine Schande, Männer. Kompanie... Stillgestanden!«

Schlurfend und unbeholfen zogen die Rekruten den linken Fuß an den rechten heran, legten die Fäuste an die Hosennaht und drückten das Kreuz durch.

»Männer, mir wird übel, mir wird speiübel. Das wird das schlimmste Quartal, das ich jemals hatte, und ich bin schon lange bei der Ausbildungskompanie, schon länger, als mir guttut. Und jetzt: Achtung! Die Augen – links!«

»Hierher schauen, Männer, hierher schauen, nicht nach links, hierher schauen, zu mir schauen, hierher, Himmeldonnerwetter noch mal.«

Der Kompaniechef kam hinter einer Hecke hervor wie

ein Theaterschauspieler, der auf das Stichwort für seinen Auftritt gewartet hatte.

»Hierher sehen, Männer. ›Die Augen links!‹ heißt nicht, daß ihr nach links gucken sollt, ›Die Augen links!‹ heißt, daß ihr zu mir gucken sollt, immer dahin schauen, wo ich gerade bin, so, genau, die Köpfe wandern mit, Herrgott, ist das denn so schwierig.«

Der Spieß grüßte den Kompaniechef und meldete, daß die Kompanie angetreten sei. Der Kompaniechef grüßte zurück, dankte und wandte sich dann den Rekruten zu.

»Augen geradeaus! Guten Morgen, Kompanie!«

»Guten Morgen, Herr Hauptmann!«

»Wie? Habe ich was gehört? Ich sag's noch einmal: Guten Morgen, Kompanie!«

»Guten Morgen, Herr Hauptmann!«

»Na gut, rührt euch.« Der Hauptmann, ein drahtiger, sportlicher Mann mit kahlem Schädel, schaute lächelnd auf die Kompanie.

»Männer, ihr habt's gut. Es ist ein herrlicher Morgen, und das wird ein herrlicher Tag. Der Wetterbericht sagt, daß es heute heiß und trocken wird, ein Wetter, bei dem man gerne draußen ist, an der frischen Luft, um Dinge zu lernen, die der moderne Soldat braucht, um im Krieg zu überleben. Ich freue mich darauf, und eure Ausbilder freuen sich auch. Und ich weiß, ich bin ganz sicher, ihr freut euch auch. Und das macht mich stolz. Ihr seid ja auch ein herrlicher Anblick.«

Die Ausbilder lachten ein bißchen, und auch der Kompanieschef ließ ein trockenes »Haha« hören. Von den Rekruten lachte keiner. Der Spieß hatte es verboten...

»Auf den Befehl ›Marsch!‹ treten alle gleichzeitig mit dem linken Fuß vor, gleichzeitig, Männer, gleichzeitig, wie ein Mann, wenn das alle gleichzeitig machen, dann kann nichts passieren, dann kriegt keiner einen Tritt in die Hacken, und wenn einer einen Tritt in die Hacken kriegt, dann liegt das daran, daß er gepennt hat, und wenn einer gepennt hat, dann hat er einen Tritt in die Hacken verdient. Alles klar? Na dann... 3. Zug: Marsch!«

Alle, auch Frank, traten irgendwie, irgendwann und vor allem sehr zögerlich mit dem linken Fuß vor, und was darauf folgte, war ein heilloses Gestolper, einige fluchten, weil sie von eifrigen Kameraden einen Tritt in den Hacken bekommen hatten, andere stolperten, weil sie jemanden getreten hatten, manche schafften auch beides, treten und getreten werden, und manche trippelten mit so kleinen Schritten umher, daß ihnen nichts passierte, und Frank versuchte, während er den Schmerz bekämpfte, der daher rührte, daß er nicht bereit gewesen war, Hoppe, der vor ihm nicht losgegangen war, zu treten, was ihm seinerseits von hinten einen Tritt eingebracht hatte, das Problem theoretisch zu erfassen, und er mußte zugeben, daß die Sache von der Idee her in Ordnung ging, bloß praktisch nicht ganz einfach war: Es ist so, dachte er, wie wenn man von Autofahrern vor einer roten Ampel verlangen würde, daß sie bei Grün alle gleichzeitig losfahren, aber tatsächlich, dachte er, geht es immer erst vorne los, während hinten noch alles steht, und genau so war es hier auch, während es vorne langsam losging, stauchte sich der Zug hinten zusammen und zog sich erst stolpernd wieder auseinander, als Feldwebel Meyer schon brüllte, daß sie wieder anhalten sollten, denn er wollte es noch einmal üben.

Sie übten es dreimal und es wurde nicht besser, und schließlich ließ man sie einfach weitermarschieren, denn sie waren auf dem Weg zum San-Bereich, um ihre Einstellungsuntersuchung zu bekommen. Bis zum San-Bereich waren es nur ungefähr zweihundert Meter über das Kasernengelände, aber natürlich, dachte Frank, muß marschiert werden, er hatte sich schon fast daran gewöhnt, daß überhaupt immer marschiert wurde, sogar zum Frühstück mußten sie marschieren, während alle anderen Soldaten selbständig in der Kantine eintrudelten. »Das sind die anderen, das sind schon richtige Soldaten«, hatte Tietz gesagt, als Hartmann ihn darauf angesprochen hatte, Hartmann war der Stubenälteste, er war noch älter als Frank, und es sah so aus, als ob die Fahnenjunker wenigstens vor ihm ein bißchen Respekt hatten, er wurde jedenfalls weniger als die anderen angebrüllt, Hartmann ist schon dreiundzwanzig, dachte Frank jetzt, als er zwischen den anderen marschierte, wahrscheinlich ist er drei Jahre älter als die Fahnenjunker, das gibt sogar denen zu denken, dachte er, und dann stolperte Hoppe, und Frank trat ihm doch noch in die Hacken.

»Achtzig Zentimeter Abstand zum Vordermann! Neunundsiebzig ist schwul, einundachtzig ist Fahnenflucht«, brüllte Fahnenjunker Tietz währenddessen fröhlich, und der Zugführer, Leutnant Beierlein, rief immer mal wieder »links« oder »links, zwo«, ohne sich dabei weiter zu echauffieren. Dann waren sie auch schon vor dem San-Bereich, und beim Anhaltebefehl gab es die gleiche Stolperei wie beim Losmarschieren, und Feldwebel Meyer brüllte, daß er sie alle zu Klump hauen werde, Feldwebel Meyer war überhaupt ziemlich cholerisch, soviel hatte Frank schon gemerkt, obwohl er sich auch jetzt wieder fragte, ob das mit dem Zuklumphauen nicht auch in dieser so ganz anderen Welt etwas zu weit ging. Die rechtliche Lage läßt das natürlich nicht zu, dachte er, er hatte am Abend zuvor, bei dem theoretischen Einführungsvortrag in die Rechte und Pflichten des Soldaten, genau aufgepaßt, außerdem war ja klar, daß man heutzutage nicht mehr geprügelt wurde in der Armee, das machen die schon lange nicht mehr, dachte er nun wieder, wie um sich selbst in diesem Gedanken zu bestärken, aber dieses theoretische Wissen machte das Gefühl der Bedrohung, das von Feldwebel Meyer ausging, nicht geringer. Man wird abwarten müssen, dachte er, erst mal sehen, wie das hier so läuft.

Inzwischen hatte sich Leutnant Beierlein zu einer kleinen Ansprache aufgestellt.

»Sie gehen jetzt da rein«, sagte er. Leutnant Beierlein sprach seltsam ruhig und freundlich, er war stimmlich eine angenehme Abwechslung zu den Fahnenjunkern und zu Feldwebel Meyer, und Frank hatte oft das Problem, ihn schlecht zu verstehen. »Sie werden auf dem Gang warten, bis Sie aufgerufen werden, und dann gehen Sie rein. Wie beim Arzt. Da drin ist dann nämlich ein Arzt. Der heißt

Stabsarzt, das heißt, Sie werden ihn Herr Stabsarzt nennen, wenn Sie ihn ansprechen. Und ich will keine Beschwerden hören, es wird auf dem Flur, auf dem Sie warten werden, keinen Krach geben, keine lauten Unterhaltungen und auch sonst nichts, was Ihnen nicht ausdrücklich erlaubt wurde. Wenn Sie fertig sind, gehen Sie einzeln und selbständig in die Kompanie. Da warten wir dann schon auf Sie. Je früher Sie dran sind, desto früher sind Sie wieder bei uns und desto mehr lernen Sie.« Leutnant Beierlein lächelte gequält. Dann straffte sich seine Körperhaltung, und er brüllte, soweit er zu brüllen vermochte: »3. Zug: Selbständig zum San-Bereich wegtreten!«

Sie gingen zögerlich und unsicher in den San-Bereich hinein, und dort dirigierte sie ein Sanitätsfeldwebel in einen Flur, in dem sie warten sollten.

»Hier wird gestanden«, sagte er noch, bevor er ging, »an der Wand, bis Sie aufgerufen werden. Keiner setzt sich auf den Boden, keiner lümmelt rum.«

Und so war es. Sie lehnten an den Wänden des Flurs und sagten nichts. Nach und nach wurden ihre Namen in alphabetischer Reihenfolge aufgerufen. Die Zeit wurde lang. Leppert lehnte neben Frank, drehte eine Zigarette, schaute sie von allen Seiten an und steckte sie sich dann in den Mund.

»Ich geh mal eine rauchen«, sagte er schließlich in seinem breiten russischen Akzent und ging den Flur entlang Richtung Ausgang. Er war erst vor drei Jahren aus Rußland übergesiedelt, aus Sibirien, das hatte er am Abend zuvor erzählt. Frank schaute ihm hinterher und glaubte es kaum. Nach einiger Zeit hörten sie in der Ferne ein Gebrüll, dann kam Leppert zurück und stellte sich wieder neben Frank an die Wand.

»Was war los?« fragte Frank.

»Finden die nicht gut«, sagte Leppert. Frank fing an, ihn ein bißchen zu bewundern.

Irgendwann wurde ein Pionier Lange aufgerufen, und Frank machte sich innerlich bereit, gleich dranzukommen, aber statt dessen riefen sie Leppert hinein, und dann ging es mit dem Buchstaben M weiter. Das machte Frank stutzig. Erst gehen sie ganz offensichtlich nach dem Alphabet vor, dachte er, und dann lassen sie einen aus, das ist nicht gut, dachte er, obwohl, wer weiß, dachte er, man kann nicht wissen, ob das gut oder schlecht ist, es fehlt einem hier ja völlig der Durchblick und damit jedes Urteilsvermögen, dachte er, man weiß zuwenig, man muß abwarten, obwohl, dachte er, man könnte sich auch melden und auf alphabetischer Reihenfolge bestehen, aber mit welchem Recht sollte man das tun, es ist nichts, wo man sich wirklich einmischen sollte, dachte er, nun gut, einerseits ist es langweilig, hier zu warten, man muß stehen, und ich bin müde, dachte er, eigentlich wäre es schon besser, wenn man mit diesem Quatsch bald mal durch wäre, dachte er, andererseits weiß man nicht, was danach kommt, besser wird es schon nicht werden, dachte er, sie halten hier schlimmere Dinge bereit als Langeweile, man muß nachdenken, das ist das einzige, was hilft.

Und er dachte nach und nach, und als er das Problem vollständig durchdacht hatte, waren sie mit den Namen erst beim Buchstaben P angekommen, und das Ergebnis seines Nachdenkens war auch nur, daß man wohl abwarten müsse, aber als sie beim Buchstaben R waren, war Frank schon völlig fertig mit den Nerven, zermürbt vom Herumstehen und nervös, weil man ihn nicht aufrief, und er haßte sich dafür, daß er nichts unternahm und versuchte sich zugleich einzureden, daß das nicht aus Feigheit so war, sondern weil es vernünftiger sei, nichts zu tun, wenn man nicht durchblickt, und dieser Gedanke mußte ihn noch eine halbe Stunde beschäftigen, bis auch der letzte Rekrut außer ihm verschwunden war und er allein auf dem Flur an der Wand stand. Jetzt ist einem eigentlich die Entscheidung abgenommen, dachte er, jetzt müssen sie mich entweder aufrufen oder ich muß hineingehen, und dann geschah eine Weile lang nichts, niemand war zu sehen, die Tür zum Arzt blieb zu, und Frank erwog ernsthaft, nun aber wirklich ernsthaft, wie er sich einschärfte, an diese Tür zu klopfen, das oder einfach wieder gehen, dachte er, hier stehenzubleiben kann jedenfalls nicht die Lösung sein, anklopfen oder wieder gehen, dachte er, beides kann fatal sein. Warten Sie, bis sie aufgerufen werden, hat der Leutnant gesagt, dachte er, so gesehen könnte ich eigentlich ewig hier stehenbleiben, Befehl ist Befehl. Sie geben uns Befehle, dachte er, aber im Prinzip sind sie unscharf, sie funktionieren nur, wenn alles so läuft wie erwartet, daß etwas schiefgeht, haben sie nicht auf der Rechnung, und dann ist guter Rat teuer, dachte er, und man will sich ja auch nicht gleich am Anfang als Vollidiot profilieren und hier stehenbleiben bis zum Jüngsten Gericht, dachte er, das kann nicht gut sein, das bringt nichts, und so faßte er sich endlich ein Herz und ging zu der Tür, hinter der alle seine Kameraden verschwunden waren, und hob die Hand, um dagegenzuklopfen. In dem Moment ging die Tür auf und ein Soldat schaute ihn an.

»Was machst du denn hier?« fragte er.

»Ich glaube, ich brauche eine Einstellungsuntersuchung.«

Der andere grinste. Er drehte den Kopf zum Inneren des Zimmers hin. »Hier ist einer, der glaubt, daß er eine Einstellungsuntersuchung braucht.«

Innen wurde gelacht. »Soso, glaubt er«, hörte Frank jemanden sagen. »Na dann, glaube ich, kann er mal reinkommen.«

Drinnen saß ein Mann, der wohl der Arzt war, aber er trug keinen Kittel, sondern eine Art Ausgehuniform ohne Jacke, Frank blickte bei diesen Sachen noch nicht ganz durch, es war ein Mann von vielleicht fünfundzwanzig bis dreißig Jahren, er sah für Frank ziemlich jung aus für einen Arzt, und er saß hinter einem Schreibtisch, als Frank hereinkam.

»Wie heißen Sie denn?« fragte er.

»Lehmann.«

»Sie wissen, daß Sie eigentlich Pionier Lehmann sagen sollten, nicht wahr? Bei mir ist das nicht so wichtig, aber Sie sollten das wissen.«

Frank sagte nichts.

Der Arzt schaute in einer Liste nach. »Lehmann habe ich nicht. Gehören Sie zur 4. Kompanie?«

»Ja«, sagte Frank.

»Eigentlich: Jawohl, Herr Stabsarzt. Aber mir ist das ja egal. 3. Zug?«

»Ja.«

»Seltsam. Gucken Sie mal, ob seine G-Karte irgendwo ist«, sagte der Arzt zu seinem Gehilfen. Der ging aufreizend langsam und lässig zu einem Karteischrank und fummelte darin herum.

»Gibt's nicht«, sagte er nach einer Weile.

»Gibt's nicht, na sowas«, sagte der Arzt und lächelte Frank an. »Sie gibt's gar nicht, wußten Sie das?«

Frank sagte nichts.

»Sie gibt's gar nicht«, wiederholte der Arzt. »Ohne G-Karte kann ich Sie nicht untersuchen.«

»Was heißt das?« fragte Frank.

»Was heißt das? Eigentlich heißt das: Was heißt das, Herr Stabsarzt. Mir ist das ja egal, aber Sie werden hier Leuten begegnen, denen das wichtig ist. Ansonsten: keine Ahnung. Keine G-Karte, keine Einstellungsuntersuchung«, sagte der Arzt. »Kann ich nicht machen. Sie gibt's gar nicht.« Er lachte, und sein Assistent lachte mit.

»Und jetzt?« fragte Frank. Der Mann ging ihm auf die Nerven.

»Jetzt gehen Sie in Ihre Kompanie zurück und sagen denen, daß Ihre G-Karte nicht da ist. Dann müssen die entscheiden, was zu tun ist, da müssen die sich drum kümmern, was weiß ich denn«, sagte der Arzt, »ohne G-Karte geht hier jedenfalls gar nichts.«

»Na gut«, sagte Frank, »dann geh ich mal.«

»Ja, gehen Sie mal. Und Sie brauchen sich auch nicht abzumelden. Abmelden sowieso nicht im Sportzeug. Und nicht bei mir. Mir ist das ja egal. Aber Sie sollten an Ihrer Sprache arbeiten, guter Mann. Es gibt hier Leute, die mögen das nicht, wenn man so redet wie Sie.«

»Schon klar«, sagte Frank.

Der Arzt seufzte. »Schon klar, Herr Stabsarzt, es heißt: Schon klar, Herr Stabsarzt. Wie gesagt, mir ist das egal, aber…« Er machte eine kurze Pause und seufzte. »Nun gehen Sie, gehen Sie lieber schnell weg, das deprimiert mich alles irgendwie.«

»Auf Wiedersehen«, sagte Frank und ging zur Tür.

»Hat er auf Wiedersehen gesagt?« hörte er den Stabsarzt sagen, als er die Tür öffnete.

»Er hat auf Wiedersehen gesagt«, hörte er den Assistenten sagen, als er die Tür schloß. Er hörte sie durch die geschlossene Tür noch lachen. Lustige Vögel, dachte Frank grimmig, als er den Flur des San-Bereichs entlang zum Ausgang ging, große Witzbolde, sind hier zu Hause, fühlen sich wohl, dachte er. Der Tag hat kaum angefangen, dachte er, und schon ist alles schiefgelaufen.

Dann war er im Freien, und plötzlich änderte sich seine Laune. Es war heiß draußen, die Sonne brannte herunter, es war wirklich ein herrlicher Tag, gerade so, wie der Kompaniechef gesagt hatte, und Frank glaubte ein paar Vögel zwitschern zu hören. Um den San-Bereich herum standen schöne, leuchtend grüne Bäume und raschelten im sanften Sommerwind, und nur in der Ferne, wo es einem egal sein konnte, standen einige Soldaten herum und machten irgend etwas Komisches, es war alles in allem ein friedliches Bild, das sich ihm bot, und plötzlich sah er seine Situation in einem anderen Licht. Mich gibt's gar nicht, dachte er und öffnete seine Trainingsjacke, weil es so warm war. Er ging die Treppenstufen des Eingangs hinunter und schlenderte, um in Ruhe nachdenken zu können, langsam zum Gebäude der 4. Kompanie. Es ist alles ein Irrtum, dachte er, ohne Einstellungsuntersuchung können die mich gar nicht hierbehalten, eine G-Karte haben sie auch nicht, ich bin Tauglichkeitsstufe 3, dachte er, wahrscheinlich wollen sie mich gar nicht haben, sie haben mich verwechselt, dachte er, mich brauchen sie nicht, war ja klar, dachte er, die meinen einen ganz anderen Lehmann. In der Ferne brüllte jemand herum, es war irgendein Soldat, der dort auf dem Asphalt vor der 4. Kompanie allein und völlig sinnlos, wie Frank fand, herumstand und dabei brüllte wie am Spieß. Vollidiot, dachte Frank, das sind doch alles Idioten hier, das ist alles ein Irrtum, Lehmanns gibt's ja wie Sand am Meer, dachte er, die haben sich geirrt, das wird sich alles aufklären, und dann schnell nach Hause, die spinnen hier ja alle, dachte er, was brüllt der denn da so bescheuert rum, da steht doch überhaupt keiner, der ihm zuhören kann, und dann war er etwas näher dran und sah, daß der Mann in seine Richtung brüllte. Was ist denn bloß mit dem los, dachte er und blickte sich um, um nachzuschauen, wen der Mann meinen könnte, er schrie irgendwas von *wahnsinnig sein* und so weiter, Frank war jetzt nahe genug dran, um einige Worte zu verstehen, die sind bescheuert, dachte er, wahnsinnig ist ein noch zu schwaches Wort für das, was hier abgeht, der Mann ist verrückt geworden. Und dann sah er, daß der, der so brüllte, Feldwebel Meyer war, und dann begriff er auch, daß das Gebrüll *ihm* galt, es ging darum, ob *er* wahnsinnig sei, es ging um unvorschriftsmäßiges Tragen des Sportanzugs und um die Hände, die Frank schlenderndenweise in die Hosentaschen gesteckt hatte, und ob er wahnsinnig sei, so herumzutrödeln, und darum, wo er eigentlich herkam, und dann stürmte Feldwebel Meyer auch noch auf ihn zu und brüllte dabei immer weiter. Frank zuckte zusammen, es hatte fast den Eindruck, als wollte der Feldwebel ihn wirklich schlagen. Der will mich zu Klump hauen, dachte Frank sinnlos, das darf er nicht, aber dieser Gedanke nützte nicht viel, und Frank rannte los, wie es das Gebrüll des Feldwebels von ihm forderte, er rannte in das Kompaniegebäude hinein und die Treppen hoch, hörte dabei gerade noch hinter sich jemanden verwundert »Wo kommt der denn jetzt her?« rufen, und dann war er schon oben und traf atemlos auf Fahnenjunker Tietz, der zusammen mit Fahnenjunker Heitmann und GUA Pilz vor Franks Kameraden stand, die in grüner Uniformkleidung auf dem Flur angetreten waren.

»Wo kommen Sie denn jetzt her?« brüllte Fahnenjunker Tietz. Auch er muß immer brüllen, dachte Frank, auch er ist ein Vollidiot, aber der magische Moment, in dem er gedacht hatte, daß ihn das alles nichts angehe, daß alles ein Irrtum sei, war verflogen.

»Meine G-Karte ist nicht da«, sagte er, in der Hoffnung, damit irgendeine Wirkung zu erzielen, das müßte ihm den Ernst der Lage klarmachen, dachte er, schließlich könnte ich herzkrank sein und gleich tot umfallen, und dann sieht er alt aus. Ohne G-Karte geht nichts, erinnerte er sich an die Worte des Stabsarztes, keine Einstellungsuntersuchung, keine Einstellung, versuchte er sich einzureden, aber das alles hatte auch für ihn selbst keine Überzeugungskraft mehr, hier, im zweiten Stock des Kompaniegebäudes, Auge in Auge mit Fahnenjunker Tietz.

»Soso, die G-Karte ist nicht da«, sagte der Fahnenjunker höhnisch. »Na und? Was geht mich das an? Seh ich aus wie einer von diesen Hämorrhoidenschneidern vom San-Bereich, oder was? Wollen Sie mich damit beeindrucken? Daß Ihre G-Karte nicht da ist? Ich wollte Sie schon wegen Fahnenflucht zur Fahndung ausschreiben, Lehmann!« Er lachte. Fahnenjunker Heitmann und GUA Pilz lachten mit.

»Die konnten keine Einstellungsuntersuchung machen«, versuchte Frank zu retten, was zu retten war. »Ich soll das hier sagen, daß die G-Karte nicht da ist und daß die keine Einstellungsuntersuchung machen können.«

»Herr Fahnenjunker«, sagte Fahnenjunker Tietz nachdenklich. »Am Ende des Satzes Herr Fahnenjunker.«

Frank schwieg. Er kommt ins Grübeln, dachte er, er will Zeit gewinnen.

Aber Fahnenjunker Tietz grübelte nicht lange. Er schaute bloß einmal kurz zu Fahnenjunker Heitmann und GUA Pilz hinüber. »Ist angekommen, Lehmann«, sagte er dann lächelnd, »ist angekommen. Ihre G-Karte ist nicht da. Ich muß gleich weinen.«

»Aber die können keine Einstellungsuntersuchung machen«, beteuerte Frank. »Ich soll das hier sagen.«

Fahnenjunker Tietz lachte. »Ist angekommen, Lehmann. Wir sind ja nicht blöd. Aber machen Sie sich keine Sorgen: Ich stell Sie einfach ein.« Er lachte, und Heitmann und Pilz lachten mit. »Persönlich, Lehmann, persönlich. Ich stell Sie einfach ein. Persönlich. Und wenn Sie nicht in fünf Minuten Ihren Arbeitsanzug angezogen haben, so wie

Ihre Kameraden auch, dann zeig ich Ihnen auch persönlich, wie hier der Knast von innen aussieht.«

Tietz lachte wieder, und Fahnenjunker Heitmann und GUA Pilz lachten wieder mit. Frank ging in seine Stube, schloß seinen Spind auf und zog sich das grüne Zeug an. Seine Kameraden starrten derweil weiter auf den Fußboden, wie um zu kontrollieren, ob ihre Fußspitzen auch wirklich an der zweiten Fuge der Steinplatten waren.

5. MANNSCHAFTSHEIM

Und so mußte Frank weiterdienen. Vor dem Mittagessen machten sie im Grünzeug Formalausbildung, übten auf einem großen, asphaltierten Platz Grundstellung, Rührt euch, Grüßen, Links um, Rechts um, Marschieren, Anhalten, erst gruppenweise, dann als ganzer Zug, dann marschierten sie zum Mittagessen, und am Nachmittag marschierten sie ins Gelände und lernten, sich zu tarnen und sich hinzuwerfen, was ›Deckung‹ hieß, und dann lernten sie, auf den Befehl ›Sprung auf, marsch marsch!‹ wieder aufzuspringen, nur um danach wieder in Deckung zu gehen, »Stellung gibt's erst mit Gewehr«, sagte Fahnenjunker Tietz, eine rätselhafte Bemerkung, wie Frank fand, und so ging das stundenlang, Deckung!, Sprung auf, marsch marsch!, Deckung!, es nahm und nahm einfach kein Ende. Ihre Gesichter hatten sie sich mit einem angekokelten Korken geschwärzt, und in ihre Koppel, Taschen, in die Stiefel und unter die Tarnnetze ihrer Helme hatten sie Blumen, Zweige und Gräser gesteckt, es sah grotesk aus, aber zum Lachen hatte niemand Zeit und niemand Lust. Irgendwann machte Fahnenjunker Tietz eine Rauchpause für alle, und weil Frank sonst nichts zu tun hatte, drehte er sich, obwohl er eigentlich nicht rauchte, von Lepperts Tabak eine Zigarette und rauchte sie, wovon ihm schwindelig wurde und er das Gefühl hatte, kotzen zu müssen. Aber da ging es auch schon weiter, Fahnenjunker Tietz zeigte ihnen, wie man mit dem Klappspaten eine Schützenmulde grub und wie man sich in sie hineinlegte, und dann machten sie wieder eine Zeitlang Deckung und Sprung auf, marsch marsch, und irgendwann marschierten sie zurück zum Kompaniegebäude, wo sie duschen durften, um dann wieder vor dem Kompaniegebäude anzutreten.

Und dann passierte etwas Seltsames: Man ließ sie frei. An ihrem ersten Abend hatten sie auch zum Abendessen marschieren müssen, und nach dem Abendessen bis zum Schlafengehen um 22 Uhr hatten sie Vorträge gehört und das An- und Ausziehen der verschiedenen Uniformversionen geübt, aber »Jetzt«, sagte der Spieß, als sie angetreten waren, »jetzt gefallt ihr mir schon viel besser, Männer, da kann man euch vielleicht auch mal was Gutes gönnen.«

Er machte eine Kunstpause.

»Wo die Kantine ist, Männer, das wißt ihr ja. Und Essenmarken habt ihr auch bekommen. Jetzt lernen wir mal, etwas selbständig zu machen: Ihr tretet gleich weg zum Abendessen, und danach habt ihr frei.« Er machte eine Kunstpause und schaute sie erwartungsvoll an, so als wollte er Beifall haben. »Aber zum Zapfenstreich um zehn sind alle wieder hier«, fuhr er fort, »und dann geht das wie immer, alle in die Betten und Meldung beim UvD durch den Stubenältesten, und Hände über der Bettdecke, Männer.« Er lachte, und die Ausbilder lachten mit. Der Spieß verschluckte sich dabei und mußte husten. Feldwebel Meyer, der neben ihm stand, klopfte ihm auf den Rücken.

»Noch Fragen?« sagte der Spieß, nachdem er sich ausgehustet hatte. »Keine Fragen, gut. Und achtet immer auf eure Essenmarken, Männer, die Essenmarken und das Gewehrreinigungszeug müssen immer am Mann sein.« Er machte eine kleine nachdenkliche Pause. »Ach so«, sagte er dann, »Gewehrreinigungszeug habt ihr ja noch nicht, das kommt noch, kein Gewehr, kein Gewehrreinigungszeug, naja, Männer« – er redet gerne, dachte Frank, und er fragte sich, an wen ihn der Spieß die ganze Zeit erinnerte –, »vor euch liegt noch ein langer Weg.«

Dann meldete er sie dem Hauptmann, der auch noch etwas sagen wollte.

»Ich will es kurz machen«, sagte er, während Frank darüber nachdachte, was er mit den vielleicht zwei Stunden, die er freihaben würde, anfangen sollte, »ich weiß, daß das alles für Sie nicht immer leicht ist. Es ist noch kein Soldat vom Himmel gefallen, und Sie müssen sich vielleicht erst noch daran gewöhnen, wie die Sache hier läuft. Aber eins muß klar sein: So wie das hier läuft, so läuft das nun mal. Ihre Ausbilder tun alles, um Ihnen den Anfang hier zu erleichtern, aber wenn Sie nicht mitspielen, werden Sie hier keinen Spaß haben. Und Spaß muß sein, deshalb werden wir dafür sorgen, daß Sie so viel Spaß wie möglich haben, und dafür müssen Sie alles lernen, was es zu lernen gibt. Das wollte ich Ihnen für Ihren ersten freien Abend noch auf den Weg geben. Und wenn um zehn Uhr nicht alle in den Betten sind, dann wird es zappenduster. Und ich will keine Klagen hören über die Zeit davor. Genießen Sie Ihren freien Abend.« Was will der Mann, dachte Frank, was will er sagen? Er war überhaupt ratlos: Sollte er die Kaserne verlassen? Ging das überhaupt? Konnte er sich einfach so zivile Sachen anziehen und rausgehen? Und wenn ja, wo sollte er hin? Sie waren hier in Dörverden/Barme, und bis zur nächsten richtigen Stadt, und das war auch bloß Verden an der Aller, also kein Ort, in dem er sich auskannte oder auskennen wollte, waren es vielleicht zehn Kilometer, schätzte er.

»Noch Fragen?« Der Hauptmann schaute auffordernd in die Runde.

Ich sollte fragen, dachte Frank, was dieser Seidel kann, kann ich auch.

»Wie, keine Fragen?« rief der Hauptmann auffordernd. »Ist Ihnen alles klar? Wollen Sie gar nichts wissen?«

Jetzt oder nie, dachte Frank. Er hob den Arm.

»Dürfen wir raus?«

»Was? Was murmeln Sie da?«

»Dürfen wir hier raus?« wiederholte Frank.

»Dürfen wir raus hier, was?« brüllte der Hauptmann. »Und sehen Sie nach vorne«, fügte er brüllend hinzu, denn viele Soldaten hatten sich nach Frank umgedreht, er stand in der letzten Reihe.

»Dürfen wir aus der Kaserne raus?« wiederholte Frank, der mittlerweile sehr bereute, damit angefangen zu haben, verzweifelt.

»Dürfen wir aus der Kaserne raus, was?« brüllte der Hauptmann zurück.

»Dürfen wir aus der Kaserne raus zwischen Abendessen und Zapfenstreich?« brüllte Frank.

»Sie!« brüllte der Hauptmann, »wie heißen Sie überhaupt?«

»Pionier Lehmann«, brüllte Frank.

»Dann hören Sie mal gut zu, Pionier Lehmann, hören Sie gut zu: Wenn Sie mich anreden, dann sagen Sie immer Herr Hauptmann am Ende, immer, haben Sie das verstanden?«

Frank schwieg. Man hätte es nicht anfangen dürfen, dachte er. Wenn man mit ihnen redet, ist man schon verloren, dann ist man schon dabei, dann haben sie einen.

»Haben Sie das verstanden, Herr Pionier?« brüllte der Hauptmann.

»Ja, Herr Hauptmann«, brüllte Frank zurück. Er hatte jetzt keine Angst mehr, dafür war er zu wütend.

»Dann ist ja gut. Und Sie dürfen raus, ja, das ist ja kein Gefängnis hier. Aber nur in Zivil oder im kleinen Dienstanzug. Und wenn Sie rausgehen, den Dienstausweis nicht vergessen, sonst kriegen Sie Ärger, wenn Sie wieder reinwollen. Hier darf nicht jeder rein, hier dürfen nur die Besten rein.« Der Hauptmann lachte, und die Ausbilder lachten mit. »Und um 10 Uhr ist Zapfenstreich. Wehe dem, der zu spät kommt, haben Sie das verstanden, Herr Pionier Lehmann?«

Frank schwieg.

»Haben Sie das verstanden?«

»Ja, Herr Hauptmann.« Frank schäumte vor Wut. Er hatte nicht übel Lust, sich seine Zivilklamotten anzuziehen, aus der Kaserne zu gehen, sich in seinen alten Kadett zu setzen und für immer zu verschwinden. Bloß, dachte er, wohin? Nach Berlin, zu Manni? Da kriegen sie mich, dachte er. Ins Ausland? Er versuchte, während der Hauptmann noch etwas vor sich hin plauderte, sich ein Leben im Untergrund in Holland oder Dänemark vorzustellen, den einzigen fremden Ländern, die er bis jetzt gesehen hatte, und dort auch nur die Campingplätze, auf die seine Eltern in seiner Kindheit mit ihm und seinem Bruder gefahren waren. Er sah sich auf einem Campingplatz in Holland vor einem kleinen Zelt sitzen und den Winter erwarten, eine Nudelsuppe auf einem Gaskocher erhitzend, und er beschloß, daß das keine Lösung war.

»Haben Sie das *auch* verstanden, Herr Pionier Lehmann?« rief der Hauptmann, der die ganze Zeit weitergeredet hatte, plötzlich. Frank schreckte auf.

»Ja, ja«, rief er.

»Wie heißt das?«

»Jawohl, Herr Hauptmann.«

»Dann ist ja gut«, sagte der Hauptmann und gab ihnen den Befehl, zum Abendessen selbständig wegzutreten. Die Kompanie ging auseinander. Jemand klopfte Frank auf die Schulter. Es war Leppert.

»War eine gute Frage«, sagte er ernst. Hoppe und Schmidt standen auch dabei und nickten. »Was sollen wir machen?« fragte Hoppe.

»Weiß nicht«, sagte Frank. »Vielleicht...« Ihm fiel nichts Gutes ein.

Leppert nickte. »Scheißegal. War eine gute Frage.«

Während des Abendessens beschlossen Leppert, Hoppe, Hartmann, Schmidt und Frank, zusammen ins Mannschaftsheim zu gehen, eine Art Kneipe in der Kaserne, die gleich neben der Kantine lag. Die Kaserne zu verlassen traute sich keiner von ihnen, und auf ihrer Stube war es zu eng und zu voll, und sie hatten dort zwei Offiziersanwärter, die Pioniere OA Neuhaus und Raatz, echte Spaßbremsen, wie Schmidt es nannte, also stiefelten sie nach dem Abendessen hinüber in das Mannschaftsheim. Das Mannschaftsheim war eine düstere Angelegenheit, ein schwach beleuchteter Raum mit zwei kleinen Fenstern und einer Theke, hinter der nicht nur Bier und andere Kaltgetränke, sondern auch Pommes frites, Buletten, Currywürste und ähnliches verkauft wurden, was man auch riechen konnte, ansonsten gab es an den Wänden Sitzbuchten und in der Mitte dunkelbraune Tische und Stühle, überhaupt war Dunkelbraun die vorherrschende Farbe, die Wände waren mit Profilbrettern verkleidet und mit allerhand Wappen und Wimpeln geschmückt. Frank war es ganz recht, daß es hier nicht taghell war, je dunkler, desto besser, dachte er, denn er war sich nicht sicher, ob sie hier willkommen waren, als Neuling war man, so viel hatte er schon bemerkt, nicht gerade populär in dieser Kaserne. Aber es war nicht viel los, und sie fanden eine Sitzbucht, in der sie ganz allein für sich in Deckung gehen konnten, und Frank erklärte sich bereit, Getränke zu holen. Alle wollten Bier, »Erst einmal warm werden«, wie Schmidt sagte, der nach Franks Meinung unnötig laut sprach und sich gefährlich auffällig umschaute, »Scheißladen«, hörte Frank ihn sogar rufen, als er zur Theke ging, an der bereits zwei ältere Soldaten für irgend etwas anstanden. Der hintere der beiden guckte sich um, als Frank sich dazustellte, er starrte Frank ins Gesicht und murmelte etwas wie »Schnüffel«, aber Frank ignorierte das und tat so, als studiere er die Preistafel. Der andere verlor schließlich das Interesse, und irgendwann kam Frank glücklich mit fünf Bier zurück an den Tisch, setzte sich dazu, und alle tranken schweigend und in Ruhe vor sich hin.

Es ist kein Wunder, daß keiner was sagt, dachte Frank, während er das Bier hinunterwürgte. Er mochte Bier nicht besonders, er war sowieso kein großer Trinker, aber das Zeug mußte runter, so viel war klar, und solange er trank, hatte auch er das Gefühl, nichts sagen zu müssen, erst einmal nachdenken, dachte er, denn das hatte ihm bis jetzt am meisten gefehlt, nachdenken zu können, sich irgendwie einen Überblick darüber zu verschaffen, was in den letzten dreißig Stunden eigentlich passiert war, und wie er das alles einzuschätzen hatte. Aber auch jetzt, im ersten wirklich ruhigen Moment, seit er in der Kaserne war, fiel ihm das nicht leicht. Kein Wunder, daß keiner was sagt, dachte er wieder, man muß das alles ja auch mal in Ruhe überdenken, dachte er, aber das brachte ihn dabei natürlich nicht weiter, das ist innere Metadiskussion, dachte er, einen Begriff benutzend, den Martin Klapp neuerdings gerne benutzte, ich denke mehr über das Nachdenken und über Martin Klapp nach, dachte er, als über das, worum es eigentlich geht, es ist schwer, sich beim Nachdenken zu konzentrieren, dachte er, wenn man gleichzeitig über das Nachdenken nachdenkt, und wenn man über das Konzentrieren nachdenkt, kann man sich auch schlecht konzentrieren, komisch aber wahr, dachte er, dabei ist es wichtig, sich das alles mal in Ruhe durch den Kopf gehen zu lassen, versicherte er sich selbst, und darüber fiel ihm ein Film ein, den er neulich, in seinem früheren Leben als Zivilist, im Fernsehen gesehen hatte, irgend etwas mit einem deutschen U-Boot am Ende des Zweiten Weltkriegs, da waren zwei Japaner drauf gewesen, die Selbstmord begehen wollten, und der eine hatte gesagt »Das Leben ist kurz«, und der andere hatte gesagt »Ja, kaum Zeit zum Nachdenken«, und dann hatten beide geweint und sich umgebracht. Das ist aber auch keine gute Lösung, dachte Frank jetzt, das ist irgendwie unlogisch, sie hätten ja noch ein bißchen warten können mit dem Sichumbringen, dachte er, und in der Zeit hätten sie noch ein bißchen nachdenken können, dachte er, aber das brachte ihn auch nicht weiter, so geht das nicht, dachte er, so kommt man nicht weiter mit dem Nachdenken, wenn man sich ständig selber ablenkt dabei, und um sich auf die richtige Bahn zurückzubringen, bat er Leppert um seinen Tabak, vielleicht hilft es, wenn man mal ein bißchen raucht, dachte er und drehte sich ungeschickt eine Zigarette, was aber keinem auffiel, denn Schmidt sagte nun plötzlich in ihr Schweigen hinein doch etwas, und der stille Moment war dahin.

»Alles Scheiße«, sagte Schmidt.

Die anderen nickten. Dann wandte sich Hoppe an Leppert.

»Was machst du denn sonst so? Ich meine, vorher?«

Leppert sagte, daß er bei Opel in Rüsselsheim gearbeitet habe, und Hoppe sagte »Mein Gott, ich auch«, und daraufhin hatten die beiden sich ordentlich etwas zu erzählen, der eine, Leppert, war in der Lackiererei, der andere, Hoppe, in der Endmontage gewesen, und sie tauschten mit wachsendem Eifer Anekdoten aus ihrem früheren Arbeitsleben aus, Leppert brachte eine über das Verwechseln von Armaturenabdeckungen für Rechts- und Linkslenker und Hoppe eine über Schrauben, die man in die Türfüllungen werfen konnte, um die Endkontrolle zu verarschen, und so ging das eine Zeitlang, bis Schmidt, dem das wohl zu langweilig wurde, etwas von seiner Arbeit als Steinmetz erzählte, eine Geschichte über Grabsteine und Inschriften, worauf Hartmann es sich nicht nehmen ließ, noch einmal zu betonen, daß er zwar Maurer, aber eigentlich die rechte Hand vom Polier war, und daß sie neulich, kurz bevor er zum Bund mußte, einen Tag ohne Bauleiter hatten und was sie sich dann alles in die Kofferräume ihrer Wagen geladen hatten, und als Frank von der selbstgedrehten Zigarette nicht mehr schwindelig war, versuchte auch er einen Beitrag zu leisten, eine Geschichte aus seiner Erfahrung als Speditionskaufmann, es ging dabei um die beschädigte Verplombung eines Lastwagens im Transit durch Österreich, aber diese Geschichte stieß nicht auf so großes Interesse, Leppert stand sogar mittendrin auf und holte ein zweites Bier für alle, und die anderen wechselten das Thema, als Frank sich noch bei der Erklärung des Unterschiedes zwischen Verplombung und Carnet verzettelte. Frank war das ganz recht, er hatte nur höflich sein wollen, und wenn er ehrlich war, war ihm das alles auch schon viel zu weit weg, das sind Nachrichten aus einer anderen Welt, dachte er, und dann sprachen die anderen davon, was sie am kommenden Wochenende machen würden, nur Frank und Leppert waren bei diesem Thema eher schweigsam, Leppert sagte ohnehin nie viel, und Frank steuerte nichts bei, weil er nicht den Hauch einer Ahnung hatte, was er am Wochenende tun sollte, und was immer es war, er wußte, daß es nicht so spektakulär sein würde wie die Pläne von Hoppe, Schmidt und Hartmann, die im wesentlichen auf exzessive Ferkeleien mit ihren Freundinnen oder Bekannten oder was für Frauen auch immer hinausliefen.

Dann holte Hartmann die nächste Runde Bier und brachte auch gleich für jeden ein Glas Jägermeister mit, das sie nach seiner Anweisung im Bier versenken sollten, er nannte das U-Boot. Frank nahm davon lieber Abstand, er kippte den Jägermeister separat hinunter und spülte den Geschmack mit einigen Schlucken Bier weg. Ihm lag nicht viel an Bier, aber doch genug, um es nicht auch noch mit anderen Getränken zu verpanschen, was ihm aber die anderen nicht krummnahmen. Sie waren mittlerweile überhaupt ziemlich entspannt, fiel Frank auf, die werden geradezu heimisch im Mannschaftsheim, dachte er mit einer gewissen

Bewunderung, während seine Kameraden unter Gekicher und Gejohle ihr seltsames Gebräu tranken, Schmidt rief »Mein Gott, ist das ekelhaft«, und Hartmann rief »Sag ich doch«, und da flog auch schon der erste Bierdeckel.

Zunächst dachte Frank, Schmidt hätte ihn geworfen, denn aus seiner Richtung kam er geflogen, aber Schmidt drehte sich zur Nachbarbucht um und rief »He!«, und daraufhin flogen noch mehr Bierdeckel, von denen einer auf Hartmanns Bierglas landete. Zwei Tische weiter saßen sechs ältere Soldaten, die schon längere Zeit, wie Frank bemerkt hatte, mit düsteren Mienen zu ihnen herüberstarrten, sie trugen alle schwarze Kordeln, die von der linken Schulterklappe in die Brusttasche führten, und jetzt nahm einer das Ende dieser Kordel heraus, blies in die daran befestigte Trillerpfeife und brüllte: »Vize!«.

Hartmann nahm den Bierdeckel von seinem Glas und warf ihn zurück.

Von nebenan kam ein vielstimmiges Raunen. Derjenige der älteren Soldaten, der am Kopfende ihres Tisches saß, stand auf.

»Tageszahl, ihr Schnüffel.« Er stellte sich neben Leppert und starrte auf ihn hinunter.

»He«, rief ein bulliger älterer Mann, der dort bediente, vom Tresen herüber. »Keinen Ärger hier drinnen, ich sag's euch nur einmal, Jungs.«

»Kein Ärger«, sagte der Soldat mit der schwarzen Kordel. »Tageszahl!« Er hatte schon ziemlich einen geladen und hielt sich an der Tischkante fest. »Tageszahl, ihr Schnüffel!«

Sie starrten ihn an, und keiner sagte etwas.

»Tageszahl, ihr Schnüffel.«

Vielleicht sollte man es schnell ausrechnen, dachte Frank, das würde die Lage vielleicht entspannen. Er hatte in den vielen Jahren, in denen er in der Neuen Vahr Süd den Schlägereien schon aus dem Wege ging, gelernt, daß ein bißchen Selbstdemütigung zur rechten Zeit eine Menge Blutvergießen verhindern konnte. Also begann er im Kopf ihre Dienstzeit in Tagen zu berechnen, dabei legte er sich zunächst eine Methode zurecht, fünfzehn Monate, dachte er, gut, aber welche, die haben ja verschiedene Tage, und dann beschloß er, zunächst mal von einem Jahr auszugehen.

»Tageszahl, ihr Schnüffel.«

Leppert sah kurz zu dem Soldaten hoch und schaute dann wieder in sein Bier. Schmidt sagte »Was geht's dich an?«, aber das bewirkte nichts. Frank rechnete unterdessen. Ein Jahr, das sind dreihundertfünfundsechzig Tage, dachte er, das wäre vom ersten Juli bis dreißigsten Juni, das nächste Jahr, 1981, ist kein Schaltjahr, 1980 ist ein Schaltjahr, dachte er, aber wir sind ja erst zum ersten Juli 1980 eingezogen worden, da fällt das nicht ins Gewicht, dachte er, und dann noch einmal drei Monate...

»Tageszahl, ihr Schnüffel.«

Frank versuchte, sich nicht durch seinen Ärger aus der Ruhe bringen zu lassen, der sich mehr daran entzündete, daß der Soldat sich dauernd wiederholte, als daran, daß er sie überhaupt belästigte, das wären dann zusätzlich die Monate Juli, August und September, dachte er, das sind zusammen zweiundneunzig Tage, die beiden Fingerknöchel kommen ja nebeneinander beim Abzählen, dachte er, also zweimal einunddreißig Tage hintereinander, Juli und August...

»Tageszahl, ihr verdammten Schnüffel.«

Der Soldat stand noch immer da und schwankte noch immer und hielt sich noch immer an der Tischkante fest. Es ist wie in einer Zeitblase, wir hängen fest, das geht jetzt immer so weiter, dachte Frank, mein Gott, ist das stumpf, dachte er, und wenn jetzt nicht bald die Zahl kommt, passiert irgend etwas verdammt Peinliches, also dreihundertfünfundsechzig plus zweiundneunzig...

»Tageszahl, ihr Schnüffel, ich will eure verdammte Tageszahl.« Der Soldat beugte sich nun zu Leppert hinunter und brachte sein Gesicht ganz nah an ihn heran. Leppert schaute ihn interessiert an, so wie man ein interessantes, aber auch ekelhaftes Tier im Zoo betrachtet, dann trank er seelenruhig einen Schluck Bier, ihn scheint das überhaupt nicht zu beeindrucken, dachte Frank bewundernd, also dreihundertsechzig plus neunzig plus fünf plus zwei sind vierhundertsiebenundfünfzig insgesamt, davon haben wir schon zwei abgedient, das macht...

»Du da, Tageszahl«, schrie der Soldat Leppert ins Gesicht.

Leppert stand auf. »Was willst du?« fragte er.

»Tageszahl«, sagte der Soldat. Er schien leicht verunsichert, sei es, weil er sich jetzt nicht mehr festhielt und dadurch umso mehr schwankte, sei es, weil Leppert einen halben Kopf größer war als er und ihm dämmerte, daß er sich vielleicht den Falschen ausgesucht hatte. Seine Kumpanen erkannten den Ernst der Lage und standen jetzt auch auf.

»Keinen Ärger Jungs, ich ruf die Wache an«, kam es vom Tresen herüber, aber darauf achtete keiner mehr.

»Tageszahl, du Schnüffel!«

Okay, dachte Frank, jetzt oder nie. Er tat nicht gerne, was er jetzt tun mußte, aber eine Schlägerei konnte zum jetzigen Zeitpunkt und an diesem Ort allerdings eine Menge Probleme aufwerfen. Was Harry wohl tun würde, dachte er kurz, naja, dachte er, alberne Frage…

»Vierhundertfünfundfünfzig«, rief er in den Raum.

Das änderte alles. Alle im Saal sahen jetzt zu ihm. »Ab morgen«, fügte er hinzu.

Und dann brüllten sie los, es gab ein Mordsgelächter, so als hätte Frank den besten Witz seines Lebens gemacht, und in das Gelächter mischte sich das Geräusch von Trillerpfeifen und später auch wieder der Ruf »Vize«, während alles immer weiterlachte, bis auf Frank und seine Kameraden, von denen Leppert noch immer neben dem betrunkenen, älteren Soldaten stand, der sich am meisten von allen nicht mehr einkriegte und »vierhundertfünfundfünfzig, vierhundertfünfundfünfzig« und »ich muß mich gruseln« rief, dann aber zu seinem Tisch zurückkehrte und mit seinen Leuten zusammen in die Trillerpfeifen blies, und dann wurde »hundertneunundsiebzig, ihr Schnüffel« von dort herübergebrüllt, und »Vize«, überhaupt kamen von überall her Tageszahlen, »zweihundertfünfundsechzig«, »neunundachtzig«, »achtundachtzig«, da sind sich zwei nicht einig, dachte Frank, aber dann trat schon Schmidt in Aktion und rief »vierhundertfünfundfünfzig, vierhundertfünfundfünfzig«, immer wieder, und Hoppe stimmte mit ein, und schließlich brüllten sie alle, auch

Frank, mit aller Wut und allem Trotz, die sie aufbringen konnten, ihre trostlose Tageszahl in den Raum, rhythmisch und gemeinsam, bis letztendlich der ältere Mann vom Tresen »Ruhe« und »jetzt ist aber genug« rief, so lange, bis wirklich Ruhe war und sich alle wieder um ihre Getränke kümmerten.

Das taten auch Frank und seine Kameraden, aber ihre Zeit war fast um, und die Luft war raus. Leppert holte zwar noch einmal eine Runde, aber sie hatten nichts mehr, worüber es sich zu unterhalten lohnte, die vorherigen Themen waren nicht mehr aktuell, und über ihr neuestes Erlebnis, bei dem sie sich, wie Frank es sah, ganz gut behauptet hatten, konnten sie hier und jetzt natürlich nicht reden, dazu war die Lage noch immer zu heikel. Sie tranken hastig und schweigend aus, während Frank sich fragte, ob nicht doch eine Schlägerei die bessere Lösung gewesen wäre. Es ist nicht gesagt, daß man hier als Hippietyp weit kommt, dachte er, es sieht eher nicht so aus, dachte er, andererseits bringt es auch nichts, hier gleich die Harrytour zu fahren, dachte er, man weiß ja nicht, was das für Folgen hat, egal wie man's macht, es ist immer falsch, dachte er, und darin schien ihm in dieser fremden Welt ein entscheidender Punkt zu liegen, das ist immerhin mal ein Ansatz, dachte er, vielleicht kann man darüber ja am Wochenende mal in Ruhe nachdenken, auch nüchtern und so, dachte er, denn ihm war schon ziemlich benebelt zumute.

Dann hatten sie ausgetrunken, und es war Zeit, in die Kompanie zurückzugehen, es war schon Viertel vor zehn, und als sie gingen, wurde ihnen einiges nachgerufen: »Zeit ins Bett zu gehen, ihr Schnüffel« und: »Die Kisten haben Zapfenstreich«, und ein bißchen gelacht wurde auch wieder, aber das war egal, das zog nicht mehr. Hoppe rief im Rausgehen noch ein provozierendes »Vierhundertfünfundfünfzig« zurück, und auch das war jetzt schon eher peinlich, und dann waren sie draußen, wo sie sich auf dem kurzen Weg zur Kompanie schnell noch gegenseitig auf die Schultern und Rücken hauten und sich bestätigten, daß man es den Arschlöchern aber ordentlich gezeigt hatte, und dann stolperten sie in ihre Stube, zogen sich aus und legten sich wie alle anderen in ihre Betten, bis auf Hartmann, der der Stubenälteste war und im Pyjama die Meldung machen mußte. »Stube mit neun Mann vollständig belegt, acht Mann in den Betten und so«, nuschelte er übermütig, aber der UvD störte sich nicht daran, befahl ihm nur, das Licht auszumachen, und wünschte eine gute Nacht. Frank lag noch einige Zeit im Dunkeln und versuchte sich die Zahl vierhundertfünfundfünfzig vorzustellen, vierhundertfünfundfünfzig Tage wie dieser, dachte er, aber das führte zu nichts, er war zu betrunken, er hatte das Bier nicht gut vertragen und den Jägermeister schon gar nicht. Ich werde am Wochenende darüber nachdenken, dachte er, übermorgen ist Wochenende, und dann wird erst mal so richtig in Ruhe nachgedacht. Mit diesem Gedanken schlief er ein.

6. WEGTRETEN

Der folgende Tag hatte es in sich, es schien, als sei der freie Abend am Mittwoch nur eine trügerische Verschnaufpause gewesen, ein kurzes, verwirrendes Lockern der Leine, die sich am Donnerstag umso straffer anzog. Frank schien es im nachhinein, als sei der Donnerstag seiner ersten Woche bei der Bundeswehr der längste Tag seines Lebens gewesen, ein Tag, der mit peniblen und mehr als bösartigen Stuben- und Spindkontrollen begann und mit ebenso peniblen und bösartigen Stuben- und Spindkontrollen zu Ende ging, dazwischen angefüllt mit Antreten, Marschieren, Stillgestanden, Rühren, Grüßen, Tarnen, Kriechen im Gelände, mit ABC-Schutzausbildung und anderen Dingen mehr, bei denen sie gar keine andere Wahl hatten, als dumm dazustehen und deshalb unaufhörlich das je nach Charakter entnervte, wütende, aufmunternde, gelangweilte, fröhliche, aufgesetzte, routinierte, immer aber einschüchternde Gebrüll ihrer Vorgesetzten über sich ergehen zu lassen, ein Tag, an dessen Ende Frank alle Hoffnung fahren ließ, daß er sich jemals an diese Welt würde gewöhnen können.

Der Freitag dagegen stand schon ganz im Zeichen des kommenden Wochenendes, wenn zunächst auch nur in einem negativen Sinne, denn schon beim frühmorgendlichen Antreten sagte der Spieß, daß sie das Wochenende nicht erleben würden, wenn Sie auf den letzten Drücker noch Anzeichen innerer oder äußerer Abschlaffung zeigen würden, sei es beim Stuben- und Revierreinigen, sei es bei den theoretischen Vorträgen, sei es bei der Formalausbildung, sei es beim Sport. Er ist ein rhetorischer Fuchs, dachte Frank, war aber trotzdem beunruhigt, er war sich nicht sicher, wie ernst diese Drohungen zu nehmen waren, und der Kompaniechef haute auch sofort in die gleiche Kerbe und ließ sie wissen, daß es ihn »nur ein müdes Lächeln« kosten würde, sie so lange dazubehalten, wie es sich als nötig erweisen sollte, und so ging das immer weiter, sie hatten eine Stunde Formalausbildung, links um, rechts um, ohne Tritt marsch, »...wenn das nicht klappt, üben wir das am Wochenende«, rief Fahnenjunker Tietz, und in den theoretischen Vortrag über Dienstgrade und Dienstgradgruppen bei der Bundeswehr wurden sie vom Spieß mit den Worten »Benehmen Sie sich anständig und hören Sie genau zu, sonst holen wir das am Wochenende nach« entlassen. Dann waren sie mit einem Oberleutnant aus dem 2. Zug allein, der ihnen Hefte gab, in die sie jede Schulterklappe mit der dazugehörigen Dienstgradbezeichnung malen sollten, »das kontrollieren wir gerne mal nach und üben das zur Not am Wochenende«, sagte der Oberleutnant, und dann ging es erst einmal eine Zeitlang um die Dienstgrade und Dienstgradabzeichen der Bundeswehr, und Frank konnte, obwohl nervös und fahrig wegen des zum Greifen nahen und doch irgendwie nicht näher kommenden, tatsächlich mit jeder Minute mehr gefährdeten Wochenendes, nicht umhin, fasziniert zu sein von der Vielfalt und Ausgebufftheit dieses Machtsystems, von den feinen Abstufungen und der unterdifferenzierenden Gliederung der Dienstgrade in ihren Dienstgradgruppen, sie haben den Bogen raus, sie haben einen Sinn für Systematik, dachte er, sie überlassen nichts dem Zufall. Da gab es die Mannschaften mit Pionier, Gefreiter, Obergefreiter und Hauptgefreiter, die Unteroffiziere mit Unteroffizier und Stabsunteroffizier, die Feldwebel mit Feldwebel, Oberfeldwebel, Hauptfeldwebel, Stabsfeldwebel und Oberstabsfeldwebel, »die letzten beiden gibt es aber kaum, wenn Sie so einen mal sehen, haben Sie Glück gehabt«, sagte der Oberleutnant, was Frank etwas bezweifelte, dann kamen die Offiziere, die Leutnante mit Leutnant und Oberleutnant, die Hauptleute mit nur einem Dienstgrad, dem Hauptmann, die Stabsoffiziere mit Major, Oberstleutnant und Oberst, und ganz oben die Generäle mit Brigadegeneral, Generalleutnant, Generalmajor und schließlich und endlich, ganz oben, mit Eichenlaub und vier Sternen, der schlichte General, außerdem die Unteroffiziers- und Offiziersanwärter mit ihren Spezialnamen und Spezialabzeichen und die Abzeichen und Dienstgrade im Sanitätsbereich, »Marine und Luftwaffe lassen wir mal aus«, sagte der Oberleutnant, »das braucht Sie erst mal nicht zu interessieren, das können Sie ja mal in Ruhe nachlesen, wenn Sie das interessiert«, sagte er, »das sind alles nur Rostklopfer und Rollbahnfeger, mit denen haben Sie nichts zu tun.« Als das vorbei war, hatten sie Sport, der fand trotz des schönen Wetters in der Halle statt, »wer sich nicht reinhängt, darf am Wochenende noch einmal ran«, rief gleich zu Anfang der vollbärtige, drahtige Feldwebel aus dem 1. Zug, der sie beim Sport anführte und der sich in seinem Sportzeug und mit seinem Sportgebrüll nicht groß von den Sportlehrern unterschied, die Frank noch aus seiner Schulzeit kannte. Er ließ sie im Kreis laufen, machte Gymnastik mit ihnen, und zu guter Letzt, »damit alle vor dem Wochenende noch ihren Spaß haben«, teilte er sie in zwei Gruppen auf und ließ sie Völkerball spielen, ein Spiel, das Frank eigentlich schon vergessen hatte oder jedenfalls vergessen haben wollte. Danach ging es zurück in die Kompanie, duschen und umziehen, dann kam das Mittagessen, und nach dem Mittagessen wurde geputzt. Sie hatten natürlich auch am Morgen schon Stuben- und Revierreinigen gehabt, aber jetzt ging alles noch einmal von vorne los, beim Antreten nach dem Essen schärfte der Spieß ihnen dringlichst ein, daß keiner ins Wochenende gehen würde, bevor nicht alle Stuben, Spinde und Reviere aufs gründlichste abgenommen worden waren, und so wischten, fegten, schrubbten, feudelten, bohnerten und polierten sie alles, was Wand, Boden, Klo oder Möbel war, räumten ihre Spinde auf, polierten Stiefel, falteten Hemden ein weiteres Mal auf DIN A4 und zitterten der Stuben- und Revierabnahme entgegen, die sich lange, lange hinzog und bei der niemand ohne Nachbesserungen davonkam, und als auch das endlich erledigt war, waren sie noch immer nicht frei, es galt noch einmal anzutreten und sich eine längere, ermahnende Ansprache des Kompaniechefs anzuhören, die im wesentlichen davon handelte, daß sie am Montag früh um ein Uhr alle wieder zurück sein mußten, daß sie vorsichtig fahren sollten, daß sie nur in Zivil oder im kleinen Dienstanzug die Kaserne verlassen durften, daß einige von ihnen, die Betreffenden wüßten es schon, noch zu lange Haare hätten und daß das ab Montag nicht mehr toleriert würde, daß sie vorsichtig fahren und sich nicht besaufen und der Truppe keine Schande machen sollten, daß sie vorsichtig fahren und sich am Wochenende nicht bei ihren Freundinnen verausgaben sollten und daß der Kompaniechef ihnen allen ein schönes Wochenende wünschte, daß sie vorsichtig fahren sollten und daß sie jetzt wegtreten könnten ins Wochenende, »aber erst, wenn ich das Wegtreten befohlen habe«, brüllte der Hauptmann in die entstandene Unruhe hinein, dann machte er eine kleine Kunstpause, um schließlich »Kompanie – Stillgestanden! Ins Wochenende – wegtreten!« zu brüllen, und dann waren alle verwirrt, nur wenige Rekruten trauten sich tatsächlich, sofort loszulaufen ins Kompaniegebäude, um sich umzuziehen, die meisten, unter ihnen auch Frank, standen erst noch eine Zeitlang ratlos herum und liefen erst hinterher, als kein Ruf ertönte, der die Laufenden zurückhielt, als es tatsächlich so aussah, als dürften sie das, als dürften sie wirklich einfach so weglaufen und sich umziehen und ins Wochenende fahren, als wären sie wirklich endlich frei.

Frank hatte Hoppe, Leppert und Schmidt versprochen, sie bis zum Bremer Hauptbahnhof mitzunehmen, »sonst wird das ja 'ne Weltreise mit der Bahn«, hatte Hoppe gesagt, und so saß Leppert vorne neben ihm, und Hoppe und Schmidt saßen auf der Rückbank, als sie in Franks Kadett durch das Kasernentor in die Freiheit fuhren. Sie taten das schweigend, geradezu ehrfürchtig, und erst als der Wagen sich in einiger Entfernung von der Kaserne, auf der Landstraße nach Verden, sanft in die Kurven legte und Frank außerdem noch das Radio eingeschaltet hatte, brach Hoppe das allgemeine Schweigen.

»Habt ihr gesehen?« rief er. »Schmidt hat die Fahne gegrüßt, als wir rausgefahren sind.«

»Quatsch, habe ich gar nicht.«

»Mußt du aber«, sagte Hoppe. »Wenn du in Uniform bist, mußt du die Fahne grüßen.«

»Wieso das denn? Wer sagt das denn?«

»Ist doch logisch.«

»Doch nicht im Auto. Doch nicht im Sitzen, wie soll denn das gehen, im Sitzen?!«

Schmidt klang etwas kleinlaut. Er trug als einziger den kleinen Dienstanzug. Er hatte es seiner Mutter versprochen.

»Mann«, sagte Hoppe, »was hast du bloß für eine Mutter, daß die sich sowas angucken will.«

»Was geht's dich an.«

»Wär mir peinlich«, sagte Hoppe. »Sieht auch scheiße aus.«

»Ja, ja«, sagte Schmidt. »Guck dich mal lieber selbst an, dann weißt du, was scheiße aussieht.«

»Dann mußt du auch die Fahne grüßen«, ließ Hoppe ihn nicht in Ruhe. »Jede Fahne, jedenfalls die deutsche. Und Meldung machen.«

»Meldung machen ist Quatsch«, mischte sich Frank von vorne ein. Schmidt tat ihm ein bißchen leid. Er hat es seiner Mutter versprochen, dachte er, da kann man nichts machen. Er wußte, wie das war. Man darf ihnen nichts versprechen, nicht den Müttern, dachte er. »Grüßen weiß ich nicht, aber Meldung machen ist doch Blödsinn, an wen denn?«

»Was weiß ich...« Hoppe lachte. »An den nächsten Typ, der vorbeigeht oder so.«

»Hoppe, manchmal bist du ganz schön bescheuert«, sagte Schmidt. Dann schwiegen sie wieder.

Es war ein schöner Tag, und die Schatten der die Landstraße säumenden, im Wind schwankenden Pappeln wischten fröhlich über den Asphalt, als sie sich der Autobahn näherten. Frank wünschte sich, er wäre schon alleine, solange die anderen bei ihm waren, wurde er das Kasernengefühl nicht los, es sind gute Jungs, dachte er, aber sie gehören nicht ins Wochenende, man muß ja auch irgendwann mal allein sein, mal richtig über alles nachdenken, ganz in Ruhe, dachte er. Als sie die Autobahn erreichten, quälte er den Kadett auf selbstzerstörerische hundertvierzig Sachen hoch, der Wagen dröhnte und vibrierte und klapperte wie ein alter Kühlschrank, was jede weitere Unterhaltung ausschloß, es bringt ja auch nichts mehr, dachte Frank, was soll man jetzt noch sagen, aber trotzdem fand er das Schweigen bedrückend. Solange wir hier zusammen im Auto sitzen, kommt man sowieso nicht zum Nachdenken, dachte er, das Schweigen ist genauso ablenkend, wie wenn einer was sagen würde, dachte er, und dann überlegte er, ob *er* nicht vielleicht etwas sagen könnte, aber ihm fiel nichts ein, es ist alles gesagt, genauer gesagt, dachte er, ist alles schon mehrmals gesagt, schon am allerersten Abend in der Kaserne hatte Leppert irgendwann mal »Alles Scheiße« gesagt, erinnerte sich Frank, das war eigentlich schon alles, dachte er, und seitdem war dieser Kommentar oft wiederholt worden, vor allem von Schmidt, der allerdings oft auch »alles Scheiße, deine Elli« gesagt hatte, was Frank etwas kindisch vorkam, aber was soll's, dachte er, Schmidt ist ja auch fast zwei Jahre jünger, und dann schrie Hoppe auf, weil Frank fast auf einen LKW aufgefahren wäre, und dann waren sie auch schon runter von der Autobahn, in Bremen, und sie fuhren an der Neuen Vahr Süd vorbei zum Hauptbahnhof. Frank bescheinigte sich bei dieser Gelegenheit ein hohes moralisches Guthaben, weil er diesen Umweg für seine Kameraden machte und dadurch im dichten Freitagnachmittagsverkehr mindestens eine Dreiviertelstunde seines Wochenendes opferte, aber schließlich mochte er sie ganz gerne, das glaubte er wenigstens, es ist auch eine Zwangsgemeinschaft, dachte er, da hat man kaum eine Möglichkeit, sie nicht zu mögen, andererseits mag man aber Neuhaus und Raatz nicht, dachte er, auch wenn sie auf derselben Stube sind, nun gut, das waren Offiziersanwärter, Zeitsoldaten, mußte er zugeben, da war das nur natürlich, daß man mit ihnen nichts anfangen konnte, aber mit Klotz und Neubarth kam er auch nicht richtig klar, mußte er sich eingestehen, während er sich mit Hoppe, Schmidt, Leppert und Hartmann von vornherein gut verstanden hatte, da muß man auch mal in Ruhe drüber nachdenken, wie das wohl kommt, wieso ausgerechnet die, dachte er, aber nicht jetzt, jetzt müssen die erstmal weg, die armen Schweine, dachte er, die haben es noch weit, die sind erst heute abend zu Hause, dachte er. Aber es nervte ihn trotzdem, seine Zeit damit zu verplempern, in Schwachhausen im Stau zu stehen, und die armen Schweine nervten ihn auch, sie wurden immer unruhiger und riefen ihre Zugabfahrtzeiten auf, um ihn zu waghalsigen Stauschummelmanövern anzustiften, »fahr doch da eben über den Bürgersteig«, sagte zum Beispiel Hoppe immer wieder, sie hetzen mich, dachte Frank, sie sind undankbar, und ungefähr auf der Höhe der LVA Oldenburg-Bremen spielte er sogar kurz mit dem Gedanken, sie aus dem Auto zu werfen und die Straßenbahn nehmen zu lassen, aber dann waren sie endlich am Hauptbahnhof, die Jungs stiegen aus, riefen ihm ein aufrichtiges und herzliches Dankeschön zu, Schmidt klopfte ihm sogar auf die Schulter, obwohl er seinen Zug verpaßt hatte, wie er nicht müde wurde zu bejammern, und Frank fühlte sich ein bißchen schuldig, weil er sie heimlich verflucht hatte. Er sah ihnen nach, wie sie breitbeinig auf den Haupteingang des Bahnhofes zugingen, und fragte sich, was er jetzt machen sollte, wohin er gehen sollte, um jetzt endlich einmal in Ruhe über alles nachzudenken. Er beschloß, daß es das beste wäre, nach Hause zu fahren und sich in die Badewanne zu legen.

7. DER FERNSEHER

Bei ihm zu Hause war noch keiner, und das war Frank ganz recht so, er wollte mit niemandem reden, schon gar nicht mit seinen Eltern, die ihn sicher über die Bundeswehr ausfragen würden, davon war er fest überzeugt, das wird noch schwer genug, dachte er, da ist es besser, wenn man erst mal in die Badewanne geht und in Ruhe nachdenkt. Aber in seinem Zimmer, das eigentlich nur ein sogenanntes halbes Zimmer war, wartete eine Überraschung auf ihn: Der Schreibtisch, ein Schülerschreibtisch, den seine Eltern für ihn und seinen Bruder vor vielen, vielen Jahren einmal gekauft hatten, war leergeräumt und in die Mitte des Zimmers geschoben, und darauf stand ein riesiger Fernseher, dessen Rückwand abgenommen und auf das Bett gelegt worden war. Das kann nicht wahr sein, das ist ein Irrtum, dachte Frank und betrachtete das riesige Ding, das ihm irgendwie bekannt vorkam, obwohl es nicht der Fernseher seiner Eltern war, es war ein fremder Fernseher, aber dennoch kam er ihm entfernt bekannt vor, er wußte nur nicht, woher, und jetzt stand er hier in seinem Zimmer. Frank betrachtete das Gerät genauer. Aus der Rückseite ragte das Ende der Bildröhre heraus wie die Spitze eines Eisbergs, und einige Drähte waren lose. Ein Schraubenzieher, ein Lötkolben und eine kleine Zange lagen daneben. Frank faßte lieber nichts an. Er traute Fernsehern nicht, seit ihm Wolli, ein Ex-Genosse von Martin Klapp, mal erzählt hatte, daß Fernseher auch dann, wenn sie vom Netz genommen waren, noch Stromschläge austeilen konnten. Zwar hatte Wolli auf Franks interessierte Nachfrage, wie das denn angehen könne, nur etwas Diffuses von Kondensatoren und Transformatoren gemurmelt, und Frank war sich ziemlich sicher, daß Wolli den üblichen Quatsch geredet hatte, den man von ihm kannte, er hatte sogar behauptet, er wüßte von einem, der an sowas mal gestorben sei, was reichlich dick aufgetragen war, wie Frank fand, aber trotzdem faßte er lieber nichts an, man weiß ja nie, dachte er, die Sache war ihm nicht geheuer, ein absolutes Rätsel, man kommt nach Hause und findet in seinem Zimmer einen fremden, hinten geöffneten Fernseher, das ist ein Affront, dachte Frank, das ist die ultimative Demütigung. Daß seine Eltern zu so etwas fähig waren, beunruhigte ihn sehr. Er konnte das nicht mehr mit ansehen, also zog er sich aus und ging wie geplant in die Badewanne, um jetzt aber wirklich einmal in Ruhe über alles nachzudenken.

Daraus wurde aber irgendwie nichts. Er lag in der Badewanne und versuchte, sich an die Fragen zu erinnern, über die er die ganze Zeit in der Kaserne hatte nachdenken wollen, aber hier, in der richtigen Welt, kam ihm der Bundeswehrkram reichlich unwirklich vor, wie ein Alptraum, dessen Einzelheiten nach dem Erwachen ganz schnell verblassen, so daß nur ein allgemeines Gefühl der Bedrückung und des Schreckens bleibt. Er konnte die Angst, die er beim Gebrüll der Vorgesetzten immer wieder empfunden hatte, nicht mehr verstehen, auch nicht die Selbstverständlichkeit, mit der er alle an ihn gerichteten Befehle befolgt hatte, nicht den Terror der Stuben- und Spindkontrollen und auch mehr nicht die Angst davor, aus der Masse seiner Kameraden herausgepickt zu werden. Er wußte zwar noch, wie sich das alles angefühlt hatte, aber er verstand es nicht mehr, es ergab keinen Sinn, und alles, was hier und jetzt in der Badewanne noch davon übrig war, war ein Gefühl der Verwirrung und Beschämung, deshalb holte er sich lieber erstmal einen runter und schlief danach in der Wanne ein.

Er erwachte, als seine Mutter an die Tür klopfte und rief, daß es gleich Abendbrot geben würde und daß sie und sein Vater auch mal aufs Klo müßten. »Wir warten jetzt schon lange genug«, rief sie, »nun ist aber auch mal gut!«

Das Wasser war gerade noch lauwarm, solange er sich nicht bewegte, wenn er sich bewegte, war es kalt, und so lag er noch einen Moment lang regungslos da, bevor er seufzend den Stöpsel herauszog, aus der Wanne stieg und sich die Kleider anzog, die er immer, wenn er in die Badewanne ging, mit ins Badezimmer nahm, um seinen Eltern nicht aus Versehen nackt oder halb bekleidet entgegentreten zu müssen.

Er wartete, bis sie sich zum Abendessen gesetzt hatten, bevor er seine Eltern nach dem Fernseher fragte. Er wollte ihnen die Chance geben, die Sache von sich aus zu erklären, aber sie ließen sich nichts anmerken, seine Mutter machte Rührei mit Schinken und sein Vater ging auf den Balkon, um die Blumen zu gießen. Dann setzten sie sich hin, um zu essen.

»Wie war's denn so?« fragte sein Vater, während Frank allen Tee eingoß.

»Super«, sagte Frank. »Ganz toll.«

»Das ist schön«, sagte seine Mutter.

»Ich habe da mal eine Frage«, sagte Frank boshaft freundlich, »da ist so ein Fernseher in meinem Zimmer, soll das eine Überraschung sein?«

»Oh nein, der ist nicht für dich«, sagte seine Mutter. »Das ist der von Tante Helga.«

»Ach so, der von Tante Helga«, sagte Frank. »Daher kam der mir so bekannt vor.«

»Ja«, sagte seine Mutter. »Dein Vater repariert den.«

»Oh, mein Vater repariert den, das ist schön.«

»Tut mir leid«, sagte sein Vater, »ich bin nicht damit fertig geworden. Ich wollte ihn eigentlich wieder wegräumen, bevor du wiederkommst, aber ich habe gedacht, du kommst heute erst später.«

»Nein, die lassen einen da früh wieder raus, freitags«, sagte Frank.

»Außerdem weiß ich nicht genau, wohin damit«, sagte sein Vater, »ich meine, ich kann ihn ja nicht ins Bad stellen oder so.«

»Nein, das geht natürlich nicht.«

»Und im Wohnzimmer, ich meine, soviel Platz ist hier auch nicht«, sagte sein Vater.

»Nein, im Wohnzimmer ist ja schon ein Fernseher«, sagte Frank. »Seit wann reparierst du denn überhaupt Fernseher?«

»Habe ich früher schon gemacht, als ihr klein wart.«

»Da hatten wir doch gar keinen Fernseher. Und Tante Helga auch nicht.«

»Aber Radios.«

»Und jetzt reparierst du Fernseher?«

»Ihm macht das Spaß«, sagte seine Mutter.

»Das kann man ja für Helga wohl mal machen«, sagte sein Vater, »das ist schließlich meine Schwester.«

»Außerdem macht ihm das Spaß«, sagte seine Mutter.

Frank sah vom einen zur anderen, um in ihren Gesichtern irgendein Indiz dafür zu finden, was der Unsinn sollte.

»Quatsch, Spaß«, wiegelte sein Vater unterdessen ab, »was soll denn Helga ihr Geld in einen Fernsehladen schleppen, wenn ich das für sie machen kann, so dicke hat sie's ja nun auch wieder nicht.«

»Das hast du doch selbst gesagt«, sagte seine Mutter, »und Helga hat das auch gesagt, daß dir das Spaß macht.«

»Helga, die redet auch viel, wenn der Tag lang ist.«

Frank starrte die beiden noch immer fassungslos an.

»Äh...«, warf er vorsichtig ein. Die beiden sahen ihn an.

»Also du reparierst ihren Fernseher«, stellte Frank vorsichtshalber noch einmal klar. »In meinem Zimmer.«

»Ja«, sagte sein Vater, so als ob das das Normalste der Welt sei. »Ich meine, ich hoffe, ich kriege das hin, ich bin noch nicht richtig fertig geworden.«

Frank wußte nicht, was er sagen sollte. Da steckt irgendwas dahinter, dachte er, sie wollen mir etwas sagen, sie stellen sich blöd, dachte er, aber da steckt irgendwas dahinter. Er hatte einen Verdacht, was das sein könnte, aber es fiel ihm schwer zu glauben, daß seine Eltern so ausgebufft waren, es ihm mit Hilfe eines Fernsehers von Tante Helga zu verklickern. Am besten, man schleicht nicht lange um den heißen Brei herum, dachte er.

»Wollt ihr, daß ich ausziehe?« fragte er.

Seine Eltern guckten sich an.

»Also... nein!« sagte seine Mutter nachdenklich. Sein Vater schüttelte bedächtig den Kopf. Es kam Frank nicht so vor, als ob sie sich ertappt fühlten. Es sah aber auch nicht so aus, als ob sie dieser Gedanke besonders schreckte. Langsam wurden ihm die beiden unheimlich. Man darf sie nicht unterschätzen, dachte er.

»Wie kommst du denn darauf?« fragte ihn sein Vater gelassen.

»Naja«, sagte Frank und versuchte, seine Erregung im Zaum zu halten, »ich bin gerade mal vier Tage weg und ihr räumt mein Zimmer um, ich meine, ihr stellt meinen Schreibtisch um und tut da einen Fernseher drauf, findet ihr das normal, oder was? Ich meine, das ist *mein* Zimmer!« Frank wurde langsam lauter, er redete sich in eine gewisse Rage hinein und konnte nichts dagegen machen. »Ich meine, das ist *mein* Zimmer«, wiederholte er, »und ich bin vier Tage weg, und dann steht da der Fernseher von Tante Helga aufgeschraubt rum, und auf meinem Bett liegt die Rückseite von dem Ding und da liegen Werkzeuge rum, das muß man sich mal vorstellen, ich meine, das ist ja wohl überdeutlich!«

»Das macht ihm Spaß«, sagte seine Mutter. »Dein Vater muß doch auch mal was haben, was ihm Spaß macht. Und du bist ab jetzt die ganze Woche immer nicht da, da werden wir doch wohl das Zimmer auch noch für was anderes benutzen können.«

»Wieso überdeutlich, das verstehe ich nicht«, sagte sein Vater.

»Mein Zimmer«, sagte Frank und merkte, daß seine Stimme heiser war und eine Tendenz zum Überschnappen hatte, sie kapieren es nicht, dachte er, sie wollen mich loswerden, aber sie merken das gar nicht, »das ist *mein* Zimmer, oder war bis jetzt jedenfalls mein Zimmer, und wenn ihr das einfach, ohne einen zu fragen, hernehmt, um darin Fernseher zu reparieren, ich meine, da könnt ihr doch genausogut ›Hau ab‹ an die Wand schreiben, das ist doch quasi eine... eine nonverbale Freudsche Fehlleistung ist das doch quasi.« Das ist gut, dachte Frank, nonverbale Freudsche Fehlleistung ist stark, und er fragte sich, ob er sich das wirklich selber ausgedacht oder irgendwann einmal bei Martin Klapp gehört hatte, es klang eigentlich mehr wie Martin Klapp.

»Jetzt komm mal auf den Teppich, Frank«, sagte sein Vater. »Das ist zunächst mal ein Fernseher, den ich für Helga repariere, und das ist schließlich auch deine Tante, da kann man ja wohl mal ein kleines Opfer bringen.«

»Niemand will dich hier raushaben«, sagte seine Mutter. »Ich meine, du wohnst ja praktisch sowieso nicht mehr hier, du bist ja sowieso nie da.«

»Aha«, rief Frank, »da haben wir's ja. Da sagst du es selbst. Da sagst du selbst, daß ich hier eurer Meinung nach praktisch nicht mehr wohne. Da kann man natürlich auch in meinem Zimmer einfach so rumräumen, das ist ja klar. Da fragt man auch gar nicht mehr. Das ist für euch ja gar nicht mehr mein Zimmer. Das heißt doch, daß ihr einen Zustand offiziell machen wollt, von dessen Existenz ihr sowieso schon überzeugt seid!«

»Jetzt hör doch mal auf mit diesem verschraubten Kram«, sagte sein Vater. »Das ist ein Fernseher, und den repariere ich jetzt. Schluß!«

Frank schaute seinem Vater in die Augen. Er meinte, dort eine gewisse Härte wahrzunehmen, die er so von ihm schon lange nicht mehr kannte, sie war wie ein verstaubtes Andenken aus längst vergangenen Tagen, aus einer Zeit, als das Wort seines Vaters noch Gesetz gewesen war, bevor Manni irgendwann – und wann war das noch einmal genau gewesen? – damit Schluß gemacht hatte.

»Also, um das noch einmal klarzukriegen«, sagte Frank und ließ den Blick nicht von seinem Vater ab, »du meinst, das ist okay so, und das soll auch so bleiben?«

»Der Fernseher muß repariert werden«, bestätigte seelenruhig sein Vater.

»In meinem Zimmer?«

»In deinem Zimmer!«

Sie sahen sich weiter in die Augen. Er meint das so, dachte Frank. Er meint das wirklich so. Er will mein Zimmer. Das war's dann wohl, dachte Frank und war darüber seltsam erleichtert.

»Das macht ihm doch auch Spaß«, sagte seine Mutter unterdessen, und es klang ein bißchen verzweifelt, »das mußt du doch auch mal verstehen!«

»In meinem Zimmer? Auch wenn mir das nicht paßt?« sagte Frank zur Sicherheit noch einmal zu seinem Vater.

»Auch wenn dir das nicht paßt«, bekräftigte sein Vater. »Du wohnst umsonst hier, du bist die ganze Woche nicht da, und wenn du dafür nicht auch bereit bist, mal nachzugeben, dann tut's mir leid.«

»Mir auch«, sagte Frank.

»Ja«, sagte sein Vater.

»Dann suche ich mir wohl mal besser ein anderes Zimmer irgendwo«, sagte Frank und sah seinen Vater weiter an. Das hätte ich schon lange machen sollen, dachte er, das war höchste Zeit, aber er war traurig, daß es *so* hatte kommen müssen. Man hätte das früher machen sollen, ohne Streit, dachte er, es ist wie mit der Verweigerung, ich hab's verpennt, und dann ergreifen die anderen die Initiative.

»Dann ziehe ich eben aus«, sagte er. »Wollte ich sowieso schon machen.«

»Wie du willst«, sagte sein Vater und schaute, wie um zu zeigen, daß alles gesagt sei, aus dem Fenster.

»Hört doch auf damit«, rief seine Mutter und begann zu weinen. »Doch nicht wegen einem Fernseher, wegen sowas zieht man doch nicht aus. Das macht ihm doch Spaß, sowas zu reparieren.«

»Hör doch mal mit diesem Spaßquatsch auf, Martha, darum geht's doch jetzt gar nicht.«

»Wieso nicht? Du hast doch gesagt, daß du das jetzt öfter machen willst.« Franks Mutter wischte sich die Augen aus. »Ist doch nichts Schlimmes dabei. Ist doch gut, wenn man an sowas Spaß hat. Da brauchst du auch nicht gleich auszuziehen«, wandte sie sich an Frank, »du bist doch sowieso jetzt immer die ganze Woche nicht da, da brauchst du doch nicht extra irgendwo ein Zimmer zu bezahlen, das kostet doch auch.«

»Nein, laß mal«, sagte Frank mit einer plötzlichen Lust zur Grausamkeit, »ich hab ja was gespart. Das muß ja auch mal weg, das Geld.«

»Er kann ruhig ausziehen«, sagte sein Vater. »Er ist zwanzig Jahre alt, er hat was gelernt, da braucht er nicht mehr unbedingt bei seinen Eltern zu wohnen.«

»Hör doch auf damit, Ernst! Ich habe dir gleich gesagt, daß das nicht unbedingt in seinem Zimmer sein muß. Und Helga hätte den Fernseher genausogut ins Geschäft bringen können. Dann wäre er vielleicht auch schon wieder fertig. Die hat jetzt überhaupt keinen Fernseher, die wartet da seit Tagen drauf, daß du den wieder hinkriegst.«

»Darum geht's doch jetzt gar nicht«, sagte sein Vater.

Franks Mutter begann wieder ein bißchen zu weinen. »Das eigene Kind aus dem Haus zu treiben! Mit einem Fernseher!«

Frank legte ihr eine Hand auf die Schulter. Sie tat ihm leid. Und sein Vater irgendwie auch. Ich hätte es selbst machen sollen, dachte er. Es ist nicht fair, daß sie so einen Quatsch machen müssen, um mich loszuwerden. »Laß doch«, sagte er zu seiner Mutter, um die Sache versöhnlicher zu gestalten, »er hat schon recht. Darum geht's eigentlich gar nicht. Ich hätte schon lange mal ausziehen sollen.«

»Wieso das denn?« fragte seine Mutter aggressiv und wischte sich wieder die Augen aus. »Ist dir das hier nicht mehr gut genug, oder was?«

»Darum geht's doch gar nicht«, sagte Frank.

»Wegen einem Fernseher!«, schnaubte seine Mutter empört. »Ihr spinnt doch, ihr beide.«

»Hör doch mal mit dem Fernseher auf«, sagte Franks Vater.

»Wieso soll ich mit dem Fernseher aufhören? Wessen Idee war das denn? Meine? Wer hat denn gesagt, daß er endlich mal Platz haben will, um sowas wie Fernseher zu reparieren?«

»Das hast du gesagt?« fragte Frank belustigt. »Du willst sowas wie Fernseher reparieren? Jetzt dauernd, oder was?«

Sein Vater schaute etwas peinlich berührt. »So habe ich das gar nicht gesagt.«

»Das hast du wohl gesagt. Und daß dir das Spaß macht.«

»Unsinn.«

Frank lachte. »Fernseher reparieren? Als Hobby?«

»Sei du still«, sagte seine Mutter. »Was soll daran schlecht sein?«

»Da kann man eine gewischt bekommen«, sagte Frank gutgelaunt.

»Was meinst du damit?« fragte seine Mutter.

»Stromschlag. Von den Kondensatoren oder Transformatoren oder so. Ich kenn einen, der einen kennt, der daran sogar mal gestorben ist.«

»Blödsinn«, sagte sein Vater.

»Da mußt du aber aufpassen«, sagte seine Mutter. »Mir ist das ja auch nicht ganz geheuer.«

»Das ist doch Quatsch«, wiegelte sein Vater ab. »Das sind doch Schauermärchen. Man muß den nur richtig entladen.«

»Nur daß es keine Toten gibt...« sagte Frank.

»Wo willst du denn überhaupt hinziehen?« wechselte seine Mutter schnell das Thema. Sie hat sich schon damit abgefunden, dachte Frank, das ging ja schnell.

»Ich werde schon was finden«, sagte er.

»Ja, aber nicht, daß du da soviel zahlen mußt.«

»Ich hab ja noch was gespart, das muß doch auch mal weg. Und dann bekomme ich ja noch sechs Mark fünfzig am Tag von der Bundeswehr«, sagte er und lachte.

»O Gott, wieviel ist das denn im Monat?«

»Das langt schon«, sagte Frank.

»Jetzt ist das Rührei ganz kalt«, sagte seine Mutter. »Soll ich das noch einmal aufwärmen?«

»Nein, laß mal, das schmeckt auch kalt ganz gut«, sagte sein Vater.

Frank sah zum Fenster hinaus. Unten auf dem Parkplatz beschnupperten sich zwei Autos. Er sah ihnen eine Weile dabei zu und überlegte, wie er auf die Schnelle etwas zum Wohnen finden sollte. Erstmal Martin Klapp fragen, dachte er, der wird schon was wissen. Dann begann auch er sein Rührei zu essen.

»Wie war's denn nun überhaupt so bei der Bundeswehr?« fragte sein Vater nach einer Weile mit vollem Mund.

»Geht so«, sagte Frank.
»Dann ist ja gut«, sagte sein Vater.

8. DER DURCHBRUCH

Frank vermutete, daß Martin Klapp zu dieser Zeit in seiner neuen Wohnung renovieren würde, er wußte aber nicht genau, wo die war, nur daß sie am Ostertorsteinweg lag, also fuhr er zu Martin Klapps alter Wohnung, einem kleinen Haus in der Straße Auf dem Peterswerder, um sich bei seinen bisherigen Mitbewohnern nach der neuen Adresse zu erkundigen. Martin Klapps bisherige Mitbewohner waren zwei Lehrer, Mann und Frau, Ex-Genossen von ihm, Frank kannte sie ein wenig seit einer Demonstration für den Befreiungskampf des Volkes von Simbabwe, zu der mitzukommen er sich von Martin Klapp einmal hatte breitschlagen lassen. Martin Klapp war damals noch organisiert gewesen. Einige Zeit später war er bei den Lehrern eingezogen und wiederum einige Zeit später aus dem KBW ausgetreten, was dann wohl die Atmosphäre in der WG etwas abgekühlt hatte.

Die Frau öffnete ihm, als er klingelte. Sie war hochschwanger, und Frank erinnerte sich in diesem Moment daran, daß das der eigentliche Grund war, warum Martin Klapp umziehen mußte, »Sie brauchen den Platz für das Blag«, hatte er zu Frank gesagt, »dabei sind die Dinger so klein«, er hatte mit den Händen gezeigt, wie klein, »was brauchen die schon für Platz.« Die Frau war so dermaßen schwanger, daß Frank vom obersten Absatz der Treppe zum Haus einen Schritt hinunterging, als sie vortrat. Er sah von unten zu ihr hoch und fragte, ob Martin Klapp da sei.

Sie lächelte, lehnte sich an den Türpfosten, verschränkte die Hände unter ihrem Bauch und sagte »Nein, er ist in seiner neuen Wohnung, renovieren«, worauf Frank fragte, wo diese neue Wohnung genau sei.

»Was weiß ich?« sagte sie und rief dann nach hinten »Wolfgang, weißt du, wo die neue Wohnung von Martin ist?«

Wolfgang trat hinter sie und schaute über sie hinweg auf Frank hinunter.

»Keine Ahnung«, sagte er und lächelte ebenfalls. Frank lächelte zurück, er hatte zwar keine Lust zu lächeln, aber er wollte auch kein Spielverderber sein.

»Wenigstens ungefähr?« schlug er vor.

»Warte mal...« Der Mann setzte ein nachdenkliches Gesicht auf und hielt dabei seine Frau von hinten an den Schultern fest, als befürchtete er, sie könne vornüber kippen. »Überm Cinema«, sagte er schließlich. »Die ist überm Cinema. Mehr weiß ich auch nicht.«

»Das ist doch schon mal allerhand«, sagte Frank und verabschiedete sich. Als er aus dem Vorgarten ging, sah er sich noch einmal um, und da die beiden dort immer noch lächelnd standen und ihm nachsahen, winkte er ihnen zum Abschied noch einmal zu. Sie winkten zurück. Er fragte sich, ob sie immer noch im KBW organisiert waren, wahrscheinlich nicht, dachte er, und wenn, dann nicht mehr lange. Sie sahen nicht mehr so richtig nach Weltrevolution aus, fand er, und sie hatten schon damals, bei der Demo, keinen sehr enthusiastischen Eindruck auf ihn gemacht. Er nahm sich vor, Martin Klapp danach zu fragen. Aus irgendeinem ihm selbst nicht bekannten Grund interessierte ihn sowas.

Das Cinema Ostertor war ein Kommunal- und Programmkino am Ostertorsteinweg, fast an der Sielwall-Kreuzung, dort, wo immer die Junkies herumlungerten. Links davon war ein Hauseingang, der zu den darüberliegenden Wohnungen führte. Im Treppenhaus roch es nach Urin und Schimmel. Frank ging langsam die Treppen hoch, studierte die Klingelschilder und horchte ein bißchen. Im zweiten Stock gab es kein Klingelschild, dafür aber Stimmen hinter der Tür und kratzende Geräusche. Er klopfte, und Martin Klapp öffnete ihm.

»Frankie«, sagte er kein bißchen überrascht. Er trug

einen blauen Overall und hatte einen Spachtel in der Hand. »Gut, daß du kommst. Wir ziehen gerade die Tapeten ab.«

»Aha«, sagte Frank und trat ein. Im Flur der Wohnung standen auch Ralf Müller und Achim, der Ex-Genosse, der beim Bund gewesen war. Auch sie trugen alte Klamotten und hatten Spachtel in der Hand. Ralf Müller beachtete ihn nicht, sondern kratzte eifrig mit dem Spachtel an der Wand herum. Frank kam das ziemlich sinnlos vor. Alles was Ralf Müller erreichte, war, daß sich kleine Tapetenfetzen lockerten, an denen er von Zeit zu Zeit herumzupfte.

»Hallo Frankie«, sagte Achim. »Und du bist jetzt beim Bund?«

»Ja«, sagte Frank.

»Wie viele Tage?«

»Gerade erst angefangen«, sagte Frank.

»Ich hol dir ein Bier«, sagte Martin Klapp und ging in einen anderen Raum.

»Und? Wie läuft's?« fragte Achim.

»Beschissen«, sagte Frank. Viel mehr wollte er mit Achim darüber eigentlich nicht reden, er kannte ihn ja kaum. Achim war in dieselbe Schule wie er und Ralf Müller und Martin Klapp gegangen, in das Gymnasium an der Kurt-Schumacher-Allee, aber er war zwei Klassen über ihnen gewesen, und er hatte auch die Zelle des Kommunistischen Oberschülerbundes geleitet, in der die anderen beiden damals organisiert gewesen waren. Frank hatte darauf keine Lust gehabt und kurze Zeit später sowieso die Schule verlassen.

»Ja, Bund ist bitter«, sagte Achim und kratzte auch ein bißchen an der Wand herum. Er wirkte viel älter als die anderen beiden. Die zwei Jahre allein können es nicht sein, dachte Frank, vielleicht liegt's am Schnurrbart, oder daran, daß er gedient hat, das macht alt, dachte er, das sieht man an Fahnenjunker Tietz. Frank wußte nicht, ob Achim immer noch organisiert war. Vielleicht ist er noch dabei und will mich an-agitieren, dachte er boshaft, gleich will er mir eine KVZ verkaufen. Er wußte nicht genau, warum er plötzlich so sauer auf Achim war, aber das war er, wie ihm in diesem Moment bewußt wurde, und da er schon mal dabei war, gestand er sich auch gleich ein, daß er ebenso sauer auf Ralf Müller war.

»Bin froh, daß ich's hinter mir habe«, sagte Achim.

»Ja, ja, du warst auch dabei, genau«, sagte Frank lustlos.

»Ja«, sagte Achim und lachte etwas gezwungen. »Politische Arbeit und so. Ich war sogar Vertrauensmann.«

»Jaja, soso«, sagte Frank und nahm eine warme Flasche Bier von Martin Klapp. »Das war sicher eine gute Idee, beim Bund politische Arbeit zu machen.«

»Dann prost erstmal«, wechselte Martin Klapp das Thema. »Renovieren ohne Bier geht nicht.«

Die beiden anderen bekamen auch ein Bier, und so standen sie eine Zeitlang im Flur herum und tranken und schwiegen.

»Wo habt ihr die Wohnung her?« sagte Frank irgendwann, damit es nicht so still war.

»Vom Liegenschaftsamt«, sagte Martin Klapp, »über einen Onkel von Ralf. Ralf und ich haben zusammen den Mietvertrag.«

»War schwer genug zu kriegen«, sagte Ralf Müller.

»Ich zeig dir das mal«, sagte Martin Klapp und führte ihn herum. Sie gingen in die Küche. »Herd, Spüle, alles da«, sagte Martin Klapp stolz. Hinter der Küche ging ein kleines Bad mit Klo ab. »Das funktioniert alles astrein«, sagte Martin Klapp und zog an der Klospülung. »Na prima«, sagte Frank und schaute mit Martin Klapp zusammen dem Klo beim Spülen zu. »Die Dusche auch«, sagte Martin Klapp und drehte die Dusche auf. Es gab keinen Duschvorhang, deshalb wurden sie beide ordentlich naß dabei. »Das machen wir alles noch«, sagte Martin Klapp und ging mit ihm weiter. Er zeigte ihm die Zimmer von Ralf Müller und Achim. »Und das ist mein Zimmer, da geht man erstmal durch dieses Durchgangszimmer, das geht da vorne ab«, sagte er und führte Frank durch ein kleines Durchgangszimmer hindurch in sein eigenes Zimmer, das erheblich größer war.

»Das ist ein bißchen blöd mit dem Durchgangszimmer«, sagte Martin Klapp, »die anderen wollen, daß ich mehr zahle, bloß wegen dem Scheißdurchgangszimmer. Dabei weiß ich überhaupt nicht, was ich damit anfangen soll.«

Frank hatte eine Idee, es war eine plötzliche Eingebung, die Lösung all seiner Probleme. Er versuchte, ganz ruhig zu wirken, als er sagte: »Kannst du mir ja vermieten. Ich nehm das Zimmer.«

Martin Klapp schaute ihn verwundert an.

»Moment mal«, sagte er leise und lauschte, was die anderen taten. Vom Flur her drangen kratzende Geräusche herüber. »Du willst in *dem* Zimmer wohnen?« flüsterte er ungläubig.

»Klar, warum nicht?« sagte Frank.

»Leise! Leise!« Martin Klapp ging zurück zum Durchgangszimmer und schaute hinein. »Das ist aber ziemlich klein. Und ein Durchgangszimmer.«

»Mir egal. Ich zahle auch was.« Das wird helfen, dachte Frank. Martin Klapp war sein Freund, sicher, aber Frank wußte auch, daß Geld das noch bessere Argument bei ihm war.

»Wieviel?« flüsterte Martin Klapp.

»Weiß nicht«, sagte Frank. »Vielleicht hundert?«

»Hundert?« sagte Martin Klapp nachdenklich, »hundert... hm... das wäre okay, glaube ich. Aber sag den anderen nichts davon.« Er lächelte. »Ich muß das denen erst beibringen, das muß man gründlich psychologisch vorbereiten.«

»Ja nun«, sagte Frank, »das dürfte doch eigentlich kein Problem sein. Ich meine, das ist doch dein Zimmer, praktisch.«

»Trotzdem«, sagte Martin Klapp. »Ich mach das schon, da muß man behutsam vorgehen, psychologisch. Hast du noch diesen Dachgepäckträger?«

»Was haben denn jetzt Dachgepäckträger damit zu tun?«

»Ist doch jetzt egal. Hast du einen?«

»Ja, der ist zwar von meinem Alten, aber der paßt auf meinen Wagen drauf.«

»Alles klar. Ich mach das schon. Sag nichts. Bleib dicht bei mir und sag nichts.«

Sie gingen zurück in den Flur.

»He Leute, Frankie hilft ein bißchen mit«, sagte Martin Klapp fröhlich zu den anderen beiden, die einen recht schlappen, unüberzeugten Eindruck machten bei ihrer Kratzerei.

»Das bringt doch nichts«, sagte Ralf Müller. »Wieso sollen diese Scheißtapeten überhaupt runter. Da kann man doch Rauhfaser drüberkleben.«

»Das sieht besser aus«, sagte Martin Klapp, »das muß alles runter. Da sind auch so Milben drin. Was meinst du, was da für fiese Milben drin sind.«

»Das ist doch Scheiße«, sagte Achim und warf seinen Spachtel in die Ecke.

»Vielleicht sollte man die erst mal naß machen«, schlug Frank vor. Er verstand davon zwar nicht viel, aber das kam ihm irgendwie logischer vor.

»Sag ich doch«, sagte Achim. »Hab ich doch gleich gesagt.«

»Nee«, sagte Martin Klapp, »das gibt dann nur 'ne Schweinerei. Wenn du das erstmal naß machst, dann gibt das 'ne Riesenschweinerei. Und das ist ein Superfußboden aus Holz, da kann man nicht so 'ne Schweinerei machen, der ist zwar noch lackiert, aber das schleifen wir noch ab irgendwann, und dann kann man nicht so 'ne Schweinerei machen.«

Er gab Frank seinen Spachtel.

»Hier, halt mal. Ich muß mal eben was anderes organisieren. Außerdem können wir morgen Frankies Auto haben, für den Umzug«, fügte er beiläufig hinzu und verschwand in der Küche.

»Gottseidank«, sagte Ralf Müller und sah Frank dabei zum ersten Mal, seit er hier war, richtig an. »Ich dachte schon, wir finden gar keins mehr. Neuerdings hat kein Schwein mehr ein Auto. Hast du einen Dachgepäckträger?«

»Ja«, sagte Frank.

»Das ist gut«, sagte Ralf Müller.

»Und ob das gut ist«, sagte Martin Klapp und kam aus der Küche mit einem kurzstieligen Fäustel und einem

Stemmeisen in der Hand zurück. Ehe irgend jemand etwas sagen konnte, begann er, neben der Wohnungstür die Wand aufzustemmen. Er ist verrückt geworden, dachte Frank, während er mit den anderen beiden zusammen zusah, wie rund um das Stemmeisen dicke Brocken Putz und Mauerwerk zu Boden fielen. Mit wenigen Schlägen hatte Martin Klapp die Wand durchbrochen. Er schaute durch das Loch in das dahinterliegende Durchgangszimmer und nickte. »Das wird gehen.«

»He, was soll der Scheiß«, rief Ralf Müller.

»Was ist das Problem?« fragte Martin Klapp.

»Mann, das ist eine Wohnung vom Liegenschaftsamt. Da kannst du doch nicht einfach die Wand aufstemmen.«

»Wieso nicht? Das ist mein Zimmer. Mein Scheißdurchgangszimmer. Und ich brauch noch einen zweiten Durchgang.«

»Wieso brauchst du einen zweiten Durchgang?«

»Damit das kein Durchgangszimmer mehr ist. Damit man von hier gleich rechtsrum in mein Zimmer gehen kann, und dann kann man das da mit einer kleinen Wand abschotten.«

»Wieso das denn? Das ist doch scheißegal, ob das ein Durchgangszimmer ist oder nicht, da wohnt doch eh niemand.«

»Da wohnt wohl jemand.«

»Wer wohnt da?«

»Da wohnt Frankie, wenn er am Wochenende hier ist.«

Alle starrten Frank an. »Das wäre echt gut«, sagte Frank, »sonst muß ich...«

»Wieso muß der hier wohnen?« unterbrach ihn Ralf Müller verblüfft.

Ralf Müller, dachte Frank, du verdammtes Arschloch.

»Ja, wieso eigentlich?« sagte jetzt auch Martin Klapp.

»Meine Eltern haben mich rausgeschmissen«, sagte Frank.

»Deine Eltern haben dich rausgeschmissen?« wiederholte Martin Klapp verblüfft.

»Ja, quasi. Mein Alter will das Zimmer für sein Hobby.«

»Für sein Hobby?«

»Fernseher reparieren.«

»Dein Alter repariert Fernseher?«

»Ja, verdammt nochmal. Jetzt wiederhol doch nicht alles, was ich sage.«

»Hätte ich dem nicht zugetraut.«

»Was? Daß er Fernseher repariert?«

»Nee, daß der dich rausschmeißt. Das ist doch mehr so der softe Typ«, sagte Martin Klapp. »Egal. Mach du mal weiter. Das geht ab jetzt ganz leicht.« Er drückte Frank den Fäustel und das Stemmeisen in die Hand.

»Warte mal, so geht das nicht«, sagte Ralf Müller. »Das muß erst mal diskutiert werden.«

»Wieso muß das diskutiert werden? Was ist das Problem?«

»Du kannst doch nicht einfach Frankie hier einziehen lassen, ohne das mit uns zu diskutieren. Und dann die Wand aufstemmen, du kannst doch nicht einfach die Wand aufstemmen. Das ist 'ne Wohnung vom Liegenschaftsamt, da hängt mein Onkel mit drin.«

Martin Klapp drehte den Kopf von links nach rechts. »Ist hier irgendwo ein Liegenschaftsamt? Sehe ich hier einen Onkel? Was ist los mit dir, Ralf?«

»Scheiße Mann, du kannst nicht einfach die Wand durchkloppen. Und wer hier wohnt, das muß man auch mal *diskutieren*.«

»Soll ich am Wochenende in der Kaserne pennen, oder was?« Frank fand, daß es Zeit war, sich einzumischen. »Entweder läßt Martin mich hier wohnen, oder ich muß in der Kaserne pennen. Wollt ihr das?«

»Das sag ich doch gar nicht. Was kann ich dafür, daß du beim Bund bist?« sagte Ralf Müller. »Da hab ich doch nichts mit zu tun.«

»Das ist aber der Punkt«, sagte Achim. »Ich meine, wenn er nichts zu wohnen hat, und Martin gibt ihm was ab…«

»Das ist mein Zimmer«, unterbrach ihn Martin Klapp mit offensichtlich gespielter Entrüstung. »Ich zahle zweihundert Steine und ihr nur hundertfünfzig wegen dem

Scheißdurchgangszimmer, da kann ich ja wohl wenigstens da wohnen lassen, wen ich will.«

»Das würde ich auch mal sagen«, sagte Frank, der sich jetzt wünschte, er hätte erst einmal nur fünfzig Mark geboten.

»Trotzdem, das ist verboten, einfach so die Wand durchhauen, das ist eine scheißbauliche Veränderung, wenn das rauskommt...«

»Ralf!« unterbrach ihn Martin Klapp in einem überraschend herrischen Tonfall. »Bis vor kurzem wolltest du noch die Revolution machen und Barrikaden bauen und die Bourgeoisie an der Laterne aufhängen, und jetzt kommst du einem mit deinem Scheißliegenschaftsamt! Was ist das überhaupt, das Liegenschaftsamt?«

Ralf Müller schaute etwas verdutzt. »Naja, das ist das Amt, dem so Wohnungen gehören, die...«

»Das ist doch auch nur ein Teil von dem Staatsapparat, den du bis vor kurzem noch zerschlagen wolltest«, unterbrach ihn Martin Klapp, »hast du da überhaupt mal darüber nachgedacht, was das heißt?«

»Was soll der Quatsch?« brauste Ralf Müller auf. »Ist etwa Revolution? Macht man die Revolution jetzt mit Türdurchbrüchen, oder was?«

»Ralf, echt mal«, sagte Achim, »das mit dem Liegenschaftsamt ist jetzt wirklich opportunistischer Pipifax. Wenn Frank beim Bund ist und nichts zu wohnen hat am Wochenende, dann muß er hier einziehen.«

»Und wenn das 'ne tragende Wand ist?«

»Das ist keine tragende Wand«, sagte Martin Klapp und schaute wieder durch das Loch. »Guck mal, wie dünn die ist. Das ist Trümmerstein oder so. Wenn das 'ne tragende Wand ist, dann gute Nacht.«

»Trotzdem. Da hängt mein Onkel mit drin. Außerdem geht das alle an, wenn hier noch einer mehr wohnen soll. Das muß man doch erstmal im Kollektiv diskutieren.«

Es wäre besser, sich nicht einzumischen, dachte Frank, aber er konnte sich nicht zurückhalten, er mußte etwas sagen. Schon deshalb, weil sie in seinem Beisein in der dritten Person von ihm sprachen. Und er hatte oft genug die Kommunistische Volkszeitung von Martin Klapp gekauft und sogar, um ihn nicht zu beschämen, oft genug darin gelesen, um bei diesem K-Gruppen-Quatsch, wie er es heimlich nannte, ein bißchen mitzuhalten.

»Vielleicht solltet ihr das wirklich erst mal unter euch ausmachen«, sagte er, »vielleicht solltet ihr das wirklich erstmal in Ruhe diskutieren. Aber dabei solltet ihr dann auch mal klären, was hier eigentlich Hauptwiderspruch und Nebenwiderspruch ist.«

»Das stimmt«, sagte Martin Klapp.

»Das ist genau der Punkt«, sagte Achim.

»Was soll das heißen?« fragte Ralf Müller giftig. »Was redet der denn da? Was weiß der denn vom Hauptwiderspruch? Der war ja nie organisiert.«

»Na und? Du bist doch auch nicht mehr organisiert«, sagte Frank. »Und wieso eigentlich nicht, wenn du soviel besser über Hauptwiderspruch und Nebenwiderspruch Bescheid weißt?!«

»Darum geht's doch gar nicht«, sagte Ralf Müller.

»Wenn du nicht ausgetreten wärst, Ralf, dann hätten wir dich sowieso bald rausgeschmissen«, sagte Achim und lachte.

»Wieso das denn?«

»Was weiß ich? Rechtsopportunismus vielleicht?« Er lachte wieder, und Martin Klapp lachte mit.

»Ihr seid Arschlöcher.«

»Ich scheiß aufs Liegenschaftsamt«, sagte Martin Klapp. »Außerdem gibt es Sachen, die müssen nicht diskutiert werden. Wenn ein Genosse beim Bund ist und am Wochenende nichts zu wohnen hat, dann gibt's da gar nichts zu diskutieren.«

»Er ist doch überhaupt kein Genosse.«

»Stimmt. Aber wir auch nicht mehr.«

Jetzt lachte Frank. Er liebte Martin Klapp. Er ist zwar gierig, dachte er, aber er ist auch gut, und Geld hin oder her, er ist ein Freund.

Alle guckten zu Achim. Achim nickte. »Ich bin dafür«, sagte er.

»Ich auch«, sagte Martin Klapp.

»Alles klar, das ist dann die Mehrheit«, sagte Achim. »Was ich bloß nicht verstehe, ist, was das mit dem Mauerdurchbruch werden soll.«

»Paß auf«, sagte Martin Klapp. »Hier kommt noch eine Tür rein, und dann kann man da schräg oder um die Ecke einen geschlossenen Durchgang bauen, und dann sind das zwei getrennte Zimmer, alles klar?«

»Aha«, sagte Achim.

»Genau«, sagte Martin Klapp und schlug wieder auf die Mauer ein.

»Warte«, sagte Achim, »ohne Plan sollte man das nicht machen.« Er holte einen Bleistift aus der Hosentasche und begann, die Umrisse einer Tür auf die Wand zu zeichnen.

»Die ist zu groß«, sagte Martin Klapp. »So groß muß die nicht sein.«

Sie malten eine kleinere Version hin. »Und los geht's«, sagte Martin Klapp und brachte wieder Stemmeisen und Fäustel in Anschlag.

»Warte mal, ich mach das«, sagte Achim und nahm ihm die Werkzeuge aus der Hand. »Ich hab mal auf'm Bau gearbeitet, ich kann das. Du haust dir ja bloß die Finger kaputt.«

Er begann, die Wand um das schon vorhandene Loch herum weiter aufzuschlagen. »Ich hol noch ein paar Hämmer«, sagte Martin Klapp und verschwand in der Küche. »Das geht jetzt ruckzuck«, sagte er, als er wieder zurück war. Er reichte Frank einen Hammer und schlug selber mit einem eigenen auf die Wand an einer anderen Stelle ein.

Ralf Müller wollte keinen Hammer.

»Ihr seid totale Arschlöcher«, sagte er, während sie zu dritt auf die Wand hauten. »Ich mach hier im Flur gar nichts mehr. Ich mach nur noch mein Zimmer.«

»Ja, mach dein Zimmer«, schrie Martin Klapp gegen den Krach an. »Mach dein Zimmer. Dann hilft dir aber auch keiner.«

Sie hauten noch eine Weile weiter zu dritt auf die Wand ein, wie um einen symbolischen Akt daraus zu machen, denn was Martin Klapp und Frank zustande brachten, war nicht viel, sie standen sich gegenseitig im Wege, und Martin Klapp bekam auch noch einen kleinen Putzbrocken ins Auge, so daß sie sich nach kurzer Zeit wieder darauf beschränkten, Achim bei der Arbeit zuzusehen. Achim machte das gut, und nach einer Viertelstunde war die Wand ungefähr entlang der Linie, die er eingezeichnet hatte, durchbrochen.

»Naja«, sagte Achim, trat zurück und betrachtete das Werk. »Sieht ein bißchen scheiße aus. Ist irgendwie ein bißchen schief.«

»Das geht schon«, sagte Martin Klapp. »Die Bruchstellen verkleiden wir einfach mit Holz, wir bauen da praktisch einen Türrahmen rein, damit kann man das wieder ausgleichen, das geht ganz fix.«

»Aha…«, sagte Achim.

»Eine neue Tür«, sagte Martin Klapp ehrfürchtig. Er schritt als erster hindurch und dann gleich rechts durch die nächste Tür in sein Zimmer, dann zurück in das Durchgangszimmer und durch dessen eigentliche Tür in den Flur. »Das funktioniert. Da kaufen wir Holz und bauen einen Eins-A Durchgang, so'ne Abschottung quasi.«

»Was machen wir mit den Steinen?« wollte Achim wissen.

Martin Klapp schaute hinunter auf den Haufen aus Dreck und kaputten Steinen, der im Flur lag.

»Sollte man mal runterbringen«, sagte er. »Bräuchte man bloß einen Eimer. Oder aufbewahren. Wenn wir mal ausziehen, mauert man die einfach wieder ein.«

»Wohin runterbringen? Wir haben keinen Keller«, sagte Achim.

»Und keinen Eimer«, sagte Martin Klapp, »Werkzeug ohne Ende, aber keinen Eimer.«

»Lassen wir die erstmal da liegen«, sagte Achim und schob die Steine und den Schutt mit den Füßen an die Flurwand. Martin Klapp und Frank halfen ihm ein bißchen dabei.

»So«, sagte Martin Klapp, als alles auf einem Haufen an der Wand lag, »das sieht doch schon mal ganz ordentlich aus. Dann ist das auch morgen nicht im Weg.«

»So kann das erstmal bleiben«, sagte Achim. »Bis ein Eimer da ist.«

Ralf Müller, der schon lange in seinem Zimmer verschwunden war, kam nun wieder heraus und guckte sich den Durchbruch an.

»Ihr seid total bescheuert«, sagte er. »Wenn das mein Onkel mitkriegt...«

»Was hast du denn immer mit deinem Onkel?« sagte Martin Klapp und lachte. »Kommt der zu Besuch oder was?«

»Lieber nicht«, sagte Ralf Müller.

»Machen wir jetzt mit dem Flur weiter?« fragte Achim. »Ich meine, wir ziehen morgen ein, da ist ja noch nichts fertig.«

»Ich mach ab jetzt erstmal mein Zimmer«, sagte Ralf Müller. »So wie das hier aussieht, kann der Flur ja wohl warten.«

Frank ging durch die neue Tür und betrachtete sein Zimmer. Groß war es nicht, höchstens vier Quadratmeter. Der noch zu bauende Durchgang würde zudem noch einiges an Platz wegnehmen. Aber er brauchte ja auch nicht viel. Eine Matratze, Bettzeug und die wichtigsten Bücher. Die Matratze beschloß er unter das kleine Fenster zu legen. Es gab auch keine andere Möglichkeit, wenn man noch durch die Türen wollte.

»Wann bauen wir den Durchgang?« fragte er Martin Klapp.

»Keine Ahnung, erstmal einziehen«, sagte Martin Klapp. »Scheißrenoviererei, immer mit der Ruhe.«

»Ich mach ab jetzt erstmal mein Zimmer«, wiederholte Ralf Müller.

»Ja, mach dein Zimmer«, sagte Martin Klapp ungnädig. »Mach bloß dein Zimmer fertig. Kümmere dich bloß nicht um die Gemeinschaftsarbeiten. Kümmere dich bloß nicht um den Flur, kümmere dich bloß nicht um die Küche. Mach bloß dein Zimmer.«

»Ich mach erstmal mein Zimmer«, wiederholte Ralf Müller. »Ich streich das jetzt.«

»Ja, streich dein Zimmer«, sagte Achim, »aber nerv uns

nicht. Und komm nicht angeschissen, wenn du Hilfe brauchst.«

Frank betrachtete Ralf Müller, der immer noch in der Tür seines Zimmers stand, wie auf ein Wunder wartend. Geschieht dir recht, dachte Frank, und das ist erst der Anfang, Ralf Müller, dachte er.

»Ist noch was?« fragte Martin Klapp.

»Ihr seid total bescheuert«, wiederholte Ralf Müller. »Ich mach jetzt jedenfalls erst mal mein Zimmer!«

»Mach dein Zimmer«, seufzte Martin Klapp.

Ralf Müller verschwand wieder in seinem Zimmer.

»Was jetzt?« fragte Frank.

»Auf den Flur habe ich keine Lust mehr, das ist doch Quatsch mit der Tapete, mit dem Abmachen da«, sagte Achim.

»Eigentlich sieht das auch gar nicht so schlecht aus«, sagte Martin Klapp. Er befühlte mit einem Finger die vergilbte, gestreifte Tapete, die die Wände des Flurs schmückte. »Irgendwie hat das ja auch was. Ist immerhin antik.«

»Vielleicht sollten wir auch erstmal unsere Zimmer machen«, sagte Achim. »Streichen und so.«

»Wir haben keine Farbe«, gab Martin Klapp zu bedenken.

»Wo ist denn die Farbe von vorhin?« fragte Achim. »Da war doch so ein großer Eimer.«

»Die hat Ralf. Das ist seine, die hat er gekauft, da kann man nichts machen.«

»Dann muß man das später mal gründlich machen«, sagte Achim. »Bei mir mach ich dann erstmal Rauhfaser drüber, und dann streich ich das.«

»Das ist wahrscheinlich das Beste«, sagte Martin Klapp.

Frank überließ die beiden ihren Plänen und ging wieder in sein neues Zimmer, um seinen eigenen Plan zu machen. Auch hier gab es gestreifte Tapeten, allerdings in anderen Farbtönen. An manchen Stellen hatte sie sich bereits gelöst, und es waren viele mit Dübeln bewehrte Löcher darin. Er dachte kurz darüber nach, ob es besser war, zuerst den Durchgang zu bauen oder zuerst die Wände zu streichen. Wahrscheinlich die Wände zuerst, dachte er, denn die Sache mit dem Durchgang und wie man den überhaupt bauen sollte, war ihm ein Rätsel, er war in handwerklichen Dingen nie sehr gut gewesen. Sowieso egal, dachte er, erst einmal einziehen. Er schaute nach oben, und ihm fiel auf, daß die Decke sehr hoch war, mindestens drei Meter. Das Zimmer ist höher als breit oder lang, dachte er, man sollte es auf die Seite legen. Darüber mußte er lachen.

»Was gibt's zu lachen«, fragte Martin Klapp, der mit Achim zu ihm ins Zimmer kam. »Ich will auch endlich mal wieder was zu lachen haben.«

Frank sagte es ihm.

»Geht leider nicht«, sagte Martin Klapp. »Aber wegen dem Durchgang: Ich würde sagen, wir nageln da erstmal eine Decke so quer, dann ist das schon mal abgeschottet, ich hab irgendwo noch eine alte Wolldecke gesehen, ich hol die mal.«

Er verschwand. Achim schaute derweil die Wände hoch. »Da oben«, sagte er.

Frank schaute hoch. Achim zeigte auf eine breite Nische oder Vertiefung, eine Art Stauraum wohl, der sich auf etwa zweieinhalb Metern Höhe in der Wand befand.

»Das kann man wie ein Hochbett benutzen«, sagte er.

»Nee, so tief geht das nicht rein«, sagte Frank.

»Ich hol mal die Leiter.« Achim verschwand.

Martin Klapp kam zurück mit einer alten, dunkelbraunen Wolldecke, einem Hammer und einigen Nägeln im Mund.

»Jetzt paß mal auf«, nuschelte er. Er nahm die Decke und nagelte sie quer über die Ecke, in der sich die neue Tür und die Tür zu seinem Zimmer trafen. Es war ein ziemliches Gewürge, manche Nägel krümmten sich beim Hineinhämmern, andere brachen ab, aber Martin Klapp ließ nicht locker und hämmerte einfach immer weiter Nägel überall hin. Währenddessen kam Achim mit der Leiter, stellte sie an der Wand mit der Nische auf und kletterte hoch.

»Das geht astrein, das kannst du als Hochbett benutzen«, sagte er. »Dann hast du mehr Platz im Zimmer.«

»Platz wozu?« sagte Frank, der unter schlimmer Höhenangst litt und niemals so hoch oben ohne gründliche Absicherung schlafen würde, der bloße Gedanke ließ ihn erschaudern und Bilder von Stürzen mit Arm-, Bein- und Genickbrüchen vor seinem geistigen Auge erscheinen, er glaubte in seiner Phantasie schon, den Aufprall zu spüren und verzog das Gesicht vor Schreck zu einer Grimasse.

»Was ist denn los? Was hast du denn?« wollte Achim wissen, mehr neugierig als besorgt.

»Fertig«, rief Martin Klapp in diesem Moment und ersparte Frank eine Antwort. Achim stieg von der Leiter, und gemeinsam probierten sie den neuen Durchgang aus, marschierten im Gänsemarsch vom Flur durch die neue Tür an der Wolldecke vorbei und durch die alte Tür in Martin Klapps Zimmer und zurück.

»Ich weiß nicht«, sagte Achim, »so richtig abgeschottet ist das nicht.«

»Psychologisch schon«, sagte Martin Klapp, »man muß das psychologisch sehen. Das sind jetzt auf jeden Fall schon zwei Zimmer mit getrennten Eingängen, psychologisch gesehen.«

»Ja, irgendwie schon«, stimmte Frank ihm zu. Er war zwar auch nicht ganz überzeugt, weil die Wolldecke nicht sehr hoch reichte und natürlich auch oben nicht mit den Wänden abschloß, aber man darf nicht undankbar sein, dachte er und erwähnte deshalb an dieser Stelle auch nicht, daß ihn das irgendwie an die Erzählungen seiner Mutter über das Leben im Flüchtlingslager erinnerte. Dort waren es Wände aus Papier, dachte er, hier ist es immerhin eine Wolldecke, man darf nicht undankbar sein, dachte er.

»Das muß natürlich alles noch richtig gemacht werden, auch so mit Profilbrettern und Rahmen und oben abgeschlossen«, beteuerte Martin Klapp, »daß das oben nicht abgeschlossen ist, ist vielleicht der psychologisch schwache Punkt bei der Sache, aber psychologisch gesehen ist das trotzdem ein himmelweiter Unterschied. Das ist auf jeden Fall schon mal der qualitative Sprung.«

»Hm... der qualitative Sprung, was?« Achim schien nicht überzeugt.

»Ist das nicht der Punkt, an dem Quantität in Qualität umschlägt?« sagte Frank, wohl wissend, daß er damit die unsichtbare Grenze zwischen notwendiger Anpassung einerseits und opportunistischer Anschleimerei andererseits zu überschreiten drohte, aber er wollte seinem Freund, der sich, wie er fand, hier theoretisch ziemlich weit aus dem Fenster gelehnt hatte, ein bißchen zu Hilfe kommen.

»Hm… gut, daß du nie eingetreten bist«, sagte Achim, »wir hätten dich gleich wieder rausschmeißen müssen.«

»Bist du denn wirklich beim KBW noch dabei?« sagte Frank ungläubig.

»Ja. Willst du die neue KVZ kaufen? Ich hab noch fünf rumliegen oder so. Steht der letzte Scheiß drin.«

Achim lachte, und es war ein bitteres Lachen, wie Frank fand. Es war besser, die Sache nicht weiter zu vertiefen. So wie es aussah, würde er in Zukunft noch genug K-Gruppen-Geschichten hören müssen.

»Was machen wir denn jetzt, ohne Farbe und so?« wechselte er das Thema.

»Laß uns aufhören«, sagte Martin Klapp. »Einen trinken gehen. Mal sehen, was Ralf macht.«

Sie gingen zusammen in Ralf Müllers Zimmer. Ralf Müller war damit beschäftigt, die Bohrlöcher in den Wänden sorgfältig mit Moltofill zuzuspachteln. Genauso sorgfältig bemühte er sich, sie nicht zu beachten, als sie zu dritt hereintrampelten.

»Sehr schön, Ralf«, stichelte Martin Klapp. »Das wird ein sehr schönes Zimmer.«

»Ja«, sagte Ralf Müller patzig, »das wird schön.«

»Schön zuspachteln, Ralf. Brauchst du die Farbe heute noch?«

»Ja, brauche ich. Die ganze!«

»Das ist gut«, sagte Achim, »dann müssen *wir* sie heute nicht mehr benutzen.«

»Wir gehen einen trinken«, sagte Martin Klapp. »Kommst du mit?«

»Nee, keine Lust. Will hier noch was machen.«

»Ja, mach mal noch was. Wir ziehen morgen erstmal ein

und machen das dann. Dann hat man auch mehr Zeit am Stück und so...«

»Mir egal.«

»Dann viel Spaß noch«, sagte Martin Klapp. »Wir gehen einen trinken.«

»Jaja...«

»Das wird sicher ein Superzimmer«, sagte Achim höhnisch. »Das wird ganz zauberhaft, Ralf!«

»Kann euch doch egal sein«, sagte Ralf Müller.

»Ist es auch«, sagte Martin Klapp und ging aus Ralf Müllers Zimmer hinaus. Frank und Achim folgten ihm.

»Der geht mir jetzt schon auf die Nerven«, sagte Martin Klapp, als sie im Treppenhaus standen. »Weiß gar nicht, was mit dem los ist.«

»Der hatte immer schon einen Hau weg«, sagte Achim.

Frank sagte lieber nichts dazu. Er blickte noch nicht genau durch, was hier lief. Es ist ein bißchen wie beim Bund, dachte er. Solange man nicht durchblickt, ist es besser, in Deckung zu bleiben.

9. STORYVILLE

Frank wäre gern ins Bremer Eck gegangen, dort konnte man Billard spielen und Fladenbrote mit was Scharfem drin essen, außerdem gingen sie immer ins Bremer Eck, wenn er mit Martin Klapp zusammen ausging, und Neuerungen hatte der Tag schon genug gebracht, und sogar Achim plädierte für das Bremer Eck, als sie auf der Straße vor dem Cinema standen, aber Martin Klapp bestand darauf, ins Storyville zu gehen, »wir müssen ins Storyville, auf jeden Fall«, sagte er und ließ sich auf keine weiteren Diskussionen oder Erklärungen ein, sagte nur immer wieder »ins Storyville, ganz klar«, und schließlich gaben Frank und Achim nach, und sie gingen ins Storyville. Auf halbem Weg schickte Frank die beiden voraus und ging zum Ausgleich für die entgangenen Fladenbrote in einen Imbiß am Sielwall auf eine Pita mit Gyros und Krautsalat.

Er war auch ganz froh, kurz mal allein zu sein und nachdenken zu können, es war ja alles ziemlich schnell gegangen: am Morgen noch beim Bund, Stuben- und Reviereinigen und Völkerballspielen, am frühen Abend der Rausschmiß bei seinen Eltern und jetzt schon für hundert Mark im Monat Mieter eines Vier-Quadratmeter-Zimmers bei Martin Klapp und seinen Ex-Genossen, das war ziemlich viel für einen Tag, aber das gefiel ihm ganz gut. Wenn die Dinge schnell passieren, fallen sie einem leichter, dachte er, als er in dem brechend vollen Gyros-Laden stand und aufpaßte, daß ihn das dort versammelte Freitagabend-Amüsiervolk aus Schülern und Studenten einerseits und die Stammkundschaft aus Junkies und Pennern andererseits nicht aus der Schlange drängelte. Er wurde dabei von der wogenden Menge hin- und hergeworfen, es stank nach gebratenem Fleisch und erhitzten Körpern, aber heute machte ihm das nichts aus, schließlich wohnte er jetzt um die Ecke, gehörte quasi dazu, da sah er das nicht mehr so eng wie früher, als er sich im Ostertor/Steintor immer als Fremder gefühlt hatte, als Tourist gewissermaßen, das war jetzt vorbei, jetzt war das *sein* Gedränge und *sein* Gestank, so empfand er das jedenfalls, und das gefiel ihm. Aus der Neuen Vahr habe ich es jedenfalls schon mal raus geschafft, dachte er aufgekratzt, während er mit dem Selbstbewußtsein des Eingeborenen die Ellenbogen nach links und rechts einsetzte, um sich auf dem Weg zu Gyros und Krautsalat Vorteile zu verschaffen, und auch als er seinen Kram bekommen hatte, verließ er den Imbiß nicht, sondern stellte sich essend in eine Ecke, um dem ganzen Tohuwabohu noch ein wenig zuzusehen, dieser Mischung aus erwartungsfroher Aufgekratztheit beim einen und stumpfer Resignation beim anderen Teil des Publikums, die gefiel ihm gut, zwischen diesen beiden Stimmungen war er schließlich selber den ganzen Tag hin- und hergeschwankt.

Dann hatte er aufgegessen und ging zufrieden hinaus auf die Straße. Zum Storyville war es nicht mehr weit, und leichten Schrittes ging er seinen Weg, bis ihn am Körnerwall, einer hufeisenförmigen Straße, die ein kleines Rasenstück einfaßte, an dessen anderem Ende Achim und Martin Klapp im Storyville auf ihn warteten, ein plötzlicher Übermut überkam. Er verspürte auf einmal einen unbändigen Drang, sich körperlich auszutoben, etwas zu tun, was er sonst nie tun würde, sich sportlich zu betätigen, zu rennen, zu springen oder sich im Gras zu wälzen oder was immer möglich war, um seiner inneren Erregung etwas Erleichterung zu verschaffen, er wußte natürlich, daß das keine gute Idee war, das ist eine Scheißidee, dachte er, aber man kann sich ja nicht immer im Zaum halten, was ist das für ein Elend, wenn man nicht auch mal was tut, was man sonst nie tun würde, dachte er und nahm sich vor, quer über das kleine Rasenstück zu laufen und am anderen Ende, vor dem Storyville, über die kleine Hecke zu springen, das wird reichen, das bringt's, dachte er, und mit einem Sprung über die diesseitige Hecke legte er los, es war ein mächtiger Satz, federnd kam er auf der Wiese auf und lief die paar Schritte über den kleinen Rasen, ganz ohne darüber nachzudenken, was die anderen Leute über ihn denken mochten, ist doch scheißegal, dachte er, während er über die kleine Wiese galoppierte, sollen doch denken, was sie wollen, die Deppen, dachte er, das ist meine Gegend jetzt, das ist mein Abend, und schon setzte er zum Sprung über die jenseitige Hecke an, gleich bin ich da, dachte er, der eine Sprung noch und gut, das war's dann auch, dachte er und trat, sich der Weitsprungübungen im Schulsport erinnernd, fest und entschlossen mit dem rechten Fuß auf, um sich in die Lüfte zu schwingen.

Leider sah er im Dämmerlicht des Sommerabends nicht, daß sich direkt vor der Hecke ein kleiner Graben befand, weshalb er natürlich mit einem früheren Auftreffen des Sprungbeins gerechnet und sich dementsprechend früh mit dem restlichen Körper in die Luft geworfen hatte, zu früh, wie er bemerken mußte, als sein Fuß, statt ihn vom Boden abzustoßen, sich weiter nach unten in den Graben senkte. Mit ausgebreiteten Armen kippte er um, sein Leib durchschlug die Hecke, sein rechter Oberschenkel knallte auf eine kleine, aber scharfkantige Gehwegeinfassung und mit dem Oberarm schürfte er über das Gehwegpflaster dahinter. Scheiße, dachte er kurz, ich bin ein Idiot, und dann konzentrierte er sich nur noch darauf, nicht zu schreien, denn es tat furchtbar weh. Bloß nicht schreien, es ist schon alles schlimm genug, bloß nicht schreien, dachte er und krümmte sich mit zusammengebissenen Zähnen stöhnend in der Hecke, deren Äste ihm derweil unter dem hochgerutschten T-Shirt den Bauch aufschrammten, bloß nicht schreien, dachte er und hielt sich den Oberschenkel, wo es am meisten schmerzte, bloß nicht schreien, hoffentlich hat das keiner gesehen, und hoffentlich ist das Bein nicht gebrochen, dachte er, aber andererseits, dachte er dann, um sich von dem dringenden Bedürfnis, nun doch endlich aus vollem Halse loszuschreien, abzulenken, ist der Oberschenkelknochen der stärkste Knochen im menschlichen Körper, und um ihn herum sind die stärksten Muskeln, der kann nicht gebrochen sein, dachte er, es ist nur eine Prellung, es ist nur eine Prellung, »Prellung, Prellung« murmelte er sogar leise zur Selbstvergewisserung, während er sich weiter stöhnend in der Hecke wälzte.

»Frankie, bist du das?«

Frank schaute nach oben und sah Harry. Harry hielt eine Dose Bier in der Hand und schaute auf ihn hinunter.

»Harry«, preßte Frank hervor und versuchte aufzustehen. Ausgerechnet Harry, dachte er, ausgerechnet Harry.

»Du bist das echt«, staunte Harry. »Ich hab dich springen gesehen.«

»Ja«, sagte Frank und versuchte aufzustehen. Er wollte sich mit Harry nicht im Liegen unterhalten.

»Mann, das sah vielleicht bescheuert aus.«

»Schon klar, Harry.« Frank erhob sich auf die Knie, wobei die Muskeln seines rechten Beines da, wo sie geprellt waren, höllisch schmerzten.

»Wieso bist du denn da langgelaufen? Ist einer hinter dir her?«

»War nur so 'ne Idee.« Frank hockte auf allen vieren und verschnaufte kurz. Er war sich nicht sicher, ob es ihm wirklich gelingen würde, ganz aufzustehen, aber er mußte es versuchen, bevor Harry am Ende noch auf die Idee kam, ihm zu helfen. Von Harry sollte man sich nicht helfen lassen, dachte er, dann ist man ihm was schuldig, und das könnte auf Dauer bitter werden.

»Mann, das sah vielleicht aus...«

Frank stellte den linken Fuß auf die Erde und hockte nun da wie ein Sprinter vor dem Start. Er atmete tief ein, drückte das linke Bein durch, zog das rechte nach und stand schließlich, etwas schwankend wohl, aber immerhin, auf zwei Beinen.

»Soll ich dir helfen?« fragte Harry.

»Nee, danke Harry, geht schon«, sagte Frank.

»Du hast da Blut am Arm.«

Frank besah sich die Schürfwunde an seinem rechten Unterarm, verlor dabei ein bißchen das Gleichgewicht und fiel fast wieder um.

»He, paß auf«, sagte Harry, streckte eine Hand aus und hielt ihn am T-Shirt fest. Mit der anderen Hand schwenkte er die Bierdose zu ihm herum. »Nimm erst mal einen Schluck!« Frank nahm einen Schluck von dem Bier, während Harry ihn weiter mit ausgestrecktem Arm festhielt. »Das war echt 'ne Scheißidee«, sagte Harry.

»Was?«

»Das mit dem Dalanglaufen. Hast du doch gesagt, das war 'ne Idee.«

Man sollte ihn nicht unterschätzen, dachte Frank, der Harry ein solches Gedächtnis für das, was einer gesagt hat, nicht zugetraut hätte.

»Ist schon gut, Harry«, sagte er. »Alles klar. Ich geh jetzt mal weiter. Vielen Dank für das Bier.«

»Wo willst du denn jetzt hin?«

»Nicht weit. Da ins Storyville.«

»Ins Story? In den Hippieladen?«

»Ich bin ja auch mehr so der Hippietyp, Harry«, sagte Frank, »außerdem warten da ein paar Kumpels auf mich.«

»Echt? Wer denn?«

»Martin und Achim.«

»Welcher Martin?«

»Klapp.«

»Martin Klapp? Den kenne ich doch. Der war doch bei uns auf der Schule.«

»Ja, und der kennt dich auch, Harry, da bin ich sicher.«

»Dem hab ich mal was auf die Schnauze gehauen«, sagte Harry, und es klang wie eine Auszeichnung. »Das ist aber schon lange her.«

»Ja. Das nimmt er dir sicher nicht mehr übel, Harry.«

»Da muß du die Treppe runter. Ich bring dich mal«, sagte Harry. Er ließ das T-Shirt los und ergriff Franks Ellenbogen.

»Nein, danke, das geht schon«, sagte Frank.

»Macht mir nichts aus. Ich war schon lange nicht mehr im Story. Nur einmal, das ist ewig her.«

»Was hast du denn da gemacht?« fragte Frank, nur um irgend etwas zu sagen, während er neben Harry, der ihn dabei am Arm hielt wie einen Verhafteten, über den Körnerwall humpelte. Der Schmerz im Bein ließ langsam nach, aber dafür tat die Schürfwunde am Arm jetzt doppelt weh.

»Das war ganz früher«, sagte Harry, »das weiß ich doch nicht mehr, was ich da gemacht habe. Ich glaube, ich hatte mich verlaufen.«

Sie kamen an die Treppe, und Frank gelang es unter dem Vorwand, das Geländer ergreifen zu wollen, sich von Harry loszumachen. Harry blieb aber dicht hinter ihm, während sie zum Storyville hinabstiegen.

»Martin Klapp, den habe ich schon lange nicht mehr gesehen«, sagte er.

»Er dich auch nicht, Harry. Der wird sich freuen.«

»Sieht der immer noch so aus?«

»Wie?«

»So komisch?«

»Schwer zu sagen«, sagte Frank, der sich langsam Sorgen machte. Harry schien ihm irgendwie seltsam drauf zu sein, so anhänglich, und Frank war sich ziemlich sicher, daß es keine gute Idee war, ihn mit ins Storyville zu seinen neuen Wohngenossen zu bringen, aber es war ja auch nicht meine Idee, dachte Frank, es war Harrys Idee, er hat etwas von einer Naturgewalt, er ist wie ein Platzregen oder Windstärke zwölf, dachte er, man kann nicht wirklich etwas gegen ihn tun, nur rechtzeitig in Deckung gehen. Dann betraten sie das Storyville.

Obwohl es draußen erst dämmerte, war es im Storyville schon dunkel, denn es lag im Souterrain, und die Fenster waren zur Sicherheit auch noch mit Holz vernagelt. Im Tresenbereich, links vom Eingang, wo es bulgarischen Rotwein in Wassergläsern und Flaschenbier gab und die Leute stehen mußten, brannten einige schwache Glühbirnen, der Rest der Kneipe, der mit Sofas, Sesseln und Couchtischen vom Sperrmüll möbliert war, wurde nur von Kerzen beleuchtet. Es roch nach Alkohol, Schimmel, Zigaretten, Hasch und Räucherstäbchen.

»Da ist ja Martin Klapp«, rief Harry und zeigte zu den Sofas hinüber. »Der hat sich ja überhaupt nicht verändert!«

»Oh ja, danke Harry«, sagte Frank und humpelte zu Martin Klapp und Achim, die es sich auf einem großen Sofa bequem gemacht hatten. Harry kam hinterher.

»Hee, Martin«, rief er. »Martin Klapp!«

Martin Klapp und Achim schauten auf. Martin Klapp sah nicht erfreut aus, Harry zu sehen.

»Hallo Harry«, sagte er säuerlich. »Was machst du denn hier?«

Frank ließ sich in einen Sessel fallen. Harry packte sich einen anderen, weiter weg stehenden Sessel, hob ihn über einige Leute, die im Weg saßen, mühelos hinweg und knallte ihn neben den von Frank.

»Mußte Frankie helfen«, sagte er. »Der ist voll auf die Schnauze gefallen da oben.« Er setzte sich breitbeinig hin und schaute sich erwartungsvoll um.

»Na sowas aber auch«, sagte Martin Klapp.

»Ich hol mal Bier«, sagte Harry und sprang wieder auf. »Was willst du haben, Frankie?«

»Rotwein«, sagte Frank, der eigentlich auf Alkohol überhaupt keine Lust hatte.

»Rotwein?« sagte Harry ungläubig. »Echt?«

»Ja. Ich geb dir mal Geld«, sagte Frank und kramte zwei Mark aus seiner Hosentasche. Zu seiner Erleichterung nahm Harry das Geld an.

»Und ihr?« fragte Harry die anderen.

»Schon gut«, sagte Martin Klapp. Achim schüttelte den Kopf.

»He, dich kenn ich«, sagte Harry und zeigte mit dem Finger auf Achim.

»Weiß nicht, woher«, sagte Achim.

»Ich kenn dich!«

»Okay, okay«, lenkte Achim ein.

»Von der Schule. Ist lange her, aber ich kenn dich.«

»Kann sein, weiß ich nicht mehr.«

»Ich hol mal was«, sagte Harry und ging.

Martin Klapp sah ihm nach und beugte sich dann zu Frank hinüber. »Bist du bescheuert, Harry hier mit reinzubringen?« sagte er.

»Konnte nichts machen«, sagte Frank. »Bin da oben auf die Schnauze gefallen, und dann war er plötzlich da.«

»Seit wann fällt man einfach so auf die Schnauze?« fragte Achim.

»Naja...«, begann Frank, »das war...«

»Der hat mir mal was auf die Schnauze gehauen«, unterbrach ihn Martin Klapp.

»Ich weiß«, sagte Frank. Er erinnerte sich noch gut daran, obwohl es sechs oder sieben Jahre her war, sie waren damals zwölf oder dreizehn gewesen, und Martin Klapp hatte irgendwas zu Harry gesagt, was Harry nicht richtig gefunden hatte, und dann hatte Martin Klapp den Fehler gemacht, darauf zu bestehen, und Harry hatte ihm dafür die Nase zerhauen, es war eine ziemliche Schweinerei gewesen, überall Blut und so weiter, und danach hatte Harry den ersten Verweis von der Schulkonferenz bekommen.

»Ist das Harald Klein?« fragte Achim interessiert. »Ich glaube, jetzt erinnere ich mich wieder.«

»Woher denn, der war doch gar nicht in deiner Klassenstufe?« sagte Frank.

»Nein, aber ich war mal bei einer Schulkonferenz dabei, wo es um Harald Klein ging, ich war damals im SV-Präsidium, der hatte einem das Nasenbein gebrochen, das muß so sieben, acht Jahre her sein.«

»Das war ich«, sagte Martin Klapp.

»Du warst das? Echt? Das habe ich gar nicht gewußt.«

»Wir müssen den loswerden«, sagte Martin Klapp. »Der versaut einem den ganzen Abend. Der ist gefährlich.«

»Ja nun«, sagte Frank, »das ist nicht ganz so einfach.«

»Hör auf, der hat mal einen abgestochen«, sagte Martin Klapp.

»Ja gut, aber da ging es um Fußball«, sagte Frank. »Außerdem ist das ein Grund mehr, ihn nicht zu ärgern.«

»Der hat damals einen Verweis bekommen, ich habe sogar dafür gestimmt, das weiß ich noch genau«, sagte Achim.

»Na klasse«, sagte Martin Klapp. »Vielleicht hast du Glück und er hat's vergessen. Wieso hast du denn für den Verweis gestimmt?«

»Ich war damals noch bei den Jusos«, sagte Achim, »als Juso machte man sowas.« Er kicherte. Er schien Frank reichlich angeschickert zu sein, und an dem Bier, das er vor sich stehen hatte, konnte das allein nicht liegen. Wie um ihm eine Erklärung zu geben, zog Achim einen kleinen Flachmann aus der Tasche seiner Jacke, schraubte ihn auf, nahm einen Schluck, schraubte ihn zu und steckte ihn wieder ein.

Harry kam wieder, Frank konnte das an Martin Klapps Gesichtsausdruck erkennen.

»Hier«, sagte Harry und hielt Frank von hinten über den Sessel hinweg ein Glas mit Rotwein vor das Gesicht. »Du kriegst noch was wieder.«

»Ist okay, Harry«, sagte Frank.

Harry warf ihm einige Münzen in den Schoß und ließ sich wieder in den Sessel fallen. Er hob seine Flasche. »Nix, ich will dir nichts schuldig sein«, sagte er. »Na dann prost!«

»Ich dir auch nicht, Harry, prost!« sagte Frank und nippte an seinem Rotwein. Harry setzte die Flasche an und trank sie in einem Zug halb leer.

»Ist doch scheiße hier«, sagte er laut und blickte sich um, »das ist doch scheiße. Seid ihr jetzt auch so Studenten, oder was?« wandte er sich an Martin Klapp und Achim.

»Ja, ja«, sagte Martin Klapp, der einen ziemlich unentspannten Eindruck machte.

»Ach darum«, sagte Harry und trank die Flasche in einem weiteren Zug leer. »Wie läuft's beim Bund?« fragte er Frank.

»Geht so«, sagte Frank vorsichtig. Er war sich nicht sicher, ob es besser war, Harry bei diesen Gesprächen in die Augen zu blicken oder lieber die auf Harrys Arme tätowierten Inschriften zu studieren, ›Fear no evil‹ stand da, und ›Silverbird‹, und dazu gab es allerhand Bilder düsteren Stils.

Harry hakte nicht weiter nach, und eine Zeitlang saßen sie friedlich schweigend herum. Das hat was von Weihnachten, dachte Frank, man hockt bei Kerzenschein zusammen und weiß nicht, was man miteinander anfangen soll, dachte er, fehlt nur noch, daß man Nüsse knackt.

»Sag mal«, sagte er schließlich, um die etwas peinliche Stille zu beenden, »stört das die Lizzards nicht, wenn du da die Silverbirds drauftätowiert hast?«

»Die Birds gibt's nicht mehr«, sagte Harry lustlos.

»Wieso das denn nicht?«

»Wurden aufgelöst«, sagte Harry. »Sind jetzt die Lizzards.«

»Aha«, sagte Frank. »Interessant.«

»Lange Geschichte«, sagte Harry, betrachtete seine leere Bierflasche und stellte sie dann auf dem Couchtisch ab. »Mann, sieht das hier aus«, sagte er und blickte sich noch einmal um. »Gibt's hier eigentlich nichts zu knabbern, keine Erdnüsse oder sowas? Und wie sieht das hier überhaupt aus?«

»Ja nun…«, sagte Frank entschuldigend.

»Ich hol noch mal Bier, das sind ja Pipiportionen.« Harry erhob sich und ging zum Tresen.

»Vielen Dank auch, Frankie«, sagte Martin Klapp. »Ein Abend mit Harry. Noch zwei Bier und irgendwer bekommt was auf die Omme. Wahrscheinlich wieder mal ich.«

»Ist doch scheißegal«, sagte Achim heiter. »Ist doch ganz okay, der Kerl.«

»Hör mit dem Proletkult auf, Achim, du kennst den nicht«, sagte Martin Klapp. »Du weißt nicht, wozu der fähig ist.« Er sprang unvermutet auf und winkte in den Raum hinein. Frank blickte sich um und sah das Mädchen aus der Uni, Sibille, auf sie zukommen. Jetzt ahnte er, warum sie unbedingt ins Storyville hatten gehen müssen. Er schaute zu Martin Klapp und glaubte, in dessen Gesicht eine gewisse Schafhaftigkeit wahrzunehmen.

»Hallo, Martin. Was machst *du* denn hier?« sagte das Mädchen, als sie bei ihnen ankam.

»Nix Besonderes«, sagte Martin Klapp und grinste schief. »Ich bin hier oft.« Er stand immer noch vor dem Sofa herum. »Hallo, Sibille.« Er wedelte linkisch mit den Händen und setzte sich linkisch wieder hin. Dann rutschte er ganz an den äußeren Rand des Sofas, wie um sie einzuladen, sich zwischen sich und Achim zu setzen.

Das Mädchen sah sich erst einmal suchend in der Kneipe um. Dabei entdeckte sie Frank, der direkt neben ihr im Sessel saß und zu ihr hochschaute. »Oh, hallo aber auch«, sagte sie und warf sich in Harrys Sessel.

»Äh...«, wollte Frank Einspruch einlegen, aber er wurde von Achim unterbrochen.

»Hallo Sibille!« rief er und grinste.

»Oh«, rief sie. »Achim. Hab dich gar nicht erkannt!«

»Woher kennt ihr euch denn?« rief Martin Klapp erstaunt und, wie es Frank schien, etwas genervt.

»Wir waren mal zusammen in der SDAJ«, sagte Achim grinsend.

»Du warst mal in der SDAJ?« sagte Martin Klapp verblüfft. »Wann war das denn?«

»Bevor ich zum KOB ging.«

»KOB, mein Gott...!« sagte Sibille.

»Und du warst *auch* in der SDAJ?« sagte Martin Klapp, »du warst bei den Revis?«

»Früher mal«, sagte sie. »KOB, mein Gott!«

»Den gibt's nicht mehr«, sagte Achim. »Das ist jetzt der KJB.«

»Und du, warst du auch mal im KOB?« sagte Sibille zu Martin Klapp.

»Ja, aber immer noch besser als bei den Revis«, sagte Martin Klapp.

Frank fürchtete schon, daß es jetzt zu einer Diskussion über Sektierertum und Revisionismus, Maoismus, den Sozialimperialismus der Sowjetunion und überhaupt die richtige Auslegung der Klassiker unter besonderer Berücksichtigung der Kritik der politischen Ökonomie kommen würde, aber da kam Harry zurück und machte dem Spuk ein Ende.

»Hier, ich hab dir mal ein Bier mitgebracht«, sagte Harry zu Frank, »so 'n Scheiß kann man doch nicht trinken.«

Sibille bemerkte er nicht. Er stellte eine Flasche Bier auf den Tisch und wollte sich in ihren Sessel setzen. Sibille riß geistesgegenwärtig die Beine hoch und hielt Harrys Hintern mit den Füßen auf.

»He«, rief sie, »Vorsicht!«

»Was ist das denn?« Harry drehte sich um und schaute auf Sibille hinunter. »Was machst du denn da?« fragte er mehr belustigt als verärgert.

»Ich sitze hier«, sagte Sibille.

»Das seh ich«, sagte Harry. »Aber das ist mein Platz.«

»Okay, kann ich ja nicht wissen«, sagte Sibille und wollte aufstehen. »Nix«, sagte Harry. Er legte eine Hand auf ihren Kopf und drückte sie zurück in den Sessel. »Kannst du haben. Ich setz mich mal zu den beiden Studenten da.«

Er ging zur Couch und setzte sich zwischen Achim und Martin Klapp. »Hier ist auch super«, sagte er und schaute erst nach links, dann nach rechts, wie um zu sehen, ob einer der beiden etwas dagegen einzuwenden hatte. Keiner von beiden hatte etwas dagegen einzuwenden, nur daß Martin Klapp noch ein Stück weiter an den Rand rückte. Achim lächelte friedlich und nuckelte an seinem Bier.

»Ich weiß jetzt wieder, wer du bist«, sagte Harry zu Achim. »Du warst so'n Schülervertreter. So 'n Juso.«

»Ja, das ist aber lange her«, sagte Achim.

»Weiß ich noch genau«, sagte Harry. »Du warst damals bei der Schulkonferenz dabei. Bei meiner ersten.«

»Jusos?« sagte Sibille erstaunt. »Das ist aber auch eine Karriere, Jusos, SDAJ, KOB...«

Harry beachtete sie nicht. »Bist du auch Student?« sagte er zu Achim.

»Nein.«

»Was machst du denn immer so?«

»Arbeiten. Bei Kellogg's.«

»Bei Kellogg's? Ach du Scheiße«, sagte Harry, »da war ich auch mal. Is 'n Scheißladen.«

»Kann man wohl sagen«, sagte Achim.

»Wie geht's denn so?« rief Martin Klapp verzweifelt zu Sibille hinüber.

»Ich hab nichts zu trinken«, sagte sie.

Frank schaute sie von der Seite an. Komische Antwort, dachte er, irgendwie zickig. Harry schien ähnlich zu denken. Er schaute erst Martin Klapp an, dann Sibille. »Ist lange her, daß mir eine Frau in den Arsch getreten hat«, sagte er. Er lachte ausgiebig. Niemand lachte mit. Dann klopfte er Martin Klapp auf die Schulter.

»Nun hol ihr schon was zu trinken, Mann«, sagte er, »einer muß es ja tun.«

»Was ist denn das für einer?« sagte Sibille leise zu Frank und legte ihm dabei, völlig unnötigerweise, wie Frank fand, eine Hand auf den Unterarm. Achim holte derweil wieder seinen Flachmann raus, nahm einen Schluck und reichte ihn an Harry weiter. »Auf Kellogg's«, sagte er. »Scheiße, ja«, sagte Harry und nahm einen Schluck.

»Das ist Harry«, sagte Frank.

»Aha!« sagte Sibille sarkastisch.

»Willst du ein Bier?« fragte Martin Klapp Sibille. »Ich hol mir auch noch eins«, fügte er hastig hinzu.

»Ich nehm dann auch noch eins«, rief Harry. Dann fixierte er Sibille über den Tisch hinweg: »Man redet nicht über andere Leute in der dritten Person, und über mich schon gar nicht«, sagte er ernst. »Ist schlechtes Benehmen.« Er trank den Rest aus Achims Flachmann und gab ihn ihm wieder zurück. »Ist alle«, sagte er sinnlos. Frank fing langsam an, ihn zu mögen. Martin Klapp ging derweil los, was zu trinken zu holen.

»Mein Bier nicht vergessen«, rief Harry ihm nach. »Hab ihm vorhin auch eins gebracht«, sagte er zu Sibille, »gehört sich schließlich so.«

Sein Langzeitgedächtnis ist besser als sein Kurzzeitgedächtnis, dachte Frank versonnen und trank den Rest seines Rotweins in einem Schluck aus. Als er sich vorbeugte, um das Bier, das Harry ihm gebracht hatte, vom Tisch zu nehmen, nahm Sibille endlich ihre Hand von seinem Arm. Das wurde auch Zeit, dachte er und beschloß, sich zu betrinken. Es schien das einzige zu sein, zu dem dieser Abend noch gut war, und da er nicht viel vertrug, würde es auch nicht teuer werden.

»Was läuft denn bei euch sonst so?« fragte Harry heiter in die Runde. »Seid ihr alle Studenten?«

»Ich nicht, ich arbeite bei Kellogg's«, sagte Achim.

»Ich bin beim Bund, Harry«, sagte Frank.

»Ach ja, wie läuft's denn da immer so?«

»Genau! Wie war's denn?« schloß sich Sibille an.

»Scheiße.«

»Wie, scheiße?«

»Naja, scheiße halt. Kann man nicht so erklären.« Frank hatte keine Lust, hier von Fahnenjunker Tietz und seinen Mitstreitern zu erzählen, sie würden es ja doch nicht verstehen, dachte er, hier draußen klingt das alles total idiotisch, wie soll man das hier erklären?

»Wenn man nicht da war, kann man sich das gar nicht vorstellen«, sprang ihm Achim bei. »Kann man sich einfach nicht vorstellen. Ist wie 'n anderer Stern.«

»Also ich verstehe nicht, warum du nicht verweigert hast«, fing Sibille wieder an. Frank ging das ziemlich auf die Nerven.

»Hör auf mit dem Scheiß, wir sind hier nicht bei der SDAJ«, sagte er böse.

»Okay, okay«, sagte sie eingeschnappt. »Ich stör ja hier wohl nur.« Sie stand auf und verschwand im Dunkel der Kneipe.

»Wo geht die denn hin?« fragte Harry.

»Aufs Klo?« schlug Achim vor.

»So wie die gebaut ist, kann das nicht lange dauern«, sagte Harry. »Da paßt nicht viel rein. Die ist ja fast 'n Zwerg.« Er lachte laut. Dann stand er auf und hob die Hand zum Abschied wie ein alter Indianer.

»Ich geh dann mal, Leute.«

»Alles klar, Harry«, sagte Frank.

»Das ist hier nichts für mich. Guckt euch mal an, wie das hier aussieht«, sagte Harry. »Das ist ja alles total verdreckt. Hier gibt's ja nicht mal 'n Billard oder 'n Flipper. Hier kann man ja bloß rumsitzen und quatschen, Mann.«

»Tut mir leid, Harry«, sagte Frank.

»Das ist doch Studentenscheiße! Ich geh dann mal«, wiederholte Harry, »muß noch ein bißchen was tun.«

»Was machst *du* denn eigentlich immer so?« fragte Achim.

»Geht keinen was an«, sagte Harry und hielt Frank die ausgestreckte Hand hin.

»Mach's gut, Frankie. Vielleicht sieht man sich mal wieder«, sagte er.

»Alles klar, Harry«, sagte Frank und nahm seine Hand. Harry drückte fest zu und sah ihm dabei in die Augen, das hatte etwas rührend Altmodisches, fand Frank. »Viel Glück beim Bund.«

»Danke, Harry.«

Harry ging, ohne sich noch einmal umzuschauen.

»Harald Klein«, sagte Achim. »Nicht zu fassen: Harald Klein.«

»Ja«, sagte Frank nachdenklich, »Harry...« Er wurde nicht schlau aus seinem ehemaligen Schulkameraden. Irgendwie mochte er ihn, aber es war trotzdem besser, daß er gegangen war. Bei Harry wußte man nie...

Sie saßen wieder einige Zeit schweigend herum, bis Martin Klapp mit dem Mädchen wiederkam.

»Ist Harry weg?«

»Ja.«

»Gottseidank.«

Sibille setzte sich wieder neben Frank in den Sessel, obwohl Martin Klapp versuchte, sie auf das Sofa zu steuern. Frank wäre das auch lieber gewesen, ihm war etwas nach Ruhe zumute.

Kaum saß sie wieder, beugte sie sich aber auch schon vor und legte wieder ihre Hand auf seinen Unterarm.

»Ist das ein Freund von dir?«

»Wer? Harry?«

»Ja, natürlich.«

»Wer so 'ne Freunde hat, braucht keine Feinde mehr«, rief Martin Klapp vom Sofa herüber.

»Weiß ich nicht«, sagte Frank, »nein, ist eigentlich kein Freund von mir. Er war mal mein Freund, mein bester Freund, aber das ist sehr lange her.«

»Aha...!« sagte sie, und es ärgerte Frank, wie sie das sagte, es hatte etwas Anmaßendes, Überhebliches, so als ob sie irgend etwas verstünde. Ich kenne sie kaum, und sie kennt mich kaum, und Harry kennt sie schon gar nicht, aber sie sagt aha, dachte er, und das mochte er nicht.

»Doch, eigentlich ist er immer noch mein Freund«, sagte er deshalb wider besseres Wissen, »Harry ist ein prima

Typ, ein bißchen brutal vielleicht, aber wer ist das nicht... Doch, ja, Harry ist okay!«

»Mann, der ist bei den Silverbirds, weißt du eigentlich, was das heißt?« sagte Achim belustigt. »Hast du die mal in Aktion gesehen?«

»Bei den Lizzards«, sagte Frank. »Außerdem interessiert mich das nicht, ist mir scheißegal, Harry ist mein Freund und gut, ich meine, ich bin da oben voll auf die Schnauze geflogen, und wer hat mir geholfen? Harry.« Er hielt seinen aufgeschürften Arm hoch, damit alle sahen, wovon er sprach. Er wußte zwar, daß das Blödsinn war, aber es machte ihm Spaß. Immer noch besser, als wenn sie wieder mit der SDAJ anfangen, dachte er fröhlich.

»Mein Gott, Harry dein Freund, ich glaub, ich spinne.« Martin Klapp verdrehte demonstrativ die Augen.

»Oh Gott«, sagte Sibille, »zeig mal her.«

Sie griff nach seiner rechten Hand, zog seinen Arm zu sich herüber und studierte die Wunde. »Das muß doch ausgewaschen werden«, sagte sie, »sonst kann sich das entzünden.«

Jetzt ist sie auch noch Krankenschwester, dachte Frank. »Ist nicht schlimm«, sagte er und entzog ihr den Arm. »Das ist morgen weg.«

»Das ist morgen noch lange nicht weg«, sagte sie.

»Morgen ziehen wir um«, sagte Martin Klapp. In seiner Stimme lag etwas Quengeliges, und Frank glaubte zu wissen, warum. Er hätte gerne einmal deutlich festgestellt, daß es nicht seine Schuld war, daß Sibille neben ihm saß statt auf dem Sofa, aber das ging natürlich nicht.

»Und du ziehst jetzt bei denen ein, habe ich gehört?« sagte Sibille zu Frank.

»Woher weißt du das denn?« fragte Frank.

»Hat Martin mir eben erzählt, da vorne, am Tresen.«

»Soso!«

»Lohnt sich das denn, wenn du eh nur am Wochenende da bist?«

Frank reichte das jetzt. Er wollte, daß sie endlich wegging und sich neben Martin Klapp setzte, er war sich sicher, daß es nicht gut war, wenn sie dauernd mit ihm redete, er hatte Angst, daß Martin Klapp ihm das übelnahm, er kannte ihn gut, Martin Klapp nahm so etwas persönlich, und wenn er etwas persönlich nahm, dann gab es dabei keine Gerechtigkeit. Ich muß etwas tun, dachte er. Er brachte sich aus seiner lümmelnden Position in eine eher aufrecht sitzende und schaute sie direkt an.

»Eigentlich nicht«, sagte er so ätzend wie möglich. »Ich kann auch schön in der Kaserne bleiben, wenn ich will.«

Er wartete kurz, was sie jetzt sagen würde, aber sie sagte nichts, sie schaute ihn nur interessiert an.

»Da kriegt man auch immer schön was zu essen«, setzte Frank noch eins drauf. »Und zum Anziehen haben sie auch immer was da.«

Sie machte nicht den Eindruck, als fühlte sie sich angegriffen, sie schaute eher belustigt drein. Sie kann sich nicht vorstellen, daß man etwas gegen sie hat, dachte Frank, so klein wie sie ist, so selbstgerecht ist sie auch, dachte er.

»Ich mein ja bloß, da kriegt man doch auch nicht so viel Geld und so«, sagte sie.

»Nein, kriegt man nicht. Und was lernen wir daraus? Willst du mich jetzt an-agitieren für die SDAJ?«

»Ich finde die nicht mehr so gut«, sagte sie ernsthaft, »das ist schon lange her.«

»Das kann man wohl sagen, Sibille«, sagte Achim und lachte betrunken, »das kann man wohl sagen, daß das lange her ist, daß ich bei den Revis war!«

Ich muß noch einen drauflegen, dachte Frank. »Naja«, sagte er, »jedenfalls kriegt man beim Bund nicht so viel wie als Studentin von Papa!«

»Wie meinst du das?« fragte sie und schien ehrlich interessiert.

»Wie ich's sage.«

»Ach so...«, sagte sie ironisch und trank etwas von ihrem Rotwein. Frank bemerkte, daß sie beim Trinken ihre Zunge in das Glas steckte. So etwas hatte er noch nie gesehen. Er hätte sie gerne gefragt, was das sollte, es kam ihm ziemlich albern vor, aber er wußte, daß es bei Martin Klapp nicht gut ankommen würde, wenn er jetzt mit ihr auch noch über solche Sachen redete. Aber man kann sich auch nicht mit ihr streiten, dachte er, das bringt auch nichts, das prallt alles an ihr ab. Er nahm den Notausgang.

»Ich geh mal aufs Klo«, sagte er und stand auf.

»Kein Problem«, sagte sie und schaute lächelnd zu ihm hoch.

Das gibt Martin Klapp die Chance, sich neben sie zu setzen, dachte Frank, während er sich seinen Weg zum Klo bahnte. Wenn er nicht völlig verblödet ist, sucht er sich irgendeinen Vorwand, um aufzustehen und sich neben sie zu setzen.

Als er einige Zeit später wieder aus dem Klo kam, stand sie am Tresen und sah ihn an. Dabei war nicht auszumachen, ob sie dort auf ihn gewartet hatte oder sich bloß zufällig gerade jetzt einen neuen Drink holte. Genauso würde ich es auch machen, dachte Frank, der nun ernsthaft in Erwägung zog, daß sie sich für ihn interessierte, obwohl er keine Ahnung hatte, wie das angehen konnte, an mir ist nichts dran, dachte er, und ich finde *sie* auch nicht gerade toll, dachte er, ich habe nichts getan, um ihre Aufmerksamkeit zu erregen, soviel ist mal klar, dachte er, das bringt ja auch alles nichts, dachte er, am Ende verliebt man sich noch, und dann kommt da nur Kummer von, dachte er und schaute sich zugleich um, ob Martin Klapp irgendwo in der Nähe war. Er war nirgends zu entdecken. Sie stand mit dem Rücken zum Tresen, schaute ihn an und trank, ohne die Augen abzuwenden, auf ihre komische Art einen Schluck aus ihrem neuen Glas Rotwein. Frank ging zu ihr hin, das ließ sich gar nicht vermeiden, der Raum vor dem Tresen war zu eng, um sie zu ignorieren, und sie kam ihm auch ein paar Schritte entgegen, was hätte er also sonst tun sollen, das ist nun mal so, dachte er, da kann man sich nicht aus dem Weg gehen.

»Willst du auch noch Rotwein?« sagte sie.

»Nein, ich bin ja auf Bier umgestiegen.«

»Ja, aber dein Freund ist jetzt weg«, sagte sie. Sie stand jetzt direkt vor ihm, näher, als Frank es für normal hielt. Sie mußte den Kopf ziemlich weit nach hinten beugen, um ihm in die Augen zu sehen, so nah müßte sie nicht stehen, um sich mit mir unterhalten zu können, dachte Frank.

»Hm, weiß auch nicht«, sagte er. »Ich hab da noch Bier stehen.«

»Na dann«, sagte sie nur und rührte sich nicht, sah ihn nur an. »Dann sollten wir da vielleicht mal wieder hingehen.«

»Ja«, sagte Frank und spürte, daß ihm etwas schwindelig war.

»Das sieht ja wirklich schlimm aus«, sagte sie und tippte mit den Fingerspitzen gegen seinen rechten Arm. »Wie ist denn das passiert?«

»Ich wollte über die Hecke springen.«

»Welche Hecke?«

»Die da draußen, vor dem Laden.«

Sie lächelte ungläubig. »Ist da eine Hecke?«

»Ja«, sagte Frank und mußte lachen. »Aber nur eine ganz kleine.« Er beugte sich runter und zeigte mit der Hand über dem Fußboden, wie klein. Dabei berührten sich ihre Köpfe.

»Hoppla«, sagte sie.

»Ja«, sagte er. »Vielleicht sollten wir uns mal wieder hinsetzen. Ich hab auch ein bißchen was am Bein abgekriegt.«

»Ja«, sagte sie lächelnd, »vielleicht sollten wir das tun.«

»Genau.« Frank humpelte voraus. Das letzte Mal, daß er mit einem Mädchen was gehabt hatte, war Monate her, und die Situation hier verwirrte ihn mehr, als er zugeben wollte.

Das Mädchen folgte ihm nicht. Als er bei den anderen ankam, saß Martin Klapp, wie von Frank vorausgeahnt und auch erhofft, in Franks Sessel.

»Ich dachte, ich setz mich auch mal in den Sessel«, sagte er.

»Das ist sicher die gute Wahl«, sagte Frank und ließ sich neben Achim auf das Sofa fallen. Martin Klapp beobachtete ihn mißtrauisch.

»Wo ist denn Sibille?« fragte er vorwurfsvoll.

Frank zuckte mit den Schultern.

»Was weiß ich«, sagte er. »Auf dem Klo vielleicht?«

Er war müde. Es war alles ein bißchen viel für einen Tag gewesen.

»Hier, dein Bier«, sagte Achim und reichte es ihm.

»Danke«, sagte Frank. Er nahm das Bier, lehnte sich zurück und schloß die Augen.

»Ah, Platztausch«, hörte er Sibille noch sagen. Dann schlief er ein.

10. UMZUG

Am nächsten Morgen erwachte Frank sehr früh und konnte nicht wieder einschlafen. Das war Pech, denn als er die Augen öffnete, fand er sich bei Martin Klapp zu Hause und auf dem Fußboden wieder, zwischen vollen Bücherkartons und Bretterstapeln, die dort alles bedeckten, in voller Montur und zugedeckt mit einem alten Mantel. Es war nicht das erste Mal, daß er bei Martin Klapp übernachtete, und er wußte, daß es nicht ratsam war, hinunter in die Küche des Hauses zu gehen und sich einen Kaffee oder einen Tee zu machen, er würde mit ziemlicher Wahrscheinlichkeit den schwangeren linken Lehrern begegnen, und die hatten eine ganze Palette von Möglichkeiten, ihn ihre Mißbilligung spüren zu lassen. Martin Klapp schlief noch, also blieb Frank nichts anderes übrig, als mit leichten Kopfschmerzen ebenfalls liegenzubleiben und zu warten. Wenigstens gab es genug Lesestoff, er nahm sich eines von den Hunderten oder Tausenden von Büchern, die um ihn herum auf ihren Umzug warteten, es waren Bücher jeder Art und Größe, alte Bücher und neue Bücher, und neunzig Prozent davon, so schätzte er, waren geklaut, in dieser Hinsicht war Martin Klapp eigen oder hatte, wie Ralf Müller es gerne nannte, »eine Schacke«, er war der wahrscheinlich größte und zugleich unbescholtenste Bücherklauer Bremens, und seine Technik war so einfach wie erfolgreich: Er nahm einen großen Haufen Bücher in einem Buchgeschäft unter den Arm, lief damit einige Zeit herum und ging dann hinaus. Dabei war er nur einmal erwischt worden, aber das war in einem linken Buchladen gewesen, und der Besitzer hatte deshalb nicht die Polizei gerufen.

Frank las zwei Stunden lang in einem Buch über die Geschichte der römischen Republik, bis Martin Klapp endlich aufwachte. Da sie den Dachgepäckträger von Franks Vater brauchten, fuhren sie als erstes in die Neue Vahr Süd.

»Das bißchen Kram von dir ist schnell gemacht, das Schlimmste kommt später«, sagte Martin Klapp, als sie vor der Tür von Franks elterlicher Wohnung standen und klingelten. Franks Mutter öffnete.

»Guten Tag, Frau Lehmann«, sagte Martin Klapp sofort. Er ist auch ein bißchen ein Schleimer, dachte Frank.

»Oh, Martin, das ist aber nett«, sagte seine Mutter und sah Frank dabei etwas ratlos an.

»Wir holen mal meine Sachen«, sagte Frank. Es war ihm unangenehm, daß Martin Klapp dabei war, während er seiner Mutter die plötzliche Tatsache seines Umzugs beibrachte, das sollte man eigentlich unter sich ausmachen, dachte er, sowas sollte in der Familie bleiben, andererseits, dachte er, hat es den Vorteil, daß eine Mutter einem im Beisein eines Fremden keine großen Fragen stellen oder eine Szene machen kann, sie wird jedenfalls nicht weinen, dachte Frank, und das ist auch schon mal was...

»Ach so, ja... – ja?« sagte seine Mutter hilflos, und Frank tat sie in diesem Moment sehr leid, das läuft alles irgendwie falsch, dachte er, ganz falsch. Dann trat sein Vater hinter seine Mutter.

»Ah, da ist er ja«, sagte sein Vater in zweideutigem Tonfall. »Sehr schön, da ist er ja.«

»Ich helfe nur beim Umzug«, sagte Martin Klapp und hob abwehrend die Hände. Franks Eltern standen immer noch in der Tür, und sein Vater legte jetzt sogar die Hände auf die Schultern seiner Mutter. Wie die schwangeren Lehrer gestern, dachte Frank, und ihm ging auf, daß seine Eltern auch mal so jung wie diese gewesen waren und seine Mutter auch mal so hochschwanger, so hatte er das noch nie gesehen.

»Dürfen wir dann mal rein«, sagte er energisch, »es dauert auch nicht lange!«

»Umzug? Na herrlich«, sagte sein Vater und zog seine Mutter mit festem Griff von der Tür weg. »Na dann kommt mal rein. Braucht ihr Hilfe?«

»Nicht unbedingt«, sagte Frank und betrat mit Martin Klapp die Wohnung, »aber wenn du mir deinen Dachgepäckträger geben könntest, das wäre nett.«

»Soso, nett wäre das«, sagte sein Vater. »Na dann...«

»Wir nehmen nicht alles mit«, sagte Frank. »Ich zieh jetzt bei Martin mit ein, ich nehm dann erstmal nur die Matratze mit und so Kram...«

»Das ist gut zu wissen«, sagte sein Vater.

»Habt ihr denn überhaupt schon was gegessen?« sagte Franks Mutter. »Ich kann euch doch eben Frühstück machen, ihr müßt doch was essen.«

»Ja, nee«, sagte Frank, »laß mal, haben wir schon.«

»Naja, ein bißchen Hunger hätte ich schon«, sagte Martin Klapp.

»Na, das ist doch wunderbar«, sagte Franks Mutter, »dann mach ich mal schnell was fertig.«

»Nee, laß mal«, sagte Frank.

»Ach was«, sagte seine Mutter, blieb aber trotzdem im Flur stehen, »das macht doch nichts...«

Sie standen zu viert in dem engen Flur herum und schwiegen.

»Kommt ein bißchen plötzlich«, sagte sein Vater dann.

»Kann man wohl sagen«, sagte seine Mutter. »Na, ich mach dann mal was...« Sie ging in die Küche. Wahrscheinlich weint sie da, dachte Frank. Es war Zeit für ein bißchen Action, fand er, bevor alles noch schlimmer wurde.

»Wir bringen am besten erstmal den Dachgepäckträger an«, sagte er aufmunternd.

»Ich komm mit, der ist im Keller«, sagte sein Vater. Er nahm den Kellerschlüssel, der neben der Tür an einem Haken hing, und ging voraus. Frank und Martin Klapp folgten ihm die Treppen hinunter.

»Kommt ein bißchen plötzlich«, sagte sein Vater über die Schulter.

»Hat sich so ergeben«, sagte Frank und ärgerte sich zugleich darüber, das klingt nach Entschuldigung, dachte er, aber jetzt darf man nicht weich werden, schließlich ist er selber schuld.

Im Keller schloß sein Vater ihren Verschlag auf und wies auf den Dachgepäckträger, der in dem penibel aufgeräumten Kellerraum an der Wand hing.

»Da ist er. Soll ich euch zeigen, wie er angebracht wird?«

»Nein, das geht schon«, sagte Frank, »ich mach das schon.«

»Na gut«, sagte sein Vater, zuckte mit den Achseln und trat beiseite. Frank nahm den Dachgepäckträger von der Wand und schob damit seinen Vater und Martin Klapp vor sich her aus dem Keller. Er dachte, sein Vater würde jetzt wieder hochgehen in die Wohnung, aber statt dessen folgte er ihm und Martin Klapp nach draußen zum Auto. Dort sah er schweigend zu, wie sie zu zweit den Dachgepäckträger anbrachten. Als sie damit fertig waren, überprüfte er selbst noch einmal, ob er auch richtig fest saß, er ruckelte mit einer Hand daran, so sehr, daß das ganze Auto schaukelte.

»Sitzt fest«, sagte er und pulte sich, in eine andere Richtung guckend, etwas aus den Augen.

»Na dann«, sagte Frank. Sie gingen wieder nach oben, sein Vater voraus.

»Du mußt uns auf jeden Fall deine neue Adresse dalassen, falls Post für dich kommt«, sagte er. »Habt ihr Telefon?«

»Noch nicht, Herr Lehmann«, sagte Martin Klapp, »das kommt aber bald, wir haben das schon beantragt. Das dauert ja immer. Ich habe das Formular jedenfalls schon. Von der Post, ich war da extra auf der Post.«

»Soso«, sagte Franks Vater.

Oben trafen sie wieder auf Franks Mutter, die mit rotgeweinten Augen, aber Haltung bewahrend, im Flur stand. »Das geht alles so schnell«, sagte sie, »da ist man ja gar nicht vorbereitet.«

»Das hat sich so ergeben«, sagte Frank. »Es ist ja auch besser so«, fügte er hinzu, »auf diese Weise kündigt sich das nicht so lange an.«

Seine Mutter blickte ihn verständnislos an. »Verstehe ich nicht«, sagte sie.

»Naja, dann ist das gleich erledigt und so«, sagte Frank, »dann ist gleich alles klar, irgendwie.«

»Wegen uns hätte das ruhig noch Zeit gehabt«, sagte sein Vater, »wegen uns hättest du dir ruhig Zeit lassen können.«

»Ich geh mal gucken, was es zusammenzupacken gibt«, sagte Martin Klapp und verschwand in Franks Zimmer.

»Es ist besser so«, wiederholte Frank, wie um es sich selbst einzureden, »ich meine, ich bin jetzt fast einundzwanzig, da ist das wohl mal Zeit.«

»Ja, sag ich ja«, sagte sein Vater und kratzte sich am Kopf. »Mußte wohl mal sein. Naja...«

»Wo wohnst du denn dann jetzt?« fragte seine Mutter.

»Bei uns«, sagte Martin Klapp, der in diesem Moment mit Franks Bettzeug aus dessen Zimmer kam. Er hatte Franks Decke und Kissen einfach im Laken gelassen und das Ganze zu einem Sack verknotet. »Kommen Sie uns doch mal besuchen. Aber erst wenn alles richtig renoviert ist, das sieht alles noch ganz wüst aus«, sagte er schelmisch und zwinkerte Franks Eltern sogar zu, als er sich mit dem Riesenbündel an ihnen vorbei durch die Wohnungstür zwängte, »das muß erstmal renoviert werden, ist ja klar.«

Er verschwand. Frank stand wieder allein mit seinen Eltern da.

»Ich muß mal mit anpacken, sonst macht der das alles ganz alleine«, sagte Frank. Er ging in sein Zimmer und überlegte kurz, was er alles mitnehmen wollte, es sollte sowenig wie möglich sein. Er schaute sich um, sah die Poster an der Wand, die paar Schallplatten und den Plattenspieler, die er von seinem Bruder geerbt hatte, den Schreibtisch, den Schrank... Das kann man alles nicht mitnehmen, dachte er, das paßt nicht mehr, das paßt nicht nur nicht ins Zimmer, dachte er, das paßt auch sonst nicht mehr. Es war traurig und befreiend zugleich, das alte Zeug dazulassen. Er zog einen großen orangefarbenen Stangenrucksack, der auch einmal seinem Bruder gehört hatte, unter dem Bett hervor, ging damit zum Schrank und stopfte Klamotten hinein und warf die wichtigsten Bücher obendrauf. Seine Eltern standen im Türrahmen und schauten ihm dabei zu.

»Ich nehme erst einmal nur ein paar Sachen und die Matratze mit«, sagte er zu seinen Eltern, »den Rest hole ich vielleicht ein anderes Mal.«

»Aber du brauchst doch wenigstens das Bett«, sagte seine Mutter. »Du kannst doch nicht ohne Bett wohnen.«

»Das geht schon.«

»Es wäre schon besser, wenn du alles mitnimmst«, sagte sein Vater. »Wir können damit nichts anfangen. Und wenn du schon ausziehst, dann wollen wir natürlich auch mit dem Zimmer irgendwas Neues machen.«

Frank wollte gerade etwas antworten, da kam Martin Klapp wieder. Er drängelte sich an Franks Eltern vorbei ins Zimmer.

»Was ist das für ein Fernseher«, sagte er und betrachtete das Riesenteil von Tante Helga. »Muß der auch mit?«

»Nein, der muß nicht mit«, sagte Frank süffisant und war Martin Klapp in diesem Moment sehr dankbar. »Der ist von Tante Helga. Und der muß erst noch repariert werden.«

»Das ist aber gefährlich«, sagte Martin Klapp und tippte mit dem Zeigefinger vorsichtig gegen das Gehäuse. »Ich habe gehört, daß man da noch einen gewischt kriegen kann, wenn der Stecker draußen ist.«

»Kann man nicht«, sagte Franks Vater.

»Reparieren Sie den selbst?« fragte Martin Klapp mit einem bewundernden Unterton in der Stimme. »Eigenhändig?«

»Naja, ich versuche es«, sagte Franks Vater.

»Das blöde Ding«, sagte seine Mutter. »Seid ihr sicher, daß ihr nichts mehr essen wollt?«

»Ja«, sagte Frank und war froh, daß seine Mutter so durcheinander war.

»Meiner ist auch kaputt«, sagte Martin Klapp, der nicht zugehört hatte. »Aber ich trau mich da nicht ran. Ich kenne einen, der einen kennt, der ist da mal dran gestorben. Das ist wirklich toll, daß Sie das können.«

»Nimm mal die Matratze«, sagte Frank zu ihm, damit der Quatsch endlich ein Ende hatte. »Die binden wir oben drauf.«

»Womit?« fragte Martin Klapp.

»Ich hab noch ein Seil im Keller«, sagte Franks Vater.

Frank nahm den Rucksack und eine Nachttischlampe, und Martin Klapp nahm die Matratze. Dann gingen sie zu viert hinunter, sein Vater voran, dann Frank, dann Martin Klapp und ganz zum Schluß Franks Mutter.

Franks Vater ging weiter hinunter in den Keller, während Frank mit den anderen beiden hinaus zum Auto ging. Er sah, wie hinter einem Fenster im Erdgeschoß des Hauses eine Gardine zurückgezogen wurde, nur ein kleines Stückchen, und er wußte, daß jetzt Frau Koopmann wußte, daß er auszog, und kurz darauf würde es der ganze Neubaublock wissen. Die wohnen alle schon zu lange hier, dachte er, die kennen sich alle schon zu gut. Am Auto hielten sie an, Martin Klapp legte die Matratze auf den Dachgepäckträger, und Frank tat den Rucksack in den Kofferraum. Dann standen sie schon wieder herum und warteten auf Franks Vater mit dem Seil.

»Kommst du denn mal wieder vorbei?« fragte seine Mutter.

»Natürlich.«

»Du kannst doch immer sonntags zum Mittagessen kommen«, schlug sie vor. »Das wäre doch eine feine Sache.«

»Mach ich«, sagte Frank. Und nach kurzem Überlegen fügte er hinzu: »Aber nicht morgen. Morgen habe ich schon was vor.« Er hatte zwar nichts vor, aber es wäre ihm komisch vorgekommen, einen Tag nach seinem Auszug schon wieder bei seinen Eltern beim Mittagessen zu sitzen. Man muß ja erst einmal richtig weg sein, dachte er, bevor man zu Besuch kommen kann, sonst ergibt das ja alles keinen Sinn.

»Ja, morgen hast du schon was vor«, wiederholte seine Mutter. Dann wandte sie sich an Martin Klapp. »Das ist jedenfalls schön, Sie mal wiedergesehen zu haben, Martin. Ich hätte Sie zuerst kaum erkannt.«

»Ja, hat mich auch sehr gefreut«, sagte Martin Klapp.

Franks Vater kam endlich mit einem alten Seil. Frank und Martin Klapp banden die Matratze fest, und auch diesmal kontrollierte Franks Vater hinterher, ob auch alles richtig hielt. Dann umarmte Frank seine Mutter und nach kurzem Zögern auch seinen Vater, seine Mutter wischte sich noch einmal die Augen trocken, und dann saß Frank endlich mit Martin Klapp im Auto und fuhr los. Das Auto rollte langsam vom Parkplatz, und Frank sah noch einmal im Rückspiegel, wie seine Eltern ihm hinterherschauten. Seine Mutter winkte sogar.

»Puh, das ging ja einigermaßen«, sagte Martin Klapp.

»Ja«, sagte Frank und hupte kurz.

»Das ist jedenfalls harmlos«, sagte Martin Klapp und zeigte nach hinten, wo der Rucksack lag. »Das ist noch gar nichts. Jetzt kommt noch mein Zeug und dann das ganze Geraffel von Ralf und Achim.«

»Ja«, sagte Frank.

»Erst meine ganzen Bücher und dann die Schallplatten von Ralf, Mann!«, sagte Martin Klapp. »Ralfs Kram wird hart. Der hat sogar ein Aquarium und was weiß ich nicht alles. Das Schlimmste kommt noch.«

»Ja«, sagte Frank, obwohl er anderer Meinung war.

11. DER SOG

Obwohl Frank erst am Montag früh um eins wieder in der Kaserne sein mußte, gehörte der Sonntag schon ganz der Bundeswehr. Er erwachte in seinem neuen Zimmer, und schon meldete sich, leise noch, wie das ferne Klingeln einer Schulglocke, der Gedanke an die bevorstehende Rückkehr in die Kaserne. Zunächst gelang es ihm, dieses Gefühl zu verscheuchen, er stand schnell auf, machte für alle Kaffee mit der Kaffeemaschine, die Ralf Müller in die WG eingebracht hatte, Ralf Müller hatte überhaupt einiges an Küchenmaschinen mitgebracht, eine Brotschneidemaschine, einen Toaster und sogar eine Saftpresse, die er ihnen gleich stolz vorgeführt hatte, aber das war am Samstag gewesen, da hatte die Bundeswehr noch in weiter Ferne gelegen, jetzt war Sonntag, und bis die anderen aufstanden, mußte Frank sich damit ablenken, sein neues Zimmer zu betrachten und zu überlegen, was man bloß tun konnte, damit es bewohnbarer wurde. Die alten, verblichenen Mustertapeten etwa mußten auf jeden Fall runter oder jedenfalls mit neuen Tapeten überklebt werden, die Wolldecke mußte durch eine richtige Wand ersetzt werden, außerdem brauchte er eine Kiste oder etwas Ähnliches für seine Kleider und so weiter, aber gleichzeitig erschien ihm das auch seltsam unwichtig und unwirklich, da er doch wußte, daß er schon die nächste Nacht wieder zuunterst in einem dreistöckigen Bett in einer Stube mit Hoppe, Leppert, Schmidt und den anderen Kameraden schlafen würde.

Dann wachten seine Wohnungsgenossen nach und nach auf, und es kam Leben in die Bude, sie wanderten mit Kaffeebechern in der Hand in der neuen Wohnung herum und erzählten sich gegenseitig, was man noch alles machen könnte, um die Wohnung nun aber auch wirklich so richtig auf Vordermann zu bringen, sie spachtelten sogar eine Zeitlang im Flur an der Tapete herum, sogar Ralf Müller, der Frank, seit der ihm beim Umzug geholfen und außerdem seine Saftpresse gebührend bewundert hatte, als gleichwertigen Mitbewohner zu akzeptieren schien, bis sie nach kurzer Zeit beschlossen, doch lieber an den Unisee zu fahren, »wir müssen das schöne Wetter ausnützen, und daß wir heute noch Frankies Auto haben«, sagte Martin Klapp, was Franks Gefühl, nicht mehr der Zivilist der letzten beiden Abende, sondern eigentlich schon wieder Soldat auf Abruf zu sein, noch verstärkte.

Am Unisee wurde es nicht besser, im Gegenteil. Frank lag mit seinen Freunden am Strand und bekam, weil er immer an die Kaserne denken mußte, noch nicht einmal eine Erektion, trotz der vielen nackten Studentinnen, deren Anblick ihn normalerweise gezwungen hätte, auf dem Bauch zu liegen und ein Loch in den Sand zu bohren. Auch Sibille war da und zwei andere Frauen, mit denen sie zusammenwohnte und deren Namen er sogleich wieder vergaß, obwohl sie mit Martin Klapp verabredeten, am nächsten Wochenende in der neuen Wohnung eine Einweihungsparty zu feiern, was ihn eigentlich hätte interessieren und freuen müssen, schließlich war er nicht der Typ, der eine Party nicht zu schätzen wußte. Aber das hatte jetzt nichts mehr zu bedeuten, das nächste Wochenende war zu weit weg, als daß es sich lohnte, einen Gedanken daran zu verschwenden, das einzige, was noch zählte, war die Kaserne in Dörverden, ein Ort, der ihm hier, im normalen Leben, zutiefst unwirklich erschien, bedrohlich und faszinierend zugleich, ein verdrängter Alptraum, der plötzlich in seinem ganzen Schrecken wieder um die Ecke kam, und je ausgelassener die anderen wurden, desto düsterer wurden seine Gedanken, und er mußte sich schließlich geradezu zwingen, wenigstens einmal ins Wasser zu gehen und ein bißchen herumzuplanschen, um so die hier am Unisee geforderten kulturellen Leistungen zu erbringen.

Aber das half nicht lange, und gegen Ende des Nachmittags fiel ihm auf, daß er immer öfter auf Martin Klapps Uhr sah, was zu dieser Zeit noch überhaupt keinen Sinn ergab, und als sie gegen sechs zurück ins Steintorviertel fuhren, war er von einer nervtötenden Unruhe erfaßt und wollte bloß noch fahren, endlich Schluß machen mit diesem seltsamen Schwebezustand zwischen zwei Welten, die er in seiner Verwirrung schon beide nicht mehr begriff, aber es war eben erst sechs Uhr abends, und die Fahrt nach Dörverden würde nicht mehr als eine Dreiviertelstunde dauern, also mußte er noch bleiben und irgendwie die letzten Stunden in Freiheit nutzen. In seinem Zimmer gab es nichts Richtiges zu tun, er hatte ja kein Material, keine Tapeten, keine Farbe, kein Holz, also versuchte er, weiter in Martin Klapps Buch über die Geschichte der römischen Republik zu lesen, aber er konnte sich nicht gut darauf konzentrieren, zumal dort so viel von Legionen und Feldzügen die Rede war, daß seine Gedanken immer wieder zurück zur Bundeswehr wanderten. Dann half er Martin Klapp eine Zeitlang dabei, seine Bücherregale aufzustellen und einzuräumen, aber das brachte auch nicht viel, und schließlich war er so verzweifelt, daß er Martin Klapp zum Essen in das nahe gelegene jugoslawische Restaurant Dubrovnik einlud. Martin Klapp nahm das Angebot natürlich an, er hatte noch nie etwas ausgeschlagen, das umsonst war, und so schaufelten sie große Mengen Cevapcici und Raznjici in sich hinein, während Martin Klapp davon erzählte, daß er Sibille »eigentlich ziemlich interessant« fand, was Frank auch nicht mehr groß überraschte. Schließlich fragte Martin Klapp Frank sogar noch, was *er* denn so von Sibille hielte, und Frank sagte irgend etwas, von dem er glaubte, daß Martin Klapp es hören wollte, etwas Lobendes und zugleich nicht allzu Enthusiastisches, und dann war es acht, und er konnte es nicht mehr aushalten, deshalb bezahlte er, stieß mit Martin Klapp mit dem Slivovitz, den sie umsonst dazubekamen, auf Sibille an, verabschiedete sich, setzte sich ins Auto und fuhr los.

Es ist zu früh, es ist zu früh, dachte er, als er durch die Straßen Bremens kurvte, aber es war auf jeden Fall gut, allein und in Bewegung zu sein. Er machte den Kassettenrecorder an, in dem eine Kassette steckte, die sein Bruder ihm zusammen mit dem Auto überlassen hatte, es war irgend etwas von Bob Dylan. Es hatte mal eine Zeit gegeben, da hatte sein Bruder immer Bob Dylan gehört, das war lange her, sein Bruder war vielleicht sechzehn gewesen und Frank etwa zwölf, und sein Bruder hatte immer irgendwelche Kassetten mit Bob Dylan gespielt, und Frank hatte sich das, weil er im selben Zimmer gewohnt hatte, immer mit anhören müssen, und deshalb kam es ihm durch die Musik jetzt vor, als sei sein Bruder mit ihm im Auto, und das tat ihm gut, während er durch die Straßen von Bremen fuhr und dabei, ohne es besonders zu wollen, langsam die richtige Richtung einschlug, in die Neue Vahr Süd kam, dort an den Stätten seiner Kindheit vorbeifuhr, um dann durch Blockdiek und Osterholz schließlich zur Autobahn zu gelangen. Er fuhr auf die Autobahn hinauf und dann gleich die nächste Ausfahrt wieder hinunter, es ist zu früh, dachte er, es ist zu früh, das ist lächerlich, es ist noch keine neun Uhr, und so nahm er die Landstraße und fuhr auf baumbestandenen Alleen durch kleinere und größere Dörfer in Richtung Verden, während Bob Dylan irgendwelche Lieder über Pat Garret und Billy the Kid sang und Frank eine kleine Unterhaltung mit seinem nicht anwesenden Bruder führte, in der er ihm darzulegen versuchte, warum er eigentlich nicht verweigert hatte, aber er merkte bald, daß er seinen Bruder entweder belügen oder ein paar unangenehme Wahrheiten aussprechen mußte, also hörte er damit auf, machte die Musik aus und fuhr, während es langsam dunkel wurde, von der Bundesstraße ab in obskure kleine Ortschaften, hängte sich hinter einen Trecker und blieb dort unnötig lange, nur um das Tempo rauszunehmen, fand irgendwann den Weg auf die Bundesstraße nach Verden zurück, machte die Musik wieder an, kam nach Verden hinein, machte sich lustlos mit dem Ort ein wenig vertraut, und gelangte dann doch irgendwie, obwohl es immer noch keine zehn Uhr war, auf die Straße nach Dörverden, wie ein Satellit, dessen Fliehkräfte verbraucht waren und der langsam, aber letztlich unaufhaltsam der Erde entgegentaumelte, und je mehr er sich der Kaserne näherte, desto stärker wurde ihre Anziehungskraft, und als er direkt vor der Kaserne ankam, mußte er alle Willenskraft zusammennehmen, um nicht sogleich hineinzufahren, er schaffte es gerade noch, das Auto auf dem kleinen Wendeplatz davor zu parken und sich die ganze Sache noch einmal zu überlegen. Er saß hinter dem Steuer im Auto und betrachtete den Eingang der Kaserne, an dem nicht viel los war, und spielte mit dem Gedanken, noch einmal umzukehren und die Zeit bis kurz vor ein Uhr irgendwo in Dörverden totzuschlagen, falls das überhaupt ging. Was soll's, ich muß da sowieso rein, dachte er, und alles ist besser, als hier herumzusitzen, redete er sich ein, aber er konnte sich trotzdem nicht aufraffen, etwas zu unternehmen, und so saß er untätig eine Weile herum, bis plötzlich jemand aus der Kaserne auf ihn zukam. Es war ein Soldat mit einer weißen Armbinde, auf der ›Wache‹ stand. An seinem Koppel hing eine Pistole. Er kam zu Franks Auto, bückte sich und klopfte an die Scheibe.

»Was machen Sie hier?« fragte er.

»Nichts«, sagte Frank, »ich warte.«

»Worauf?«

Der Mann war nicht unfreundlich, aber er machte einen nervösen Eindruck. Und er hielt eine Hand an der Pistole.

»Darauf, daß ich mich entschließen kann, da reinzufahren.«

»Bist du Soldat?«

Frank nickte.

»Zeig mal deinen Dienstausweis.«

Frank suchte aus seinem Portemonnaie den Dienstausweis heraus und gab ihn ihm. Der andere studierte ihn im Schein der nächsten Straßenlaterne.

»Entweder fährst du hier weg oder rein«, sagte er und gab ihm den Ausweis zurück. »Hier draußen kannst du nicht stehenbleiben. Hier ist Halteverbot. Außerdem wird dann der OvWa nervös, der sieht überall Terroristen, der OvWa.«

»Okay«, sagte Frank.

Der Soldat ging wieder weg. Frank startete den Motor, machte das Licht an und fuhr zum Tor. Dort hielt er seinen Dienstausweis hoch, und sie winkten ihn durch. Als er auf dem Parkplatz aus dem Auto stieg und die Kompaniegebäude sah und die Munitionsbunker und die Bäume, unter denen sie immer entlangmarschiert waren zum Standortübungsplatz, und die große, asphaltierte Fläche, auf der sie bis zum Umfallen ihr Links um!, Rechts um! geübt hatten, wurde er von einer bleiernen Müdigkeit erfaßt. Er schaute auf seine Uhr, und es war erst Viertel nach zehn. Ich muß total bescheuert sein, dachte er und ging hinüber zum Gebäude der 4. Kompanie.

12. SEELISCHE NÖTE

»Ich bin der Standortpfarrer. Nun werden Sie sich wundern und fragen: Was soll denn das, ein Standortpfarrer?« Der Standortpfarrer machte auf Frank einen angenehmen Eindruck, er war in Zivil, hatte eine freundliche, leise Stimme und lächelte unaufhörlich, auch während er sprach. Aber Frank wollte jetzt keine angenehmen Eindrücke. Es war Montagvormittag, und der Morgen war grausam gewesen, es war, als hätten sich die Fahnenjunker bei ihnen für die zwei verlorenen Wochenendtage rächen wollen, und Frank hatte das Gefühl, besonders schlecht weggekommen zu sein: Beim Revierreinigen hatte ihre Stube ausgerechnet das Klo zugeteilt bekommen, und Fahnenjunker Tietz hatte Frank ein und dieselbe Schüssel dreimal nachschrubben lassen; bei der Stuben- und Spindkontrolle hatte Fahnenjunker Heitmann, nachdem er Frank alle seine Hemden neu auf DIN A4 hatte falten lassen, noch einmal mit dem Finger über den Spind gewischt, »Sehen Sie mich noch?« gesagt und dazu imaginären Staub in die Luft gepustet, und Frank hatte nach einem Lappen laufen und oben auf dem Spind damit herumwischen müssen; beim Antreten der Kompanie war er, seines Beines wegen, das besonders beim Laufen auf der Treppe ziemlich schmerzte, als letzter unten angekommen und war von Feldwebel Meyer zusammengebrüllt worden, daß es nur so eine Art gehabt hatte, beim Frühstück hatte ihn eine Gruppe älterer Soldaten aus der Reihe gedrängelt und beim Marsch zum Unterrichtsgebäude hatte Feldwebel Meyer ihn persönlich zu Klump zu hauen gedroht, weil er Neuhaus in die Hacken getreten hatte, obwohl der POA Neuhaus, der sich immer mehr zum Ärgernis entwickelte, mit seiner tänzelnden Stolperei selbst schuld daran gewesen war. Und jetzt saß Frank im Unterrichtssaal in der letzten Reihe und nahm sich vor, den Standortpfarrer, angenehme Erscheinung hin, angenehme Erscheinung her, nicht zu mögen, während neben ihm Leppert unaufhörlich Zigaretten auf Vorrat rollte. Auch die anderen etwa hundert Kameraden der 4. Kompanie waren nicht ganz bei der Sache, viele schienen mit den Stühlen, auf die man sie gesetzt hatte, schlecht zurechtzukommen, es wurden alle nur möglichen Sitzpositionen ausprobiert, Oberkörper pausenlos vor- und zurückgelehnt, Arme wurden verschränkt und wieder entschränkt, Nägel gekaut, Köpfe gekratzt, und es wurde mit den Füßen gescharrt, daß es eine helle Freude war.

Der Standortpfarrer merkte von alldem nichts, oder wenn, dann ließ er sich nichts anmerken. Er lächelte und redete und redete und lächelte. »Zunächst einmal möchte ich Ihnen dies sagen: Ich bin immer für Sie da. Sie können sich jederzeit bei Ihren Vorgesetzten abmelden und zu mir kommen und mit mir reden. Und wenn ich jederzeit sage, dann meine ich das auch, jederzeit, das ist Ihr gutes Recht, und Sie können mit mir über alles reden, es müssen keine religiösen Dinge sein, ich weiß, wie es ist, wenn man hierherkommt, ich weiß, wie bedrückend das viele von Ihnen empfinden mögen, wie man Sie hier oft behandelt, ich weiß, was für kleine und erbarmungswürdige Wichte Ihre Vorgesetzten manchmal sind...« – das ließ nun doch alle ein bißchen aufhorchen, solche Worte hatten die Rekruten hier noch nicht gehört, der Standortpfarrer eroberte ihre Herzen im Sturm, das Gescharre und Gerücke und Geschubbere hörte nach und nach auf und alle spitzten die Ohren, er kriegt sie alle, er ist ein verdammter Schleimer, dachte Frank mißmutig, »...und wie ausgeliefert und einsam man sich fühlen kann, wenn man von heute auf morgen in eine Welt gestoßen wird, in der man zunächst einmal natürlich das Gefühl haben muß, nichts wert zu sein, nichts zu gelten...«, der Pfarrer redete sich warm, und sein Publikum war immer mehr in Bann geschlagen, es gab viel Grinsen und zustimmendes Kopfnicken unter den Rekruten, woraufhin er gleich noch eine Schippe drauflegte, wie

Frank, der dem Mann immer weniger traute, dachte, du eitler Affe, dachte er, auch du gehörst dazu, und dann merkte er auch noch, daß ihn der Pfarrer von der Stimme her an Ralf Müller erinnerte, das machte die Sache nicht besser, er hatte denselben weinerlichen Unterton, wenn er redete, und er redete gerne, soviel war mal klar, »…auch ich war mal in Ihrer Lage«, fuhr er fort, »auch ich war einmal Wehrpflichtiger, und deshalb habe ich damals, als die Stelle frei wurde, auch gerne die Möglichkeit ergriffen, hier der Standortpfarrer zu werden, denn es sind schon viele in Ihrer Situation verzweifelt und haben nicht mehr aus noch ein gewußt, immerhin hat man Sie völlig aus Ihrem normalen Leben herausgeholt, Sie wurden sozusagen aus der Mitte Ihrer Familien, Ihrer Freunde gerissen, viele wurden von ihrer Freundin getrennt…« – jetzt bemerkte Frank, wie er doch ein wenig weich wurde, der Mann ist gut, dachte er, da kann er noch so sehr wie Ralf Müller klingen, Ralf Müller ist ein Waisenknabe dagegen. Seine Kameraden waren jetzt ganz still, manche nickten immer noch vor sich hin, andere schluckten schon schwer, und Schmidt, der auf der anderen Seite neben Frank saß, klimperte verdächtig mit den Augenlidern, nur Leppert drehte weiter Zigaretten, eine um die andere, und Frank dachte, wenn das hier so weitergeht, dann gibt es gleich eine Heulerei wie bei Tante Erika damals, als beim Sissi-Film Sissi ihre Tochter zum ersten Mal in Venedig wiedersah und die Italiener alle »la mamma« riefen, aber dann kriegte der Pfarrer gerade noch die Kurve und wechselte das Thema, ließ sich kurz über das Problem der verschiedenen Konfessionen aus, »gerade hier sind ja auch viele katholische Kameraden aus dem Rheinland, ist es nicht so?«, sprach über die Rüstzeit, »Rüstzeit, was soll das heißen?«, klärte sie über ihre diesbezüglichen Rechte auf, »nehmen Sie Ihre Rüstzeit, es ist Ihr gutes Recht«, und schärfte ihnen noch einmal eindringlich ein, sofort zu ihm zu kommen, sollten sie jemals seelische Nöte verspüren, »ich weiß, wie das ist!«. Dann segnete er sie alle, jedenfalls sagte er das, »Ich möchte Sie alle segnen«, und Frank, der eher gottlos aufgewachsen war, fragte sich dann doch, ob das jetzt ein astreiner, kirchlich genormter Segen war oder nur eher eine beiläufige Redensart, muß er nicht die Finger dazu heben oder so etwas, fragte er sich und spielte schon mit dem Gedanken, da einmal nachzuhaken, aber da war der Standortpfarrer, statt einfach aufzuhören, wie Frank es langsam für angebracht gehalten hätte, schon wieder bei den seelischen Nöten, »jederzeit!« rief er aufmunternd, »jederzeit können Sie zu mir kommen, es ist Ihr gutes Recht, sagen Sie einfach, Sie wollen zum Standortpfarrer, und dann kommen Sie zu mir, jederzeit.«

Frank reichte es jetzt. Er hob den Arm.

»Eine Frage!« rief er. Alle seine Kameraden drehten sich nach ihm um und sahen ihn neugierig an.

»Ja, bitte«, sagte der Standortpfarrer erfreut.

»Geht das wirklich immer? Ich meine, kann ich einfach mitten im Gelände, was weiß ich, beim Tarnen oder so, oder in der niedrigsten Gangart oder so, kann ich da einfach sagen, ich muß mal eben zum Standortpfarrer, und dann lassen die mich gehen?«

Jetzt drehten sich alle Köpfe zurück zum Standortpfarrer.

»Herr Pionier, worauf wollen Sie hinaus?« sagte der.

Die Köpfe drehten sich zurück zu Frank, der jetzt schon bereute, damit angefangen zu haben.

»Ja nun, das ist doch wichtig«, sagte er. »Heißt *jederzeit* nun, daß ich dann einfach so gehen kann, oder muß ich warten, bis Mittag ist oder so.«

Der Standortpfarrer zögerte mit seiner Antwort. Er schaute Frank forschend an und kniff dabei die Augen zusammen wie ein Kurzsichtiger.

»Ich rede hier nicht über irgendeinen Schabernack, Herr Pionier... wie ist Ihr Name?«

»Lehmann.«

»...Lehmann, hier geht es um existentielle Nöte. Aber bitte, wenn Sie mich so fragen: Im Prinzip ja. Im Prinzip können Sie jederzeit zu mir kommen. Und ich bitte Sie auch wirklich, das zu tun, wenn Sie Beistand brauchen. Aber vielleicht wollten Sie das gar nicht hören. Vielleicht wollten Sie sich nur ein bißchen lustig machen, nicht wahr?«

Die Kameraden sahen jetzt wieder zu Frank, und Frank ging ihre Köpfedreherei mittlerweile gehörig auf die Nerven, es ist wie bei einem bescheuerten Tennisspiel, dachte er, aber der Standortpfarrer ging ihm noch mehr auf die Nerven als seine Kameraden, und er war überhaupt nicht bereit, hier den Rückzug anzutreten.

»Wollte ich nicht«, sagte er. »Wollte ich wissen.«

»Dann ist ja gut«, sagte der Standortpfarrer.

»Ja«, sagte Frank, der keine Lust hatte, es darauf beruhen zu lassen. »Muß man ja wissen«, nahm er den Faden wieder auf, »ist ja nicht so einfach. Wenn ich also dann mitten im Gelände bin, und plötzlich habe ich das Bedürfnis, zu Ihnen zu gehen, dann kann ich einfach abhauen, oder was.«

Der Pfarrer seufzte. »Wieso sollten Sie gerade mitten im Gelände ein Problem haben, das Sie mit mir besprechen müssen, und das so dringend, daß sie sofort gehen müssen statt eben noch ein bißchen zu warten?«

»Ja sicher«, sagte Frank, »das ist natürlich die Frage. Was ist der richtige Zeitpunkt, ein Problem zu haben? Wer kann das wissen? Ich weiß es nicht, deshalb frage ich ja. Und außerdem weiß ich auch nicht, was die angemessene Wartezeit ist, wenn man ein dringendes seelisches Problem hat, das mit Ihnen besprochen werden muß, wie lange also kann oder muß oder sollte man sich innerlich auf später vertrösten, wenn das Problem aufkommt. Und wer entscheidet darüber?«

Jetzt kam etwas Unruhe auf, einige seiner Kameraden schauten zurück zum Standortpfarrer, um zu sehen, was er dem entgegenzusetzen hatte, andere schauten weiter nachdenklich auf Frank, manche grinsten dabei, manche kratzten sich nachdenklich am Kopf, und irgendwo rief sogar einer leise »Genau!«.

»Wollen Sie mir nicht einfach sagen, worauf Sie hinauswollen?« sagte der Standortpfarrer sanft.

Er kneift, dachte Frank. »Nun«, sagte er, »das ist doch ein interessantes Problem: Der Begriff *jederzeit* ist eindeutig. Wenn Sie sagen, daß ich mich jederzeit abmelden kann, um zu Ihnen zu gehen, weil ich in seelischen Nöten oder sowas bin, und wenn es gleichzeitig so ist, daß diese seelischen Nöte ebenfalls jederzeit auftreten können, dann könnte ich doch im Gelände, wenn ich bei der niedrigsten Gangart oder wobei auch immer in seelische Nöte komme, im Prinzip aufstehen, mich abmelden und zu Ihnen kommen. Immerhin sagen Sie, das sei unser Recht, und wenn es unser Recht ist, dann muß das doch geregelt sein. Ist es denn eines der Rechte, wie sie auch bei ›Rechte und Pflichten des Soldaten‹ durchgenommen wurden, ich meine, ein gesetzlich verbrieftes Recht, oder ist es nur ein Gewohnheitsrecht, und die konkrete Ausführung ist dann dem Gutdünken des jeweils entscheidenden Vorgesetzten überlassen?«

Der Standortpfarrer schaute ihn schweigend an. Das ging ziemlich lange so, und Frank war zwar einerseits gespannt auf seine Antwort, andererseits aber war er jetzt auch schon langsam peinlich davon berührt, daß er sich dazu hatte hinreißen lassen, sich vor so vielen Leuten zu exponieren. Das ist das Falscheste, was man machen kann, daß man hier auffällt, dachte er, man muß in Deckung bleiben, Stellung, Deckung, dachte er, sich der Geländeübungen mit Fahnenjunker Tietz erinnernd, Deckung ist besser als Stellung, dachte er, ich hätte den Quatschkopf einfach reden lassen sollen.

»Sie sollten sich über diese Dinge nicht lustig machen«, sagte der Standortpfarrer schließlich, und es lag eine gewisse Traurigkeit in seiner Stimme, von der Frank sich fragte, wo er sie plötzlich herholte, so schlimm war es ja nun auch nicht, was ich ihm angetan habe, dachte Frank, er kneift nicht nur, er macht auch noch einen auf Mitleid! »Ich meine die Sache ernst«, fuhr der Standortpfarrer fort, »ich bin hier nicht zu Ihrer Belustigung. Und es wird noch manchen unter Ihnen geben, der es bitter nötig haben wird, sich einmal auszusprechen. Sie sind da vielleicht anders, für Sie ist das vielleicht alles ein Spaß, aber Sie sollten auch mal ein bißchen genauer darüber nachdenken, worüber Sie sich lustig machen, denn das könnte vielleicht eines Tages einen Ihrer Kameraden davon abhalten, bei einem Trost zu suchen, der genau dafür da ist.«

»Und das sind *Sie?*« sagte Frank, der jetzt keine Lust mehr hatte, und er merkte, daß der höhnische Unterton, den er bei dieser Frage nicht verhindern konnte, bei seinen Kameraden nicht gut ankam, er kneift zwar, aber das merke nur ich, dachte er, der Mann ist geschickt, der läßt sich nicht festnageln.

»Das bin *ich*«, sagte der Standortpfarrer. »Oder jedenfalls bin ich einer von denen. Und ich hoffe sehr für Sie, daß es Ihnen immer so gut gehen mag, daß Sie mich nicht brauchen. Aber ich bin trotzdem auch für Sie da, jederzeit.«

»Das war ja gerade eben die Frage, das mit dem *jederzeit*«, konnte Frank sich nicht verkneifen noch einmal nachzuhaken, aber nun kam unter seinen Kameraden eine genervte Unruhe auf, sie scharrten wieder mit den Füßen und rückten auf ihren Stühlen hin und her und Frank merkte, daß die Stimmung gegen ihn zu kippen drohte, und beschloß, ab jetzt die Klappe zu halten. Es ist aber keine Niederlage, versicherte er sich zur Selbstberuhigung, was kann ich dafür, wenn der Heini kneift, dachte er.

»Über solche Spitzfindigkeiten können wir gerne einmal in Ruhe diskutieren, wenn Sie in meinen Gesprächskreis kommen«, leitete unterdessen der Standortpfarrer gnädig zu einem anderen Thema über und ließ sich lang und breit über einen Gesprächskreis aus, zu dem er sie an jedem Mittwochabend herzlich einlud, und damit war Frank raus aus der Sache, wiewohl es ihn wurmte, daß der Mann »Spitzfindigkeiten« gesagt hatte, er kneift nicht nur, dachte Frank, er hat nicht nur das letzte Wort, er tritt auch noch nach, und außerdem hat er das Problem nicht begriffen und ist auch noch stolz drauf, dachte er. Leppert, der die ganze Zeit über immer weiter Zigaretten gedreht hatte, verstaute sie nun in seiner Tabakpackung, und Frank sah ihm interessiert dabei zu, um sich von seinem Ärger über den Pfarrer und sich selbst abzulenken, und als Leppert das bemerkte, grinste er, holte drei Zigaretten aus der Packung wieder heraus und hielt sie ihm hin. Frank steckte sie in seine Brusttasche. Man sollte vielleicht wirklich mal ernsthaft mit dem Rauchen anfangen, dachte er, Leppert macht es richtig, der kümmert sich um die wirklich wichtigen Dinge!

Irgendwann hörte der Pfarrer dann doch noch auf zu reden, segnete sie alle noch einmal auf seine halbherzige Art und ging. Dafür trat nun ein Hauptfeldwebel vor sie hin, ein gemütlicher älterer Mann mit nur noch wenigen grauen Haaren auf einem großen fleischigen Kopf. Frank kannte ihn nur flüchtig, er gehörte zum 2. Zug. Er trug eine Pappschachtel unter dem Arm und hielt sich nicht lange mit Vorreden auf.

»So, Leute«, sagte er fröhlich, »jetzt kommt euer großer Moment, jetzt wählt ihr mal schön den Vertrauensmann. Ihr wißt ja alle, was der Vertrauensmann ist, das ist euch ja schon bei ›Rechte und Pflichten des Soldaten‹ alles erklärt worden, nur soviel, es ist euer wichtigster Mann, er vertritt die Interessen der Mannschaftsdienstgrade in der Kompanie, er vermittelt, wenn es sein muß, zwischen euch und euren Vorgesetzten oder, wie es in den Vorschriften heißt, hat die Aufgabe, für ein gutes Verhältnis zwischen Mannschaften und Dienstgraden zu sorgen oder wie auch immer das da genau heißt, was weiß ich denn, ich will es kurz machen, ich will hier eine schöne, freie, geheime Wahl, und vorher will ich eine schöne, freie, lebhafte Diskussion von euch, das ist jetzt eure Sache, da misch ich mich nicht lange ein, wer macht den Versammlungsleiter?«

Er schaute aufmunternd in die Runde. Niemand meldete sich, Köpfe wurden schamhaft gesenkt, Füße scharrten, alle, so schien es, legten besonderen Wert darauf, in diesem Moment nicht aufzufallen.

»Leute, das ist jetzt nicht der richtige Zeitpunkt, um schüchtern zu sein, hier geht es um *euren* Mann, hier brauchen wir Eigeninitiative, guckt nicht mich an, guckt euch selber an, *ich* brauche keinen Vertrauensmann, *ihr* braucht einen Vertrauensmann, Kranich, was ist mit Ihnen?«

»Wie, äh?«

»Sie brauchen jetzt nicht jawohl, Herr Hauptfeld zu sagen, Kranich, das ist jetzt nicht wichtig, Sie sagen einfach ja, prima, mach ich, und dann hat sich das. Kommen Sie mal nach vorne.«

Der Angesprochene stand auf und ging mit rotem Kopf nach vorne zum Hauptfeldwebel.

»So, Kranich, kein großes Ding, Sie sind der Versammlungsleiter, Sie organisieren jetzt mal schön die Wahl des Vertrauensmanns, hier...« – er überreichte Kranich die Pappschachtel – »...hier ist alles drin, Stimmzettel, die Schachtel ist die Urne, und nun mal los. Ich bin gar nicht da.«

Der Hauptfeldwebel schnappte sich einen Stuhl, setzte sich damit in eine Ecke des Raumes und schwieg. Der Pionier Kranich stand mit der Pappschachtel in beiden Händen da und schien nicht genau zu wissen, wo er war.

»Na gut«, sagte er, »dann sollte man vielleicht mal...«

»Setzen Sie sich ruhig hinter das Pult, Kranich, dann können Sie auch die Pappschachtel abstellen, Sie sind hier der Boß jetzt, aber okay«, der Hauptfeldwebel hob beide Hände in einer abwehrenden Geste, »egal, ich bin gar nicht da, beachten Sie mich gar nicht.«

Kranich ging zum Pult und setzte sich. Er war immer noch rot im Gesicht. Er öffnete die Pappschachtel, schaute hinein, machte sie wieder zu und schob sie so weit wie möglich von sich weg an den Rand des Pults.

»Ja also«, sagte er, »erst mal brauchen wir natürlich auch Kandidaten.«

»Und ob Sie die brauchen«, sagte der Hauptfeldwebel und lachte meckernd wie eine alte Ziege. Kranich sah zu ihm hinüber. »Schon gut«, sagte der Hauptfeldwebel und hörte auf zu lachen. »Tut mir leid, Kranich, ich bin gar nicht da.«

»Okay«, sagte Kranich, dem die Entschuldigung des Hauptfelds gutgetan zu haben schien, mit festerer Stimme, »gibt es irgendwelche Kandidaten?«

»Wie wär's mit dir, Kranich«, rief jemand aus dem zweiten Zug. »Genau«, rief ein anderer, »Kranich, mach du das!«

»Ich?« sagte Kranich entsetzt, »nee, ich will das nicht.«

»Nun seien Sie kein Frosch, Kranich«, dröhnte der Hauptfeldwebel aus der Ecke, »Sie sind doch ein guter

Mann, uraltes Militär, Sie machen das doch ganz prima.« Er lachte wieder, jetzt aber leise und mit vorgehaltener Hand.

»Ja gut, dann brauchen wir aber auch noch einen zweiten Kandidaten«, sagte Kranich.

»Und ob Sie den brauchen, wir sind hier doch nicht in der DDR, Kranich, die machen sowas, aber das sind die Kameraden von der anderen Feldpostnummer, wir sind da ganz anders, zwei Kandidaten brauchen wir mindestens, eher drei, was ist das sonst für eine bescheuerte Wahl, den zweiten brauchen wir doch schon als Stellvertreter, und einen Verlierer muß es doch auch noch geben!«

»Wer will denn dann mal…«

»Und eine anständige Debatte will ich auch hören, daß mal richtig die Fetzen fliegen, Sie sind jetzt unter sich, das sollten Sie bedenken, da kann man auch mal richtig Dampf ablassen, ich bin ja praktisch gar nicht da.«

Schmidt hob den Arm. »Ich schlage Lehmann vor.«

»Schmidt, hör auf mit dem Scheiß«, schnauzte Frank ihn an und versuchte, Schmidts Arm wieder herunterzuzerren. Das kommt nur von dem Gequatsche mit dem Pfarrer, dachte er, er kannte das, er hatte sowas schon geahnt, als Kranich nach Kandidaten gefragt hatte, es ist wie in der Schule, dachte er, denn genau das war ihm einmal in der siebten Klasse passiert, er hatte die Klappe nicht halten können und war zum Klassensprecher gewählt worden. Später hatte das Gottseidank immer Martin Klapp gemacht, der hatte sich geradezu darum gerissen, nachdem er Mitglied im KOB geworden war.

»Aha!« rief der Feldwebel. »Wer ist denn Lehmann?«

Frank hob die Hand. »Ich bin Lehmann. Ich will nicht.«

»Was soll das heißen, Sie wollen nicht? Wieso wollen Sie nicht? Das ist doch eine Ehre, verdammt nochmal, wenn Ihr Kamerad Sie zum Vertrauensmann vorschlägt.«

»Jetzt ist aber Schluß«, rief Frank, dem der Hauptfeld langsam gehörig auf die Nerven ging. »Sie sind überhaupt nicht da.«

Dafür bekam er, nach einer Schrecksekunde, donnernden Applaus. Der Hauptfeldwebel grinste dazu und nickte zufrieden.

»So ist es richtig«, sagte er, »so will ich das haben. Also Lehmann auch noch«, sagte er zu Kranich.

»Nein«, rief Frank, »ich habe gesagt, ich will nicht, und dabei bleibt das auch.«

»Aha!« sagte der Hauptfeld. »Wollen Sie Ihre Kameraden im Stich lassen?«

»Ich will überhaupt niemanden im Stich lassen«, rief Frank, dem langsam die Panik kam, jetzt nicht auch noch das, dachte er, jetzt nicht auch noch Vertrauensmann, ich brauche ein Argument, dachte er, dringend, und irgendein gutes dazu. »Ich will überhaupt niemanden im Stich lassen«, wiederholte er, um Zeit zu schinden, »aber wenn das hier ordnungsgemäß abläuft«, entwickelte er eine erste Verteidigungslinie, »dann gibt es nicht nur ein passives und ein aktives Wahlrecht, sondern auch so etwas wie das Recht, *nicht* gewählt zu werden, sonst ergibt das doch überhaupt keinen Sinn. Letztendlich«, strickte er diesen Gedanken aus dem Stegreif weiter fort, ich muß sie verwirren, dachte er, so verwirren, daß sie mich für einen Spinner halten, für blöd und sowas, sonst ist alles verloren, sonst wählen sie mich, »letztendlich hätten wir auch eigentlich das verdammte Recht, überhaupt keinen Vertrauensmann zu wählen, niemand kann uns zwingen, einen zu wählen, der für ein gutes Verhältnis zwischen Mannschaften und Dienstgraden sorgt, das ergibt auch überhaupt keinen Sinn, weil wir erstens nicht freiwillig hier sind und weil es, wenn man schon von morgens vorm Frühstück bis spät in die Nacht von seinen Vorgesetzten angeschrien und schikaniert wird, sowieso nicht möglich ist, für ein gutes Verhältnis zwischen uns und den Vorgesetzten zu sorgen, weil es nämlich zwischen Leuten, die mich anschreien, und mir, der ich mir das gezwungenermaßen, weil einer Dienstpflicht unterworfen, gefallen lassen muß, nicht, äh...«, er merkte, daß ihm dieser komplizierte Satz in die Binsen ging und kam schnell zum Ende, »...und so weiter und jedenfalls deshalb der ganze Kram mit Vertrauensmann totaler Quatsch ist.«

Das Gejohle war groß, die Begeisterung schlug Wellen, der ganze Saal war aus dem Häuschen, die Rekruten johlten, klatschten, trampelten mit den Füßen, riefen »genau« und »Wahnsinn«, der Hauptfeldwebel lächelte und nickte zufrieden, und Schmidt hob wieder die Hand und rief in den Tumult hinein »Mein Vorschlag! Mein Vorschlag!«, was Frank, der Schmidt, so gern er ihn eigentlich mochte, in diesem Moment mit Vergnügen ordentlich was auf die Schnauze gehauen hätte, extrem absurd und sinnlos fand, und dann riefen andere »Lehmann, Lehmann«, und Frank wußte, daß er, wenn er es nicht mit allen seinen Kameraden außer vielleicht Leppert, der als einziger völlig unbeteiligt wirkte und eine Zigarette in seinen Händen hin- und herwendete, verscherzen wollte, wohl oder übel zur Wahl antreten mußte.

Kranich stand, nachdem sich der Tumult ein wenig gelegt hatte, auf und schrieb »Kranich« und »Lehmann« an die Tafel, und Frank versuchte sich dadurch ein bißchen zu rächen, daß er Schmidt auch noch vorschlug, und dann fragte der Hauptfeldwebel, ob Schmidt und Kranich nicht auch noch eine kleine Wahlrede halten wollten, aber sie wollten nicht, worauf der Hauptfeld sie ermahnte, sich gefälligst mal ein Beispiel an Kamerad Lehmann zu nehmen, der hätte wenigstens ein bißchen Mumm in den Knochen, was die Sache in Franks Augen nur noch peinlicher machte, aber jetzt ließ er sich nicht mehr provozieren, er sagte gar nichts mehr, es nützte ja doch alles nichts, und dann wurden die Stimmzettel verteilt, und er ging mit zweiundachtzig Stimmen als Sieger durchs Ziel, gegen siebzehn Stimmen für Kranich und zwei Stimmen für Schmidt.

»Ich will's kurz machen«, sagte der Hauptfeld zum Ende der Veranstaltung, »ich bin stolz auf euch, Männer, ihr habt, glaube ich, eine gute Wahl getroffen, und ihr habt euch auch mal ein bißchen Luft gemacht, das ist prima, eine kernige Sache ist das, es muß ja auch mal ein bißchen Leben in die Bude kommen, es müssen auch mal ein paar kräftige Worte fallen, wir werfen hier nicht mit Wattebäuschen, wir sind hier ja nicht in der schwulen Kompanie! Und jetzt, Leute: Alle auf und zurück in die Kompanie. Und daß mir keiner trödelt«, fügte er hinzu und drohte dabei lächelnd mit dem Zeigefinger.

Also standen alle auf, und Hoppe, Schmidt und Hartmann klopften im Hinausgehen Frank auf die Schulter, und Schmidt, der keine Ahnung zu haben schien, was er Frank angetan hatte, sagte: »Mann, wir haben den Vertrauensmann auf unserer Stube, jetzt können die uns gar nichts mehr«, und das war für Frank eine so rührende, unschuldige und naive Bemerkung, daß er Schmidt gar nicht mehr richtig böse sein konnte.

»Würde ich mich nicht drauf verlassen«, sagte er nur und ließ sich draußen, nachdem er sein Schiffchen aufgesetzt hatte, von Leppert Feuer für eine seiner Zigaretten geben, »würde ich mich nicht drauf verlassen.« Aber Schmidt war schon mit den anderen weitergezogen, nur Leppert stand noch bei Frank. Und Leppert grinste.

»Ich habe Schmidt gewählt«, sagte er.

»Ich auch«, sagte Frank bitter. »Ich auch.«

13. DER ERSTE STOCK

»Okay, Männer«, rief Fahnenjunker Tietz und schaute auf seine Uhr, »und los geht's: ABC-Alarm, Sprühangriff!«

Frank warf den Stahlhelm ab, riß die Gasmaske, die eigentlich ABC-Schutzmaske hieß und die deshalb niemals, »Ich will das nicht hören«, sagte Fahnenjunker Tietz immer und immer wieder, Gasmaske genannt werden durfte, aus der ABC-Schutztasche, zog sie sich über den Kopf, hielt die Hand vor das Auslaß-Ventil, stieß ein wenig Luft aus, griff dann wieder in die ABC-Schutztasche und zog den Gummiponcho, der eigentlich ABC-Schutzplane hieß, heraus, entrollte ihn, warf ihn sich über, hockte sich hin – »Fünfzehn! Aus!« rief Fahnenjunker Tietz unterdessen –, kauerte sich darunter zusammen und stopfte den Poncho so um sich herum fest, daß kein Licht mehr durchdrang.

»Alle tot, Leute, bis auf Neuhaus alle tot, Sie auch, Raatz, verdammt noch mal«, hörte Frank in vollkommener Dunkelheit den Fahnenjunker sagen. Er schwitzte unter der Plane, es war ein heißer und schwüler Tag, und sie übten ›ABC-Alarm/Sprühangriff‹ schon seit einer Ewigkeit, und es wurde nach Meinung des Fahnenjunkers dennoch nicht besser damit. »Das kann doch nicht so schwer sein«, rief er ein ums andere Mal verzweifelt aus, »das kann doch nicht sein, daß ich die unfähigste Gruppe von allen habe«, aber mittlerweile war er wortkarger, fast resigniert klang seine Stimme, als er »tot« sagte, und dann noch einmal »tot«, und »da guckt noch was raus, Leppert«, und dann »Hoppe, sind Sie das? Da können Sie ja noch ein Buch drin lesen«, und dann hörte Frank das Geräusch der Stiefel des Fahnenjunkers ganz nah bei sich, es bewegte sich um ihn herum, während er dort im Dunkeln unter der Plane hockte, »Sie sind auch tot, Sie waren auch zu spät, Lehmann«, sagte Fahnenjunker Tietz, »Sie waren alle zu spät, Neubarth, Schmidt, habe ich was von Bewegen gesagt? Habe ich was von Aufstehen gesagt?«

»Ich habe mich nicht bewegt«, hörte Frank Schmidt sagen.

»Soso... wer ist denn hier drunter? Klotz! Verdammt noch mal, Klotz, habe ich was von Aufstehen gesagt?«

Es gab eine kurze Pause. »Okay«, sagte Fahnenjunker Tietz schließlich, »dann würde ich mal sagen...«

»Herr Fahnenjunker«, unterbrach ihn der Ruf einer fernen Stimme. Frank atmete schwer unter der Gasmaske und konzentrierte sich nur noch darauf, die Augen so zusammenzukneifen, daß ihm der Schweiß nicht hineinlief und ihn gegen seinen Willen zum Weinen brachte. Er hörte Fahnenjunker Tietz mit irgend jemandem eine gemurmelte Unterhaltung führen, und dann rief Fahnenjunker Tietz endlich »Okay, alles auf, Entwarnung«, und sie standen alle auf und nahmen den Poncho und die Gasmasken ab.

»Sie! Lehmann!«, sagte Fahnenjunker Tietz.

»Was denn?« fragte Frank schwer atmend und etwas geistesabwesend, während er seinen Poncho wieder zusammenrollte.

»Was denn? Was denn? Ich hör wohl schlecht, Lehmann!«

»Jawohl, Herr Fahnenjunker«, sagte Frank abwesend und sah, wie in einiger Entfernung ein Soldat von dannen stiefelte.

»Lehmann! Stillgestanden!« brüllte Fahnenjunker Tietz.

Frank ging in Grundstellung.

»Hm...« Fahnenjunker Tietz betrachtete ihn kritisch. »Ich hab schon gehört, Lehmann, daß Sie letztens bei der Vertrauensmännerwahl ganz schön große Töne gespuckt haben. Ist mir egal. Wenn Sie Vertrauensmann sind, dann sollten Sie vor allem Vorbild für Ihre Kameraden sein, das ist meine Meinung.«

»Das ist aber...«

»Ruhe. Im Stillgestanden wird nicht geredet. Jedenfalls nicht, wenn Sie nicht gefragt werden. Was meinen Sie, warum ich Sie stillstehen lasse?«

Frank sagte nichts.

»Genau«, sagte der Fahnenjunker, »damit Sie den Mund halten, wenn ich rede. Sie sollen mal zum Kompaniechef kommen. Der will irgendwas von Ihnen.«

Frank blieb stehen und sagte nichts. Irgendwann hatte ihnen ihr Zugführer, Leutnant Beierlein, mal gesagt, daß sie, wenn ein Vorgesetzter mit ihnen sprach, ihn zwar angucken, dabei aber einen imaginären Punkt hinter seinem Kopf fixieren sollten. Das versuchte er jetzt. Es ist wahrscheinlich so, daß sie es nicht mögen, wenn man ihnen direkt in die Augen starrt, dachte Frank, wahrscheinlich ist ihnen das zu intim, aber andererseits wollen sie natürlich auch nicht, daß man woanders hinguckt, ist ja klar, dachte er, oder Leutnant Beierlein wollte einfach nur einen guten Rat in unserem Sinne geben, dachte Frank, manchmal kam ihm Leutnant Beierlein vor wie einer, der sowas tat, so schwer das auch zu glauben war. Er versuchte, das jetzt einmal auszuprobieren, er sah Fahnenjunker Tietz an, stellte aber zugleich die Augen unscharf, das muß die Idee dabei sein, dachte er, daß man einen Punkt dahinter fixiert, daß man, was den Vorgesetzten betrifft, die Augen unscharf stellt, auf diese Weise bekommt das Bild des Vorgesetzten eine Art Weichzeichner, dachte er, da müßte man auch mal drüber nachdenken, was das zu bedeuten hat.

»Jetzt nehmen Sie sich die Tarnung ab, gehen in die Kompanie und sehen zu, daß Sie einigermaßen anständig vor den Hauptmann treten«, sagte unterdessen der Fahnenjunker, »daß Sie mir da keine Schande machen, Lehmann. Putzen Sie sich auch ein bißchen die Stiefel ab. Gleich ist sowieso Mittag, da brauchen Sie nicht wieder rauszukommen. Und waschen Sie sich die Tarnung vom Gesicht.«

Die Frage ist doch, dachte Frank, während der Fahnenjunker sprach, ob das auch für den Vorgesetzten einen Unterschied macht oder ob es nur für den Untergebenen die Sache erleichtert, ob es also dem Vorgesetzten nicht dahingehend dient, daß er sich vom Untergebenen nicht angestarrt fühlt, ob also eher er, der Vorgesetzte, oder eher der Untergebene davon profitiert, daß der Untergebene einen Punkt hinter dem Vorgesetzten fixiert, das ist wahrscheinlich die Frage, die man beantworten muß, dachte er, dann wüßte man auch mehr über Leutnant Beierleins Motive, soviel ist mal klar.

»Hören Sie nicht, was ich sage?«

Andererseits, und daran denkt mal wieder keiner, dachte er, kann das auch ungesund sein, das ist vielleicht so wie als Kind, wo man absichtlich geschielt hat, um die anderen zu erschrecken, dachte er, und dann bekommt man einen Augenschaden, und dann ist das auch wieder gegen die Vorschriften, dachte er, denn er erinnerte sich noch genau, wie der Stabsarzt ihnen in einem Vortrag einmal eindringlich klargemacht hatte, daß es ihre Pflicht als Soldaten sei, ihre Gesundheit zu erhalten, das ist dann vielleicht ein Widerspruch, den es aufzudecken gilt, dachte er, und diesen Gedanken fand er erheiternd, er hatte Mühe, nicht loszukichern.

»Lehmann! Lehmann! Ist da jemand? Geht's Ihnen nicht gut, oder was? Hat der einen Sonnenstich, oder was?«

Fahnenjunker Tietz wedelte mit einer Hand vor Franks Augen herum. »Kommen Sie zu sich, Lehmann.«

Frank kam zu sich. »Was ist?«

Fahnenjunker Tietz seufzte. »Haben Sie mitbekommen, was ich gesagt habe?«

»Nein, Herr Fahnenjunker«, sagte Frank, der sich ein bißchen wunderte, daß der Fahnenjunker jetzt nicht herumbrüllte, er wird müde, dachte er, er sollte auch mal ein bißchen abschalten, dachte er, das würde ihm guttun, und er hätte gerne darüber nachgedacht, wie man das besser steuern konnte, denn in der Fähigkeit, jederzeit abschalten zu können, schien ihm ein Ausweg zu liegen, der es wert war, gefunden zu werden, aber nicht jetzt, dachte er, denn jetzt begann Fahnenjunkter Tietz ihm alles noch einmal zu erklären, und er wußte, daß es besser war, diesmal genau aufzupassen.

Kurze Zeit später machte Frank sich auf den Weg zur Kompanie und befreite sich dabei von den Zweigen, Blättern und Blumen, die er zur Tarnung in seine Kleidung gesteckt hatte. In der Kompanie lief er in den zweiten Stock, tat den Helm in seinen Spind und wusch sich Gesicht und Hände, bevor er runter ins Erdgeschoß zum Kompaniechef ging. Der Spieß winkte ihn mit den Worten »Soso, Sie sind das« gleich durch, »gehen Sie gleich rein, der Hauptmann wartet schon lange genug auf Sie«, sagte er, bevor Frank überhaupt grüßen und Meldung machen konnte, denn das hatte er vorgehabt, die Sache war ihm nicht geheuer, da wollte er keinen Anschiß riskieren, Fahnenjunker Tietz ist das eine, hatte er gedacht, bevor er das Zimmer des Spieß' betreten hatte, bei dem kennt man sich aus, aber der Spieß und der Kompaniechef, das ist noch einmal eine andere Liga, hatte er gedacht, er war höchst beunruhigt gewesen, als er an die Tür des Spieß' geklopft hatte, wer weiß, was die wollen, hatte er gedacht, aber jetzt, als der Spieß ihn, der er gerade gehorsam Meldung machen wollte, einfach lässig weiterschickte, schämte er sich ein bißchen, es war ihm peinlich, daß er freiwillig den Gruß und die Meldung »Pionier Lehmann, melde mich wie befohlen« hatte loswerden wollen, er hatte sich diesen Satz sogar auf dem Weg zur Kompanie extra zurechtgelegt und ein bißchen geprobt, man muß aufpassen, daß man kein Schleimer wird und jeden Scheiß mitmacht, dachte er und öffnete die Tür zum Büro des Kompaniechefs.

»Guten Tag«, sagte er unsicher in das Halbdunkel hinein, das dahinter lag. Der Kompaniechef, für ihn nur schemenhaft am Ende des Zimmers hinter einem Schreibtisch zu erkennen, stand auf und brüllte: »Raus! Raus, anklopfen, hereinkommen, Meldung machen.«

Frank stutzte.

»Aber ganz schnell«, brüllte der Kompaniechef. »Schon weg sein. Schon wieder hier sein!«

Frank ging schnell wieder hinaus und schloß die Tür. Der Spieß sah ihn erwartungsvoll mit hochgezogener Augenbraue an und sagte nichts. Frank klopfte an die Tür des Kompaniechefs.

»Herein.«

Frank betrat wieder den halbdunklen Raum. Er schloß sorgfältig die Tür hinter sich, jetzt wenigstens nicht hektisch werden, dachte er, jetzt bloß irgendwie ruhig bleiben.

Er ging in Grundstellung, grüßte und sagte seine Meldung auf.

»Kommen Sie mal etwas näher«, sagte der Kompaniechef und setzte sich wieder hin. Frank ging vorsichtig weiter in den Raum hinein, draußen war es gleißend hell gewesen, aber hier waren die Jalousien heruntergelassen, und seine Augen gewöhnten sich nur langsam an das trübe Halbdunkel. Etwa einen Meter vor dem Schreibtisch blieb er stehen.

»So, Sie sind also dieser Pionier Lehmann, nicht wahr? Der neue Vertrauensmann! Sie sollen ja ordentlich eine dicke Lippe riskiert haben. Hauptfeldwebel Tappert ist ganz begeistert von Ihnen. Naja... – wenn's euch glücklich macht...«

Der Hauptmann machte eine kleine Pause, und Frank wußte nicht, was er sagen sollte. Das ist ein Problem, dachte er, wenn sie so vor sich hin plaudern, man weiß nicht, was man dazu sagen soll, dachte er, es ist wie beim Zahnarzt, dachte er, sie reden und reden, und man selbst kann nicht antworten.

»Habe mich über Sie erkundigt«, fuhr der Hauptmann endlich fort. »Alles ein bißchen seltsam. Was haben Sie nochmal gelernt?«

»Speditionskaufmann.«

»Speditionskaufmann wie?«

»Speditionskaufmann, Herr Hauptmann.«

»Schon besser. Sie lernen das noch. Lernen alle irgendwann. Alles ein bißchen rätselhaft mit Ihnen, Lehmann. Speditionskaufmann. Frage mich, was Sie dann bei den Pionieren machen. Will mal hoffen, daß Sie keiner von diesen Politvögeln sind, die werden immer gerne zu den Pionieren geschickt. Naja, und wenn schon, da werden wir auch noch mit fertig.«

Frank verstand nicht wirklich, was der Mann da redete, er war sowieso ein komischer Typ, fand Frank, er sah ihn auf seltsame Weise, mit eigentümlich halbgeschlossenen Augen, von unten herauf an, dazu der abgedunkelte Raum, und erst das Gebrüll, dann dieses wirre Geplauder, für Frank ergab das alles keinen Sinn. Er wich dem Blick des

Hauptmanns aus, indem er die Augen wieder unscharf stellte.

»Politvögel...«, sagte der Hauptmann unterdessen versonnen, »Politvögel... Egal!« Er gab sich sichtlich einen Ruck. »Hören Sie zu, Lehmann! Die Sache ist ganz einfach. Einer Ihrer Kameraden, Pionier Reinboth, ist Montag früh nicht zum Dienst erschienen. Wir haben ihn mit den Feldjägern abholen lassen. Das ist unerlaubte Abwesenheit, das brauche ich Ihnen nicht zu erklären. Und ihm auch nicht. Ich muß jetzt eine Disziplinarstrafe aussprechen, und vorher brauche ich eine Stellungnahme von Ihnen.«

Der Hauptmann schwieg und sah ihn erwartungsvoll an. Frank sagte nichts.

»Haben Sie mich verstanden?«

»Ja«, sagte Frank.

»Wie heißt das?«

»Ja, Herr Hauptfeld.«

»Hauptmann, Sie armer Mensch, Hauptmann, nicht Hauptfeld.«

»Endschuldigung, Herr Hauptmann«, sagte Frank.

»Macht nichts«, sagte der Hauptmann, was Frank nun gar nicht mehr verstand. Hier wird mehr und mehr geblödelt, dachte er. Der Hauptmann kniff die Augen zusammen. »Was schauen Sie mich eigentlich so komisch an?«

»Ich?«

»Sie schauen aus der Wäsche, als würden Sie irgendwelche Drogen nehmen oder was...«

Frank stellte die Augen wieder scharf. Die Sache hat einen anderen Effekt, als Leutnant Beierlein dachte, dachte er.

»Nein.«

»Nein was?«

»Nein, Herr Hauptmann.«

Der Kompaniechef seufzte. »Lassen wir das. Ich habe keine Lust, mich mit Ihnen groß zu unterhalten, Lehmann. Schreiben Sie mir eine Stellungnahme. Finden Sie irgendeine Entschuldigung für den Mann, dafür sind Sie schließlich da. Vielleicht redet er ja mit Ihnen. Mit uns redet er jedenfalls nicht. Weiß der Teufel, was mit dem los ist. Wir holen den mit den Feldjägern rein, und der redet nicht mit uns. Nicht zu fassen. Ich will das Montag schriftlich auf dem Tisch haben, da können Sie sich am Wochenende schön mit beschäftigen.«

»Jawohl, Herr Hauptmann.«

»Wie sehen Sie eigentlich aus«, wechselte der Hauptmann das Thema, »kommen Sie nicht gerade aus dem Gelände?«

»Ja.«

»Wo ist denn Ihre Tarnung?«

»Ich habe sie abgemacht, bevor ich reingekommen bin. Waren alles Zweige und Blumen«, sagte Frank.

»Waren alles Zweige und Blumen, Herr Hauptmann«, sagte der Hauptmann.

»Ja.«

»Wenn Sie das nächste Mal gerufen werden, dann kommen Sie sofort hierher und machen nicht erst noch Großreinemachen, Herr Pionier. Und jetzt gehen Sie. Gehen Sie, ich kann Sie nicht mehr sehen. Und geben Sie ihre Stellungnahme Montag früh beim Hauptmann ab, ich meine, beim Hauptfeld, beim Spieß, jetzt fange ich auch schon so an, kommen Sie hier nicht wieder rein, ist nicht nötig.«

»Noch eine Frage...«

»Ja?«

»Dieser Pionier Reinboth, in welchem Zug ist der?«

»2. Zug, erster Stock.«

»Danke.«

»Und jetzt melden Sie sich ab.«

»Pionier Lehmann, melde mich ab.«

»In Grundstellung, Herr Pionier.«

Frank ging in Grundstellung und grüßte. Der Hauptmann stand auf und grüßte lustlos zurück.

»Pionier Lehmann, melde mich ab.«

»Raus mit Ihnen.«

Frank ging. »Auf Wiedersehen«, sagte er mechanisch, als er die Tür öffnete.

»Raus«, brüllte der Hauptmann, und Frank war es, als täte er das nur, weil die Tür offen war. Die anderen sollen auch was davon haben, dachte er. Er schloß die Tür hinter sich und schaute dem Spieß ins Gesicht, der im Vorzimmer saß und grinste.

»Sie sind also dieser Lehmann...«, sagte er.

»Ja.«

»Na dann: Viel Glück«, sagte der Spieß und lachte.

Nach dem Mittagessen ging Frank in den ersten Stock des Kompaniegebäudes, um mit Pionier Reinboth zu sprechen.

»Was machen Sie denn hier?« wurde er von einem kleinen dicken Unteroffizier angesprochen, als er den Flur des ersten Stocks betrat.

»Ich bin der Vertrauensmann und will mit Pionier Reinboth sprechen«, sagte Frank mit entschlossener Stimme. Es war ihm selbst unangenehm, hier einzudringen, und noch weniger mochte er es, wie ein Mann vom Amt zu sprechen, aber gegen dumme Fragen helfen nur dumme Antworten, dachte er, da muß man jetzt durch, dann hat man's umso eher hinter sich.

»Der ist da in Stube drei«, sagte der Uffz überraschend freundlich und ließ ihn stehen. Frank fragte sich, woran ihn das erinnerte, diese Beklemmung beim Betreten eines längeren Flurs, diese Begrüßung durch den Uffz, aber er kam nicht drauf. Später drüber nachdenken, ermahnte er sich, jetzt ist Zeit für Action, jetzt ist Zeit für Stube drei.

In Stube drei saßen alle herum und putzten ihre Stiefel, und nicht nur ihre Stiefel, sondern auch die Halbschuhe, die zum kleinen Dienstanzug gehörten, sogar ihre Turnschuhe hatten einige in der Hand und wienerten daran herum. Frank stand in der Tür und fragte: »Wer ist Pionier Reinboth?«

Er sah, daß alle leicht zusammenzuckten, als er sprach. Sie hielten in ihrer Putzerei inne und starrten ihn stumm an.

»Ich«, sagte einer, der auf einem Stuhl in der Nähe des Fensters saß.

Frank ging zu ihm hin.

»Ich muß mal mit dir reden«, sagte er. Er stand vor Reinboth, der ihn im Sitzen von unten herauf ansah, in der einen Hand einen Lappen und in der anderen Hand einen Stiefel.

»Wegen deinem Disziplinarverfahren und so«, sagte Frank und hoffte, daß sich dadurch die Spannung im Raum ein bißchen legen würde, daß der Rest der Stube das Interesse verlieren und weiter seine Schuhe putzen würde, aber das war nicht der Fall, alle starrten ihn weiter an, und er merkte, daß er aggressiv wurde. Reinboth sagte immer noch nichts.

»Ich soll eine Stellungnahme schreiben«, sagte Frank und blickte sich um, ob es irgendwo etwas zu sitzen gab. Er hatte es noch nie gemocht, wenn Leute standen, während er saß, das machte ihn nervös, und jetzt stellte er fest, daß er es auch umgekehrt nicht leiden konnte. In seinem Rücken saß noch ein anderer Rekrut auf einem Stuhl.

»Kann ich mal eben deinen Stuhl haben«, raunzte Frank, dem jetzt alles egal war, ihn an, und tatsächlich sprang der andere sofort von seinem Stuhl auf und ging in eine andere Ecke des Raumes, wo er sich auf einem Bett niederließ und endlich weiterputzte.

»Entschuldigung, es ist nur, weil ich mal eben...«, sagte Frank, dem das jetzt doch unangenehm war, entschuldigend, ich hätte nicht so hart mit ihm reden sollen, dachte er, so also ist das, wenn man hier was zu sagen hat, dachte er, »es ist ja nur, weil ich mal...«, sagte er und wußte nicht mehr, wie er den Satz fortführen sollte, es hörte auch keiner mehr zu, alle begannen jetzt wieder ihre Schuhe zu putzen, scheiß drauf, dachte er und setzte sich einfach auf den Stuhl. Sie waren jetzt am Fenster einigermaßen unter sich, Reinboth und er, und Frank senkte die Stimme, als er zu ihm sprach.

»Hör mal«, sagte er, »wenn ich das richtig verstanden habe, bist du am Montag nicht zurückgekommen.«

Reinboth nickte.

»Und dann haben sie dich mit den Feldjägern abgeholt.«

Reinboth nickte.

»Naja«, sagte Frank, »die werden dir irgendwas aufbrummen, und der Hauptmann will, daß ich eine Stellungnahme schreibe, irgendwas zur Erklärung und mit mildernden Umständen und so, das wäre schon gut, ich meine, vielleicht kommt das dann nicht so dicke und so.« Ich rede wie ein verdammter Schülervertreter, dachte er.

»Zu Hause«, sagte Reinboth, und lächelte seltsam.

»Wie, zu Hause?«

»Die haben mich zu Hause abgeholt. Standen vor der Tür.«

»Ja und?«

»Nichts.«

Frank fragte sich, ob der Mann ganz bei Trost war. Leider bin ich kein Psychiater, dachte er, um sich selbst aufzuheitern, sonst könnte ich auf Unzurechnungsfähigkeit plädieren.

»Warum bist du denn nicht zurückgekommen?« fragte er.

Statt zu antworten begann Reinboth wieder, seine Schuhe zu putzen.

»He«, sagte Frank und drehte den Kopf nach unten, um den Blick des Mannes zu finden. »Warum?«

»Ist meine Sache. Geht keinen was an«, sagte Reinboth und putzte immer weiter. Es war überhaupt keine Schuhcreme mehr auf dem Lappen, sah Frank. Er nahm die Schuhcreme vom Boden auf und hielt sie ihm hin.

»Hier«, sagte er, »sonst bringt das nichts.«

Reinboth nahm die Schuhcremedose aus seiner Hand und starrte hinein, als ob es darin etwas zu lesen gab.

»Ich muß doch irgendwas schreiben«, sagte Frank. »Irgendwas, das ein bißchen abmildernd wirkt, irgendein Kram, es muß ja nicht gleich die Wahrheit sein, da kann man sich ja auch was ausdenken.«

Reinboth sah ihn nun wieder an. Er ist ein Schaf, dachte Frank, er ist genau die Art Typ, die in der Neuen Vahr Süd von den Harrys immer was auf die Schnauze gekriegt hat, dachte er.

»Ist mir doch egal.«

»Du mußt doch irgendwelche Gründe gehabt haben«, versuchte es Frank noch einmal. »Man geht doch nicht erst zum Bund und bleibt dann einfach weg, das ist doch klar, daß die einen dann schnappen, jedenfalls, wenn man zu Hause bleibt.«

»Was geht's dich an?«

»Mich? Gar nichts. Blöderweise bin ich Vertrauensmann, und der Vertrauensmann muß gehört werden, bevor Disziplinarmaßnahmen...«, ich höre mich an wie ein verdammter Offizier, dachte Frank, »...und so!« brach er den albernen Satz ab und dachte: Bloß raus hier.

»Ist mir doch egal. Ich will deine Hilfe nicht.«

»Mann, die stecken dich in den Knast oder was«, sagte Frank.

»Ist mir doch egal.«

Frank sah auf und erwischte die anderen dabei, daß sie ihn wieder anstarrten. Sofort putzten sie wieder ihre Schuhe.

»Na gut«, sagte er und stand auf. »Mal sehen, ich schreib einfach irgendwas.«

In diesem Moment kam der kleine dicke Unteroffizier wieder rein. Frank sah zu, daß er hier wegkam.

»Sag bloß keiner Achtung, wenn ich reinkomme, sag bloß keiner Achtung«, hörte er im Flur den Unteroffizier brüllen.

Geschieht ihnen recht, dachte Frank grimmig. Am Ende des Flurs schaute er sich noch einmal um. Er wußte plötzlich, woran ihn das alles erinnerte: an einen Besuch im Krankenhaus. Man geht nicht gerne hin und ist auch immer froh, wenn man wieder raus ist, dachte er und ging die Treppe hinauf zu seinen Kameraden vom 3. Zug.

14. TAPETENTISCH

»Das ist ein verdammtes Problem«, sagte Martin Klapp. Er hockte mit einem Quast in der Hand auf dem Boden im Flur der neuen Wohnung und kleisterte eine Rauhfasertapete ein, daß es nur so spritzte. »Aber wenn der Kerl nichts sagen will, dann scheiß doch einfach drauf.« Er stand auf und betrachtete die Tapetenbahn. »Das wäre dann der Anfang einer neuen Zeit«, sagte er.

Frank stand neben ihm und schaute ebenfalls auf die Tapete. Sie hatten die Rolle Rauhfaser aus Ralf Müllers Zimmer genommen und den Eimer mit dem Kleister bei Achim gefunden, der war wohl von einer Plakatkleberei übriggeblieben. »Die werden sich freuen, wenn wir mal was tun«, hatte Martin Klapp gesagt. Bis jetzt war renovierungsmäßig noch nicht viel passiert, nur das Zimmer von Ralf Müller sah schon ganz gut aus, »die Sau hat die ganze Woche nichts als sein Zimmer gemacht«, hatte Martin Klapp ihm eröffnet, »und die Scheißkatze angeschleppt.«

Die Katze, ein kleines, mageres, graues Ding, stand jetzt auch dabei und schmiegte sich an Franks Bein, während sie die Tapetenbahn betrachteten.

»Wo fangen wir an?« fragte Martin Klapp.

»Keine Ahnung«, sagte Frank, der lieber weiter das Problem mit dem Pionier Reinboth besprochen hätte.

»Da«, sagte Martin Klapp und zeigte neben die Eingangstür der Wohnung. »Nein, lieber da, gegenüber, dann sehen die das gleich, wenn sie reinkommen. Das wird ein Jubelfest.« Er lachte, nahm die Tapete auf und klebte sie auf Augenhöhe irgendwie an die Wand. »Ach so, Stuhl«, sagte er.

Frank scheuchte die Katze weg und holte aus der Küche einen Stuhl, den einzigen, den es in der Wohnung gab. »Wir müssen bis Sperrmüll warten«, hatte Martin Klapp gesagt, als sie gemerkt hatten, daß keiner von ihnen Stühle für die Küche hatte, »wenn erstmal Sperrmüll war, dann ist hier alles voller Möbel.«

Frank stellte den Stuhl hinter Martin Klapp, der immer noch die Tapete an die Wand hielt und von deren oberem, herunterhängenden Teil größtenteils verdeckt wurde, und sagte: »Hinter dir.« Martin Klapp zog den Stuhl mit einem Fuß ganz an sich heran und stieg darauf, während Frank versuchte, ihm beim Halten der Tapete zu helfen. Auf dem Stuhl stehend, drückte Martin Klapp die Tapete ächzend weiter oben an die Wand. Der Stuhl reichte natürlich nicht, um mit den Händen ganz nach oben zu kommen, und sie hatten keine Leiter mehr, Ralf Müller hatte die, die sie einmal gehabt hatten, seiner Mutter zurückgeben müssen.

»Ach so, der Besen«, sagte Martin Klapp.

Frank holte aus der Küche den Besen.

»Ich halt das mal hoch, und dann gehst du mit dem Besen drunter.«

Frank ging mit dem Besen drunter und schob die Tapete höher, Martin Klapp übernahm den Besen und klebte die Tapete bis oben fest, sie war dort länger als nötig, und was überstand, drückte er mit dem Besen an die Decke, bis es hielt. Unten fehlte dafür ein Stückchen. Martin Klapp stieg wieder vom Stuhl, und sie schauten beide auf ihr Werk.

»Da unten, das macht erstmal nichts«, sagte Martin Klapp, »das sieht man nicht, wenn das erstmal gestrichen ist.«

»Naja«, sagte Frank, dem das in diesem Moment egal war. Er hatte den ganzen letzten Abend darüber gegrübelt, was er als Stellungnahme zu Pionier Reinboths Abwesenheitseskapaden schreiben sollte. »Das Problem ist doch«, kam er auf dieses Thema zurück, »daß ich Vertrauensmann bin und eine Stellungnahme abgeben muß. Ich kann doch nicht schreiben: ›Verknackt ihn, er ist blöd‹ oder sowas, ich bin doch sowas wie sein Anwalt…« Die Katze kratzte mit den Vorderpfoten an seiner Hose, und Frank fragte sich, ob man so ein Tier einfach so auf den Arm nehmen konnte.

»Hm...«, sagte Martin Klapp und wischte seine Hände, die voller Kleister waren, an seinem Hemd ab. »Vertrauensmann! Achim wird stolz auf dich sein.«

»Ach Scheiße«, sagte Frank. »Das brauch ich auch wie ein Loch im Kopf, daß der auf mich stolz ist. Aber ich muß doch irgendwas schreiben, verdammt nochmal.«

»Und der hat nichts gesagt? Gar nichts?«

»Nee.«

»Hm...«, wiederholte Martin Klapp. »Da hilft nur noch Dialektik. Wir müssen Achim fragen. In Dialektik ist Achim gut, und ich weiß auch, wo wir den jetzt finden können.« Er zeigte auf die Tapetenbahn, die jetzt überall Wellen warf. »Die Beulen gehen raus, wenn das trocknet«, sagte er.

»Jaja«, sagte Frank, »wo ist denn Achim?«

»In der Vahr«, sagte Martin Klapp. »Das reicht erstmal für heute, laß uns Schluß machen. Man muß ja auch nicht gleich übertreiben. Laß uns in die Vahr fahren und Achim fragen.«

»Was macht der denn in der Vahr?«

»Berliner Freiheit«, sagte Martin Klapp. »Der macht da den Büchertisch und verkauft die KVZ. Mann, bin ich froh, daß ich das hinter mir habe!«

Auf dem Platz vor der Berliner Freiheit war Wochenmarkt, und als sie sich durch das Gewühl bewegten, sagte Martin Klapp, der stehengeblieben war, um einige Kartoffeln anzufassen: »So ein Wochenmarkt ist eigentlich gar nicht schlecht.«

»Nein«, sagte Frank.

»Wenn man seine eigene Küche hat, in der man ordentlich kochen kann, dann sieht man so einen Wochenmarkt gleich mit ganz anderen Augen.«

»Ja, klar«, sagte Frank, der andere Sorgen hatte.

»Vielleicht sollten wir mal schön was zum Kochen einkaufen!«

»Ja, sicher«, sagte Frank.

»Obwohl, da bräuchten wir auch erstmal einen Kühlschrank.«

»Sag ich ja.«

»Und wir haben auch keine Stühle zum Sitzen und Essen. Dann bringt das irgendwie auch mit dem Kochen nichts!«

»Ja, auch wieder wahr«, sagte Frank.

»Außerdem ist Ralf mit dem Abwaschen dran, der hat immer noch nicht abgewaschen.«

»Stimmt«, sagte Frank. »Wo ist denn jetzt Achim?«

»Das ist da alles total versifft, da kann man überhaupt nicht kochen!«

»Ja, ja«, sagte Frank, »da vorne ist der KBW, ist das Achim da vorne?«

»Wer sonst«, sagte Martin Klapp vergnügt, »sie haben ja sonst kaum noch einen!«

Sie stiegen vom Vorplatz der Berliner Freiheit, auf dem der Markt stattfand, eine flache Treppe hinauf zu dem überdachten Gang, der das Einkaufszentrum innen umsäumte. Das Auto hatten sie auf dem Parkplatz ihrer früheren Schule geparkt. »Ich bin ja sowieso bald Lehrer«, hatte Martin Klapp gesagt.

»Da ist er ja«, sagte er jetzt, denn Achim und sein Büchertisch waren nun direkt vor ihnen, Achim hatte den Büchertisch in der Mitte des Gangs aufgestellt, und zwischen zwei Pfeiler der Überdachung hatte er ein rotes Transparent mit der gelben Aufschrift ›Vorwärts im Kampf für die Rechte der Arbeiterklasse und des Volkes! Vorwärts im Kampf für den Sieg des Sozialismus!‹ gespannt, wobei die Worte ›Sieg des Sozialismus‹ von dem mit rotem Tuch bespannten Tapetentisch verdeckt wurden und nur lesbar waren, wenn man direkt davorstand. Und da standen sie nun.

»Der ist ja ganz allein«, sagte Martin Klapp. Achim stand ein paar Meter weiter weg und ließ sich von einigen Rentnern niederschreien, die, soviel bekam Frank von dem Gezeter mit, vor allem der Meinung waren, daß einer wie Achim »vergast gehört«. Martin stellte sich dazu und kam ihm ein bißchen zu Hilfe. Frank betrachtete derweil die Broschüren, die auf dem Tapetentisch lagen und von denen einige schon etwas ausgebleicht waren. Schließlich gingen die Rentner weg, und Martin kam mit Achim herüber.

»Scheiße«, sagte Achim und warf die Kommunistischen Volkszeitungen, die er in der Hand hielt, auf den Büchertisch. »Wieso ist denn sonst keiner da?« fragte Martin Klapp, und Frank glaubte, eine gewisse Häme aus der Frage herauszuhören.

»Wolfgang, der Arsch«, sagte Achim. »Ich klingel bei dem, und der sagt, er kommt nicht mehr. Könnte jeden Augenblick losgehen, daß das Kind kommt. Meint, wenn uns das nicht paßt, können wir ihn mal!«

»Der auch«, sagte Martin. »Schau mal einer an, ausgerechnet Wolfgang.«

»Das ist doch alles Scheiße«, sagte Achim. »Und du bist Vertrauensmann?« fragte er Frank. Frank nickte. »Na herzlichen Glückwunsch«, sagte Achim, aber begeistert klang das nicht.

»Wie hast du den Kram denn überhaupt hierhergekriegt?« fragte Martin.

In diesem Moment kamen zwei Polizisten dazu. »Wer ist denn hier der Verantwortliche?« fragte der eine in ihre Runde.

»Ich«, sagte Achim.

»Haben Sie Ihre Standgenehmigung dabei?«

»Scheiße«, sagte Achim, und Frank dachte für einen kurzen Moment, er würde gleich zu heulen anfangen. Statt dessen bückte er sich und kramte in einem Karton hinter dem Tapetentisch. »Hab ich nicht dabei«, rief er von unten, »hab ich vergessen.« Er kam mit rotem Kopf wieder hoch.

»Dann bauen Sie das mal schön alles ab«, sagte der Polizist. Sein Kollege nickte dazu. »Wir kommen in zehn Minuten wieder vorbei, dann ist das weg.«

Achim sagte nichts, er starrte den Mann nur an. Der Polizist zückte ein Notizbuch. »Außerdem muß ich mal Ihre Personalien aufnehmen.«

»Wieso das denn?« fragte Martin Klapp patzig. »Wieso denn jetzt auch noch die Personalien?«

»Gehören Sie auch dazu?« fragte der Polizist.

»Ja«, sagte Martin Klapp, was, wie Frank dachte, zwar nicht eigentlich stimmte, aber irgendwie doch, jedenfalls gehören wir zu Achim, dachte er, oder Achim zu uns, und sei es nur, weil wir denselben Flur renovieren.

»Sie auch?« wandte sich der Polizist an Frank.

»Ja, ich auch«, sagte Frank, »irgendwie jedenfalls, ich meine...«

»Dann brauche ich Ihre Personalien auch«, sagte der Polizist.

»Die gehören überhaupt nicht dazu«, sagte Achim. »Was wollen Sie denn mit dem seine Personalien?«

»Wer hat *Sie* denn gefragt?« sagte der Polizist streng. Dann, nach einer kurzen Pause, fügte er in versöhnlicherem Tonfall, geradezu väterlich, hinzu: »Nun machen Sie keine Zicken, das ist ja nur für den Fall, daß da noch was kommt, wenn Sie eigentlich eine Genehmigung haben, können Sie die ja immer noch nachträglich vorzeigen.«

»Die gehören nicht dazu«, sagte Achim störrisch.

Der Polizist winkte ab. »Nun lassen Sie mal. Geben Sie mir einfach Ihre Ausweise, dann haben wir das gleich hinter uns.«

Es entstand eine kurze, gespannte Stille. Keiner rührte sich. Schließlich warf Achim Frank, der nicht genau verstand, warum, einen wütenden Blick zu und holte seinen Ausweis aus der Hosentasche. Daraufhin taten Frank und Martin es ihm nach. Der Polizist nahm die drei Ausweise und begann, die Namen zu notieren.

»Was gibt's denn hier zu gucken?« fragte sein Kollege einige Passanten, die jetzt um sie herum stehengeblieben waren. Weiter hinten sah Frank Frau Koopmann, die Nachbarin seiner Eltern. Auch das noch, dachte er. Dann half er Achim, der schon damit angefangen hatte, beim Einpacken seiner Sachen.

»Früher hätte man ordentlich Stunk gemacht«, sagte Martin Klapp. »Zwei, drei Genossen, zwei Bullen, richtig mit Agitation und Rumbrüllen und so, Solidarisierungen, Ringkämpfe um das Transparent, Schlägerei, Aufwiegelung der werktätigen Massen, der ganze Kram!«

»Halt doch die Schnauze«, sagte Achim. Sie saßen im Vahraonenkeller. Achims Kram hatten sie oben im Treppenhaus gelassen. »Das klaut schon keiner«, hatte Achim resigniert gesagt, »so wie's aussieht, würde das noch nicht mal einer klauen!«

»Halt endlich die Klappe«, sagte er jetzt. »Das ist schon alles schlimm genug, allein am Stand, und die Arschlöcher tun die Genehmigung nicht in den Karton, was habe ich damit zu tun, ich gehöre nicht mal mehr zur Zelle Vahr, die gibt's gar nicht mehr, und *du* brauchst überhaupt nichts zu erzählen, du bist ausgetreten.«

»Früher hätte man auch allein ein bißchen Stunk gemacht.«

»Aber nicht, wenn man zwei Deppen wie euch dabeihat, die auch noch sagen, daß sie dazugehören. Bei dir wär's mir ja egal, Martin, aber wenn Frank Ärger mit den Bullen kriegt, dann kriegt er doppelt Ärger.«

»Wieso das denn?«

»Weil er beim Bund ist, du Heini. Du hast doch überhaupt keine Ahnung.«

Achim zog einen kleinen Flachmann aus seiner Hosentasche und goß sich unter dem Tisch davon etwas in seinen Tee.

»Ist das nicht ein bißchen früh dafür?« fragte Martin.

»Ach Scheiße... Was macht ihr überhaupt hier?«

Frank erzählte ihm von seinem Problem mit Pionier Reinboth und der Stellungnahme für den Kompaniechef.

»Deshalb seid ihr hier extra rausgefahren?«

»Das ist wichtig«, sagte Frank.

»Aha...« Achim dachte kurz nach. »Und der wollte nichts sagen? Gar nichts?«

»Nichts. Das ist es ja. Ich weiß überhaupt nicht, was ich schreiben soll!«

»Hm...« Achim dachte wieder nach und grinste dann. »Dann muß man das dialektisch machen«, sagte er.

»Was soll denn das heißen, dialektisch machen?« sagte Frank.

»Er will wissen, was das heißen soll!« sagte Achim amüsiert zu Martin Klapp.

»Ja, will er wissen!« sagte Frank, der langsam sauer wurde.

»Das läßt du dir am besten von Achim zeigen, Achim versteht da am besten was von«, sagte Martin Klapp. »Er ist der absolute Oberdialektiker, das war schon immer so.«

»Hör nicht auf ihn«, sagte Achim. »Wenn es nur Leute wie Martin gäbe, und wie Ralf, der ist auch so einer, dann könnte man die Revolution gleich vergessen.«

»Muß man wohl«, sagte Martin Klapp gallig. »Muß man wohl vergessen, wenn nur so Leute wie du dabei sind.«

Dann schwiegen alle drei, die Stimmung war plötzlich schlecht.

»Muß man wohl«, wiederholte Martin Klapp schließlich trotzig.

»Ach Scheiße«, sagte Achim. Und nach einer weiteren Schweigepause: »Und was dann?«

Frank, dem die Revolution noch nie viel bedeutet hatte, suchte nach einer Möglichkeit, das Thema zu wechseln.

»Was passiert eigentlich mit den Sachen da oben?« fragte er.

»Die will um eins einer abholen«, sagte Achim und nahm ohne Scheu einen Schluck direkt aus dem Flachmann. »Irgendeiner mit Auto. Der wird sich schön wundern, wenn da keiner steht. Wieso? Willst du eine KVZ kaufen?« Er lachte bitter.

»Nein, aber den Tapetentisch könnten wir eigentlich ganz gut gebrauchen«, sagte Frank. »Zum Renovieren und so.«

Die beiden sahen ihn an und sagten nichts.

»Ich meine, wir haben schon ein bißchen angefangen«, sagte Frank. »Aber mit dem Tapetentisch ginge das gleich viel besser.«

Achim seufzte.

»Du meinst«, sagte er gallig, »wenn's mit der Revolution nicht klappt, kann man immer noch die Wohnung renovieren?«

»Naja«, sagte Frank aufmunternd und klopfte ihm auf die Schulter, »jedenfalls in der Zwischenzeit.«

»Eins muß man ihm lassen«, sagte Achim zu Martin Klapp. »Pragmatisch ist er.«

»In der Zwischenzeit!« sagte Martin Klapp amüsiert. »In der Zwischenzeit! Sowas bringt auch nur Frankie!«

»Wißt ihr, was das Problem mit euch MLern ist?« sagte Frank.

»Nein, was denn?« sagte Achim amüsiert.

»Ihr redet gern über Anwesende in der dritten Person.«

»Oho!« sagte Achim. »Da muß ich erstmal drüber nachdenken.«

»Ich auch«, sagte Martin Klapp.

»Das solltet ihr auch«, sagte Frank. »Das sollte euch zu denken geben!«

»Das hat auf jeden Fall irgendwie was Dialektisches«, sagte Martin Klapp.

»Hör nicht auf ihn«, sagte Achim zu Frank. »Er hat da keine Ahnung von.«

15. LEICHENZUG

»Und warum hast du denn jetzt nicht verweigert?« fragte das Mädchen namens Birgit schon zum zweiten Mal.

Frank seufzte. Die kleine Einweihungsparty, die Martin Klapp am Samstagabend mit Hilfe der Telefonzelle am Sielwall und einer Handvoll Kleingeld ins Rollen gebracht hatte, war in vollem Gange, und er hatte in Martin Klapps Zimmer eine kleine Ecke für sich gefunden, in der er, an den zusammengeklappten Tapetentisch aus KBW-Beständen gelehnt, in Ruhe ein paar Bier getrunken und dem Treiben aus der Froschperspektive zugesehen hatte. Aber mit der Ruhe war es jetzt vorbei. Martin Klapps Zimmer wurde nach und nach zum Mittelpunkt der Party und füllte sich immer mehr mit Leuten, die sich mit Dosenbier und Rotwein auf den Reisstrohmatten, mit denen Martin Klapps Zimmer ausgelegt war, niederließen und Frank dabei immer mehr auf die Pelle rückten, jetzt gerade hatten sich auch noch Sibille und ihre zwei Mitbewohnerinnen, die, wie er jetzt wußte, Birgit und Sonja hießen, neben ihn gesetzt und damit begonnen, ihn über sein Dasein als Bundeswehrsoldat auszufragen.

»Ich hab's verpennt«, sagte er jetzt schon zum zweiten Mal zu Birgit, und Birgit sagte schon zum zweiten Mal »Aha«, und Frank hoffte, daß die Sache damit erledigt wäre.

»Und ihr schießt da richtig mit Gewehren rum und so?« fragte Sonja von der anderen Seite, und Frank sagte, daß sie bis jetzt noch nicht geschossen hätten, »nur so geübt«, sagte er, »wir haben die Gewehre dauernd dabei und kriechen damit durch den Wald und reinigen sie dauernd und so.«

»Aha«, sagte nun auch Sonja und streckte sich auf dem Boden aus, »und das findest du in Ordnung, oder was?«

»Was?« fragte Frank, der sich damit abzufinden begann, daß das noch eine Weile so weitergehen würde. »Was in Ordnung? Daß wir noch nicht richtig geschossen haben?«

»Nein, daß du da sowas mitmachst.«

»Sie haben mich gezwungen«, sagte Frank. »Sie zwingen einen. Man nennt es Wehrpflicht.«

»Hast du denn nicht wenigstens versucht zu verweigern«, fragte Birgit direkt in sein Ohr, ihre Stimme war nicht sehr laut, aber zu laut, um ihm direkt ins Ohr zu schreien, wie Frank fand, wobei ihn eigentlich mehr irritierte, daß sie ihm dabei so nahe kam, er konnte ihr Parfüm riechen, es roch nach Gras und das sehr durchdringend, und er merkte, daß ihm etwas flau im Magen wurde, und zum ersten Mal seit langer Zeit kam ihm die Erinnerung an die Möglichkeit von Sex zurück wie ein guter alter Freund, den man lange nicht mehr gesehen hat und dessen Namen man im ersten Moment nicht mehr weiß. Es ist ein bißchen wie mit Harry, dachte Frank, erst denkt man ewig nicht mehr dran, und dann ist alles gleich wieder wie immer.

»Und schießt ihr dann irgendwann noch mal richtig?« fragte derweil Sonja von der anderen Seite. Sibille saß ihm gegenüber im Schneidersitz, sie hatten ihn praktisch von allen Seiten umzingelt, aber Sibille sagte gar nichts, sie lächelte nur seltsam und sah zwischen ihren herabhängenden Haaren zu Boden. Birgit sagte: »Kannst du mal ein Stück rücken« und drängelte ihn zur Seite, um sich selbst auch an den Tapetentisch anzulehnen. Sie streckte die Beine aus und berührte ihn dabei am Fuß.

»Wie jetzt?« sagte Frank.

»Ob ihr da auch noch richtig schießt?«

»Was hast du denn dauernd mit deinem Schießen?« sagte Frank.

»Naja, ich will ja bloß wissen, ob ihr da auch noch mal richtig schießt.«

»Ja sicher, die reden da von nichts anderem, genau wie du«, sagte Frank, denn so war es tatsächlich, seit sie das Gewehr das erste Mal in der Hand gehalten hatten, hatten die Fahnenjunker nicht mehr aufgehört davon zu reden, daß bald der große Tag käme, an dem sie das erste Mal scharfe Munition bekommen würden.

»Und das findest du in Ordnung?«

»Bis jetzt ist noch kein Schaden entstanden«, sagte Frank lustlos, er konnte dem, was Sonja sagte, kaum noch folgen, weil er seit kurzem Birgits Hand an seinem Rücken spürte, die Hand war plötzlich dagewesen, wie zufällig, und sie bewegte sich nicht. Er war sich nicht sicher, wie er das interpretieren sollte, bewegte sich aber vorsichtshalber auch nicht. Vielleicht hat es ja was zu bedeuten, dachte er.

»Darum geht's doch gar nicht«, sagte Sonja. »Die Frage ist doch, wie man zu der Institution an sich steht, das ist doch die Frage.«

»Ja, ja«, sagte Frank, »das ist sicher die Frage.«

»Und wieso hast du das verpennt mit der Verweigerung?« fragte Birgit und bewegte ganz leicht ihre Hand hin und her.

»Das ist eine gute Frage, warum verpennt man überhaupt irgend etwas?« sagte Frank fahrig. Er setzte sich etwas aufrechter, und Birgits Hand blieb dabei an ihm dran, sie bewegte sich einfach mit, wie festgeklebt. »Ich glaube, ich hole mir noch ein Bier«, sagte er, ihm war das alles nicht geheuer, am Ende versteht man wieder alles falsch, dachte er, und dann steht man wieder da wie ein Trottel, dachte er, denn er wußte, daß er garantiert etwas Unüberlegtes tun würde, wenn das hier noch lange so weiterging mit Birgit, wer rechnet denn mit sowas, dachte er. »Ich glaub, ich hol mir noch ein Bier«, wiederholte er und wollte aufstehen. Aber Birgit ließ ihn nicht.

»Hier«, sagte sie und hielt ihm ihre Dose Bier hin. »Nimm die, ich hab auch noch mehr.« Sie deutete auf einen Beutel mit Fransen dran, der neben ihr lag und ordentlich ausgebeult war. Frank nahm einen Schluck und gab ihr ihre Dose wieder. Sie nahm sie einhändig zurück, mit der rechten Hand, in der sie auch eine Zigarette hielt, die linke Hand ließ sie an seinem Rücken und verkrallte sich damit an seinem Hemd. Frank blieb sitzen und fragte sie, ob sie für ihn auch eine Zigarette hätte.

»Hier«, sagte sie und hielt ihm ihre Zigarette hin, »ich hab nur die.« Frank wollte die Zigarette nehmen, aber sie ließ das nicht zu, sondern hielt sie ihm vor den Mund, und er saugte daran, während sie mit einem Finger ihrer linken Hand seinen Rücken entlangfuhr. Er sah sie an, aber sie ließ sich nichts anmerken, es war, als hätte ihre Hand sich verselbständigt und mit dem Rest von ihr nichts zu tun.

»Und worauf schießt ihr dann, wenn ihr schießt?« sagte Sonja, »auf so Zielscheiben oder Pappkameraden oder was?«

»Keine Ahnung«, sagte Frank, »wir haben ja noch nicht geschossen. Woher soll ich denn das wissen?«

»Das muß man doch wissen, das ist doch eine ernste Sache«, rief Sonja erregt, sie war nicht mehr ganz nüchtern, sie trank Rotwein aus einer Zweiliterflasche Demestica, und sie tat das so, daß dabei einiges auf ihre Kleider und die Reisstrohmatten ging.

»Für die Pappkameraden sicher«, sagte Frank, der für seine eigene Nüchternheit auch nicht mehr garantieren konnte. Birgit fuhr mit allen Fingern der linken Hand sein Rückgrat entlang, ganz leicht, so daß er erschauderte. Ihm wurde das zuviel, das war ihm nicht geheuer, wahrscheinlich ist alles ein Irrtum, es ist ja überhaupt alles irgendwie ein Irrtum, dachte er und fischte ein Bier aus Birgits Teppichtasche und öffnete es so, daß dabei einiges über ihn und Birgit spritzte, die darauf nur lachte und ihn in den Rücken kniff, alles nur ein Irrtum, und wie leicht macht man sich zum Obst, dachte er, vor allem mit Sibille dabei, besonders mit Sibille, dachte er, denn Sibille würde seiner Meinung nach besser daran tun, sich mit Martin Klapp zu unterhalten, statt ihn und Birgit aus den Augenwinkeln zu beobachten, denn das tat sie, sie beobachtete sie aufmerksam, während sie im Schneidersitz vor ihnen auf diese seltsame Art, mit der Zunge im Glas, ihren Rotwein trank. Birgit nahm plötzlich ihre Hand von seinem Rücken weg und begann, sich eine Zigarette zu drehen. Frank nahm das als Zeichen, der Sache ein Ende zu machen, das bringt ja alles nichts, dachte er.

»Bis gleich dann«, sagte er und stand mühsam auf. Ihm war das rechte Bein eingeschlafen. »Ich seh mich mal ein bißchen um!«

»Dann kommt hier noch ein Regal hin«, sagte Ralf Müller. Er stand in seinem Zimmer und erklärte ein paar Leuten, die er zu kennen schien und die Frank noch nie zuvor gesehen hatte, sein Zimmer, »das wird erstmal gestrichen, so in Weiß oder so, und dann kommt da das Regal hin.«

Ralf Müllers Zimmer sah schon ganz gut aus, er war in der letzten Woche fleißig gewesen, hatte die Wände mit Rauhfasertapeten beklebt und gestrichen, und auf dem Fußboden lag ein Teppichboden und sogar einige Möbel gab es, ein kleines Sofa und eine Vitrine, auf der ein Aquarium stand und vor sich hin sprudelte. Frank ging zum Aquarium und schaute von oben hinein. Er versuchte die Fische zu zählen, aber bei zehn hörte er auf, sie bewegten sich zu schnell und sahen alle gleich aus.

Er verließ Ralf Müllers Zimmer wieder und machte sich auf die Suche nach Martin Klapp. In Achims Zimmer war sowieso niemand, und in der Küche gab es nur einige Leute, die Frank kaum kannte, Ex-Genossinnen und Ex-Genossen von Martin, Ralf und Achim, vielleicht aber auch nur Ex-Genossinnen und Ex-Genossen von Martin und Ralf, dachte Frank, vielleicht sind ja ein paar noch organisiert, dann wären sie wenigstens noch Genossen von Achim, dachte er und fragte sich, wo Achim wohl sei, und dann erkannte er unter den Leuten in der Küche zwei ehemalige Schulkameraden, die er schon lange nicht mehr gesehen hatte, und ging deshalb schnell zurück in Martin Klapps Zimmer, er hatte keine Lust auf alte Schulkameraden.

In Martin Klapps Zimmer fand er Martin Klapp bei Sibille und ihren Freundinnen sitzen, und mit dabei saß auch Wolli, von dem Frank jedenfalls wußte, daß er ein Ex-Genosse von allen dreien war, wenn beide ausgetreten sind, dann sind sie doppelte Ex-Genossen, dachte Frank, oder vielleicht auch wieder Genossen, Austrittsgenossen, dachte er, das schien ihm irgendwie bemerkenswert, aber ihm war etwas zu schwindelig, um darüber jetzt groß nachdenken zu können. Er setzte sich wieder neben Birgit, die ihn aber gar nicht beachtete. Sie schaute gebannt Wolli dabei zu, wie er Gläser und Tassen und Becher zwischen ihnen in einer Reihe aufstellte.

»Hallo Wolli«, sagte Frank. »Das mit dem Fernseher und dem Stromschlag mußt du mir mal demnächst genauer erklären.«

»Hallo Frankie«, sagte Wolli, »Leichenzug!« Er zeigte auf die Gläser und Tassen und Becher. Dann entnahm er einer Plastiktüte einige Flaschen. »Apfelkorn, Whisky, Rum, Cola«, sagte er. Er begann die Getränke auf die Gläser zu verteilen. »Apfelkorn, Whisky, Rum, Cola«, sagte er fröhlich dabei, und dann »Apfelkorn-Whisky, Apfelkorn-Rum, Apfelkorn-Cola, Whisky-Rum, Whisky-Cola, Cola-Rum, Apfelkorn-Whisky-Cola, Apfelkorn-Rum-Cola, Apfelkorn-Rum-Whisky und einmal alles zusammen.«

»Ihr spinnt ja«, sagte Sibille. »Ich würde lieber was kiffen.«

»Wir kiffen nicht«, sagte Martin Klapp lächelnd. »Wir hatten früher den Alkohol- und Drogenbeschluß, da ging das nicht. Da haben wir den Anschluß verpaßt. Wir haben unsere Jugend der Revolution geopfert.«

»Welcher Revolution?« fragte Sibille.

»Revolution, Scheiße ja, das auch«, sagte Wolli und zog einen Würfel aus der Tüte. »Würfel habe ich auch extra mitgebracht. Leichenzug.«

»Was soll das denn jetzt alles?« fragte Sibille.

»Leichenzug«, sagte Birgit und kicherte.

»Würfeln«, sagte Wolli und hielt den Würfel hoch.

Sie begannen auf Wollis Anweisung zu würfeln. Wer eine eins oder sechs würfelte, mußte ein Glas austrinken. »Auf Ex«, sagte Wolli. »Ich kenn einen, der einen kennt, der ist da mal dran gestorben.« Frank bekam Cola-Rum und das Vollgemisch, und danach war ihm mächtig schwindelig, und er mußte sich anlehnen, und als er sich anlehnte, merkte er, daß er sich an Birgit anlehnte, das war schön weich, und sie schien das nicht zu stören, sie hatte zuvor Apfelkorn-Cola und Rum-Whisky trinken müssen, sie kicherte nur ein wenig und fuhr ihm mit den Fingern durch die Haare. »Das sind ja Bundeswehrhaare«, sagte sie und nuschelte dabei kräftig. »Mußt du denn gleich wieder in die Kaserne zurück, du Kosak?«

»Nein«, sagte Frank, der sich über nichts mehr wunderte. »Ich wohne hier.«

»Ach so, stimmt ja«, sagte sie und setzte sich so zurecht, daß Franks Kopf auf ihren Beinen zu liegen kam. Sie beugte sich über ihn, bis ihr Busen seine Stirn berührte und ihre Haare ihn in den Augen kitzelten. »Wo denn?«

»Da nebenan, hinter der Decke«, sagte Frank.

»Decke?« kicherte Birgit.

»Zeig ich dir«, sagte Frank und versuchte hochzukommen. Er wußte nicht mehr, ob sie jemand beobachtete, und es war ihm auch egal. Er wollte Birgit bloß noch zeigen, wo sein Zimmer war, das war wichtig jetzt, »da lang«, sagte er und krabbelte auf allen vieren los. Er krabbelte durch die Tür von Martin Klapps Zimmer und hielt bei der Decke an, um auf Birgit zu warten, er schaute sich um, und tatsächlich, da kam sie angekrabbelt. Sie trug ein langes Sommerkleid, und er sah in ihrem herabhängenden Ausschnitt ihre bloßen Brüste schaukeln. Sie folgte seinem Blick in ihren Ausschnitt, sah wieder hoch, grinste ihn an und krabbelte weiter. Er hob die Decke hoch, die sein Zimmer vom Durchgang trennte, und kroch darunter durch. Sein Zimmer lag leer in der Dämmerung, mein Zimmer ist der tote Winkel, dachte er und kroch zu seinem Bett, setzte sich davor auf und betrachtete die Wolldecke, durch die jetzt eigentlich Birgit kommen sollte. Sie kam aber nicht. Beunruhigt kroch er wieder zurück und hob sie ein wenig an, gerade genug, um eine Hand zu sehen, die dahinter auf dem Boden auflag. Er klopfte vorsichtig mit dem Finger auf die Hand und hob die Decke noch ein wenig höher, und dann kroch auch Birgit in sein Zimmer.

»Wollte schon umdrehen«, sagte sie. »Das ist ja raffiniert getarnt!«

Frank kroch zu seiner Matratze, und Birgit kroch hinterher. Frank setzte sich hin und sie kroch einfach auf ihn zu und auf ihn drauf.

»Das ist also dein Zimmer«, sagte sie, während Frank durch ihr Gewicht hintenüberfiel, und sie kroch weiter, bis sie ganz auf ihm drauflag.

»Das ist also dein Zimmer«, sagte sie wieder und küßte ihn. Sie schob ihre Zunge in seinen Mund, und sie wälzten sich ein wenig hin und her und befummelten sich hektisch, bis sie ihn plötzlich losließ und sich auf den Rücken drehte.

»Das ist also dein Zimmer«, sagte sie schwer atmend und kicherte. »Du Kosak.«

»Ja«, sagte Frank und beugte sich über sie. Er wollte sie gerne weiterküssen. Er wußte zwar nicht, wohin das alles führen sollte, er war so betrunken, daß er nicht einmal eine Erektion bekam, aber das war ihm jetzt auch egal, er wollte bloß, daß sie irgendwie weitermachten. Er küßte sie noch einmal, aber nur kurz, denn sie war nicht richtig bei der Sache, sie atmete heftig, machte sich frei und setzte sich auf.

»Du Kosak«, sagte sie wieder und kicherte.

»Wieso Kosak?« fragte Frank. »Was haben denn Kosaken damit zu tun?«

»Und was ist das?« Sie zeigte auf die Teekiste, die Martin Klapp ihm für seine Kleider geborgt hatte und die neben der Matratze an der Wand stand.

»Teekiste«, sagte Frank, der fühlte, wie seine Stirn zu schwitzen begann.

»Kosak«, sagte sie noch einmal. Sie krabbelte auf allen vieren zur Teekiste und schaute hinein. Frank krabbelte dazu und schaute ebenfalls hinein.

»Kosakenkleider«, sagte er. Sie hockten Seite an Seite auf allen vieren, ihre Gesichter waren nah beieinander. Sie küßten sich wieder und richteten sich aneinander so weit auf, daß sie die Hände zur Verfügung hatten, und so saßen sie auf den Knien nebeneinander in der Dämmerung neben der Teekiste und knutschten und fummelten wild herum, bis Birgit sagte: »Moment!«

Sie drückte ihn ein bißchen weg und starrte ihn an. Es war ein Starren, das Frank nicht genau zu deuten wußte, irgendwie abwesend sah sie aus, aber ihm war auch schwindelig, und er hatte seine Gedanken nicht mehr genug beieinander, um darin ein großes Problem zu sehen, sie starrten sich eine Weile an und dann sagte Birgit wieder: »Moment.« Sie beugte sich zur Seite über die Teekiste und kotzte hinein. Frank sah ihr dabei zu, er mußte jetzt selbst ein bißchen würgen und versuchte, sich zu beherrschen, schade, daß der Deckel nicht drauf ist, dachte er, um sich abzulenken, schade, daß der Deckel nicht drauf ist, aber das nützte nichts mehr, er fühlte, wie das Vollgemisch von Wollis Leichenzug wieder ans Licht wollte, und senkte gleichfalls den Kopf über die Teekiste. Vielleicht hat es ja auch was Gutes, wenn man zusammen in eine Teekiste voller Kleider kotzt, dachte er dabei zur eigenen Beruhigung, vielleicht verbindet es ja irgendwie.

16. DIALEKTIK

»Und das hast du dir ganz alleine ausgedacht?«

Martin Klapp hielt das Papier mit Franks Stellungnahme zu der Disziplinarsache gegen den Pionier Reinboth in der Hand und wedelte damit. »Das ist ja phantastisch.«

»Vorsicht, mach da keine Flecken drauf«, sagte Frank.

Sie saßen wieder, wie am Sonntag zuvor, beim Jugoslawen und aßen die große Grillplatte Balkan für zwei Personen, »das Günstigste«, wie Martin Klapp gesagt hatte, und günstig war es tatsächlich, die große Grillplatte Balkan waren Unmengen von Fleisch aller Art und Größe, und sie schaufelten es in sich hinein, als ob es kein Morgen geben würde, sie hatten beide den ganzen Tag nichts gegessen, die Küche war viel zu verwüstet, um etwas darin zu kochen, und Frank hatte den ganzen Nachmittag damit zugebracht, seine Wäsche im Waschsalon zu waschen und zu trocknen, und danach hatte er sich mit dem albernen Text für den Hauptmann herumschlagen müssen, denn Achim war das ganze Wochenende nicht aufgetaucht und hatte somit sein Versprechen, ihm zu helfen, nicht gehalten, was Frank ihm ein bißchen übelnahm, denn daß er jetzt überraschend in die Bezirksleitung des KBW gewählt worden war, mochte vielleicht für Martin Klapp eine Entschuldigung sein, nicht aber für Frank.

»Nein, warte mal«, sagte Martin Klapp und schaute auf das Papier, »hier, der erste Teil, das mit dem Unbewußten, das ist schon ziemlich gut, aber der zweite Teil, das ist pure Dialektik, Frankie, und wenn es nicht so kompromißlerisch, so reformistisch wäre, dann wäre jeder MLer zwischen hier und Garmisch-Partenkirchen stolz auf dich, so dialektisch ist das!«

»Gibt es MLer in Garmisch-Partenkirchen?« sagte Frank mißmutig. Er wollte das Papier wiederhaben, sie waren noch beim Essen, und das Papier war ein Unikat, zwei Seiten waren es geworden, die er sich nach unzähligen Versuchen, eine Lösung für das Reinboth-Problem zu finden, auf Martin Klapps Schreibmaschine zusammengetippt hatte. Hätte er geahnt, daß das Ding so lang werden würde, er hätte es einzeilig geschrieben, dann wäre es nur eine Seite geworden, aber alles noch einmal abzutippen war ihm dann doch zuviel der Mühe, so lieb hatte er weder die gute Form noch Pionier Reinboth, noch den Hauptmann.

»Schickedanz«, sagte Martin Klapp versonnen, »Hauptmann Schickedanz. Ist das nicht die Familie, die Neckermann besitzt?«

»Nein, das ist die Familie Neckermann«, sagte Frank. »Die reiten auch.«

»Oder Quelle«, sagte Martin Klapp.

»Gib das wieder, du hast dreckige Hände«, sagte Frank und griff nach dem Papier.

»Nein, im Ernst«, sagte Martin Klapp. »Das ist große Kunst, das wird den Mann retten, ehrlich. Du hast ihnen gar keine Wahl gelassen, du hast das voll im Griff, die müssen ihn wieder freilassen.«

»Er ist gar nicht eingesperrt.«

»Naja, jedenfalls ist da alles drin, das wird denen zu denken geben, auch diese unterschwellige Drohung mit Schlimmerem... Bloß die Sache mit dem Pfarrer, das ist irgendwie nicht ganz astrein, das riecht nach Komplizenschaft.«

»Wieso Komplizenschaft?«

»Weiß nicht, egal. Das ist großartig. Die werden den Mann nicht bestrafen, wenn die das lesen, die befördern den eher noch.« Martin Klapp lachte.

»Ich weiß nicht...«, sagte Frank zweifelnd und steckte das Papier zurück in seinen Umschlag.

»Das ist ganz große Dialektik. Sogar Achim wäre stolz auf dich, und der ist immerhin in der Bezirksleitung!«

»Das ist nicht gerade revolutionär, was ich da geschrieben habe«, gab Frank zu bedenken.

»Ach, revolutionär«, sagte Martin Klapp und wedelte mit einem aufgespießten Cevapcici. »Scheiß drauf, das geht doch alles den Bach runter. Der ist doch bloß in die Bezirksleitung gewählt worden, weil da schon wieder einer ausgestiegen ist. Bald sind die alle in der Bezirksleitung.« Er lachte freudlos. »Bald ist nur noch die Bezirksleitung da. Weißt du, wieviel KVZ wir früher mal in der Schule verkauft haben? Ich meine, so am Anfang?«

»Nein.«

»Fünfzehn, Frankie, fünfzehn Stück, manchmal auch zwanzig. Das war in der besten Zeit, da war der KBW total angesagt. Und weißt du, wie viele wir noch verkauft haben, als Ralf und ich ausgetreten sind?«

»Nein.«

»Drei. Und das war uns peinlich, deshalb haben wir immer acht bestellt und fünf weggeschmissen. Was soll das für eine Revolution werden, wenn das so läuft?«

»Keine Ahnung«, sagte Frank. »Immerhin habe *ich* ab und zu mal eine gekauft.«

»Ja, aber du warst am Ende ja gar nicht mehr in der Schule. Manchmal habe ich dich nur besucht, um dir eine anzudrehen. Und was da aber auch für ein Scheiß drinstand!«

»Brauchst du mir nicht zu erzählen.«

»Dich haben wir als festen Sympathisanten gezählt.«

»Mich?«

»Ja.« Martin Klapp lachte. »In den Berichten.«

»Wieso Sympathisant? Ich war nie Sympathisant. Und was ist ein fester Sympathisant? Gibt es dann auch lose Sympathisanten?«

»Eben, das meine ich ja.« Martin Klapp schaufelte sich Reis von der Platte auf seinen Teller. »Früher war da auch Schafskäse bei«, sagte er.

»Können wir noch bestellen«, sagte Frank. Heute hatte Martin Klapp darauf bestanden, daß *er* bezahlte, er hatte das mit großem Ernst und feierlicher Stimme angekündigt, nachdem Frank ihm die hundert Mark für das Zimmer gegeben hatte, »dafür zahle ich heute beim Jugo«, hatte er gesagt.

»Nee, so gerne mag ich Schafskäse auch wieder nicht«, sagte er jetzt. Dann hielt er beim Kauen inne und sah Frank ernst an.

»Was hältst du eigentlich so von Ralf?«

»Wieso?«

»Na egal, was hältst du von ihm?« Martin Klapp guckte ihn gespannt an.

»Was soll ich von ihm halten? Ich meine...« Frank wußte nicht genau, wie er es formulieren sollte. Sollte er sagen, daß er Ralf Müller nicht mochte? Immerhin sind die beiden irgendwie befreundet, dachte er.

»Ralf Müller ist ein totales Arschloch«, sagte Martin Klapp. »Das hast du doch immer schon gewußt, oder?«

»Naja...«

»Ralf Müller ist ein totaler Zwangscharakter, ein echtes Schwein.«

»Was ist denn los, Martin?«

»Na, du hast ja nichts mitgekriegt. Du warst ja mit Kotzen beschäftigt«, sagte Martin Klapp und lachte.

»Jaja«, sagte Frank, der nicht daran erinnert werden wollte. Immerhin hatte er Birgit noch nach Hause gebracht, sie war nach dem Kotzen weiß wie die Wand gewesen, und er hatte sie den ganzen Weg nach Hause am Arm halten müssen, damit sie nicht hin- und hertaumelte. Zum Glück wohnte sie in der Weberstraße, das war nicht weit. »Aber nicht mitkommen, aber nicht mitkommen«, hatte sie genuschelt, als sie es endlich geschafft hatte, ihre Tür aufzuschließen. Das war zwar auch gar nicht Franks Absicht gewesen, aber ein gutes Ende der Geschichte war es auch nicht gerade.

»Das sterbende Tier sucht die Einsamkeit«, sagte Martin Klapp, »aber das kotzende Tier sucht die Zweisamkeit.«

»Jaja«, sagte Frank und spürte, daß er rot wurde. »Was ist denn nun mit Ralf? Was hat er denn jetzt schon wieder gemacht?« lenkte er ab.

»Der hat Sibille total angebaggert, das war schon richtig peinlich, widerlich war das.« Martin Klapp stocherte auf der Grillplatte herum. »Hier ist noch Leber, willst du die?«

Frank wollte.

»Das war ekelhaft. Und das ist immer so. Der will eigentlich gar nichts von ihr, das macht der immer so.«

»Was macht der immer so?«

»Der macht sich immer an Frauen ran, die sich für mich interessieren«, sagte Martin Klapp. »Immer wenn er merkt, daß sich eine Frau für mich interessiert, dann macht der sich an die ran, der verkappte Schwule.«

»Wieso verkappter Schwuler?«

»Guck den doch mal an!«

»Das ist doch jetzt echt Quatsch, Martin!«

»Was will der denn mit Sibille? Kannst du mir das mal sagen?«

»Keine Ahnung.«

»Man muß den irgendwie loswerden«, sagte Martin Klapp. »Mir reicht das jetzt. Der muß raus.«

»Wie, wo raus?«

»Aus der Wohnung. Der muß weg.«

»Naja, so schlimm ist das ja auch nicht, ich meine, was hat er denn schon Schlimmes getan, ich meine echt mal, da gehören ja auch immer zwei dazu«, spielte Frank den Advocatus Diaboli.

»Du warst ja nicht dabei«, sagte Martin Klapp.

»Eben, darum frage ich ja.«

»Der hat sich da voll an Sibille rangeschleimt, das war ganz schlimm, der ist da richtig auf die raufgekrochen fast. Außerdem ist er asozial. Hast du mal sein Zimmer gesehen? Und dann diese Scheißkatze. Der muß raus.«

»Die Katze finde ich eigentlich ganz niedlich...«

»Ralf muß weg. Dann kannst du ja sein Zimmer haben.«

»Immerhin ist er im Mietvertrag, Martin.«

»Scheiß auf den Mietvertrag.«

»Wie willst du ihn denn rauskriegen?« fragte Frank und schob seinen Teller weg. Die Grillplatte Balkan war alle. Er nahm sich einen Zahnstocher und pulte die Reste zwischen den Zähnen raus. Er spürte, daß er müde wurde. Für einen kurzen Moment spielte er mit dem Gedanken, sich vor der Rückkehr zur Kaserne noch einmal hinzulegen, aber er hatte Angst, dann nicht mehr rechtzeitig aufzuwachen, und wer schreibt dann eine so schöne Stellungnahme für mich, dachte er zufrieden und schläfrig und befühlte den Umschlag mit der Stellungnahme für den Hauptmann.

»Der muß weg«, sagte Martin Klapp. »Egal wie.«

Der Kellner, ein älterer Mann mit grauem Schnurrbart und müden Augen, kam an ihren Tisch und räumte ab.

»Ich weiß noch nicht, wie, aber der muß weg. Man muß ihn zermürben.«

»Wie soll das denn gehen?«

»Und dann diese ganzen Tiere«, sagte Martin Klapp. »Ich habe eigentlich bei meinen Eltern noch zwei Wellensittiche, die kann ich jetzt nicht mehr holen, wo die Scheißkatze da ist. Und dann diese Fische.«

»Die Fische stehen in seinem Zimmer, da kannst du ihm wohl kaum einen Vorwurf machen.«

»Was ist das für ein perverser Idiot, der Fische und Katzen gleichzeitig hat. Das ist doch Schwachsinn, das schließt sich doch gegenseitig aus.«

»Die Katze ist eigentlich ganz niedlich«, sagte Frank, der überhaupt fand, daß die Katze das einzig Sympathische an Ralf Müller war. Ralf Müller hatte sie in der Neuen Vahr Süd gefunden, am Zaun zur Rennbahn, in der Nähe des Hauses seiner Eltern. »Immerhin kommt sie aus der Vahr, sie ist eine von uns«, gab Frank zu bedenken.

»Das Vieh stinkt«, ließ Martin Klapp nicht locker. »Das muß auch weg.«

»Okay, okay«, gab Frank seinen Scheinwiderstand auf. »Mir soll's recht sein. Wenn du meinst, du kriegst ihn raus... Ich bin nun wirklich nicht der große Ralf-Müller-Freund.«

»Und recht hast du«, sagte Martin Klapp.

»Und sonst?« wechselte Frank das Thema. »Wie läuft's denn so mit dir und Sibille?«

»Wieso?«

»Naja, du hast doch gesagt, daß du dich für sie interessierst.«

»Habe ich nicht gesagt. Ich habe gesagt, daß sie sich für mich interessiert.«

»Ja, aber wenn du dich nicht auch ein bißchen für sie interessieren würdest, dann würdest du dich nicht so sehr dafür interessieren, daß Ralf Müller sich an sie ranschleimt«, gab Frank zu bedenken.

Der Kellner kam mit zwei Sliwowitz. Sie dankten ihm artig und starrten die Gläser an.

»Ich glaube nicht, daß ich das trinken kann«, sagte Frank.

»Das muß aber weg«, sagte Martin Klapp. »Sonst ist der beleidigt.«

Sie stießen an und schütteten den Schnaps hinunter.

»Ich habe nicht gesagt, daß ich mich dafür interessiere, daß Ralf Müller sich an sie ranschleimt«, nahm Martin Klapp den Faden wieder auf. »Ich habe gesagt, daß mich das anwidert, daß er sich an sie ranschleimt. Das geht hier nicht um Sibille, sie ist schließlich nicht mein Eigentum oder sowas, darum geht es gar nicht, das ist eine Sache zwischen mir und Ralf Müller. Wenn Sibille darauf eingehen würde, ich meine, wenn die echt mit Ralf Müller rummachen würde, dann wäre das doch sowieso scheißegal, weil die das dann sowieso nicht wert wäre, daß man sich für sie interessiert.«

»Ha!« unterbracht ihn Frank. »Jetzt hast du es aber gesagt.«

»Nein, habe ich nicht. Das war hypothetisch.«

»Ach so.«

»Außerdem ist das nicht korrekt, wenn du deine neu erworbenen dialektischen Fähigkeiten an mir ausprobierst, das ist mir vorhin schon aufgefallen, daß du einem da neuerdings immer so dialektisch kommst.«

»Was soll das eigentlich immer mit dieser Dialektik? Was soll denn das eigentlich konkret heißen, Dialektik?«

»Das da«, sagte Martin und zeigte auf den Briefumschlag mit Franks Stellungnahme für den Kompaniechef, »das ist Dialektik. Oder jedenfalls Sophisterei, was weiß ich, mußt du mal Achim fragen, der weiß sowas ganz genau. Auf jeden Fall solltest du dir das für deinen Hauptmann Neckermann aufheben.«

»Schickedanz!«

»Wurscht. Jedenfalls geht es darum, daß ich Ralf Müller nicht mehr ertrage. Ich kann ihn echt nicht mehr sehen. Es war von Anfang an ein Fehler, mit ihm zusammenzuziehen. Der muß weg. Nimmst du dann sein Zimmer?«

»Also, naja, gerne, ja, aber deshalb muß jetzt aber nicht...«

»Dann ist das abgemacht. Ich kümmere mich darum. Zermürbung ist angesagt. Taktik, Strategie und fertig.«

Frank sah Martin Klapp prüfend an. Was er da redete, konnte alles mögliche bedeuten, Martin Klapp konnte sehr grausam sein, das wußte Frank. Das wird eine komische Woche, dachte er und war sich nicht sicher, ob es gut oder schlecht war, daß er nicht dabeisein würde.

»Okay«, sagte er. Die Kaserne zog schon wieder an ihm, es war Zeit zu fahren. »Ich muß mal los.«

»Alles klar«, sagte Martin Klapp und winkte dem Kellner. Der kam zu ihnen und hatte schon die Rechnung auf einen Zettel geschrieben.

»Halbe-halbe?« sagte Martin Klapp.

Frank nickte. Sie zahlten und gingen auf die Straße.

Franks Auto stand am Körnerwall. Am Kino verabschiedeten sie sich dann, und Frank ging den Sielwall hoch bis zum Körnerwall. Die Bewegung nach dem Essen tat ihm gut. Es hatte geregnet, und es roch nach Erde und warmem, nassem Stein. Vom Fluß her wehte eine laue Brise. Er hätte jetzt gerne etwas anderes gemacht, als in die Kaserne zu fahren, er hätte gerne Birgit wiedergesehen, und wünschte sich, den Mut zu haben, zu ihrer Wohnung zu gehen und zu klingeln und einfach »Hallo« zu sagen, ohne große Absichten, dachte er, einfach so, das wäre zeitlich noch drin, dachte er.

Aber das bringt nichts, dachte er dann, am Ende verliebt man sich noch, und dann wird das irgendwann extra bitter, dachte er, stieg in sein Auto und fuhr nach Dörverden in die Kaserne.

17. DER TEXT

»Der Lichtblitz ist nicht zu unterschätzen«, sagte Fahnenjunker Tietz, als Frank und seine Kameraden vor ihm im Wald standen, getarnt mit Zweigen, Blumen und Gräsern, mit geschwärzten Gesichtern und mit der ABC-Schutzbrille, die sie auf keinen Fall Sonnenbrille nennen durften. »Der Lichtblitz ist wichtig. Wenn so ein Ding niedergeht, ist das Radioaktive und so weiter gar nicht das Schlimmste zuerst, sondern der Lichtblitz, der reicht viel weiter, der reicht ewig weit.«

Fahnenjunker Tietz machte eine kleine Pause und schaute sie an, als erwartete er Fragen oder Kommentare. Es kamen keine. Sie waren schon einige Stunden im Gelände, hatten Schützenmulden gegraben, bei der Übung ›Feuern auf ein Kommando‹ Manöverpatronen verschossen, Schützenreihe und Schützenrudel gebildet und waren als Spähtrupp durch das Unterholz gekrochen. Frank schätzte, daß sie mittlerweile alle einen ziemlich schlappen Anblick boten.

»Das ist so ein gewaltiger Lichtblitz«, fuhr Fahnenjunker Tietz schließlich fort, »daß jeder, der da ungeschützt reinsieht, sofort blind wird, und dann ist der Krieg für den vorbei. Deshalb haben Sie zum einen die ABC-Schutzbrille. Aber das reicht nicht. Sie haben ja keine Ahnung, was das für ein gewaltiger Lichtblitz ist.«

»Der ist so heftig, der geht sogar durch Hauswände«, sagte der GUA Pilz.

»Jaja«, sagte Fahnenjunker Tietz, »schon klar, Pilz, aber der geht nicht nur durch Hauswände, der geht durch alles durch, Sie haben ja keine Ahnung.«

»Der geht da durch wie nix«, sagte GUA Pilz.

»Ist ja schon gut, Pilz«, knurrte Fahnenjunker Tietz. »Jedenfalls ist der so gewaltig, der Lichtblitz, daß Sie sich nicht nur auf die ABC-Schutzbrille verlassen können. Deshalb gibt es die Warnung ›Atomblitz‹.«

Frank hörte nur halb zu. Er hatte andere Sorgen. Es war Montag, und er hatte am Morgen, noch vor dem Frühstück, seine schriftliche Stellungnahme zum Fall Reinboth abgegeben. Jetzt lag sie beim Hauptmann, und in diesem Moment sah er durch das Dunkel seiner ABC-Schutzbrille, daß ein Soldat, den er nicht kannte, zu ihnen hergelaufen kam.

»Wenn Sie die Warnung ›Atomblitz‹ hören«, erzählte unterdessen Fahnenjunker Tietz weiter, »dann werfen Sie sich hin, wühlen den Kopf so weit es geht in die Erde und legen die Hände drum und drüber und so weiter, so daß Sie so weit wie möglich vor dem Atomblitz geschützt sind. Sonst ist für Sie gleich Feierabend.«

»Der ist so hell, der Atomblitz, der geht da durch wie...«

»Ja, Pilz! Ist gut, Pilz!«

»Herr Fahnenjunker«, rief der fremde Soldat.

»Was gibt's denn?« fragte Fahnenjunker Tietz ärgerlich und ging dem Mann ein Stück entgegen. Er tuschelte kurz mit ihm und kam dann wieder zurück.

»Sie, Lehmann!« sagte er schlecht gelaunt.

»Ja?«

»Ja, Herr Fahnenjunker!«

»Ja, Herr Fahnenjunker.«

»Sie gehen mir langsam auf die Nerven, Lehmann. Jetzt sollen Sie schon wieder zum Hauptmann kommen!«

»Ja nun...«, sagte Frank.

»Ja nun, was?«

»Nicht meine Schuld«, sagte Frank.

»Jaja, los, Abmarsch, weg mit Ihnen, im Laufschritt, marsch marsch! schon weg sein, schon wieder hier sein«, sagte Fahnenjunker Tietz, und Frank galoppierte davon.

»Wie sehen Sie denn aus?« fragte der Kompaniechef, als Frank sich vor ihm aufbaute und Meldung machte, wobei ihm das Gewehr, das er über der Schulter trug, verrutschte.

Sein Helm war noch mit Tarnnetz und Zweigen verziert, und auch seine sonstige Tarnung aus Gräsern, Blumen und Zweigen rieselte sacht auf das Linoleum im Büro von Hauptmann Schickedanz. Frank wußte nicht, ob er die Frage beantworten mußte, schließlich stand er noch im Stillgestanden, und wenn er sich richtig erinnerte, wurde im Stillgestanden nicht geredet, oder war es so, daß man nur reden durfte, wenn man gefragt wurde? Er wußte es nicht mehr genau, aber der Hauptmann schien darauf zu warten, daß er etwas sagte, also sagte er schließlich: »Ich komme gerade aus dem Gelände«, was, wie er sogleich dachte, einer der seltsamsten Sätze war, die er jemals in seinem Leben gesagt hatte. Ich rede schon ihre Sprache, dachte er. Gerade noch rechtzeitig fügte er ein »Herr Hauptmann« hinzu.

»Gut, rühren Sie sich.« Der Hauptmann setzte sich hinter seinen Schreibtisch und nahm Franks Stellungnahme in die Hand. Er wedelte damit hin und her. »Sagen Sie mal, Herr Pionier«, sagte er, »wollen Sie mich eigentlich veräppeln?«

»Nein, Herr Hauptmann.«

»Das ist doch Ihre Stellungnahme, oder?«

»Ja, Herr Hauptmann.«

»Na gut, vielleicht habe ich da bloß einiges nicht verstanden, vielleicht sollten wir das mal zusammen durchgehen, immer schön der Reihe nach, ich habe da, glaube ich, einiges ganz und gar nicht kapiert, und ich habe immerhin Jura studiert, Herr Pionier, haben Sie auch vor, Jura zu studieren?«

»Nein, Herr Hauptmann.«

»Komisch, ich hätte schwören können, Sie sind so ein Hobbyjurist oder sowas.« Der Hauptmann schaute auf das Papier. »›Der Pionier Reinboth ist am 7.7.1980 nicht rechtzeitig, i. e. zur vorgeschriebenen Zeit, zur Truppe zurückgekehrt.‹ i.e.?« sagte der Hauptmann höhnisch, »i.e.? Was soll das denn heißen?«

»Id est«, sagte Frank.

»Na gut, daß ich ein Latinum habe«, sagte der Hauptmann. »Das sollte man dann vielleicht für Offiziere obligatorisch machen, ja?«

Frank schwieg.

»Egal. Wie geht es weiter? Hier: ›Insofern ist er, das sei zugegeben, der unerlaubten Abwesenheit von der Truppe schuldig‹«, las er vor. »Soso, Herr Pionier, das sei also zugegeben, ja?«

»Ja«, sagte Frank.

»Das ist ja schön, daß Sie das zugeben, das ist nett von Ihnen. So, wie geht's weiter...? Ach ja: ›Ich möchte aber zu bedenken geben, daß er keinerlei Versuche gemacht hat, sich dem Zugriff durch die Truppe zu entziehen. Die Feldjäger haben ihn, wie mir berichtet wurde, bei ihm zu Hause abgeholt.‹«

Der Hauptmann blickte Frank an. »Wie Ihnen berichtet wurde?« wiederholte er höhnisch. »Wie Ihnen berichtet wurde! So ein Unsinn. *Ich* habe Ihnen das berichtet.«

»Ja«, sagte Frank. »Haben Sie.«

Der Hauptmann schaute ihn gespannt an, aber Frank sagte nichts mehr. Nur nicht provozieren lassen, dachte er.

»Na gut, lassen wir das.« Der Hauptmann schaute wieder auf das Papier. »›Das deutet darauf hin, daß der Pionier Reinboth nicht wirklich die Absicht hatte, nicht zur Truppe zurückzukehren, sondern sich vielmehr in einem Zustand emotionaler Verwirrung befunden haben muß, was weniger dafür spricht, daß er nicht zur Truppe zurückgehen wollte, als vielmehr dafür, daß er unbewußt die Aufmerksamkeit seiner Vorgesetzten auf seine Probleme lenken wollte.‹«

Der Hauptmann schaute Frank an. »Was soll das denn heißen, Herr Pionier? Wollen Sie Ihren Kameraden für unzurechnungsfähig erklären? Wollen Sie ein psychiatrisches Gutachten einholen lassen? Und das nur, weil der Mann zu blöd war, sich richtig zu verstecken? Ist es das, was Sie sagen wollen? Daß Ihr Kamerad Reinboth zu blöd ist, sich richtig zu verstecken?«

»Nein.«

»Was dann?«

»Genau das, was da steht«, sagte Frank. Aus dem Munde des Hauptmanns vorgelesen, fand er den Text eigentlich ziemlich gut, er war fast ein bißchen stolz, daß er das geschrieben hatte, und dazu noch ganz allein. Auf sowas muß man auch erstmal kommen, dachte er.

»Und was, würden Sie sagen, steht da?«

»Das, was da steht.«

»Ja«, sagte der Hauptmann und seufzte. »Ich weiß, daß da steht, was da steht, Herr Pionier. Ich will aber, daß Sie mir das noch einmal mit anderen Worten erklären, vielleicht begreife ich da ja einfach irgendwas nicht.«

»Ja nun«, sagte Frank, »da steht, daß alles darauf hindeutet, daß er nicht wirklich die Absicht hatte, von der Truppe dauerhaft fernzubleiben, daß er praktisch abgeholt werden *wollte*, denn sonst wäre er ja nicht so greifbar gewesen und hätte auch die Tür nicht aufgemacht.«

»Aha«, sagte der Hauptmann. »Da hätte ich vielleicht doch lieber Sozialpädagogik bei der Bundeswehr studieren sollen, ja? Oder Psychologie, ja? Das ist ja wohl auch die neue Mode jetzt, daß die Kompaniechefs sowas studiert haben, ja?«

»Das weiß ich nicht«, sagte Frank.

»Oho, das weiß er nicht. Er weiß aber sonst eine Menge, wenn ich das hier lese. Er weiß genau, was Reinboths Motive waren, der Mann wollte, ich zitiere: ›unbewußt die Aufmerksamkeit seiner Vorgesetzten auf seine Probleme lenken‹, ja?«

»Ja«, sagte Frank.

»Und woher wissen wir das? Wollen mal sehen: ›Ich habe mich mit Pionier Reinboth unterhalten und habe trotz mehrmaligen Drängens, mir seine Gründe zu erläutern, keine Einzelheiten aus ihm herausbekommen können, die sein Verhalten näher erklären würden.‹ Ist das nicht ein bißchen peinlich für Sie, Herr Pionier? So als Vertrauensmann? Der dann gar nicht das Vertrauen seiner Kameraden zu haben scheint?«

»Ja nun...«

»Ja nun... Das ist natürlich auch eine Antwort. Und dann das hier, ich zitiere: ›Das spricht dafür, daß der Pionier Reinboth sehr, sehr ernsthafte und sehr persönliche Probleme hat, so ernsthaft, daß er mit niemandem darüber reden will. Ich würde daher vorschlagen, von einer Bestrafung des Kameraden abzusehen, da eine Disziplinarmaßnahme seine Probleme, über die wir leider noch nichts wissen, nur noch vertiefen und seine Nöte nur noch verschlimmern würde, was unabsehbare Folgen haben könnte.‹«

Frank hörte dem Hauptmann zu und dachte wieder, daß der Text gar nicht so schlecht klang, ein bißchen umständlich, dachte er, aber gar nicht so schlecht!

»Was soll das sein, Herr Pionier? Eine Drohung, oder was? Haben Sie da was ausgekungelt mit dem Mann, oder ist das nur ein Armutszeugnis, wie man sich das jetzt stolz selber ausstellt? Ist man jetzt noch stolz darauf und hängt das jetzt auch noch an die große Glocke, daß man zwar Vertrauensmann der Mannschaften ist, die Mannschaften aber nicht mit einem reden wollen?«

Frank schwieg. Er spürte, daß er wütend wurde, weil der Mann seinen schönen Text runtermachte, und er wußte, daß es besser war, jetzt nichts zu sagen. Nur nicht provozieren lassen, dachte er.

»Okay, dann lassen Sie mich das noch einmal zusammenfassen, ja?« fuhr der Hauptmann fort. »Der Mann kommt nach dem Wochenende nicht zurück, wir müssen ihn mit den Feldjägern abholen, und dann sagt er weder Ihnen noch mir, was los ist, und dafür soll ich ihn jetzt belohnen, ja? Weil wir so gute Freunde sind, oder was? Und das machen dann in Zukunft alle so, oder? Bleiben alle schön zu Hause und lassen sich von den Feldjägern abholen, dann braucht auch keiner mehr eine Fahrkarte für die Bundesbahn, dann machen wir hier einen Chauffeurdienst auf, und hinterher kriegen die keine Bestrafung, weil es ja was Ernstes sein könnte, oder was?«

»So habe ich das nicht geschrieben«, sagte Frank, der plötzlich sehr müde wurde. Er bewegte sich leicht, und raschelnd fielen einige Blätter und Gräser zu Boden. Das muß alles aufhören, der ganze Scheiß, dachte er.

»Doch, genau so haben Sie das geschrieben. Glauben Sie eigentlich, daß Sie dem Pionier Reinboth damit einen Gefallen tun?«

»Darum geht es nicht«, sagte Frank.

»Worum geht es denn?« Der Hauptmann erhob die Stimme. »Worum geht es denn dann, Herr Pionier?«

Gleich schreit er los, dachte Frank.

»Geht es darum, daß Sie hier Ihre sophistischen Späße auf dem Rücken Ihrer Kameraden machen?«, fuhr der Hauptmann, immer lauter werdend, fort, »Ihrer Kameraden, die schon tief genug im Dreck sitzen, oder was? Was für ein Vertrauensmann sind Sie eigentlich?« schrie er jetzt. »Was glauben Sie eigentlich, wo Sie hier sind? Glauben Sie, ich habe Zeit dafür übrig, mich von Ihnen veräppeln zu lassen, Herr Pionier?«

Frank schwieg. Wenigstens habe ich schon vorher gewußt, daß er zu schreien anfängt, dachte er, wenn man es vorher weiß, dann ist es nicht so schlimm und man zuckt nicht zusammen.

»Anworten Sie!«

Frank schwieg.

»Antworten Sie! Wollen Sie mich veräppeln?«

Frank schwieg weiter. Er fixierte einen Punkt hinter dem Hauptmann und sagte nichts. Der Hauptmann, der irgendwann aufgesprungen war, setzte sich nun wieder hin.

»Ich weiß gar nicht, warum ich mich überhaupt mit Ihnen unterhalte, Lehmann«, sagte er resigniert. »Ich glaube, Sie kochen hier ein politisches Süppchen oder sowas, anders kann ich mir das nicht erklären, aber selbst dann ergibt das irgendwie keinen Sinn...« Er nahm wieder das Papier in die Hand. »›Ersatzweise möchte ich vorschlagen, ihn vor einer Disziplinarmaßnahme wenigstens noch einmal zu überreden, mit dem Standortpfarrer zu sprechen, der vielleicht am besten in der Lage ist, sich mit ihm über seine seelischen Nöte zu beraten. Mit freundlichen Grüßen, Pionier Lehmann, 4. PiBtl. 8‹«, las er vor. Er warf das Papier auf den Schreibtisch und rieb sich die Augen. »Mit freundlichen Grüßen, Himmelherrgottnochmal, und dann auch noch der Standortpfarrer, was wollen Sie denn mit dem? Der hat doch schon mit dem geredet, meinen Sie eigentlich, wir sind hier Unmenschen, oder was? Meinen Sie, ich habe nicht auch versucht, herauszubekommen, was der Quatsch sollte?«

»Nein, Herr Hauptmann«, sagte Frank.

»Nein was?«

»Nein das, was Sie gesagt haben.«

»Wie jetzt?«

»Nein, ich meine nicht, Sie hätten nicht auch versucht, herauszubekommen, was der Quatsch sollte, Herr Hauptmann.«

Der Hauptmann seufzte.

»So geht das nicht, Lehmann. Mit sowas...«, er wedelte mit Franks Stellungnahme, »...können Sie mir nicht kommen, das ist doch Quatsch.«

»Tut mir leid«, sagte Frank verbindlich, »aber das ist die Stellungnahme des Vertrauensmannes, und das ist gar kein Quatsch.«

»Soso, finden Sie?«

»Ja«, sagte Frank. »Sie wollten eine Stellungnahme des Vertrauensmanns, und das ist die Stellungnahme des Vertrauensmanns. Mehr ist dazu nicht zu sagen.«

»Das ist Quatsch«, unterbrach ihn der Hauptmann.

»Nein«, sagte Frank, »das ist kein Quatsch, das ist die Stellungnahme des Vertrauensmanns.«

»Wissen Sie eigentlich, worum es hier geht?« sagte der Kompaniechef. »Haben Sie eigentlich eine Ahnung, was das bedeutet, unerlaubte Abwesenheit von der Truppe?«

»Ja«, sagte Frank.

»Ich kann den richtig hart bestrafen, das sage ich Ihnen. So hart, daß das sogar vor ein ziviles Gericht geht, ja eigentlich sogar gehen muß, das wissen Sie doch, oder?«

»Ja«, sagte Frank, der ziemlich gute Erinnerungen an den Vortrag ›Rechte und Pflichten des Soldaten‹ hatte, den er als einzigen der vielen Vorträge wirklich interessant gefunden hatte. Außer vielleicht noch dem zur Lage der Kameraden in der Nationalen Volksarmee der DDR, der hatte ihm auch gefallen, der hatte so etwas Tröstliches gehabt.

»Und was würden Sie vorschlagen?«

»Genau das, was da drinsteht«, sagte Frank.

»Damit kann ich nichts anfangen.«

»Daß man ihn nicht bestraft«, sagte Frank.

»Das weiß ich, das habe ich schon verstanden«, sagte

der Hauptmann gereizt, »aber ich habe gesagt, damit kann ich nichts anfangen!«

»Das ist aber die Stellungnahme des Vertrauensmanns«, sagte Frank und zuckte mit den Schultern, wodurch wieder einiges von seiner Tarnung verlorenging. Er wird das wegfegen lassen müssen, dachte er. Er hatte jedes Interesse an dieser Unterhaltung verloren, gerade so wie der Hauptmann wohl auch. Der rieb sich nur immer weiter die Augen. Komischer Mann, dachte Frank, dem jetzt der Gedanke kam, daß der Hauptmann vielleicht einfach nicht ganz richtig im Kopf war, immer dieser abgedunkelte Raum und dann diese Stimmungsschwankungen, der ist nicht ganz astrein, dachte er.

»Ich habe mich, was Pionier Reinboth betrifft, schon entschieden«, sagte der Hauptmann, ohne vom Reiben seiner Augen abzulassen. »Ich werde Ihnen den Gefallen nicht tun, ihn allzu hart zu bestrafen.«

Der Mann hat wirklich nicht alle Tassen im Schrank, dachte Frank.

»Wieso Gefallen?« fragte er vorsichtig.

Der Hauptmann winkte ab. »Lassen wir das. Vier Wochenenden kein Ausgang. Drunter geht's nun wirklich nicht. Aber glauben Sie bloß nicht, daß das an Ihrer Stellungnahme liegt, Lehmann, glauben Sie das bloß nicht. Und jetzt melden Sie sich ab und gehen Sie, ich kann Sie nicht mehr sehen.«

Der Hauptmann stand auf, Frank grüßte und meldete sich ab, der Hauptmann grüßte zurück. Dann ging Frank hinaus und schloß die Tür hinter sich. Als er sich im Vorzimmer umdrehte, stand da der Spieß und schaute ihn an.

»Wie sehen Sie denn aus?« sagte der Spieß entgeistert. Als Frank gekommen war, war er nicht dagewesen, seine Gehilfen hatten ihn zum Kompaniechef vorgelassen.

»Ich komme gerade aus dem Gelände«, sagte Frank. Schon wieder der blöde Satz, dachte er.

Der Spieß lachte, und seine Gehilfen hinter ihren Schreibtischen lachten ordentlich mit.

»Aus dem Gelände? Beim Hauptmann?«

Frank sagte nichts.

»Na gut, hauen Sie ab«, sagte der Spieß gut gelaunt, »sehen Sie bloß zu, daß Sie hier rauskommen, Sie sauen mir ja alles ein.«

Frank ging zur Tür.

»Und geben Sie sofort Ihr Gewehr ab«, sagte der Spieß. »Der Waffen-Uffz will auch mal Mittag machen.«

»Ja, ja«, sagte Frank und öffnete die Tür.

»Wie heißt das?« brüllte der Spieß.

»Jawohl, Herr Hauptfeld«, sagte Frank.

»Nochmal, wie heißt das?«

»Jawohl, Herr Hauptfeld.«

»Wie? Ich höre nichts?«

»Jawohl, Herr Hauptfeld.«

»Na bitte«, sagte der Spieß zufrieden und bedeutete ihm mit der Hand zu verschwinden. »Geht doch.«

»Ja, ja«, sagte Frank und schloß die Tür hinter sich.

Er hatte zwar das Gefühl, sich den Umständen entsprechend ganz gut geschlagen zu haben, aber das machte ihn nicht froh, im Gegenteil, er war müde und ekelte sich vor sich selbst. Das muß alles aufhören, dachte er und stiefelte schwerfällig die Treppen zum zweiten Stock hinauf.

18. HAPPY HOUR

»Verstehe ich nicht«, sagte Hoppe, »was für ein Reinboth? Kenn ich den?«

»Schon gut«, sagte Frank, denn ihm war eigentlich auch klar, daß dies nicht der richtige Zeitpunkt war, sich bei seinen Kameraden in Bezug auf seine Vorgehensweise beim Kameraden Reinboth rückzuversichern. Im Moment herrschten hier andere Probleme vor, denn sie saßen im Outpost, einer Disco in Dörverden, Hoppe hatte sie entdeckt und darauf bestanden, daß sie alle an diesem Mittwochabend da hingehen sollten, »die haben Happy Hour«, hatte er gesagt, »Cola-Whisky eine Mark von sechs bis acht, das können wir schaffen!«

Und sie hatten es geschafft, sie waren gleich nach dem letzten Antreten in ihre Zivilklamotten gestiegen und losgelaufen, Hoppe, Leppert, Schmidt, Hartmann und Frank, und jetzt war es kurz vor acht, und sie saßen als einzige Gäste um einen Tisch in der großen, mit viel Holz auf Saloon getrimmten Disco herum und warteten auf die Bedienung, »Bedienung am Tisch« hatte der Mann an der Bar gesagt, als sie kurz zuvor hereingestürmt waren und Cola-Whisky verlangt hatten, »Ordentlich Cola-Whisky« hatte Hoppe gleich vom Eingang aus gerufen, aber der Mann hatte sie kühl ausgebremst, und nun saßen sie an diesem Tisch und mußten befürchten, für die Happy Hour zu spät dran zu sein, wenn die Bedienung noch lange auf sich warten ließ.

»Das gilt nicht«, rief Schmidt und klopfte dazu auf den Tisch, »das gilt nicht, es ist fünf vor acht, und wir sind hier, das gilt nicht!«

»Versteh ich auch nicht«, sagte Hartmann zu Frank, »wer ist das jetzt? Warum ist der nicht zurückgekommen?«

»Egal«, sagte Frank, denn jetzt kam eine Frau mit Hotpants und langen lockigen Haaren an ihren Tisch und fragte sie, was sie wollten.

»Cola-Whisky«, sagte Hoppe. »Happy Hour«, fügte er hinzu.

»Wieviel? Jeder einen?«

»Nee, warte mal.« Hoppe kramte in seiner Hosentasche und warf einen Zehnmarkschein auf den Tisch. »Ich geb zehn«, sagte er, »macht ihr auch mal.« Die anderen kramten auch und gaben ebenfalls jeder zehn Mark dazu, nur Frank nicht.

»Ich nehme ein Bier«, sagte Frank. Er wußte zwar, daß er sich auf diese Weise etwas isolierte, aber seit Wollis Leichenzug war er auf Mischgetränke nicht mehr gut zu sprechen.

»Vierzig Stück dann«, sagte Hoppe und wedelte mit den Scheinen. Die Frau nahm die Scheine und ging weg, nicht ohne etwas von »Muß ich mal klären« zu murmeln.

»Was gibt's denn da zu klären«, sagte Schmidt und lachte. Er streckte die Füße aus und sah sich nach links und rechts um. »Komischer Schuppen, hier ist ja überhaupt nichts los. Und keine Frauen!«

»Es ist Mittwoch«, sagte Frank, »außerdem ist es erst acht Uhr.«

»Fünf vor acht«, verbesserte ihn Hoppe. »Das ist ja gerade der Punkt.«

Bald darauf kam die Bedienung zurück mit einem riesigen Tablett voller Cola-Whisky. Sie stellte es auf dem Tisch ab.

»Das war's dann aber mit Happy Hour, Jungs«, sagte sie.

Hoppe nickte. »Kein Problem«, sagte er.

Er schob das Tablett ein wenig zur Seite und begann die Gläser umzuladen. Leppert half ihm dabei. »Das Tablett kannst du gleich wieder mitnehmen«, sagte Hoppe zu der Frau.

»Das macht mich aber froh, Jungs«, sagte sie und ging weg.

»Du hast ja gar nichts«, sagte Hoppe zu Frank. »Ich dachte, du willst ein Bier, was ist denn los mit der Alten?«

»Schon gut«, sagte Frank, denn die Frau kam jetzt mit dem Bier.

»Zweifünfzig«, sagte sie zu Frank, »das fällt nicht unter die Happy Hour.« Frank zahlte, und sie waren unter sich.

»Komischer Laden«, sagte Schmidt. Er verteilte die Gläser gleichmäßig auf dem Tisch. »Jeder hat eine Reihe«, sagte er.

Hoppe, Schmidt, Leppert und Hartmann nahmen je ein Glas und tranken es aus. Frank nahm einen Schluck von seinem Bier. Der Geruch der Cola-Whiskys der anderen ließ ihn an Birgit denken und an die Party im Ostertorsteinweg. Das war erst ein paar Tage her und doch schon wieder unendlich weit weg, es fiel ihm jetzt schon schwer, sich überhaupt noch an Birgits Gesicht zu erinnern, man zieht das olivgrüne Zeug an, und das Wochenende ist wie ausgelöscht, dachte er, und am Wochenende zieht man das olivgrüne Zeug wieder aus, und der ganze Kasernenkram ist wie ausgelöscht, dachte er, während er an seinem Bier nippte und seinen Kameraden dabei zusah, wie sie sich an ihrem Whisky-Cola-Vorrat abarbeiteten, da steckt eine tiefere Wahrheit drin, dachte er, das hat irgendwas zu bedeuten, wahrscheinlich, daß man auf Dauer bescheuert davon wird, dachte er, aber das bringt jetzt nichts, darüber nachzudenken, falsche Zeit, falscher Ort, dachte er und versuchte lieber noch einmal, die Geschichte von Pionier Reinboth in ihrer ganzen Problematik darzulegen, die Gelegenheit schien günstig, die anderen sprachen nicht, sie tranken nur.

»Also jedenfalls habe ich dann in der Stellungnahme zu dem Reinboth...«

»Moment mal«, unterbrach ihn Hoppe und hob dazu ein Glas mit Cola-Whisky vom Tisch, »das kann man abkürzen, der ist nicht zurückgekommen, stimmt's?«

»Ja.«

»Und dann haben die ihn abgeholt, oder?«

»Ja.«

»Dann ist doch alles in Ordnung.«

»Ja, aber jetzt kriegt er vier Wochenenden Ausgangssperre.«

»Na und?« sagte Schmidt. »Das ist doch okay, das ist doch nicht schlimm.«

»Ja, stimmt«, mußte Frank zugeben.

»Und deshalb mußtest du dauernd zum Hauptmann, oder was?« fragte Hoppe.

»Ja, wegen der Stellungnahme.«

»Was für 'ne Stellungnahme?«

Frank seufzte. »Zu dieser Sache eben, mit dem Reinboth und dem Wegbleiben da.«

»Versteh ich nicht«, sagte Hartmann, »was braucht der 'ne Stellungnahme? Kann der das nicht von alleine, oder was?«

»Das ist eine Disziplinarmaßnahme«, sagte Frank geduldig, »und vor Disziplinarmaßnahmen ist der Vertrauensmann zu hören.«

»Und kennst du den denn?«

»Nein, aber ich hab mit dem geredet, was denkst du denn!«

»Echt?«

»Ja.« Frank trank einen Schluck Bier. »Der wollte aber nicht sagen, warum er nicht wiedergekommen ist nach dem Wochenende.«

»Ist doch klar, warum der nicht wiedergekommen ist, was soll er da schon sagen?« lachte Schmidt. »Ist doch scheiße beim Bund, ist doch klar.«

»Ja, aber du kommst doch auch wieder«, sagte Frank.

»Muß ja.«

»Reinboth muß auch.«

»Hat er sich halt anders überlegt.« Schmidt zuckte mit den Schultern.

»Hätte er sich vorher überlegen müssen«, sagte Hoppe. »Hätte ja verweigern können.«

»Kann er immer noch«, warf Hartmann ein. Nur Leppert sagte nichts. Er nutzte die Zeit, um sich in seiner Whisky-Cola-Reihe einen Vorsprung herauszutrinken.

»Und was hast du da gesagt?« wollte Hoppe wissen.

»Wo jetzt?«

»In der Stellungnahme da.«

»Ich konnte ja kaum was sagen«, sagte Frank, »der hat mir ja nichts erzählt! Wenn er irgendeinen guten Grund gehabt hätte, dann hätte man vielleicht was machen können, aber so...!«

»Was soll das schon für ein Grund sein?« sagte Hoppe. »Vier Wochenenden, das ist echt okay vom Hauptmann.«

»Und dann haben die den abgeholt, oder was?« fragte Schmidt. »Das muß ja ziemlich komisch sein.«

»Ja, der war zu Hause.«

»Und da hat der denen aufgemacht, oder was?«

»Keine Ahnung. Wahrscheinlich.«

»Mann, muß der blöd sein.«

»Vier Wochenenden, das ist echt okay vom Hauptmann«, wiederholte Hoppe, der schon merklich abbaute. Er starrte auf den Tisch, als überlegte er, welches der noch vollen Gläser er nehmen durfte.

»Mann, muß der blöd sein.« Schmidt schüttelte den Kopf. »Und deswegen mußtest du zum Hauptmann?«

»Ja, vielen Dank auch, Schmidt, das war 'ne klasse Idee, mich zum Vertrauensmann vorzuschlagen.«

»Ich dachte, das bringt was«, sagte Schmidt.

»Vier Wochenenden, das ist echt okay.« Hoppe konnte nicht aufhören damit. »Das ist echt okay vom Hauptmann.«

»Ist doch klar, daß der was machen muß«, sagte Hartmann. »Sonst bleibe ich auch zu Hause.«

»Ich auch«, sagte Leppert. Alle schauten ihn an. Es war selten, daß Leppert was sagte. Leppert hob ein Glas vom Tisch. »Ich auch«, wiederholte er und trank es aus.

»...das ist echt okay vom Hauptmann«, murmelte Hoppe und hatte Tränen in den Augen.

»Ich dachte, das bringt was«, sagte Schmidt. »Ich dachte, Vertrauensmann, das bringt was.«

»Das ist meins noch«, sagte Hartmann und nahm Leppert ein Glas weg. Leppert zuckte die Achseln und nahm ein anderes.

»Und was hast du geschrieben?« fragte Hoppe.

»Irgendwas mit Problemen«, sagte Frank behutsam und abwiegelnd. Er war noch recht nüchtern, und der rapide Verfall seiner Kameraden ernüchterte ihn noch mehr.

Und jetzt, so von weitem besehen, kam ihm die ganze Geschichte ziemlich lächerlich vor.

»Probleme habe ich auch«, sagte Schmidt und lachte. »Ich kann kaum noch stehen.«

»Ich geh mal pissen«, sagte Hartmann. Er stand auf und fiel über Hoppes Beine.

»Das ist echt okay vom Hauptmann«, sagte Hoppe, während Hartmann über seinen Beinen lag und zappelnd versuchte, wieder hochzukommen, »der hätte ja verweigern können.«

»Ja«, sagte Frank. Er trank sein Bier aus und nahm selber einen Cola-Whisky. »Ich nehm mal einen«, sagte er zu Hoppe, »ich geb auch Geld.«

»Ist genug da!« sagte Hoppe.

»Kann er immer noch, verweigern«, lallte Hartmann. Er fiel auf den Boden und kroch auf allen vieren von Hoppe weg. »Kann er jederzeit.«

»Ja«, sagte Frank und kippte den Cola-Whisky hinunter. Er schmeckte schauderhaft. Verweigern, dachte er, das war von Anfang an der Fehler gewesen, nicht zu verweigern. Aber irgendwie, dessen war er sich sicher, war da auch ein Haken, irgendwo war da etwas nicht ganz astrein an dieser Verweigerungssache. Wahrscheinlich muß man es mal ausprobieren, dachte er und nahm noch ein Glas vom Tisch. Dann merkte er, wie ihm schlecht wurde. Er stellte das Glas wieder zurück.

Die Bedienung kam vorbei. »Wollt ihr noch was, Jungs? Das Klo ist da vorne«, sagte sie zu Hartmann, der noch nicht weit gekommen war. »Da gibt's auch ein Kotzbecken. Das ist das Ding mit den beiden Haltegriffen.«

»Kenn ich«, sagte Hartmann und zog sich an einem Holzpfosten hoch.

»Ich nehm noch ein Bier«, sagte Frank in der Hoffnung, daß das irgendwie gegen die Übelkeit helfen würde.

»Und ihr anderen habt noch?« sagte die Frau.

Die anderen nickten. Sie hatten noch reichlich.

Am nächsten Tag wurde Hartmann entlassen. Die zahnärztliche Untersuchung hatte ergeben, daß seine Zähne zu schlecht waren, und sie gaben ihm Tauglichkeitsstufe fünf.

»Wieso Zähne?« fragte Hoppe Hartmann, während der sich die Zivilklamotten anzog und seine Ausrüstung in den großen Sack stopfte. »Was haben die Zähne damit zu tun? Du brauchst hier doch keinen zu beißen!«

»Die haben gesagt, das lohnt sich nicht«, sagte Hartmann. »Ich könnte die alle umsonst machen lassen, hat der Spieß gesagt. Das wäre zu teuer, hat er gesagt.« Er grinste, wie um ihnen zu zeigen, was er meinte. Sie sahen die schwarzen Stümpfe in seinem Mund, und Frank verstand jetzt, warum Hartmann sich immer, wenn er lachte, die Hand vor den Mund hielt und warum er beim Essen immer so lange brauchte.

»Der Spieß hat gesagt, von dem Geld könnte man einen halben Panzer kaufen, da lohnt sich das nicht.«

»Mensch, Hartmann, das ist ja ekelig«, sagte Hoppe, und es klang ein bißchen wehmütig.

»Ja«, sagte Hartmann fröhlich. Er schien schon nicht mehr richtig dazuzugehören. Er machte den Sack zu und drehte sich zu ihnen um. »Dann macht's mal gut«, sagte er. Er gab jedem die Hand und ging, den Sack hinter sich herschleifend, hinaus. Es war kurz vor Mittag, und sie warteten auf das Antreten. Sie schauten aus dem Fenster auf den Kasernenhof, und bald sahen sie unten Hartmann mit dem Sack über der Schulter zur Bekleidungskammer gehen. Frank konnte es nicht fassen.

»Wegen den Zähnen«, sagte er ungläubig. Eben noch war Hartmann einer von ihnen gewesen, und jetzt war er frei. Muß ein seltsames Gefühl sein, dachte er.

»Ich weiß nicht«, sagte Schmidt nachdenklich, »habt ihr dem seine Zähne gesehen? Das ist aber auch echt eklig.«

»Möchte ich nicht haben, so Zähne«, sagte Hoppe. »Dann lieber Bundeswehr.«

»Ich weiß nicht«, sagte Schmidt.

Sie guckten immer noch aus dem Fenster, obwohl Hartmann längst verschwunden war.

»Ich kannte mal einen, der hatte auch so Zähne«, sagte Hoppe. »Genau solche Zähne.«

»Na und?« sagte Schmidt.
»Der ist gestorben«, sagte Hoppe.
»An den Zähnen?« fragte Frank.
»Sowas gibt's«, sagte Schmidt.
»Nein«, sagte Hoppe, »an was anderem.«

Nach dem Mittagessen mußten sie alle mit großer Kampftasche antreten, denn sie sollten einen längeren Marsch mit vollem Gepäck und Gewehr unternehmen. Sie standen in der brütenden Mittagshitze und hörten einer Rede des Kompaniechefs zu, die von eher allgemeinpolitischen Dingen handelte, erst von den Russen in Afghanistan und dann von der zahlenmäßigen Unterlegenheit der Nato im Bereich der konventionellen Streitkräfte, die durch überlegene Technik ausgeglichen werden mußte, wobei der Kompaniechef insbesondere auf die neuesten Entwicklungen bei den Pionieren zu sprechen kam und da vor allem auf das Pionierbataillon 8 und die neuen Faltschwimmbrücken der 5. Kompanie, in der, wie er sie aufklärte, die Brückenpioniere des Bataillons zu finden waren, die mit den neuen Faltschwimmbrücken das modernste und schlagkräftigste Gerät ihr eigen nannten, das die Nato im Augenblick zur Überwindung von Flüssen zur Verfügung hatte, und so ging das noch eine ganze Weile unter sengender Sonne weiter, es war ein großes Schnaufen und Schwitzen und Stöhnen um Frank herum, er konnte geradezu hören, wie alle mürbe wurden und innerlich beteten, daß der Kompaniechef bald mal zum Ende käme. Und dann erscholl von hinten ein Ruf in die Rede des Kompaniechefs hinein: »Herr Hauptmann, hier ist einer umgefallen«, und Frank schaute sich um, was dort los war, und plötzlich erklangen noch andere Stimmen, die Dinge riefen wie »Mir ist auch schlecht« und »Mir ist schwindelig«, und für einen kurzen Moment sah es so aus, als würde sich die ganze Kompanie selber hitzefrei geben, aber da war der Hauptmann vor.

»Ich dulde hier keine Unordnung«, brüllte er, »der Kamerad wird in den San-Bereich gebracht, die ihm nächststehenden Kameraden machen das, ein Unteroffizier geht mit, machen Sie das, Wagner«, rief der Hauptmann, »und wer sich sonst nicht wohl fühlt, kann auch gleich mitgehen, der Rest reißt sich zusammen, ich will hier Soldaten sehen und keine Hühner bei Gewitter!«

Hinter Frank gab es noch ein kurzes Gemurmel, dann trugen einige Soldaten den Umgefallenen davon. Frank hatte ihn erkannt. Es war Pionier Reinboth.

»Es kann doch wohl nicht angehen, daß Sie gleich umfallen, wenn Sie mal ein bißchen stillstehen sollen«, rief der Hauptmann unterdessen, »Sie sind doch noch jung, Himmelherrgottnochmal. Und wenn Sie sehr lange stehen müssen und merken, daß Sie ein bißchen Bewegung brauchen, dann wackeln Sie einfach mit den Zehen, ja genau, mit den Zehen wackeln, das kann man auch im Stillgestanden machen, das sieht keiner, und das hilft dem Kreislauf auf die Beine, ich weiß, wovon ich spreche. Und das sieht keiner!«

Er blickte sich aufmunternd um.

»Aber mehr ist nicht erlaubt, damit das gleich mal klar ist. Herrgottnochmal, Männer, sol lucet omnibus, wie der Lateiner sagt, die Sonne scheint für alle, und wenn Ihre Offiziere und Unteroffiziere das aushalten, dann können Sie das erst recht, jung, wie Sie sind.«

Dann ließ er sie schnell ins Gelände abmarschieren, bevor sie noch die Sache mit dem Zehenwackeln ausprobieren konnten.

Am Abend, noch vor dem letzten Antreten, war die Sache schon in aller Munde.

»Selbstmordversuch«, erzählte ihnen Fahnenjunker Tietz, »mit Schlaftabletten. Mein Gott, das muß doch nicht sein!« Er stand bei Frank und seinen Kameraden in der Stube herum, während sie sich von ihrer Ausrüstung befreiten.

»Warum denn?« fragte der POA Neuhaus. »Was wollte der denn damit?«

»Na sich umbringen«, sagte Schmidt launig. »Ist doch nicht schwer zu kapieren, Neuhaus.«

»Machen Sie keine Witze, Schmidt«, sagte Fahnenjunker Tietz, »das ist nicht zum Scherzen. Ich meine, egal was für Probleme Sie haben, das ist doch noch lange kein Grund, sich gleich umzubringen. Da können Sie doch auch zu mir kommen und sich aussprechen.«

Frank, der gerade sein Koppeltragegestell in den Spind hängte, hielt dabei inne und schaute Fahnenjunker Tietz an.

»Ist was, Lehmann?«

»Nein, nein«, sagte Frank.

»Haben Sie irgendein Problem, oder was?«

»Nein«, sagte Frank, »zum Glück nicht.«

»Dann ist ja gut«, sagte Fahnenjunker Tietz.

Beim darauffolgenden Antreten ging auch der Hauptmann auf die Sache ein.

»Was immer auch passiert, Sie sind doch noch jung«, rief er ihnen zu. »Kann ja sein, daß Ihnen das hier nicht gefällt. Kann ja sein, daß Sie Schwierigkeiten mit Ihrer Freundin haben oder was immer da so möglich ist. Aber deswegen macht man doch nichts Unüberlegtes. Werfen Sie doch Ihr junges Leben nicht weg, Sie haben doch Ihr ganzes Leben noch vor sich. Diese fünfzehn Monate, das geht doch auch vorbei.« Und so ging das noch eine Zeitlang weiter, während die Kompanie dazu eifrig mit den Zehen wackelte.

»So, nun setzen Sie sich mal, Lehmann«, sagte der Hauptmann freundlich, als Frank kurze Zeit später vor ihm stand. Der Spieß hatte ihn abgefangen und ihm gesagt, daß der Hauptmann noch einmal mit ihm sprechen wollte.

»Wohin?« fragte Frank, denn vor dem Schreibtisch des Hauptmanns gab es nichts zum Sitzen.

»Ja, ist auch egal, dann bleiben Sie halt stehen. Ich will es sowieso kurz machen, Lehmann. Ich habe Sie kommen lassen, damit es gar nicht erst zu Mißverständnissen und Latrinenparolen kommt wegen dieser Reinbothsache.« Der Hauptmann machte eine kurze Pause. »Die Sache ist die: Er hat einen Selbstmordversuch unternommen, einen ziemlich unernsten, wie ich finde, aber das sei mal dahingestellt, sowas ist immer gefährlich, das ist kein Spaß, sowas.« Er seufzte. »Jedenfalls ist das nicht wegen der Disziplinarsache, Lehmann. Das können Sie gleich vergessen, da irren Sie sich gewaltig.«

»Okay«, sagte Frank.

»Das ist wegen seiner Freundin«, sagte der Hauptmann. »Wir haben mit ihm geredet, und er hat gesagt, daß sich seine Freundin von ihm getrennt hat. Deswegen wollte er nach dem ersten Wochenende nicht zurück, und deswegen jetzt dieser Kram mit dem Selbstmordversuch. Hat sich das also auch aufgeklärt.«

»Ja«, sagte Frank. »Okay.«

»Jetzt glauben Sie wahrscheinlich, daß Sie das ja schon immer gewußt haben«, sagte der Hauptmann.

»Warum sollte ich das glauben?« sagte Frank.

»Sie haben gar nichts gewußt, Lehmann. Und wenn Sie was gewußt haben, wenn zum Beispiel Reinboth Ihnen was davon erzählt hat, und Sie haben mir das nicht weitererzählt, warum auch immer, dann sind Sie sogar noch mit schuld an der Sache.«

»Ich weiß nicht, was Sie meinen«, sagte Frank.

»Soso, wissen Sie nicht?«

»Nein.«

»Wollen Sie gar nicht wissen, was wir jetzt mit Ihrem Kameraden vorhaben?«

»Welchem Kameraden?«

»Reinboth.«

»Ach so...« Es ist ganz einfach, dachte Frank, wenn man will, ist es ganz einfach, man muß sich nur blöd stellen, das reicht. Aber Spaß macht das auf die Dauer auch nicht, dachte er, das kann nicht die Lösung sein.

»Wir werden ihn versetzen. Sonst nichts. Es wird keine weiteren Disziplinarmaßnahmen geben wegen der Sache. Sie wissen ja, daß wir ihn eigentlich deswegen auch noch mal belangen könnten.«

Der Hauptmann wartete, aber Frank sagte nichts.

»Den Gefallen tun wir Ihnen nicht«, sagte der Hauptmann.

Er wartete wieder, aber Frank sagte noch immer nichts.

»Noch Fragen, Herr Pionier?«

»Nein, Herr Hauptmann.«

»Dann melden Sie sich gescheit ab und gehen Sie. Ich habe keine Lust mehr, mich mit Ihnen zu unterhalten.«

»Pionier Lehmann, melde mich ab.«

»Jaja, gehen Sie schon.«

Frank ging zur Tür hinaus ins Licht. Im Vorzimmer war keiner mehr, auch der Spieß nicht, sie hatten alle schon Feierabend gemacht. Die Uhr an der Wand zeigte Viertel vor acht. Die anderen waren sicher schon im Galopp zum Outpost unterwegs, um die Happy Hour nicht zu verpassen. Er überlegte, hinterherzugehen, schließlich war Hartmann nicht mehr dabei, da wurde jeder Mann gebraucht. Und alles war besser, als bei den beiden Offiziersanwärtern und den anderen Kameraden, mit denen er nichts anfangen konnte, auf der Stube herumzuhängen. Er zog sich um, wobei ihm Neuhaus, Raatz und Neubarth zusahen, und trabte zum Kasernentor, und dabei dachte er: Happy Hour ist auf Dauer auch keine Lösung. Happy Hour ist vielleicht immer noch besser als gar nichts, dachte er, aber die Lösung ist sie nicht.

Als er an das Kasernentor kam, überlegte er es sich plötzlich anders, drehte um und ging zwischen Kantine und Kompaniegebäuden hindurch zum San-Bereich.

»Ich wollte mal fragen, wie es so geht«, sagte Frank, als er Pionier Reinboth gefunden hatte.

Pionier Reinboth lag ganz alleine in einem Krankenzimmer mit sechs Betten und war trotzdem nicht gerade erfreut über Franks Besuch.

»Wie soll's mir schon gehen?«

»Naja, nur so, meine ich. Ich wollte nur mal fragen, ob ich irgendwas für dich tun kann?«

»Nein.«

»Ich meine...« Frank hielt inne. Er wußte nicht mehr, was er jetzt noch sagen sollte, ich habe mein Pulver an Phrasen und Lügen verschossen, dachte er, jetzt hilft nur noch die Wahrheit.

»Ich will bloß meine Ruhe haben«, sagte Pionier Reinboth. »Laßt mich in Ruhe! Alle!«

»Okay«, sagte Frank. »Aber ich habe nur ein, zwei kurze Fragen, okay?«

»Nein. Ich will meine Ruhe haben.«

»Schon klar«, sagte Frank. »Aber nur eine kurze Frage.«

»Was denn?«

»Hast du das echt wegen deiner Freundin gemacht?«

»Was geht's dich an?«

»Okay, geht mich nichts an. Aber nehmen wir mal an, du hast das wegen deiner Freundin gemacht: Warum hast du denen hier nicht einfach gesagt, daß du es wegen der Bundeswehr gemacht hast, daß du das hier nicht mehr aushältst oder so.«

»Was soll das denn?«

»Naja, du willst hier doch sicher nicht bleiben, oder? Wenn dich deine Freundin verlassen hat, weil du beim Bund bist, dann willst du hier doch sicher nicht bleiben, oder?«

»Wer hat denn gesagt, daß die mich verlassen hat, weil ich beim Bund bin?«

»Ist doch klar«, sagte Frank. »Warum denn sonst?«

Das ließ Reinboth nachdenklich dreinschauen.

»Ja, da ist sicher was dran«, sagte er schließlich.

»Eben, die hat doch an dem Wochenende mit dir Schluß gemacht, als du nicht mehr in die Kaserne gekommen bist, oder?«

»Ja.«

»Das war das erste Wochenende nachdem wir eingezogen wurden, oder?«

»Ja.«

»Na also!« sagte Frank. »Alles klar.«

»Quatsch, ich habe die auch vorher immer nur am Wochenende gesehen.«

»Ach so«, sagte Frank. »Ja dann...!«

»Was soll das denn jetzt überhaupt?«

»Ich dachte nur: Wenn du hier so einen Selbstmordversuch gemacht hast, warum hast du denen dann nicht gesagt, daß du es wegen dem Bund gemacht hast? Dann hätten die dich vielleicht entlassen.«

»Wieso sollten die mich deswegen entlassen.«

»Mann, die haben heute einen entlassen, weil er zu schlechte Zähne hat. Meinst du, dann behalten die einen, der sich dauernd umbringen will?«

»Man will sich nicht dauernd umbringen«, sagte Reinboth. »Das will man nur einmal.«

»Ja klar, aber wenn's doch nun schon mal nicht geklappt hat«, sagte Frank, »dann kann man doch wenigstens noch ein bißchen was daraus machen.«

»Du verstehst überhaupt nichts«, sagte Reinboth. »Ich meinte das ernst.«

»Ja sicher«, sagte Frank, »dann ist das natürlich was anderes.«

»Ja.«

»Okay, ich geh dann mal«, sagte Frank. »Mach's gut. Ich hab gehört, du wirst versetzt?«

»Ja«, sagte Reinboth, und er sagte es in einem Ton, als wollte er eigentlich sagen: Hau ab!

»Viel Glück«, sagte Frank und ging.

Draußen ging er schnellen Schritts zum Outpost. Der kleine Abendspaziergang tat ihm gut, er mußte nachdenken. Es wird Zeit, daß etwas passiert, dachte er, als er das Kasernentor passierte und auf die Straße nach Dörverden kam, das muß jetzt mal alles aufhören, dachte er, das ist alles ein Irrtum, Happy Hour ist jedenfalls keine Lösung, dachte er, es ist Quatsch, Whisky-Cola zu trinken, nur weil Happy Hour ist und das Zeug nur eine Mark kostet, dachte er, und genauso ist es Quatsch, weiter bei der Bundeswehr zu bleiben, bloß weil man keine schlechten Zähne hat, dachte er, das muß alles aufhören, das ist alles ein Irrtum, dachte er, und bloß weil man nicht rechtzeitig verweigert hat, heißt das noch lange nicht, daß man es gleich ganz lassen sollte, dachte er, Hoppe hatte recht, man kann es jederzeit machen, und solange man es nicht versucht hat, ist man ein Idiot. Die Bundeswehrzeit ist jedenfalls keine Happy Hour, dachte er, als er nach Dörverden hineinkam und in der Ferne schon das Outpost erkennen konnte, und Reinboth ist auch ein Idiot, Reinboth hatte es in der Hand, dachte er, und dann hat er's versaut, aber das kann sowieso nur der letzte Ausweg sein, wenn alles andere versagt hat, dachte er, und als er durch die westernsaloonmäßige Schwingtür am Eingang des Outpost trat, war er zum ersten Mal seit langem sehr zufrieden mit sich, denn er hatte einen Entschluß gefaßt: Es ist höchste Zeit, dachte er, sich mit Kriegsdienstverweigerung zu beschäftigen.

19. DAS AQUARIUM

Als Frank tags darauf in Bremen die Wohnung am Ostertorsteinweg öffnen wollte, paßte der Schlüssel nicht. Zunächst glaubte er, er habe sich in der Tür geirrt, aber so war es nicht, deshalb probierte er es noch einmal, aber der Schlüssel paßte noch immer nicht. Schließlich klopfte er. Wolli öffnete ihm.

»Frankie«, sagte Wolli überrascht.

»Wolli«, sagte Frank. »Was machst du denn hier?«

»Wieso?« sagte Wolli.

»Nur so«, sagte Frank. »Schön, daß du da bist, Wolli. Wie geht's denn immer so?«

»Gut«, sagte Wolli.

»Das ist schön«, sagte Frank. »Läßt du mich dann mal rein?«

»Ach so, klar«, sagte Wolli und trat einen Schritt beiseite, »stimmt ja!«

»Was stimmt?« fragte Frank und ging in die Wohnung hinein.

»Wie?« fragte Wolli.

»Wieso sagst du, stimmt ja, Wolli?«

»Naja, ich hatte ganz vergessen, daß du hier ja auch noch wohnst.«

»Aha. Wieso *auch*?«

»Ach so, nein, das ist nur, weil ich doch jetzt auch hier wohne«, sagte Wolli.

»Soso«, sagte Frank und stellte den Wäschebeutel mit seinem schmutzigen Grünzeug im Flur ab, gleich neben den Steinen vom Türdurchbruch.

»Wieso«, sagte Wolli, »hat dir das keiner gesagt?«

»Nein, Wolli. Wäre auch nicht gegangen, ich war ja die Woche über in der Kaserne«, sagte Frank, »da habe ich keinen von den anderen getroffen.«

Er fühlte sich müde, sehr müde, die beiden Happy-Hour-Abende am Mittwoch und am Donnerstag hatten ihn ziemlich zerrüttet, und er hatte vor zwei Stunden beim Kompaniesport noch 5000 Meter laufen müssen, da hätte er sich jetzt gerne ein bißchen hingelegt, aber er hatte das Gefühl, erst noch ein bißchen mit Wolli reden zu müssen, das ist sonst unhöflich, dachte er und ging in die Küche, um sich eine Tasse Tee zu machen. Dort sah es immer noch so aus wie am letzten Wochenende, außer daß das schmutzige Geschirr jetzt etwas angeschimmelt war und einen strengen Geruch verströmte. Wolli folgte ihm dicht auf den Fersen.

»Ich wollte schon abwaschen«, sagte er.

»Laß dich nicht aufhalten, Wolli«, sagte Frank. Er kannte Wolli ganz gut, sie hatten vor einigen Jahren bei einem Zeltlager der linken Pfadfinder mal im selben Zelt gewohnt, Wolli war damals noch Lehrling bei Klöckner und im KAJB gewesen, jetzt war er wohl Punk, jedenfalls hatte er die Haare rot gefärbt und trug dieselben Stiefel, wie Frank sie bei der Bundeswehr tragen mußte.

»In welchem Zimmer wohnst du denn?« fragte Frank.

»In deinem«, sagte Wolli, »in dem Hochbett da, ich dachte, die hätten das mit dir geklärt, ich dachte, du wüßtest das schon. Das ist mir jetzt schon ein bißchen unangenehm, ehrlich.«

»Welches Hochbett?« Frank ließ die Idee mit dem Tee fallen und ging mit Wolli in sein Zimmer. Dort wartete eine weitere Überraschung auf ihn: Auf dem Fußboden stand das Aquarium von Ralf Müller, allerdings ohne die Geräte, die Luft hineinpumpten oder was immer es war, was diese Geräte machten. Statt dessen war das Wasser milchig-grün und schaumig. Es waren keine Fische zu erkennen. Es war überhaupt nichts mehr in diesem Wasser zu erkennen.

»Was ist das denn?« fragte Frank entgeistert.

»Da oben schlafe ich«, sagte Wolli und zeigte auf die Aussparung, die in etwa zweieinhalb Metern Höhe in der Wand war. »Da kann ich drin schlafen, hat Ralf gesagt. Er hat gesagt, das wäre in Ordnung, du hättest sicher nichts dagegen.«

»Hat er das gesagt, ja? Ralf Müller, ja? Und was haben die anderen gesagt?«

»Naja«, sagte Wolli, »das ist so eine Art Notfall, das ist, weil meine Freundin, ich mußte da ausziehen, und du bist ja meistens nicht da, hat Ralf gesagt.«

»Und was soll das da?« wechselte Frank das Thema und zeigte auf das Aquarium. »Was soll denn der Scheiß?«

»Keine Ahnung, das war schon hier drin, ich bin ja erst seit gestern hier.«

»Wieso steht denn dieses Scheißaquarium hier drin? Spinnt Ralf, oder was?«

»Keine Ahnung, ich bin erst seit gestern hier«, sagte Wolli.

Frank schwieg. Irgend etwas lief hier, das er nicht verstand, und es lief gegen ihn. Er hockte sich vor dem Aquarium nieder. Es roch nicht faulig, es roch nach Toilettenreiniger. Es hatte den Anschein, als ob Martin Klapp seine Offensive gegen Ralf Müller eröffnet hatte.

»Aber das muß doch weg«, sagte er zu Wolli, »das kann doch hier nicht drinbleiben, wir wohnen doch hier, was soll denn der Scheiß?«

»Ja logo«, sagte Wolli, »aber ich konnte das nicht alleine auskippen, und Ralf meinte, er hätte keine Zeit, und Martin meinte, das sei Ralfs Problem.«

»Sieht so aus, als sei das vor allem unser Problem«, sagte Frank.

»Das ist auch total unhygienisch«, sagte Wolli. »Wenn man sowas rumstehen hat, kann man die Krätze davon kriegen oder sowas. Ich kenn einen, der ist von sowas mal krank geworden.«

»Unhygienisch würde ich nicht sagen«, sagte Frank und schnupperte noch einmal dran. »Vom Geruch her ist es eigentlich ziemlich hygienisch. Wo ist denn Martin hin?«

»Der wollte ein Eis essen gehen«, sagte Wolli.

»Soso«, sagte Frank. »Das tut ihm sicher gut, so ein schönes Eis.«

»Wie man's nimmt«, sagte Wolli, »da können auch Salmonellen drin sein, da geht man schnell mal drauf, wenn man nicht aufpaßt.«

»Was machst du eigentlich gerade so, Wolli?« fragte Frank, der Wolli das schon lange mal hatte fragen wollen. Irgendwie hatte er das Gefühl, in letzter Zeit nicht mehr allzuviel mitzukriegen, man muß sich mal wieder mehr für die Leute interessieren, dachte er grimmig, vor allem, wenn sie plötzlich bei einem im Zimmer wohnen.

»Wie jetzt?«

»Du bist doch nicht mehr bei Klöckner, oder?«

»Nein, schon lange nicht mehr. Ich mach jetzt mein Abitur nach.«

»Ah ja. Und was ist mit dem Bund?«

»Wie Bund?«

»Mußt du nicht auch zum Bund oder Zivildienst machen oder so?«

»Ich bin für zehn Jahre beim THW.«

»Aha... Okay.« Das reicht jetzt aber auch mit dem Interesse, dachte Frank. »Dann laß uns das mal da rausholen«, sagte er und zeigte auf das Aquarium.

»Das ist zu schwer«, sagte Wolli, »das ist ja noch ziemlich voll. Ich weiß gar nicht, wie Ralf das hier rübergekriegt hat.«

»Dann müssen wir was abschöpfen«, sagte Frank. Er ging in die Küche und suchte einen Eimer. Er fand einen unter der Spüle, der war mit schmutzigem Geschirr voll. An Geschirr ist jedenfalls kein Mangel, dachte Frank, vorausgesetzt, irgend jemand wäscht mal ab. Er ging mit dem Eimer zurück in sein Zimmer.

»Jeder abwechselnd einen Eimer«, schlug er Wolli vor. Er senkte den Eimer in die grüne Brühe und zog ihn halbvoll und tropfend wieder heraus. Er glaubte, Fische gesehen zu haben, kleine Unebenheiten im Strom der milchigen Pampe, die über den Rand des Eimers geflossen war, Klümpchen gewissermaßen, da muß man durch, dachte er und unterdrückte den Drang, sich zu übergeben, das darf nicht zur Gewohnheit werden, daß man hier in dieses Zimmer kotzt, dachte er und lief schnell mit dem Eimer zum Bad. Dort schüttete er das Zeug ins Klo und ging zurück. Dann übernahm Wolli den Eimer, und als das Aquarium nur noch zu einem Viertel gefüllt war, trugen sie es zusammen ins Badezimmer und leerten den Rest ins Klo.

Frank wollte das leere Aquarium in Ralf Müllers Zimmer stellen, aber das Zimmer war abgeschlossen. Das von Martin Klapp auch. Das muß eine spannende Woche gewesen sein, dachte Frank. Das Aquarium stellten sie in die Küche zum schmutzigen Geschirr, da fiel es auch nicht weiter auf. Dann ging er los, die Eiscafés in der Umgebung nach Martin Klapp abzusuchen. Wolli kam nicht mit.

»Ich glaube, ich wasch mal ab«, sagte er, und Frank wollte ihn keinesfalls davon abhalten.

»Frankie, da bist du ja«, rief Martin Klapp fröhlich, als Frank ihn gefunden hatte. Er saß im Lichthof eines Eiscafés in der Straße Vor dem Steintor und löffelte an einem Rieseneisbecher mit Früchten herum. Bei ihm am Tisch saßen Birgit und Sonja und sahen ihm dabei zu. Das wird alles immer seltsamer, dachte Frank und setzte sich auf einen freien Stuhl neben Birgit.

»Na«, sagte Sonja, »wieder beim Bund gewesen?« Frank gefiel der Ton nicht, mit dem sie das sagte. Birgit sah ihn nur stumm an und gab nicht zu erkennen, daß sie sich schon einmal begegnet waren.

»Ja«, sagte Frank, »das macht man so, wenn man beim Bund ist: Man geht immer wieder hin.«

»Hast du Wolli schon getroffen?« fragte Martin Klapp.

»Ja, der hat mir aufgemacht.«

»Ralf hat seinen Schlüssel im Schloß abgebrochen. Man muß die Tür jetzt mit der Zange aufmachen, ich zeig dir das nachher, die liegt unter der Fußmatte.«

»Schön«, sagte Frank, »sehr praktisch. Auch das mit Wolli. Schön, daß er jetzt auch bei uns wohnt, und dann noch bei mir im Zimmer.«

»Meine Idee war das nicht, ehrlich. Ralf ist damit angekommen, das ist alles Ralfs Schuld, aber mal ehrlich, was hätte ich sagen sollen? Ralf hat genauso argumentiert wie wir damals mit dir, Ex-Genosse in Not und so weiter, da kann man nichts machen, ich meine, was soll man dagegen sagen?«

»Man kann zum Beispiel sagen, daß Wolli dann ja auch schön bei Ralf im Zimmer pennen kann. Ich meine, nichts gegen Wolli, aber wieso soll der gerade bei mir wohnen?«

»Naja, du bist unter der Woche nicht da, da liegt das nahe. Man könnte Ralf natürlich sagen, daß er Wolli am Wochenende zu sich ins Zimmer nehmen soll.«

»Naja, das ist irgendwie dann auch nicht fair«, sagte Frank.

»Bei Ralf Müller darf man schon lange nicht mehr fair sein«, sagte Martin Klapp.

»Nein, ich meine: nicht fair zu Wolli«, stellte Frank klar.

»Hast du denn jetzt auch mal geschossen?« wollte Sonja wissen.

»Ja«, sagte Frank. »Letzten Dienstag.«

»Echt? Richtig mit Gewehr und so?«

»Ja, mit Gewehr und so.«

»Und wie war das so?«

»Wie soll das schon sein? Man steht da rum, und dann kriegt man fünf Schuß Munition, und dann schießt man, und dann steht man wieder rum.«

»Aha«, sagte Sonja.

Sie schwiegen alle eine Zeitlang, und Frank versuchte sich zu erinnern, was es sonst noch war, was er hatte fragen wollen. Martin Klapp löffelte derweil seinen Eisbecher.

»Will jemand eine Erdbeere?« fragte er.

Die Mädchen schüttelten den Kopf. Frank versuchte, Birgits Blick zu treffen, aber sie sah überall hin, bloß nicht zu ihm.

»Und ihr sitzt hier rum und guckt dem da beim Eisessen zu, oder was?« sagte Frank, um die Situation ein wenig aufzulockern. »Habt ihr selber nichts?«

Birgit sah ihn jetzt an. Immerhin, dachte Frank.

»Was geht's dich an«, sagte Birgit.

Das kam nun allerdings etwas überraschend. Vielleicht ist sie sauer auf mich, dachte Frank, aber vielleicht erinnert sie sich auch gar nicht mehr an mich, dachte er, das ist natürlich auch möglich, sie war ja breit wie die Axt, dachte er.

»Naja, sieht seltsam aus, wie ihr beiden da sitzt«, sagte er. »Ein bißchen wie beim Tiefbau: Einer arbeitet, zwei schauen zu.«

Er lachte. Er fand den Witz gut, obwohl er ihm selbst eingefallen war, normalerweise mochte er die eigenen Witze nicht besonders. Wochenende, dachte er und entspannte sich ein bißchen, Wochenende! Wolli hin, Aquarium her, dachte er, wenigstens ist Wochenende, und ihr könnt mich alle mal, man soll sich ja auch nicht zum Sklaven seiner Gelüste machen, dachte er, und überdies fand er auch, daß die Birgit, die hier neben ihm saß, mit der Birgit, mit der er sich eine Woche zuvor knutschend und fummelnd auf seiner Matratze gewälzt hatte, nicht viel gemein hatte. Sie lachte auch nicht mit, sie sah ihn nur komisch an, ebenso wie Sonja.

»Die haben ihr Eis schon aufgegessen«, sagte Martin Klapp, ohne den Blick von seinem Eisbecher zu nehmen. »Außerdem kam meins später«, fügte er hinzu, »das dauert ja ewig, wenn die diese extragroßen Früchtebecher machen, mein Gott, wie das dauert.«

»Muß man sich hier was am Tresen bestellen, oder kommt da mal einer?« sagte Frank und sah sich suchend um. Ihm ging das hier plötzlich alles ziemlich auf die Nerven, Wochenende hin, Wochenende her, gegen solche Stimmungsschwankungen, dachte er, hilft eigentlich nur ein kleines Nickerchen, ich hätte mich von Wolli und dem Aquarium nicht aus der Bahn werfen lassen dürfen, dachte er, ich hätte mich erstmal hinlegen sollen, bevor ich mich unter die Leute wage, man muß zwischen die Kaserne und das zivile Leben ein Nickerchen legen, dachte er, sonst hält man den abrupten Übergang nicht aus, zumindest dann nicht, wenn man keine Badewanne mehr hat, dachte er.

»Erst an der Kasse bezahlen und dann mit dem Bon das Zeug am Tresen holen«, sagte Birgit.

»Was ist das denn für ein Scheiß?«

»Das ist italienisch«, sagte Birgit.

»Okay. Wollt ihr auch was?« fragte er die Mädchen.

Birgit wollte einen Kaffee, Sonja einen Espresso. Frank

stand auf, ging an die Kasse, bezahlte, bekam einen Bon und stellte sich damit an den Tresen, wo ein Eismann oder was immer der Mann war, in seiner Nähe herumhantierte, ohne ihn weiter zu beachten. Während Frank noch überlegte, wie man den Mann am besten auf sich aufmerksam machen sollte, stand plötzlich Birgit neben ihm.

»Dachte, ich könnte dir tragen helfen«, sagte sie, ohne ihn anzusehen.

»Das geht schon«, sagte Frank. »Das krieg ich schon hin. Bei dem da...«, er zeigte auf den Eismann, der sich immer weiter von da, wo sie am Tresen standen, wegarbeitete, Dinge abwischte und Flaschen arrangierte, »...bin ich mir dagegen nicht so sicher.«

Sie schaute ihn an. »Ich bin nicht so eine«, sagte sie.

»Was für eine?«

»Du weißt schon.«

»Okay. Ich auch nicht«, sagte Frank.

»Ja, aber ich habe einen Freund«, sagte sie.

»Ich auch«, sagte Frank.

»Der studiert in Braunschweig«, sagte sie.

»Ah ja«, sagte Frank.

»Ja«, sagte sie.

»Also wegen mir...«, begann Frank einen Satz, von dem er nicht genau wußte, wie er ihn beenden sollte, er wollte nur irgend etwas sagen, das die Sache entspannte, wenn nicht gar ins rechte Licht rückte, »...also wegen mir, äh...«, er überlegte fieberhaft, was er sagen könnte, »...also wegen mir kann das auch so bleiben«, brachte er die Sache schließlich zu Ende.

»Was?«

Frank wedelte unbestimmt mit der Hand in der Luft herum und spürte, daß er ein bißchen rot wurde. »Na so halt. Einen Kaffee, einen Espresso und noch einen Kaffee«, sagte er zu dem Eismann, der jetzt unvermittelt mit fragendem Blick vor ihnen auftauchte. »Also zwei Kaffee dann und einen Espresso.«

»Filterkaffee?« fragte der Mann.

»Natürlich«, sagte Frank und fragte sich, ob jetzt alle verrückt geworden waren, »was denn sonst?«

Der Eismann zuckte die Schultern und machte sich ans Werk.

»Ich gehe heute abend vielleicht noch aus«, sagte Birgit. »Mal sehen, irgendwohin, vielleicht ins Why Not.«

»Ins Why Not?«

»Ja, warum nicht?«

Frank lachte. »Gute Frage«, sagte er. »Wann denn?«

»Weiß nicht, später vielleicht.«

»Aha...«

Der Eismann stellte den Kaffee und den Espresso vor sie hin und prüfte gründlich den Bon, den Frank ihm gab. Dann nickte er gnädig, und sie konnten mit dem Zeug zurück zum Tisch gehen.

»Was machst du heute abend?« fragte Martin Klapp mit erhobenem Löffel, als sie dort ankamen.

»Was? Ich?« fragte Frank.

»Ja klar. Weißt du schon, was du machst?«

»Mal sehen«, sagte Frank, »nee, weiß nicht...« Er merkte, daß Birgit ihn beobachtete. »Vielleicht noch weggehen, später«, sagte er vage. Das Why Not erwähnte er lieber nicht.

»Ja, Wolli meinte, er hätte einen Vorschlag«, sagte Martin Klapp.

»Wolli? Was denn für ein Vorschlag?«

»Keine Ahnung, hat er irgendwie so ein bißchen ein Geheimnis draus gemacht. Hat nur gesagt, es wäre was mit Heimat und so.«

»Mit Heimat? Mit was für einer Heimat?«

»Irgendwie so folkloristisch, hat er gesagt.«

»Was soll das denn sein?« sagte Sonja.

»Keine Ahnung«, sagte Martin Klapp.

»Wolli hat gesagt, er will abwaschen«, wechselte Frank das Thema.

»Abwaschen? Wolli? Das wäre gut. Obwohl, eigentlich ist Achim dran.«

»Achim? Wieso Achim? Ich dachte, Ralf Müller wäre dran.«

»Nein, da hat sich eine neue Situation ergeben«, sagte Martin Klapp. »Jetzt ist Achim dran.«

»Wieso? Ralf Müller kann doch noch gar nicht abgewaschen haben, das sieht doch noch alles so aus wie vor einer Woche, nur schlimmer!«

»Egal, jedenfalls ist jetzt Achim dran.«

»Aha... Und was ist das mit dem Aquarium?« sagte Frank. »Das wüßte ich dann auch noch mal gerne, was das soll.«

»Das von Ralf?« sagte Martin Klapp.

»Ja. Was ist da passiert?«

»Rätselhaftes Fischsterben«, sagte Martin Klapp und lächelte boshaft. »Sehr rätselhaftes Fischsterben. Zäher Bursche, dieser Ralf. Weißt du, was er gesagt hat, als er das rätselhafte Fischsterben entdeckt hat?«

»Nein.«

»Hat gesagt, daß er die Fische noch nie leiden konnte.«

»Versteh ich nicht«, sagte Frank. »Wieso hat er die dann?«

»Gehabt«, sagte Martin Klapp zufrieden und hob dazu den Löffel. »Gehabt! Aber das ist jetzt alles nicht mehr so wichtig. Was jetzt wirklich nervt, ist Achim.«

»Wieso das denn? Ich dachte, Ralf Müller nervt?«

»Ach...« Martin Klapp wischte das mit einer Handbewegung weg. »Natürlich nervt Ralf Müller, aber da gewöhnt man sich dran. Aber Achim nervt wirklich. Weißt du, was der gesagt hat?«

»Nein.«

»Wir wären Salonrevoluzzer oder sowas. Opportunisten, Rechtsabweichler, der ganze Scheiß.«

»Na und?«

»Dir ist das natürlich egal. Aber ich brauch mir sowas nicht anzuhören. Was glaubt der eigentlich, wer er ist, bloß weil er in der Bezirksleitung ist? Seitdem ist der auch nie da. Und abgewaschen hat er auch nicht.«

»Ich dachte wirklich, Ralf wäre dran.«

»Nein, Achim ist dran. Und daß wir versumpfen würden, hat er gesagt. Und daß Wolli als Punk zum Lumpenproletariat gehört, hat er auch gesagt. Der wollte Wolli erst nicht bei uns wohnen lassen, einen Ex-Genossen, das mußt du dir mal vorstellen, und der will ihn auf der Straße wohnen lassen.«

»Hm«, sagte Frank noch einmal. »Wieviel kriegst du eigentlich von Wolli?«

»Ich?« sagte Martin Klapp entrüstet. »Wieso kriegen? Als ob das deshalb wäre. Du darfst nicht vergessen, daß das immerhin mein Zimmer ist, eigentlich!«

»Schon gut...«

Es entstand eine kurze Pause.

»Was kriegst du für den Kaffee?« fragte Sonja in die Stille hinein.

»Nichts, das ist okay«, sagte Frank.

»Sag mal«, sagte Sonja, »kommst du dir jetzt eigentlich extra männlich vor, weil du da zum Bund gegangen bist?«

Frank schaute sie an und suchte in ihrem Gesicht nach Anhaltspunkten, wie das nun wieder zu verstehen war. Er konnte keinen Hinweis entdecken, keine Ironie, keine Häme, sie schaute ihn nur neugierig an.

»Nein, eigentlich nicht«, sagte er.

»Ist es nämlich auch nicht. Dieser ganze typische Männlichkeitskram, das ist doch alles nur der typische Männlichkeitswahn.«

»Ja sicher«, sagte Frank. »Und?«

»Wie und?«

»Was soll ich jetzt dazu sagen?«

»Und das mit dem Schießen ist doch die Krönung vom Ganzen, das ist doch die Quintessenz: daß da geschossen wird. Das Gewehr als Phallus und der Schuß als Entladung.«

»Ja sicher«, sagte Frank, »aber das ist jetzt nicht besonders originell, da sind auch schon andere drauf gekommen.«

»Deshalb wollte ich das ja mal wissen. Weil das nämlich typisch für Männer ist, diese ganze Schießerei.«

»Naja, wenn das typisch männlich ist mit der Schießerei und so weiter, dann würde das doch bedeuten, daß es richtig wäre, sich beim Bund extra männlich vorzukommen«, gab Frank zu bedenken, »während du doch sagst, daß das nicht so wäre, also was jetzt? Da müßtest du dich jetzt mal für irgendwas entscheiden!«

»Hab ich's doch gewußt«, sagte Sonja zu Birgit. Birgit

pulte derweil an ihren Fingernägeln. »Hab ich's doch gewußt«, wiederholte Sonja.

»Was?« sagte Martin Klapp.

»Daß das so eine männliche Nummer ist.«

»Naja, Frauen nehmen sie ja auch nicht«, sagte Frank. »Außerdem, wenn ich das richtig sehe, sind die meisten Männer, die ich kenne, nicht zum Bund gegangen. Martin zum Beispiel, Ralf Müller, mein Bruder, Wolli auch nicht, der ist beim THW.«

»Was ist das denn?« fragte Sonja.

»Technisches Hilfswerk«, sagte Frank.

»Das ist doch auch sowas.«

»Naja, kann schon sein, aber das mußt du dann mit Wolli besprechen.«

»Warum hast du denn jetzt eigentlich nicht verweigert?« fragte Birgit.

»Keine Ahnung«, sagte Frank. »Mach ich's halt jetzt.«

»Ach so«, sagte Birgit. Dann schwiegen alle ein bißchen.

Das war nicht das, was Frank als Reaktion auf diese seiner Meinung nach schwerwiegende Ankündigung erwartet hatte.

»Mach ich's halt jetzt«, wiederholte er.

»Was?« fragte Birgit.

»Verweigern.«

»Wie soll das denn gehen?«

»Ganz normal, mit Antrag, mit Verhandlung zur Gewissensprüfung und so, das ganze Programm«, sagte Frank.

»Das geht?« sagte Sonja.

»Das geht. Das ist überhaupt kein Problem.«

Die beiden Mädchen starrten ihn mit offenem Mund an. Martin Klapp schabte unterdessen die letzten Reste aus seinem Eisbecher. »Ich hol mir mal einen Kaffee«, sagte er und stand auf.

»Auch wenn man schon dabei ist?« sagte Birgit.

»Auch wenn man schon dabei ist«, sagte Frank. »Das ist ein Grundrecht, das kann man jederzeit wahrnehmen.«

»Auch wenn man schon geschossen hat?« fragte Sonja.

Frank seufzte. »Ja, auch wenn man schon geschossen hat.«

Martin Klapp kam mit einem Kaffee zurück. »Kannst du nicht machen, Frankie«, sagte er. »Du kannst doch jetzt nicht einfach verweigern.«

»Warum nicht?«

»Das geht nicht, du bist doch unser ganzer Stolz.«

»Wieso das denn?«

»Eigentlich hätten *wir* doch gehen müssen, so als Genossen, Ralf, Wolli, ich, so wie Achim, politische Arbeit da machen und so. Gottseidank sind wir alle rechtzeitig ausgetreten. Und dafür lassen wir uns jetzt von Achim beschimpfen.« Er grinste. »Aber jetzt machst du das. Gehst da hin, bist Vertrauensmann, das ganze Programm. Sieh's mal so...« Er klopfte Frank auf die Schulter. »Du tust es stellvertretend für uns alle. Du zersetzt die Bundeswehr. Du bist der Stachel im Fleisch der Nato, die Spaßbremse des Imperialismus, der einsame Berufsrevolutionär, der für die Rechte seiner Kameraden kämpft.« Er nahm den Kaffee und schlürfte ein bißchen. Dann lachte er und verschluckte sich dabei. »Ausgerechnet du«, prustete er, »wer hätte das gedacht!«

»Bist du auch so ein K-Gruppen-Typ?« fragte ihn Sonja.

»Nein«, sagte Frank. »Deshalb lacht er ja so.«

Martin Klapp konnte sich gar nicht mehr einkriegen. »Das kannst du uns nicht antun«, prustete er zwischendurch heraus, »das kannst du uns nicht antun!« Irgendwann hörte das auf, er wischte sich eine Träne aus dem Auge und putzte sich die Nase. »Mein Gott, Frankie, du bist wirklich immer für eine Überraschung gut.«

»Ich meine das ernst«, sagte Frank, »ich werde den Scheiß verweigern. Die können mich mal. Und du auch, Martin Klapp, du auch und dein ganzer KBW und der ganze Scheiß...« Er merkte, daß er sauer wurde. »Ihr seid ja alle immer so schlau, Martin, aber in Wirklichkeit redet ihr nur Scheiße, du hast doch überhaupt keine Ahnung, wovon du da immer redest, Martin Klapp, da muß man Achim wirklich mal recht geben, du bist wirklich ein Scheiß-Salonrevoluzzer, und wenn ich sage, daß ich verweigere, dann werden darüber keine Witze gemacht, und wenn ich noch einen erlebe, der Witze darüber macht, dann gibt's was auf die Schnauze, Hippietyp hin, Hippietyp her, aber richtig!«

Martin Klapp hob abwehrend die Hände.

»Schon gut, Frankie, schon gut, hab ich nicht so gemeint, tut mir leid, finde ich gut, daß du verweigerst.«

»Das will ich hoffen«, sagte Frank, der sich nur langsam beruhigte. »Und keine Aquarien mehr in mein Zimmer, Martin, ich hab jetzt auch mal langsam die Schnauze voll. Von Wolli will ich gar nicht reden, der ist auch nur ein armes Schwein. Aber langsam reicht's jetzt mal.«

»Okay«, sagte Martin Klapp.

»Keine Scheißwitze mehr.«

»Auf keinen Fall.« Martin Klapp wandte sich an Sonja und Birgit. »Er war früher der Klassenstärkste, da muß man aufpassen, was man sagt.«

»Klassenstärkster?« sagte Birgit verwundert.

»Ja, man sieht's ihm nicht so an, das ist auch schon lange her. Aber manchmal kommt das noch durch.«

»Ich habe gesagt, keine Witze mehr, Martin. Und hör auf, über mich in der dritten Person zu reden.«

»Okay, okay.«

»Klassenstärkster?« wandte sich Birgit an Frank. »Du warst Klassenstärkster? Was ist das denn für ein Amt?«

»Mein Gott, da war ich zehn Jahre alt«, sagte Frank.

»So stark siehst du gar nicht aus«, sagte Birgit.

»Er war auch nicht der Stärkste«, sagte Martin Klapp und schlürfte seinen Kaffee, »er war der Brutalste, das war sein Geheimnis.«

»Der Brutalste war Harry«, sagte Frank.

»Nix«, sagte Martin Klapp, »das war später. Der Brutalste warst du!«

»Ich geb dir gleich was auf die Schnauze, von wegen brutal.«

»Okay, okay«, sagte Martin Klapp wieder und hob wieder die Hände. »Okay, du bist der Friedlichste. Hauptsache, das merken die auch, wenn du verweigerst!«

20. WHY NOT

»Was ist eigentlich jetzt aus diesem Fall mit dem Typ geworden, der da nicht wiederkam, wo du da die dialektische Supersache geschrieben hast?« fragte Martin Klapp, als sie nach dem Kino an der Weser saßen und Dosenbier tranken. Im Kino hatten sie auf Wollis Anregung hin ›Deep Throat – die plattdeutsche Fassung‹ gesehen, das war Wollis versprochene Folklore gewesen, »das soll gut sein«, hatte Wolli beteuert, »das soll total lustig sein«, aber tatsächlich hatte sich dann ›Deep Throat – die plattdeutsche Fassung‹ als Raubkopie des berühmten Pornofilms mit den Stimmen zweier alter Männer im Off herausgestellt, die das Geschehen auf plattdeutsch kommentierten. Nach ungefähr zwanzig Minuten hatte Frank die Nase voll gehabt und angeregt, doch vielleicht woanders hinzugehen, und Martin Klapp und Wolli waren dieser Aufforderung gefolgt, Martin Klapp bereitwillig, Wolli nach einigem Sträuben, und so waren sie hinausgegangen und hatten auf Wollis Anregung hin Dosenbier gekauft und sich damit an die Weser gesetzt. »Das ist billiger und überhaupt das einzig Wahre«, hatte Wolli erklärt, »das machen wir immer so«, und Martin Klapp hatte gefragt: »Wer ist wir?«, und Wolli hatte nur gesagt, »Punks«, und da saßen sie nun wie die Punks an der Weser und sahen bei milder Luft dem Fluß dabei zu, wie er seiner Bestimmung nachging, und Frank war sich nicht sicher, ob Martin Klapp so unvermittelt nach dem Fall Reinboth fragte, weil ihn das wirklich interessierte oder weil er schon im Ansatz verhindern wollte, daß man sich über das gerade hinter ihnen liegende Kinoerlebnis austauschte.

»Das war wirklich eine Scheißidee mit dem Film«, sagte Frank, nur um das noch einmal klarzustellen, »das war ja ein Gerödel wie im Bergwerk.«

»Ich fand das ganz lustig«, sagte Wolli.

»Hör auf, Wolli, das war Scheiße«, sagte Frank. »Das war wirklich das Abtörnendste, was ich je gesehen habe. Da will man ja danach ins Kloster gehen.«

»Finde ich nicht.«

»Was ist denn jetzt mit dem Typ da? Was haben sie denn zu deinem Ding gesagt?« ließ Martin Klapp nicht locker.

»Zu meinem Ding?« sagte Frank verwirrt.

»Na, zu deiner Stellungnahme da, dialektischerweise.«

Frank erzählte Martin Klapp und Wolli von der neuesten Entwicklung im Fall Reinboth.

»Der hat sich umgebracht, und dann versetzen sie den bloß?« fragte Martin Klapp ungläubig.

»Der hat sich nicht umgebracht, der hat bloß *versucht*, sich umzubringen«, stellte Frank das klar, »wegen seiner Freundin.«

»Wegen seiner Freundin?«

»Ja, seine Freundin hat ihn verlassen.«

»Der hat denen gesagt, seine Freundin hat ihn verlassen?«

»Ja.«

»Und deshalb wollte er sich umbringen?«

»Ja.«

»Mein Gott, ist der blöd.«

»Ja klar ist der blöd«, sagte Frank. »Wo er doch schon mal so weit gekommen war, hätte er da auch mehr draus machen können.«

»Genau«, sagte Wolli und warf seine Bierdose in den Fluß, »ich kenn einen, der war auch beim Bund, und der hat auch einen Selbstmordversuch gemacht, und den haben die sofort entlassen. Der hat aber auch gleich gesagt, als er wieder aufgewacht ist, daß er das wegen dem Bund gemacht hat, ist doch klar.«

»Wolli, tu mir einen Gefallen und hör auf mit diesen Leuten, die du kennst«, sagte Frank und schaute der Dose nach, die schnell in Richtung Bremerhaven trieb. Er war ungeduldig, die ganze Sache mit dem Kino war in seinen Augen ein Fehler gewesen, ›Deep Throat – die plattdeutsche Fassung‹ hatte erst um elf angefangen, jetzt war es wohl schon Mitternacht, und er war froh, daß ›Deep Throat – die plattdeutsche Fassung‹ wenigstens ein Film war, aus dem man ohne große Erklärungen nach kurzer Zeit wieder rausgehen konnte, aber jetzt fragte er sich, wie er die beiden am besten abhängen konnte, denn er wollte noch ins Why Not, um dort zufällig Birgit zu treffen, und Martin Klapp und Wolli konnte er dabei nicht gebrauchen.

»Nein, in diesem Fall hat Wolli recht«, sagte Martin Klapp. »Ich kenne den auch. Das war ein Genosse, der ist da hingegangen wegen Politik und so, und dann ist er irgendwann mit einem Selbstmordversuch da raus.«

»Wieso *in diesem Fall?*« fragte Wolli.

»Ist doch egal. Jedenfalls gab's den wirklich.«

»Sag ich doch.«

»Der hat einfach gesagt, daß er das da nicht aushält und daß er das immer wieder tun würde, und dann war er raus. Untauglich.«

»So wie mit schlechten Zähnen«, sagte Frank.

»Hä? Was haben denn Zähne...«

»Egal! Ihr meint also auch, wenn Reinboth gesagt hätte, daß er's wegen dem Bund gemacht hätte, dann wäre er jetzt raus?«

»Ja logo«, sagte Wolli. »So einen wollen die dann nicht mehr. Genauso wie bei dem Genossen damals. Wie hieß der noch, Martin?«

»Weiß nicht, vergessen... Jedenfalls war der dann auch nicht mehr lange Genosse. Das kam nicht so gut an im KBW.« Martin lachte.

»Kurz danach bin ich ausgetreten, das war kurz nachdem die Sache mit dem Kampf zweier Linien wieder anfing«, sagte Wolli.

»Ich bin erst später raus, als das mit der Sache mit Kambodscha...«

»Manchmal habt ihr was von Kriegsveteranen«, sagte Frank und warf seine Bierdose auch in den Fluß. »Wenigstens du könntest doch über die alten Politzeiten mal hinweg sein, Wolli, immerhin bist du jetzt Punk und so, das ist doch auch was...«

»Ja sicher«, sagte Wolli, »aber das war schon hart gestern, das mit Achim, ich meine, Lumpenproletariat, was ist das denn für ein Scheiß?«

»Jaja, reg dich ab«, sagte Martin Klapp, »irgendwo hat er ja auch recht, von ihm aus gesehen.«

»Was habt ihr denn jetzt noch so vor?« fragte Frank.

»Keine Ahnung«, sagte Martin Klapp und machte noch eine Dose Bier auf, »das war wirklich eine Scheißidee mit dem Film, Wolli.«

»Ich fand das ganz lustig. Ihr müßt halt nicht so genau hingucken«, sagte Wolli. »Mehr so auf die Kommentare hören.«

»Ich geh noch ins Why Not«, sagte Frank beiläufig.

»Ins Why Not? Du gehst noch ins Why Not?«

»Ja«, sagte Frank, der sofort bereute, es gesagt zu haben. Sie werden mitkommen, und dann geht das immer so weiter, dachte er, dann hängen sie an einem dran und reden Quatsch, und ich rede Quatsch, und Birgit kommt vielleicht auch und redet auch Quatsch, und so geht das immer weiter, dachte er.

»Ins Why Not?« sagte jetzt auch Wolli. »Da war ich ja schon ewig nicht mehr.«

»Ich geh da noch hin«, sagte Frank entschieden. »Bin verabredet.«

»Mit wem denn?«

»Mit einem Kameraden«, log Frank. »Einer aus der Kaserne, der geht da hin, und ich dachte, ich treff den mal.«

»Echt? Wie heißt denn der?« fragte Wolli.

»Leppert. Kommt einer mit?«

»Nee, da habe ich keine Lust drauf«, sagte Wolli. »Ich bleib noch ein bißchen hier. Vielleicht kommen die anderen noch.«

»Ich auch«, sagte Martin Klapp und klopfte Wolli auf die Schulter. »Einer muß bei Wolli bleiben. Schließlich hat Wolli abgewaschen.«

»Okay«, sagte Frank, stand auf und klopfte sich die Hose ab. »Geht ihr später noch woanders hin?«

»Keine Ahnung«, sagte Martin Klapp. »Kümmere dich nicht um uns, geh nur deine Kameraden treffen, laß deine alten Freunde hier sitzen, unter freiem Himmel, wenigstens regnet es nicht.«

»Hm«, sagte Frank, der nun doch ein bißchen ein schlechtes Gewissen hatte, erst habe ich sie aus dem Kino getrieben, dachte er, und dann lüge ich sie an und laß sie hier sitzen, fair ist das nicht, dachte er. Er setzte sich wieder hin.

»Okay«, sagte er und nahm noch eine Bierdose aus der Tüte. »Ein Bier noch.«

»Guter alter Frankie«, sagte Martin Klapp. »Trinkt noch ein Bier. Hatte schon Angst, wir müßten es selber tun. Das ist wirklich ein Scheißbier, Wolli.«

»Das ist Bocholt Pils«, sagte Wolli, »das trinken wir immer. Das kostet bloß fünfzig Pfennig die Dose.«

»Echt?« sagte Martin Klapp. »Naja, so schlecht ist das gar nicht!«

»Ich kenn einen, der ist hier mal eingeschlafen, besoffen, genau hier, und dann ist er fast erfroren«, sagte Wolli.

»Gute Geschichte, Wolli«, sagte Frank. »Da würde ich gerne mehr von hören!«

»Also der ist hier eingepennt, das war im Winter, der war total besoffen, und dann hat der total Glück gehabt, daß ein Hund gekommen ist und den geweckt hat, sonst wäre der glatt erfroren.«

»Danke, Wolli«, sagte Frank und nahm einen großen Schluck von seinem Bocholt Pils.

Als er endlich doch noch im Why Not auftauchte, war es ungefähr ein Uhr, und es war einiges los, zumindest war es voll, denn ob man bei dem eher lethargischen Publikum, das hier verkehrte, davon sprechen konnte, daß etwas los war, wollte Frank dann doch lieber bezweifeln, und er wunderte sich, während er durch den Eingang des Why Not schritt, daß Birgit hier hatte hergehen wollen, das paßte dann doch nicht zu ihr. Gleich hinter dem Eingang war das Why Not, das ohnehin eine Disco der eher düsteren Art war, besonders düster, und dort standen jede Menge Sessel und Sofas herum, und Frank hatte, während er im Vorbeigehen dort jemanden zu erkennen versuchte, noch

Wollis Geschichte im Ohr von einem, den Wolli kannte, der dort mal auf Mandrax, wie Wolli sagte, eingepennt war und dem, das hatte Wolli genau gesehen, einer voll in die Eier gehauen hatte, ohne daß er auch nur aufgewacht war. Das sind genau die Geschichten, die einer wie Wolli sich übers Why Not ausdenkt, dachte Frank, obwohl, andererseits könnte das sogar stimmen, dachte er, als er dort im Vorraum kurz verharrte, um seine Augen an die Dunkelheit zu gewöhnen, da sind schon einige, dachte er, denen man jetzt wahrscheinlich in die Eier hauen könnte, ohne daß sie etwas merken würden, Mandrax hin, Mandrax her.

Birgit war nicht zu sehen, also ging er weiter hinein in das Why Not, dorthin, wo die Tanzfläche war und wo allerhand Leute zu langsamer, etwas angestaubter Rockmusik hin- und herpendelten. Frank stellte sich dazu und sah sich das einige Zeit an. Es sah ein bißchen aus wie unter Wasser, was die Leute dort trieben, und Frank fragte sich, ob das alles nicht vielleicht ein großer Irrtum war, Birgit kam ihm nicht vor wie eine, die in so einen Laden ging und darin herumpendelte wie ein lethargisches Seepferdchen. Das machte ihn ein bißchen ratlos, und er wollte sich gerade zum Tresen aufmachen, um sich etwas zu trinken zu holen, ein Wasser vielleicht, das Bocholt Pils hatte ihm das Biertrinken verleidet, als er plötzlich eine unangenehme Beobachtung machte.

Sie waren zu viert und standen ihm gegenüber am anderen Ende der Tanzfläche, sie hatten jeder ein Bier in der Hand und schwankten ziemlich, so daß Frank im ersten Moment dachte, auch sie würden pendelnd tanzen oder tanzend pendeln oder was immer die Leute hier auf der Tanzfläche so machten, aber dann sah er, daß sie einfach nur stinkbesoffen waren. Vor allem aber sah er sofort, daß sie, ebenso wie er, Soldaten waren, die Haare verrieten sie, es waren typische Bundeswehrhaare, kurz über den Ohren und kurz über dem Nacken, der Rest so lang wie gerade noch erlaubt, was nicht viel war, aber genug, um die Proportionen durcheinanderzubringen, und was sie außerdem als Soldaten verriet, war ihr ratloser Blick und die durch ihre Besoffenheit nur wenig gemilderte Steifheit, mit der sie sich hier bewegten. Die müssen sich verirrt haben, dachte Frank, wahrscheinlich sind sie nicht von hier und haben den Zug nach Hause verpaßt oder müssen morgen wieder hin oder was auch immer, dachte er, jedenfalls waren es Soldaten, da war er sich sicher, Wehrpflichtige wie er, und sie schwankten hin und her und riefen sich gegenseitig was ins Ohr und zeigten mit den Fingern auf irgendwelche tanzenden Frauen, und Frank konnte sich ungefähr denken, was sie sich dabei zuriefen, und er faßte sich, während er sie beobachtete, an die Haare über seinem Kragen und über seinen Ohren und fragte sich, ob er hier, unter all den Langhaarigen und Superlanghaarigen, genauso fremd wirkte wie sie. Einer von ihnen drehte sich derweil nach einer Frau um, einem blonden Wesen mit wallendem Kleid und sehr, sehr langen Haaren, und rief ihr irgendwas nach, und Frank hatte das Gefühl, daß es bald Ärger geben würde, sofern die Unterwassertänzer und Räucherstäbchenanzünder, die hier verkehren, dachte er, überhaupt so etwas wie Ärger machen können. Jetzt haute einer der vier einen anderen von ihnen so zwischen die Schulterblätter, daß der einige Schritte vor- und in eine Gruppe Tanzflächengaffer hineintorkelte, während der, der gehauen hatte, auf ihn, Frank, zeigte, so schien es Frank jedenfalls, sie haben mich entdeckt, dachte er und fühlte die Panik in sich aufsteigen, sie haben mich entdeckt. Er wandte sich ab und ging so schnell wie möglich zum Ausgang, nur raus hier, dachte er, zurück an die Weser, vielleicht sind Wolli und Martin noch dort, ich bin ja noch nicht lange weg, dachte er auf dem Weg zum Ausgang, einfach an die Weser gehen, da ist es schön dunkel, dachte er, und zur Not kann man sich auch einfach ins Gras legen, da bemerkt einen keiner, Tarnung ist der beste Schutz des Soldaten, dachte er verwirrt, die Nacht auch, dachte er, die Nacht ist der Freund des Soldaten, erinnerte er sich der Worte, mit denen Hauptfeldwebel Tappert neulich die Vorführung ›Verhalten des Soldaten bei Nacht‹ eingeleitet hatte, »Die Nacht ist der Freund des Soldaten«, hatte der Hauptfeld gesagt, »sie schützt ihn vor den Blicken des Feindes«, und daran mußte Frank jetzt denken, als er den düsteren vorderen Teil des Why Not erreichte, wo die Sofas und Sessel standen und wo man zwar nicht die Hand vor Augen, aber dennoch den Ausgang zur Straße sehen konnte wie das Licht am Ende des Tunnels.

»Bist du also auch hier«, sagte Birgit, die plötzlich vor ihm stand. Sie mußte aus einem der Sessel aufgestanden sein. »Ich habe dich gar nicht kommen sehen.«

Frank zuckte zusammen, als er ihre Stimme hörte.

»Ja«, sagte er mechanisch.

»Ich wollte schon wieder gehen«, sagte sie, »alleine ist das nicht so toll hier«, und sie sah ihn dabei komisch an, und Frank, der sich erst an den Gedanken gewöhnen mußte, daß er sie nun doch getroffen hatte, wurde etwas flau im Magen, während sie sich umsah und dabei eine Hand auf seinen Arm legte.

»Ich wollte eigentlich auch gerade wieder gehen«, sagte Frank, und sie nickte und zog ein bißchen an seinem Arm.

»Ich auch«, sagte sie, und er folgte ihr zu einem Sofa an der Wand, wo es sehr dunkel war. Dabei stolperte er über jemandes Füße, hörte aber keinen Aufschrei und keinen Protest, wahrscheinlich einer von Wollis Mandrax-Kumpels, dachte er und setzte sich neben sie auf das Sofa.

»Ich weiß gar nicht, was ich hier mache«, sagte Birgit und rückte ein bißchen von ihm ab, als sie so nebeneinander im Dunkeln saßen. Frank glaubte zu erkennen, daß sie ihn ansah. »Ich geh hier sonst nie hin.«

»Ich auch nicht«, sagte Frank.

»Ich weiß gar nicht, wie ich da drauf gekommen bin.«

»Naja, ich habe gedacht, ich schau mal rein, weil du gesagt hast, du würdest hier hergehen und so«, sagte Frank.

»Bist du allein hier?«

»Ja.«

»Ich auch. Komisch, ich kenne hier auch keinen sonst, hier geht ja keiner her, den ich kenne.«

»Jaja, genau«, sagte Frank, und das Herz schlug ihm bis zum Halse dabei. Ihre Hand war immer noch auf seinem Arm und bewegte sich jetzt ein bißchen, streichelte sacht über seine Brust, während sie zugleich näher kam, so als ob sie ihm etwas ins Ohr sagen wollte. Er hielt es ihr hin.

»Hier merkt keiner was«, flüsterte sie und fuhr ihm mit der Zunge leicht ins Ohr hinein. Er legte einen Arm um sie, und sie brachte ihren Mund an den seinen und fuhr ihm mit der Zunge über die Lippen, bevor sie sie ihm in den Mund steckte. Sie küßten sich, und Frank steckte eine Hand unter ihren Pullover und streichelte ihre Brüste. In diesem Moment zuckte sie zurück, nahm seine Hand weg und setzte sich wieder auf.

»Das ist aber nicht richtig«, sagte sie.

»Nein, irgendwie wohl nicht«, sagte Frank, »wenn du da einen Freund in Braunschweig hast und so...«

»Rede *du* nicht von meinem Freund«, sagte sie streng. »Du kennst den überhaupt nicht. Das geht nur mich was an.«

»Na dann...«, sagte Frank ratlos.

»Genau«, sagte sie. »Das hat mit dem hier gar nichts zu tun.«

»Jaja.«

Sie griff hinter das Kopfende des Sofas und holte ein Glas vom Fußboden und trank daraus einen Schluck. Dann reichte sie es Frank.

»Hier, kannst du austrinken.«

Frank trank das Glas aus. Es war Whisky-Cola. Wird Zeit, daß das mal aus der Mode kommt, dachte er und schüttelte sich. Da war sie schon wieder bei ihm.

»Du bist ein ganz komischer Typ«, sagte sie und streichelte ihm über den Kopf. »Ich weiß gar nicht, was an dir dran ist.«

»Ich auch nicht.«

»Ich tauge überhaupt nicht zur Soldatenbraut«, sagte sie.

»Schon klar«, sagte Frank, »ich meine, wer tut das schon.«

Sie kicherte. »Hier sieht keiner was.« Sie setzte sich auf ihn drauf und küßte ihn wieder, wobei sie seinen Kopf an den Ohren festhielt. Frank streichelte ihren Rücken, wobei er sich langsam abwärts in ihre Hose tastete, bis sie ihn plötzlich wieder von sich schob.

»So geht das nicht«, sagte sie.

»Nein, auf keinen Fall«, sagte Frank.

»Sowas ist nicht in Ordnung!«

»Nein, sicher nicht«, gab Frank zu, und dann machten sie noch einige Zeit so weiter, sie knutschten und fummelten und fummelten und knutschten herum, immer wieder unterbrochen durch kurze Pausen, in denen sie darüber redeten, daß das so nicht ginge. Aber schließlich stand sie auf, drückte ihn, der daraufhin auch aufstehen wollte, zurück in das Sofa, und sagte: »Nein, bleib hier, ich gehe jetzt, und du kommst nicht nach.«

»Okay«, sagte er.

»Sonst geht das noch zu weit«, sagte sie.

»Okay«, sagte er, und konnte sich dann aber doch nicht verkneifen hinzuzufügen: »Andererseits: Wenn schon, denn schon.«

»Nein, das ist nicht so richtig, ich weiß gar nicht, was ich hier mache«, sagte sie. »Naja, eigentlich war ja gar nichts«, fügte sie nach kurzer Bedenkzeit, auf ihn hinunterguckend, hinzu.

»Ja, so kann man's natürlich auch sehen«, sagte Frank und wischte sich den Mund ab.

»Gar nichts, eigentlich.«

»Ja, genau«, sagte Frank.

»Dann geh ich mal«, sagte sie und verschwand.

Frank blieb noch ein bißchen sitzen. Er wollte ihr einen Vorsprung geben, damit sie sich draußen nicht schon wieder begegneten. Außerdem fand er es besser zu warten, bis seine Erektion zurückging. Seine Hose war zu eng, um in diesem Zustand auf der Straße herumzulaufen. Vielleicht eine gute Gelegenheit, dachte er, mal jetzt aber wirklich ganz in Ruhe über alles nachzudenken. Hauptsache, dachte er, man schläft dabei nicht ein. Sonst tritt einem noch einer in die Eier, und man hat kein Mandrax dabei.

21. COLABOMBE

Also saß Frank noch einige Zeit im Why Not im Dunkeln und dachte nach. Das ging gar nicht einmal so schlecht, jedenfalls führte es dazu, daß er einen Entschluß faßte, nämlich den, über diese verwirrende Sache mit Birgit erst einmal nicht mehr nachzudenken, bis das mit der Verweigerung geklärt war. Immer schön eins nach dem anderen, dachte er, als er sich endlich erhob und das Why Not verließ, erst verweigern, dann über Birgit nachdenken, ein Student in Braunschweig, gut, dachte er, aber ein Soldat in Dörverden/Barme ist da keine Alternative, und alles, was hier läuft, ist höchst undurchsichtig, dachte er, wenn nicht gar unernst, da nützt es nichts, in die Offensive zu gehen, dachte er, während er die Straße Vor dem Steintor hinunterging, wie leicht macht man sich da lächerlich, und am Ende verliebt man sich noch, und dann ist alles extra traurig, dachte er, jedenfalls solange man beim Bund ist und man sowieso keine Chance hat. Draußen war ein frischer Wind aufgekommen, und es regnete etwas, deshalb ging er gar nicht erst zurück an die Weser, sondern gleich nach Hause, vielleicht ist ja Ralf Müller da, dachte er, dann wäre schon viel geholfen, denn er hatte außerdem beschlossen während seines Nachdenkens im Why Not, über den eigenen Schatten zu springen und Ralf Müller bei der Verweigerung um Hilfe zu bitten, ausgerechnet Ralf Müller, dachte er, das ist hart, aber was soll man machen, dachte er, Martin Klapp ist untauglich, der hat keine Ahnung, Wolli ist beim THW, Achim war selbst beim Bund, also kann nur Ralf Müller helfen, schärfte er sich ein, um seinen inneren Widerstand zu überwinden. Man muß auch mal Frieden schließen können, dachte er, während er durch den Regen stapfte, gerade wenn man den Kriegsdienst verweigern will, sollte man Frieden schließen können, sonst bringt das nichts. Kann ja sein, dachte er, als er am Sielwall darauf warten mußte, daß die Ampel umsprang, daß Birgit nicht zur Soldatenbraut taugt, dachte er, aber noch mehr tauge ich nicht zum Soldaten, das ist ja sowieso alles bloß ein Irrtum, dachte er, und da muß man auch mal mit einem wie Ralf Müller seinen Frieden machen, vorausgesetzt, das bringt auch was, dachte er einschränkend, dann kann man die alten Sachen auch mal vergessen und ein neues Kapitel in den zwischenmenschlichen Beziehungen aufschlagen.

Solcherart darauf eingestimmt, alles zum Besten zu wenden, sprang er die Treppen hoch zu seiner Wohnung, sofern es überhaupt seine Wohnung war, er war sich da nicht ganz sicher, denn das Licht im Treppenhaus funktionierte nicht, und als er unter der Fußmatte nach der Zange tastete, die Martin Klapp zufolge als neuer Wohnungsschlüssel dort versteckt sein sollte, war sie nicht da, das machte ihn stutzig. Er lauschte an der Tür, und tatsächlich, da waren Stimmen, und die Tür, kam ihm auch im Dunkeln bekannt vor, die Abdeckung des Türschlosses war jedenfalls weg, alles war bereit für die Zange, nur die Zange war nicht da, und Frank überlegte noch einmal, ob er wirklich zwei Stockwerke hochgegangen war, es war immerhin ziemlich zappenduster im Treppenhaus, aber dann dachte er, was soll's, wird schon stimmen, und klopfte an die Tür, erst leise, dann immer lauter, denn außer daß die Stimmen dahinter verstummten, passierte erst einmal gar nichts.

»Wer ist da?« hörte er schließlich eine Stimme hinter der Tür, und er glaubte, sie als die von Martin Klapp zu erkennen.

»Ich«, rief er.

»Wer?«

»Frank.«

Martin Klapp öffnete die Tür. »Dann ist ja gut«, sagte er und bedeutete ihm hereinzukommen. Er ging ihm voran in Franks Zimmer, wo auch Wolli und Ralf Müller auf dem Fußboden hockten.

»Ist nur Frankie«, sagte Martin Klapp und warf sich auf Franks Matratze.

In der Mitte des Zimmers stand ein großer runder Stahlzylinder, der oben offen war. Darin war eine braune Brühe, die nach Cola roch, und am Rand hing eine Suppenkelle. Ralf, Wolli und Martin hatten jeder ein großes Bierglas vor sich stehen, das mit ebendieser braunen Brühe gefüllt war.

»Ich dachte schon, es wäre Achim«, sagte Martin Klapp, »oder sonst einer. Kannst die Flasche wieder rausholen, Wolli.«

Wolli ging zur Teekiste und zog eine Flasche Wodka hervor.

»Ist von Achim«, sagte er und kicherte.

»Und was ist das?« fragte Frank entgeistert und zeigte auf den Stahlzylinder.

»Da ist Cola drin«, sagte Martin Klapp, »das haben wir vorhin unten gefunden, das stand da im Treppenhaus rum. Wohl vom Kino. Wolli hat das hochgeschleppt.«

»War ganz schön schwer«, sagte Wolli. »Auch das Ding aufzukriegen und so, da mußte man das da oben um den Rand herum...« Er wedelte mit der Hand und gab es auf, das weiter zu erklären.

Ralf Müller nahm die Kelle und schöpfte sich Cola in sein Glas.

»Die sprudelt ja gar nicht«, sagte Frank.

»Ja, das ist der Nachteil«, sagte Martin Klapp. »Keine Ahnung, wieso. Vielleicht kommt das Gesprudelzeug extra oder was, keine Ahnung.«

Ralf Müller hielt derweil sein Glas wortlos Wolli hin, der ihm Wodka hinzugoß.

»Der Wodka ist von Achim«, sagte Martin Klapp, »der ist sozusagen beschlagnahmt, das muß man sich mal vorstellen, der hat Wodka in seinem Zimmer gehabt, ich glaube, der ist Alkoholiker.«

»Ach Quatsch«, sagte Frank.

»Hast *du* eine Ahnung! Wir haben sogar zwei *leere* Flaschen gefunden, was sagst du jetzt?«

»Hast du sein Zimmer durchsucht?«

»Ja klar, das mußte doch sein. Ich meine, der ist Alkoholiker, was meinst du, was so einer für Ärger machen kann. Wenn einer leere Flaschen versteckt, dann ist der Alkoholiker, das kannst du überall lesen.«

Frank setzte sich neben Martin auf seine Matratze und merkte plötzlich wieder, wie müde er war.

»Was habt ihr denn auf einmal alle gegen Achim?« fragte er.

»Der ist nie da«, sagte Martin Klapp, »seit der in der Bezirksleitung ist, ist der nie da, und der macht auch nichts in der Wohnung, guck dir nur mal an, wie das hier noch aussieht!«

»Aber wir machen doch auch nichts.«

»Darum geht es nicht, und wir haben immerhin die Tapete im Flur geklebt.«

»Eine Bahn«, sagte Frank. »Genau eine Bahn haben wir verklebt.«

Ralf Müller kicherte. »Sieht irgendwie aus wie 'ne Wandzeitung.«

»Ich finde, Achim muß weg«, sagte Martin Klapp, »der paßt hier nicht rein. Wolli paßt hier viel besser rein.«

»Wolli hat abgewaschen«, bestätigte Ralf Müller. »Und das Aquarium ausgeleert.«

»Was war eigentlich mit dem Aquarium?« sagte Frank.

»Das würde ich auch gerne mal wissen«, sagte Ralf Müller. »Plötzlich war da alles tot.«

»Da hat jemand Kloreiniger reingetan«, sagte Wolli. »Da hat garantiert einer Kloreiniger reingetan. Oder was Ähnliches. Ich kannte mal einen, bei dem haben sie das auch gemacht.«

»Wer?« sagte Ralf Müller.

»Irgendwelche Leute. Da war dann auch alles tot.«

»Seit wann haben wir eigentlich Kloreiniger?« sagte Ralf Müller. »Von mir ist der nicht.«

»Den hat Achim gekauft«, sagte Martin Klapp. »Das sagt ja wohl alles!«

»Das sagt gar nichts«, sagte Ralf Müller scharf, »aber lassen wir das. Ist vergeben und vergessen, ich konnte Fische noch nie leiden.«

»Ja, dann reden wir auch nicht mehr von meinen Büchern«, gab Martin Klapp ebenso scharf zurück, »dann reden wir auch nicht von den Büchern!«

»Welche Bücher?« fragte Frank, aber jetzt brüteten beide düster vor sich hin. Das muß eine spannende Woche gewesen sein, dachte Frank.

»Sag mal«, wandte sich er sich das Thema wechselnd an Ralf Müller, »wie war das eigentlich damals, als du verweigert hast? Woher hast du gewußt, was man da alles machen muß und so?«

»Wieso?«

»Ich will jetzt auch verweigern«, sagte Frank so harmlos wie möglich, er wollte da jetzt kein großes Ding draus machen, »und da bräuchte ich mal ein paar Informationen, was man da alles so beachten muß.«

»*Was* willst du?« sagte Ralf Müller.

»Was ist los?« sagte Frank gereizt. »Rede ich undeutlich? Habe ich irgendwas im Mund oder so, eine Wolldecke oder was?«

»Du willst den Kriegsdienst verweigern?«

»Ja, das habe ich ja gerade gesagt, Ralf Müller, und dafür brauche ich mal ein paar Informationen, das müßte doch eigentlich jeder begreifen können.«

»Wie willst du denn verweigern, du bist doch schon beim Bund!«

»Ja, das verstehe ich auch nicht«, sagte Wolli.

»Das ist ein Grundrecht, das kann man immer wahrnehmen, das solltest du eigentlich wissen, Ralf Müller, du hast doch selber verweigert, da solltest du doch wenigstens ein bißchen was davon verstehen.«

Frank ärgerte sich jetzt doppelt, zum einen, weil Ralf Müller so ein verdammter Holzkopf war, und zum anderen, weil er so gereizt und aggressiv darauf reagierte. Das war doch vorher klar, dachte er, daß Ralf Müller ein Idiot ist, da muß man gelassen bleiben, rief er sich selbst zur Ordnung, Frieden schließen sieht anders aus, schärfte er sich ein.

»Du willst *echt* verweigern?« gab nun auch Martin Klapp seinen Senf dazu. »Ich dachte heute nachmittag, das wäre ein Witz oder so, oder daß du das wegen den Mädchen sagst.«

»Ja, echt«, sagte Frank. »Und ich brauche mal ein paar Informationen, wie das so läuft, was man da beachten muß, deshalb frage ich ja Ralf«, sagte er mühsam beherrscht. »Schließlich hat er ja als einziger, den ich kenne, richtig verweigert, ihr anderen seid ja mehr so Drückeberger!«

»Hast du 'ne Ahnung«, sagte Wolli. »Hast du 'ne Ahnung, wie das da ist beim THW.«

»Ich habe davon überhaupt keine Ahnung«, sagte Ralf Müller. »Ich meine jetzt nicht das THW, ich meine das mit der Verweigerung. Da kann ich dir auch nicht helfen. Ich hab das damals per Postkarte gemacht, in der Zeit, wo das gerade ging, da brauchte man gerade keine Verhandlung.«

»Per Postkarte?« Martin Klapp richtete sich auf und starrte Ralf Müller an. »Du hast damals per Postkarte verweigert?«

»Ja und?«

»Da warst du noch organisiert!«

»Na und?«

»Da warst du noch organisiert, bei mir in der Zelle, und dann hast du per Postkarte verweigert? Wo das doch die Linie war, daß man nicht verweigert, sondern zum Bund geht, daß man da politisch arbeitet und so, das war doch die Linie, da warst du doch noch organisiert, damals!«

»Ja und? Ich hatte das ja auch nur vorsichtshalber gemacht, das war noch vor der Erfassung, aber so war es eben das einfachste. Und später hätte man ja immer noch widerrufen können, wenn man da noch hingewollt hätte.«

»Was soll das heißen, vorsichtshalber? Du warst organisiert, ich war dein Zellenleiter, du hast das total hinter unserem Rücken gemacht!«

»Wieso hinter *unserem* Rücken? Damals waren doch nur noch wir beide in der Zelle, das war kurz bevor die mit der Parsevalstraße zusammengelegt wurde. Da waren nur noch wir zwei, Achim war damals schon beim Bund.«

»Hinter *meinem* Rücken dann eben. Und hinter dem von ein paar anderen tausend Genossen.«

»So viele waren das damals schon gar nicht mehr. Außerdem hast *du* gut reden. Du mußt ja nicht mal Zivildienst machen, weil du untauglich bist. Und warum überhaupt?«

»Das ist doch jetzt mal egal«, sagte Martin Klapp. »Darum geht's doch jetzt gar nicht, Ralf. Jedenfalls war das Opportunismus.«

»Wieso Opportunismus? Fragt sich immer noch, wem gegenüber.«

»Also weiß keiner Bescheid, ja?« kürzte Frank das ab. »Weiß wenigstens einer, auf welchen Paragraphen oder Artikel im Grundgesetz man sich da berufen muß? Ich meine, das muß man ja schriftlich einreichen, und ich wollte das eigentlich dieses Wochenende noch auftippen.«

»Keine Ahnung. Da mußt du mal zum DFG/VK gehen«, sagte Ralf Müller.

»Jetzt hör aber auf, Ralf«, sagte Martin Klapp, »das sind doch Revis, das sind doch alles DKPler.«

»Na und, ist doch egal, die wissen jedenfalls Bescheid.«

»Verweigert, ich faß es nicht«, konnte Martin Klapp sich nicht beruhigen, »per Postkarte!«

»Das war praktisch, da hatte man...«

In diesem Moment klopfte es an die Wohnungstür. Ralf verstummte. Wolli war ohnehin, wie Frank jetzt erst bemerkte, eingeschlafen, er kauerte neben der Teekiste und schnarchte. Martin nahm die Wodkaflasche und tat sie wieder in die Teekiste zu Franks Klamotten.

»Ich mach mal auf«, sagte Frank und ging zur Tür. Draußen stand aber nicht Achim, sondern ein großer, massiger Mann mit langen Haaren und Zottelbart, der Frank vage bekannt vorkam.

»Ich suche meine Colabombe«, sagte der Mann.

Frank wußte jetzt wieder, wer der Mann war. Er hatte ihm und Martin und Wolli vor ein paar Stunden eine Kinokarte für ›Deep Throat – die plattdeutsche Fassung‹ verkauft.

»*Was* suchst du?« stellte er sich dumm.

»Eine Colabombe.«

»Was ist denn eine Colabombe? Was soll das denn sein? Bin ich von der Scheiß-RAF, oder was?«

»Du weißt genau, was ich meine. Einer hat gesehen, wie Leute aus eurer Wohnung die hochgeschleppt haben.«

»Wie, einer hat gesehen? Was soll das heißen, einer hat gesehen? Wer ist einer? Was hat er gesehen? Woher will dieser eine wissen, daß es Leute aus unserer Wohnung waren?«

»Ich will die Colabombe.«

»Weißt du eigentlich, wie spät es ist?«

»Ist mir scheißegal, ich bin nicht hier, um über die Uhrzeit zu diskutieren. Ich will die Colabombe, Kleiner, und wenn ich die jetzt nicht gleich kriege, dann gibt es Ärger.«

»Und was soll denn das für ein Ärger sein?« fragte Frank. Der Mann hatte »Kleiner« gesagt, das hätte er nicht tun sollen, das war unnötig, dachte er und merkte, wie das Adrenalin in seine Adern floß. Er fühlte einen unbändigen Drang, dem Mann eine reinzuhauen. »Was soll das für ein Ärger sein? Willst du mit mir eine Schlägerei anfangen?«

Der andere sagte nichts mehr. Das hat er nicht erwartet, dachte Frank, wahrscheinlich ein Hippie aus Schwachhausen, dachte er. »Was soll das für Ärger sein, hä?« ließ er nicht locker.

»Ich will mich nicht prügeln, ich will die Colabombe«, sagte der Mann, und es klang nicht mehr ganz so überzeugend. »Das hat einer genau gesehen, daß von euch welche die hier reingeschleppt haben.«

»Was meinst du damit, daß du Ärger machen willst?« wiederholte Frank. Genau so würde Harry es machen, schoß es ihm durch den Kopf. Genau so. Immer schön beim Thema bleiben. »Was soll das für Ärger sein?«

»Ich hab nur gesagt...«

»Ich weiß, was du gesagt hast. Du hast gesagt, daß wir sonst Ärger kriegen. Was soll das für Ärger sein?« setzte Frank einen drauf. »Hör auf zu labern und sag, was du für Ärger willst, dann können wir das vielleicht gleich hier erledigen.«

»Ich hol die Polizei«, sagte der Mann und trat einen halben Schritt zurück.

»Die Polizei, ja? Du holst die Polizei? Und was soll die dann tun, hä? Das Colabomben-Entschärfungskommando schicken, oder was?« Frank lachte.

Der Mann lachte nicht mit. Er zeigte mit dem Finger auf Frank. »Gib die Colabombe her«, sagte er, »ich weiß, daß ihr die habt. Ich brauch die.«

Sie hörten Schritte, jemand kam die Treppe herauf. Sie schwiegen beide und schauten, wer es war. Es dauerte etwas, bis sie den Neuankömmling in der Dunkelheit erkennen konnten. Es war Achim.

»Was ist denn hier los?« fragte er.

»Der Typ sucht 'ne Colabombe«, sagte Frank. »Meint, die wär bei uns.«

»Hau ab«, sagte Achim. Dann schob er Frank in die Wohnung und schloß die Tür. »Hallo Frankie«, sagte er, »freundest du dich gerade mit den Nachbarn an?«

»Was soll das, Achim? Wir waren gerade mitten in der Unterhaltung!« sagte Frank.

»Unterhaltung? So kann man das natürlich auch nennen. Was ist denn eine Colabombe?«

»So ein Ding mit Cola drin. Der Typ war vom Kino.«

»Und was haben wir damit zu tun?«

»Guck doch selbst«, sagte Frank und öffnete die Tür zu seinem Zimmer. Dort saßen die anderen noch immer so, wie er sie verlassen hatte. Nur über die Colabombe hatten sie eine Bettdecke gelegt, die sie, als er mit Achim hereinkam, wieder herunternahmen.

»Vielen Dank auch, Jungs«, sagte Frank. »Vielen Dank für die schöne Unterstützung, das nenne ich mal Solidarität, wirklich, ihr seid gute Kumpels, das muß man mal sagen.«

»Wir mußten die Bombe verstecken«, sagte Martin Klapp, und Frank sah, daß er schon ziemlich hinüber war. Wolli schlief immer noch, und Ralf Müller grinste in der Gegend herum. »Ah, Achim! Schau mal, Ralf, Achim ist da!« sagte Martin Klapp. »Schluck Wodka mit Cola? Du kannst doch sicher einen Schluck gebrauchen!«

»Ja«, sagte Achim und setzte sich. »Ich muß sowieso mal mit euch reden.«

»Frankie will verweigern«, sagte Martin Klapp. »Aber Ralf kann ihm nicht helfen.«

»Einfach Postkarte schreiben«, sagte Ralf Müller.

Achim nahm einen Schluck Wodka aus der Flasche, die Martin ihm hinhielt. »Ich zieh um«, sagte er.

»Da fällt mir ein, ich habe ein Buch«, sagte Martin Klapp. »Über Kriegsdienstverweigerung. ›Kriegsdienstverweigerung leicht gemacht‹ oder sowas.«

»Woher das denn?« fragte Frank.

»Montanus, Sögestraße«, sagte Martin Klapp. »Das hab ich mal mitgenommen, hatte gedacht, daß ich das vielleicht mal brauche, das war noch vor der Musterung. Ich hol das mal.« Er krabbelte auf allen vieren unter der Wolldecke durch in sein Zimmer. Doch kaum war er verschwunden, kam er auch schon wieder zurückgekrabbelt, ohne Buch. »Du ziehst um?« sagte er zu Achim. »Heißt das, du ziehst hier aus?«

»Ja.«

»Wohin denn?«

»Ins Ruhrgebiet.« Achim saß auf dem Boden mit dem Rücken an der Wand und rieb sich die Augen. Dann nahm er noch einen Schluck.

»Ins Ruhrgebiet? Was willst du da denn?«

»Da brauchen wir im Augenblick Leute.«

»Ihr braucht im Augenblick überall Leute.«

»Da hab ich jetzt keinen Bock drauf, Martin, ich hab da jetzt keinen Bock drauf, mir von dir irgendeine Scheiße über die Organisation anzuhören, das ist schon alles schlimm genug, das spaltet sich gerade alles, die spalten sich da alle ab.«

»Was gibt's sonst Neues?« sagte Martin Klapp. »Die wievielte Abspaltung wäre das dann wohl?«

»Hör auf, das geht diesmal mitten durchs ZK, die machen sogar eine neue Organisation auf.«

»Echt? Und wie soll die heißen?«

»BWK. Bund Westdeutscher Kommunisten.«

Ralf Müller lachte. »BWK? Das klingt ja wie Witwen- und Waisenkasse.«

»Hör bloß auf damit, ich kann da nicht mehr drüber lachen. Was soll eigentlich der Scheiß mit der Colabombe?«

»Die hat Wolli gefunden.«

»Sag mal«, sagte Ralf Müller, »wenn du schon unbedingt Politik machen willst, Achim, mal ehrlich, warum machst du das nicht einfach wie die anderen Genossen und trittst aus und gehst zu den Grünen?«

Achim seufzte und sagte gar nichts.

»Da kann man echt noch was werden.«

Frank fand das ziemlich boshaft, Achim tat ihm leid, obwohl auch er schon lange nicht mehr verstand, was ihn da noch bei der Stange hielt, der Spaß schien ihm da ganz und gar raus zu sein, vom Sinn ganz zu schweigen, das muß reine Sturheit sein, dachte er, und ein bißchen bewunderte er Achim auch dafür. Leute, die sich, Schwachsinn hin, Schwachsinn her, so sehr in etwas verbeißen konnten, faszinierten ihn immer.

»Das ist doch was ganz anderes, das kann man doch gar nicht vergleichen«, kam er Achim ein wenig zu Hilfe, »Politik ist ja nicht gleich Politik und so.«

»Vielen Dank, Frankie«, sagte Achim sarkastisch, »das habe ich jetzt dringend gebraucht, daß das mal einer sagt: Politik ist nicht gleich Politik! Vielen Dank auch, Frankie!«

»Irgendwie müssen wir die auch wieder loswerden«, sagte Martin Klapp und zeigte auf die Colabombe. »Sonst kann das echt Ärger geben. Ich wisch erst mal die Fingerabdrücke ab.« Er stand unsicher auf und verschwand aus dem Zimmer.

»Bring das Buch mit«, rief Frank ihm hinterher.

Martin kam nach kurzer Zeit mit einem Lappen und einem Seil wieder.

»Wir seilen die ab«, sagte er und begann, an der Colabombe herumzuwischen. »Aus dem Küchenfenster.« Achim trank derweil den Rest aus der Wodkaflasche. »Und du willst wirklich verweigern?« sagte er dann zu Frank. »Kein Witz?«

»Nein, Ich muß da raus«, sagte Frank.

»Ja klar«, sagte Achim und sah ihn nachdenklich an, »das ist auch nichts für dich. War die schlimmste Zeit meines Lebens, echt mal, und ich dachte immerhin, ich würde da noch was Sinnvolles tun, politisch und so. Aber du? Ich meine, was willst du denn da?«

»Du mußt ihn jetzt agitieren, Achim«, warf Ralf Müller ein, »ihn davon überzeugen dabeizubleiben, mal ein bißchen agitieren...«

»Ach, halt doch die Schnauze, Ralf«, sagte Achim gutmütig. Und zu Frank: »Wird aber schwierig, verweigern, das wird nicht leicht.«

»Jaja«, sagte Frank, »was gibt's sonst Neues?«

Martin Klapp band das Seil, das vielleicht drei Meter lang war, am Griff der Colabombe fest. »Das seilen wir ab.«

»Sag mal, Achim, dann wird jetzt dein Zimmer frei, ja?« sagte Frank, dem das jetzt erst richtig klar wurde.

»Ja, das wollte ich ja eigentlich sagen«, sagte Achim. »Ab morgen schon.«

»Nehm ich«, sagte Frank schnell, bevor ihm am Ende noch jemand zuvorkam, Wolli zum Beispiel. Er schaute sich um, ob jemand einen Einwand hatte.

»Ich nehme dann Achims Zimmer«, rief er zur Sicherheit noch einmal laut in die Runde, damit das gleich klar war.

»Was ist mit Wolli?« gab Ralf Müller zu bedenken. »Der könnte das vielleicht auch haben wollen.«

»Wolli schläft«, sagte Frank. »Sieht so aus, als käme er mit diesem Zimmer gut zurecht. Außerdem wohne ich schon länger hier. Und ich hab's zuerst gesagt.«

Ralf Müller zuckte mit den Schultern.

»Das seilen wir ab«, sagte Martin Klapp. Er stand auf und zog an dem Seil die Colabombe ein bißchen hoch. »Das hält«, sagte er.

»Sollte man die nicht erstmal ausleeren?« fragte Ralf Müller.

»Ich nehm das Zimmer«, sagte Frank noch einmal, damit das ein für allemal klar war. »Ich nehm das Zimmer und zahle dann hundertfünzig im Monat, fünfzig Mark mehr, das ist jetzt auch scheißegal«, sagte er.

»Wieso fünfzig Mark mehr?« fragte Ralf Müller. »Fünfzig Mark mehr als was?«

»Ist doch egal«, sagte Martin Klapp. »Hilf mal mit, Ralf.«

Ralf Müller stand auf und half Martin Klapp, die Colabombe aus dem Zimmer zu tragen. Das Seil schleifte hinterdrein. »Wir sollten die erstmal ausleeren«, sagte Ralf Müller unterwegs.

»Nix«, sagte Martin Klapp, »die seilen wir ab. Aufs Kino, die Schweine.«

Frank und Achim folgten den beiden in die Küche, unter deren Fenster der hintere Teil des Kinos in den Hof ragte. Er und Ralf Müller öffneten das Fenster und hievten die Colabombe auf das Fensterbrett.

»Wo ist eigentlich die Katze«, fragte Frank, als in der Küche sein Blick auf das Katzenklo fiel, das neben der Spüle stand. Es sah ziemlich unbenutzt aus, und er hatte die Katze heute noch nirgends gesehen.

»Keine Ahnung«, sagte Martin und beugte sich aus dem Fenster. »Abgehauen.«

»Wie lange denn schon?« fragte Frank.

»Keine Ahnung«, sagte Ralf Müller, »seit ein paar Tagen ist die irgendwie weg.«

»Wieso läuft so eine Katze denn weg? Ich denke, die bleiben immer bei dem Haus oder der Wohnung oder so...«

»Naja«, sagte Martin Klapp, »vielleicht hat sie was Besseres gefunden.«

»Ich konnte die noch nie leiden«, sagte Ralf Müller.

»Schade«, sagte Frank. Er hatte die Katze ganz gern gemocht, am Wochenende zuvor hatte sie sich einmal zu ihm ins Bett gelegt, während er schlief, und am nächsten Morgen hatte sie sich von ihm streicheln lassen. Katze weg, Achim weg, dachte er, und vermissen wird man sie beide, ihm war nicht ganz wohl dabei, mit den beiden Verrückten allein gelassen zu werden, die jetzt die Colabombe vorsichtig über den Rand des Fensters hoben, Wolli zählte als Mitbewohner noch nicht so richtig, fand Frank.

»Vorsichtig«, sagte Martin Klapp und umklammerte das Seil, die Colabombe kippte mit einem Ruck hinaus und verspritzte dabei noch einiges an kohlensäurefreier Cola über Ralf Müller und Martin Klapp, die jetzt beide das Seil umklammerten und vorsichtig nachließen.

»Hilf mal mit, Frankie«, sagte Martin Klapp.

Frank trat dazu und ergriff das Seil, während Ralf Müller sich aus dem Fenster beugte und leise Anweisungen gab.

»Langsam, langsam«, sagte er, während sie immer mehr Seil nachgaben, bis sie schließlich das Ende in der Hand hielten.

»Das reicht nicht«, sagte Ralf Müller, »da fehlen noch zwei Meter oder so.«

»Echt?« sagte Martin Klapp. Er beugte sich ebenfalls aus dem Fenster und ließ dabei das Seil los. Frank hatte damit nicht gerechnet, das Ende des Seils glitt ihm durch die Hände und verschwand durch das Fenster. Sie hörten einen Rums, und dann nahmen Ralf Müller und Martin Klapp ihre Köpfe zurück, und Martin schloß schnell das Fenster. Dann rannte er zum Lichtschalter und schaltete das Licht aus. Sehr unauffällig, dachte Frank.

»Mann, das hat aber gerumst«, sagte Martin Klapp in das Dunkel hinein. Ralf Müller kicherte.

Sie standen eine Weile still im Dunkeln und lauschten, ob von unten irgend etwas gerufen wurde. Es war nichts zu hören.

»Was ist denn jetzt mit diesem Buch wegen der Verweigerung?« fragte Frank in die Stille hinein.

»Pst!« sagte Martin Klapp.

»Ich brauch das«, sagte Frank. »Ich brauch das dringend. Noch vor Montag.«

»Pst!«, sagte Martin. »Ruhe jetzt, sonst erwischen die uns.«

Ralf Müller kicherte immer noch.

»Jungs«, sagte Achim leise im Dunkeln, »ich sag's euch nur ungern, aber irgendwie bin ich auch ganz froh, daß ich hier rauskomme.«

22. NIEDRIGSTE GANGART

Es war heiß, und der Stahlhelm, der immer zu fest oder zu locker saß, rutschte Frank über die Augen, als er in der niedrigsten Gangart am Rande des Kornfeldes entlangkroch, auf den Posten zu, der in etwa 100 Meter Entfernung am Fuße eines Strommastes auf ihn wartete. Das Gewehr schubberte neben ihm durch den Dreck, und die große Kampftasche auf seinem Rücken schlenkerte nach links und rechts, aber das alles störte ihn nicht mehr, nur der Durst, von dem er seit Stunden gequält wurde, zählte noch, seine Feldflasche war schon lange leer, und Fahnenjunker Tietz hatte an der Station ›Feuern auf ein Kommando‹ Frank und einigen anderen auf die Bitte nach Wasser hin erklärt, daß man umso mehr schwitze, je mehr man trinke, und daß sie sich ihr Wasser natürlich auch besser hätten einteilen können. Neubarth, der sich immer mehr zum Klugscheißer entwickelte, wie Frank fand, hatte daraufhin zu bedenken gegeben, daß bei nur zehnprozentiger Flüssigkeitsunterversorgung die Leistungsfähigkeit eines Menschen um fünfzig Prozent nachließe, weshalb er dringend dafür plädiert hatte, im Interesse der Schlagkraft der Bundeswehr ein Auge zuzudrücken, aber Fahnenjunker Tietz hatte sich darauf nicht eingelassen. »Je mehr Sie reden, Neubarth«, hatte er gesagt, »desto mehr Wasser verlieren Sie«, und Frank war froh, daß es mal einen gab, der Neubarth das sagte, denn so recht Neubarth auch hatte, so untauglich war nach Franks Meinung sein Argument. Wenn man erst einmal so argumentiert, dann sitzt man schon in der Falle, dachte er, während er sich weiter am Feldrand voranschlängelte, wenn man mit der Schlagkraft der Bundeswehr argumentiert, dann sitzt man schon mit ihnen im gleichen Boot, und wenn man für so ein Scheißgerede mit Wasser belohnt wird, dann sind wir bald alle zahm wie Kaninchen, dachte er, aber er dachte dies nur mit halbem Herzen, es interessierte ihn eigentlich nicht, er dachte nur deshalb wieder und wieder über Neubarth und Fahnenjunker Tietz nach, um nicht an seinen Durst denken zu müssen, vor allem nicht an Wasser, man darf auf keinen Fall an Wasser denken, dachte er, oder wenn, dann sollte man eigentlich aufstehen und weggehen, dachte er, und selbst wenn sie einen dafür in den Knast stecken, dachte er, hätte man ja wohl mindestens einen Wasserhahn in der Zelle, oder einen Klospülkasten, aus dem man trinken kann, und damit dachte er wieder an Wasser, und weil es, wie er fand, nur bedrückend und geradezu gefährlich war, an Wasser zu denken, dachte er über den Zettel nach und darüber, warum der Zettel noch immer in seiner linken Brusttasche steckte, statt bereits auf dem Schreibtisch des Kompaniechefs zu liegen, ich hätte ihn abgeben sollen, dachte er, während links aus dem Wald das Geknattere von Fahnenjunker Tietz' ›Feuern-auf-ein-Kommando‹-Station ertönte und gleich darauf dieses seltsame Gebrüll, was mag da los sein, dachte Frank, egal, dachte er, ich hätte den Zettel abgeben sollen, gleich Montag früh, alles andere ist Unsinn, dachte er, alles andere ist nur unnötige Verzögerung.

Auf dem Zettel in seiner rechten Brusttasche stand: »Hiermit beantrage ich die Anerkennung als Kriegsdienstverweigerer aus Gewissensgründen gemäß Artikel 4 (3) des Grundgesetzes der Bundesrepublik Deutschland. Aufgrund meiner besonderen Situation als Angehöriger der Bundeswehr bitte ich um beschleunigtes Verfahren. Darüber hinaus bitte ich darum, mich bis zur Verhandlung vom Dienst an der Waffe zu befreien.« Er konnte den Text auswendig, und während er auf den Vorgesetzten, wer auch immer das diesmal sein mochte, der dort unter dem Strommast auf ihn wartete, weiter zurobbte, murmelte er diesen Text vor sich hin, das beruhigte und war auf jeden Fall besser, als an Wasser zu denken, fand er, obwohl ihn das auch nicht der Antwort näher brachte, warum er den Zettel nicht schon am Montagmorgen abgegeben hatte, eigentlich hatte er das tun wollen, gleich nach dem Frühstück hatte er zum Spieß gehen und das Ding abgeben wollen, damit gleich mal klar und amtlich war, daß er den Kriegsdienst verweigerte, gleich nach dem Frühstück am Montag, so war der Plan gewesen, und es hatte, daran erinnerte er sich genau, beim Frühstück die Wahl zwischen lauwarmem Kaffee und laufwarmem Pfefferminztee gegeben, ich hätte den Pfefferminztee nehmen sollen, dachte er und schob den Stahlhelm nach oben, der dehydriert nicht so, ein Pfefferminztee wäre auch jetzt genau das Richtige, ich hätte schon damals, am Montag, mehr davon trinken sollen, dachte er, aber er hatte am Montagmorgen den Kaffee genommen, das rächt sich jetzt, dachte er, auch wenn es schon Mittwoch ist, egal, man hätte die ganzen Tage mehr trinken sollen, dachte er. Jedenfalls hatte er den Zettel am Montagmorgen nach dem Frühstück nicht abgegeben, und danach, beim Antreten am Montagmorgen, hatten sie erfahren, daß sie Montag wie Dienstag auf den Schießplatz gehen würden, und daß es danach eine Sechsunddreißigstundenübung zur »Vertiefung und Festigung Ihrer Ausbildung« geben würde, wie der Kompaniechef es bei seiner Ansprache am Montagmorgen nach dem Frühstück formuliert hatte, und wahrscheinlich, dachte er jetzt, während er nur noch etwa zwanzig Meter von dem Vorgesetzten, der seine Meldung entgegennehmen und ihm neue Befehle geben sollte, entfernt war, war es die Sache mit dem Schießplatz gewesen, die einen zurückschrecken ließ, dachte er, das ist heikel mit dem Schießen, überhaupt mit dem Gewehr, dachte er, da kommt noch einiges an Problemen auf einen zu, wenn der Zettel erst einmal abgegeben ist. So gesehen war es sicher richtig, den Zettel erst einmal nicht abzugeben, dachte er, wer weiß, was man da in den letzten Tagen sonst schon alles hätte falsch machen können. Er hatte bisher noch nicht die Zeit gefunden, das Buch ›Kriegsdienstverweigerung leicht gemacht‹ gründlich zu studieren, das Martin Klapp ihm nach einigem Bitten und Betteln am Wochenende schließlich geliehen hatte und aus dem er immerhin den Text, der auf dem Zettel in seiner linken Brusttasche stand, sorgfältig abgetippt hatte, aber so viel hatte er verstanden, daß die Sache mit dem Gewehr heikel war, man sollte es, so hatte es im Kapitel ›Verweigern beim Bund‹ geheißen, nur unter Protest in die Hand nehmen, am besten gar nicht, das würde die Sache noch glaubwürdiger machen, hieß es in dem Buch, und wahrscheinlich, dachte er jetzt, als er nur noch etwa fünf Meter von dem Mann, von dem er in diesem Moment nur die Beine sah, entfernt war, hatte ich bloß Angst, mich bei den Schießübungen zum Affen zu machen, dachte er, aber Angst ist kein guter Ratgeber, dachte er, man hätte den Zettel trotzdem gleich am Montag nach dem Frühstück abgeben müssen, man hätte das gleich konsequent durchziehen müssen, dachte er, aber jetzt war erst einmal Sechsunddreißigstundenübung, es war Mittwoch am frühen Nachmittag, und erst am Donnerstagabend würde die Sache vorbei sein, noch über vierundzwanzig Stunden, dachte Frank, und dem da werde ich ja wohl den Schrieb kaum übergeben können, dachte er mit Blick auf den nun schon recht nahen Vorgesetzten, das wäre albern, das kommt dann zu sehr rüber wie eine Affekthandlung, dachte er und stand auf, um seine Meldung zu machen.

»Runter mit Ihnen«, sagte der Mann, der auf ihn am Fuße des Strommastes wartete, gelangweilt. »Bis hierher wird geglitten. Wenn Sie da vorne aufstehen, sind Sie eigentlich schon tot.« Von links aus dem Wald war wieder das laute Brüllen zu hören, irgend jemand brüllte dort in regelmäßigen Abständen herum, vielleicht heißt die Station dort ›Angebrüllt werden ohne Zusammenzucken‹, dachte Frank boshaft, während er sich wieder auf die Erde niederließ, um auch die letzten paar Meter noch in der niedrigsten Gangart zurückzulegen, und während er das tat, ertönte dort, wo Fahnenjunker Tietz an seiner Station das Feuern auf ein Kommando übte, wieder das Knattern von Übungspatronen, und Frank wußte genau, was Fahnenjunker Tietz jetzt sagte: »Wie wenn 'ne Ziege aufs Trommelfell scheißt«, genau das sagt er jetzt, dachte Frank, während er die letzten zwei, drei Meter auch noch kroch, warum soll er sich auch jedesmal etwas Neues ausdenken, dachte er, und wahrscheinlich wird er ihnen auch erzählen, daß sie weniger schwitzen, wenn sie nicht so viel trinken, dachte er, und daß gegen Mücken nur Autan hilft, denn auch das hatte Fahnenjunker Tietz ihnen erzählt, ich hätte Fahnenjunker Tietz den Verweigerungsschrieb geben sollen, dachte er, schließlich steht bei Adresse: Kreiswehrersatzamt Bremen, auf dem Dienstweg, und mit Fahnenjunker Tietz fängt der Dienstweg ja wohl an, dachte Frank und stand nun endlich auf, hängte sich das Gewehr über die Schulter und klopfte sich mechanisch die Hosen ab, bevor er in Grundstellung ging, grüßte und seine Meldung aufsagte.

»Pionier Lehmann, ich melde: Die Kompanie hat den Kompaniegefechtsraum bezogen.«

»Na sowas aber auch«, sagte sein Gegenüber, irgendein Stabsunteroffizier aus einem der anderen Züge. »Dann gehen Sie mal schön wieder runter und gleiten in diese Richtung weiter, immer geradeaus, in den Wald hinein, und im Wald weiter, bis Sie auf der anderen Seite vom Wald, der ist da nicht so breit, wieder rauskommen, bis dahin immer geradeaus und so, und hinter dem Wald, auf dem Feld, also da finden Sie dann wieder einen Vorgesetzten, und da machen Sie dann Meldung und so.«

Frank war etwas unsicher, was nun zu tun sei, der Mann faselte ziemlich wirr daher, fand er.

»Worauf warten Sie noch? Runter mit Ihnen!«

Frank ging hinunter auf den Boden und kroch auf das kleine Waldstück zu.

»Und immer schön unten bleiben«, rief der Stuffz ihm nach. »Den ganzen Weg. Bis Sie auf einen Vorgesetzten treffen.«

Der Stuffz lachte, und Frank fragte sich, was daran so lustig war, die sind alle verrückt geworden, dachte er, wahrscheinlich ist es die Sonne, der steht da die ganze Zeit in der Sonne, und wahrscheinlich hat er auch nichts zu trinken, dachte Frank, wahrscheinlich trinkt er zu wenig, damit er nicht schwitzt, dachte er und schob sich den Stahlhelm aus den Augen, während vor ihm, im Wald, wieder gebrüllt wurde, noch ein Verrückter, dachte Frank, dem die Stimme irgendwie bekannt vorkam, aber wenn sie brüllen, kommen sie einem ja alle bekannt vor, dachte er und freute sich schon, daß er bald im Wald war, wenigstens ist dort Schatten, dachte er, das ist das Gute am Wald, daß es dort schattig ist, und er erinnerte sich an die Waldwanderungen im Harz, die sie als Kind bei einer Kinderfreizeit des TuS Vahr immer gemacht hatten, sogar Quellen hatte es dort gegeben, Quellen, aus denen Wasser gekommen war, das man hatte trinken können, das haben wir immer getan, dachte er, Wasser aus der hohlen Hand aus irgendwelchen Quellen und Bächen geschöpft und getrunken, bei jeder Quelle und jedem kleinen Bach, den wir gesehen haben, haben wir das gemacht, dachte er, und geschwitzt haben wir trotzdem nicht, woran man nur sehen kann, was für ein Idiot der Fahnenjunker ist, dachte er, und deshalb, dachte er, wird alles besser, wenn man erstmal im Wald ist. Man darf nicht auf das Ende der ganzen Übung hoffen, dachte er, das ist noch zu lange hin, da liegt noch eine Nacht dazwischen, da muß man sich auf die kleinen Dinge freuen, und der Wald ist schattig, dachte er, schattig und voller Wasser, was natürlich Unsinn ist, dachte er, wenn er voller Wasser wäre, dann dürften wir wahrscheinlich gar nicht hinein, denn sonst schwitzen wir ja so viel, außerdem ist hier nicht der Harz, schärfte er sich ein, man darf nicht unrealistisch werden, und daß es im Wald schattig ist, ist ja auch schon mal eine gute Sache, dachte er.

Als er den Wald erreichte, kroch er hinein und gleich hinter einen Busch. Hier war es wirklich angenehm kühl, und als er sich vorsichtig aufsetzte und noch einmal zurückschaute, sah er, daß der Stabsunteroffizier in eine andere Richtung blickte, wohl zum nächsten, der ihm entgegenrobbt, dachte Frank. Er spähte in den Wald hinein. Dort war niemand zu sehen. »Bis Sie auf einen weiteren Vorgesetzten treffen«, hatte der Stabsunteroffzier gesagt, »immer geradeaus«, aber geradeaus war niemand zu sehen, der Wald war düster und still, und bis zur anderen Seite war es weit, und Frank beschloß, es mal mit etwas anderem als der niedrigsten Gangart zu versuchen. Er nahm das Gewehr in die Faust und lief geduckt hinter den nächsten Baum. Dabei fiel ihm der Stahlhelm vom Kopf. Er hob ihn auf, behielt ihn in der Hand und hüpfte schnell hinter den nächsten Baum und dann wieder ein Stückchen weiter hinter den nächsten, die Bäume standen hier dicht an dicht, und Frank schlängelte sich schließlich zwischen ihnen hindurch wie durch Slalomstangen. Zu schnell darf man auch nicht sein, dann fällt das auf, dachte er und ging in die Hocke und verschnaufte ein wenig. Bis zum anderen Ende des Waldes waren es jetzt noch ungefähr hundert Meter, und Frank beschloß, die nächsten fünfzig Meter noch zu laufen und sich dann vorsichtshalber wieder auf den Boden zu legen und zu kriechen.Er eilte geduckt zum nächsten Baum. Hinter dem sprang Feldwebel Meyer hervor und brüllte ihn an. Frank zuckte zusammen, er erschreckte sich so dermaßen mordsmäßig, daß er dem Feldwebel im Affekt fast eine runtergehauen hätte, nahe genug war der Feldwebel dafür, er landete genau vor Frank und brüllte so laut, daß Frank die einzelnen Worte auf diese kurze Entfernung schon gar nicht mehr verstehen konnte, aber das war auch nicht nötig, er wußte ja, worum es ging, er sollte nicht laufen, sondern kriechen, aber er lief trotzdem noch ein paar Schritte, einfach nur, um dem Gebrüll zu entkommen, das genau das Gebrüll war, das er die ganze Zeit vom Kornfeld aus immer wieder gehört hatte, und der Feldwebel kam hinterher und brüllte weiter, und Frank warf sich auf die Erde, setzte sich den Stahlhelm auf und kroch auf dem Boden weiter, nur weg hier, dachte er, während das Gebrüll des Feldwebels ihm nachfolgte, er kroch und kroch so schnell es ging und atmete erst ein bißchen auf, als das Gebrüll verstummte, warum auch immer.

Hat sich also auch das aufgeklärt, dachte Frank, dem immer noch das Herz bis zum Halse schlug, kriechend, Arschloch, Arschloch, Arschloch, dachte er. Aber dann hatte er eine Idee. Sie hatte mit dem Verweigerungsantrag in seiner Tasche und Feldwebel Meyer zu tun. Das würde ihn aus der Bahn werfen, dachte er, das wäre die einzige und nie mehr wiederkehrende Gelegenheit, Feldwebel Meyer eine zu verpassen, dachte er, und dieser Gedanke hatte etwas so Unwiderstehliches, daß er den mahnenden Stimmen unter seinen verwirrten Gedanken zum Trotz umkehrte und zu Feldwebel Meyer zurückkroch.

»Feldwebel Meyer«, rief Frank halblaut, als er nur noch wenige Meter von dem Vorgesetzten entfernt war, der wieder hinter seinem Baum stand und nach dem nächsten Kameraden Ausschau hielt.

Der Feldwebel zuckte zusammen und fuhr herum.

»Ruhe«, preßte er leise hervor. »Was wollen Sie denn?«

Frank stand auf. »Ich wollte...« Er verstummte. Es ist doch keine so gute Idee, dachte er plötzlich, es wäre ein Fehler!

»Was wollten Sie?« Feldwebel Meyer sah ihn nicht eigentlich böse an, eher schon ein bißchen besorgt. »Geht's Ihnen nicht gut, oder was?«

»Ich habe noch was vergessen«, sagte Frank, um etwas Zeit zu gewinnen. Es ist keine gute Idee, dachte er, das ist unernst, ein billiger Triumph, der sich später rächt. »Ich wollte, äh...«

»Was haben Sie vergessen?«

»Äh...«

»Sind Sie verrückt geworden, Lehmann«, preßte Feldwebel Meyer leise hervor. »Hauen Sie ab.«

In diesem Moment kroch POA Neuhaus an ihnen vorbei. Er sah sie, stand auf, grüßte und sagte: »Pionier OA Neuhaus, ich melde, die Kompanie hat...«

»Halten Sie die Klappe und kriechen Sie weiter, Neuhaus«, brüllte Feldwebel Meyer ihn an. Neuhaus zuckte zusammen. »Diese Richtung hundertfünzig, da können Sie Ihre Meldung loswerden, nicht bei mir, kennen Sie Ihre Befehle nicht, Neuhaus?«

»Ich dachte...« Neuhaus stutzte. Er sah Frank an, dann den Feldwebel, dann wieder Frank, und dann grüßte er und sagte: »Pionier OA Neuhaus, ich melde mich ab.«

»Ja, ja, hauen Sie ab, Neuhaus«, sagte der Feldwebel. Dann schaute er Frank an. »Und Sie?«

Neuhaus stand noch immer bei ihnen und sah ihnen neugierig zu.

»Neuhaus, hauen Sie ab, oder Sie werden nie Offizier, das schwöre ich Ihnen.«

Neuhaus warf sich auf den Boden und schlängelte davon.

»Was wollen Sie denn nun?« wandte sich der Feldwebel an Frank, und es klang durchaus zivil und freundlich. Er muß zwischendurch nur mal ein bißchen brüllen können, dann geht's gleich wieder, dachte Frank.

»Ich wollte eigentlich auch bloß melden, daß die Kompanie ihren Gefechtsraum bezogen hat«, sagte er und war erleichtert, daß ihm diese Möglichkeit, aus der Sache heil wieder rauszukommen, dank Neuhaus noch in den Sinn gekommen war. »Das hatte ich ja vorhin vergessen.«

»Hauen Sie ab«, sagte Feldwebel Meyer, »hauen Sie bloß ab, Lehmann, und wenn Sie nicht in einer Sekunde weg sind, dann vergesse ich mich.«

Frank ging zu Boden und kroch von dem Feldwebel weg. Weiter vorn sah er Neuhaus aus dem Wald heraus- und ins nächste Kornfeld hineinkriechen. Es wäre ein Fehler gewesen, dem Feldwebel den Zettel zu geben, dachte er, ein schlimmer Fehler, vielleicht zuerst ein großer Lacher, aber später dann umso bereuenswerter, dachte er, man darf sich nicht von seinen Gefühlen leiten lassen, dachte er, man darf nicht um einer Feldwebelverarschung willen das große Ganze aus dem Auge verlieren. Noch vierundzwanzig Stunden, dachte er, dann ist das hier vorbei. Und dann, dachte er, während er weiterkroch, Neuhaus hinterher, zum in der Sonne leuchtenden, windgestreichelten Kornfeld hinüber, dann wird verweigert, Kameraden, daß die Schwarte kracht.

Vierundzwanzig Stunden später, als sie nach einer Nacht im Zelt und vielen weiteren Übungen endlich wieder in der Kaserne waren, kamen Frank aber doch einige Zweifel. Nicht darüber, daß er verweigern sollte, das, dachte er, während er, in der Stube sitzend, mit Waffenöl, Docht und Kette sein Gewehr reinigte, ist abgemachte Sache. Aber der von ihm am Sonntag mit dem entsprechenden Datum getippte Brief schien ihm dafür untauglich, das überzeugt nicht, dachte er, den Brief hätte man sofort abgeben müssen, das kommt unernst rüber, wenn man eine Verweigerung vier Tage später abgibt, als sie datiert ist, dachte er, da lachen sie einen gleich aus. Und deshalb beschloß er, den Brief mit dem Datum des heutigen Donnerstags noch einmal abzuschreiben und am Freitagmorgen abzugeben. Soviel Einsatz muß sein, dachte er, und bis Montag darf man damit nicht warten, sonst schlafft man wieder ab, und dann wird das nie was, das muß jetzt raus, das muß festgeklopft werden, vollendete Tatsachen müssen geschaffen werden, dachte er, während er mit dem Fingernagel im Rohr vor dem Verschluß des Gewehrs nachprüfte, ob an der Stelle, an der die Fahnenjunker immer nachprüften, ob alles sauber war, auch alles sauber war.

Etwa eine Stunde später, es war etwa acht Uhr am Abend, hatten sie frei. Hoppe, Schmidt und Leppert wollten noch einmal schnell ins Outpost gehen. »Bloß raus aus der Scheiße«, sagte Hoppe, »Happy Hour ist zu spät, aber scheißegal«, und Frank lehnte dankend ab, als sie ihn fragten, ob er mitkäme, was sie schade fanden. »Zu viert ist besser als zu dritt«, sagte Hoppe, und Frank hatte ein schlechtes Gewissen, nicht nur, weil er nicht mitkam, sondern auch, weil er zur selben Zeit sogar dafür sorgen wollte, daß er überhaupt nie mehr mit ihnen ins Outpost gehen mußte.

Denn so könnte man es natürlich auch sehen: daß ich sie im Stich lasse, dachte er, als er ins Mannschaftsheim ging, um sich dort einen Kugelschreiber und einen Block Papier zu kaufen, sie führten dort solche Sachen, und Frank war etwas aufgeregt, als er danach verlangte, darauf kommt jetzt keiner, dachte er und schaute sich im Mannschaftsheim um, daß hier einer Schreibkram kauft, um einen Antrag auf Kriegsdienstverweigerung zu schreiben, das haben sie nicht auf der Rechnung, dachte er, einen Brief an Mutti oder so, zum Geburtstag vielleicht, dachte er, aber nicht das. Es war nicht viel los im Mannschaftsheim, nur in der Ecke lärmten wieder die Vizes von neulich, aber sie beachteten ihn nicht, wer merkt sich schon das Gesicht eines Schnüffels, dachte Frank und setzte sich dennoch vorsichtshalber so weit wie möglich von ihnen weg. Außerdem hatte er sich, um nicht aufzufallen und weil sich das natürlich so gehörte, zusammen mit Stift und Papier auch ein Bier geben lassen, und davon trank er erst einmal die Hälfte, bevor er den Schreibblock aufschlug, die Vorlage aus der Tasche zog, sie entfaltete und den Text noch einmal abzuschreiben begann.

Leider schrieb der Kugelschreiber nicht so gut, deshalb mußte er aufstehen und ihn gegen einen anderen eintauschen. Der Wirt des Mannschaftsheims guckte ein wenig böse, und um ihn gnädiger zu stimmen und weil er schon einmal da war, bestellte Frank gleich das nächste Bier, bis das kommt, dachte er, habe ich das andere sowieso schon ausgetrunken. Dann setzte er sich wieder hin und begann noch einmal von vorne mit dem Abschreiben. Ein Problem war auch seine Handschrift, das wurde ihm ziemlich schnell klar. Eigentlich war an ihr nichts auszusetzen, aber da es ihm auf gute Lesbarkeit ankam, schließlich ist es ein amtliches Dokument, dachte er, strengte er sich in dieser Hinsicht besonders an, was seine Schrift zwar deutlich, aber auch ungelenk, wenn nicht gar krakelig machte, jetzt rächt es sich, daß man seit Jahren nichts mehr mit der Hand geschrieben, sondern immer alles getippt hat, dachte er, da müßte man eigentlich erst einmal ein paar Tage trainieren, daß es einigermaßen flüssig und lesbar zugleich wird, dachte er, so ist das ja eine Psychopathenhandschrift, das kann man eigentlich keinem zumuten, dachte er, und je weiter er im Text kam, desto größer wurde darüber hinaus auch seine Angst, sich zu verschreiben, Verschreiber sind verräterisch, dachte er, sie sind wie Versprecher, es darf nicht der kleinste Fehler darin sein, dachte er, und wenn, dann dürfen es nur solche Fehler sein, dachte er, die durch geschicktes Übermalen ausgebügelt werden können, Hauptsache, man muß kein Wort durchstreichen, dachte Frank, alles andere kann noch als stilistische Eigenart gesehen werden, aber Durchstreichen ist das Eingeständnis einer Niederlage, und als er das dachte, kam das nächste Bier, und Frank trank das erste schnell aus, um dem Mann das leere Glas mitzugeben. Dabei war er wohl ein bißchen zu hektisch, denn als er das Glas zum Mund hob, um den Rest hineinzuschütten, ging ein wenig an den Mundwinkeln vorbei auf seine Uniformkleidung, er erschrak, verschluckte sich und verspritzte dabei etwas Bier auf das Papier.

»Langsam, Junge, langsam«, sagte der Wirt, der verdächtig wie ein pensionierter Hauptfeldwebel aussah und auch so sprach. Er klopfte dem hustenden Frank auf den Rücken, »Ich nehm's dir ja nicht weg, Junge«, sagte er und ging, als Frank mit dem Husten fertig war, mit dem leeren Glas davon. In der Tiefe des dunklen Raumes hörte Frank jemanden lachen und hoffte nur, daß es wegen was anderem war. Er zerknüllte das fast schon fertige, nun aber bekleckerte Schreiben. Dann begann er noch einmal von vorn, nicht ohne zuvor noch einen ordentlichen Schluck Bier genommen zu haben, vielleicht gibt das ja eine ruhige Hand, dachte er. Er war noch nicht weit gekommen, als ein Schatten auf ihn fiel. Er blickte hoch und sah in das Gesicht des Soldaten, der schon damals, als er mit Hoppe, Leppert, Hartmann und Schmidt hier gewesen war, stockbesoffen an ihren Tisch gekommen war und ihre Tageszahl hatte wissen wollen.

»Was schreiben wir denn da?« fragte er und grinste. Frank bedeckte das Geschriebene mit der Hand. Die getippte Vorlage faltete er zugleich einhändig zusammen.

»Was geht's dich an?« sagte er.

»Nichts, nichts.« Der andere, dessen Name Müller war, wie Frank jetzt an seinem Namensschild sah, setzte sich neben ihn.

»Müller, komm her, laß doch den Schnüffel«, rief einer von seinem Tisch.

»Nee, wir müssen uns mal unterhalten«, sagte Müller und zog dabei an dem Schreibblock, über den Frank seine Hand gelegt hatte.

»Müssen wir nicht«, sagte Frank und hielt den Block dabei fest. »Hau ab, du Arschloch.«

»Hoho«, sagte Müller gutmütig. »Scheint ja wichtig zu sein.« Er zog stärker an dem Block, Frank hielt ihn fest. »Guck mal da«, sagte Müller und zeigte auf etwas hinter Frank. Frank fiel drauf rein und drehte sich um. Dabei lockerte sich sein Griff, Müller zog am Block und hatte ihn für sich allein.

»Hast du das geschrieben? Das kann man ja kaum lesen. Was hast du denn für eine Handschrift, Mann.« Franks Gegenüber runzelte die Stirn. »Bataillon ist falsch geschrieben. Das kann man sonst auch abkürzen, mit Btl.«, sagte er. »Was soll denn das werden?« Er zitierte mit gedämpfter Stimme: »›Hiermit beantrage ich gemäß Artikel 4, Absatz 3 die...‹? Und wie geht's weiter?«

»Geht dich nichts an.«

»Hoho! Ich weiß, wie das weitergeht. Artikel 4, Absatz 3, das ist 'ne Verweigerung, Mann.«

»Woher willst du das denn wissen?«

»Hab selber mal verweigert. Schau mal hier!« Müller zeigte auf seine Schulterklappen, die außer der schwarzen Litze der Pioniere keine weiteren Abzeichen aufwies. »Ich bin Edelpionier, Z-zwo, Vize und immer noch Pionier. Wäre sonst schon HG. Wollte ich aber nicht mehr. Die Vereidigung habe ich auch ausgelassen. Scheiße, Mann, damit kommst du nie durch.«

»He, Müller, was machst du denn da mit dem Schnüffel rum?« rief es vom anderen Tisch. »Seid ihr schwul, oder was?«

»Halt die Schnauze«, rief Müller zurück. »Wir unterhalten uns hier.« Er gab Frank den Zettel zurück. »Das mußt du noch mal schreiben«, sagte er, und er erinnerte Frank dabei an seinen großen Bruder. »Bataillon würde ich abkürzen. Und außerdem ist es wichtig, daß du reinschreibst, daß du vom Dienst an der Waffe befreit werden willst. Sonst nehmen die das nicht ernst.«

»Wollte ich sowieso«, sagte Frank.

»Und außerdem würde ich es mal mit Druckbuchstaben versuchen, das kann ja kein Schwein lesen.«

Frank sagte nichts. Er traute dem Frieden nicht. Müller schaute ihn derweil neugierig an.

»Und achte drauf, daß du 'ne Aussage von 'nem Pfarrer bekommst«, sagte er. »Ohne Pfarrer wird das nichts. Pfarrer ist das mindeste, ohne Pfarrer mußt du schon selbst ein Heiliger sein, sonst kannst du das vergessen.«

Er machte eine Pause, aber Frank sagte immer noch nichts.

»Das war mein Fehler«, sagte Müller nach einer Weile. »Ich hatte keinen Pfarrer im Boot. Ohne Pfarrer wird's schwer.«

Frank schwieg.

»Okay, okay.« Müller stand auf. »Viel Glück. Aber da kommst du sowieso nicht mit durch, glaub's mir. Wenn du einmal hier bist...«

»Mal sehen«, sagte Frank.

Müller nahm seine Trillerpfeife aus der linken Brusttasche und blies hinein. »Vize!« brüllte er.

»Vize!« brüllten seine Kameraden vom anderen Tisch zurück.

»Mach's gut, Schnüffel«, sagte Müller laut und zwinkerte ihm dabei zu. Dann ging er zurück zu seinen Kameraden.

Frank zerknüllte den Zettel und nahm einen Schluck Bier.

»Was schreibt er denn?« hörte er jemanden von Müllers Tisch fragen.

»Keine Ahnung, Brief an Mutti wahrscheinlich«, sagte Müller. Darüber lachten alle ein bißchen.

Frank atmete auf und begann wieder zu schreiben, die vierte Version, und diesmal schrieb er, wie Müller ihm geraten hatte, in Druckbuchstaben. Das war tatsächlich einfacher, weil er sich dabei um die Lesbarkeit keine Sorgen machen mußte. Nicht schlecht, dachte er, als er schließlich das Ergebnis betrachtete, sieht ein bißchen seltsam aus, aber es hat auch Stil, dachte er und nahm noch einen tiefen Schluck von dem Bier, entschlossen wirkt das, dachte er, entschlossen und geradlinig, und auch die Zeilen sind einigermaßen gerade, dachte er, auch parallel zueinander, wenngleich nicht parallel zur Kante des Papiers, man kann nicht alles haben, entschied er, das muß reichen, um ein Grundrecht wahrzunehmen, es ist ein Grundrecht, schärfte er sich ein, da kann es ja wohl nicht davon abhängen, ob liniertes Papier zur Hand ist oder nicht. Er faltete das Blatt sorgfältig zusammen und steckte es in seine Brusttasche. Dann trank er das Bier aus, stand auf, ging zum Tresen und bezahlte. Im Hinausgehen suchte er noch einmal den Blick von Müller, aber der beachtete ihn nicht.

»Hunderteinundfünfzig«, rief ihm einer seiner Kumpane hinterher, und alle Vizes lachten.

Lacht nur, Kameraden, dachte Frank, als er ins Freie trat. Lacht nur. Wenn ich Glück habe, bin ich hier früher raus als ihr. Dann setzte er sich das Schiffchen auf, zog es genau in die Mitte und etwas in die Stirn hinein und stiefelte mit schwerem Schritt hinüber zu seinem Bett in der 4. Kompanie.

»Was soll das denn sein?« fragte der Obergefreite im Vorzimmer des Spieß' laut in den Raum hinein und blickte stirnrunzelnd auf das Papier, das Frank ihm gegeben hatte. Frank hätte es lieber dem Spieß direkt gegeben, statt sich mit einem seiner Schreibstubenknechte auseinanderzusetzen, aber es war nichts zu machen gewesen, der Obergefreite war nun einmal da, und der Spieß stand weiter weg mit einem Aktenordner in der Hand. Erst jetzt schaute er interessiert auf.

»Das ist ein Antrag auf Kriegsdienstverweigerung aus Gewissensgründen«, sagte Frank, »das muß auf dem Dienstweg abgegeben werden, und deshalb gebe ich das hier ab.«

Der Obergefreite schaute ihn mit offenem Mund an. »Verstehe ich nicht«, sagte er schließlich und schaute wieder auf das Papier. »Da kommst du doch nie mit durch.«

»Was ist denn los, Albrecht?« fragte der Spieß, der jetzt hinter dem Obergefreiten stand und ihm über die Schulter guckte. »Sind Sie schwer von Kapee oder was?«

Der Spieß nahm dem Obergefreiten das Papier aus der Hand.

»Das ist doch nicht schwer zu kapieren, Albrecht«, sagte er, »das ist ein Antrag auf Kriegsdienstverweigerung. Haben Sie sowas noch nie gesehen?«

»Nein.«

»Ich aber, Albrecht. Hätte ich Ihnen nicht zugetraut, Lehmann.«

»Warum nicht?« konnte Frank sich nicht verkneifen zu fragen, obwohl er entschlossen gewesen war, sich auf keine Diskussionen einzulassen.

»Sie sind doch Vertrauensmann, Lehmann. Wollen Sie Ihre Kameraden im Stich lassen?«

»Ja nun«, sagte Frank, der viel darüber nachgedacht hatte, »ist ja nur für ein paar Wochen.«

»Verstehe ich nicht«, sagte der Obergefreite, »das ist doch eine Verweigerung, die gilt doch nicht bloß für ein paar Wochen.«

»Das ist hier eine Ausbildungskompanie, Albrecht, das meint er, da wäre er sowieso nur noch ein paar Wochen im Amt«, sagte der Spieß. »Sie sind heute ein bißchen langsam, was, Albrecht? Nehmen Sie sich mal ein Beispiel an Lehmann hier, der ist erst ein paar Wochen dabei und schon uraltes Militär. Täte mir leid, wenn wir Sie verlieren würden, Lehmann, hatte mich gerade an Sie gewöhnt.«

»Da kommt der doch nie mit durch«, sagte der Obergefreite.

»Reden Sie nicht, Albrecht, Sie haben doch gar keine Ahnung. Sie hätten doch nie den Mumm zu sowas. Nehmen Sie sich mal ein Beispiel an Lehmann. Haben Sie Ihr Gewehrreinigungszeug am Mann, Lehmann?«

»Ja«, sagte Frank und zog mechanisch und ohne zu überlegen seine Büchse mit dem Gewehrreinigungszeug aus der Tasche.

»Sehen Sie, Albrecht, das meine ich: uraltes Militär. Und gucken Sie mal hier: PiBtl, sauber abgekürzt, Albrecht. Muß schon sagen, Lehmann, wäre schade, wenn wir Sie verlieren würden. Aus Ihnen machen wir noch einen richtig guten Soldaten.«

»Glaube ich nicht, Herr Hauptfeld«, sagte Frank verwirrt. Er steckte schnell das Gewehrreinigungszeug wieder ein.

»Das können Sie ruhig glauben, Lehmann, ich hab da Erfahrung.«

»Was soll ich denn jetzt damit machen?« fragte der Obergefreite.

»Womit, Albrecht?«

»Mit dem Ding da.« Albrecht zeigte auf den Zettel in der Hand des Spieß'.

»Gar nichts machen Sie, Albrecht. Wie Sie sehen, habe *ich* den Zettel in der Hand. Oder wollen Sie ihn mir wegnehmen?«

»Nein, ich meine bloß, wegen...«

»Albrecht, ihr Kamerad Lehmann hat einen Antrag auf Kriegsdienstverweigerung gestellt. Das sollten Sie jetzt mal ernst nehmen, an dem können Sie sich überhaupt mal ein Beispiel nehmen, Albrecht, der hat wenigstens Mumm in den Knochen. Haben Sie Ihr Gewehrreinigungszeug dabei?«

»Nein, wozu denn?«

»Das Gewehrreinigungszeug muß immer am Mann sein, Albrecht.« Der Spieß wandte sich an Frank. »Muß denn sowas ausgerechnet am Freitag sein, Lehmann?«

»Wieso nicht?«

»Wieso nicht?« Der Spieß seufzte und wandte sich wieder an seinen Obergefreiten. »Da hören Sie ihn, Albrecht: Wieso nicht... Uraltes Militär, da können Sie sich mal eine Scheibe von abschneiden, Albrecht.« Er seufzte wieder. »Der Hauptmann ist heute nicht da, Lehmann. Was soll denn das heißen, das hier mit dem ›Dienst an der Waffe‹?«

Der Spieß runzelte die Stirn und las aus Franks Schreiben vor: »›Darüber hinaus bitte ich darum, mich bis zur Behandlung vom Dienst an der Waffe zu befreien.‹« Der Spieß schaute amüsiert auf. »Behandlung?!«

»Oh«, sagte Frank, »da habe ich mich wohl verschrieben, *Ver*handlung, meine ich.«

»Ach so, ja, aber da kann ich nicht drüber entscheiden, Lehmann, das muß der Hauptmann machen. Wir sind eine Ausbildungskompanie, Lehmann, da müssen Sie doch auch was lernen.«

»Ich mache das nur unter Protest.«

»Jaja«, sagte der Spieß heiter, »das ist schon besser. Machen Sie das mal unter Protest. Machen hier sowieso alle, nicht wahr, Albrecht?«

»Was, Herr Hauptfeld?«

»Alles unter Protest machen, Albrecht.« Der Spieß grinste fröhlich. »Na gut, Lehmann«, fuhr er dann fort, »passen Sie auf, ich sag Ihnen mal was: Heute ist Sport und Formalausbildung, das müßte mit Ihrem Gewissen gerade noch vereinbar sein, das Gewehr holen wir heute nicht mehr raus, dann ist Wochenende, ich schick das heute ab und mache eine Kopie, die zeige ich Montag früh gleich dem Hauptmann, und Sie kommen auch am Montag nach dem Frühstück gleich wieder her. Und dann reden Sie mal mit dem Hauptmann drüber.«

»Okay.«

»Wie heißt das?«

»Jawohl, Herr Hauptfeld.«

»So, und jetzt hauen Sie ab, gleich ist Antreten. Kernige Sache, Lehmann, hätte ich Ihnen nicht zugetraut. Endlich mal Leben in der Bude.«

Der Spieß lachte, und er lachte noch, als Frank die Tür hinter sich schloß.

23. DIE SAMMLUNG

»Wie jetzt, Zeugenaussage? Ich meine, warum ausgerechnet ich?«

Martin Klapp fuhr mit der rechten Hand in die Glasschüssel, die zwischen ihm und Frank auf dem Fußboden seines Zimmers stand, löste ein Stück von der schmutzigweißen, zähen Masse ab, die sich darin befand, und steckte sie sich in den Mund.

»Schmeckt gar nicht mal so schlecht«, sagte er. »Man darf nur nicht so genau hinsehen. Probier mal!«

»Nein, danke«, sagte Frank. Er hatte nichts gegen Kartoffelpuffer, auch nichts gegen Kartoffelpuffer aus der Tüte, aber das hier war nicht gerade der Idealfall von Kartoffelpuffern. Martin Klapp hatte kein Fett für die Pfanne gefunden, aber darauf bestanden, sie trotzdem zu machen, »das geht auch ohne«, hatte er gesagt, »das ist eine Teflonpfanne, außerdem ist da von neulich noch Fett drin«, und das Ergebnis befand sich nun in dieser Glasschüssel zwischen ihnen.

»Man muß auch mal selber was kochen«, sagte Martin Klapp und schluckte das Zeug runter. »Mit Apfelmus wäre es nicht schlecht.«

»Also Zeugenaussage muß man es nicht nennen«, kam Frank lieber auf das andere Thema zurück, »ich brauche einfach ein paar Schreiben von Bekannten oder Verwandten, die sagen, daß ich von meinem Typ her verweigern muß und so weiter, das sind eher so Stellungnahmen, es ist ja kein Gerichtsverfahren, ich meine, ich bin ja nicht angeklagt oder so, aber so Stellungnahmen braucht man auf jeden Fall.«

»Warum das denn?«

»Das wird halt so gemacht. Das steht in dem Buch.«

»Welches Buch?«

»›Verweigern leicht gemacht‹. Das von dir.«

»Ach das... Ich weiß nicht, was soll denn das bringen?«

»Das wird so gemacht, das ist ein bißchen wie Bürgschaften oder so, also daß Leute, die einen kennen, sagen, daß man der Richtige zum Verweigern ist und daß ich vom Typ her...«

»Jaja, schon klar«, unterbrach ihn Martin Klapp, »aber wieso denn gerade ich? Was soll ich denn da schreiben?«

»Naja, schreib doch einfach, daß du mich schon lange kennst, daß wir schon im Sandkasten zusammen gespielt haben und immer schön gewaltlos, und daß du dich von Anfang an gewundert hast, daß ich zum Bund gegangen bin, weil ich immer ein gewaltloser, pazifistischer Typ war, zu dem das gar nicht paßt. Oder so.«

»Ich weiß nicht...«, sagte Martin Klapp. Er bohrte mit dem Zeigefinger ein Loch in die Kartoffelpuffermasse und prüfte, über die Schüssel gebeugt, das Ergebnis. »Faszinierend«, sagte er, »zum Modellieren wäre es gut, jedenfalls besser als zum Essen, würde ich sagen. Und ich hab Hunger.«

»Ja, aber eigentlich waren wir jetzt bei was anderem«, ermahnte ihn Frank.

»Schon richtig, aber wir sollten trotzdem mal was essen, ich weiß immer überhaupt nicht, wie ich am Wochenende überleben soll, die sollten die Mensa auch am Wochenende aufmachen, sonst überlebt man das gar nicht in der Schweinebude hier. Hier kann man sich ja nicht mal was Vernünftiges kochen.«

»Da sollte man vielleicht erst mal was Vernünftiges einkaufen«, gab Frank zu bedenken.

»Wenn du hier was Vernünftiges einkaufst, dann fressen die dir das gleich weg. Ich hab neulich eine Dose Ravioli gekauft, und einen halben Tag später war die weg. Ich wette, das war Wolli.«

»Wieso denn gerade Wolli? Warum nicht Ralf?«

»Ralf mag keine Ravioli. Und Wolli hat dauernd seine Punkerfreunde hier, das geht mir auch langsam auf die Nerven. Und jetzt habe ich Hunger.«

»Ja, laß uns mal was essen gehen«, sagte Frank, »aber trotzdem brauche ich diese Zeugenaussage, das ist wichtig, da mußt du mir helfen.«

»Erst mal was essen. Gyros«, sagte Martin Klapp und stand auf. »Ganz klar Gyros. Hast du noch Geld?«

Was Frank hatte, reichte noch für zwei Gyros. Sie standen auf, und auf dem Flur begegneten sie Wolli, der gerade mit einem Kumpel zur Wohnungstür hereinkam.

»Hallo«, sagte Wollis Kumpel und schaute sich dabei prüfend im Flur um. Wolli tat die Zange zurück unter die Fußmatte und schloß die Wohnungstür. »Das ist Mike«, sagte er. »Der muß mal ein paar Tage hier wohnen.«

»Das wird eng, Wolli«, sagte Martin Klapp. »Was ist denn mit dem anderen, wie hieß der noch mal?«

»Welcher jetzt?«

»Ach so, ja«, sagte Martin Klapp säuerlich. »Das sind ja so viele. Da verliert man schon mal den Überblick, was, Wolli? Vergessen wir das. Aber wie wär's denn mal mit Abwaschen, Wolli?«

»Ich habe jetzt schon zweimal alles abgewaschen und sonst keiner, seit ich hier wohne. Jetzt ist mal ein anderer dran«, sagte Wolli. »Jetzt aber echt mal, Martin.«

»Hm...«, sagte Martin. Er wandte sich an Frank. »Wie wär's denn mal mit dir?«

»Ich bin nur am Wochenende hier«, sagte Frank, »ich habe noch überhaupt kein Geschirr benutzt, außer der einen Tasse, die ich immer nehme, die muß man nicht abwaschen, wegen mir nicht. Wer kocht denn hier eigentlich immer die ganzen Sachen?«

»Weiß ich auch nicht«, sagte Martin. »Einiges ist wohl noch von Achim, ich glaube, das meiste ist von Achim. Schade, daß der weg ist, der wäre sonst eigentlich dran gewesen.«

»Aber Frankie hat jetzt Achims Zimmer«, gab Wolli zu bedenken, »so gesehen...«

»Ja, aber das ist dann auch irgendwie Sippenhaft, das ist nicht fair«, sagte Martin Klapp. »So gesehen, könnte Mike das auch machen.«

Alle blickten auf Mike.

»Du bist neu hier«, sagte Martin Klapp. »Ich meine, wir nehmen dich hier auf und so, du darfst wegen mir auch ruhig mal duschen, ich meine, die Dusche, die geht noch und so, auch mit heißem Wasser.«

Er ließ das eine Weile so stehen, vielleicht weil er, genau wie Frank in diesem Moment, darüber nachdenken mußte, wie Mikes Irokesenschnitt wohl nach einer Dusche aussehen würde. »Naja«, fuhr er schließlich fort, »das wäre jedenfalls eine feine Geste.«

»Was hat denn Mike damit zu tun? Der hat doch noch gar nichts gemacht«, sagte Wolli, »das ist nicht in Ordnung, das ist überhaupt nicht in Ordnung!«

»Laß mal«, sagte Mike, ich mach das wohl, kann man ja mal machen. Da dusch ich aber erst mal.«

»Wo kommst du eigentlich her?« fragte Martin Klapp. »Bist du auch aus Walle, so wie Wolli?«

»Ja, wieso?«

»Nur so. Laß uns mal was essen gehen, Frankie, irgendwie ist das ja auch alles scheißegal.«

Sie verließen die Wohnung und gingen in den Gyros-Imbiß um die Ecke.

»Das geht mir langsam auf die Nerven«, sagte Martin Klapp, während sie in der Schlange standen. »Dauernd schleppt Wolli diese Typen an, und die sind immer aus Walle. Gibt's da keine Wohnungen mehr in Walle, oder was? Ich meine, wenn die wenigstens aus der Vahr wären, dann würde man die wenigstens kennen.«

»Das ist nicht gesagt«, gab Frank zu bedenken, »wenn die aus der Neuen Vahr Nord wären oder aus der Gartenstadt Vahr, dann nicht unbedingt.«

»Ist ja egal, scheiß auf die Vahr, jedenfalls nervt das, Ralf sagt das auch. Irgendwie sind die alle asozial, diese ganze Punkscheiße, das ist doch bloß Lumpenproletariat, das müßte Wolli doch wissen, der hat das doch früher auch mal alles gelernt.«

»Was gelernt?«

»Na ja, Kommunistisches Manifest und das alles, da steht das doch schon alles drin, was man davon zu halten hat, von wegen Lumpenproletariat und so.«

»Ja, das muß Wolli dann wohl vergessen haben«, sagte Frank.«

»Ja. Und die Scheißmusik, die die immer hören, du

weißt ja gar nicht, wie gut du es hast, daß du unter der Woche immer in der Kaserne bist.«

»Das ist Geschmacksache«, sagte Frank, »das muß man nicht unbedingt so sehen, daß das ein Vorteil ist. Was ist denn jetzt mit deiner Stellungnahme?«

»Warte mal«, sagte Martin Klapp, »laß uns erstmal bestellen, da muß man sich konzentrieren. Was willst du denn?«

»Gyrospita natürlich«, sagte Frank, »wie immer.«

»Ich auch«, sagte Martin Klapp. »Gib mal Geld!«

Frank gab ihm sein Geld, Martin Klapp kaufte die Gyrospitas, und dann standen sie damit in einer Ecke des Raumes und hatten gerade zu essen begonnen, als plötzlich Sibille auftauchte. Man sieht sie überhaupt nicht kommen, dachte Frank, als sie plötzlich neben ihnen stand und »Hallo« sagte, sie ist so klein, dachte er, daß sie sich an jeden anschleichen kann, ohne bemerkt zu werden, im Gelände wäre sie unschlagbar, dachte er und versuchte sich vorzustellen, wie sie wohl mit Stahlhelm aussehen würde.

»Hallo«, sagte sie noch einmal. Frank hatte nicht gleich geantwortet, er war zu überrascht gewesen, und Martin Klapp würgte noch an den Gyrosbrocken, die er gerade im Mund hatte.

»Was machst du denn hier«, fragte er, als er endlich reden konnte.

»Ich hab euch gesehen, da dachte ich, ich sage mal Hallo. Wie geht's dir denn so?« sagte Sibille zu Frank.

»Frankie hat seine Verweigerung eingereicht«, sagte Martin Klapp, »der verweigert jetzt.«

»Echt? Geht das denn?«

»Das ist ein Grundrecht«, sagte Frank, »das geht immer. Das geht sogar, wenn man schon wieder raus ist aus dem Bund, das ist ein Grundrecht ist das, das ist gleich Artikel 4, Absatz 3 im Grundgesetz, das ist ganz vorne ist das...«

Er brach ab und fragte sich, warum er so einen Blödsinn redete. Es liegt wahrscheinlich daran, wie sie einen immer anguckt, dachte er, das bringt einen aus dem Konzept.

»Soso, das ist ja interessant«, sagte sie. »Und klappt das dann auch?«

»Das kommt drauf an.«

»Macht man da auch so eine Verhandlung?«

»Ja klar«, mischte Martin Klapp sich ein, »auch mit Zeugenaussagen und so. Ich schreib ihm eine.«

Sie sah ihn zum ersten Mal richtig an.

»Was für eine Zeugenaussage?«

»Na, so eine, wo man sagt, daß er da nicht hingehört«, sagte Martin Klapp eifrig, »und so weiter, also praktisch, daß man sagt, daß man ihn schon lange kennt und sich ohnehin schon gewundert hat, daß er da beim Bund ist, und dann schreibt man, daß er immer schon ein absolut gewaltfreier Pazifist und sowas war, mein Gott, so einen Scheiß halt.«

»Wieso Scheiß? Das ist doch gut?«

»Was?«

»Das ist doch nett, wenn einer einem da hilft.«

»Nett, ja klar ist das nett«, sagte Martin Klapp, »und ob das nett ist. Ich mach das ja auch extra für ihn.«

»Genau«, sagte Frank, »Martin macht das.«

»Ah ja«, sagte sie und sah jetzt wieder zu Frank. Dem war das unangenehm, es war etwas in ihrem Blick, das ihn davon abhielt, den Rest seiner Gyrospita zu essen. Man ißt nicht gern, wenn man dabei beobachtet wird, dachte er, jedenfalls nicht, wenn der oder vor allem die andere dabei selber nichts ißt, das mag keiner gern, dachte er, während das Gyros, auf das er wirklich großen Hunger hatte, in seiner Hand kalt wurde. Martin Klapp dagegen stopfte sich derweil die Pita rein, als ob es nie wieder was geben würde.

»Finde ich gut, daß du verweigerst«, sagte sie. »Das finde ich sehr mutig. Da muß man wohl ziemlich viel aushalten, oder? Schikanen und so...«

»Bis jetzt nicht«, sagte Frank, »bis jetzt eigentlich nicht, das ist schon in Ordnung, das ist keine Heldentat, das ist ja ein Grundrecht, das darf ja jeder jederzeit und so.« Jetzt ist aber mal gut, dachte er und zwang sich zum Essen, wobei ihm der Krautsalat links und rechts aus der Pita heraus und direkt vor ihre Füße fiel.

»Also wenn man euch so sieht, dann kriegt man direkt selber Hunger«, sagte Sibille. »Aber ich will mal nicht mehr stören, ich muß auch nach Hause, was kochen, na ja, wir sehen uns ja auch dann Montag in der Uni, Martin«, sagte sie.

Martin nickte. »Goethe«, sagte er.

»Wir sind jetzt auch noch in derselben Arbeitsgruppe«, sagte Sibille zu Frank.

»Das ist schön«, sagte Frank.

»Naja...«, sagte sie. »Jedenfalls viel Glück dann.«

»Danke«, sagte Frank. »Dir auch.«

»Mir auch?«

»Ja.«

»Wobei?«

»Keine Ahnung. Kann man immer gebrauchen.«

Sie lächelte. »Stimmt. Soll ich Birgit von dir grüßen?«

»Wieso?« sagte Frank verwirrt.

»Nur so«, sagte sie ironisch lächelnd.

»Ja, mach das mal«, sagte Frank, dem dieses Lächeln auf die Nerven ging, »mach das mal, schöne Grüße und so.«

»Mach ich«, sagte Sibille.

Und dann ging sie. Frank und Martin Klapp schauten ihr nach.

»Werde nicht schlau aus der Frau«, sagte Martin Klapp versonnen. »Ich frag mich jedesmal, was die eigentlich von mir will!«

»Alles wahrscheinlich«, sagte Frank. »Absolut alles, Martin.«

Martin Klapp schüttelte den Kopf. »Keine Ahnung. Ich verstehe die nicht. Die ist schwierig.«

»Schwierig ist alles mögliche«, fand Frank eine Überleitung. »Das mit der Zeugenaussage auch.«

Martin seufzte und aß hastig sein Gyros auf. »Laß uns mal zurückgehen«, sagte er, als er damit fertig war.

Sie gingen zurück zu ihrer Wohnung. Es war früher Samstagabend, und die Straßen des Viertels füllten sich langsam mit amüsierwütigen Leuten aus der ganzen Stadt.

»Das sind doch alles Neubauviertelpenner«, sagte Martin Klapp, als sie die Treppen hinaufgingen, »die kommen hier am Wochenende in unsere Gegend und nerven nur rum.«

»Wir sind auch aus der Vahr«, sagte Frank, »wir sind auch Neubauviertelpenner.«

»Bei uns ist das was anderes«, sagte Martin Klapp, »das war einmal, das ist vorbei, wir wohnen jetzt hier.«

»Ja«, sagte Frank, obwohl er sich, während Martin Klapp die Zange aufhob, um die Tür zu öffnen, fragte, ob man das, was sie in dieser Wohnung trieben, wirklich wohnen nennen konnte.

»Wir müssen mal renovieren«, sagte er. »Auf Dauer kann das nicht so bleiben.«

»Auf jeden Fall«, sagte Martin Klapp und öffnete die Tür. Im Flur kam ihnen Mike entgegen, nackt und klatschnaß. Seinen Irokesenhaarschnitt schien er vor dem Wasser geschützt zu haben, er stand aufrecht wie zuvor.

»Na?« fragte Martin. »Schön sauber jetzt?!«

Mike verschwand wortlos in Wollis Zimmer, aus dem laute, schnelle und harte Musik drang.

»Hör dir das an!« sagte Martin. »So einen Kram hören die immer, wenn die da drinhocken. Und ich wette, Wolli hat sogar ein Handtuch für den Typen. Möchte mal wissen, wo er das immer versteckt. Neulich habe ich ein Handtuch gesucht und nirgendwo eins gefunden.«

Er ging zu Franks ehemaligem Zimmer und öffnete die Tür. Frank sah, daß dort fünf Punks saßen, und zwischen ihnen stand Mike und trocknete sich ab. Die anderen tranken Dosenbier und kifften.

»Habt ihr für uns auch mal 'ne Dose Bier?« schrie Martin in den Raum hinein.

Die Jungs dort schüttelten den Kopf und beachteten ihn nicht weiter. Nur Wolli hob zusätzlich zum Kopfschütteln noch die Arme und schnitt eine Grimasse des Bedauerns.

»Viel Spaß noch!« brüllte Martin Klapp und schloß die Tür. »Wir müssen unbedingt was mit dem Durchgang machen«, sagte er zu Frank, »diese Wolldecke bringt nicht viel, und auf die Dauer machen die einen wahnsinnig. Das ist doch keine gescheite Musik, was die da hören, das ist doch der letzte Dreck!«

Er ging mit Frank in sein Zimmer. Als sie an der Wolldecke vorbeikamen, zog Martin sie zur Seite und brüllte »Wirklich nicht?« in das ehemalige Durchgangszimmer. Frank sah, wie der Junge, der mit dem Rücken am nächsten zur Wolldecke saß, zusammenzuckte. Martin ließ die Decke schnell wieder fallen und ging in sein Zimmer.

»Das sind total asoziale Lumpenproletarier«, sagte er, »Revolution kannst du mit denen jedenfalls nicht machen. Revolution… – da fällt mir ein…«

Martin ging in eine Ecke seines Zimmers und zog hinter einem Bücherstapel eine prallvolle Plastiktüte hervor.

»Schau mal, was ich in Achims Zimmer gefunden habe, bevor wir deine Sachen da rübergetan haben.« Martin Klapp hielt kurz inne und dachte nach. »Nein, eigentlich war das noch, bevor er ausgezogen war. Hätte er sonst wohl ins Ruhrgebiet mitgenommen, und die Welt hätte nie davon erfahren.«

Er setzte sich auf den Fußboden, und Frank setzte sich dazu. Martin schüttete den Inhalt der Tüte auf die Reisstrohmatten. Es waren lauter Miniaturschnapsflaschen und einige Medikamentenpackungen.

»Der muß die gesammelt haben. Das mußt du dir mal vorstellen, der ist in der Bezirksleitung vom KBW, oder war er jedenfalls bis vor kurzem, und dann sammelt der sowas, tut das alles in so eine Tüte und versteckt das zwischen seinen Sachen. Unfaßbar!« Er nahm eine der kleinen Flaschen und hielt sie hoch. »Schlüpferstürmer. Das ist doch krank!«

Frank nahm ebenfalls eine der kleinen Flaschen auf. Es waren nicht die Flachmänner, die Achim sonst manchmal dabei hatte, sondern sie waren viel kleiner, sie erinnerten ihn an seine Kindheit, an den Kaufmannsladen seines Bruders, in dem er als kleiner Junge immer hatte einkaufen müssen, bloß daß auf diesen Flaschen hier nicht Maggi stand.

»Busengrapscher«, las Frank vor. »Ist das alles so sexthematisch?«

»Sexthematisch, gutes Wort«, sagte Martin Klapp und lachte. Er schraubte den Schlüpferstürmer auf und trank ihn in einem Zug aus. »Mein Gott, ist das ekelhaft«, sagte er.

Frank tat dasselbe mit dem Busengrapscher. »Hätte ich Achim nicht zugetraut«, sagte er. Er überprüfte die anderen Flaschen. Es waren noch einige sexthematische darunter, eine hieß Elfter Finger und sie hatte eine gewisse Penisform, eine andere hieß St.-Pauli-Traum, aber viele waren auch nur die Miniaturausgaben bekannter Marken, oder Boonekamp- und Underberg-Flaschen, die man sowieso nur in dieser Größe kannte. Das alles kam ihm ziemlich sinnlos und trostlos vor.

»Wieso hast du ihm das weggenommen?« fragte er Martin, der schon die zweite Flasche austrank. Er selbst schraubte den eichelförmigen Verschluß vom Elften Finger auf.

»Warum nicht?«

»Wie hast du das denn bei ihm gefunden?«

»Ich hab sein Zimmer durchsucht«, sagte Martin und machte eine dritte Flasche auf. »Das Zeug ist wirklich ekelhaft. Ich hatte ein Buch über die römische Republik gesucht, das hatte er noch, oder jedenfalls dachte ich das. Und dann finde ich bei dem sowas, das ist doch krank!«

Frank trank den Elften Finger und dann noch schnell, um den Geschmack loszuwerden, einen Underberg und beschloß dabei, in Zukunft alles, was ihm wirklich am Herzen lag, im Wertfach seines Spinds in der Kaserne aufzubewahren, die Wohnung schien ihm langsam ein wenig unsicher. Er mußte nur noch darüber nachdenken, was es war, das ihm wirklich am Herzen lag. Im Moment fiel ihm außer einer alten Ausgabe von Mommsens Römischer Geschichte, an der er sehr hing, nichts ein.

»Noch mal wegen der Zeugenaussage«, ließ er nicht locker, »das muß man genau besprechen, weil ich ja auch eine schriftliche Begründung schreibe, das mache ich morgen abend, und dann sollte man das ein bißchen vergleichen und angleichen und so.«

»Ich weiß nicht«, sagte Martin. Er reichte Frank einen Boonekamp und nahm sich selbst ein Getränk, das Juckreiz hieß und auf dem Etikett eine Frau zeigte, die sich am

Hintern kratzte. »Guck dir das doch mal an, und so einer will die Revolution machen. Ich meine, der geht dafür sogar ins Ruhrgebiet. Kein Wunder, daß das nichts wird mit der Revolution.«

»Vielleicht hat er die Sammlung irgendwie geerbt oder so«, schlug Frank vor.

»Glaub ich nicht, daß man sowas vererbt kriegt. Sowas trinkt man doch schnell noch aus, bevor man stirbt, das ist doch viel zu peinlich, um sowas zu vererben.«

»Was sind das überhaupt für Medikamente«, sagte Frank und nahm eine der Schachteln in die Hand.

»Das ist auch noch sowas!« sagte Martin Klapp. »Guck mal hier!« Er hielt einen einzelnen Streifen mit zehn blauen Tabletten hoch. »Rate mal, was das ist!«

»Keine Ahnung«, sagte Frank, der nicht wollte, daß Martin Klapp vom Thema ablenkte. »Jedenfalls...«

»Mandrax! Das ist Mandrax!«

Frank nahm ihm den Streifen ab. Auf der Rückseite stand Sopor. »Das heißt nicht Mandrax, das heißt Sopor«, sagte Frank.

»Das ist dasselbe«, sagte Martin Klapp. »Das ist Methaqualon.«

»Woher weißt du denn sowas?«

»Das weiß man doch. Ich war doch mal in der Drogen-Arbeitsgruppe in der Kirche.«

»Du warst in der Drogen-Arbeitsgruppe?«

»Ja, wir hatten das damals aufgeteilt, Ralf mußte zur Dritte-Welt-Gruppe, und ich mußte zur Drogen-Arbeitsgruppe.«

»Wolli hat erzählt, daß er einen kennt, der auf Mandrax im Why Not gepennt hat, und dann hat dem einer in die Eier getreten, und der hat nichts gemerkt.«

»Das kann sogar sein. Das ist Methaqualon, das ist voll der Hammer, das Zeug, das haut einen Elefanten um, vor allem mit Alkohol, dann fällst du stumpf um.«

»Ach Quatsch!«

»Doch, das sind Schlafmittel, und mit Alkohol zusammen hauen die dich stumpf um!«

»Schlafmittel?«

»Ja, Schlafmittel. Das Zeug ist gefährlich, ich sag dir das. Die nehmen das, und dann machen die den Papst.«

»Die machen was?«

»Den Papst machen, so nennen die das.«

»Was hat denn der Papst damit zu tun?«

»Das ist wegen dem neuen Papst, der küßt doch immer die Erde.«

»Und sowas lernt ihr alles im kirchlichen Arbeitskreis?«

»Nein, das mit dem Papst hat Wolli mir erzählt.«

»Was Wolli immer alles weiß...«

»Nein, das stimmt, der hat so Punkfreunde, die nehmen das. Ich wette, ich könnte jetzt da rübergehen und denen das Zeug verkaufen.«

»Schon klar«, sagte Frank. »Hier, nimm noch sowas hier!« Er nahm irgendeine Miniflasche, Titti Fritti stand darauf, und hielt sie Martin Klapp hin. »Titti Fritti«, sagte Frank, »das wäre doch vielleicht was für dich.«

»Hör bloß auf, und sowas war in der Bezirksleitung«, sagte Martin Klapp und schraubte die Flasche auf. »Titti Fritti, nicht zu fassen.«

»Jedenfalls muß man das genau absprechen mit den Aussagen zur Verweigerung«, wechselte Frank das Thema, »sonst widersprechen die sich vielleicht, und dann gute Nacht, Kameraden.«

»Nee, ich hab jetzt noch mal darüber nachgedacht, das bringt nichts, wenn ich da als Zeuge auftrete«, sagte Martin Klapp, »das wäre ganz falsch. In mehrfacher Hinsicht.«

»Wieso?«

»Naja, eigentlich bin ich doch gegen Kriegsdienstverweigerung, ich meine, wir waren doch immer der Meinung, daß man lieber zum Bund gehen und da politisch arbeiten sollte.«

Frank nahm einen kleinen Persiko, während Martin Klapp sexthematisch weitermachte mit einer Flasche Feuchte Pflaume.

»Erzähl keinen Quatsch, Martin«, sagte Frank gereizt. Er hatte keine Lust auf diesen Blödsinn. »Du bist untauglich, und ausgetreten bist du auch, und ich habe mit dem KBW sowieso nichts zu tun. Du bist doch bloß zu faul.«

»Nein, echt mal, ich meine, du bist da Vertrauensmann und so, da hast du doch eine politische Verantwortung, und überhaupt kann ich das mit meinem Gewissen nicht vereinbaren, da muß man da so Revi- oder Jusokram schreiben mit gewaltlos und antimilitaristisch und so, das ist doch überhaupt nicht mein Ding, das nehmen die mir doch nie ab.«

»Die kennen dich doch gar nicht.«

»Wer weiß, was die da alles nachprüfen bei den Leuten, die da so Aussagen schreiben und so. Die haben doch alles in der Hand.«

»Martin, das ist Quatsch.«

»Nein, ehrlich!« Martin Klapp schaute ihn harmlos und treuherzig an. Er guckt wie einer, dachte Frank, der niemals einem Ex-Genossen und Mitbewohner die Schnapsflaschensammlung stehlen würde. »Ich meine, willst du wirklich, daß ich da schriftlich eine Lüge abgebe?«

»Wieso Lüge? Sogar Harry hat neulich gesagt, ich wäre mehr so der Hippietyp.«

»Für Harry ist schon einer ein Hippie, der beim Prügeln keinen Schlagring benutzt«, sagte Martin Klapp. »Und wenn Harry so schlau ist, dann laß doch Harry das Ding schreiben.«

»Das wäre eine Idee«, sagte Frank bitter. »Und weißt du was?« fügte er hinzu und beugte sich ein bißchen vor, um die Beschriftungen der übrigen Miniaturflaschen, die ihm plötzlich ziemlich verschwommen vorkamen, zu studieren, »der Witz ist, daß Harry das sogar für mich tun würde.«

»Harry? Daß ich nicht lache.«

»Doch, würde er tun«, beharrte Frank. »Harry, egal wie lange man ihn nicht gesehen hat, und egal was er sonst so macht, ist wenigstens ein Kumpel. Harry ist ein Kumpel, der würde einen nicht im Stich lassen.« Das müßte eigentlich wirken, dachte Frank, deutlicher kann man es nicht sagen.

In diesem Moment kam Ralf Müller in das Zimmer.

»Da, Ralf!«

»Was ist mit Ralf?«

»Was ist mit mir?« fragte Ralf Müller.

»Der kann das viel besser«, sagte Martin Klapp.

»Was?« fragte Ralf Müller. Und als nicht sofort eine Antwort kam, fragte er: »Was ist denn da bei Wolli schon wieder los?«

»Was soll da schon los sein«, sagte Martin Klapp. »So wie neulich, nur noch schlimmer.« Er wandte sich an Frank. »Neulich haben wir uns hier mit der Germanistik-Arbeitsgruppe getroffen, wegen Goethe und so, da ging überhaupt nichts mehr, die sind dauernd hier rumgestiefelt, und dann diese Scheißmusik, wir mußten alle ins Eiscafé gehen.«

»Das ist schlimm«, sagte Frank. »Aber schlimm ist es auch, wenn einen die Freunde im Stich lassen, das ist auch schlimm.«

»Was ist das denn? Sind das die Dinger von Achim?« fragte Ralf Müller und zeigte auf die Miniaturflaschen. »Ich will auch was ab. Ich dachte, die machen wir zusammen auf«, sagte er zu Martin Klapp vorwurfsvoll. »Das war so vereinbart.«

Er setzte sich zu ihnen auf den Fußboden.

»Frankie braucht einen, der ihm eine Zeugenaussage schreibt wegen seiner Verweigerung«, sagte Martin Klapp.

»Was für eine Zeugenaussage?« fragte Ralf Müller.

Frank erklärte es ihm mit knappen Worten.

»Das kannst *du* doch machen, du bist doch selbst im Zivildienst und so«, sagte Martin Klapp, »da bist du doch genau der richtige, Ralf!«

»Ich hab da keine Ahnung von«, sagte Ralf Müller. »Ich hab doch damals auf Postkarte verweigert, ich hab da überhaupt keine Ahnung von.«

»Mehr als ich«, sagte Martin Klapp. »Immer noch mehr als ich. Ich hab überhaupt nicht verweigert.«

»Mußtest du ja auch nicht«, sagte Frank giftig. Er fühlte sich plötzlich sehr allein. Man liest immer von alten Leuten, die einsam sind, dachte er, immer ist die Rede von alten Leuten, wenn es um Einsamkeit geht, und die werden dann von ihren Kindern ins Altersheim gesteckt, dachte er, dabei ist eine Kaserne auch nicht besser, und dann hat man keine Freunde, die einem helfen, da wieder rauszukommen! Er blickte von Martin Klapp zu Ralf Müller und zurück und sagte gar nichts mehr. Dann öffnete er eine Flasche Kümmerling. Kümmerling, dachte er bitter, Kümmerling! Das paßt.

»Schade, daß Achim nicht mehr da ist«, sagte er. »Der würde mir helfen.«

»Helfen würden wir alle«, sagte Martin Klapp, »das ist doch klar, daß wir helfen würden, aber wir sind nicht die Richtigen für sowas, außerdem würde Achim das garantiert nicht machen.«

»Würde er doch, schwör ich dir.«

»Nix, das ist doch gegen die Linie, da hast du doch überhaupt keine Ahnung von.«

»Eben«, sagte Frank. »Da habe ich keine Ahnung von, und da will ich auch keine Ahnung von haben. Und du hast keine Ahnung, wie das beim Bund ist. Scheiß auf die Linie, was geht mich die Scheißlinie an? Bin ich einer von euren Genossen?«

»Ex-Genossen«, warf Ralf Müller ein. »Wir sind ja eher Ex-Genossen, und die anderen dann ja wohl auch.«

»Ja, aber trotzdem würde das bei uns nichts bringen«, sagte Martin Klapp, »das nimmt uns doch keiner ab. Als Zeugen würden wir keine zwei Minuten standhalten beim Kreuzverhör.«

»Kreuzverhör? Wieso Kreuzverhör? Ich habe nichts von Kreuzverhör gesagt, ich habe gesagt, schriftliche Stellungnahme, und ich brauche so eine Scheißstellungnahme, sonst kann ich das gleich vergessen. Und nicht nur eine, ich brauche viele. Von meinen Eltern brauche ich auch was und von einem Pastor eigentlich auch, sonst kann ich das gleich vergessen.«

»Pastor, das ist doch gut«, sagte Martin Klapp. »Das bringt's garantiert.«

»Wen soll ich denn da nehmen? Den Standortpfarrer, oder was?«

»Geh doch zu Pastor Schmidt«, sagte Ralf Müller.

»Wieso Pastor Schmidt?« Pastor Schmidt war der Pastor in der Kirche in der Adam-Stegerwald-Straße, soviel wußte Frank, aber viel mehr wußte er nicht über ihn. »Ich kenn den doch gar nicht. Ich kann doch nicht einfach zu einem Pastor gehen, den ich gar nicht kenne, und den fragen, ob der mir einen Schrieb da macht, der kennt mich ja auch nicht, da müßte er ja lügen. Ich meine, man ist nicht mal konfirmiert, dann tritt man auch noch aus der Kirche aus und dann da hingehen und den Pastor anbetteln, das geht doch nicht!«

»Pastor Schmidt ist in Ordnung, das ist ein linker Pastor, der macht das gerne.«

»Der ist gut, bei dem waren wir in der Konfirmation«, sagte Martin Klapp.

»Ich weiß, daß ihr konfirmiert seid«, sagte Frank boshaft. »Erst konfirmieren lassen und dann die Revolution machen mit dem Geld von Oma.«

»Ich kenn den sogar noch besser«, sagte Ralf Müller unbeirrt, »ich war doch bei dem im Dritte-Welt-Gesprächskreis.«

»Genau, der Dritte-Welt-Gesprächskreis«, sagte Martin Klapp zu Frank, »Ralf war im Dritte-Welt-Gesprächskreis und ich in der Drogen-Arbeitsgruppe, da sind wir damals reingegangen, wir dachten, da sollte man mal politisch arbeiten und so, agitieren, was weiß ich.«

»Das war sinnlos«, sagte Ralf Müller, »ich meine, Pastor Schmidt ist ein linker Pastor, klar, aber was heißt das schon? Die sind ja nicht wirklich revolutionär, eher so pastorenmäßig eben. Aber Verweigerung und so, da macht der bestimmt was. Der hat bestimmt nichts für den Bund übrig, ich meine, wie diese linken Pfarrer eben so sind.«

»Darum geht's doch gar nicht«, sagte Frank. »Kann ja sein, daß der das machen würde, aber darum geht's doch gar nicht.«

»Worum dann?«

»Daß das schäbig wäre, wenn man erst aus der Kirche austritt und dann zu einem Pfarrer geht, das geht doch nicht.«

»Was hast du denn geschrieben?« fragte Martin Klapp. »Hast du deine Begründung schon fertig?«

»Nein, die mach ich morgen abend. Im Augenblick kümmere ich mich erst mal darum, wer mir jetzt eine Zeugenaussage macht«, sagte Frank.

»Du solltest erst mal deinen eigenen Kram schreiben«, sagte Martin Klapp, »dann kann der, der eine Zeugenaussage dazu macht, das genau abgleichen.«

»Das kann schon sein«, sagte Frank genervt, »aber im Augenblick liegt das Problem eher darin, daß du mir schon mal keine Stellungnahme schreiben willst, und das nur, weil du im KBW warst, ich betone: *warst*, und deshalb behauptest, ein Gewissen zu haben, mit dem du das nicht vereinbaren kannst, und das ist wirklich die bescheuertste Ausrede, die ich jemals gehört habe.«

»Wieso bescheuert?«

»Das muß ich euch nicht erklären, Martin«, sagte Frank, der sich jetzt in eine ziemliche Verbitterung hineinsteigerte, »das wißt ihr selber ganz genau.«

»Ist doch nicht meine Schuld, daß du beim Bund bist«, sagte Martin Klapp.

»Pastor Schmidt macht das garantiert«, sagte Ralf Müller und schraubte gleich zwei Persiko-Fläschchen auf einmal auf. »Mann«, sagte er, »mit was die diese kleinen Dinger alles vollmachen, ich meine, was es da so alles gibt...«

Frank war drauf und dran, es aufzugeben. Das ist ihr eigentlicher Trick bei solchen Debatten, dachte er, sie machen einen schwindelig, und wenn nicht mit Minischnapsflaschen, dann damit, daß sie dauernd das Thema wechseln.

»Das reicht doch«, sagte Martin Klapp.

»Nein, das reicht nicht«, sagte Frank. Er hatte jetzt die Schnauze voll, Schluß mit der Blödelei, dachte er, jetzt werden andere Seiten aufgezogen, »aber wenn du das nicht machen willst, Martin«, sagte er, »ist nicht so schlimm.«

»Dann ist ja gut.«

»Ja«, sagte Frank. »Ich kann ja noch andere Leute fragen.«

»Genau«, sagte Martin Klapp, »da gibt's doch noch jede Menge andere Leute, die man fragen kann.«

»Ja. Ich werde Sibille fragen.«

»Sibille?« Martin Klapp starrte ihn an. »Wieso denn Sibille?«

»Wieso nicht?« sagte Frank. »Die macht das bestimmt. Ich sage ihr einfach, daß du es dir anders überlegt hast und daß...«

»Wieso anders überlegt?« unterbrach ihn Martin Klapp.

»Naja, du hast doch vorhin beim Gyros noch stolz erzählt, daß du das für mich machen willst, und sie war ja auch ganz begeistert von dir, weil du so ein netter Kerl bist und so, und da muß ich ihr doch erklären, warum ich jetzt auf einmal von ihr eine Stellungnahme brauche. Aber das wird sie schon verstehen. Und die macht das auch. Die kann das sicher mit ihrem Gewissen vereinbaren.«

»Moment mal! Wer hat denn gesagt, das ich das nicht machen will? Hier, trink erst einmal.« Martin Klapp reichte Frank einen Schlüpferstürmer. »Ich hatte schon einen von denen, der ist mehrmals da«, lenkte er ab. »Ich kann da sowieso irgendwie keine Systematik entdecken bei dieser Sammlung, ehrlich mal.«

»Und so einer ist in der Bezirksleitung«, sagte Ralf Müller. »Boonekamp ist mindestens fünfmal dabei, das ist doch irgendwie keine Sammlung.«

»Ich geh einfach zu Sibille«, sagte Frank.

»Nein, warte mal«, sagte Martin Klapp, »warte mal. Ich habe doch gar nicht gesagt, daß ich das nicht machen will!«

»Hast du wohl.«

»Nein, ich habe ja nur gesagt, daß das vielleicht ein Problem ist, wenn ich das schreibe, weil ich ja als Genosse und so...«

»Ex-Genosse«, unterbrach ihn Ralf Müller, »wir sind Ex-Genossen.«

»Ist doch egal, das haben die doch alles im Computer, das wissen die doch alles, das habe ich nur gesagt. Aber bitte, wenn du sowas unbedingt haben willst, kein Problem!«

»Will ich«, sagte Frank zufrieden. Er trank den Schlüpferstürmer aus und nahm sich schnell einen von den Boonekamps, bevor Ralf Müller die alle alleine trank.

»Das ist überhaupt keine Sammlung«, sagte Ralf Müller, »für eine Sammlung ist das viel zu unlogisch und ungeordnet. Das ist eher wie bei diesen Pralinenschachteln, wo es von jeder Sorte immer mehrere gibt, immer zwei oder drei oder so, und wo immer irgendwas übrigbleibt, was keiner mag.«

»Hier bleibt nichts übrig«, sagte Martin Klapp, »obwohl ich eigentlich gar nichts davon mag, außer die Feuchte Pflaume, die war gut.«

»Feuchte Pflaume?« fragte Ralf Müller interessiert.

»War nur einmal da, glaube ich«, sagte Martin Klapp. Er beugte sich vor und wühlte ein bißchen in den Miniflaschen herum. »Die war nur einmal da«, wiederholte er.

»Ich glaube, ich frage doch lieber mal Sibille«, sagte Frank. »Die macht das bestimmt. Und dann mußt du da auch nicht gegen dein K-Gruppen-Gewissen was schreiben, Martin, dann bleibt dein Gewissen sauber und rein, das kann ich ihr gut erklären, die versteht das.«

»Ach was, Sibille, die kennt dich doch gar nicht«, sagte Martin Klapp, »wie soll die das denn begründen? Es ist besser, wenn ich das mache, immerhin kennen wir uns doch schon ewig!«

»Ja gut, aber wenn die dich beim Bund schon als Staatsfeind Nummer eins in den Akten haben und so«, machte Frank noch ein bißchen weiter, »dann sollte das wohl lieber mal Sibille machen. Ich glaube, wenn eine Frau sowas schreibt, ist das sowieso immer gut.«

»Nein, ich mach das, jetzt hör mal mit Sibille auf, ich mach das schon.«

»Na gut«, sagte Frank. »Wenn du drauf bestehst...«

»Wir sind ja auch alte Kumpels und so.«

»Genau«, sagte Frank.

»Aus demselben Viertel und so weiter, Schule, alles.«

»Finde ich gut von dir, Martin«, sagte Ralf Müller. »Das ist ziemlich gut von dir. Ist ein echter Freundschaftsdienst.«

»Ja klar«, sagte Martin Klapp. »Wir kennen uns ja alle noch aus dem Sandkasten und so, wir aus der Vahr müssen doch irgendwie auch zusammenhalten.«

»Ja«, sagte Frank und begann, die restlichen Miniaturflaschen unter ihnen aufzuteilen. Für jeden blieben vier übrig. Von seinen vier steckte er drei in seine Hemdtasche, und weil er schon mal dabei war, steckte er die Mandrax-Tabletten gleich dazu, besser ist besser, dachte er.

»Das ist eine ganz feine Geste, Martin«, sagte er. »Es gibt nur wenige, die sowas für einen tun würden, ihr seid überhaupt beide ganz feine Kerls, ich bin ganz gerührt.« Er lächelte die beiden grimmig an. »Ich habe euch beide ganz doll lieb. Wer will einen Busengrapscher? Ich hätte hier noch einen!«

Martin Klapp wollte den Busengrapscher, Ralf Müller lieber den letzten Boonekamp.

24. HALBES HÄHNCHEN

»Was für eine Zeugenaussage?« Franks Mutter hielt ein Hähnchenbein in die Höhe, als sie diese Frage stellte. »Du bist doch nicht etwa in Schwierigkeiten?«

»Nein«, wehrte Frank ab, »das ja nun...«

»Und wieso von Pastor Schmidt? Was hast du denn mit dem zu schaffen.«

»Nichts, das wollte ich ja gerade erzählen...«

»Du bist ja nicht mal konfirmiert!«

»Ich weiß«, sagte Frank, »ich weiß, daß ich nicht konfirmiert bin. Ich habe doch bloß...«

»Genau wie dein Bruder! Möchte wissen, was ihr euch dabei gedacht habt, damals.«

»Nun laß ihn doch mal ausreden, Martha«, sagte Franks Vater mit vollem Mund.

Frank seufzte und schaute zwischen den beiden hin und her. Daß sie nicht richtig zuhörten und ihn nicht ausreden ließen, störte ihn nicht so sehr, das war er von seinen Eltern gewohnt, wahrscheinlich war es ein Fehler gewesen, überhaupt mit Pastor Schmidt anzufangen, man hätte anders anfangen sollen, dachte er, aber das war am Ende egal, irgendwann im Verlaufe dieser Unterhaltung würde er schon noch zu seinen Eltern damit durchdringen, worum es eigentlich ging. Das Problem war eher allgemeinerer Natur, er hatte ein bißchen den Eindruck, daß hier alles den Bach runterging, kaum zieht man aus, dachte er mißmutig, schon geht hier alles drunter und drüber. Zum Beispiel hatte er sich sehr darauf gefreut, bei seinen Eltern etwas Vernünftiges zu essen zu bekommen, Schweinebraten vielleicht, oder Rouladen, oder was es sonst immer sonntags bei seinen Eltern zu essen gab, schweres, stundenlang gekochtes Essen mit Kartoffeln und dicker, dunkler Soße, Essen, wie man es, wenn man verkatert ist, gut gebrauchen kann, dachte er, Essen, das einem das Herz wärmt. Schon auf der Fahrt in die Neue Vahr Süd und vor allem während des sinnlosen Gottesdienstes mit Pastor Schmidt in der Kirche am Ende der Adam-Stegerwald-Straße hatte er sich darauf gefreut. Statt dessen aßen sie nun halbe Hähnchen, die seine Mutter von dem Imbiß am Bahnhof mitgebracht hatte, in dem sie am Morgen noch gearbeitet hatte. Na gut, dachte Frank, man kann ihr nicht vorwerfen, daß sie nach der Arbeit im Imbiß keine Rouladen mehr macht, das wäre unfair, dachte er, aber muß man deshalb gleich halbe Hähnchen aus der Tüte heraus auf die Teller schütteln und sie dann mit den Fingern essen? Und mit vollem Mund sprechen? dachte er mit einem Blick auf seinen Vater. Wenn sie so weitermachen, dachte er, dann können sie auch gleich zu uns ins Ostertorviertel ziehen!

»Also«, sagte sein Vater, »jetzt mal der Reihe nach! Worum geht's denn jetzt überhaupt?«

»Ja, und was hat Pastor Schmidt damit zu tun?« warf seine Mutter ein.

»Pastor Schmidt hat damit gar nichts zu tun«, sagte Frank. »Ich habe nur gesagt, daß ich eben in der Kirche war, um mir den mal anzugucken, weil ich überlegt hatte...«

»Das ist doch eine totale Pfeife«, unterbrach ihn seine Mutter. »Ich habe den letztens gesehen, da kam der den Heinrich-Imbusch-Weg runter, da war da noch das Gerüst an dem Haus dran, und da waren Kinder auf dem Gerüst, und wißt ihr, was der zu denen gesagt hat?«

»Nein, weiß ich nicht«, sagte Frank gereizt, »und ich will das auch nicht wissen. Pastor Schmidt ist nicht wichtig in diesem Zusammenhang, eigentlich ist Pastor Schmidt ziemlich scheißegal in diesem Zusammenhang, ich habe nur mit ihm angefangen, weil ich erzählen wollte, daß ich eine Zeugenaussage brauche oder sowas Ähnliches, und eben nicht von Pastor Schmidt, sondern von euch, das mit Pastor Schmidt war eine dumme Idee gewesen, aber ich hatte gedacht, man kann sich den ja wenigstens mal angucken. Jedenfalls ist es so, daß ich das eigentlich von euch brauche, weil ich einen Antrag auf Kriegsdienstverweigerung gestellt habe.«

»Ja, ja«, sagte seine Mutter, »aber trotzdem ist der unmöglich, ich meine, das ist doch immerhin ein Pastor, der muß doch auch ein Vorbild sein, und wißt ihr, was der zu denen gesagt hat?«

»Zu wem?«, sagte Franks Vater.

»Zu den Kindern auf dem Gerüst natürlich, das habe ich doch gerade gesagt, daß da die Kinder auf dem Gerüst gespielt haben.«

»Weil ich einen Antrag auf Kriegsdienstverweigerung gestellt habe!« wiederholte Frank seinen letzten Halbsatz.

»Wo jetzt, das verstehe ich nicht, welches Gerüst?«

»Na im Heinrich-Imbusch-Weg, rede ich denn hier umsonst?«

»Weil ich einen Antrag auf Kriegsdienstverweigerung gestellt habe!« ließ Frank nicht locker.

»Kriegsdienstverweigerung?« reagierte sein Vater endlich. »Du?«

»Ja, ich!«

»Wie geht das denn? Du bist doch beim Bund!«

»Das geht immer«, sagte Frank, »das ist ein Grundrecht.«

»Ihr hört ja überhaupt nicht zu«, sagte seine Mutter und leckte sich die Finger ab. »Ich hol mal Servietten.«

»Martha, jetzt verweigert er«, rief Franks Vater Franks Mutter hinterher, die in diesem Moment aus dem Wohnzimmer ging, wohl auf der Suche nach Servietten, weshalb sich Franks Vater gleich wieder Frank zuwandte und sagte: »Alle Achtung, da gehört aber wirklich Mut zu, das hätte ich dir gar nicht zugetraut!«

Das gefiel Frank nun auch wieder nicht. Kann man denn nichts machen, ohne sich irgendeine Beleidigung anhören zu müssen, dachte er, können sie einen nicht einmal loben, ohne gleich eine Beleidigung hinterherzuschieben, dachte er und wollte schon etwas Böses erwidern, als seine Mutter mit Servietten zurückkam, mit Papierservietten aus dem Imbiß, wie Frank entsetzt bemerkte, aber seine Mutter erklärte das nicht einmal, entschuldigte sich auch nicht, sie reichte ihnen nur die Papierservietten und sagte: »Hier, nehmt auch mal eine, und faßt erstmal sonst nichts an.«

»Er verweigert«, sagte sein Vater, und es klang freudig erregt, »stell dir nur vor, er verweigert.«

»Jaja«, sagte seine Mutter, »was *ich* sage, das will ja keiner hören, aber sobald *er* sagt, daß er verweigert... *was* denn überhaupt verweigert?«

»Na die Bundeswehr!«

»Verstehe ich nicht«, sagte Franks Mutter, »er ist doch schon dabei, was gibt's denn da noch zu verweigern?«

»Das darf man immer«, warf Frank ein, »das ist ein Grundrecht. Und wieso hast du mir das nicht zugetraut?« fragte er seinen Vater.

»Was hast du ihm nicht zugetraut?« sagte seine Mutter.

»Gar nichts«, sagte sein Vater.

»Du hast gesagt, du hättest mir das nicht zugetraut«, erinnerte ihn Frank.

»Das hast du gesagt?« sagte seine Mutter.

»Naja, ich meinte ja bloß, daß ich damit eigentlich nicht mehr gerechnet hatte, daß du das machst, wo du doch vorher seelenruhig da hingegangen bist«, sagte sein Vater.

»Wieso seelenruhig?« sagte Frank. »Seit wann bin ich seelenruhig da hingegangen? Seit wann habe ich überhaupt mal irgend etwas in meinem Leben seelenruhig getan«, fügte er hinzu, merkte aber sogleich, daß das kein gutes Argument war. »Egal«, sagte er deshalb, »jedenfalls konnte da von seelenruhig ja wohl keine Rede sein, als ich zum Bund gegangen bin.«

»Wovon redet ihr denn da überhaupt?« sagte seine Mutter. »Ich glaube, ich hole mal ein bißchen Brot, das ist mir alles ein bißchen zu fettig mit den Hähnchen hier«, sagte sie und stand wieder auf und ging wieder hinaus.

»Was hat sie denn dauernd?« fragte Frank seinen Vater.

»Ich weiß auch nicht«, sagte sein Vater, »seit sie diese Arbeit hat, ist sie irgendwie nervöser als früher.«

Franks Mutter kam zurück und setzte sich wieder hin. In der Hand hielt sie drei Scheiben Graubrot, die sie jetzt verteilte.

»Die machen wir in der Friteuse«, sagte sie und zeigte dabei auf die Reste ihres Hähnchens, »die kommen vorgegrillt, und dann tut man die in die Friteuse.« Sie schaute auf ihren Teller. »Gut ist das nicht. Wo war ich stehengeblieben? Ach ja, was der Pastor gesagt hat...«

»Ich brauche eure Hilfe«, unterbrach sie Frank, der das Gefühl hatte, langsam mal zur Sache kommen zu müssen, »ich brauche von euch eine Zeugenaussage, daß der Kriegsdienst mit der Waffe und so weiter bei einem wie mir nicht mit dem Gewissen vereinbar ist, gerade wegen dem, wie ihr mich aufgezogen habt und so weiter.«

»Verstehe ich nicht«, sagte sein Vater, »was wollen die da denn mit einer Aussage von den Eltern, ich meine, ist doch klar, daß die Eltern das behaupten würden, da kann ja jeder kommen.«

»Eben nicht jeder. Die Eltern sind immerhin die Eltern«, sagte Frank.

»Ja, aber die sind doch befangen«, sagte sein Vater. »Was sollen die denn auch sonst schreiben? Daß sie ihren Sohn zum Militaristen erzogen hätten? Das würde doch heute sowieso keiner mehr zugeben.«

»Was weiß ich«, sagte Frank. »Ich habe einen Ratgeber, da steht das drin. Es ist ja auch kein Prozeß, obwohl, eigentlich schon, aber ein komischer. Das Problem besteht doch darin, daß ich nachweisen muß, daß der Dienst bei der Bundeswehr gegen mein Gewissen geht.«

»Wie soll man das denn nachweisen?«

»Eben«, sagte Frank gereizt, »gute Frage, wie soll man das denn nachweisen, gut erkannt, das ist Schwachsinn, aber so ist das nun mal, und wenn man da nicht mitspielt, dann kann man das gleich vergessen.«

»Jaja, aber wieso mußt du uns da unbedingt mit reinziehen?« sagte Franks Vater.

»Ich ziehe euch da nicht rein, ich bitte euch bloß, mir dabei zu helfen. Und wenn man das glaubhaft machen will, dann braucht man da ein paar unterstützende Stellungnahmen, sonst ist gleich Essig.«

»Ach deshalb das mit Pastor Schmidt«, sagte seine Mutter. »Und macht der jetzt auch was für dich?«

»Nein«, sagte Frank, »den habe ich gar nicht erst gefragt.«

»Das wäre wohl auch noch schöner, wo du gar nicht mehr in der Kirche bist. Außerdem ist das ein komischer Typ. Hab ich schon gesagt, was der zu den Kindern gesagt hat?«

»Martha, darum geht's doch jetzt gar nicht!« sagte Franks Vater.

»Das war ja auch nur so 'ne Schnapsidee gewesen«, sagte Frank, »ich habe ihn ja auch gar nicht erst gefragt.«

»Wieso denn nicht?« sagte sein Vater. »Das bringt doch sicher mehr, wenn so ein Pastor was schreibt, als wenn die Eltern das machen, die sind doch sowieso befangen.«

»Ja, aber was soll der denn schreiben? Daß ich in seiner Gemeinde aktiv war und ein großer Friedensapostel bin, oder was? Soll der lügen?«

»Naja, wenn's hilft...«, sagte sein Vater nachdenklich.

»Das ist ein Pastor, ich kann da doch nicht hingehen und den zum Lügen verführen...«

»Ha! Wie willst du das auch machen? Warum sollte der das überhaupt für dich tun?« warf seine Mutter ein. »Du bist ja nicht mal in der Kirche, du bist ja ausgetreten, du bist ja nicht mal konfirmiert, weil du immer so oberschlau warst, du und dein Bruder.«

»Sag ich ja«, sagte Frank, »war 'ne Schnapsidee. Pastor ist Quatsch. Aber die Eltern, das bringt's auch, wenn die Eltern so friedensmäßig drauf sind und das auch aufschreiben, dann geht das schon, dann ist das glaubhaft, daß der Sohn auch so einer ist, ihr könnt ja einfach schreiben, daß ihr euch gewundert habt, daß ich zum Bund ging, ihr könntet sogar«, setzte Frank noch einen drauf, »schreiben, daß ihr entsetzt wart, daß ich zum Bund gegangen bin, weil das gegen alles geht, wofür ihr mich erzogen habt oder so.«

»Und ob das so war«, sagte sein Vater. »Ich hab den Krieg schließlich noch erlebt!«

»Na also«, sagte Frank, »das weiß ich doch, du hast doch auch gesagt, *du* hättest verweigert, also bitte, jetzt verweigere *ich*, da wäre das nett, wenn du mir da mal sowas schreiben könntest. Schreib doch einfach, daß du den Krieg noch erlebt hast und den ganzen Kram.«

»Aber Frank, mit sowas haben wir doch gar keine Erfahrung«, gab sein Vater zu bedenken. »Hast du denn auch schon was geschrieben, irgendwas, wo man sich ein bißchen dran orientieren kann?«

»Mach ich heute abend«, sagte Frank.

»Und was willst du da schreiben?«

»Mehr so Saulus und Paulus«, sagte Frank. Saulus und Paulus waren das Thema der Predigt von Pastor Schmidt gewesen, und das hatte Frank auf eine Idee für seine Stellungnahme gebracht, und eine Idee hatte er dringend gebraucht. So gesehen, war der Besuch des Gottesdienstes nicht völlig umsonst gewesen.

»Aha...«, sagte sein Vater. »Verstehe ich nicht.«

»Verstehe ich auch nicht«, sagte Franks Mutter, »wo ist denn das Problem jetzt?«

»Das Problem ist«, sagte sein Vater, »daß wir ihm da jetzt was schreiben sollen.«

»Was soll da denn das Problem sein?« Franks Mutter guckte die beiden streng an.

Frank hob die Schultern. »Frag mich nicht, ich weiß nichts von einem Problem.«

»Das muß immerhin genau überlegt werden«, sagte sein Vater, »außerdem ist das ja nicht unsere Schuld, daß er da seelenruhig zum Bund gegangen ist, obwohl ich das gut finde, daß er jetzt verweigert, besser spät als nie, ich meine, einen Fehler einzugestehen und...«

»Was soll das, Ernst?« unterbrach ihn Franks Mutter, »du faselst! Was redest du denn da für wirres Zeug?! Willst du ihm jetzt helfen oder nicht? Ich dachte, du wolltest immer, daß er verweigert!«

»Was heißt, ich wollte immer, daß er verweigert? Er ist ein freier Mensch, er kann tun, was er will. Und er macht ja sowieso immer, was er will, er läßt sich ja schon lange nichts mehr sagen...«

»Ernst«, sagte Franks Mutter streng, »willst du ihm jetzt helfen oder nicht? Das habe ich gefragt. Und wenn *du* ihm nicht hilfst und das schreibst, dann mach *ich* das. Ich habe doch keine Lust, daß er da am Ende noch zu Pastor Schmidt geht, obwohl er gar nicht in der Kirche ist, das wäre ja peinlich, das wäre ja wie Bettelei.«

»Ich schreib ihm das«, sagte Franks Vater schnell. »Hätte ich sowieso getan.«

»Ist ja wohl das mindeste«, sagte seine Mutter und begann, die Knochen von ihrem Hähnchen noch einmal einzeln und gründlich abzunagen. »Pastor Schmidt...! Wißt ihr, was der zu den Kindern gesagt hat?«

»Welche Kinder?«

»Na die auf dem Gerüst! Im Heinrich-Imbusch-Weg! Rede ich hier die Wand an?«

»Nun sag schon!« sagte Franks Vater.

»Spielt ihr auch schön? Das hat der zu denen gesagt. Spielt ihr auch schön? Das muß man sich mal vorstellen.« Sie machte eine Pause und schaute Frank und seinen Vater entrüstet an, als erwartete sie einen Kommentar. Frank sagte lieber nichts.

»Spielt ihr auch schön. Der sagt zu denen: Spielt ihr auch schön! Das muß man sich mal vorstellen«, wiederholte sie.

»Naja...«, sagte Frank vorsichtig, »das finde ich jetzt eigentlich nicht so schlimm.«

»Na das kann ich mir denken, daß du das nicht schlimm findest. Du hast ja keine Kinder! Und wenn denen was passiert? Was sagt er dann, der saubere Herr Pastor? Der spinnt doch. Eltern haften für ihre Kinder, so ist das doch, das steht da doch extra dran!«

»Nun ist ja gut, Martha«, sagte Franks Vater.

»Finde ich unmöglich! Der ist doch Pastor, der muß doch Vorbild sein.«

»Wir haben früher auch immer auf den Gerüsten gespielt«, gab Frank zu bedenken.

»Ja, und was kommt dabei raus? Loch im Kopf, Gehirnerschütterung, das kommt dabei raus, das weiß ich noch ganz genau«, sagte seine Mutter.

Sie schnaubte und begutachtete ihre sauber abgenagten Hähnchenknochen. »Das ist doch Mist. Eigentlich wollte ich heute Rouladen machen. Ich hatte aber nur zwei eingekauft.« Sie zeigte mit dem Finger auf Frank. »Wenn du dich das nächste Mal für Sonntag zum Essen einlädst, dann ruf bitte spätestens Freitagabend an, damit ich noch was einkaufen kann und wir nicht so 'ne blöden Hähnchen essen müssen.« Sie stand auf. »So, und während Ernst das jetzt für dich schreibt, mach ich Kaffee für alle!«

Damit verschwand sie in der Küche. Frank sah ihr erstaunt hinterher. Man darf sie nicht unterschätzen, dachte er.

Sein Vater seufzte. Dann stand er auf und holte was zu schreiben.

25. NATO-ALARM

»Ja, ja, ja, Lehmann, kommen Sie nur rein, das wird ja langsam zur lieben Gewohnheit«, rief der Kompaniechef, als Frank nach dem Anklopfen in dessen abgedunkeltes Büro spähte.

Frank ging hinein und schloß die Tür. Der Kompaniechef stand am Fenster und befingerte einen Gummibaum, der dort im Schatten der Jalousie verkümmerte.

»Gut, gut«, sagte der Kompaniechef, als Frank gerade die Hacken zusammentun und Meldung machen wollte, »schon gut, Lehmann, schon gut, ich weiß ja jetzt, daß Sie wissen, wie das geht.«

Er ging zu seinem Schreibtisch, setzte sich und nahm ein Blatt Papier zur Hand. Dann seufzte er.

»Wollen mal sehen, Lehmann, Kriegsdienstverweigerung, sagen Sie mal...« Er schaute von seinem Papier auf und zu Frank, der jetzt in einiger Entfernung in der Mitte des Raumes stand, »sagen Sie mal...«, wiederholte er nachdenklich, »machen Sie das eigentlich jetzt alles, um mich zu ärgern, oder sind Sie nur ganz allgemein einer, der immer irgendwie auffallen muß?« Frank schwieg.

»Nein, wirklich mal, Lehmann. Ich meine, da geben Sie jetzt hier so einen handgeschriebenen Zettel mit einer Kriegsdienstverweigerung ab, wie kommen Sie denn plötzlich auf sowas? Was hat Sie da denn jetzt schon wieder geritten?«

Frank schwieg und merkte, wie er sauer wurde. Richtig sauer. Man merkt, wie die Wut kommt, dachte er, man kann es richtig spüren, wunderte er sich, es ist etwas, das man nicht vermeiden kann, wie der Besuch eines Verwandten oder so, und es reicht jetzt auch mal langsam mit dem Penner hier, dachte er, irgendwann ist es auch mal genug mit der Kompaniechefblödelei!

»Nun hat der Spieß das schon weitergereicht«, sagte der Hauptmann und wedelte mit dem Papier, das er in der Hand hielt. »Das ist nur noch die Kopie, die er mir hiergelassen hat. Dabei hätte ich mich ganz gerne noch einmal vergewissert: Meinen Sie das denn im Ernst?«

Der Hauptmann wartete eine Weile, aber Frank sagte nichts.

»Warum sagen Sie nichts, Herr Pionier?«

»Was soll ich zu so einem Scheiß denn sagen?« sagte Frank.

Das erwischte den Hauptmann unvorbereitet. Er schwieg einige Sekunden. Dann sagte er: »Soll ich Sie unter Arrest nehmen, oder was versuchen Sie hier zu erreichen, Lehmann?«

»Ich versuche gar nichts zu erreichen«, sagte Frank. »Ich frage mich nur, ob ich die Beschwerde, die ich morgen schreiben werde, an den Bataillonskommandeur oder gleich an den Wehrbeauftragten des Bundestages schicken soll.«

»Was für eine Beschwerde? Was wollen Sie denn für eine Beschwerde schreiben?«

»Darüber, daß Sie hier versuchen, mich durch Einschüchterung bei der Wahrnehmung meiner verfassungsmäßigen Rechte zu behindern, Herr Hauptmann. Das habe ich mit Scheiß gemeint.«

Der Hauptmann schwieg. Frank auch. Sie starrten sich an.

»Okay, okay, stop!« sagte der Kompaniechef und versuchte, so etwas wie ein Lächeln hinzukriegen. »Einfach mal stop jetzt. Ich glaube, Sie haben da was mißverstanden, Lehmann. Ich wollte Sie nicht einschüchtern, und ich wollte Sie schon gar nicht bei der Wahrnehmung Ihres Rechts auf Kriegsdienstverweigerung behindern, Lehmann, wirklich nicht. Da haben Sie mich mißverstanden. Und weil das ein Mißverständnis war, will ich auch mal darüber hinwegsehen, daß Sie hier Wörter und Formulierungen gebrauchen, die im Gespräch mit einem Vorgesetzten nicht zulässig sind, Lehmann. Können wir uns darauf einigen?«

»Hm...«, sagte Frank.

»Hören Sie, Lehmann, die Sache ist die: Wir respektieren Ihren Antrag auf Kriegsdienstverweigerung. Und ich habe Sie auch nicht hierherbestellt, um mich darüber lustig zu machen, da sind wir wohl eben auf dem falschen Fuß aufgestanden, im Gegenteil.«

»Von Lustigmachen habe ich noch gar nichts gesagt«, sagte Frank. »Ich habe von etwas anderem gesprochen. Bis jetzt.«

»Das wollte ich jedenfalls auch nicht.«

»Aha...«

»Sie haben einen Antrag auf KDV gestellt, und das ist in Ordnung, Lehmann.«

»Ich weiß«, sagte Frank.

»Ich weiß, daß Sie das wissen, Lehmann. Was ich Ihnen sagen will, ist, daß ich das auch weiß.«

»Dann ist ja gut«, sagte Frank.

»Ich will damit sagen, natürlich finde ich das in Ordnung. Wir werden Ihnen da keine Steine in den Weg legen und keinen Anlaß zur Beschwerde geben. Im Gegenteil.«

»Aha.«

»Dann ist das wohl geklärt.«

Frank schwieg. Der Hauptmann auch.

Dann sagte der Hauptmann: »Was das mit dem Befreien vom Dienst an der Waffe betrifft, Lehmann, das ist natürlich nicht ganz so einfach. Sie befinden sich in der Grundausbildung. Nehmen wir jetzt mal den äußerst unwahrscheinlichen Fall an, daß Sie *nicht* als Kriegsdienstverweigerer anerkannt werden...«, hier erlaubte der Hauptmann sich ein süffisantes Lächeln, »...es kommt ja nicht jeder damit durch, Lehmann, das wissen Sie ja, und dann müßten Sie als Soldat weiterdienen und würden, wenn ich Sie davon befreien würde, die Waffe in welcher Form auch immer in die Hand nehmen zu müssen, Lehmann, dann würde ich... – wo war ich stehengeblieben, ach ja, also dann lernen Sie ja nichts, Lehmann, das muß Ihnen ja klar sein. Deshalb kann ich das leider nicht machen, Lehmann.«

»Ich nehme das Gewehr nur unter Protest in die Hand«, sagte Frank.

»Welches Gewehr?«

»Wie, welches Gewehr?« fragte Frank verwirrt.

»Welches Gewehr nehmen Sie nur unter Protest in die Hand«, sagte der Hauptmann. »Sehe ich hier irgendwo ein Gewehr?« Der Hauptmann schaute spöttisch lächelnd nach links und nach rechts.

»Es geht um das Gewehr mit der Nummer…«, Frank zog seine Gewehrmarke aus der Hosentasche und schaute drauf, wenn du blödeln willst, Arschloch, dachte er, das kannst du haben, »…neunundachtzig. Das ist das Gewehr, das ich unter Umständen gezwungen sein könnte, in die Hand zu nehmen, und ich erkläre Ihnen hier schon einmal, daß ich das Gewehr nur unter Protest in die Hand nehme. Das gilt im übrigen auch für alle anderen Gewehre, nur für den Fall, daß Sie mir vielleicht ein Gewehr mit einer anderen Nummer geben wollen.« Frank machte eine kleine Pause und fügte dann lächelnd an: »Herr Hauptmann.«

»Wissen Sie, was Ihr Problem ist, Lehmann?«

»Nein.«

»Ihr Problem ist, daß Sie immer nur bis zur nächsten Wand denken, Lehmann. Und dann glauben Sie noch, Sie hätten den Durchblick.«

Frank schwieg.

»Haben Sie aber nicht.«

»Soso«, sagte Frank.

Der Hauptmann seufzte. »Eigentlich wollte ich Ihnen einen Gefallen tun, Lehmann. Wir haben am Mittwoch wieder ein Schießen. Mit scharfer Munition und so weiter. Davon wollte ich Sie eigentlich befreien. Deshalb rede ich hier. Und Sie kommen mir blöd, Lehmann. Warum eigentlich?«

»Ich will keinen Gefallen. Ich nehme das Gewehr nur unter Protest in die Hand. Und mit der klaren Versicherung, es niemals gegen Menschen einzusetzen.«

»Herrgott, das weiß ich ja nun.«

»Dann ist ja gut.«

»Dann ist ja gut was?«

»Dann ist ja gut, Herr Hauptmann.«

»Schon besser«, sagte der Hauptmann. »Dann bleibt mir ja nur noch, Ihnen viel Glück zu wünschen.«

»Danke!«

»Werden Sie brauchen, Lehmann. Und falls es wider Erwarten doch nicht klappt mit Ihrer Verweigerung...«

Der Hauptmann zögerte, dann machte er eine abwinkende Handbewegung.

»Lassen wir das«, sagte er. »Sonst müssen Sie am Ende doch noch eine Beschwerde schreiben.«

»Mensch Lehmann, was höre ich da über Sie?«

Sie standen getarnt im Gelände, in dem sie Spähtrupp, Schützenreihe und Schützenrudel übten, und machten gerade eine Rauchpause, und da er sonst nicht wußte, was er tun sollte, rauchte auch Frank, und ihm war schwindelig davon, das Kraut von Leppert war sehr stark, und deshalb fühlte sich Frank nicht wirklich bereit, auf diese Frage von Fahnenjunker Tietz zu antworten. Es wird Zeit, daß ich mir mal eigenen Tabak kaufe, dachte er.

»He, Lehmann, was höre ich da über Sie?« wiederholte Fahnenjunker Tietz. »Den Kriegsdienst wollen Sie verweigern?«

»Ja.«

»Ha!« Der Fahnenjunker zeigte auf das Gewehr, das über Franks Schulter hing. »Und was ist das da?«

Frank antwortete nicht.

»Ein Gewehr!« sagte der Fahnenjunker.

»Ja«, sagte Frank. Seine Kameraden starrten ihn etwas verdutzt an, das war ihm unangenehm, er hatte sich nicht entscheiden können, ob er ihnen das mit der Verweigerung von sich aus erzählen sollte, was in seinen Augen ein bißchen nach Wichtigtuerei ausgesehen hätte, oder ob sie es auf diese Weise erfahren sollten, durch irgendeine dämliche Bemerkung eines dämlichen Vorgesetzten, was irgendwie auch nicht gut war, wie er fand.

»Das geht doch gar nicht, daß Sie verweigern, Lehmann. Sie haben doch schon geschossen.«

»Was hat das denn damit zu tun?«

»Sie können doch nicht aus Gewissensgründen verweigern und dann hier schon herumgeschossen haben.«

»Ich habe ja keinen *er*schossen, Herr Fahnenjunker«, sagte Frank. »Das ist dabei ja wohl der entscheidende Punkt.«

»Das ist doch unernst, Lehmann. Sie machen einen auf Kriegsdienstverweigerer, und dann laufen Sie mit dem Gewehr rum.«

»Ich mache es nur unter Protest.«

»Was?«

»Ich nehme das Gewehr nur unter Protest in die Hand.«

»Aha.« Fahnenjunker Tietz schaute in den Wald, als erwartete er von dort Besuch. Dann schaute er wieder Frank an. »Und da glauben Sie, damit kommen Sie durch?« fragte er.

Frank zuckte mit den Schultern. »Wird man sehen.«

»Das können Sie vergessen, Lehmann. Sowas nimmt doch keiner ernst, wenn einer den Kriegsdienst verweigert und dann gleichzeitig ein Gewehr in der Hand hält.«

»Ich halte es nur in der Hand, weil Leute wie Sie mich dazu zwingen«, sagte Frank. »Und weil man mich sonst in den Knast steckt. Deshalb unter Protest, Herr Fahnenjunker. Außerdem werde ich zu der Verhandlung nicht mit einem Gewehr in der Hand gehen.«

»Was ist das denn für ein Argument? So einen nimmt doch keiner ernst.«

»Von Märtyrern steht nichts im Grundgesetz«, sagte Frank.

»Ich weiß nicht, Lehmann, damit kommen Sie doch niemals durch!«

Frank zuckte wieder mit den Schultern.

»Mal sehen«, sagte er.

»Da würde ich wetten«, sagte Fahnenjunker Tietz.

»Ja«, sagte Frank.

»Da würde ich glatt mit Ihnen wetten.«

»Ja.«

»Um hundert Mark würde ich da wetten.«

»Ja, Herr Fahnenjunker.«

»Da wettet aber keiner gegen, das sage ich Ihnen.«

»Schon klar«, sagte Frank.

»Na dann...!« sagte Fahnenjunker Tietz sinnlos. Er schwieg einen Moment. »Aber daß Sie das nicht falsch verstehen, Lehmann: Ich habe nichts dagegen gesagt, klar?«

»Wogegen?«

»Daß Sie verweigern und so, Lehmann.«

»Soso.«

»Habe ich nichts gegen gesagt.«

»Hätte ich auch nicht behauptet«, sagte Frank.

»Na dann...!« wiederholte Fahnenjunker Tietz und blickte wieder in den Wald.

»Können Sie auch gar nicht«, sagte Frank.

»Wie meinen Sie das?«

»Dagegen können Sie gar nichts sagen. Das ist ein Grundrecht.«

»Jaja. Genau. Na dann...« Fahnenjunker Tietz hatte offensichtlich das Interesse verloren. Nachdenklich blickte er immer weiter in den Wald, und die Blicke seiner Gruppe folgten ihm. Es war aber nichts zu sehen. »Dann machen wir mal weiter«, sagte er verträumt.

»Und was ist, wenn du damit durchkommst?« wollte Hoppe wissen.

»Womit?«

»Ich dachte nur grade, wenn du jetzt damit durchkommst, mit der Verweigerung da, was ist dann?«

»Zivildienst.«

Frank, Hoppe, Leppert und Schmidt machten gerade mit etwa zwanzig anderen Kameraden und unter der Aufsicht von Oberleutnant Schwarzkopf, der sie vom Beckenrand aus beaufsichtigte, ihren Freischwimmer, sie paddelten im für die Bundeswehr abgesperrten Teil des Freibads von Verden an der Aller auf der Stelle und unterhielten sich dabei ein bißchen, und von Zeit zu Zeit rief der Oberleutnant »Schön vom Beckenrand wegbleiben« dazu und blickte ansonsten immer mal wieder auf seine Armbanduhr.

»Da mußt du alten Omas den Arsch abwischen«, warf Schmidt ein. »Das wäre nix für mich.«

»Immer noch besser, als sich hier den ganzen Tag anschreien zu lassen«, gab Frank zu bedenken. »Außerdem gibt's da auch noch andere Jobs. Ich kenn einen, der fährt Behinderte«, fügte er hinzu.

»Kriegt man da auch mehr Geld?« fragte Hoppe.

»Weiß nicht«, sagte Frank. »Kann sein. Wegen Bekleidung und so, und weil man ja auch irgendwo wohnen muß, weil die ja keine Wohnung für einen haben.«

»Sie da, schwimmen, nicht quatschen«, rief der Oberleutnant dazwischen, allerdings in einem freundlichen, zivilen Tonfall, der Umgebung angemessen. Frank schaute sich um. Der Anblick des Freibades an einem Wochentagvormittag, in dem unzählige Kinder, die wohl noch Schulferien hatten, herumtollten und ihren unschuldigen Vergnügungen nachgingen, machte ihn schwermütig und neidisch. Gerade jetzt liefen einige Kinder, ganz kleine noch, barfüßig und entengleich watschelnd vorbei, zeigten im Vorüberlaufen auf ihn und seine Kameraden und kicherten dazu. Frank fragte sich, was in Gottes Namen an ihnen bloß so lustig sein sollte, und wollte sich schon aufregen, aber dann sah er, daß Leppert irgendwelche Faxen in ihre Richtung machte.

»Wieso Wohnung?« sagte Hoppe, »wieso haben die für die Leute keine Wohnung, ich meine, was haben *wir* denn für eine Wohnung?«

»Naja«, sagte Frank, der sich mit Ralf Müller mal über die Unterschiede in der Besoldung von Wehrpflichtigen und Zivildienstleistenden unterhalten hatte, »im Prinzip kannst du ja in der Kaserne wohnen. So von der Idee her.«

»Ha!« rief Schmidt. »Wohnen kann man das natürlich auch nennen!« Er lachte und verschluckte Wasser und hustete und planschte hektisch herum. Der Oberleutnant rief vom Beckenrand: »Sie da, können Sie noch? Reißen Sie sich zusammen, nur noch fünf Minuten!«

»Hab ich mir alles nicht ausgedacht«, sagte Frank, »aber ich glaube, das ist so, was weiß ich, scheißegal, jedenfalls kriegt man da mehr Geld, so wie's aussieht. Aber darum geht es ja bei einer Verweigerung eigentlich nicht...«

»Wenn du das schaffst«, unterbrach ihn Hoppe, »wenn du das schaffst...«, er nahm eine Hand aus dem Wasser und zeigte mit dem Zeigefinger auf Frank, »wenn du das schaffst, Mann...«

»Was ist dann?« fragte Schmidt, der sich wieder eingekriegt hatte.

»...dann mach ich das auch!« sagte Hoppe.

»Ha!« sagte Schmidt. »Das will ich sehen, Hoppe, daß du das auch machst! Dafür mußt du irgendwie gebaut sein, Hoppe, da mußt du der Typ für sein, das kann nicht jeder.«

»Im Grunde schon«, sagte Frank.

»Nee«, sagte Schmidt, »ich meine, schau dir Hoppe doch mal an.«

»Wieso das denn jetzt?« sagte Hoppe empört, »wieso das denn?«

»Da mußt du schon irgendwie überzeugend sein, Hoppe«, sagte Schmidt. »Die müssen dir das doch auch abnehmen, daß du so ein Typ mit so Gewissen und wegen Frieden bist und so. Das würden die dir nie abnehmen. Und mir auch nicht.«

»Aber er macht das doch auch«, sagte Hoppe und zeigte mit dem Kopf in Franks Richtung.

»Ja, weiß ich auch nicht«, sagte Schmidt. »Bei Lehmann geht das vielleicht gerade noch gut.«

»Wieso das denn? Was ist denn so Besonderes an Lehmann.«

»Weiß nicht«, sagte Schmidt, »Lehmann ist doch irgendwie auch so ein Hippietyp, finde ich.

»Wieso das denn?« warf Frank ein, »wie kommst du denn darauf?«

»Naja«, sagte Schmidt und sah Frank zweifelnd an, »weiß ich auch nicht...«

»Wenn Lehmann das kann«, sagte Hoppe, »wenn Lehmann damit durchkommt, dann mach ich das auch. Und dann mach ich auch Zivildienst, Alter. In Rüsselsheim. Dann kann ich da wieder zu Hause wohnen, die ganze Woche. Und mehr Geld kriege ich auch.«

»Ha«, sagte Schmidt. »Ha! In tausend Jahren nicht, Hoppe. Du nicht. Und ich auch nicht.«

»Und er?« fragte Hoppe mit Blick auf Frank.

»Keine Ahnung«, sagte Schmidt. »Bei Lehmann weiß ich das nicht. Aber du jedenfalls nicht, Hoppe.«

»Leck mich am Arsch, Schmidt«, sagte Hoppe. »Wenn Lehmann das schafft, dann mach ich das auch.«

»Das schafft der nicht.«

»*Wenn*, Schmidt. Ich habe gesagt: *Wenn!*«

»Das schafft der nicht. So sehr sieht der auch nicht wie so einer aus.«

»Wie was für einer, Schmidt?« warf Frank ein, der jetzt langsam sauer wurde. »Wie was für einer? Was redest du da für einen Scheiß?«

»Du siehst nicht aus wie einer, dem sie das abnehmen, daß der so ein Friedenstyp ist.«

»Also was jetzt? Bin ich jetzt mehr so der Hippietyp oder nicht?«

»Was weiß ich, keine Ahnung, irgendwie ja, aber nicht richtig!«

»Wenn er das schafft, dann mach ich das auch«, beharrte Hoppe. »Da kannst du labern, was du willst, Schmidt, dann mach ich das auch.«

»So«, rief vom Beckenrand der Oberleutnant. »Die Zeit ist um. Alle Mann raus.«

»Vergiß es, Hoppe«, sagte Schmidt. »Das ist es doch gerade. Das wissen die doch.«

»Was wissen die?«

»Ja, Schmidt«, warf Frank hämisch ein, »das würde ich jetzt auch gerne mal wissen, was du weißt, was die wissen.«

»Die wissen genau, daß wenn einer wie du da durchkommt, daß dann jeder ankommt. Die, die da durchkommen, das sind andere Typen, Lehmann, nicht so 'ne wie du.«

»Was soll das heißen, so 'ne wie ich?«

»Naja, du vielleicht noch, aber nicht so 'ne wie Hoppe. Wenn da so einer wie Hoppe durchkommt, dann können das alle, und wer will dann noch Wehrpflichtiger sein?«

»Keiner will Wehrpflichtiger sein, Schmidt«, sagte Frank, »das ist ja gerade der Punkt. Wer das sein will, ist nicht Wehrpflichtiger, der ist freiwillig dabei, Wehrpflicht und Wollen, das geht nicht zusammen, wenn die Leute wollten, dann gäbe es ja keine Wehrpflicht!«

»Eben«, sagte Schmidt. »Und wenn die dich bei der Verweigerung durchkommen lassen, dann kommt Hoppe und sagt: Will ich auch, aber einer wie Hoppe, das kannst du vergessen.«

»Das ist unlogisch, Schmidt«, sagte Frank.

»Kann sein. Aber so ist das«, sagte Schmidt.

»Sie da! Was soll das werden? Fahrtenschwimmer oder was?« rief der Oberleutnant zu ihnen hinüber.

Sie schwammen zum Beckenrand und kletterten hinaus. Zwei der Kinder, die vorhin über Lepperts Faxen gelacht hatten, standen am Beckenrand und sahen ihnen dabei zu.

»Was seid ihr denn für welche?« sagte eins von ihnen.

»Wir sind welche von den ganz Fiesen«, sagte Schmidt und zeigte auf den Rest der Truppe, der sich schon um den Oberleutnant geschart hatte. »Wir gehören zu denen da«, sagte er.

»Und was macht ihr so?« fragte das Kind.

»Freischwimmer«, sagte Schmidt.

»Hä?«

»Freischwimmer!«

»Hähä!« sagte das Kind, tippte sich an die Stirn und lief mit dem anderen zusammen kichernd davon.

»Was ist denn *hier* los«, sagte Hoppe, als sie tags darauf aus dem Outpost zurück in die Kaserne kamen. Hoppe hatte sich bei Frank untergehakt, weil er zu besoffen war, um alleine zu laufen, wie er freimütig zugab, und auch Frank stand nicht mehr fest auf den Beinen, er hatte sich an der Happy Hour mit fünfzehn Mark beteiligt, weil er über seine Kriegsdienstverweigerung hinaus nicht auch noch beim Saufen als Exot dastehen wollte, und deshalb war ihm jetzt sehr, sehr schlecht, und da kam es ihm ganz recht, daß Hoppe sich bei ihm untergehakt hatte, weil auch ihm das eine gewisse Unterstützung gewährte, und auch er hatte das Gefühl, daß irgendwas nicht stimmte, als er mit Hoppe und Schmidt und Leppert an der Wache vorbei auf das Kasernengelände trottete: Überall standen in der Dämmerung sinnlos Lastwagen herum, und es ging für diese Uhrzeit, es war etwa Viertel vor zehn und doch eigentlich gleich Zapfenstreich, ungewöhnlich lebhaft zu auf dem Kasernengelände, Soldaten liefen von hier nach dort, brüllten sich etwas zu, kleine Gruppen marschierten hin und her und alle, das war das Komische daran, hatten die Gewehre dabei und trugen das Koppeltragegestell und große und kleine Kampftasche und ABC-Schutztasche oder was auch immer, so klar war Franks Blick nicht mehr, daß er das genau hätte ausmachen können. Der Mann an der Wache hatte sich allerdings nichts anmerken lassen und nichts gesagt, und da sie ihn auch nicht gefragt hatten, was hier eigentlich los war, stolperten sie einfach weiter so gut es ging zu ihrem Kompaniegebäude.

»Da stimmt was nicht«, sagte Hoppe.

»Da scheiß ich doch drauf«, sagte Schmidt, der so betrunken war, daß man ihn kaum noch verstehen konnte, außerdem torkelte er beängstigend von links nach rechts und rempelte dabei immer wieder Leppert an, der gesenkten Blicks stur geradeaus ging, »da scheiß ich drauf, da scheiß ich drauf.«

Kurz vor dem Kompaniegebäude stand plötzlich der Spieß vor ihnen.

»Wo kommt ihr denn jetzt her, Männer?«

Sie blieben stehen, auch Frank, der sich dabei an Hoppes Schulter festhielt. Es war alles ein bißchen surreal, fand er, und er war sich, weil alles plötzlich so anders war, mit einem Mal schon gar nicht mehr sicher, ob der Mann, den sie da vor sich sahen, überhaupt der Spieß war, er klingt wie der Spieß, dachte er, aber das heißt nicht, daß es der Spieß *ist*, dachte er, es müssen schon mindestens zwei Indizien zusammenkommen, damit man diese Annahme einigermaßen verifizieren kann, dachte er, man müßte ihn angucken, das wäre das mindeste, dachte er und hob den Kopf, um den Spieß anzusehen, aber der Spieß war schwer zu erkennen, er sah irgendwie unscharf aus, fand Frank, deshalb fehlte der letzte Beweis.

»Schon gut«, sagte jetzt, nachdem auch nach längerem Warten niemand antwortete, der Mann, der wahrscheinlich der Spieß war. »Wenn ich euch so sehe, dann will ich das lieber gar nicht wissen, Kameraden, ihr scheint mir ein bißchen desolat unterwegs zu sein. Es ist Nato-Alarm, Männer. Meldet euch mal schnell in eurer Gruppe, die anderen haben schon ihre Gewehre bekommen und ihre gesamte Ausrüstung zusammengepackt, das müßt ihr auch machen, das muß alles zusammengepackt werden. Aber zuerst holt ihr mal eure Gewehre, dann packt ihr ein und dann werden weitere Befehle abgewartet, vielleicht könnt ihr euch sogar noch ein bißchen hinlegen, mal sehen. Und jetzt haut ab und macht mir keine Schande!«

Frank wollte schon gehen, aber er hatte plötzlich das Gefühl, etwas vergessen zu haben, dem Spieß irgend etwas sagen zu müssen, deshalb blieb er stehen, so sehr Hoppe auch versuchte, ihn weiterzuziehen. Von hinten liefen Leppert und Schmidt auf ihn und Hoppe drauf.

»He!« sagte Schmidt. »Da geht's nicht weiter.«

»Haut ab, Männer«, sagte der Spieß, aber es klang nicht wirklich böse, jedenfalls nicht durch den Nebel hindurch, der zwischen ihm und Frank immer dichter wurde.

»Herr Hauptfeld«, fing Frank, um ein bißchen Zeit zu gewinnen, schon einmal an, er war sich sicher, daß er etwas sagen mußte, aber leider fiel ihm noch immer nicht ein, was, »Herr Hauptfeld, äh...«

»Was ist denn, Lehmann? Wollen Sie reden oder wollen Sie bloß in die Büsche kotzen?«

»Herr Hauptfeld«, begann Frank wieder von vorne, er soll einen nicht ablenken, dachte er, wenn man sich nicht konzentrieren kann, dann ist man abgelenkt, dachte er, konzentrieren, protestieren, dachte er, genau, dachte er, das ist es, »Herr Hauptfeld...«

»Lehmann! Reden Sie oder schweigen Sie für immer, um Himmels willen, das ist ja nicht mit anzusehen, das ist ja das ganze Elend der Welt, was Sie und Ihre Bagaluten hier darstellen!«

»Herr Hauptfeld«, ließ Frank sich jetzt nicht mehr irritieren, »Herr Hauptfeld, ich nehme das Gewehr...« – er machte eine kurze Pause, weil er rülpsen mußte, und dabei mußte er sich sehr konzentrieren, daß nichts von dem Whisky-Cola hinterherkam – »...nur unter Protest in die Hand!«

Zufrieden packte er Hoppes Arm und zog ihn stolpernd mit sich fort.

»Geht's endlich weiter?« rief Schmidt hinter ihm. Dann rief er »Hoppla«, und Frank drehte sich gerade noch rechtzeitig um, um zu sehen, wie Schmidt umfiel. Leppert zog ihn wieder hoch. Der Spieß sah sich das mit in die Hüften gestemmten Fäusten an und lachte.

»Alles klar, Lehmann«, rief er. »Nur unter Protest. Schon klar, Lehmann. Und Lehmann:...«

Frank, der schon weitergehen wollte, drehte sich noch einmal um.

»Nicht vergessen, Lehmann: Dem Waffen-Uffz müssen Sie das auch noch mal sagen. Nur zur Sicherheit! Sonst fehlt dem was!«

»Alles klar«, sagte Frank, um den herum sich jetzt alles drehte.

»Und, Leute:...«, rief der Spieß.

Frank konnte sich nicht mehr umdrehen, er ging einfach weiter.

»Daß mir keiner in die Kompanie kotzt! Sonst kriegt ihr von mir den Nato-Alarm eures Lebens!«

26. HEINER UND HORST

»Das ist letztendlich der entscheidende Punkt«, sagte Heiner und beugte sich zu Frank vor, »das ist immer der Punkt, an dem man alles falsch machen kann, da entscheidet sich das immer.«

»Woher willst du das eigentlich so genau wissen?« sagte Frank.

Er saß mit Heiner, den er gerade erst kennengelernt hatte und der ihm schon jetzt gewaltig auf die Nerven ging, im Storyville, und mit dabei saßen Martin Klapp und Sibille. Und Sibilles Idee war es gewesen, Heiner zu bitten, Frank in Sachen Kriegsdienstverweigerung ein bißchen zu beraten, so hatte es Martin Klapp jedenfalls dargestellt, als er Frank dazu überredet hatte, mit ihm ins Storyville zu gehen und Heiner und Sibille dort zu treffen.

»Ich will aber keine Beratung«, hatte Frank gesagt. »Das Buch reicht völlig aus. Da steht alles drin.«

»Das Buch ist doch Schrott«, hatte Martin Klapp geantwortet, »das ist doch schon drei Jahre alt oder so, sowas ändert sich doch dauernd. Und der Typ weiß Bescheid, der ist beim DFG/VK!«

»Seit wann kennst du Leute, die beim DFG/VK sind?« hatte Frank daraufhin gesagt, »das sind doch alles Revis, die hast du doch immer gehaßt, das war doch immer der politische Feind, Martin.«

»Ich kenn den ja auch gar nicht, was weiß ich denn, Sibille kennt den, die hat das extra so eingefädelt, daß der nachher ins Storyville kommt und dir ein paar Tips gibt. Die will dir einen Gefallen tun.«

»Und woher kennt die den? Von der SDAJ? Ich will keine Tipps, und schon gar nicht von einem, der bei der SDAJ war, ich meine, mein Gott, Martin, wer wenn nicht du würde denn sagen, daß das Scheiß-Revis sind?«

»Du jedenfalls nicht. Du hast doch immer gesagt, daß das uninteressant ist.«

»Was?«

»Das mit den Revis und so. Da hast du doch gar keine Ahnung von, Frankie.«

»Ja, aber ich laß mir doch nicht von einem, den ich gar nicht kenne, erzählen, was ich bei meiner Kriegsdienstverweigerung zu sagen habe, und daß ich mir das dann auch noch von einem Revi sagen lassen soll, macht die Sache auch nicht gerade besser, ich meine, daß du einem mit einem Revi kommst...!«

»Ich bin ja gar nicht der, der damit kommt«, hatte Martin Klapp mit einem Unterton von Verzweiflung gesagt, »das ist doch Sibilles Idee, und du hast nächsten Mittwoch die Verhandlung, Frankie, dann bist du dran, da geht's um alles, ich meine, du willst da doch durchkommen, da mußt du doch optimal vorbereitet sein, sonst kommst du da nie durch.«

»Das laß mal meine Sorge sein.«

»Frankie, echt mal, tu's für mich! Bitte! Die hat sich das irgendwie in den Kopf gesetzt, daß man dir jetzt helfen muß, was soll ich denn machen? Und schaden kann es nicht, echt mal, tu's für mich, und ich tu's für Sibille, die will das unbedingt.«

Das letztere waren dann doch Argumente gewesen, denen Frank sich nicht hatte entziehen können, also war er mitgegangen, um sich von Sibilles Freund Tips geben zu lassen, und es war genauso gekommen, wie er befürchtet hatte. Heiner hatte sich als großer Student mit langen Haaren und Bart entpuppt, genau die Art von Mann, die Frank, der eher ein bißchen kleiner war, kaum Bartwuchs hatte und dessen Haare jetzt vorschriftsmäßig kurz waren, überhaupt nicht gebrauchen konnte, und während Sibille auf ihrem Sofa interessiert dem Unsinn lauschte, mit dem Heiner und er ein Beratungsgespräch simulierten, hibbelte Martin Klapp neben ihr herum und ging ganz darin auf, seine Nase nicht in ihrem Haar zu vergraben, oder seine Hände nicht unter ihren Pullover zu stecken, oder was immer sonst ihm durch den Kopf ging, während er sie gierig von der Seite anstarrte.

»Wir haben bei der DFG/VK oft so Fälle«, sagte jetzt Heiner, »Leute, die beim ersten Mal durchgefallen sind und sich dann erst zur zweiten Verhandlung ordentlich beraten lassen. Und wenn man die fragt, wo sie die meisten Schwierigkeiten hatten, dann immer bei dieser Frage.«

»Ja nun, das ist ja auch eine Scheißfrage«, sagte Frank lustlos. »Was soll man darauf sagen? Ich kann ja nicht sagen, ich knall die ab, dann falle ich ja durch. Aber ich kann auch nicht sagen, ist mir egal, wenn die meine Mutter vergewaltigen, das geht ja auch nicht.«

»Genau. Das ist das pazifistische Dilemma. Und das wissen die natürlich ganz genau.«

»Was? Was ist das?«

»Das pazifistische Dilemma.«

»Aha!«

»Und die wissen natürlich auch ganz genau, daß man darauf keine vernünftige Antwort geben kann.«

»Das weiß jeder. Das ist ja auch Schwachsinn.«

»Genau.«

»Pazifistisches Dilemma, toller Ausdruck, wirklich«, sagte Frank ironisch, aber Heiner nickte nur stolz. Heiner hat den tiefen Teller auch nicht erfunden, dachte Frank.

»Kein Schwein würde dabei zugucken«, sagte Frank, »wie nordkoreanische Soldaten die eigene Mutter vergewaltigen, wenn er gleichzeitig ein geladenes Maschinengewehr in der Hand hält.«

»Sag ich ja«, bekräftigte Heiner. »Außerdem ist das sowieso der Punkt, daß die den nordkoreanischen Soldaten einfach unterstellen, die würden Frauen vergewaltigen, das ist doch das Übelste dabei.«

»Das kann ich nicht beurteilen«, sagte Frank, um Heiner ein bißchen zu ärgern. »Was die nordkoreanischen Kameraden so tun und lassen, davon versteh ich nichts.«

Heiner stutzte und schaute Frank irritiert an. Dann schaute er zu Sibille. Sibille zuckte mit den Schultern.

»Naja«, sagte Heiner nachdenklich, »jedenfalls ist das der springende Punkt: Es ist eine Frage, auf die es keine klare Antwort gibt. Jedenfalls keine, mit der man bei der Verweigerung durchkommt.«

»Ich weiß«, sagte Frank. »Aber da gibt's auch noch ein paar technische Probleme.«

»Wieso?«

»Man kann nicht einfach mit einem Maschinengewehr auf die Leute draufhalten, wenn die eigene Mutter dazwischen steht. Das streut doch viel zu sehr, da geht Mutter garantiert mit drauf.«

»Ah ja...«, sagte Heiner.

»Willst du auch mal ziehen?« fragte Martin Klapp dazwischen. Er hatte einen sehr kleinen Joint aus der Jacke gezogen und angezündet.

»Nein, ich nehme sowas nicht«, sagte Heiner.

Sibille schaute Martin Klapp an und dann Heiner, und dann sagte sie: »Ich aber.« Martin Klapp nahm schnell noch einen tiefen Zug und reichte ihr dann den Joint.

»Ist nur 'n Sticki«, sagte er gepreßt.

»Das habe ich aber nicht gemeint«, kam Heiner derweil auf das Thema zurück und sah dabei Sibille an, die seinen Blick aber nicht erwiderte, sondern konzentriert an Martin Klapps Sticki sog. Heiner runzelte die Stirn.

»Was hast du nicht gemeint?« sagte Frank.

»Das mit dem technischen Problem. Das würde ich an deiner Stelle lieber draußen halten, wenn die dir mit sowas kommen.«

»Schon klar, ich bin ja nicht blöd.«

»Das habe ich auch nicht behauptet.«

»Würde ich dir auch nicht geraten haben«, sagte Frank und ahmte dabei im Tonfall ein bißchen Harry nach, wie er sich überhaupt wünschte, Harry wäre hier, mit Harry wäre alles lustiger, dachte er.

»Ich meine nur«, sagte Heiner, »das ist das, wo sich das meist entscheidet. Bei dieser Frage.«

»Bei welcher Frage denn jetzt noch mal?« stellte Frank sich blöd.

»Bei der mit den Koreanern. Ich meine, denen aus der DV Korea.«

»DV Korea?«

»Demokratische Volksrepublik.«

»Ach du Schande«, sagte Frank. »Und das mit der DV Korea, das liegt denen da so am Herzen?«

»Nein«, sagte Heiner, der ihn jetzt sehr zweifelnd anguckte, »das andere. Das mit dem pazifistischen Dilemma.«

»Ja, ja, das pazifistische Dilemma«, sagte Frank. »Stimmt. Das ist ja auch noch da. Das kriege ich auch noch hin. Ich habe da ein Buch, ›Verweigern leicht gemacht‹, das ist ganz praktisch für solche Sachen.«

»Kenne ich«, sagte Heiner. »Das ist aber nicht gerade erste Wahl. Außerdem: Grau ist alle Theorie.«

»Das stimmt, daß alle Theorie grau ist«, sagte Frank, der nichts weniger leiden konnte als genau diese Art von Spruch. »Warum hast *du* eigentlich verweigert?«

»Ich? Wieso ich denn jetzt?« sagte Heiner.

»Nur mal so.«

»Naja, ich bin der Auffassung, daß die Bundeswehr nur ein Instrument der imperialistischen Aggression gegen die sozialistischen Länder ist«, sagte Heiner, und es klang ziemlich hölzern, fand Frank. »Aber das kann man bei der Verweigerung natürlich nicht sagen«, gab er zu.

»Nein«, sagte Frank, »das geht wohl nicht. Meine Gründe sind ein bißchen anders. Ich will bloß nicht gezwungen werden, etwas zu tun, was ich nicht tun will. Und ich will von niemandem irgendwelche Befehle entgegennehmen. Was natürlich auch nichts ist, mit dem man bei der Verhandlung durchkommt.«

»Das ist natürlich auch ein möglicher Grund«, sagte Heiner, »obwohl das theoretisch ein bißchen verkürzt ist, so mehr auf der individualistischen, anarchistischen Ebene. Im Grunde steckt ja mehr dahinter, politisch gesehen, bei der Bundeswehr.«

»Grau ist alle Theorie«, sagte Frank. »Vielleicht solltest du auch mal eine Zeitlang zur Bundeswehr gehen, Heiner, damit du weißt, wie das da wirklich läuft. Das könnte ganz schön interessant für dich werden.«

»Oh nein«, wehrte Heiner lächelnd ab, »das kann ich mir schon vorstellen.«

»Einen Scheiß kannst du dir vorstellen«, sagte Frank. »Und darum laß ich mir auch nichts von Imperialismuskram und Aggression und so erzählen. Den Revi-Scheiß kenne ich schon.«

»Also echt mal, Frank, das tut doch jetzt nichts zur Sache«, mischte sich Martin Klapp vom Sofa aus ein. »Außerdem sehen das alle so. Nicht nur die Revis.« Neben ihm nuckelte Sibille immer weiter an dem kleinen Joint. Offensichtlich traute Martin sich nicht, ihn zurückzufordern. »Was redest du denn da, hör doch mal auf damit, das ist ja peinlich!«

»Wieso?« sagte Frank und nahm erst einmal einen ordentlichen Schluck Rotwein. »Das hab *ich* doch nicht erfunden, das Wort kenne ich doch eigentlich nur von dir.«

»Welches Wort?«

»Revi.«

»Ach so, aber das tut doch jetzt mal nichts zur Sache.«

»Was läuft hier eigentlich?« sagte Heiner zu Sibille, und nun klang er etwas ärgerlich. »Was sind das eigentlich für Leute hier, so Mao-Freaks, oder was?«

»Jedenfalls bin ich kein Revi«, sagte Frank. »Weißt du eigentlich, daß die in der DDR in den Kasernen eine Wochenendbereitschaft von neunzig Prozent oder so haben? Weißt du das?«

»Was soll das denn jetzt?«

»Naja, wenn du mir da was von der imperialistischen Aggression erzählst, dann solltest du das vielleicht wissen. Am Wochenende sind wir fast alle zu Hause bei der Nato. Aber die DDR-Leute und die Russen in der DDR, die hocken da immer noch in der Kaserne rum, jetzt auch, genau in diesem Moment sind die da zu neunzig Prozent anwesend und kraulen sich an den Eiern oder was weiß ich, was die da tun. Warum eigentlich? Die wissen doch, daß wir jetzt alle in der Kneipe sind, warum gehen die nicht auch einen trinken? Wenn die so sozialistisch-friedliebend sind und wir so imperialistisch-aggressiv?«

»Frankie«, rief Martin Klapp vom Sofa herüber. »Jetzt hör aber mal auf! Du redest ja wie einer von der Jungen Union!«

»Also Leute«, sagte Heiner, »auf sowas habe ich keinen Bock jetzt. Mir hat man gesagt, hier bräuchte einer Hilfe beim Verweigern, und jetzt höre ich mir so Kalte-Kriegs-Propaganda an.«

»Willst du bestreiten, daß die jetzt alle noch in der Kaserne sind?« ließ Frank nicht locker. »Das sind die nämlich. Ich meine, das ist doch ein ganz einfaches logisches Problem: Wenn wir so aggressiv sind und die so friedliebend, wieso bin ich jetzt in der Kneipe und die Kameraden im Osten noch in der Kaserne?«

»Nee«, sagte Heiner und stand auf. »Nee! Da hab ich jetzt keinen Bock drauf, Sibille, auf so 'ne Junge-Union-Scheiße hab ich jetzt keinen Bock drauf.«

»Sag nicht Junge Union zu mir, du Heini«, sagte Frank, »*er* darf das«, Frank zeigte auf Martin, »aber *du* doch nicht, Alter, *du* nicht!«

»Also für so einen häng ich mich nicht rein, Sibille. Tut mir leid, aber hier werde ich ja wohl wirklich nicht gebraucht.«

Und damit ging er. Und zwar gleich ganz aus der Kneipe, wie Frank feststellte, als er ihm nachschaute.

»Komischer Typ«, sagte er zu Sibille.

»Du bist ein totaler Paddel, Frankie«, rief Martin Klapp. »Den hat Sibille extra für dich aufgetrieben.«

»Seit wann hast du ein Herz für Revis, Martin?« sagte Frank.

»Was weißt du denn von Revis? Seit wann bist du denn auf Politik drauf?«

»Keine Ahnung«, sagte Frank. »Der Typ hat genervt. Außerdem hatte ich recht.«

»Der hätte dich Eins-A beraten können.«

»Ich wollte aber nicht beraten werden, jedenfalls nicht von so einem, von so einem schon mal gar nicht.«

»Nee, natürlich nicht. Der gute alte Frankie weiß natürlich sowieso immer schon alles, der braucht keine Beratung, Frankie ist ja immer oberschlau!«

»Man hätte mich ja wenigstens vorher fragen können«, sagte Frank, aber er sagte es nicht so sehr zu Martin als vielmehr zu Sibille, die einfach nur dasaß, vornübergebeugt auf dem Sofa, den Kopf auf die Hand gestützt, und ihn ansah. »Wenn ich eine Beratung gewollt hätte«, sagte er, »dann wäre ich schon selbst zu einer von diesen Organisationen gegangen, in die Sprechstunde da oder so.«

Sie sah ihn immer noch nur an.

»Oder hätte mir noch ein anderes Buch besorgt«, fügte Frank hinzu. Er wollte, daß sie jetzt auch mal was sagte, denn sosehr Heiner auch ein Arsch gewesen war, ganz astrein fand er selber nicht, was er getan hatte, es kommt irgendwie undankbar rüber, dachte er. Aber Sibille nickte nur. Dann trank sie auf ihre komische Art, und ohne ihn aus den Augen zu lassen, einen Schluck von ihrem Rotwein.

»Woher kennst du den denn jetzt eigentlich?« sagte Martin Klapp zu ihr.

Sie drehte sich nun doch endlich mal zu ihm und sah ihn an. Frank nahm sich vor, bei der nächsten Gelegenheit Martin Klapp mal zu sagen, daß er sich die Frau aus dem Kopf schlagen sollte. Er hatte nicht das Gefühl, daß aus den beiden jemals etwas werden konnte, und es tat ihm weh, Martin Klapp dauernd dabei zusehen zu müssen, wie er sich zum Trottel machte.

»Das ist mein Ex-Freund«, sagte sie.

»Der, mit dem du zwei Jahre zusammen warst?« sagte Martin beflissen. Frank hatte Mühe, nicht zu gähnen, immer, wenn er peinlich berührt war, wurde er müde.

Sibille ging darauf nicht ein. »Sag mal«, sagte sie statt dessen zu Frank, »was macht man denn jetzt in so einem Fall.«

»In was für einem Fall?«

»Na, wenn die einen das fragen mit den Nordkoreanern«, sagte sie und stützte dabei schon wieder ihren Kopf auf die Hand und schaute ihn schon wieder so seltsam an, und Frank wurde etwas flau dabei.

»Das mit der Mutter und dem Maschinengewehr und so?« fragte er.

»Ja, genau.«

»Das pazifistische Dilemma, wie der Penner da sagt?« konnte Frank sich nicht verkneifen, Sibilles Ex-Freund noch einen mitzugeben.

»Ja, genau.«

»So kann man's nämlich auch machen: einen simplen Scheiß mit großen Worten ausdrücken.«

»Ja, ja, aber was macht man denn, wenn die einen das fragen?«

»Schwer zu sagen«, sagte Frank. »Da gibt es keine richtige Antwort, wenn sie einen sowas fragen.«

»Und was macht man dann?«

»Ich glaube, am besten stellt man sich dumm.«

»Und das geht?«

»Das geht immer«, sagte Frank. »Jedenfalls bei mir.«

»Ja, das habe ich auch schon gemerkt«, sagte sie. »Und damit kommt man durch?«

»Keine Ahnung«, sagte Frank. »Vielleicht...?«

»Du bist ein komischer Kerl«, sagte sie.

»Ja«, sagte Frank. Ihm war nicht ganz geheuer, was hier lief, und Martin Klapp guckte auch schon ziemlich böse zu ihm rüber.

»Ich geh dann mal, Leute«, sagte er und stand auf.

Sibille und Martin nickten.

»Ich bin dann mal weg«, sagte er. »Ich laß euch mal alleine und so.«

»Was hast du denn vor?« fragte Martin Klapp.

»Ich glaube, ich geh ins Bett«, sagte er. Tatsächlich wollte er sich in der Gegend ein bißchen nach Birgit umgucken, er ging davon aus, daß sie da draußen irgendwo unterwegs war, aber das brauchten die beiden ja nicht zu wissen.

Sibille und Martin nickten wieder.

»Mach's gut«, sagte Sibille. Frank drehte sich um, und plötzlich stand Birgit da.

»Ach, hier seid ihr«, sagte sie und winkte über Frank hinweg zu Martin und Sibille. »Hab mich schon gewundert.«

Sie ließ sich in einen Sessel fallen. Frank stand etwas unschlüssig herum.

»Ich wollte gerade gehen«, sagte er etwas hilflos.

»Echt?« fragte Birgit, »wieso das denn?«

»Weiß nicht, wollte gerade gehen.«

»Er wollte gerade ins Bett gehen!« sagte Sibille.

»Echt? Jetzt schon?« sagte Birgit.

»Ja, nee«, sagte Frank, »ins Bett vielleicht nicht direkt, auf jeden Fall brauche ich mal frische Luft, ich kann das hier auch nicht mehr sehen, man kann doch nicht die ganze Zeit hier rumsitzen, das ist ja wie Kaffeetrinken bei Oma mit diesen Sesseln, ich kann mit diesen Polstermöbeln auch irgendwie nichts anfangen«, schmückte er diesen Unsinn weiter aus, »ich glaube, ich geh mal an die Weser, da ist Wolli immer mit seinen Punk-Kumpeln«, hatte er eine schnelle Eingebung, »ich dachte, ich schau da mal vorbei, ein bißchen frische Luft schnappen und dann wahrscheinlich, was weiß ich...«

»Alles klar, Frankie«, sagte Martin Klapp, »alles klar, schon gut.«

»Ja, ich geh dann mal an die Weser«, sagte Frank, »da ist Wolli immer, der sitzt da mit seinen Kumpeln immer und trinkt Dosenbier, gleich beim Sielwall da, auf der Höhe Sielwall und so, aber am Fluß so«, und Birgit nickte eifrig zu diesen hintergründigen Ausführungen, was Frank als gutes Zeichen dafür nahm, daß sie nachkommen würde.

»Alles klar, Frankie«, sagte Martin Klapp.

»Viel Spaß«, sagte Birgit.

»Ja, viel Spaß«, sagte Sibille und lachte komisch.

Frank sah zu, daß er nach draußen kam.

Wahrscheinlich ist sowieso alles ein Irrtum, dachte er, als er draußen die Treppen hoch zur Straße stieg, und es ist auf jeden Fall richtig, Wolli und seine fiesen Freunde aufzusuchen, dachte er, bei denen ist alles egal, und genau das braucht man jetzt. Auf dem Sielwall und überhaupt im ganzen Viertel war jetzt viel los, freudig erregt liefen die Leute auf der Suche nach dem Wochenende durch die warme Freitagnacht, darunter viele Fußballfans, die vom Osterdeich her in das Viertel strömten und dabei allerhand Dinge, den SV Werder und Eintracht Braunschweig betreffend, teils singend, teils gesprochen zu verkünden hatten. Frank ging zum Gyros-Imbiß, kaufte einige Dosen Bier und lief den Sielwall hoch an die Weser.

»He, Frankie«, rief Wolli. Wolli hockte inmitten einer größeren Ansammlung von Punks, die teils sitzend, teils liegend auf die nächtliche Weser hinausstarrten, hinüber zu den Bootsvereinen auf der anderen Seite oder was immer sonst es war, was sie dort interessierte, Schiffe fuhren jedenfalls keine. »Leute, das ist Frankie«, fügte Wolli hinzu, als Frank sich zwischen seinen Kumpels zu ihm durchbugsierte, eine Aussage, die keine großen Begeisterungsstürme auslöste, aber auch keine Feindseligkeit, und das ist doch auch schon mal was, dachte Frank. Er ließ sich neben Wolli auf den Rasen fallen und packte seine Tüte aus.

»Oh Mann, Frankie hat Bier mitgebracht«, verbreitete Wolli auch gleich die frohe Kunde, und Frank sagte: »Kein großes Ding, Wolli«, in der Hoffnung, daß damit die Sache erledigt wäre, und das war sie dann auch sehr schnell, Frank konnte gerade noch ein Bier für sich greifen, bevor alle weg waren. Einer von Wollis Freunden steckte auch noch die Plastiktüte ein, und Frank nahm sich vor, ihn später, wenn er sich etwas eingewöhnt hatte, zu fragen, was er damit wollte.

»Wie läuft's denn so mit der Verweigerung«, sagte Wolli.

»Gut«, sagte Frank.

Und dann schwiegen sie erst einmal ein paar Minuten. Kurz bevor er einzuschlafen drohte, fiel Frank, der hier auf keinen Fall einschlafen wollte, gerade noch rechtzeitig das Päckchen Tabak ein, das er sich heute nachmittag, gleich nach seiner Ankunft im Ostertorviertel, an der Sielwallkreuzung gekauft hatte. Das schien ihm hier eine gute Gelegenheit zu sein, endlich mal eine Zigarette zu rauchen, also setzte er sich auf und drehte sich, so gut es eben ging, eine Zigarette.

»Seit wann rauchst du denn?« sagte Wolli.

»Nur so ein bißchen«, sagte Frank und nahm sich vor, ab jetzt öfter und regelmäßiger zu rauchen. Wenn man nicht aufpaßt, dann vergißt man es dauernd, und dann wird der Tabak trocken, dachte er, während er an der Zigarette oder dem, was eine Zigarette werden sollte, herumwerkelte.

»Das kann man ja nicht mit angucken«, sagte Wolli, »gib mal her, ich mach dir das.«

»Nein«, sagte Frank, »ich muß da selber durch.«

Er brachte irgendwie die Zigarettenproduktion zu Ende, bekam von Wolli Feuer, rauchte, hustete ein bißchen, und damit waren schon wieder fünf Minuten herumgebracht. Wolli und seine Kumpel schwiegen nur und sahen auf den Fluß hinaus. Frank war von der Zigarette schwindelig, und er legte sich auf den Rücken und schaute in den Himmel, der von niedrig hängenden Wolken bedeckt war. Es war schwül und heiß, und er dachte, daß es nur eine Frage der Zeit sein konnte, bis es Regen geben würde. Dann schlief er ein.

Er erwachte, als die ersten Tropfen auf sein Gesicht fielen. Er setzte sich benommen auf und blickte sich um und stellte fest, daß Wolli und seine Kameraden verschwunden waren, und Birgit war auch nicht aufgetaucht. Sie hatten ihn hier mutterseelenallein liegengelassen, und er fragte sich, ob man Wolli wegen so etwas böse sein sollte, aber dann entschied er sich dagegen, Wolli war einer, dem man wegen gar nichts böse sein konnte, fand er. Oben auf dem Deich liefen nur noch wenige Leute entlang, verspätete Fußballfans wohl, und sie hatten es eilig, sie sangen nicht mehr, und sie riefen nicht mehr, hasteten bloß die Straße entlang mit eingerollten Fahnen. Frank stand auf und wurde von einer Windböe erfaßt, die so unerwartet kam und so stark war, daß er fast umfiel. In der Ferne war erster Donner zu hören, und dann kam der Regen herunter, es goß wie aus Eimern, und noch bevor er richtig begriffen hatte, was los war, war Frank bis auf die Knochen durchnäßt. Er stieg den Deich hinauf und ging den Sielwall hinunter ins Ostertorviertel. Als er am Körnerwall vorbeikam, dachte er, daß er genausogut noch einmal ins Storyville gucken konnte, er war zwar klatschnaß, aber jetzt nach Hause zu gehen war auch keine Lösung, fand er, man kann nicht immer nur aufgeben und bei jeder kleinen Schwierigkeit den Rückzug antreten, dachte er, als er die Treppe ins Storyville hinunterging und dabei so stolperte, daß er durch die angelehnte Tür fiel und, sich an ihr festklammernd und so ins Storyville hineinschwingend, mit Birgit zusammenstieß, die wohl gerade dabei war, den Laden zu verlassen.

»Huch«, rief sie und packte ihn so fest an seinem Hemd, daß sie einiges an Wasser aus ihm herauswrang. »Da bist du ja! Hab mich schon gefragt, wo du bleibst.«

»Ja«, sagte Frank, »wollte nur mal sehen, was so läuft.«

»Ganz schön nasse Sachen«, sagte sie und ließ sein Hemd los.

»Nicht so schlimm«, sagte Frank.

»Hat das draußen aufgehört?«

»Nein, aber es ist schon weniger geworden.«

»Ja«, sagte sie. »Hier sind die schon weg.«

»Wer?«

»Die anderen.«

»Ja, ja, ach so«, sagte Frank. »Na dann...«

Sie schwankte ziemlich und faßte wieder sein Hemd an, ob aus Spaß an der Sache oder um sich festzuhalten, das war nicht genau auszumachen. Sie zog daran, und Frank mußte wieder nach der Tür greifen, um nicht zu fallen.

»Tür zu«, rief der Besitzer des Storyville vom Tresen her. »Die geht ja kaputt, bei dem, was ihr da macht.«

Frank ließ die Tür los, und er und Birgit stolperten ein wenig umeinander herum.

»Dein Hemd ist naß«, sagte Birgit, als sie endlich einigermaßen sicher standen. Sie nuschelte ziemlich und schien Schwierigkeiten zu haben, ihren Blick zu fixieren, als sie ihn ansah.

»Ja klar«, sagte Frank, »das regnet ja auch draußen.«

»Gehen wir mal«, sagte sie und führte ihn, noch immer sein Hemd festhaltend, hinaus. Frank stolperte hinter ihr die Treppen hinauf. An der obersten Stufe stolperte sie auch, ließ Frank gerade noch rechtzeitig los und fiel in eine Pfütze. Es regnete immer noch stark, aber es war sehr warm, und Birgit lachte nur, als sie sich wieder aufrappelte.

»Wird sowieso alles gleich naß«, sagte sie, »wird sowieso alles gleich naß.« Sie stand vor ihm und zeigte auf sein Hemd. »Da fehlt ein Knopf«, sagte sie.

»Stimmt«, sagte Frank.

Sie schob eine Hand in sein Hemd und streichelte seine Brust. »Das glitscht so schön«, sagte sie.

»Das ist gut«, sagte Frank, der gerne dasselbe bei ihr getan hätte, sich das aber nicht recht traute. Ihr Hemd war durchgeweicht, und er konnte jedenfalls sehen, daß sie darunter keinen BH anhatte.

»Du mußt aus den Sachen raus«, sagte sie. »Die sind ja ganz naß.«

»Du auch«, sagte Frank.

Sie lachte. »Das könnte dir wohl so passen.«

»Ja«, sagte Frank, der fand, daß es besser sei, gleich immer ehrliche Antworten zu geben. »Ich finde, wir sollten mal zu dir gehen.«

Sie riß einen Knopf von seinem Hemd. Dann lachte sie.

»Das könnte dir wohl so passen.«

»Hier draußen bringt das nichts«, sagte Frank.

»Ja«, sagte sie und kicherte. »Das bringt nichts. Gehen wir zu mir.«

Die Wohnung von Birgit, Sonja und Sibille lag im ersten Stock eines großen Hauses in der Weberstraße, und schon als sie zusammen die Treppe hinaufstolperten, machte Birgit unaufhörlich »schsch...« und rief dazu immer wieder »leise, leise«, obwohl Frank überhaupt nichts sagte. Als sie vor der Wohnungstür standen, brauchte sie einige Zeit, um ihren Schlüssel hervorzukramen, und kichernd stocherte sie damit an der Tür herum, bis Frank, der sich langsam fragte, ob das alles hier angesichts ihres Zustands überhaupt noch zu vertreten war, sich erbarmte, ihr den Schlüssel abnahm und aufschloß.

Drinnen war alles dunkel und still. Birgit knallte die Tür zu und lehnte sich im Dunkel an ihn. Sie küßten und befummelten sich, obwohl das letztere wegen ihrer nassen Klamotten mühsam war, wie Frank fand, und Birgit schien das ähnlich zu sehen, denn sie riß die letzten Knöpfe von seinem Hemd auf, zog es ihm aus und warf es in eine Ecke. Dann zog sie ihn an der Hand durch das Dunkel, fluchte leise, als sie an ein Telefontischchen stieß, öffnete eine Tür und zog ihn in das dahinterliegende Zimmer.

»So«, sagte sie. Sie schloß die Tür, machte das Licht an und zog sich ihr T-Shirt über den Kopf. In diesem Moment hörte Frank es rascheln. Er sah in der Ecke, in der eine Matratze lag, einen Mann, der sich aufrichtete und ihn anstarrte. Er hatte nichts an als eine Unterhose.

»Was ist denn hier los?« fragte er, und Frank hoffte, daß sie sich im Zimmer geirrt hatten, aber dem war wohl nicht so. Birgits Verhalten deutete jedenfalls nicht darauf hin.

»Ach Horst«, sagte sie. »Wo kommst du denn jetzt her?«

»Was ist denn hier los?«

»Was machst du denn hier, Horst?«

»Ich war bei dem Spiel«, sagte Horst.

»Welches Spiel?«

»Eintracht Braunschweig gegen Werder Bremen, Freundschaftsspiel«, sagte Horst. »Ich bin extra wegen dir gekommen. Sollte eine Überraschung sein.«

»Ich geh dann mal«, sagte Frank, dem langsam kalt wurde, so mit nassen Kleidern und freiem Oberkörper.

»Was macht der denn hier?« rief Horst erregt und sprang von der Matratze auf. »Was machst du denn mit dem hier?«

Die Frage ist ein bißchen dämlich, dachte Frank, oder mindestens ist sie rhetorisch, dachte er, denn Birgit stand nun mit nacktem Oberkörper da und schwankte leise hin und her. Die Sache ist eigentlich eindeutig, dachte Frank, dem das alles ziemlich peinlich war, nicht so sehr für sich selbst, als vielmehr für Horst.

»Was macht der hier?« wiederholte Horst.

»Man redet nicht über Anwesende in der dritten Person«, sagte Frank.

»Weißt du was?« sagte Horst zu ihm. »Weißt du, was ich gerne möchte?«

»Nein.«

»Ich würde dir am liebsten richtig was auf die Schnauze hauen.«

»Ja nun«, sagte Frank, um irgend etwas zu sagen, das die Peinlichkeit dieser Äußerung etwas abmilderte, Horst ist einer von denen, die alles nur immer noch schlimmer machen, dachte er, »das kann ich irgendwie auch ganz gut verstehen.«

Horst sprang vor und haute Frank, der damit nicht gerechnet hatte und nicht schnell genug ausweichen konnte, mit einem gewaltigen Schwinger eins aufs Auge.

Es war kein harter Schlag, tat aber trotzdem ziemlich weh. Das wird ein blaues Auge, dachte Frank und gab Horst mit dem Knie einen Pferdekuß, daß er einknickte, trat einen halben Schritt zurück und haute dem schon fallenden Horst auf dem Weg nach unten noch mit einem Aufwärtsschwinger eins auf die Nase.

Birgit schrie auf. Dann stürzte sie zu Horst, der jetzt auf dem Boden lag und sich mit der einen Hand die Nase und mit der anderen den Oberschenkel hielt. Er blutete stark aus der Nase, und auch an Franks Händen war ein bißchen Blut, so geht das dann, dachte er, man läßt sich ein bißchen gehen, und schon hat man Blut an den Händen. Hinter ihm öffnete sich die Tür, und Sibille erschien in einem weißen Nachthemd. Was ist das für ein seltsamer Haushalt hier, dachte Frank, die eine hat Eintracht-Braunschweig-Fans im Bett liegen, die andere trägt ein weißes Nachthemd.

»Was macht ihr denn hier?« fragte Sibille. Dann sah sie das Blut an Franks Händen und schrie leise auf. Auf dem Teppich brüllte unterdessen Horst etwas von Nase gebrochen, Anzeige wegen Körperverletzung und daß er Frank umbringen werde. Frank ging in den Flur, hob sein Hemd auf und sah zu, daß er um die Ecke kam. Das letzte, was er sah, als er die Tür schloß, war Sibille, die sich schon wieder eingekriegt hatte und ihm nur noch erstaunt hinterhersah. Er hätte ihr gerne noch irgend etwas gesagt, das die Sache in ein besseres Licht stellte, aber es fiel ihm nichts ein, und so schloß er die Tür und ging durch den Regen nach Hause.

27. G-KARTE

»Lehmann, wie sehen Sie eigentlich aus?« sagte der Spieß, als Frank am Montag vormittag vor ihm stand.

»Wieso?«

»Was haben Sie denn da mit ihrem Auge gemacht? Da haben Sie aber ordentlich was abgekriegt!«

»Ja.«

»Wie ist denn das passiert?«

»Bin hingefallen.«

»Haha, Lehmann. Sehr witzig. Ich lach mich tot. Was wollte ich denn mit Ihnen? Ach ja...« Der Spieß kramte in seinen Papieren, »wegen der KDV... Das war irgendwas wegen der KDV...« Er zog ein Blatt Papier unter vielen anderen hervor. »Da ist es ja. Ist Ihr Termin für die Verhandlung, Lehmann. Ich hatte ja mit denen geredet und vorgeschlagen, daß die das nächsten Freitag machen, aber nein, die wollen das unbedingt am Donnerstag machen, dabei ist das unpraktisch, am Freitag hätten Sie gleich von da aus ins Wochenende gehen können. Aber so...«

Er reichte Frank den Zettel. Frank starrte drauf.

»Können Sie behalten«, sagte der Spieß. »Das ist Ihre Vorladung, steht alles drin. Nehmen Sie das zur Verhandlung mit. Sie kommen doch aus Bremen, oder?«

»Ja«, sagte Frank.

»Dann fahren Sie am besten Mittwoch abend nach Hause oder zu Ihren Eltern oder was, gehen da Donnerstag früh hin und kommen gleich nach der Verhandlung wieder her. Ich bin schon ganz gespannt, Lehmann.« Der Spieß lachte. »Kann mich kaum noch beherrschen. Das ist mein erster Fall von KDV seit fünf Jahren, Lehmann. Und wenn Sie durchkommen, dann sind Sie der erste seit '69. Hätte nicht übel Lust, mit irgendwem auf Sie zu wetten.« Er lachte wieder, verschluckte sich dabei und begann zu husten, er hörte gar nicht mehr damit auf und wurde dabei immer röter im Gesicht. Schließlich zeigte er mit der Hand auf seinen Rücken, und Frank ging um den Schreibtisch herum und haute dem Spieß ordentlich was zwischen die Schulterblätter.

»Danke, danke«, rief der Spieß, als er wieder Luft bekam. Frank ging wieder um den Schreibtisch herum auf die andere Seite. »Wenn Sie so weitermachen, Lehmann, dann bringen Sie mich noch ins Grab. Ach so, da war noch was...«

Der Spieß hob einen Briefumschlag in C5-Größe hoch und wedelte damit.

»Da ist Ihre G-Karte drin, Lehmann. Die haben mir Ihre G-Karte geschickt. Was sagen Sie dazu?«

»Nix.«

»Kann ich mir denken. Sie sind schon fünf Wochen hier, und jetzt schicken die uns Ihre G-Karte. Da stimmt doch was nicht. Das muß doch bei der Einstellungsuntersuchung aufgefallen sein.«

»Ja.«

»Ja, was, Lehmann?«

»Ja, Herr Hauptfeld.«

»Quatsch, nicht das. Was war denn nun bei der Einstellungsuntersuchung?«

»Die G-Karte war nicht da«, sagte Frank. »Die konnten keine Einstellungsuntersuchung machen.«

»Was soll das heißen, die konnten keine Einstellungsuntersuchung machen? Das geht doch gar nicht. Das müssen die doch. Sie können hier doch nicht ohne Einstellungsuntersuchung herumhüpfen, was glauben Sie denn, wo Sie hier sind? Warum haben Sie mir das nicht gemeldet?«

»Ich hab's ja gemeldet.«

»Bei wem?«

»Bei mir im Zug.«

»Bei wem da?«

»Bei den Fahnenjunkern.«

»Bei welchem Fahnenjunker? Bei Fahnenjunker Tietz?«

»Weiß ich nicht mehr«, log Frank.

»Oder der andere, Fahnenjunker Heitmann?«

»Weiß ich nicht mehr.«

»Und dann soll ich Ihnen glauben, daß Sie das gemeldet haben?«

»Ja.«

»Stimmt das auch, Lehmann?«

Frank nickte.

»Fahnenjunker!« Der Spieß verzog angewidert das Gesicht »Wegen sowas müssen Sie immer zu *mir* kommen, Lehmann, das ist doch wichtig. Jetzt haben Sie noch keine Einstellungsuntersuchung, das hätte böse enden können, Lehmann, stellen Sie sich nur vor, Sie haben vielleicht einen Herzfehler und klappen uns hier zusammen, das geht doch nicht, da gehen Sie gleich mal rüber und holen das nach, aber ganz schnell.«

Er reichte Frank den Umschlag.

»Und nehmen Sie das mit für den Arzt. Und kommen Sie gleich danach wieder zu mir.«

Frank nahm den Umschlag und war etwas unschlüssig.

»Ist noch was, Lehmann?«

»Soll ich da jetzt einfach so rübergehen?«

»Ja was ist denn, Lehmann? Ist das so schwierig, den San-Bereich zu finden? Soll ich einen rufen, der Sie da hinmarschieren läßt, oder was? Könnt ihr Jungs denn gar nichts mehr selbständig?«

»Okay«, sagte Frank und wandte sich zum Gehen. »Bis gleich dann.«

»Ja, ja. Und nicht vergessen: vorher Sportzeug anziehen, Lehmann. Zum San-Bereich immer im Sportzeug. Und melden Sie sich bloß nicht ab, verdammt noch mal!«

»Pionier Lehmann, melde mich ab zum San-Bereich.«

»Ja, ja... Ach, und Lehmann?!«

»Ja?«

»Ich will nur hoffen, daß der andere auch was abgekriegt hat.«

»Wovon?«

»Das mit dem Auge!«

»Ich bin hingefallen, Herr Hauptfeld.«

»Wie Sie wollen, Lehmann«, seufzte der Spieß und zündete sich eine Zigarette an. »Aber vergessen Sie nicht: Es ist Ihre Pflicht als Soldat, auf Ihre Gesundheit zu achten.« Er lachte los und begann wieder zu husten, dabei bedeutete er aber Frank mit einer winkenden Hand, endlich zu verschwinden.

»Was fehlt denn?« fragte der Assistent des Stabsarztes, den Frank noch von damals kannte und der, wie Frank jetzt, da er Bescheid wußte, feststellen konnte, auch bloß ein Obergefreiter war. Er stand in der Tür zum Behandlungszimmer und schaute Frank nicht einmal an, er schaffte es irgendwie, haarscharf an ihm vorbeizusehen.

»Einstellungsuntersuchung!«

»Wie, Einstellungsuntersuchung?«

»Es fehlt an einer Einstellungsuntersuchung, dafür ist jetzt die G-Karte vorhanden«, sagte Frank und wedelte mit dem Umschlag vor des anderen Gesicht.

»Wie, G-Karte?«

»Meine G-Karte ist da«, sagte Frank. »Ich konnte vor ein paar Wochen keine Einstellungsuntersuchung bekommen, weil meine G-Karte nicht da war, und jetzt ist sie angekommen, und jetzt kann ich auch eine Einstellungsuntersuchung kriegen.«

»Da muß ich erstmal nachfragen«, sagte der Obergefreite und wollte wieder im Behandlungszimmer verschwinden.

»Nimm das mit«, sagte Frank und hielt ihm den Umschlag hin. »Der Spieß sagt, ich soll das hier abgeben.«

»Nee«, sagte der Obergefreite, »ich nehm lieber erstmal gar nichts an. Und du wartest hier.«

»Aber nicht mehr lange«, sagte Frank und warf den Umschlag mit der G-Karte dem Obergefreiten durch die sich schließende Tür hinterher.

»Was soll das denn«, rief der Obergefreite und schloß die Tür. Eine Minute später ging sie wieder auf.

»Komm mal rein.«

Frank ging in das Behandlungszimmer. An seinem Schreibtisch saß der Stabsarzt und schaute sich Franks G-Karte an.

»Setzen Sie sich«, sagte er zu Frank.

Frank setzte sich auf einen Stuhl.

»Das ist meiner«, sagte der Obergefreite.

Frank stand auf, der Obergefreite setzte sich, und Frank blieb stehen. Es gab sonst keinen Stuhl.

»Ach so«, sagte der Arzt und schaute wieder in die Karte. »Dann bleiben Sie mal stehen. Eigentlich müßte ich mich an Sie erinnern, keine G-Karte, sowas vergißt man ja nicht. Wieso erinnere ich mich nicht mehr daran?«

»Keine Ahnung. Vielleicht, weil ich so unauffällig bin.«

»Hm... Und wieso haben die jetzt Ihre G-Karte an Ihre Kompanie geschickt und nicht gleich an uns?«

»Keine Ahnung«, sagte Frank, »ich weiß ja nicht einmal, was eine G-Karte ist.«

»Das hier«, sagte der Arzt und hielt sie hoch.

»Habe ich's mir doch gedacht«, sagte Frank.

»Lassen Sie mich mal Ihr Auge sehen«, sagte der Arzt, »das sieht ja interessant aus. Schauen Sie mal, Schäfer«, sagte er zu dem Obergefreiten, »klassischer geht's nicht.«

Er stand auf, kam um seinen Schreibtisch herum und zog Frank ans Fenster. »Das gute alte blaue Auge«, sagte er, »schauen Sie mal, Schäfer. Wie ist denn das passiert?« fragte er Frank.

»Bin hingefallen.«

»Hingefallen? Na, Sie machen mir Spaß.«

»Ist das schon die Einstellungsuntersuchung?«

Der Arzt schaute seinen Obergefreiten an. »Er fragt, ob das schon die Einstellungsuntersuchung ist!« sagte er.

Der Obergefreite nickte.

»Ein echter Witzbold«, sagte der Arzt und ging zurück an seinen Schreibtisch. »Okay, Schäfer, schreiben Sie:...« Er hob wieder die G-Karte und schaute drauf. »Dieser Mann ist nicht pionierdiensttauglich.«

Der Obergefreite spannte ein Blatt in eine Schreibmaschine und begann zu tippen.

»Tauglichkeitsstufe drei steht hier«, fuhr der Arzt fort, »mit Einschränkungen in der Grundausbildung, da brauche ich nicht lange zu untersuchen. Schreiben Sie das mal so, wie sich das gehört, Schäfer.«

Schäfer nickte und tippte vor sich hin.

»So wie ich das sehe, hätte der hier nie hergeschickt werden dürfen«, fuhr der Arzt fort und sah Frank erwartungsvoll an, während Schäfer immer weiter tippte. Frank schwieg.

»Hören Sie, was ich sage?«

»Sie haben in der dritten Person gesprochen, da weiß man nie, wer gemeint ist.«

»Sie sind überhaupt nicht tauglich für Pioniere.«

»Soso.«

»Ab nächster Woche geht in der 4. Kompanie die Spezialausbildung für Pioniere los, da können Sie nicht mitmachen.«

»Und was heißt das?«

»Keine Ahnung. Wahrscheinlich werden Sie versetzt.«

»Aha.«

»Okay. Geben Sie mal her, Schäfer.«

Der Obergefreite gab ihm das betippte Blatt Papier, und der Arzt unterschrieb es, und dann nahm er auch noch einen Stempel und haute ihn dazu. Dann faltete er das Blatt zusammen, steckte es in einen Umschlag, leckte ihn an, klebte ihn zu und reichte ihn Frank.

»Hier«, sagte er, »geben Sie das mal Ihrem Spieß. Die G-Karte bleibt bei uns. Muß ja alles seine Ordnung haben. Sonst noch irgendwas? Haben Sie schon Fußpilz bekommen?«

»Nein«, sagte Frank.

»Kommt noch.« Der Arzt lachte.

»Ja. Sehr lustig«, sagte Frank. »Ich geh dann mal.«

»Sagen Sie mal«, sagte der Arzt und lehnte sich zurück, »ich glaube, jetzt erinnere ich mich wieder an Sie! Die G-Karte war nicht da, genau, *Sie* waren das!«

»Ja und?«

»Sie sind sich aber erstaunlich treu geblieben, was?«

»Wieso?«

»Weiß nicht, kommt mir so vor. Nur so. Dann gehen Sie mal. Und melden Sie sich bloß nicht ab, nicht bei mir, ich bin auch nur Wehrpflichtiger, mir ist das scheißegal. Schäfer, der ist Zeitsoldat, aber bei dem brauchen Sie sich nicht abzumelden, der ist bloß Obergefreiter.«

»Dann ist ja gut«, sagte Frank. »Tschüß dann.«

»Ja«, sagte der Arzt. »Tschüß dann.«

Frank winkte dem Obergefreiten zum Abschied, aber der saß mit dem Rücken zu ihm und starrte über seine Schreibmaschine hinweg aus dem Fenster.

»Hab ich mir schon gedacht«, sagte der Spieß, nachdem er den Zettel des Arztes gelesen hatte. »Habe ich mir gleich gedacht, als ich die G-Karte gesehen habe. Schöne Schweinerei ist das. Wieso sind Sie denn bloß Tauglichkeitsstufe drei, Lehmann?«

»Keine Ahnung«, sagte Frank, »kann ich nichts für.«

»Was haben Sie denn? Schwache Lunge oder was? Leistenbruch? Was ist denn los mit euch, ihr seid noch keine zwanzig und habt schon so Dinger.«

»Ich nicht. Ich hab keine Dinger.«

»Jetzt können Sie kein Pionier werden, Lehmann.«

»Wollte ich sowieso nicht«, sagte Frank. »Ich habe gerade eine Verweigerung laufen, Hauptfeld!«

Sie waren nicht im Büro des Hauptfelds, sondern standen sich am Tresen der Schreibstube gegenüber, und der Gehilfe des Spieß', der Obergefreite Albrecht, stand auch dabei.

»Albrecht meint, damit kommen Sie sowieso nie durch, Lehmann«, sagte der Spieß, und Albrecht nickte dazu. »Naja, so oder so, wir werden Sie wohl verlieren, Lehmann, vor der Zeit, würde ich sagen.« Er seufzte. »Haben Sie eigentlich was gelernt?«

»Speditionskaufmann.«

»Speditionskaufmann? Wieso haben die Sie dann zu uns geschickt? Das ist doch was für den Nachschub!«

»Keine Ahnung.«

»Hm...« Der Spieß schaute Albrecht an. »Wie lange sind Sie noch hier, Albrecht?«

»Dreihundertsiebenundzwanzig Tage, Hauptfeld.«

»Naja, dann bleiben Sie uns ja noch lange erhalten.«

»Ja, Hauptfeld.«

»Tja...«, sagte der Hauptfeld und hob dazu die Schultern. »Dann geht das auch nicht...«

»Was?«

»Nichts, Lehmann, vergessen Sie das. Ich frage mich, was die sich dabei gedacht haben. Frank Lehmann... Nicht gerade ein seltener Name, ich glaube fast, die haben Sie verwechselt!«

»Wieso?«

»Das kommt vor. Da läuft irgendwo so ein Baggerfahrer namens Lehmann rum, und der ist jetzt beim Nachschub, und Sie sind hier bei den Pionieren. Speditionskaufmann, das schreit doch nach Nachschub, da steht Ihnen doch schon Nachschub auf der Stirn geschrieben.«

»Ist mir egal«, sagte Frank, »ich verweigere gerade.«

»Ja, genau«, sagte der Spieß, »das habe ich noch vergessen, Lehmann. Haben Sie die Einladung zur Verhandlung noch?«

»Ja.«

»Da müssen Sie mir noch den Empfang quittieren.«

Frank unterschrieb ihm, daß er die Einladung erhalten hatte.

»Und nicht vergessen, Lehmann: Mittwoch abend hauen Sie ab und fahren nach Hause, das geht ja Donnerstag früh für Sie los.«

»Ja, Herr Hauptfeld.«

»So, dann gehen Sie mal ohne Meldung ab, Lehmann.«

»Ja«, sagte Frank und ging zur Tür.

»Und, Lehmann!«

»Ja?« Frank hielt an der Tür inne. Das macht er immer, dachte er gereizt. Das ist seine Spezialität. Er reicht einem immer in letzter Minute noch was rein.

»Viel Glück!«

»Danke!«

»Keine Ursache. Werden Sie brauchen.«

28. FDP-MANN

»Schon gut«, sagte der Vorsitzende und fummelte an seiner mächtigen Brille. »Schon gut, nun beruhigen Sie sich doch!«

»Das sagen Sie so«, sagte Frank und ließ dabei die Stimme brechen und die Unterlippe zittern, so als ob er gleich anfangen würde vor Empörung zu heulen, denn Empörung, soviel war sicher, mußte er jetzt zeigen, im siebten Stock des Kreiswehrersatzamt-Hochhauses in der Nähe des Bahnhofs von Bremen. Zunächst war alles nach Plan verlaufen, sie hatten die Sitzung eröffnet, seine schriftliche Begründung verlesen, ein durchaus bemerkenswertes Dokument, wie er gefunden hatte, das aus fremdem Mund vorgelesen zu hören ihn ein bißchen stolz gemacht hatte, es hatte gut und überzeugend geklungen, wirklich ein Meisterwerk der pazifistischen Trantütigkeit, wie Martin Klapp es genannt hatte, und somit genau das richtige für eine anständige Kriegsdienstverweigerung. Auch die Zeugenaussage seiner Eltern und die von Martin Klapp hatten, wie er fand, Eindruck hinterlassen, jedenfalls bei ihm selbst, und er war eigentlich guter Hoffnung gewesen, als es plötzlich knüppeldick gekommen war mit einer Stellungnahme von Hauptmann Schickedanz, in der er Frank bescheinigte, ein guter, nie unangenehm auffallender Soldat mit guten Schießergebnissen zu sein, sowie einer Stellungnahme von Pionier Schmidt, ausgerechnet von Schmidt, die aussagte, daß Frank seine Gründe für die Verweigerung in einem Gespräch mit Schmidt dergestalt benannt hätte, daß er nicht mehr dauernd angeschrien werden wollte und auch hoffte, im Zivildienst mehr Geld zu verdienen.

»Das sagen Sie so«, wiederholte er nun, und er war froh, daß es genau so verbittert klang, wie er sich in diesem Moment fühlte. »Da wird gelogen, daß sich die Balken biegen, von den eigenen Kameraden, von Leuten, mit denen man in derselben Stube wohnt, mit denen man durch den Schlamm gerobbt ist, angestiftet vom Kompaniechef, da bin ich sicher, und dann soll ich mich nicht aufregen, das ist ungeheuer, was die sich da erlauben. Außerdem«, versuchte er es noch von einer anderen Seite, »ist das unlogisch. Entweder bin ich ein guter Soldat, wie der Hauptmann sagt, dann kann ich das Problem mit dem Anschreien ja wohl nicht haben, oder Schmidt hat recht, und ich habe so ein Problem, dann lügt der Hauptmann, und da die Sache mit Schmidts Aussage natürlich vom Hauptmann angezettelt worden ist, ist doch klar, daß die beide lügen, daß sich die Balken biegen. Das genaue Gegenteil ist richtig, ich bin mir völlig darüber im klaren...«

»Ja, ja, ja!« unterbrach ihn der Vorsitzende, der ein ziemlich alter und für Franks Geschmack ein für diesen Job unheilverheißend zackiger Mann war. »Wir wollen uns nicht lange damit aufhalten. Daß Leute von der Bundeswehr da parteiisch sind, ist ja irgendwie klar, das nehmen wir dann mal nicht so ernst, nicht wahr...?«

Er blickte nach rechts, wo ein ebenso alter Mann saß, der auf Frank einen sehr schlechtgelaunten Eindruck machte, vielleicht ist es noch zu früh für ihn, dachte Frank, wahrscheinlich ist es aber der vom Kreiswehrersatzamt bestellte Mann, und dann sah er nach links, wo zwei etwas jüngere Männer saßen, aus deren Mimik Frank zu erkennen glaubte, daß er bei ihnen eine Chance hatte, der eine, der ganz rechts saß und einen Vollbart trug, nickte jedenfalls immer zustimmend, wenn Frank etwas sagte, und der andere schaute so interessiert drein, wie es nur einer konnte, der wirklich an die Sache glaubte, in die er hier verstrickt war. Das sind wohl die von der Bremer Bürgerschaft benannten, dachte er und fragte sich, welcher von beiden wohl der Sozialdemokrat war, wahrscheinlich der Vollbärtige, dachte er, dann ist der andere von der FDP.

»Dann nehmen wir das von dem Schulfreund aber mal auch nicht ganz so ernst, würde ich sagen«, sagte der schlechtgelaunte alte Mann »der ist dann wohl auch parteiisch, denke ich mal.«

Der Vorsitzende nickte dazu, während der vollbärtige Mann den Kopf schüttelte.

»Doch, doch«, sagte der Vorsitzende zu ihm, »da ist schon was dran, lassen wir das beides weg, dann haben wir immer noch die Eltern und den Vorgesetzten.«

»Der aber auch parteiisch ist«, gab der Vollbärtige zu bedenken. »Der Vorgesetzte ist auf jeden Fall doch auch parteiisch, das ist ein Bundeswehrmann, da liegt das doch wohl auf der Hand.«

»So gesehen sind das die Eltern aber auch«, sagte der schlechtgelaunte alte Mann, »vergessen Sie das nicht, es sind ja immerhin die Eltern.«

»Ja gut«, sagte der andere und kraulte sich am Bart, »aber es sind die Eltern, immerhin. Irgend etwas muß doch Geltung haben bei der Sache.«

»Finde ich auch«, sagte der Mann neben ihm, »das müssen Sie zugeben: Es sind immerhin die Eltern.«

»Sage ich ja«, sagte der schlechtgelaunte alte Mann, »es sind die Eltern. Die würden doch nicht ihr eigenes Kind in die Pfanne hauen.«

»Das ist nicht gesagt«, sagte der Vollbärtige.

»Entscheidend ist doch, daß die Eltern das Kind prägen, die Prägung im Elternhaus entscheidet doch darüber, wie sich das Gewissen des Kindes entwickelt«, gab der Mann neben ihm zu bedenken, und Frank wußte jetzt, dies war tatsächlich der FDP-Mann, der Mann, von dem alle sagten, daß er der sei, den es zu überzeugen galt. Der Vorsitzende hatte keine Stimme, und die beiden ganz außen Sitzenden hatten ihre Meinung schon zusammen, soviel war klar. Und der FDP-Mann lächelte ihm jetzt aufmunternd zu, das ließ ihn Hoffnung schöpfen.

»Wie Sie wollen«, sagte der Vorsitzende, »verlesen ist das jetzt jedenfalls alles, und wir wissen ja nun auch«, wandte er sich an Frank, »wie das bei Ihnen nun alles so gekommen ist mit der Bundeswehr und so weiter, und wie Sie sich da gewissermaßen, wie soll ich es sagen...« – der Vorsitzende lächelte süffisant, und Frank fand, daß er etwas *zu* süffisant lächelte, um noch als neutral gelten zu können, »vom Saulus zum Paulus gewandelt haben, was Ihr Gewissen betrifft, und das Gewissen wollen wir nun ja mal ein bißchen überprüfen, nicht wahr?«

Frank hätte ihn gerne darauf hingewiesen, daß Saulus immerhin ein Fanatiker gewesen sei, was man von ihm in Bezug auf die Bundeswehr nie hatte sagen können, aber es stand fest, daß Klugscheißerei ihn hier nicht weiterbringen würde, deshalb nickte er nur, so wie alle anderen im Raum jetzt auch nickten, was den Vorsitzenden, der sich wieder von links nach rechts umblickte, zu der zufriedenen Feststellung »Dann ist ja gut« veranlaßte.

Dann machte er eine kurze Pause, während der er in den Unterlagen kramte.

»Sie schreiben zum Beispiel hier, ich zitiere noch einmal... ja, hier ist es, Moment, ›...bin ich auf dieser Schießübung und gerade dadurch, daß ich sah, daß die Gesichter auf den Zielscheiben gar keine Augen, Nasen, Münder oder Ohren...‹ – nein, das nicht, das andere hier, etwas später, ›...seitdem fest davon überzeugt, daß ich nicht, nie und unter keinen Umständen in der Lage wäre, einen Menschen zu töten, aus was für einem Grund auch immer, daß mein Gewissen mir das nicht nur nicht erlauben, sondern tatsächlich auch in keinem Fall ermöglichen würde, es deshalb nicht nur moralisch für mich geboten ist, den Kriegsdienst mit der Waffe zu verweigern, sondern auch gesellschaftlich ganz gewiß der...‹ – naja, das können wir uns erst einmal sparen, was da noch weiter kommt, jedenfalls...« – der Vorsitzende machte eine Pause und alle im Raum schienen geradezu gebannt an seinen Lippen zu hängen, der Vorsitzende aber sah sich hilfesuchend um und kramte in den Blättern, bevor er sich zusammenriß und den Faden wiederfand – »...jedenfalls will ich Ihnen jetzt mal eine Frage stellen, die sich bei so einer Aussage dann schon aufwirft, quasi von selbst, wenn Sie verstehen, was ich meine.«

Frank nickte, weil der Vorsitzende ihn erwartungsvoll anschaute. Der Mann mit dem Bart verdrehte unterdessen, Frank sah das aus den Augenwinkeln, die Augen, während der schlechtgelaunte alte Mann ganz links mit den Fingern der linken Hand an denen der rechten Hand spielte. Der FDP-Mann lächelte aufmunternd.

»Wenn zum Beispiel«, sagte der Vorsitzende, »Soldaten eines anderen Landes in unser Land einfallen würden, sagen wir mal, es müssen ja nicht immer die Russen sein, wir leben ja im Zeitalter der Entspannung und so weiter, und das ist ja jetzt sowieso alles hypothetisch, und dann heißt es immer, wir würden hier immer nur gegen die Sowjetunion was sagen, also jedenfalls nehmen wir mal an, da kommen so Soldaten, ist ja nun auch mal egal woher, vielleicht aus Kambodscha, nur mal als Beispiel, und die kommen jetzt zu Ihnen nach Hause und stellen da ihre Eltern an die Wand und wollen die erschießen, sowas ist ja möglich, nicht wahr?«

Der Vorsitzende machte eine Pause und sah Frank erwartungsvoll an. Frank nickte.

»Oder aus Nordkorea«, sagte er.

»Ja, genau, oder aus Nordkorea«, sagte der Vorsitzende. »Ganz genau. Und nun sind Sie auch da und haben ein Gewehr in der Hand oder eine Pistole und könnten die, indem Sie sie erschießen, daran hindern, wiederum Ihre Eltern zu erschießen, was würden Sie denn da machen?«

»Ja«, sagte Frank und bemühte sich, schon dieses »Ja« so dumm klingen zu lassen wie das, was darauf folgen mußte, »ja«, wiederholte er, und dann sagte er noch einmal »ja« und schaute dabei möglichst betreten auf seine Oberschenkel, »das ist schwer zu sagen, Sie meinen, äh, wie?«

»Wie jetzt, wie?«

»Ich habe das nicht so gut verstanden«, sagte Frank, »also die wollen meine Eltern erschießen und ich habe ein Gewehr in der Hand?«

»Ja, natürlich. Oder eine Pistole.«

»Das geht ja gar nicht«, sagte Frank, »ich würde ja nie freiwillig ein Gewehr in die Hand nehmen.«

»Moment mal«, polterte der schlechtgelaunte alte Mann los, »die wollen Ihre Eltern erschießen und Sie würden nichts tun, um die zu retten?«

»Wen jetzt zu retten?«

»Ihre Eltern? Nach alledem, was die für Sie getan haben?«

»Woher wollen Sie denn wissen, was...«

»Moment«, wurde Frank in diesem Moment von dem Mann mit dem Vollbart unterbrochen, »ganz fair ist das nicht.«

»Wollen Sie sagen, daß das eine unfaire Frage ist?« sagte der Vorsitzende. »Das würde mich aber wundern. Es ist genau die Frage, die sich stellt, wenn es um das Gewissen geht: Was würde man tun in so einem Fall, deshalb sind wir doch hier.«

»Man muß sie ja nicht *so* stellen, die Frage ist ja nicht, was er tun würde, sondern welche Konflikte sich ergeben würden für den Betreffenden.«

»Das müssen Sie schon mir überlassen, wie...«

»Lassen Sie mich das mal eben versuchen«, unterbrach der FDP-Mann den Vorsitzenden. »Hören Sie«, sagte er zu Frank, »wir wollen Ihnen ja nichts, aber Sie müssen schon mal was dazu sagen, denn es geht hier ja auch um Verteidigung und um Grundsätze, und wenn Sie sagen, daß Sie das auf keinen Fall machen wollen, jemanden umbringen, dann ist so eine Situation natürlich prekär.«

»Ja«, sagte Frank, »prekär.«

»Da müssen Sie aber schon was zu sagen.«

»Inwiefern jetzt?«

»Wie Sie sich verhalten würden.«

»Ich wollte ja auch nicht sagen«, sagte Frank, »daß ich nichts tun würde, um meine Eltern zu retten, dies sei nur mal Ihnen gesagt«, sagte er zum schlechtgelaunten alten Mann, und der bärtige Mann nickte zufrieden und der FDP-Mann lächelte aufmunternd, »ich würde alles tun, um meine Eltern zu retten, aber es ist eben nicht möglich, daß ich da mit einem Gewehr stehe, weil ich das ja ablehne, also kann ich da ja nicht mit einem Gewehr stehen, das geht ja nicht.« Das reicht nicht, dachte Frank, so einfach wird's nicht werden, aber es schafft Zeit, dachte er, wenigstens das. Man muß sie verwirren, dachte er, und dann den FDP-Mann überzeugen, oder umgekehrt, dachte er, denn er war schon selbst nicht mehr ganz bei sich, genauer gesagt war er den ganzen Morgen noch nicht ganz bei sich gewesen, er war schwer verkatert, sein Kopf schmerzte, sein Mund war trocken, er hatte am Abend zuvor mit Martin Klapp, Ralf Müller und Wolli auf gutes Gelingen bei der Verweigerung angestoßen, und das rächte sich jetzt. Aber vielleicht ist es auch von Vorteil, dachte er, man wirkt jämmerlicher, leidender, das muß nicht falsch sein.

»Natürlich«, sagte er, »Sie könnten jetzt sagen: Was soll's, da könnte ja ein Gewehr herumliegen, und das könnte ich nehmen, um meine Mutter vor den Nordkoreanern zu retten, sicher, das könnte man natürlich hypothetisch annehmen, keine Frage, aber...«

Er verlor den Faden. Der bärtige Mann schaute etwas erschreckt, der FDP-Mann beugte sich dagegen interessiert vor. Zur anderen Seite schaute Frank schon gar nicht mehr, den schlechtgelaunten alten Mann hatte er aufgegeben.

»Ja?!« sagte der FDP-Mann aufmunternd.

»Ja was?« sagte Frank, und es klang um einiges patziger, als er es hatte sagen wollen.

»Und dann?«

»Naja, das geht natürlich nicht, denn ich kann das ja nicht, einfach ein Gewehr nehmen und damit jemanden töten, genau das kann ich ja nicht, deshalb bin ich ja hier.«

»Ob Sie aber zu Recht hier sind, das liegt ja gerade an uns herauszufinden«, dröhnte der schlechtgelaunte alte Mann von links, »daß Sie hier sind, ist kein Argument.«

»Das sagen Sie einfach so«, sagte Frank, »meinen Sie etwa, ich mache das hier zum Spaß?«

»Ha!« rief der alte Mann, »meinen Sie etwa, ich?«

»Na, na!« kam es vom Vorsitzenden beschwichtigend, »so kommen wir ja nicht weiter. Lassen wir das. Ich muß aber schon sagen, um die Frage zu beantworten, würde ich schon ein bißchen mehr von Ihnen erwarten, Herr Lehmann. Vergessen Sie nicht: Bei dem Szenario, das ich Ihnen beschrieben habe, geht es um etwas sehr Wichtiges, um das Leben Ihrer Eltern, es geht um Notwehr und Verteidigung und Verantwortung, alles Dinge, die auf die verschiedenste Weise das Gewissen berühren, habe ich recht?«

»Ja«, ließ sich der bärtige Mann ganz rechts vernehmen, »das schon, aber, und darüber haben wir schon öfter hier geredet, Herr Müller, so wie Sie die Frage jetzt gestellt haben, ist das nicht wirklich fair.«

»Warten Sie, vielleicht sollte ich das mal anders formulieren«, sagte der FDP-Mann.

»Nein, ich denke, man sollte das eigentlich so gar nicht mehr formulieren«, sagte der Bärtige. »Das ist doch Unsinn, das ist immer dasselbe, und was soll schon dabei rauskommen.«

Jetzt guckte der FDP-Mann den Bärtigen böse an, und das ließ Frank Übles befürchten. Wenn die beiden sich streiten, dachte er, dann stimmt der FDP-Mann anders als der Bärtige, und dann ist es verloren.

»Nun streiten Sie sich nicht«, rief er ohne nachzudenken dazwischen und merkte sogleich, daß das ein Weg sein konnte, den Friedensengel spielen, dachte er, das könnte es sein, alles ist jedenfalls besser als die Nordkoreaner, »streiten Sie sich doch bitte nicht«, wiederholte er in flehentlichem Tonfall, »nicht meinetwegen, bitte, das ist doch nun wirklich das Letzte, das ich will.«

Der FDP-Mann sah ihn an und machte dabei einen nachdenklichen Eindruck.

»Es kann doch nicht sein, daß es immer nur überall Streit und Krieg und Gewalt gibt«, drehte Frank ein bißchen weiter auf, »letztendlich kommt es doch vor allem darauf an, Konflikte friedlich zu lösen und, äh, jedenfalls Frieden zu schaffen und überhaupt extrem da, wo, ich meine, gewaltlos und so weiter«, machte er weiter, ein bißchen wirr vielleicht, dachte er, aber auch das kann nicht schaden, »und wenn man sich schon im Kleinen streitet wegen so einer Sache, wie soll das dann erst im großen, gesellschaftlichen Rahmen enden?«

Der FDP-Mann schien begeistert. »Da hat er schon recht«, sagte er heftig nickend in die Runde.

»Ha!« rief der schlechtgelaunte alte Mann, der Frank langsam immer sympathischer wurde, eine gefährliche Ge fühlsverirrung ist das, dachte er, das ist immerhin der Feind, »das ist aber keine Antwort auf die Frage, Rechthaben hin, Rechthaben her!«

»Moment, Moment«, sagte Frank, »das ist aber auch nicht der Punkt, es geht ja eigentlich auch gar nicht um das Rechthaben, das ist ja genau das Problem bei dieser Art von Konflikten.«

»Wie meinen Sie das?« fragte der FDP-Mann irritiert, während neben ihm der Bärtige mit verdrehten Augen den Kopf schüttelte.

»Nur so«, sagte Frank, der nicht wußte, was er sonst hätte sagen sollen.

Das ließ den FDP-Mann die Stirn runzeln. In diesem Moment schaltete sich der Vorsitzende wieder ein.

»Können wir mal zum Thema zurückkommen?« rief er überlaut, »mir wird das jetzt alles ein bißchen zu kompliziert, dabei war die Frage doch eigentlich ganz einfach.« Er beugte sich vor zu Frank. »Also: Die wollen Ihre Eltern umbringen, an die Wand stellen, und sagen Sie nicht, sowas gäbe es nicht, das gibt es eben doch, und Sie haben nun die Möglichkeit, jetzt nicht direkt mit einem Gewehr, das Sie in der Hand halten, das lassen wir dann mal weg, wenn Sie das stört, aber sagen wir mal, da liegt noch ein Gewehr herum und Sie könnten das jetzt nehmen und die daran hindern, daß die Ihre Eltern erschießen, indem Sie die anderen erschießen. Was nun? Was würden Sie tun?«

»Ja, nun...«

»Das ist wirklich wichtig«, sagte der FDP-Mann, »das müssen wir schon wissen.«

Frank sah den FDP-Mann an, und der lächelte zufrieden. Er glaubt wirklich daran, dachte Frank.

»Natürlich ist das wichtig«, sagte Frank, »es geht dabei ja auch um das Leben von Menschen, und das ist doch der Grund, warum ich hier bin, nicht wahr, weil ich mir geschworen habe, daß ich niemanden töten will, auf keinen Fall und aus keinem wie auch immer gearteten Grund, und jetzt könnte man bei der von Ihnen hier beschriebenen Situation natürlich sagen, nun gut, was soll's, wenn du die Nordkoreaner...«

»Es müssen nicht unbedingt Nordkoreaner sein«, fiel ihm der Vorsitzende ins Wort, »was haben Sie denn immer mit Ihren Nordkoreanern?«

Frank stutzte. Das waren neue Töne, der Mann war nicht nur nicht mehr neutral, er wurde geradezu frech, fand er.

»Ich habe überhaupt nichts mit Nordkoreanern«, sagte er gereizt, »ich kenne überhaupt keinen Nordkoreaner, wie kommen Sie darauf, daß ich irgendwas mit Nordkoreanern habe, denken Sie etwa, ich hätte irgendwelche Bekannte in Nordkorea? Das geht doch überhaupt nicht.«

»Von Bekannten habe ich nichts gesagt«, sagte der Vorsitzende ebenso gereizt, »jetzt drehen Sie mir doch nicht auch noch meine Worte im Mund herum.«

»Und selbst wenn ich welche kennen würde«, setzte Frank noch eins drauf, »dann kann ich doch gar nicht wissen, ob die sowas tun würden, ich meine, meine Eltern erschießen, was ist das überhaupt für eine Frage?«

»Das ist eine hypothetische Frage«, mischte sich der FDP-Mann ein, der, und das ließ in Frank Panik aufkommen, jetzt auch einen gereizten Eindruck machte, »und wenn Sie wollen, daß wir Sie als Kriegsdienstverweigerer aus Gewissensgründen anerkennen – Gewissensgründen, verstehen Sie?! –, dann sollten Sie schon eine Antwort darauf finden.«

»Ja sicher«, sagte Frank, »ja sicher, und das habe ich ja eigentlich auch getan.«

»Dann habe ich die Antwort aber nicht mitgekriegt«, sagte der FDP-Mann pikiert, »das muß ich mal sagen, dann habe ich aber nicht verstanden, was Sie da eigentlich sagen wollten.«

Der Mann lehnte sich zurück und Frank spürte, daß er den Trottel, wie er ihn jetzt in Gedanken nannte, FDP-Mann ist nicht richtig, man darf nicht immer nur die FDP für alles verantwortlich machen, dachte er, aus tiefstem Herzen zu hassen begann, und er wollte gerade ausfallend werden, als ihm der Bärtige wieder zu Hilfe kam.

»Also mich langweilt das jetzt mit dieser Frage«, sagte er, »ich will das nicht mehr hören.«

»Was für Fragen ich stelle, das müssen Sie schon mir überlassen, schließlich führe *ich* hier die Verhandlung«, sagte der Vorsitzende spitz.

»Ja, aber die Sache ist doch erschöpfend beantwortet, gerade weil Sie doch sehen, daß der Herr Lehmann diese Frage nicht beantworten kann, was man doch nur so deuten kann, daß Sie ihn hier vor ein Dilemma stellen, für das es keinen Ausweg gibt, und dadurch wird doch deutlich, daß er es tatsächlich ernst meint. Schließlich haben wir nicht die objektive Logik seiner Gewissensentscheidung zu bewerten, sondern bloß die innere Logik, und der entspricht seine Ratlosigkeit durchaus.«

Frank liebte den Mann in diesem Moment. Ich hätte es selbst nicht besser sagen können, dachte er, im Gegenteil, ich hätte es nur schlechter sagen können, und das wäre nicht gut gewesen, dachte er.

»Sie meinen«, sagte der schlechtgelaunte alte Mann höhnisch, »weil er auf eine einfache Frage keine Antwort weiß, sollen wir das zu seinen Gunsten auslegen, ja? Na, das ist ja prächtig, das stellt ja wohl alles auf den Kopf.«

»Ich finde auch«, sagte der FDP-Mann, »daß er sich ruhig mal ein bißchen Mühe damit geben kann.«

»Jetzt reicht's aber«, sagte Frank, der jetzt nichts weniger mehr wollte als diesem Mann zu gefallen und deshalb beschloß, daß die Sache verloren war. »So geht's aber nicht!«

»Was geht nicht?« sagte der FDP-Mann.

»Man spricht nicht über Anwesende in der dritten Person. Das gehört sich nicht.«

»Na hören Sie mal...«, begann der FDP-Mann, aber der Vorsitzende schnitt ihm das Wort ab.

»Okay«, sagte er. »Da haben Sie natürlich recht. Dann reicht das jetzt wohl auch. Wenn sonst keiner mehr eine Frage hat, dann können Sie jetzt rausgehen und dann können wir in Ruhe über Ihren Fall beraten. Oder hat noch einer eine Frage?«

Frank wollte schon aufstehen, aber der Bärtige gab die Sache noch nicht verloren.

»Ja, ich hätte noch eine Frage«, sagte er. »Dieses blaue Auge da, haben Sie das von einer Schlägerei?«

»Nein. Ich bin hingefallen«, sagte Frank.

»Ich meine, Sie sind doch bei der Bundeswehr, haben Sie da vielleicht wegen Ihres Antrags auf Kriegsdienstverweigerung was auszustehen gehabt? Bei Ihren Kameraden? Oder bei Ihren Vorgesetzten?«

Jetzt schauten ihn wieder alle interessiert an. Frank war klar, daß hier eine Chance lag, die Sache noch einmal umzudrehen. Aber er wollte nicht mehr.

»Nein, die waren alle ganz okay«, sagte er, »von diesem Schmidt mal abgesehen, aber das weiß ich ja auch erst seit heute, daß der so krumme Dinger macht.«

»Also sind Sie da nicht etwa verprügelt worden oder so?«

»Nein«, sagte Frank. »Nein, so war das nicht. Danke, daß Sie fragen, aber so war das nicht.« Er stand auf. »War's das?« fragte er.

»Ja, es sei denn, es hat noch jemand eine Frage«, sagte der Vorsitzende.

»Für mich genügt das. Ich weiß jetzt Bescheid«, sagte der FDP-Mann. Die anderen beiden schwiegen nur.

»Dann können Sie draußen warten, bis hier eine Entscheidung gefallen ist«, sagte der Vorsitzende.

Frank ging hinaus und setzte sich im Flur auf einen Stuhl. Es dauerte nicht lange, bis sie ihn wieder hineinriefen und ihm mitteilten, er sei »nicht berechtigt, den Kriegsdienst mit der Waffe zu verweigern«. Er nahm den entsprechenden schriftlichen Bescheid entgegen, es war ein Vordruck, in dem das Wort »nicht« je nach Bedarf gestrichen werden konnte oder nicht. Ganz schön leichtsinnig, dachte er, während der Vorsitzende noch irgend etwas über Einspruchsfristen sagte.

»Ja, ja, das weiß ich alles«, unterbrach Frank ihn schließlich.

»Dann können Sie jetzt gehen«, sagte der Vorsitzende.

»Alles klar«, sagte Frank. »Tschüß dann.«

Er drehte sich um und ging zur Tür.

»Und gute Besserung für Ihr Auge«, rief der Vorsitzende ihm hinterher.

Frank, der schon halb aus der Tür raus war, drehte sich noch einmal um.

»Halt's Maul, Opa«, sagte er sanft und schloß behutsam die Tür.

29. KUNST AM BAU

Frank hatte sich mit Martin Klapp an der Uni verabredet, um vom Ergebnis seiner Verhandlung zu berichten und in der Mensa noch etwas zu essen, bevor er wieder in die Kaserne zurückfuhr. Als er an der Uni ankam, war es für die Mensa noch zu früh, die Verhandlung war schneller zu Ende gewesen, als er erwartet hatte, und bis zu seiner Verabredung mit Martin Klapp war noch eine halbe Stunde Zeit. Direkt neben der Mensa war eine Cafeteria, dort holte er sich einen Kaffee und suchte sich einen Sitzplatz, und dabei entdeckte er Martin Klapp, der an einem Tisch am Fenster saß und dabei zuschaute, wie sich der Sommerregen über eine hinter dem Fenster befindliche Kunst-am-Bau-Installation ergoß. Eigentlich hatte Frank noch keine Lust, Martin Klapp zu treffen, er scheute davor zurück, ihm erzählen zu müssen, daß er bei der Verhandlung durchgefallen war, er wollte dazu keine schlauen Sprüche hören, und Mitleid wollte er auch nicht, deshalb spielte er kurz mit dem Gedanken, sich in eine andere Ecke des mit Resopaltischen möblierten Raumes zu setzen und so zu tun, als hätte er Martin Klapp nicht gesehen, aber dann dachte er, was soll's, man kann es genausogut gleich jetzt hinter sich bringen, dann ist man bis zum Mittagessen mit dem Thema durch, und alles ist gut.

»He, Martin«, sagte er, als er bei seinem Freund angekommen war.

Martin Klapp fuhr zusammen. »Mann, hast du mich erschreckt.«

»Tut mir leid.«

»Ja«, sagte Martin Klapp ernst und blickte wieder zum Fenster. Er sah nicht gut aus, er war offensichtlich nicht ganz bei sich, er schaute stumm auf die Installation hinter dem Fenster und fühlte zugleich ohne hinzusehen in einer trüben, rosafarbenen Flüssigkeit, in der weiße Flocken schwammen.

»Was hast du denn da?«

»Was?«

»Wo rührst du da denn drin rum?«

»Weiß nicht«, sagte Martin und schaute in den Styroporbecher, als sähe er ihn zum ersten Mal. »Hagebuttentee.«

»Was ist das Weiße?«

»Milch. Die ist irgendwie flockig geworden.«

»Das liegt an der Säure«, sagte Frank und setzte sich.

»Hä?«

»Das mit dem Flockigwerden der Milch. Das liegt an der Säure.«

»Wieso das denn?«

»Die Säure läßt das Eiweiß in der Milch koagulieren, und dann fällt das so als Flocken aus. Wie bei saurer Milch. Ist das gleiche. Die wird ja auch fest.«

»Hm...«

»Oder jedenfalls flockig. Hatten wir in Chemie mal, in der Schule, in der zehnten oder so.«

»Frankie, nimm's mir nicht übel, aber darüber solltest du dich vielleicht mit einem Chemiestudenten unterhalten, davon gibt's hier einige.«

»Okay, okay«, sagte Frank. Er nippte an seinem Kaffee und fragte sich, was mit seinem Freund bloß los war.

»Martin, das ist alles andere als normal, was hier läuft! Seit wann trinkst du so einen Scheiß und sitzt hier sinnlos rum, während du doch eigentlich studieren solltest.«

»Ich sitze oft hier, das hat gar nichts zu bedeuten.«

»Ja, aber doch nicht so.«

»Wie, so?«

»Na so halt. Mit Aus-dem-Fenster-starren und so einen Kram da zu beobachten. Was soll das darstellen?«

»Das soll nichts darstellen. Das ist Kunst am Bau.«

»Ich weiß, daß das Kunst am Bau ist, ich bin ja nicht blöd.« Es handelte sich bei der Installation um drei unterschiedlich große Betonkugeln, die in einem Kiesbett lagen. »Ich wollte auch nicht wissen, was *das* da darstellen soll, ich wollte wissen, was das darstellen soll, daß du hier…«

»Das ist wirklich eine der blödesten Fragen, die ich je gehört habe, Frankie«, unterbrach ihn Martin Klapp. »Ich denke, dein Bruder ist Künstler, ist denn da gar nichts auf dich abgefärbt? Ich meine, stellt man da noch solche Fragen? Was ein Kunstwerk darstellen soll? Sowas fragt man da noch?«

»Ich habe überhaupt nicht wegen dem Ding da gefragt. Ich wollte wissen, was mit *dir* los ist!«

»Ach so!« Martin Klapp seufzte. Dann schwieg er eine Weile. »Was soll mit mir schon los sein?«

Frank mußte lachen.

»Das ist schäbig«, sagte Martin Klapp, »das gehört sich nicht, daß man lacht, wenn es einem nicht gut geht, so sieht das aus.«

»Bist du krank?«

»Nein, ist wegen was anderem.«

»Was denn nun.«

»Mann, ist das ekelig«, sagte Martin Klapp und rührte wieder in seinem Getränk. »Und kalt ist das jetzt auch.«

»Manchmal koaguliert das Eiweiß auch nur wegen der Hitze, glaube ich«, sagte Frank. »So wenn das kochend heiß ist. Deshalb soll man ja Wollsachen auch nicht in die Kochwäsche tun. Die besteht ja auch aus Eiweißen, die Wolle, aber da geht's wohl mehr um die Disulfidbrücken, ich weiß nicht genau, ob das dann die gleiche Sache ist.«

»Hä?«

»Nur so. Ich dachte nur, wenn du über irgendeinen Scheiß redest, statt endlich zu sagen, was los ist, dann kann ich das auch.«

»Ist wegen Sibille.«

»Ach so, na dann…«, sagte Frank und machte eine kleine Pause. Hier muß man vorsichtig sein, dachte er, hier kann man viel falsch machen. »Wieso denn?«

»Das wird wohl nix«, sagte Martin Klapp.

»Was wird nix?«

»Das mit mir und Sibille!«

»Jaja, das kann ich mir schon vorstellen«, sagte Frank.

»Hä?« Martin Klapp setzte sich ein bißchen aufrechter hin und fixierte Frank zum ersten Mal richtig. »Wie meinst du das? Wie kannst du dir das vorstellen?«

»Naja, was weiß ich, sah irgendwie nicht so aus, als würde das so einfach, ich meine, du weißt schon, ich meine, jedenfalls machte sie ja nicht den Eindruck, als wenn…« Frank brach ab, hier muß man vorsichtig sein, dachte er wieder.

»Du meinst, ich habe mich da die ganze Zeit zum Affen gemacht, oder was?«

»Nein, natürlich nicht. So würde ich das nicht sagen.«

»Wie denn sonst? Ich bin doch nicht bescheuert! Ich weiß doch, was du gesagt hast.«

»Ich habe gar nichts gesagt. Ich meine, was weiß ich denn? Ich weiß ja gar nicht, was du da überhaupt… äh – wolltest und so…«

»Ich wollte gar nichts«, sagte Martin Klapp. »Jedenfalls nicht viel. Obwohl, eigentlich doch.«

Er sackte wieder in sich zusammen und schob den Becher mit dem Hagebuttentee von sich weg. »Ich mag das nicht mehr«, sagte er. »Das ist doch alles sinnlos.«

»Jaja«, sagte Frank voller Sympathie. »Das ist nicht mehr gut.«

»Was jetzt?«

»Naja«, sagte Frank, »der Hagebuttentee jedenfalls. Was ist denn jetzt auf einmal mit Sibille los? Wie kommst du denn jetzt gerade heute da drauf? Warst du mit ihr zusammen im Seminar?«

»Es sind Semesterferien, Frankie, da ist kein Seminar.«

»Was war denn dann?«

»Ist doch egal. Das bringt doch alles nichts.«

»Na dann…«

Dann schwiegen sie eine Weile, und Frank spielte mit dem Gedanken, sich zu verabschieden und gleich wieder in die Kaserne zu fahren. Er hatte zwar Hunger, und es war bald mal Zeit, in die Mensa zu gehen, aber das hier ging ihm gewaltig auf die Nerven. Alles ist besser als das hier, dachte er. Martin Klapp drehte sich derweil um und schaute wieder aus dem Fenster auf die Kunst-am-Bau-Kugeln.

»Möchte mal wissen, was das soll«, sagte er.

»Moment mal«, sagte Frank, »vorhin hast du noch rumgemeckert, daß man solche Fragen nicht stellen soll.«

»Da ging es um was anderes. Da hattest du gefragt, was das *darstellen* soll.«

»Habe ich zwar eigentlich nicht, aber egal. Selbst dann ist doch die Frage, was das soll, mindestens genausowenig zulässig.«

»Zulässig? Von zulässig war nicht die Rede.«

»Dann eben nicht.«

»Ich möchte trotzdem mal gerne wissen, was das soll.«

»Das ist Kunst am Bau«, sagte Frank, »das reicht doch. Das muß gemacht werden. Das ist bei öffentlichen Bauten vorgeschrieben.«

»Ja, habe ich auch mal gehört. Aber wieso drei Kugeln?«

»Naja, irgendwas müssen sie doch machen.«

»Stimmt. Sag mal, wieso bist du eigentlich nicht in der Kaserne?«

»Ich hatte doch heute die Verhandlung!«

»Welche Verhandlung?«

»Die Kriegsdienstverweigerungsverhandlung!«

»Ach ja, stimmt. Und nun?«

»Bin durchgefallen.«

»Durchgefallen?«

»Ja.«

»Hm, das ist Pech.« Martin Klapp schien nicht sonderlich erschüttert, aber Frank war es im Grunde auch nicht, es wäre alles viel zu schön gewesen, es wäre ihm mehr als unwirklich vorgekommen, wenn er statt vierhundertsechsundzwanzig plötzlich nur noch vierzehn Tage Kaserne vor sich gehabt hätte, es war ein schöner Traum, dachte er, aber auch irgendwie obszön.

»Dumm gelaufen«, sagte Martin Klapp.

»Ja«, sagte Frank.

»Woran lag's denn?«

»Keine Ahnung. Wahrscheinlich hätte ich einen Pastor haben müssen. Oder irgendwas anderes. Irgendwie hatten da auch alle ziemlich schlechte Laune, ich auch, vielleicht lag's daran, was weiß ich!«

»Und jetzt?«

»Jetzt muß ich gleich mal wieder in die Kaserne.«

»Ich weiß, woran mich das erinnert«, sagte Martin Klapp und zeigte auf die Betonkugeln.

»Woran denn?«

»Man könnte mal wieder Billard spielen.« Martin Klapp drehte sich zu Frank um. »Im Bremer Eck.« Er stand entschlossen auf, so entschlossen, daß dabei der Hagebuttentee mit der flockigen Milch umfiel. Ein rosafarbenes Rinnsal ergoß sich über den Resopaltisch. Martin Klapp achtete nicht darauf. »Laß uns mal was essen gehen«, sagte er. »Das Essen ist hier doch sicher besser als in der Kaserne, was?«

»Naja«, sagte Frank, froh, daß sein Freund sich wieder im Griff hatte, »da würde ich nicht drauf wetten wollen.«

30. VERSETZUNG

»Und was heißt das jetzt?« fragte der Obergefreite Albrecht, als Frank ihm das Papier vom Kreiswehrersatzamt überreichte.

»Das heißt genau das, was da steht«, sagte Frank, der sich gewünscht hätte, daß der Obergefreite Albrecht nicht da sein würde, wenn er dieses Papier abgab. Das letzte, was er jetzt noch brauchte, war ein Hab-ich-ja-gleich-gesagt vom Obergefreiten Albrecht.

»›...ist nicht berechtigt, den Kriegsdienst mit der Waffe zu verweigern‹«, las Albrecht stirnrunzelnd vor. Er dachte einige Zeit darüber nach. Dann schaute er auf und strahlte Frank an. »Durchgefallen, was?«

»Das kann man so nicht sagen«, sagte Frank, »der bessere Ausdruck wäre in diesem Fall wohl: ›abgelehnt‹. Aber du hast es ja gleich gesagt.«

»Was? Ach so, genau: Hab ich ja gleich gesagt!«

»Genau, Albrecht.«

In diesem Moment kam der Spieß aus seinem Büro und sah Frank mit Albrecht da stehen.

»Lehmann, da sind Sie ja. Albrecht, ich habe Ihnen doch gesagt, Sie sollen gleich Bescheid sagen, wenn Lehmann kommt.«

»Er ist ja gerade erst gekommen«, sagte Albrecht.

»Jaja. Zeigen Sie mal her«, sagte der Spieß und nahm Albrecht den Bescheid aus der Hand. »›Nicht berechtigt‹, naja, Pech gehabt, Lehmann.« Er schaute weiter auf das Papier. »Dämlicher Vordruck das, habe ich immer schon gesagt. Vielleicht hätten Sie das ›nicht‹ einfach durchstreichen sollen, Lehmann. Wer weiß, ob das funktioniert hätte...«

Er lachte meckernd.

»Versteh ich nicht«, sagte Albrecht.

»Dann gucken Sie sich das mal genau an«, sagte der Spieß und gab ihm den Schrieb zurück. »Ich wette, Lehmann ist das sofort aufgefallen.«

»Da würde man doch nie mit durchkommen«, sagte Albrecht.

»Bravo Albrecht. Und deshalb hat Lehmann das auch nicht gemacht«, sagte der Spieß zufrieden. »Was gucken Sie so böse, Lehmann? Ist Ihnen eine Laus über die Leber gelaufen?«

»Ist nicht mein Tag«, sagte Frank.

»Na, na, nun kriegen Sie sich mal wieder ein«, sagte der Spieß gutmütig. »Das Leben geht auch in Uniform weiter. Und es gibt gute Nachrichten für Sie.«

»Was denn?«

»Was denn, Herr Hauptfeld, Lehmann. Soviel Zeit muß sein.«

»Was denn, Herr Hauptfeld?«

»Sie kommen doch aus Bremen, oder?«

»Ja.«

»Wohnen da und so weiter.«

»Ja.«

»Da haben Sie aber Schwein gehabt, Lehmann. Ihre Versetzung ist heute gekommen. Sie werden nach Bremen versetzt, zum Nachschub. Mann, haben Sie ein Schwein. Das hätte auch Bayern sein können, oder was weiß ich.«

Der Spieß schaute Frank erwartungsvoll an.

»Ja«, sagte Frank.

»Na, nun drehen Sie mal nicht gleich durch vor lauter Freude, Lehmann. Kommen Sie mal mit.«

Frank ging mit ihm in sein Büro. Der Spieß setzte sich und öffnete eine Akte. »Hier«, sagte er und tippte auf den Inhalt. »Sieht so aus, als hätten die Sie von vornherein verwechselt. Wie ich gedacht hatte.«

»Ja«, sagte Frank und wußte plötzlich, an wen ihn der Spieß von Anfang erinnert hatte. »Das hat meine Mutter auch gleich gedacht.«

»Wer? Ihre Mutter?«

»Ja.«

Der Spieß stutze einen Moment, wie auf der Suche nach einer guten Antwort.

»Gut«, sagte er schließlich, »dann grüßen Sie Ihre Mutter mal schön von mir. Jedenfalls kommen Sie nach Bremen, Lehmann, Sie sind vielleicht ein Glückspilz, wissen Sie das überhaupt? Damit sind Sie Heimschläfer und schieben eine ruhige Kugel beim Nachschub. Das sind doch alles Taschenbillardspieler, weiß gar nicht, womit Sie das verdient haben.« Der Spieß schaute wieder auf seine Papiere. »Lettow-Vorbeck-Kaserne«, las er vor. »Kennen Sie die?«

»Nein, weiß nicht«, sagte Frank.

»Ich denke, Sie sind aus Bremen.«

»Ja«, sagte Frank giftig. »Aber ich habe mich früher für Kasernen noch nicht so doll interessiert.«

»Na sowas aber auch, Lehmann«, sagte der Spieß unbeeindruckt.

»Wo ist die denn?« fragte Frank, halb, um ihm einen Gefallen zu tun, halb, weil er nun doch neugierig wurde.

»Die ist, warten Sie mal, die Adresse... – hier: In der Vahr 76.«

»Oh«, sagte Frank.

»Was ist los, Lehmann, was gucken Sie denn wie ein Auto. Kennen Sie das?«

»Oh ja«, sagte Frank, »das kenne ich.«

»Und wo ist das?«

»In der Vahr«, sagte Frank, der nicht wußte, was er davon halten sollte. »In der Neuen Vahr Süd!«

2. BUCH: FEIERLICHES GELÖBNIS

31. SEELACHSSCHNITZEL

Drei Monate später ging Frank Lehmann über das Gelände der Lettow-Vorbeck-Kaserne in der Neuen Vahr Süd, um für sich und seine Kameraden von der Betriebsstoffgruppe das zweite Frühstück zu holen. Genauer gesagt ging er in das Mannschaftsheim, um dort zunächst einmal in Ruhe und allein das zweite Frühstück einzunehmen, und danach mit den üblichen Einkäufen, einer Streuselschnecke für den Gefreiten Groß und drei Zwiebelmettwurstbrötchen mit extra Salz und viel Pfeffer für den Gefreiten Meyer, zur Standort-Tankstelle zurückzukehren. So machten sie es in der Betriebsstoffgruppe immer, und Frank war das sehr recht so, er war für jede Minute dankbar, in der er mit den Gefreiten Groß und Meyer nicht zusammensein mußte.

Es wehte ein eisiger Wind über die große freie Fläche in der Mitte des Kasernengeländes, der war so stark und so kalt, daß Frank nur schwer vorankam und beim Gehen vornübergebeugt sein Schiffchen festhalten mußte. Außer ihm selbst gab es weit und breit nur noch eine einzige andere menschliche Gestalt, weit weg noch, aber in seine Richtung kommend, und das war Stuffz Aster, er erkannte ihn von weitem an seinem Gang, einem breitbeinigen, langsamen Gestiefel, und er fragte sich, wie der Stuffz es wohl anstellte, so langsam zu gehen, obwohl er doch sieben bis acht Windstärken im Rücken haben mußte. Das wird die langjährige Übung sein, dachte er, fast sechs Jahre Bundeswehr, das übt gewaltig, da ändert sich am Gang nichts mehr, dachte er, auch nicht bei starkem Rückenwind. Ansonsten war er leicht beunruhigt über den Anblick von Stuffz Aster, dies war eine ungewöhnliche Zeit für ihn, er kam eigentlich immer erst kurz vor Mittag zur

Kontrolle des Betriebsstoffausgabebuchs an die Tankstelle, und Stuffz Aster war nicht der Mann, der ohne große Not Veränderungen an seinen Gewohnheiten vornahm.

Deshalb wunderte Frank sich auch nicht, daß der Stuffz zum Zeichen irgendeines außergewöhnlichen Vorkommnisses mit den Armen ruderte, als er näher kam, und daß er »Lehmann, Lehmann« rief, so als wollte er jemanden stoppen, der mit großer Geschwindigkeit an ihm vorbeizurauschen drohte, wovon in diesem Fall, da sie noch etwa zwanzig Meter voneinander entfernt waren und Frank gegen den Wind nur mühsam vorankam, nun wirklich keine Rede sein konnte. Stuffz Aster hatte, bei aller Gediegenheit und Gelassenheit, die er in seinem Dienst zwischen Tischtennisplatte im Kompaniegebäude und Billardtisch im Uffz-Heim zur Schau trug, bei außergewöhlichen Vorkommnissen einen gewissen Hang zur Panik.

»Lehmann! Lehmann!«

Etwas war anders an Stuffz Aster, und Frank brauchte einen Moment, um darauf zu kommen, was es war: Statt des Schiffchens trug der Stuffz ein rotes Barett, eine allerdings einschneidende Veränderung auf den letzten Drücker, dachte Frank, wußte er doch, daß der Stuffz bald ausgedient hatte und sein »Betteln um Nachschlag«, wie der Obergefreite Koch es genannt hatte, abschlägig beschieden worden war.

»Lehmann, Lehmann«, rief der Stuffz ein letztes Mal und blieb stehen. Frank blieb ebenfalls stehen.

»Moin, Stuffz«, sagte er freundlich. »Was haben Sie denn da auf dem Kopf?«

»Das kriegen Sie auch noch, Lehmann«, rief der Stuffz, »das kriegen Sie gleich auch noch. Die von der EVG/NVG gehen gerade rum und teilen das aus.«

»Aha«, sagte Frank.

»Lehmann!« rief Stuffz Aster.

»Was denn?«

»Ich glaube, wir kriegen eine Inspektion!«

»Aha... Wann denn?«

»Keine Ahnung. Nicht vom Stab. Irgendwie von außerhalb. Unangekündigt.«

»Soso... Und wer sagt das?«

»Das wird gemunkelt«, sagte der Stuffz.

»Ach so«, sagte Frank gelangweilt. Das letzte Mal, daß der Stuffz von einer Kontrolle hatte munkeln hören, lag viele Wochen zurück, damals war der Obergefreite Koch noch bei ihnen gewesen, und die Sache hatte sich als heiße Luft, wie Koch es genannt hatte, erwiesen »Habe ich ja gleich gesagt«, hatte Koch gesagt, als sie die Kanister mit dem überzähligen Mehrbereichsöl wieder aus den Nachfüllschächten der Tankstelle herausgeholt hatten, »war ja klar, daß das heiße Luft ist. Mit dem Stuffz ist nicht oft Alarm«, hatte der Obergefreite Koch gesagt, »aber wenn Alarm ist, dann ist es immer Fehlalarm.«

»Wir müssen das alles wieder in Ordnung bringen«, sagte der Stuffz jetzt. »Das muß alles wieder weggeschafft werden.«

»Ja, ja«, sagte Frank, »aber eigentlich ist doch noch alles noch in Ordnung vom letzten Mal, ich meine, es ist bloß noch das O-205, das steht aber noch im Ölhäuschen beisammen, und dann die Bremsflüssigkeit, aber das sind nur drei Gebinde, das geht schnell.« Von der kleinen Fehlmenge beim Benzin sprach er nicht, das konnte als Verdunstungsschwund durchgehen, und was den viel besorgniserregenderen Überschuß an Diesel betraf, so ging Frank davon aus, daß man das bis zum Abend durch großzügiges Betanken einiger LKWs wieder korrigieren konnte.

»Da müssen Sie sich drum kümmern«, sagte Stuffz Aster, »ich verlaß mich auf Sie. Jetzt, wo Koch nicht mehr da ist, müssen Sie das machen, lassen Sie das auf keinen Fall Meyer machen, der verzählt sich, und prüfen Sie das selbst noch mal alles genau nach, und wenn's ans Peilen geht, dann machen Sie das auch, bloß nicht Meyer und schon gar nicht nicht Groß, verdammt nochmal«, sagte Stuffz Aster, »und das alles auf die letzten Tage.«

»Ein bißchen haben Sie ja noch!« sagte Frank aufmunternd, und das stimmte auch, noch etwa zweihundert Tage hatte der Stuffz, hatte der Obergefreite Koch gesagt, und Frank hätte ihm gerne seine eigenen Tage noch dazugegeben, der Stuffz tat ihm ein bißchen leid. Seit man ihm seinen Nachschlag verwehrt hatte, wirkte er etwas aus der Bahn geworfen, und das Barett machte die Sache nicht besser, er hat auch die optische Symmetrie verloren, dachte Frank, das Schiffchen hat er immer genau in der Mitte und weit in der Stirn getragen, dachte er, das konnte er gut, mit dem Barett geht das nicht, dachte Frank.

Der Stuffz schien genauso zu denken, denn in diesem Moment faßte er sich ans Barett und ruckelte daran herum.

»Na gut, Lehmann«, sagte er, »ich verlaß mich auf Sie. Sie sagen den anderen Bescheid, und dann machen Sie das. Denken Sie auch an die Bremsflüssigkeit, ich weiß gar nicht, wie das passieren konnte, wie kann man davon zuviel haben, das ist alles noch Kochs Schuld. Der muß das irgendwann mal falsch umgerechnet haben.«

»Mach ich«, sagte Frank, »mach ich, Stuffz. Keine Sorge.«

»Nehmen Sie das nicht auf die leichte Schulter«, sagte der Stuffz. »Wenn bloß Koch noch da wäre...«

Er schaute an Frank vorbei in die Ferne, wie um eine Schweigeminute für den Obergefreiten Koch einzulegen.

»Egal«, riß sich der Stuffz zusammen, »ich komm nachher mal vorbei und prüf das nach, kurz vor Mittag.«

»Ist schon klar, Stuffz«, sagte Frank. »Heute kann das aber nicht sein, heute ist doch Freitag«, fügte er hinzu, »die machen doch am Freitag keine Kontrolle!«

»Wer? Wer macht am Freitag keine Kontrolle?«

»Na, was weiß ich«, sagte Frank. »Wer kontrolliert denn?«

»Woher soll ich das wissen?«

»Ich dachte, wenn Sie doch sagen, daß...«

»Eben, Lehmann. Deshalb ja.«

»Okay.«

Stuffz Aster seufzte. Dann ruckelte er wieder an seinem Barett. »Komisches Ding«, sagte er traurig. »Da werde ich mich wohl nicht mehr dran gewöhnen.« Er drehte sich um und ging in die Richtung zurück, aus der er gekommen war. Frank, der in dieselbe Richtung wollte, denn da lag auch das Mannschaftsheim, wartete, bis der Stuffz ein wenig voraus war. Der Stuffz hielt nun sein Barett fest, wie Frank sein Schiffchen. Der Wind nahm ständig noch an Stärke zu, und er brachte viele Blätter mit sich, die den Stuffz umwirbelten, als wenn sie mit ihm spielen wollten. Armer Kerl, dachte Frank, als er schließlich selbst langsam weiterging, schön langsam jetzt, dachte er, ehe man sich's versieht, hat man ihn schon eingeholt, und was soll man dann noch mit ihm reden?

Im Mannschaftsheim wartete auf Frank eine unangenehme Überraschung: Als er endlich dran war und sich das bestellte, was er jeden Morgen bestellte, einen Weser-Kurier, einen Kaffee und zwei Brötchen mit Seelachsschnitzeln, stellte sich heraus, daß die Seelachsschnitzelbrötchen alle waren. Der Tag, fand er, wurde langsam zum Ärgernis, und er hatte keine Lust mehr, im Mannschaftsheim zu frühstücken. Wenn es keine Seelachsschnitzelbrötchen gibt, dachte er, dann braucht man eigentlich überhaupt nichts zu essen. Er kaufte für Groß und Meyer die Streuselschnecke und drei Zwiebelmettwurstbrötchen und machte sich wieder auf den Rückweg zur Tankstelle. Und das war auch gut so, denn gerade als er das Mannschaftsheim mit seinen Einkäufen verließ, lief er dem Spieß in die Arme.

»Lehmann, wo kommen Sie denn jetzt her? Was haben Sie im Mannschaftsheim gemacht?«

»Ich habe Kram fürs zweite Frühstück gekauft«, sagte Frank.

»Ach so«, sagte der Spieß, der in Franks Augen kein richtiger Spieß war, er war viel zu klein und zu schmächtig, und seine Stimme war viel zu dünn, als daß er ein richtiger Spieß hätte sein können, und die gelbe Kordel des Kompaniefeldwebels baumelte ihm auch immer so seltsam, wie ein überflüssiges Anhängsel, unter dem Arm herum, fand Frank, und außerdem trug er nie Grünzeug, immer nur den kleinen Dienstanzug, und das sagte in Franks Augen schon alles über den Mann, gegen den er sonst nichts hatte, bloß als Spieß konnte er ihn nicht ernst nehmen.

»Dann ist ja gut«, sagte der Spieß. Auch er trug ein Barett, genau wie Stuffz Aster, und zu ihm paßte es genausowenig. »Ich wollte nämlich gerade mal nachschauen, wer da von unseren Leuten noch alles so rumgammelt.«

»Soso«, sagte Frank.

»Ja...«, sagte der Spieß nachdenklich. Er hatte ein schmales Gesicht mit tiefen Magenfalten um den Mund und war alles andere als eine Stimmungskanone. »Aber gut, daß ich Sie treffe, Lehmann.« Er machte eine Pause.

»Ja«, sagte Frank aufmunternd.

»Was war das nochmal, irgendwas wollte ich von Ihnen...«

»Vielleicht wegen der Kontrolle?« schlug Frank vor.

»Was? Was für eine Kontrolle?« fragte der Spieß. »Davon weiß ich ja gar nichts!«

»Ich auch nicht«, sagte Frank, »ich habe da nur was munkeln hören.«

»Ach was«, sagte der Spieß ärgerlich, »hören Sie mit solchen Schauermärchen auf, Lehmann.«

»Ach so«, sagte Frank, »vielleicht wegen meinem Parkausweis? Da würde ich gerne...«

»Nein, warten Sie, ich hab's wieder. Ich hab mir Ihre Akte mal angesehen, Lehmann, weil Stuffz Aster letztens von Ihnen gesprochen hat und weil Koch ja jetzt weg ist. Und da ist mir was aufgefallen!«

»Aha!«

»Ja. Sie hatten ja noch überhaupt noch kein Gelöbnis, Sie hatten ja überhaupt noch kein Feierliches Gelöbnis, Lehmann, wieso eigentlich nicht?«

»Das lag daran, daß meine G-Karte gerade zu einem Moment kam, als das dran gewesen wäre, kurz davor, und dann bin ich ja gleich versetzt worden, und seitdem bin ich hier, und dann ist das wohl vergessen worden.«

»Wir vergessen nichts, Lehmann. Jedenfalls haben Sie noch kein Gelöbnis gehabt, ja?«

»Nein, Hauptfeld, das Gelöbnis habe ich noch nicht gehabt.«

»Na sehen Sie, sage ich doch, das ist mir doch aufgefallen in Ihrer Akte, daß Sie noch kein Gelöbnis gehabt haben. Sowas vergessen wir nicht. Und da können Sie am nächsten Donnerstag gleich mitmachen, das habe ich extra für Sie eingefädelt, wie finden Sie das?«

»Wie, nächsten Donnerstag?«

»Nächsten Donnerstag im Weserstadion. Waren Sie nicht in Barme?«

»Wie, im Weserstadion?«

»Nein, Barme. Damals. Waren Sie da nicht Pionier gewesen? In Barme?«

»In Dörverden/Barme, ja.«

»Na sehen Sie, das war doch Ihr Bataillon da, die sind dabei, und da können Sie sich gleich mit dazustellen, das habe ich extra für Sie eingefädelt.«

»Aber das ist doch gar nicht mehr mein Quartal dann«, gab Frank verdattert zu bedenken. »Die sind dann doch ein Quartal drunter dann, das sind dann ja quasi, naja, Rekruten jedenfalls.«

»Das ist ja nun kleinlich, Lehmann. Gelöbnistechnisch sind Sie ja quasi auch noch Rekrut, jedenfalls haben Sie ja noch keins abgelegt, genau wie die, und da können sie das endlich nachholen.« Der Spieß schaute Frank zufrieden an.

Frank schwieg. Er mußte nachdenken.

»Die Einzelheiten sage ich Ihnen später noch«, sagte der Spieß, »Montag oder Dienstag sage ich Ihnen Bescheid, wo und wann Sie sich dann melden können. So, und jetzt lassen Sie mich mal vorbei, mal sehen, wer da von unseren Leuten schon wieder im Mannschaftsheim rumgammelt.«

»Moment mal«, sagte Frank.

»Was gibt's denn noch, Lehmann?«

»Wegen der Vereidigung...«

»Feierliches Gelöbnis, Lehmann. Das heißt Feierliches Gelöbnis. Eide werden hier nicht geschworen, bei uns wird feierlich gelobt.«

»Ja, Hauptfeld. Aber ich will das lieber nicht.«

»Was soll das heißen?«

»Ich will das Feierliche Gelöbnis nicht ablegen.«

»Hä?«

»Ja«, sagte Frank.

Der Spieß schaute ihn verblüfft an. »Verstehe ich nicht«, sagte er.

»Ich will das nicht ablegen. Das kann man verweigern.«

»Wieso das denn? Warum wollen Sie das denn nicht machen?«

»Da brauche ich keine Begründung«, sagte Frank, »das Gelöbnis ist freiwillig.«

»Hm...« Der Spieß schaute griesgrämig drein. »Das brauche ich aber schriftlich, Lehmann. Und das hätten Sie mir auch mal vorher sagen können, verdammt nochmal, jetzt habe ich mich da extra für Sie eingesetzt.«

»Tut mir leid«, sagte Frank, »aber das konnte ich ja nicht wissen.«

»Sind Sie etwa auch so einer?« fragte der Spieß mißtrauisch.

»Was für einer?«

Der Spieß machte eine Bewegung mit dem Kopf. »Na, so einer von den Typen, die was dagegen haben, daß das im Weserstadion ist?«

»Das auch«, sagte Frank. »Da stehe ich auch nicht drauf. Aber sowieso, ich meine, Sie haben doch meine Akte angeguckt, da müssen Sie doch wissen, daß ich versucht habe zu verweigern.«

»Ach das...« Der Hauptfeld zuckte mit den Schultern, »das wäre doch kein Grund, jetzt auch noch das Gelöbnis sausen zu lassen, wo Sie doch schon mal hier sind... Da können Sie dann auch nicht mehr Gefreiter werden, Lehmann, das wissen Sie ja wohl.«

»Ja.«

»Da bleiben Sie immer Schütze.«

»Ja«, sagte Frank, der daran bloß bedauerte, daß er kein Pionier mehr war. Edelpionier zu sein, wie der Pionier Müller damals im Mannschaftsheim in Dörverden, das war immerhin etwas mit einem schönen Namen, aber Edelschütze, das klang nicht gut, und das sagte auch niemand, Frank hatte hier noch nie jemanden von Edelschützen reden hören. Vielleicht aber auch nur, weil es keine gibt, dachte er jetzt, das wäre dann immerhin mal eine Aufgabe, dachte er, der erste Edelschütze in der Kaserne Vahr zu sein.

Der Spieß zuckte mit den Schultern. »Mir egal. Des Menschen Wille ist sein Himmelreich, Lehmann. Aber schriftlich will ich das haben. Und jetzt hauen Sie ab zu Ihrer Gruppe.«

»Alles klar«, sagte Frank.

»Und sagen Sie nicht alles klar«, sagte der Spieß schlecht gelaunt. »Alles klar gibt's bei uns nicht. Wir sind hier nicht bei den Wasserwerken.«

»In Ordnung, Hauptfeld«, sagte Frank.

»Das ist auch nicht viel besser«, sagte der Spieß, »Sie deprimieren mich, Lehmann.« Damit ließ er Frank stehen und betrat das Mannschaftsheim, um nachzusehen, wer von seinen Leuten da schon wieder rumgammelte.

Die Betriebsstoffgruppe der Nachschubkompanie 210 bestand aus Frank, den Gefreiten Groß und Meyer sowie Stuffz Aster. Ihre Aufgabe bestand darin, in der hintersten Ecke der Kaserne, an der Seite zum großen Fernheizungsturm der Neuen Vahr hin, eine kleine Tankstelle für die Fahrzeuge des Standorts zu betreiben. »Wir sind der Nachschub vom Nachschub«, hatte der Obergefreite Koch gesagt, als er Frank damals alles erklärt hatte. Der Obergefreite Koch hatte Frank als seinen Nachfolger eingearbeitet und sich dann mit einer geschickten Kombination aus Rüstzeit, Krankschreibung und Urlaub vorzeitig aus dem Staub gemacht. Seitdem war Frank mit Groß und Meyer alleine an der Tankstelle, und das war hart, aber auch darauf hatte der Obergefreite Koch ihn damals vorbereitet. »Was auch immer passiert«, hatte er oft zu Frank gesagt, »was auch immer passiert: Du darfst nie vergessen, daß du mit Groß und Meyer alleine bist, und wenn ich sage alleine, dann meine ich auch alleine!«

Als Frank jetzt an die Tankstelle kam, hatten sie allerdings gerade Besuch, Baumann und Sowenski, zwei Spaßvögel von der EVG/NVG, waren da und hatten die neuen Kopfbedeckungen mitgebracht.

»Sprechen Sie in dieses Mikrofon, solange diese rote Lampe leuchtet«, sagte Baumann und hielt Frank eine

Faust mit durch die Finger gestecktem Daumen unter die Nase. Dazu hielt er die andere Hand flach in die Höhe.

»Onko«, sagte Frank, denn er wußte, daß es das war, was Baumann hören wollte. Und Baumann freute sich.

»Guter Schnüffel«, sagte er. »Dafür gibt's 'ne schöne Mütze.«

Er gab Frank ein Barett, nahm ihm das Schiffchen ab und ließ ihn den Empfang quittieren. Sein Kollege Sowenski unterhielt sich derweil angeregt mit Meyer über den Film ›Ein Zombie hing am Glockenseil‹, während Groß in einer Ausgabe der Zeitschrift Schlüsselloch blätterte.

»Endlich«, sagte Groß, als Frank die Tüten mit den belegten Brötchen und der Streuselschnecke auf die kleine Tischplatte in dem winzigen Tankstellenhäuschen legte. Er hielt die Schlüsselloch in die Höhe. »Schaut euch das mal an!« rief er.

»Der Stuffz sagt, daß wir eine Kontrolle kriegen sollen«, sagte Frank.

»Alle?« fragte Sowenski. »Kontrolle für alle oder nur für euch?«

»Mach keinen Scheiß«, sagte Baumann. »Da hab ich noch nichts von gehört, da hätte man doch was gehört, wenn die eine Kontrolle machen, da habe ich neulich erst mit dem Oberfeld drüber gesprochen, daß man auf jeden Fall aufpassen muß, wenn mal wieder eine Kontrolle kommt, das muß ja alles genau vorbereitet sein, gerade bei EVG/NVG.«

»Euer Oberfeld hat doch noch nie was mitgekriegt«, sagte Meyer.

»Das stimmt nicht«, sagte Baumann, »im Gegenteil, außerdem brauchst du da gar nicht drüber zu reden, ihr habt ja noch nicht einmal einen Oberfeld, so sieht das doch aus. Sprechen Sie in dieses Mikrofon, solange diese rote Lampe leuchtet!«

»Onko«, sagte Meyer.

»Na bitte«, sagte Baumann. »Der Oberfeld hätte uns das sofort gesagt. Was meint ihr, was der Oberfeld machen würde, wenn hier 'ne Kontrolle kommen würde.«

»Was denn?« fragte Meyer.

»Was denkst du, der würde durchdrehen würde der, dem würde doch der Arsch auf Grundeis gehen.«

»Ich hab gehört«, sagte Groß, der währenddessen weiter in seiner Zeitschrift blätterte, »daß die bei der Mun-Gruppe hundert Gramm TNT im Schrank liegen haben. Das ist übrig, die wissen nicht, wohin damit.«

»Da geht man in'n Knast für«, sagte Baumann und nickte heftig dazu.

Frank unterdrückte ein Gähnen und verließ das Tankstellenhäuschen, obwohl es draußen gerade zu regnen anfing und der Wind die Tropfen mit Wucht in sein Gesicht peitschte.

»Wo will der denn hin?« hörte er Meyer hinter sich rufen.

Frank achtete nicht darauf, sondern ging auf der Rückseite des Häuschens in einen kleinen Anbau, in dem mehrere Zwanzig-Liter-Kanister Öl herumstanden. Davon nahm er zwei, schleppte sie hinaus und stellte sie neben den Zugang zu einem der Nachfüllschächte. Dann ging er wieder zum Tankstellenhäuschen und nahm innen neben der Tür einen Schlüssel vom Haken, öffnete den Schacht und kletterte hinein. Der Schacht ging ihm bis auf Brusthöhe, so daß er gerade noch die Kanister nehmen, sie unten im Schacht abstellen und ohne Hilfe wieder hinausklettern konnte.

»Tu die doch lieber in die Peilschächte«, rief Groß von drinnen, »die sind doch nicht so tief!«, und Meyer, der seine Zwiebelmettwurstbrötchen aß und darum wohl schweigen mußte, nickte dazu. Die Jungs von der EVG/NVG schauten nur zu und sagten gar nichts.

Frank ging auf Groß nicht ein, sondern holte die nächsten zwei Kanister, die er auf die gleiche Weise im selben Schacht versenkte, und so ging das noch zweimal, bis 160 Liter Mehrbereichsöl im Nachfüllschacht verschwunden waren.

»Warum nimmst du denn nicht die Peilschächte?« sagte Groß, als Frank wieder in das kleine Häuschen drängte und unter der Tischplatte drei Blechdosen mit Bremsflüssigkeit hervorkramte, wobei er zwischen den Beinen der anderen herumkriechen mußte.

»Weil das bei einer Kontrolle nicht so gut wäre«, sagte er, als er wieder aufrecht stand. Er erinnerte sich noch genau, was der Obergefreite Koch zu ihm gesagt hatte, als er ihn damals eingelernt hatte: »Regel Nummer eins«, hatte Koch gesagt und sich dabei seinen langen, verfusselten Bart gekrault. Koch hatte immer gerade so hippiemäßig ausgesehen, wie es bei großzügigster Auslegung der Kleider-, Bart- und Haarvorschriften nur irgendwie möglich war. »Regel Nummer eins lautet: Niemals irgend etwas Meyer oder Groß machen lassen! Niemals!«

»Wieso, die kann man doch auch abschließen«, sagte Meyer.

»Ja«, sagte Frank. »Aber wenn die Kontrolle da ist, dann muß man sie aufschließen und peilen, dafür sind es ja die Peilschächte. Ganz anders die Nachfüllschächte«, fügte er der Vollständigkeit halber hinzu, »die bleiben bei der Kontrolle zu, die Kontrolle will ja nichts nachfüllen, die will ja nur kontrollieren, also zum Beispiel peilen und so weiter.«

»Aha«, sagte Meyer, und Groß und Baumann und Sowenski nickten dazu. Sie waren alle mit Franks Erklärung zufrieden, und Frank war froh, freundlich und geduldig geblieben zu sein. Es hatte keinen Sinn, sich mit vier älteren Soldaten anzulegen, egal ob sie nun, wie Baumann zum Beispiel, Zeitsoldaten waren oder nicht, in dieser Kompanie hatte das nichts zu bedeuten, hier zählte im Zweifelsfall nicht so sehr die Zahl der Tage, die man noch vor sich hatte, als vielmehr die Zahl der Tage, die man schon dabei war, oder jedenfalls eine Kombination aus beidem, und es würde noch lange dauern, bis Frank hier kein Schnüffel mehr war, soviel war sicher. Außerdem hatte er nichts gegen Meyer und Groß, jedenfalls war er ihnen nicht böse, er hielt sich an das, was der Obergefreite Koch ihm damals gesagt hatte: »Sie meinen es nicht so«, hatte Koch gesagt, »sie meinen überhaupt nichts irgendwie, sie sind einfach nur da, das ist das Problem«, ein Satz, den sich Frank immer mal wieder in Erinnerung rief, wenn er die Geduld mit ihnen zu verlieren drohte. Das Problem war jetzt aber auch, daß er Hunger hatte, und er sah ein, daß es nicht klug gewesen war, aus purem Trotz auf den Mangel an Seelachsschnitzeln mit vollständiger Nahrungsverweigerung zu reagieren, der Körper fordert sein Recht, dachte Frank, einmal zweites Frühstück, immer zweites Frühstück, da beißt die Maus keinen Faden ab, dachte er und ging wieder hinaus in Sturm und Regen, um die Dosen mit der Bremsflüssigkeit in den Nachfüllschacht zu werfen. Dann sagte er den anderen, daß er noch einmal los müsse, setzte sich das Barett auf und ging regen- und sturmverachtend zurück zum Mannschaftsheim. Erst als er aus einiger Entfernung sah, wie ein LKW an der Tankstelle vorfuhr, fiel ihm ein, daß er vergessen hatte, Meyer und Groß von der Dieselproblematik zu erzählen und ihnen zu erklären, wie man dem beikommen konnte.

Was soll's, dachte er, für diesen LKW ist es jetzt sowieso zu spät.

Und was den nächsten betraf, so konnten Stunden vergehen, bis mal wieder einer kam.

»Mein Gott, was ist das bloß für ein Tag heute«, sagte Stuffz Aster, nachdem er sich im Tankstellenhäuschen an der Tischplatte vor dem kleinen vergitterten Fenster, von dem aus man die zwei Zapfsäulen sehen konnte, niedergelassen hatte. Frank hatte gerade noch neben ihm Platz, und er legte, während der Stuffz sprach, das geöffnete Betriebsstoffausgabebuch mit der Abrechnung vom Vortag vor ihn hin und zeigte mit dem Finger auf die Summen der ausgegebenen Betriebsstoffe und die Peilstände.

»Jaja«, sagte der Stuffz, »nun drängeln Sie doch nicht so, Lehmann.«

»Ich mein ja nur«, sagte Frank und schämte sich sogleich dafür. Nur die Allerdümmsten sagen ich mein ja nur, da muß man schwer aufpassen, dachte er, während Stuffz Aster derweil irgendeinen Kram redete, »...ich sage Ihnen, Lehmann, das nimmt kein gutes Ende, und wenn die wirklich bald auch noch die Schmieröle in Pint und Gallonen oder was abrechnen wollen, dann sind wir ganz schön angeschmiert...«, er redete und redete, das ging jeden Tag so, jeden Tag setzte er sich mit Frank an die Abrechnung und redete erst einmal ohne Unterlaß, redete und redete und redete, »...und die haben schon überlegt, ob man jetzt nicht die Gelöbnisse immer draußen macht, früher hat man die drinnen gemacht, das ging doch auch, und wenn man sich mal überlegt, wenn da jetzt die Kontrolle kommt, jetzt zum Beispiel morgen, obwohl morgen ist Samstag, also sagen wir mal nächste Woche vielleicht, obwohl die im Uffz-Heim...«, und so ging das immer weiter und alles durcheinander, der Stuffz sprach lustlos ins Nichts hinein, es waren einfach nur sinnlose Wörter, die ohne Unterlaß, ohne Bedeutung und ohne Folgen den Mund des Stabsunteroffiziers verließen, müde durch die Luft trotteten und an den engen Wänden des Tankstellenhäuschens ohne Widerhall zu Boden fielen, ein leidenschaftsloses Lamento ohne Anfang und ohne Ende, »...das wird auch immer schlimmer, und dann diese Barette, was das nun wieder soll, Hauptsache wir müssen da im Stadion nicht ran, ich sag's Ihnen, Lehmann, das kann übel werden...«, und Frank nickte ergeben und wartete darauf, daß Stuffz Aster nun endlich mal die Abrechnung des gestrigen Donnerstags in Augenschein nahm oder es Mittag wurde oder, wie er einmal kurz innerlich gähnend und äußerlich nickend dachte, wenigstens ein Krieg begann, damit der Stumpfsinn ein Ende hatte.

Aber nichts geschah, außer daß Stuffz Aster irgendwann mit dem Reden aufhörte und durch das Fenster in den Regen starrte. Fast eine halbe Minute war es still im Tankstellenhäuschen. »Jetzt regnet das wieder«, sagte der Stuffz schließlich.

»Ja«, sagte Frank, der nun die Nase endgültig voll hatte. Das kann man sich nicht immer nur so bieten lassen, dachte er, man muß auch mal zurückschlagen.

»Das hat aber auch sein Gutes, daß das jetzt so regnet«, sagte er.

»Wieso hat das was Gutes? Was soll denn daran gut sein?«

»Dann fliegen die Blätter nicht so rum«, sagte Frank. »Da kann man die dann später mal zusammenfegen, wenn das mal nicht mehr so regnet.«

»Ach so«, sagte der Stuffz.

»Das ist besser, wenn das vorher so geregnet hat«, redete Frank wahllos weiter, »dann pappen die zusammen, also fliegen sie erstens nicht herum, während man sie zusammenfegt, denn das nervt ja auch, wenn man sie zusammenfegt und die fliegen dabei herum, und zweitens fliegen die vor allem nicht von woanders dahin, wo man gerade gefegt hat, weil die von woanders ja auch festpappen oder jedenfalls klebenbleiben oder was weiß ich denn, jedenfalls«, wechselte Frank mühelos das Thema und stellte fasziniert fest, daß Stuffz Aster jetzt genauso sinnlos nickend auf sein Geschwätz reagierte und also wahrscheinlich genausowenig zuhörte wie er zuvor bei Stuffz Aster, »jedenfalls war ich vorhin im Mannschaftsheim, und da hatten die keine Brötchen mit Seelachsschnitzeln mehr, das muß man sich mal vorstellen, da ist dann ja auch gleich der ganze Tag im Eimer, wenn man sich das mal klarmacht, dabei haben die da immer Brötchen mit Seelachsschnitzeln, ich möchte echt mal wissen, was da los war!«

Frank machte eine kurze Pause, um zu sehen, ob der Stuffz darauf etwas zu erwidern hatte.

»Jaja«, sagte der Stuffz nur und betrachtete nickend seine Fingernägel.

»Jedenfalls habe ich dann gar nichts gegessen und bin wieder zurückgekommen und habe, wie Sie befohlen haben, den Kram da im Schacht versenkt, und dann habe ich Hunger bekommen und bin wieder hingegangen.«

»Hm...«

»Und dann hatten die plötzlich wieder Brötchen mit Seelachsschnitzeln da.«

»Ja, so geht das manchmal.«

»Und das Komische war...«

»Hm...«

Frank machte eine längere Kunstpause, während derer der Stuffz auch schwieg und jedenfalls nicht wissen wollte, was das Komische war, aber auch keine Anstalten machte zu verhindern, daß er es erfuhr.

»Also das Komische war«, nahm Frank den Faden wieder auf, »daß ich dann kein Seelachsschnitzelbrötchen mehr wollte.«

»Soso«, sagte der Stuffz.

»Genau. Ich wollte kein Seelachsschnitzelbrötchen mehr.«

»Aha!« Der Stuffz schaute jetzt in das Betriebsstoffausgabebuch. Am Tag zuvor hatte es nur sechs Betankungen gegeben, zweimal Diesel und viermal Benzin. »War nicht viel los gestern, was?« sagte er.

»Nein. Aber das eine, das war der Passat vom Kommandeur«, sagte Frank. »Immerhin.«

»Aha.«

»Ja. Der Passat vom Kommandeur. Immerhin.«

»Das ist schön.«

Der Stuffz zog einen kleinen Taschenrechner aus einer Beintasche und tippte ein wenig darauf herum, wie wenn er wirklich Franks Addierkünste bei sechs Betankungen überprüfen wollte.

»Scheint alles zu stimmen.«

»Ja. Und wissen Sie, was ich dann genommen habe?«

»Wie?«

»Na, statt dem Seelachsschnitzel da.«

»Was denn?« fragte der Stuffz und stand auf.

»Hackepeter«, sagte Frank triumphierend. »Ich habe Hackepeter genommen. Aber nur eins.«

»Ein was?«

»Brötchen.«

»Ach so... Na dann...! Ich geh dann mal, gleich ist Mittag«, sagte der Stuffz und setzte sich sein Barett auf.

»Mit Zwiebeln«, sagte Frank, »da waren richtig so Zwiebelringe drauf. Aber eigentlich ist das kein Ersatz für Seelachsschnitzel. Ich weiß auch nicht, warum ich die nicht mehr wollte.«

»Schon gut, Lehmann, alles klar, ich bin dann mal weg.«

»Ich hab mir dann überlegt, ob ich nicht trotzdem vielleicht noch...«

Aber der Stuffz war schon geflüchtet, und Frank hörte auf mit dem Unsinn. Er sah seinem Vorgesetzten nach, wie er durch den Regen rannte.

Das war einfacher, als ich dachte, dachte er. Dann fiel ihm wieder ein, was der Obergefreite Koch damals über

Stuffz Aster gesagt hatte, »Solange der Stuffz beim Bund ist«, hatte Koch gesagt, »ist er ein armes Schwein auf Urlaub.« Frank hatte damals nicht verstanden, was der Obergefreite Koch damit hatte sagen wollen. Jetzt glaubte er, langsam dahinterzukommen.

32. DIE AXT

Am Feierabend verließ Frank die Kaserne zu Fuß, denn man hatte ihm die Parkerlaubnis für den Kasernenparkplatz entzogen, eine Folge der großen Beleuchtungsaktion 1980, einer Scheinwerferüberprüfung, die vom Instandsetzungsbataillon durchgeführt worden war und bei der Frank mit seinem Kadett durchgefallen war, völlig zu Unrecht, wie er fand, denn was zum Teufel ging die Schweine von der Inst., wie er die Leute dort seitdem nicht mehr anders nennen konnte, das bißchen Wasser in seinem rechten Scheinwerfer an, »Scheinwerfer ist Scheinwerfer, und solange er leuchtet, leuchtet er«, hatte er den Schweinen von der Inst., wie er sie jetzt immer in Gedanken nannte, erklärt, aber leider hatten die das anders gesehen, was bis auf weiteres den Entzug der Parkerlaubnis in der Kaserne bedeutete. Der Kompaniechef versprach sich davon mehr Verkehrssicherheit.

Also parkte Franks Wagen jetzt ein ganzes Stück weiter weg, in der Eislebener Straße, einer Gegend, die er, obwohl auch sie zur Neuen Vahr gehörte, kaum kannte und von der er sich auch nicht sicher war, ob sie überhaupt noch zur Neuen Vahr Süd oder nicht vielleicht doch schon zur Gartenstadt Vahr gehörte, ganz im Gegensatz zur Kaserne, bei der er sich sicher war, daß sie zur Neuen Vahr Süd gehörte, obwohl man das so auch wieder nicht sagen konnte, wie er fand, denn eigentlich hatte die Kaserne mit dem Viertel, in dem er aufgewachsen war, nicht allzuviel zu tun, geographisch mochte sie in der Neuen Vahr Süd liegen, aber deshalb gehörte sie noch lange nicht dazu, im Gegenteil, er selbst hatte zwanzig Jahre in ihrer unmittelbaren Nähe gelebt, ohne auch nur den Hauch einer Ahnung zu haben, welch eine seltsame Art zu leben sich hinter ihren

Zäunen und Mauern verbarg, wenn man das, dachte Frank, während er, wie so oft, wenn er die Kaserne am Feierabend verließ, über dieses Phänomen nachdenkend zu seinem Auto eilte, überhaupt Leben nennen kann, was in dem Laden da veranstaltet wird, vielleicht ist es auch bloß eine Art Untotsein, eine Art Zombieexistenz, dachte er, so wie in den Filmen, von denen Meyer immer erzählt, oder ist es Groß, Frank merkte, daß er die beiden langsam durcheinanderbekam. »Man kann sie leicht verwechseln«, hatte der Obergefreite Koch einmal zu ihm gesagt, »sie sind von Geburt an eine Einheit, ohne es bisher gewußt zu haben, die beiden teilen sich ein Gehirn«, hatte Koch gesagt, »eigentlich bräuchten sie auch nur einen Satz Essenmarken«, und Frank stimmte ihm mittlerweile von ganzem Herzen zu, aber nur bis zu dem Moment, in dem er in seinem Auto saß.

Denn sobald er in seinem Auto saß, war die Kaserne verschwunden, das war das Schöne daran, und deshalb litt er auch sehr unter der entzogenen Parkerlaubnis, durch den Entzug der Parkerlaubnis kam er jetzt zum Feierabend immer erst mit einer gewissen Verspätung in sein Auto, und obgleich sein Auto nun wirklich nichts Besonderes war, auch nicht sehr gemütlich oder gepflegt oder auch nur sauber, obwohl es eigentlich sogar, wenn man ehrlich war, eher ein rollender Mülleimer war, der kurz davor stand, das Rollen endgültig aufzugeben, so war der Kadett aber gerade dadurch so eindeutig ein ziviles Fahrzeug, gehörte so eindeutig zu einem anderen, besseren Leben als dem in der Kaserne, daß in dem Moment, in dem Frank mit dem Hintern die im Herbst immer feuchten Polster berührte, die Bundeswehr verschwunden war, ausgelöscht, vergeben und vergessen, ein Problem anderer Leute, und das sogar dann, wenn Frank, wie auch an diesem Freitagnachmittag, noch das Grünzeug trug, also eigentlich in Uniform war.

Und im Grünzeug fuhr er nun in das Ostertor-/Steintorviertel und hatte das Glück, am Sielwall einen zwar nicht ganz astreinen, aber auch nicht allzu illegalen Parkplatz zu ergattern, in den er den Kadett irgendwie hineinzwängte. Als er aus dem Auto stieg, stand ein fremer Mann vor ihm und starrte ihn an.

»Frankie«, rief der Mann und breitete die Arme aus. »Bist du's wirklich?«

»Was soll das?« sagte Frank überrascht. Er hatte keine Ahnung, wer der Typ sein konnte, der da in einem schwarzen verknitterten Nadelstreifenanzug mit Krawatte vor ihm stand, mit zurückgekämmten, gegelten Haaren und, wie er mit einem Blick nach unten feststellen konnte, spitzen Schuhen. Leute, die so herumliefen, kannte er nicht.

»Frankie, Frankie, Frankie«, rief der Mann, dessen Stimme Frank allerdings bekannt vorkam, »ich bin's, dein Bruder, hallo, hallo, ich bin's, Manni!«

»Mein Gott, Manni«, sagte Frank verdattert.

»Manni?!« sagte jemand neben Franks Bruder spöttisch, ein Typ in etwa demselben Alter wie Frank, aber so ähnlich gekleidet wie Franks Bruder, auch er in Anzug und Krawatte, dafür aber einen Kopf größer als sie beide, er sah aus wie ein Riesenbaby, fand Frank, und das Riesenbaby fügte hinzu: »Manni? Frankie? Das ist ja richtig herzerwärmend!«

»Bruder, laß dich in die Arme schließen. Mein Gott, wie siehst du bloß aus«, sagte Manni.

»Das könnte ich dich auch fragen«, sagte Frank, der langsam begriff, daß es wirklich sein Bruder war, der da vor ihm stand, und er wollte sich eigentlich auch anständig freuen, daß er seinen Bruder, der ihm doch ziemlich gefehlt hatte in der letzten Zeit, endlich wiedersah, aber irgendwie hatte ihn die Sache hier und jetzt auf dem falschen Fuß erwischt, er war darauf nicht vorbereitet, schon gar nicht darauf, daß sein Bruder aussah wie ein Zuhälter in einem Gangsterfilm, denn so sah Frank das, er sieht aus wie ein Zuhälter in einem Gangsterfilm, dachte er, nicht daß er nicht der Meinung gewesen wäre, daß sein Bruder sich anziehen konnte, wie er wollte, er ist mein Bruder, scheißegal, wie er sich anzieht, dachte Frank, jeder Mensch kann anziehen, was er will, schärfte er sich ein, aber wie soll man sich anständig freuen, seinen Bruder wiederzusehen, wenn er aussieht wie ein Zuhälter in einem Gangsterfilm, dachte Frank, das ist alles höchst beunruhigend, sehr gewöhnungsbedürftig, dachte er, aber viel Zeit zur Gewöhnung wird einem hier nicht gelassen, dachte er, wenn erst einmal der eigene Bruder mit ausgebreiteten Armen vor einem steht, dann erwartet er auch irgend etwas, wahrscheinlich eine Umarmung, dachte Frank, da sollte man sich jetzt nicht lumpen lassen, es ist ja auch schließlich der eigene Bruder.

»Manni«, rief er und schloß seinen Bruder in die Arme.

»Frankie«, sagte sein Bruder und klopfte ihm dabei auf den Rücken.

»Manni? Frankie? Toll!« sagte der Fremde neben ihnen.

»Mann, ohne das Auto hätte ich dich nie erkannt«, sagte Franks Bruder und hielt Frank mit ausgestreckten Armen von sich weg. »Schau mal einer an, schau dir den an«, sagte er zu dem anderen, »der ist wirklich beim Bund. Das war mal mein Auto, wenn er da nicht ausgestiegen wäre, hätte ich den nie erkannt, dabei ist er mein eigener Bruder.«

»Man redet nicht über Anwesende in der dritten Person«, sagte Frank. »Wer ist das überhaupt?« fragte er und machte mit dem Kopf eine Bewegung zu dem Fremden hin.

»Hoho«, sagte der Fremde.

»Das ist Karl«, sagte Franks Bruder. »Der ist mit mir zusammen hergekommen. Aus Berlin.«

»Soso«, sagte Frank.

»Man redet nicht über Anwesende in der dritten Person«, sagte Karl und lachte. Er lachte ziemlich affektiert, wenn nicht gar verklemmt, fand Frank. Er konnte ihn nicht leiden.

»Und das ist Frank«, fuhr sein Bruder fort.

»Und du bist Manni«, sagte Karl und lachte. »Mein Gott, Manni, wenn ich das einem erzähle, daß man dich hier Manni nennt, Freddie, das glaubt mir ja kein Schwein.«

Franks Bruder achtete nicht auf ihn. »Mein Gott, Frankie«, sagte er, und es klang ehrlich gerührt. »Wie siehst du bloß aus? Was haben die bloß mit dir gemacht?«

»Ja nun...«, sagte Frank, »die Frage wollte ich eigentlich dir stellen«, aber etwas verlegen war er doch, und er bereute, daß er sich nach dem Dienst nicht in der Kaserne noch umgezogen hatte, aber das tat er eigentlich seit Wochen nicht mehr, er hätte auch gar keine Zivilklamotten zum Anziehen gehabt, er zog ja auch morgens zu Hause immer schon gleich das Grünzeug an, bevor er in die Kaserne fuhr.

»Aber Frankie, das ist schon ziemlich hartes Zeug, was du da anhast!«

»Ja nun«, sagte Frank und schaute an sich hinunter, »das ist halt das Grünzeug, was soll man machen...«

»Grünzeug? Mann, und du riechst auch irgendwie so komisch, irgendwie nach... keine Ahnung wonach, aber irgendwie nach...«

»Diesel«, sagte Frank.

»Genau«, sagte sein Bruder. »Diesel, jetzt hab ich's.«

»Einen Moment mal«, kam eine Stimme von der Seite. Zwei Männer in Zivil standen plötzlich rechts und links von Frank und hielten ihm Ausweise vor die Nase. »Feldjäger. Können wir mal eben Ihren Dienstausweis sehen?«

Frank schaute nach links und nach rechts in die Gesichter der Männer und sah, daß das kein Scherz war.

»Und wenn Sie schon mal dabei sind: Ihre Heimschlaferlaubnis hätten wir dann auch mal gerne gesehen.«

Frank zog sein Portemonnaie heraus und fummelte dort so lange herum, bis er endlich den Soldatenausweis gefunden hatte. Seine Grünzeugkarte ließ er lieber drin, es war eine Fälschung, er hatte sie für zwanzig Mark von Baumann gekauft. Den Namen hatte er mit einer Rasierklinge und der Schreibmaschine von der Munitionsgruppe geändert. Seine echte Heimschlaferlaubnis war vor einer Woche für einen Monat eingezogen worden, wegen Zuspätkommens zum Dienst. Für das Kasernentor reichte die Fälschung, aber bei diesen beiden hier wollte Frank damit lieber nicht sein Glück versuchen.

»Soso«, sagte einer von den Feldjägern und nahm den Soldatenausweis. »Den hätten wir schon mal. Und die Heimschlaferlaubnis.«

»Hab ich nicht«, sagte Frank.

»Alles klar. Haben wir uns schon gedacht«, sagte der andere Feldjäger, während sein Kollege eifrig alles Wissenswerte von Franks Dienstausweis abschrieb.

»Wieso?«

»Wieso was?«

»Wieso haben Sie sich das schon gedacht?«

»Nun werden Sie mal nicht frech, Kamerad, das gibt so schon genug Ärger für Sie, da wird Ihr Spieß sich freuen, es ist ja nicht nur die Grünzeugkarte, die fehlt, bei Ihnen stimmt ja gar nichts. Stopfen Sie sich erst mal das Hemd in die Hose. Haben Sie keine Kopfbedeckung dabei?«

»Doch.« Frank zog das neue Barett aus der rechten Beintasche und setzte es auf.

»Schon besser.«

»Hier«, sagte der andere Feldjäger und gab Frank den Dienstausweis zurück. »Wohnen Sie hier in der Nähe?«

»Ja.«

»Dann begeben Sie sich so schnell wie möglich da hin und ziehen Sie sich um. Wir sind heute noch länger hier in der Gegend. Und wenn wir Sie hier noch einmal im Grünzeug sehen, nehmen wir Sie mit, dann wird's ganz bitter für Sie. Und jetzt hauen Sie ab, wir haben eigentlich überhaupt keine Zeit, uns mit Ihnen abzugeben.«

Damit ließen sie ihn stehen. Frank sah ihnen verblüfft hinterher, während sie den Sielwall entlangliefen.

Sein Bruder starrte Frank an. »Was war das denn?« fragte er.

»Das waren Feldjäger«, sagte Frank betont gelassen, er hatte keine Lust, sich vor seinem Bruder eine Blöße zu geben, und vor dem Fremden, der bei ihm war, schon gar nicht.

»Was haben die gegen dich? Und was ist eine Heimschlaferlaubnis? Und was ist eine Grünzeugkarte?«

Frank seufzte. »Das ist dasselbe. Das ist nicht so einfach zu erklären. Außerdem muß ich jetzt wohl schnell nach Hause.«

»Kein Problem«, sagte sein Bruder, »wir kommen mit. Ich wollte da sowieso gerade hin, die Alten haben mir davon erzählt, daß du hier jetzt wohnst, mein Gott, mein kleiner Bruder läuft im Kampfanzug rum und wohnt im Ostertor, ich faß es nicht.«

»Schicke Mütze«, sagte Karl. »Hätte ich auch gerne.«

»Sag mal«, sagte Frank zu seinem Bruder, »wer ist der Typ? Wieso quatscht der mich von der Seite an?«

»Hab ich doch gesagt, das ist Karl.«

»Der soll mich nicht von der Seite anquatschen.«

»Okay«, sagte Karl, »ich sag gar nichts mehr.«

»Jetzt hör mal auf, Frankie, er hat doch gar nichts getan. Los, gehen wir zu dir, ich muß dringend aufs Klo«, sagte sein Bruder, »die ganze Zeit schon.«

»Das wird bei uns nicht gehen«, sagte Frank.

»Warum das denn nicht?«

»Das ist eine lange Geschichte«, sagte Frank. Er hätte seinen Bruder und vor allem diesen Karl lieber von seiner Wohnung ferngehalten. Wenn es überhaupt meine Wohnung ist, dachte er bei dieser Gelegenheit. Wenn es überhaupt eine Wohnung ist, dachte er. Wenn man das, was wir da machen, überhaupt noch wohnen nennen kann, dachte er.

»Gehen wir erst mal los«, sagte er und rückte sein Barett zurecht. »Aber Klo ist nicht. Da mußt du irgendwo anders gehen.«

»Wie du meinst, Frankie, du bist der Boß.«

»So würde ich das nicht sagen«, sagte Frank, der plötzlich gute Laune bekam. Er freute sich, seinen Bruder wiederzusehen. Vielleicht wird es ja nicht so schlimm, dachte er, vielleicht ist ja keiner zu Hause.

»Was machst du eigentlich in Bremen«, fragte Frank über die Schulter hinweg seinen Bruder, als sie nach einem Umweg über das Eiscafé, in das er seinen Bruder zum Pinkeln geschickt hatte, die Treppen zu der Wohnung im Ostertorsteinweg hochstiegen. Es war Zeit, fand er, auch mal selbst ein paar Fragen zu stellen, statt immer nur die Fragen seines Bruders zu beantworten, denn das hatte er auf dem ganzen Weg zur Wohnung machen müssen, zum Beispiel Fragen zur Kleiderordnung der Bundeswehr, die er nun wirklich nicht erfunden hatte, oder die, warum das Klo in seiner Wohnung verstopft war, denn das war es, seit irgend ein Vollidiot die Katzenstreu ins Klo geschüttet hatte, wahrscheinlich einer von Wollis Punks, wie alle vermuteten, »ein Punk mit Putzfimmel«, wie Martin Klapp, der deshalb wieder auf dem Kriegspfad gegen Wolli war, es ausgedrückt hatte. Das sind Sachen, dachte Frank in diesem Moment, von denen man nicht gern erzählt, und wenn, dann will man zur Abwechslung auch mal von den anderen was wissen, dachte er, und wenn es auch nur was ganz Banales ist.

»Was hast du gesagt?« rief sein Bruder keuchend.

»Warum du in Bremen bist«, wiederholte Frank. »Und wieso hast du nicht mal vorher Bescheid gesagt?«

»Hatte ich doch, Anfang der Woche, bei den Alten«, sagte sein Bruder.

»Ach so«, sagte Frank, der seine Eltern immer nur sonntags zum Mittagessen sah. »Dann habe ich das nicht mehr mitbekommen.«

»Ich hätte dich ja angerufen«, schnaufte sein Bruder, »aber du hast ja kein Telefon. Warum eigentlich nicht?«

»Das ist eine lange Geschichte«, sagte Frank. »Außerdem habe *ich* jetzt mal was gefragt.«

»Ach so«, sagte sein Bruder, »ich hab hier ein paar Termine wegen einer Ausstellung.«

»Was für eine Ausstellung?«

»Im Sankt-Jürgen-Krankenhaus.«

Frank mußte lachen. »Im Sankt-Jürgen-Krankenhaus? Du willst deinen Kram in einem Krankenhaus ausstellen?«

»Wieso denn nicht?« sagte Karl.

»Ich dachte, du bist da so 'ne große Kunstnummer in Berlin«, ging Frank auf den anderen gar nicht ein. »Wieso mußt du dann deinen Kram in ein Krankenhaus bringen?«

»In Berlin ja«, sagte sein Bruder, und Frank hatte das Gefühl, daß sein Bruder das Thema genausowenig mochte wie er, Frank, das mit dem Klo.

»Ich finde das gut«, sagte Karl, »das ist doch mal was ganz Neues, Ausstellungen im Krankenhaus. Das ist doch ein geniales Konzept.«

»Wir müssen leider gleich weiter«, sagte sein Bruder, »wir müssen noch zu einem Galeristen in die Innenstadt. Ich wollte eigentlich nur kurz bei dir vorbeikommen und fragen, wann du mal Zeit hast, ich meine, daß wir mal einen trinken oder so.«

»Okay«, sagte Frank, dem das alles ziemlich komisch vorkam. Er öffnete mit der Zange die Tür zur Wohnung. »Dann mal rein hier.«

Sie betraten den Wohnungsflur, der zu gleichen Teilen von Punkmusik, die aus Wollis Zimmer kam, und irgendwelcher Popmusik mit Frauenstimme, wahrscheinlich Kate Bush, im Zweifel ist es immer Kate Bush, dachte Frank, die aus Martin Klapps Zimmer heraustönte, beschallt wurde, wodurch Frank sofort wußte, wer mindestens alles zu Hause war. Er ging schnell in sein Zimmer, um sich umzuziehen. Manfred und sein Kumpel blieben in der Tür stehen. Halb sahen sie ihm beim Umziehen zu, halb schauten sie sich im Flur um.

»Ich bin gleich fertig, dann können wir ja wieder rausgehen«, rief er den beiden zu, damit sie sich gar nicht erst breitmachten, am Ende noch irgendwo hinsetzten, je schneller wir hier wieder raus sind, desto besser, dachte Frank.

»Was ist das für Musik?« rief sein Bruder.

»Punkmusik«, rief Frank zurück. »Und das andere ist wahrscheinlich Kate Bush, ich hab da keine Ahnung von.«

»Und hier kannst du wohnen?« rief sein Bruder.

Frank ging darauf nicht ein.

»Hey, Freddie, schau dir das mal an«, rief Karl.

Frank zog sich fertig um und ging ebenfalls wieder hinaus auf den Flur. Er fand seinen Bruder und dessen Kumpel vor dem Stück Tapete, das er seinerzeit mit Martin Klapp zusammen im Flur aufgeklebt hatte.

»Mann«, rief Karl.

»Nicht schlecht, Frankie«, sagte Franks Bruder. »Wer hat denn das gemacht?«

»Wieso?« fragte Frank. Die Tapete war mittlerweile mit allerhand Zeichnungen und kleinen Klosprüchen und dergleichen bekritzelt, das hatte sich mit der Zeit so ergeben.

»Das ist stark«, sagte Manfred. Er fummelte ein bißchen an einer Ecke der Tapete. »Ist das fest verklebt, oder kann man das abmachen?«

»Das ist fest verklebt«, sagte Frank. »Da garantier ich für.«

»Stark«, sagte Karl. Er zeigte auf eine kleine pornografische Kritzelei. »Schau mal das hier, Freddie, das ist ja wie von der Endart-Galerie!«

»Okay, Leute, verarschen kann ich mich auch alleine«, sagte Frank.

In diesem Moment öffnete sich die Tür zur Küche, und Mike, der Punk mit dem Irokesenschnitt, kam heraus. Er trug eine Schürze und hielt ein Backblech mit Keksen in der Hand, damit verschwand er in Wollis Zimmer. Als er das tat, sahen Frank, sein Bruder und dessen Kumpel durch die geöffnete Tür, daß dahinter die gewohnten fünf bis sechs Punks auf dem Boden hockten und Bier tranken.

»Habe ich das eben wirklich gesehen?« fragte Manfred.

»Hat der dich eben wirklich Freddie genannt?« lenkte Frank mit einer Gegenfrage ab.

»Hatte der da eben selbstgebackene Kekse?«

In diesem Moment kam Martin Klapp aus seinem Zimmer.

»Hallo Frankie«, sagte er. »Was liegt an?«

»Wieso, was soll anliegen?« sagte Frank. »Meinen Bruder kennst du ja noch, oder?«

»Nein!« sagte Franks Bruder affektiert, »bist du etwa Martin Klapp?«

»Ja«, sagte Martin Klapp uninteressiert. »Alles klar.«

»Mein Gott, was bist du groß geworden«, sagte Franks Bruder.

»Alles klar«, sagte Martin Klapp.

»Was ist das denn?« fragte Frank und zeigte auf das, was Martin Klapp in der Hand hielt. Im Halbdunkel des Flurs war es nicht genau zu erkennen.

»Eine Axt«, sagte Martin Klapp. »Die habe ich an der Uni gefunden.«

»Wie findet man an der Uni denn eine Axt?«

»Ist doch scheißegal«, sagte Martin Klapp. Er trat einige Schritte vor und haute die Axt in die Tür zu Wollis Zimmer. »Das wird ihm zu denken geben.« Damit verschwand er wieder in seinem Zimmer.

»Hm...«, sagte Franks Bruder, »sehr interessant, Frankie.« Er lachte, und Frank ärgerte sich darüber, und er ärgerte sich umso mehr, als der andere, Karl, ebenfalls lachte.

»Und dich nennen sie jetzt Freddie, ja?« sagte er so boshaft, wie er nur konnte.

»Ja«, sagte sein Bruder. »Freddie. Gar nicht schlecht, finde ich besser als Manni. Hätte man auch mal früher drauf kommen können.«

»Genau«, sagte Karl. »Frankie und Freddie, Freddie und Frankie, nicht schlecht.«

Die Tür zu Wollis Zimmer ging auf, und Wolli schaute heraus. Er blickte auf die Axt in der Tür und dann zu Frank.

»Ich war's nicht«, sagte Frank.

»Schon klar«, sagte Wolli, »ich weiß schon, wer das war.«

»Nicht schwer zu erraten«, sagte Frank, »aber vielleicht sollte man mal wieder aufhören mit dem Scheiß.«

»Schon klar«, sagte Wolli. »Die schöne Tür.« Er zog die Axt aus dem Türblatt. Dann schloß er die Tür wieder.

»Ich kann nicht sagen, daß ich das begreife, was hier läuft«, sagte Karl.

Frank wurde gereizt.

»Wieso willst du hier irgendwas begreifen? Wohnst du hier?«

»Nein, Gottseidank nicht«, sagte Karl und lachte. Franks Bruder lachte mit. Frank wurde jetzt richtig sauer.

»Wer hat dich denn um deine Meinung gefragt? Wer bist du überhaupt, du Penner, und wieso lasse ich dich hier rein? Damit ich mir deine Kommentare anhöre? Ich kenn dich überhaupt nicht, du Spasti.«

»He, he«, sagte Franks Bruder, »he, Frankie, jetzt mal ganz ruhig.«

»Der soll die Klappe halten«, sagte Frank. »Was tauchst du hier mit einem auf, der die Fresse aufreißt, wenn er in meiner Wohnung ist? Was soll das?«

»Schon gut, schon gut«, sagte Franks Bruder. »Er macht's nicht wieder.«

»Woher willst *du* das denn wissen?« fragte Frank. »Ist der dein Leibeigener oder sowas?«

»Nein«, sagte Franks Bruder. Und zu Karl sagte er: »Entschuldige dich mal!«

»Okay«, sagte Karl, »tut mir leid.«

»Aha«, sagte Frank verblüfft.

»Ja, tut mir leid, echt.«

»Frankie, echt mal, jetzt hat er sich entschuldigt.«

»Der soll sich benehmen. Ich will hier keine Kommentare hören, von dir nicht und von dem schon gar nicht.«

In diesem Moment kam Ralf Müller aus seinem Zimmer.

»Ach, du bist das, Frankie!« rief er.

»Ja«, rief Frank.

»Was ist denn mit Martin?« rief Ralf Müller. »Hat er das schon gemacht?«

»Was?«

»Hat er das mit der Axt schon gemacht?«

»In die Tür, meinst du?«

»Wie?«

»Er hat eine Axt in die Tür von Wolli gehauen, ja.«

»Echt? Scheiße«, sagte Ralf Müller enttäuscht, »ich wollte doch dabeisein.«

»Tut mir leid«, rief Frank, »die Axt hat jetzt Wolli.«

»Scheiße«, rief Ralf Müller und ging wieder in sein Zimmer. Frank hörte, wie er von drinnen den Schlüssel umdrehte.

Frank schaute seinen Bruder an, und dann Karl. Die beiden sagten nichts. Sein Bruder spitzte sogar betont beiläufig die Lippen, als würde er pfeifen, und schaute hoch zur Zimmerdecke. Sein Kumpel Karl kratzte sich ausgiebig hinter dem Ohr und spielte mit den Füßen an den Steinen herum, die noch vom Türdurchbruch stammten.

»Okay«, sagte Frank, »gehen wir.«

33. AUF DER COUCH

»Wieso denn ausgerechnet ins Storyville?« fragte Martin Klapp, als er zu Beginn des Abends mit Frank ein Gyros aß. »Das Storyville ist doch scheiße.«

»Ja«, sagte Frank, »hat mein Bruder auch gesagt.«

»Und warum gehen wir dann trotzdem hin?«

»Weil ich das vorgeschlagen hab«, sagte Frank.

»Seit wann willst du ins Storyville? Du willst doch immer ins Bremer Eck!«

»Ja, aber ich wollte gerne, daß du mitkommst, und ich hab gedacht, du würdest lieber ins Storyville gehen.«

»Wieso sollte ich ins Storyville gehen wollen?« fragte Martin Klapp.

»Du wolltest doch immer ins Storyville gehen, viel lieber als ins Bremer Eck.«

»Frankie!« Martin Klapp sah von seinem Gyros auf. »Mal ehrlich: Wie lange waren wir beide jetzt nicht mehr zusammen im Storyville?«

»Keine Ahnung, ein paar Wochen vielleicht.«

»Wie kommst du dann darauf, daß ich da immer hingehen will.«

»Weiß nicht, eine Zeitlang wolltest du da immer hin. Eine Zeitlang wollte ich eigentlich lieber ins Bremer Eck, und du wolltest immer ins Storyville.«

»Eine Zeitlang«, schnaubte Martin Klapp und biß wieder in sein Gyros. »Das ist doch ewig her. Der Laden ist doch total von vorgestern.«

»Ja, das hat mein Bruder auch gesagt. Wobei man sich fragt, was *der* davon weiß. Und wieso ist das Storyville eigentlich von vorgestern?«

»Weiß nicht… Wolli. Wolli hat das neulich gesagt.«

»Wolli? Was hast du denn jetzt damit zu tun, was Wolli sagt? Ich denke, ihr beide seid voll im Krieg.«

»Auch wieder wahr.«

»Ich meine«, sagte Frank, »wieso soll das Storyville früher okay gewesen sein, jetzt aber nicht mehr? Das ist doch unlogisch. Das hat sich ja überhaupt nicht verändert.«

»Ja, eben«, sagte Martin Klapp. »Darum ja. Das ist ja das Problem. Wir haben uns geändert, das Storyville aber nicht. Oder wir sollten uns jedenfalls auch irgendwie ab und zu mal verändert haben oder weiterentwickelt und so. Wir sind ja noch jung.«

»Wer sagt das?«

»Was? Daß wir noch jung sind?«

»Nein, das andere.«

»Alle.«

»Ja, aber das ist dann ja auch schon wieder ein bißchen verdächtig«, gab Frank zu bedenken. »Ich meine, wenn das alle sagen...«

»Nein«, sagte Martin Klapp. »Das ist einfach so.«

»Na gut«, sagte Frank. Er wollte mit Martin Klapp keinen Streit anfangen, er wollte, daß Martin Klapp mit ihm ins Storyville kam, wo er mit seinem Bruder und dessen komischem Kumpel Karl verabredet war, alleine wollte er da nicht hin, er wollte unbedingt, daß Martin Klapp mitkam. »Dann ist das eben so. Aber heute abend müssen wir erst mal ins Storyville.«

Martin Klapp seufzte und wischte sich mit einer Papierserviette die Hände ab. »Okay«, sagte er, »dann verändern wir uns eben ein andermal.«

»Mann«, sagte Karl, der Kumpel von Franks Bruder, und schaute sich um, »ist das ein Laden!«

Sie saßen in ihrer üblichen Ecke, das Storyville war noch ziemlich leer, sie hatten die freie Auswahl gehabt, und da Frank und Martin Klapp zuerst dagewesen waren, hatten sie die Ecke genommen, in der sie immer gesessen hatten, »damals«, hatte Martin Klapp gesagt, »als wir hier immer noch hergegangen sind.« Sie hatten sich auf das Sofa gesetzt, und Franks Bruder und sein Kumpel Karl hatten sich, als sie kamen, in die beiden Sessel gesetzt, und so saßen sie sich jetzt gegenüber und schauten sich über die Kerzenflamme hinweg an, Frank und Martin Klapp auf der einen und Franks Bruder und Karl auf der anderen Seite.

»Das ist wirklich irre«, sagte Franks Bruder, »der Laden sieht ja noch genauso aus wie immer.«

»Was heißt denn jetzt in diesem Fall wie immer?« fragte Martin Klapp.

»Und in sowas geht ihr rein?« sagte Karl.

»Du auch«, sagte Frank, »du ja wohl offensichtlich auch!«

»Ich bin fremd hier«, sagte Karl und hob die Hände und drehte sie hin und her, wie um zu zeigen, daß sie sauber wären, »ich habe damit nichts zu tun, ich staune bloß.«

»Worüber?« sagte Frank. »Was soll denn hier so staunenswert sein.«

»Nichts«, sagte Karl und lachte. »Ich hätte bloß nicht gedacht, daß es solche Läden noch gibt, Mann, das riecht hier sogar nach Räucherstäbchen.«

»Und du machst jetzt so Kunstkram, oder was?« sagte Martin Klapp zu Franks Bruder.

»Schon lange«, sagte Franks Bruder.

»Und was soll das für Zeug sein?«

»Objekte«, sagte Manfred. »Ich mach jetzt eigentlich nur noch Objekte.«

»Was soll denn das sein, Objekte?«

»Objekte. Soll ich dir jetzt erklären, was Objekte sind, oder was?«

»Nee, lieber nicht. Und aus was sind die?«

»Stahl. Schrott. Eigentlich fast nur aus Stahl. Hol ich mir alles vom Schrottplatz und schweiß das zusammen.«

»Und wer kauft sowas? Ist das sowas wie Kunst am Bau, oder was?« Martin Klapp lachte meckernd.

»Mann«, sagte Karl, »ich hätte gar nicht gedacht, daß heute einer noch so 'ne Fragen stellt. Das kann auch nur in der Provinz vorkommen.«

»Was soll denn das heißen, Provinz?« fragte Frank. »Kannst du das mal erklären? Das würde ich ganz gerne mal wissen, was du damit meinst.«

»Was soll ich damit meinen? Sowas hier, ich meine, Bremen und so. Du müßtest mal nach Berlin kommen, dann wüßtest du, was ich meine.«

»Oh nein, ich müßte mal nach Berlin kommen!«, äffte Frank ihn nach. Das war alles eine ziemliche Zickerei, was hier lief, fand er, eigentlich ist das unwürdig, dachte er, aber was soll man machen, wenn man einmal mit der Zickerei angefangen hat, dann muß man es auch zu Ende bringen, es ist wie die Scheißbundeswehr, dachte er, da muß man dann durch.

»Wenn du selber noch nicht einmal erklären kannst, was du meinst, wenn du Provinz sagst«, sagte er, »sondern nur was davon labern kannst, daß man sich das Gegenteil davon angucken müßte, um die Sache begreifen zu können, und wenn das eine nichtprovinzielle Haltung sein soll, dann muß ich sagen, daß ich dafür auch andere Wörter kenne, dann brauche ich den Begriff des Nichtprovinziellen nicht zu benutzen, dann sage ich einfach nur: Enthirnt!«

Frank beugte sich vor und nahm bei der Gelegenheit seine Bierflasche in die Hand.

»Verstehst du?« trat er noch einmal nach. »Enthirnt. Hirn kaputt. Nicht viel da. Klappe groß aufreißen, von Provinz labern und dann nicht mal sagen können, was das heißen soll. Wer bist du überhaupt?«

»Ich? Wer ich bin?« Franks Gegner war nicht sehr beeindruckt. Er fläzte in dem Sessel herum und drehte auf seinem Bauchansatz Däumchen. »Nenn mich Karl!« sagte er und lachte.

»Ich weiß, daß du Karl heißt. Aber was machst du hier in der Provinz, außer ein bißchen aufs Blech zu hauen?«

»Na, na«, sagte Franks Bruder. »Nun laß ihn mal, Frankie, Karl ist in Ordnung.«

»Ich habe ja nicht gefragt, ob er in Ordnung ist«, sagte Frank gereizt. »Warum sollte mich interessieren, ob er in Ordnung ist? Ich will wissen, was er hier überhaupt macht, wo es doch hier so provinziell zugeht!«

»Naja«, sagte Franks Bruder, »Karl ist halt mitgekommen, und er hilft mir auch ein bißchen.«

»Was soll denn das heißen?«

»Frankie, jetzt sei nicht so ein Arsch.«

»Ist der dein Knecht, oder was? Dein Praktikant oder was?«

»Moment mal«, sagte Karl amüsiert, »man spricht nicht über Anwesende in der dritten Person, habe ich gehört. Hat heute erst einer zu mir gesagt.«

»Wir wohnen zusammen«, sagte Franks Bruder. »Und er wollte das hier halt alles auch mal sehen. Außerdem treffen wir hier Galeristen, da wollte er dabei sein, ist doch wichtig.«

»Machst du auch so Kunstkram, oder was?« sagte Martin Klapp. »Sieht ganz so aus, als würden alle nur noch Kunst machen, oder was? Will keiner mehr was Vernünftiges arbeiten oder wie?«

Frank überlegte, ob er Martin Klapp darauf hinweisen sollte, daß das Studieren von Deutsch und Sport auch nicht gerade Helden der Arbeit hervorbrachte, aber er ließ es lieber. Man muß die Koalitionen schmieden, wie sie gerade kommen, dachte er.

»Erzähl du doch mal lieber«, ging Franks Bruder darauf nicht ein, »was *du* so machst, Frankie.«

»Wieso, was soll ich da erzählen, du weißt doch, was ich mache.«

»Naja, wie ist das denn so beim Bund und so...?«

»Ich versteh bloß nicht«, sagte Martin Klapp, »wieso man einerseits da so Kunstkram macht und das dann andererseits im Krankenhaus verkloppt.«

»Wie soll das schon sein beim Bund«, sagte Frank. »Scheiße ist das.« Und nach kurzem Nachdenken fügte er hinzu: »Aber jetzt, wo ich in der Vahr bin, ist das nicht mehr so schlimm, ich geh einfach nach Hause, wie nach der Arbeit, ist jetzt mehr so wie zur Arbeit gehen, vorher war's schlimmer, als ich da noch wohnen mußte.«

»Die wissen doch gar nicht, wie das ist, zur Arbeit gehen«, rief Martin Klapp dazwischen. Langsam nervt er mit seiner Proletkultnummer, dachte Frank, nicht alles, was sie in den K-Gruppen lernen, ist wirklich nützlich.

»Das ist irgendwie komisch, Frankie«, sagte sein Bruder.

»Was soll daran komisch sein?«

»Weiß nicht...« Sein Bruder gab sich einen Ruck. »Nichts. Hat jemand vielleicht was zu kiffen?« fragte er in die Runde. »Das ist doch irgendwie ein guter Laden, um zu kiffen, oder?«

»Ich geh mal aufs Klo«, sagte Martin Klapp und stand auf.

»Ich hab nichts zu kiffen«, sagte Karl.

»Ich auch nicht«, sagte Frank. Der ganze Abend stand unter einem schlechten Stern. Er hatte sich so oft gewünscht, seinen Bruder einmal wiederzusehen, aber die Sache hier war verkorkst. Vielleicht hätte ich Martin Klapp doch nicht mitbringen sollen, dachte er, vielleicht war das der Fehler, andererseits hätte dann Manni aber auch diesen Vollidioten da nicht mitbringen dürfen, wenn schon, denn schon, dachte er, und das machte ihn alles ein bißchen traurig, irgendwas ist kaputt hier, dachte er, da muß man mal in Ruhe drüber nachdenken, obwohl, dachte er, vielleicht auch lieber nicht, wer weiß, was dabei rauskommen würde...

»Ich geh auch mal aufs Klo«, sagte Karl und stand auf.

»Ja, ja, geht ihr nur alle schön aufs Klo«, sagte Franks Bruder.

Dann waren Martin Klapp und Karl verschwunden und Frank war mit seinem Bruder allein. Es entstand eine peinliche Stille, in der Frank überlegte, ob das jetzt nicht doch ein guter Moment wäre, sich mal eine Zigarette zu drehen, er hatte das Päckchen Tabak dabei, das er sich vor Wochen gekauft hatte, es steckte in seiner Jacke und trocknete dort vor sich hin, so stellte er sich das jedenfalls vor, er hatte schon lange nicht mehr nachgeguckt. Das tat er jetzt, während er zugleich fieberhaft überlegte, wie er es anstellen konnte, mit seinem Bruder endlich mal vernünftig ins Gespräch zu kommen, das wäre jetzt eigentlich eine gute Gelegenheit, dachte er, wo die beiden Idioten weg sind, aber vielleicht geht das auch gar nicht mehr, dachte er, während er in den Tabak starrte, der wirklich sehr ausgetrocknet war, ihm fiel jedenfalls kein guter Anfang ein.

»Ah, sehr gut, dann hast du ja auch Blättchen«, rief sein Bruder herüber. »Hätte ich nicht gedacht, daß du Blättchen hättest. Jetzt brauchen wir nur noch ein bißchen Hasch.«

»Ich wollte eigentlich bloß eine rauchen«, sagte Frank und dachte zugleich, daß sein Bruder auch nicht klüger war als er selbst. So einen Scheiß hätte ich auch noch reden können, dachte er. Es ist nun sowieso schon alles egal, dachte er und begann die Zigarette zu drehen, während in diesem Moment Karl wiederkam, der sich neben Franks Bruder in seinen Sessel fallen ließ und nun auch noch dabei zuschaute, wie Frank sich eine Zigarette drehte. Das lief nicht sehr gut, der Tabak war so trocken und krümelig, daß das Papier sich einfach nicht einschlagen ließ, die Krümel fielen links und rechts heraus, es war alles ziemlich unangenehm.

»Soll ich helfen?« fragte Karl schließlich trocken.

»Nein«, sagte Frank. »Nein, sollst du nicht.«

»Ich hab gar nicht gewußt, daß du rauchst, Frankie«, sagte sein Bruder.

»Woher hättest du das auch wissen sollen«, sagte Frank, »wir haben uns ja über ein Jahr nicht gesehen.«

»Ja«, sagte sein Bruder, »in einem Jahr kann viel passieren. Wobei ich überhaupt mal sagen muß, Frankie...« Er machte eine Kunstpause.

»Wo ist überhaupt Martin Klapp hin?« fragte Frank in diese Kunstpause hinein, er wollte nicht, daß sein Bruder Kunstpausen machte, denn er hatte irgendwie das Gefühl, daß sein Bruder nach dieser Kunstpause und in Anwesenheit von diesem Karl nichts Vernünftiges sagen würde, eher etwas, das zu Streit führen würde, und das wollte er nun überhaupt nicht, es war auch so schon alles schlimm genug, fand er.

»Der andere?« fragte Karl.

»Ja.«

»Der ist abgehauen.«

»Wieso ist der abgehauen? Das kann doch nicht sein!«

»Doch, der hat gesagt, er muß mal weg, und ich soll euch schön grüßen.«

»Schön grüßen?« sagte Frank irritiert, während er neue Tabakkrümel auf sein halbgefaltetes Blättchen streute, »was ist das denn für ein Scheiß, einfach abhauen und schön grüßen, ich scheiß auf schön grüßen!«

»Nicht meine Schuld«, sagte Karl, »der wollte plötzlich ganz dringend weg.«

»Hallo Frank!«

Er schaute auf und Sibille stand neben ihm.

»Lange nicht gesehen«, sagte sie. »Wie geht's denn so?«

»Geht so«, sagte Frank. »Nicht so schlecht.«

»Bist du noch beim Bund?«

»Ja, ich bin damals durchgefallen.«

»Ja, ich weiß«, sagte sie.

»Ja«, sagte Frank, obwohl er sich fragte, woher sie das eigentlich wußte. Sie hatten sich seit jenem Abend, an dem er sich mit Horst die kleine Schlägerei geliefert hatte, nicht mehr gesehen, und der Grund dafür hatte sicher in Sibilles gestörtem Verhältnis zu Martin Klapp gelegen, sie war einfach nicht mehr aufgetaucht, was Frank, weil ihm die Horst-Geschichte so peinlich gewesen war, eine Zeitlang ganz recht gewesen war, aber jetzt, Monate später, war das alles Geschichte, und er freute sich nur noch, sie wiederzusehen.

»Setz dich doch«, sagte er und klopfte neben sich auf das Sofapolster.

Sie lächelte und kletterte auf das Sofa.

»Was machst du denn da?« fragte sie.

»Ich versuche, mir eine Zigarette zu drehen«, sagte Frank.

»Und das schon eine ziemliche Zeit lang«, rief sein Bruder von seinem Sessel aus herüber.

»Das ist mein Bruder«, sagte Frank, »und der andere da ist irgendwie auch hier.«

»Echt, dein Bruder?«

»Hallo, hallo, hallo«, rief sein Bruder und winkte. »Willkommen in der Hippiehölle. Ich bin der große Bruder.«

»Soll ich nicht doch lieber helfen?« fragte Karl und zeigte dabei auf Franks Zigarettendrehversuche. »Oder vielleicht willst du ja eine von diesen!« Er hielt eine Packung Zigaretten hoch.

»Hör auf damit«, sagte Franks Bruder, »du siehst doch, daß er seine Selbstgedrehte will. Da ist auch mal der Weg das Ziel.«

»Ja, und der Weg ist weit«, sagte Karl und lachte.

»Lange nicht gesehen«, sagte Sibille zu Frank. Auch sie starrte ihm auf die Finger. Frank wünschte sich jetzt langsam, er wäre immer Nichtraucher geblieben.

»Ja, lange nicht gesehen, warum eigentlich?« sagte er.

»Hör mal, Frankie«, rief sein Bruder vom Sofa herüber, »ich will nicht stören, aber ich muß gleich mal weiter, wir müssen noch ins Litfasz, da treffen wir noch einen.«

»Aha«, sagte Frank, dem es jetzt endlich gelang, das Papier so umzuschlagen, daß er es anlecken und verkleben konnte. Man hätte öfter mal ans Rauchen denken sollen, dachte er, dann hätte man mehr Übung oder jedenfalls nicht so trockenen Tabak. »Ist ja sehr interessant«, fügte er boshaft hinzu. »Im Litfasz noch einen treffen, phantastisch.«

»Aber eins muß ich echt mal sagen«, fuhr sein Bruder unbeeindruckt fort, »das ist ein ganz schön eigenartiges Ding, was du hier fährst, echt mal. Bin ehrlich überrascht. Das hätte ich dir alles nicht zugetraut.«

»Was meinst du damit?« sagte Frank.

Sein Bruder lachte. »Naja, mal ehrlich, du mußt doch zugeben, daß das schon ziemlich bizarr ist, ich meine, du wohnst einerseits im Ostertor, aber dann bist du gleichzeitig beim Bund und läufst da auf offener Straße im Kampfanzug rum, das muß man sich mal vorstellen, und dann kommen so komische Zivilbullen und überhaupt...«

»Arbeitsanzug«, sagte Frank bemüht ruhig. »Es heißt Arbeitsanzug. Und die Typen waren Feldjäger.«

»Egal, ich meine, wie kann man in so Hippiekneipen wie diese hier gehen und sich die Zigaretten selbst drehen und in so einer Wohnung wohnen, ich meine, wenn man das überhaupt wohnen nennen kann, was ihr da macht...« – Franks Bruder machte eine Pause, während der er von Karl eine Zigarette nahm und sie sich ansteckte. Karl nutzte die Zeit, um kurz zu lachen. Der verdammte kleine Schleimer, dachte Frank. Er ließ Tabakkrümel in die Enden der jetzt verklebten Zigarette rieseln in dem Wunsch, sie dadurch noch etwas aufzupäppeln – »...und dann gleichzeitig beim Bund sein und da den Soldaten spielen, das ist doch ein totaler Widerspruch, wie kriegst du das bloß zusammen, das kommt mir reichlich komisch vor, Frankie, wirklich, find ich ziemlich komisch.«

»Okay«, sagte Frank. »Bist du fertig?«

»Ja nun...«

»Ja wie nun, bist du fertig oder nicht, *Freddie?*« setzte Frank nach. »So heißt du ja nun wohl, nicht wahr? *Freddie*, nicht?«

»Äh...«

»Okay, jetzt paß mal auf, *Freddie*«, sagte Frank. Er zwirbelte das Papier am einen Zigarettenende ein wenig zusammen, so daß kein Tabak mehr herausfallen konnte, steckte sich die Zigarette mit diesem Ende in den Mund und zündete sie an der Kerze an, die auf dem Tisch in der Weinflasche steckte.

»Da stirbt jedesmal...«, begann Karl.

»Ich weiß«, unterbrach ihn Frank, »aber das ist auch so ein Scheiß, den jetzt kein Schwein gebrauchen kann. Also hör mal zu, *Freddie:* Meinetwegen kannst du jetzt echt mal aufstehen und deinen Kumpel hier schnappen, und dann geht ihr einfach mal woanders hin, wo es nicht so hippiemäßig ist, und da könnt ihr euch dann meinetwegen einen Finger ins Arschloch stecken oder was weiß ich, was ihr sonst immer so macht, wenn ihr in Berlin so richtig toll in richtig tollen Läden herumhängt oder was weiß ich denn.«

»Moment mal...«, sagte sein Bruder.

»Moment mal hier«, sagte Frank und hob eine Hand, »ich bin gleich fertig. Was ich nämlich sagen will, ist, daß ich mich eigentlich gefreut hatte, dich wiederzusehen, *Freddie*, aber wenn du glaubst, daß du hierherkommen kannst und den großen Macker machen oder den großen Bruder spielen oder was, dann ist das schon schlimm genug, wenn du aber außerdem noch glaubst, daß du dich hier über mich lustig machen kannst oder darüber, wie ich wohne oder was ich beruflich mache und was ich für Freunde habe oder so, dann kann ich nur sagen: Leck mich, Freddie. Leck mich am Arsch. Und von dir...« – Frank zeigte mit dem Finger auf Karl, der Anstalten machte, etwas zu sagen, Frank spürte das ganz genau, und das wollte er schon mal gar nicht zulassen, wenn der nur ein Wort sagt, dann hau ich ihm eins rein, dachte er, »von dir rede ich gar nicht, und *mit* dir auch nicht, du bist mir sowas von scheißegal, das kannst du dir gar nicht vorstellen. Und deshalb hältst du sowieso schon mal schön die Schnauze!«

Frank lehnte sich zurück und nahm einen tiefen Zug von seiner Zigarette. Dabei verbrannte er sich die Finger, weil die Zigarette schneller und ungleichmäßiger brannte, als er erwartet hatte, und das tat höllisch weh, er biß die Zähne zusammen und merkte, wie sich vor Schmerz seine Augen mit Wasser füllten, und er versuchte, sich um Himmels willen nichts anmerken zu lassen, dies ist nicht der Moment, um aua aua zu schreien, dachte er, das führt nur zu Mißverständnissen. Was er gesagt hatte, tat ihm zwar schon wieder ein bißchen leid, das war vielleicht ein bißchen hart, dachte er, aber jetzt gab es kein Zurück mehr, und diese Erkenntnis hatte etwas Erleichterndes, das war's jetzt wahrscheinlich, dachte er, jetzt sehe ich ihn wahrscheinlich erst einmal ziemlich lange nicht mehr wieder. Er hatte zwei Großonkel, die schon seit Jahren nicht mehr miteinander sprachen, und das nur, weil der eine mal beim Skat geschummelt hatte, und das hier ist sogar noch schlimmer, dachte Frank.

Sein Bruder sah ihn derweil verdutzt über die Kerze und seine eigene Zigarette hinweg an.

»Mensch, Frankie«, sagte er.

»Also«, begann Karl neben ihm, aber Franks Bruder hob eine Hand und hielt sie ihm vor die Brust.

»Nee«, unterbrach er ihn, »er hat schon recht, sei du mal ruhig.«

»Aber...«

»Nee, er hat schon recht. Tut mir leid, Frankie.«

»Hm...«, sagte Frank.

»Nee, wirklich.«

»Ich meine«, begann Frank den Ernst der Lage zu erklären, obwohl er eigentlich dagegen war, das zu tun, das ist gleich schon wieder zu defensiv, dachte er, »ich habe einiges versucht, ich habe versucht, die Scheiße zu verweigern, ich bin immerhin bei den Alten ausgezogen, ich habe alles so gemacht, wie ich es gerade irgendwie machen konnte, mehr war nicht drin, und wenn einer meint, er kann sich darüber lustig machen, dann...« Er brach ab, denn er ärgerte sich über das, was er da sagte. Es gibt nichts, wofür ich mich entschuldigen muß, schärfte er sich ein, und bei den beiden da schon gar nicht.

»Ja, ja, ist ja schon gut«, sagte sein Bruder. »Ist ja alles klar, Frankie, es tut mir leid, du hast ja recht, tut mir leid, ehrlich.«

»Hm...« Frank leckte an seinen Fingern und pustete dann darauf. Es tat noch immer sehr weh, und er konnte spüren, wie sich eine Brandblase zu bilden begann.

»Und ihm auch!« Sein Bruder zeigte auf Karl. »Ihm tut das auch leid. Oder, Karl?« Er stieß seinen Sitznachbarn mit dem Finger in die Seite. »Los, sag ihm schon, daß es dir leid tut.«

»Braucht er nicht«, sagte Frank. »Interessiert mich nicht.«

»Tut mir leid«, sagte Karl trotzdem. »Hab ich nicht so gemeint. Ich meine, ich konnte ja nicht wissen, daß das...«

»Keine Ausreden«, unterbrach ihn Franks Bruder. »Entweder entschuldigt man sich, oder nicht. Wenn man Scheiße gebaut hat, dann entschuldigt man sich, und zwar ohne Wenn und Aber. Da ist nichts mit konnte ja nicht wissen, das gilt dann nicht.«

»Nun laß ihn schon«, sagte Frank.

»Nix, keine Ausreden, das ist wichtig.«

»Hör auf mit dem Scheiß«, sagte Frank. »Laß ihn in Ruhe.«

»Ich sage jedenfalls: Entschuldigung, Frankie. Tut mir leid, ehrlich.«

»Mir auch«, sagte Karl.

»Alles klar«, sagte Frank, »das reicht.«

»Okay«, sagte sein Bruder. »Das reicht«, sagte er zu Karl.

Karl sah etwas verwirrt aus. »Äh...«, sagte er.

»Schon gut«, sagte Franks Bruder, »ist okay. Das reicht, hat Frankie gesagt.«

»*Das* reicht jetzt aber auch«, sagte Frank.

»Okay, okay«, sagte Manfred.

Dann schwiegen sie eine Zeitlang. Frank rauchte pro forma und sehr vorsichtig noch einige Züge von seiner Zigarette und warf sie dann weg. Dann trank er etwas von seinem Bier. Die Stille war förmlich mit den Händen zu greifen, sein Bruder rauchte vor sich hin, sein Kumpel Karl schaute betreten zur Seite, und Frank begann sich erst langsam wieder abzuregen, während Sibille, die die ganze Zeit schweigend dabeigesessen hatte, ihn von der Seite beobachtete.

So ging das eine elend lange Minute, dann sagte sein Bruder plötzlich zu Karl: »Hol doch mal Bier. Willst du auch noch was, Sibille?«

»Ja, warum nicht«, sagte sie. »Einen Rotwein vielleicht.«

»Dann kannst du ja vielleicht mal eben mitgehen.«

»Ja, okay«, sagte Sibille sofort zu Franks Überraschung. Sie stand auf und ging mit Karl zusammen zum Tresen.

»Tut mir verdammt leid«, sagte sein Bruder, als sie außer Hörweite waren.

»Schon okay«, sagte Frank. »Und du mußt gleich weg?«

»Ja, wir haben wirklich noch einen Termin im Litfasz. Mit einem Galeristen. Obwohl ich auch nicht mehr weiß, was das bringen soll«, fügte er hinzu, und es klang ziemlich resigniert.

»Sieht's nicht gut aus?« erkundigte sich Frank.

Sein Bruder winkte ab. »Ein andermal.«

»Was hat denn jetzt dieser Karl überhaupt dabei zu suchen? Was macht der denn hier?«

»Naja, der will auch Kunst machen«, sagte Franks Bruder, und er sagte es in einem ziemlich abschätzigen Tonfall. »Wollen ja jetzt alle. Ich krieg den kaum von der Backe.«

»Wie jetzt?« sagte Frank. »Ist das jetzt ein Freund von dir oder nicht?«

»Naja, Freund...«, sagte Franks Bruder.

»Ja oder nein?«

»Schwer zu sagen.«

»Aha...«, sagte Frank, dem das irgendwie von seinem Bruder nicht ganz astrein vorkam. »Kann der denn was? Ich meine so kunstmäßig?«

»Ja«, sagte Franks Bruder. »Ja, kann sein, was weiß ich, vielleicht...«

»Aha«, sagte Frank.

»Tut mir jedenfalls leid«, sagte Manfred. »Tut mir leid, Frankie. Das ist jetzt alles ein bißchen schiefgelaufen. Ich hatte mich gefreut, dich zu sehen, aber das ist jetzt irgendwie blöd gelaufen.«

»Ja, ja, jetzt hör schon auf damit.«

»Okay. Was machst du eigentlich morgen mittag?«

»Wieso?«

»Da bin ich bei den Alten zum Mittagessen eingeladen. Mama hat gesagt, wenn ich dich sehe, soll ich sagen, daß du auch eingeladen bist.«

»Hm...«

»Um Gottes willen, Frankie, du mußt da auch hinkommen, alleine schaff ich das nicht.«

»Was gibt's denn da groß zu schaffen? Ich bin da immer alleine gewesen in den letzten Jahren.«

Franks Bruder seufzte. »Echt mal, Frankie, jetzt hör aber auch mal auf!«

»Okay«, sagte Frank, »okay, ich sag nichts mehr. Ich komm hin.«

»Alles klar«, sagte sein Bruder. »Bist 'n guter Bruder.«

»Ja, ja...«

»Morgen um eins bei den Alten.«

»Okay!«

Karl und Sibille kamen zurück.

»Gib das Bier mal Frankie«, sagte Franks Bruder.

»Ja, aber...«

»Nix, wir müssen jetzt los, ins Litfasz.«

»Wieso, da wäre doch noch...«

»Nee, wir gehen jetzt los. Bis morgen, Frankie.«

»Bis morgen«, sagte Frank.

Die beiden gingen. Frank schaute ihnen nach, während Sibille wieder neben ihm auf das Sofa kletterte.

»Das ist dein Bruder, ja?« sagte Sibille.

»Ja.«

»Komischer Typ.«

»Nein«, sagte Frank. »Mein Bruder ist nicht komisch, mein Bruder ist in Ordnung.«

»Klar«, sagte sie amüsiert, »deshalb hattest du ja eben auch ordentlich Stunk mit ihm.«

»Man kann mit einem Stunk haben, der in Ordnung ist«, sagte Frank.

»Ja«, sagte sie und nuckelte an ihrem Rotwein und schaute ihn von der Seite an.

Frank fühlte sich ein bißchen unwohl, er wußte nicht genau, ob es besser war, Sibille anzuschauen oder bloß vor sich hin zu starren.

»Wie läuft's denn sonst so?« fragte er. »Zu Hause alles in Ordnung?«

»Naja«, sagte sie süffisant, »Birgit wohnt jetzt in Braunschweig, wenn du das meinst.«

»Ah ja«, sagte er und war froh, daß man in der gewohnt schummrigen Beleuchtung des Storyville, nicht sehen konnte, wie er rot wurde. »Was macht sie denn da so in Braunschweig«, heuchelte er ein Interesse, das er nicht hatte. Er konnte sich schon denken, was sie tat, sich mit Horst amüsieren, das macht sie, dachte er, und er hatte, wenn er ehrlich war, nicht viel dagegen, solange er nur Horst niemals wiedersehen mußte.

»Was soll die da schon machen«, sagte Sibille, »die studiert da jetzt. Und lebt mit Horst zusammen.«

»Horst, das ist gut«, sagte Frank. »Das ist sicher eine gute Sache, mit Horst wohnen und so.«

»Naja«, sagte Sibille, »ich kann mir was Schöneres vorstellen.«

»Kommt Horst eigentlich aus Bremen oder aus Braunschweig?«

»Wieso?«

»Naja, er war ja wegen dem Fußballspiel da, als ich ihn…« Frank suchte nach dem richtigen Wort, »kennen gelernt habe, und da frage ich mich, ob er nun Braunschweig- oder Werder-Fan ist.«

»Nein«, sagte Sibille und lächelte. »Das fragst du dich nicht.«

»Nein«, gab Frank zu, »das frage ich mich nicht. Ich hatte mich nur gefragt, was man zum Thema Horst sagen kann, das noch nicht gesagt wurde.«

»Ich glaube, du fragst dich was ganz anderes«, sagte Sibille.

»Soso«, sagte Frank. »Und was wäre das?«

»Das frage ich dich«, sagte Sibille.

»Komischer Ansatz«, sagte Frank, »warum solltest du mich fragen, was ich mich frage, und ich dir dann auch noch eine Antwort geben, das hätte schon ein bißchen was von einer Metadiskussion.«

»Nein«, sagte Sibille, »das hätte was von einem Eiertanz.«

Sie schwiegen eine Weile. Sibille trank ihren Rotwein und steckte dabei wieder auf ihre komische Weise die Zunge ins Glas und sah Frank an, Frank schaute eine Zeitlang zurück, mußte dann aber den Blick abwenden. Er holte wieder den Tabak raus.

»Seit wann rauchst du eigentlich?« fragte sie.

»Wieso?« fragte Frank. » Das habe ich früher doch auch manchmal gemacht?«

»Früher?« sagte sie. »Früher... Das klingt, als hätten wir schon eine gemeinsame Vergangenheit.«

»Haben wir«, sagte Frank.

»Ja. Zusammen mit Horst«, sagte Sibille.

»Horst ist okay«, sagte Frank, der plötzlich merkte, wie wohl er sich dabei fühlte, hier mit ihr zu sitzen, auch wenn ihm manches dabei nicht geheuer war. »Horst ist sicher einer von den Guten.«

»Warte mal«, sagte sie und kramte in einer Teppichtasche, die sie mit sich herumtrug. »Ich habe noch Tabak, nimm mal lieber meinen. Sonst mußt du irgendwann noch ins Krankenhaus mit deinen Brandwunden.«

»Das hast du gemerkt?« sagte Frank.

»Ja, ich habe überhaupt so einiges gemerkt.«

»Soso«, sagte Frank. »Wer wohnt jetzt eigentlich bei euch, wo Birgit jetzt in Braunschweig ist?«

»Wieso? Willst du bei uns einziehen?«

»Nein... Was meinst du damit, daß du so einiges gemerkt hast?« wechselte Frank das Thema.

»Ach, nur so...« Sie strich sich die Haare aus dem Gesicht und nahm ihren Tabak wieder zurück, wobei sich ihre Hände kurz berührten, kurz, aber ein wenig länger, als nötig gewesen wäre, dachte Frank, der aber nicht genau wußte, ob das nun seine oder ihre Schuld gewesen war.

»Ja, ja«, beharrte Frank, »aber was meinst du damit?«

»Du bist nicht der, der du zu sein vorgibst«, sagte sie. »Du bist kein Soldat, du bist kein... – was hast du noch mal gelernt?«

»Speditionskaufmann.«

»Du bist kein Speditionskaufmann und du bist auch kein kleiner Bruder.«

»Hm...« Frank drehte die Zigarette fertig und nahm sich vor, in Zukunft nur noch Zigaretten aus frischem Tabak zu drehen. Man muß einfach mehr rauchen, dachte er, alles andere ist Geldverschwendung. »Hm...« Er beugte sich vor und zündete sich die Zigarette wieder an der Kerze auf dem Tisch an.

»Ich habe mal gelesen, daß das zehnmal schädlicher ist, wenn man die Zigarette mit einer Kerze anmacht«, sagte sie.

»Das ist doch gut«, sagte Frank heiter. »Dann muß man nicht so viel rauchen. Außerdem ist das Quatsch.«

»Aha«, sagte sie.

Sie schwiegen eine Weile, bis Frank wiederholte: »Das ist Quatsch. Ich bin Soldat, ich bin Speditionskaufmann und ich bin ein kleiner Bruder. Ich kann alles drei beweisen.«

»Ja«, sagte sie. »Aber nicht für mich.«

»Ja nun«, sagte Frank, »und was soll das jetzt sein? Ein Kompliment oder was?«

»Weiß nicht«, sagte sie, und es klang ein bißchen traurig. »Ich fand das jedenfalls gut, was du zu deinem Bruder gesagt hast.«

»Ich nicht.«

»Wieso? Hast du das nicht so gemeint?«

»Doch, aber es war nicht gut. Es ist nicht gut, wenn man sowas sagen muß.«

»Aber du hast dir das nicht gefallen lassen.«

»Nein, das geht auch nicht«, sagte Frank. »Aber ich bin da nicht stolz drauf, das gesagt zu haben, und ich will auch nicht von irgend jemandem hören, ich wäre das eigentlich nicht, was ich bin, Soldat und so weiter, weil das nämlich Blödsinn ist. Ich würde lieber akzeptiert werden, obwohl ich das alles bin und obwohl das vielleicht irgendwie scheiße aussieht. So sehe ich das.«

»So habe ich das aber auch nicht gemeint«, sagte sie, »auf keinen Fall so, daß ich das nicht akzeptiere.«

»Wie denn?«

»Ach...«, sagte sie wegwerfend. »Vergiß es. Ich glaube, du willst das gar nicht wissen.«

»Nein, echt mal jetzt, wie hast du das gemeint?«

»Weißt du noch, wie wir uns kennengelernt haben?« Sie rauchte und schaute in den Raum hinein.

»Ja«, sagte Frank und folgte ihrem Blick.

Dann schwiegen sie sehr lange. Frank wußte nicht, was er sagen sollte, oder besser, er hätte etwas gewußt, aber das traute er sich nicht zu sagen. Jetzt ist es soweit, dachte er, jetzt hat man nicht aufgepaßt und sich doch noch verliebt, und jetzt wird es irgendwann extra bitter. Dann sah er, wie hinten, an der Tür, zwei ihm bekannte Gestalten in das Storyville eintraten. Sie blieben an der Tür stehen und blickten sich um. Es waren die Feldjäger, und sie hätten nicht in Zivil zu kommen brauchen, so fremd, wie sie hier wirkten.

»Da drüben«, sagte er, »siehst du die beiden Typen da?«

»Ja«, sagte sie. »Freunde von dir?«

»Das sind die Feldjäger, von denen mein Bruder gesprochen hat.«

»Was sind denn Feldjäger gleich noch mal?« fragte sie amüsiert.

»Militärpolizisten«, sagte Frank. »Die haben mich heute kontrolliert. Ich möchte echt mal wissen, was die hier drinnen wollen.«

»Vielleicht suchen sie dich«, sagte sie. »Hast du denn irgendwas ausgefressen?«

»Im Augenblick nicht«, sagte Frank.

»Naja«, sagte sie und schaute ihm direkt in die Augen, und Frank hatte nicht mehr das Gefühl, ihrem Blick ausweichen zu müssen, er war plötzlich mit allem einverstanden, und sie, das konnte er in ihren Augen sehen, war es auch. Da müßte man mal in Ruhe drüber nachdenken, dachte er kurz, woran man das eigentlich erkennen kann.

»Das kann sich natürlich jederzeit ändern«, sagte sie. Dann strich sie sich das Haar hinter die Ohren und rückte auf dem Sofa zu ihm hinüber, bis sie ganz dicht an ihn gedrängt neben ihm saß. Sie strich ihm mit einer Hand über den Kopf.

Frank versuchte an ihrem Haar zu riechen, das hatte er immer schon machen wollen, jedes Mal, wenn er sie gesehen hatte, hatte er das machen wollen, das wurde ihm mit einem Mal klar, komisch, daß einem das vorher nie aufgefallen ist, dachte er, plötzlich steht man da, dachte er, und will an jemandes Haaren riechen. Ihre Haare rochen nach Heu. Sie schaute zu ihm hoch, und sie küßten sich.

»Das hätte man damals gleich machen sollen«, sagte sie zwischen zwei Küssen.

»Ja«, sagte Frank.

»Du hättest die anderen Idioten nicht mitnehmen sollen«, sagte sie. »Ich wäre trotzdem vorne eingestiegen.«

»Ja«, sagte Frank. »Aber ich bin halt mehr so der Hippietyp.«

Sie lachte, und dann gingen sie zu ihr.

34. BÜCKLING

»Schon wieder verweigern!« sagte Franks Mutter. »Müssen wir da auch wieder ran?«

»Nein«, sagte Frank, »das ist doch was ganz anderes.«

Sie saßen zu viert am Eßtisch im Wohnzimmer und aßen Kohlrouladen, Frank, sein Bruder und seine Eltern. Franks Bruder hatte »Ah, Kohlrouladen, phantastisch«, gerufen, als seine Mutter die Kohlrouladen aufgetan hatte, und Frank hatte wieder einmal gedacht, was für ein verdammter Schleimer sein Bruder doch sein konnte, und dann hatten Franks Eltern versucht herauszufinden, wie es Manfred so ging, und Manfred hatte gesagt »Gut«, und dann hatten sie Frank gefragt, was es bei ihm so Neues gab, und er hatte den Fehler gemacht, ihnen von der Sache mit dem Feierlichen Gelöbnis zu erzählen, und da war er nun und durfte den ganzen Quatsch erklären. Warum lerne ich nicht endlich von meinem Bruder und sage einfach nur gut, oder alles klar, oder ähnlichen Quatsch, dachte Frank und fing an, seine Kohlroulade auszuwickeln.

»Wieso mußt du denn dauernd immer irgendwas verweigern?« sagte seine Mutter. »Die anderen machen das doch auch nicht alle, oder? Oder doch?«

»Nein«, sagte Frank, »die anderen machen das wohl nicht, aber das ist doch mal egal, ich wollte ja nur sagen, daß die wollten, daß ich bei der Vereidigung im Weserstadion dabei bin, und ich habe das halt verweigert, dazu kann man nicht gezwungen werden.«

»Wieso machen die das eigentlich im Weserstadion?« sagte sein Bruder. »Da reden ja hier alle von, daß das so ein Skandal wäre, auch die Leute, bei denen ich wohne, die regen sich total auf, aber warum machen die das überhaupt? Und was ist das überhaupt für eine Vereidigung?«

»Im Weserstadion? Geht das um dieses Ding im Weserstadion?« rief Franks Mutter. »Das ist ja wohl das Allerneueste.«

»Wieso das Allerneueste?« fragte Frank gereizt. Man ist schon mit den Nerven fertig, bevor man überhaupt seine Kohlroulade ganz ausgewickelt hat, dachte er.

»Das ist ja wohl das allerletzte, so mit im Stadion«, ließ sich Franks Mutter nicht beirren. »Also ich brauche sowas ja nicht. Ich habe den Krieg noch erlebt. Wer braucht denn sowas? Im Weserstadion!«

»Naja, Martha, nun steht aber auch nirgendwo geschrieben, daß man da nur Fußball spielen darf«, sagte Franks Vater. »Und nun gibt's den Verein nun mal, da dürfen die das auch mieten.«

»Welchen Verein?«

»Na, die Bundeswehr natürlich. Das Stadion dürfen die mieten, so wie jeder andere, das kannst du denen ja wohl nicht verwehren.«

»Das ist ja geschmacklos«, sagte Franks Mutter.

»Naja, jedenfalls mache ich ja nun nicht mit«, sagte Frank, »das hatte ich ja eigentlich nur gesagt, die wollten mich da mitschicken zum Gelöbnis, und da habe ich das verweigert.«

»Was für ein Gelöbnis?«

»Die Vereidigung, die heißt eigentlich Feierliches Gelöbnis.«

»Was ist das denn für ein blödes Wort?!«

»Ja, Mutter, ist okay, ich weiß auch nicht, warum ich damit angefangen habe.«

»Ich bin ja nur froh«, sagte Franks Mutter zu seinem Bruder, »daß er jetzt hier in der Vahr in die Kaserne geht, da ist er wenigstens in der Nähe und muß da nicht übernachten, nun steht das Ding da immer schon rum, und man hat nie darüber nachgedacht, und dann tun die da den eigenen Sohn rein, das ist schon komisch...«

Frank wurde das Gefühl nicht los, daß seine Mutter ein bißchen durch den Wind war. Beide Jungs auf einmal, das ist sie auch nicht mehr gewöhnt, dachte er.

»Nun beruhig dich mal ein bißchen, Martha«, sagte

Franks Vater. »Das ist ja nun alles nicht so wild, er hat ja schon gesagt, daß er da nicht mitmacht.«

»Wie war das eigentlich mit deiner Verweigerung?« fragte Franks Bruder. »Hättest du da nicht auch Einspruch einlegen können, als sie das abgelehnt hatten?«

Frank schaute mißtrauisch zu ihm hinüber. Er konnte sich eigentlich nicht vorstellen, daß das seinen Bruder wirklich interessierte.

»Ja«, sagte er, »hätte ich machen können. Und dann den ganzen Quatsch noch einmal von vorne.«

»Wenn schon, denn schon«, sagte sein Vater.

»Ja, ja«, sagte Frank, der diese Diskussion mit seinem Vater schon einmal geführt hatte und langsam sauer wurde, daß der Mann noch immer nicht begriffen hatte, wie die Sache aussah. »Das hatten wir schon.«

»Ja, das hatten wir schon.«

»Was hattet ihr schon? Und was immer es ist:...«, Franks Bruder hob einen von der Kohlroulade abgewickelten Faden hoch, als wollte er damit etwas demonstrieren, »...vergeßt nicht, daß ich es noch nicht hatte!«

»Ich will ja nichts gesagt haben«, sagte Franks Vater, »aber wenn man sowas anfängt und da auch noch alle mit reinzieht, dann macht man sowas auch richtig zu Ende, finde ich.«

»Das wirklich absolut Sinnloseste ist es ja wohl, wenn man einen Satz mit Ich will ja nichts gesagt haben anfängt«, regte Frank sich auf, »das ist ja wohl wirklich das Sinnloseste von allem. Sätze, die damit anfangen, sind ja wohl immer die meinungsschwangersten Sätze überhaupt, und wenn man solche Sätze mit Ich will ja nichts gesagt haben garniert, dann will man ja wohl vor allem, daß einem nicht widersprochen wird, und das ist dann ja wohl der Gipfel.«

»Moment mal«, sagte Franks Bruder, »davon jetzt mal abgesehen, da misch ich mich jetzt mal nicht ein, aber wieso sind da alle mit reingezogen worden.«

»Reingezogen worden«, sagte Frank verächtlich, »das klingt ja, als hätte ich einen Banküberfall verübt.«

»Zeugenaussagen haben wir geschrieben«, sagte Franks Vater.

»Es war nur eine«, sagte Frank.

»So schlimm war das nun auch nicht«, sagte Franks Mutter.

»Du hast sie ja auch nicht geschrieben«, sagte Franks Vater.

»Naja«, sagte Franks Bruder schelmisch, »wenn das so schlimm war, dann könnt ihr ja froh sein, daß Frankie nach einem Mal Schluß gemacht hat.«

»Nun eßt doch mal, das wird ja alles kalt«, sagte Franks Mutter.

»Warum hast du denn nun nicht nochmal verweigert?«, sagte Franks Bruder.

»Nun hör doch mal damit auf«, sagte Franks Mutter. »Das ist doch schon alles geklärt.«

»Geklärt? Wieso ist das geklärt? Womit denn?« fragte Franks Bruder.

»Wieso wird hier eigentlich die ganze Zeit über *mich* geredet?« sagte Frank. »Was soll das eigentlich? Habt ihr sonst gar nichts mehr, worüber ihr reden könnt?«

»Wieso darf man darüber nicht reden?« sagte Franks Vater. »Bist du irgendwie sakrosankt, oder was?«

»Was bedeutet das gleich nochmal, sakrosankt?« sagte Franks Bruder, und Frank wurde das unangenehme Gefühl nicht los, daß er hier von seinem Bruder irgendwie verarscht oder vorgeführt oder was auch immer wurde.

»Was macht eigentlich deine Kunst so?« sagte er deshalb. »Was hast du denn da in letzter Zeit so gemacht?«

»Da macht man nicht einfach irgendwas«, sagte Franks Bruder. »Das ist jedenfalls schwer zu erklären.«

»Hast du wenigstens ein paar Bilder dabei?« sagte Frank. »Ich würde da gerne mal was von sehen. Das soll ja ganz gewaltig sein, Objekte und so, Metall, Schrott...«

»Schrott?« sagte Franks Mutter. »Was für Schrott.«

»Er schweißt aus Schrott Kunstwerke zusammen, Mutter«, sagte Frank.

»Ja, das ist doch gut, warum denn nicht?« sagte Franks Mutter. »Da hat er wenigstens was zu tun. Seit wann kannst du denn sowas, schweißen?« wandte sie sich an Franks Bruder. »Du hast doch sowas gar nicht gelernt.«

»Ich hab das in Berlin gelernt«, sagte Franks Bruder. »Hab ich mir selber beigebracht.

»Selber beigebracht?« sagte Franks Mutter. »Na, wenn das mal gutgeht.«

»Hast du denn jetzt mal Fotos davon?« fragte Franks Vater. »Mich würde das auch mal interessieren.«

»Nein, nicht dabei«, sagte Franks Bruder. »Die Sachen kommen auf Fotos auch nicht so gut.«

»Oho, die kommen auf Fotos nicht so gut!« höhnte Frank. »Ich denke, du machst hier Geschäfte mit Galeristen und so, wie willst du die denn machen, wenn die deinen Kram nicht mal auf Fotos ansehen können?«

Franks Bruder legte die Gabel beiseite und sah ihn an. »Die kennen das Zeug«, sagte er. »Das sind Profis, die kennen mein Zeug«, und Frank merkte befriedigt, daß sein Bruder langsam seine heitere Gelassenheit verlor.

»Soso, Profis«, sagte er hämisch lächelnd. »Schweißerprofis, oder was?«

»Nun laß ihn mal«, sagte Franks Mutter, »Hauptsache, er kommt über die Runden. Und schick angezogen ist er.« Dann schaute sie zweifelnd auf ihren Teller. »Ich weiß gar nicht, warum ich diese Kohlrouladen gemacht habe. Ich hab die noch nie gemocht. Du, Ernst?«

»Martha, jetzt sind wir fast fünfundzwanzig Jahre verheiratet, und ich habe mich nie über das Essen beschwert. Warum sollte ich gerade jetzt damit anfangen?«

»Ich mag die gerne«, sagte Franks Bruder. »Ich habe seit Jahren keine Kohlrouladen mehr gegessen. Ich finde das gut.«

»Ja«, sagte Frank. »Du bist ja auch so schick angezogen.«

»Jaha!« sagte Franks Bruder und strich sich über seine Krawatte. »Das ist doch noch mal was, mit dem man einen Junghippie provozieren kann.«

»Nun streitet euch mal nicht«, sagte Franks Mutter. »Ich hab auch noch Kuchen da, ihr müßt das nicht unbedingt aufessen.«

»Ich mag das gerne«, sagte Franks Bruder.

»Ich auch«, sagte Frank.

»Die guten Jungs«, sagte Franks Mutter. »Sie lügen wie gedruckt, nur um ihrer Mutter eine Freude zu machen. Ist doch schön, daß mal wieder alle zusammen sind.«

Frank nickte, und Franks Bruder nickte auch, und schließlich nickte auch Franks Vater.

»Na, das ist doch mal was, daß ihr euch mal einig seid«, sagte Franks Mutter. »Da mach ich gleich mal Kaffee... Und Butterkuchen mögt ihr doch auch alle, oder?«

Wieder nickten sie alle.

»Na bitte«, sagte Franks Mutter zufrieden.

»Natürlich hätte man vielleicht bei der zweiten Verhandlung was reißen können«, sagte Frank, als er mit seinem Bruder später noch über die Berliner Freiheit lief. Sein Bruder hatte darauf bestanden, er wollte sich die alte Gegend mal wieder ansehen, wie er gesagt hatte, und so schlenderten sie an den geschlossenen Geschäften entlang und unterhielten sich mal in Ruhe und ohne andere Leute, was, wie Frank fand, ein großer Fortschritt war. »Aber das war gar nicht der Punkt. Die ganze Sache war einfach die falsche Veranstaltung.«

»Hm...«, sagte sein Bruder.

»Die Sache ist doch so«, sagte Frank, »sie räumen dir nicht das Recht ein zu verweigern, weil du nicht willst, das wäre ja auch sinnlos, dann wäre es ja keine Wehrpflicht, denn dann könnten sie dich ja nicht zwingen, sie räumen dir nur das Recht ein zu verweigern, wenn du den Dienst mit deinem Gewissen nicht vereinbaren kannst, und dazu mußt du ihrer Ansicht nach eine bestimmte Art von Gewissen haben, und das mußt du ihnen beweisen. Verstehst du?«

»Natürlich. Ich meine, ich brauche keine Aufklärung über Kriegsdienstverweigerung, Frankie, ein bißchen weiß ich auch was, ich weiß, wie das da läuft. Ich weiß bloß nicht, wo das Problem ist.«

»Ich habe diese Art von Gewissen nicht. Also muß ich denen da was vorspielen, im wahrsten Sinne des Wortes, die ganze Sache ist praktisch eine Schauspielprüfung.«

»Ja und? Das geht doch allen so. Dann mußt du halt gucken, daß du ordentlich übst, und dann geht das schon.«

»Ja, aber das ist doch gar nicht der Punkt«, sagte Frank, und er fühlte, daß es auch bei seinem Bruder schwer werden würde, den Punkt begreiflich zu machen, bei seinem Vater war er damit schon gescheitert, und auch Martin Klapp hatte die Sache nicht kapiert. Er kam sich langsam ein bißchen pervers vor.

»Was ist denn der Punkt?«

»Der Punkt ist, daß sie ganz genau wissen, daß du nicht ehrlich bist. Wenn du ihnen so eine Art von Gewissen vorspielst oder vortäuschst, wie sie es sich vorstellen, dann muß das ja Quatsch sein, so kann höchstens einer von zehntausend denken, so kann kein vernünftiger Mensch draufsein, und so ist auch keiner drauf.«

»Hm...«, sagte sein Bruder, »das weiß ja nun jeder. Und die wissen das auch, okay. Aber wo ist das Problem?«

»Das Problem ist, daß du weißt, daß du lügst, und sie wissen das auch, und sie wollen auch nicht die Wahrheit rausfinden, sie wollen, daß du eine bestimmte Haltung einnimmst, eine bestimmte Litanei da runterbetest, die wollen praktisch einen totalpazifistischen Vollidioten sehen, und nur wenn du ihnen den vorspielst, dann bist du okay und kommst durch.«

»Ja nun, das kommt mir zwar ein bißchen verallgemeinernd vor, aber...«

»Ich sage ja nicht, daß das böse Menschen sind oder sowas«, sagte Frank, »darum geht es ja nicht, es ist auch keine Verabredung oder so, das ergibt sich einfach logisch aus der Gesetzeslage und so weiter, die ganze Idee ist halt pervers.«

»Ja gut, aber wo ist das Problem?«

»Das Problem liegt darin«, sagte Frank, »daß man die Sache an sich akzeptieren und sich selbst zum Freak machen muß, der nur deshalb, weil er im Kopf anders ist als seine Kameraden, privilegiert werden will. Man muß sich selbst zum der Welt völlig entrückten Heiligen stilisieren, um da durchzukommen, man muß sich selbst über die anderen stellen, um da durchzukommen, das ist das Problem.«

Sein Bruder blieb stehen und sah ihn an. »Frankie, ich glaube, wenn einer es verdient hätte, da durchzukommen, dann du. Du bist, glaube ich, der einzige unter zehntausend, der so um mehrere Ecken denken kann. Ich möchte echt mal wissen, wie die es geschafft haben, dich abzulehnen. Du mußt die doch totgeredet haben, oder jedenfalls schwindelig.«

»Glaube ich nicht«, sagte Frank und gab es auf, die Sache noch genauer zu erklären. Immerhin war er mit seinem Bruder schon weiter gekommen als mit den anderen. Vielleicht wird Sibille die Sache verstehen, dachte er, und war sich mit einem Male bewußt, warum ihn das alles gar nicht mehr so sehr tangierte: Das Leben hatte seit gestern nacht eine ziemlich helle Farbe, fand er. »Ich glaube, es war einfach ein bißchen zu früh am Morgen, und wir waren alle ziemlich schlecht gelaunt bei der Verhandlung, das war quasi ein Festival der schlechten Laune, wenn man mal so drüber nachdenkt.«

Sein Bruder lachte. »Das ist doch mal eine Erklärung, die ich verstehe. Das ist ein gutes Fischgeschäft«, wechselte er das Thema, und zeigte mit dem Finger auf die Auslage des Fischgeschäfts, vor dem sie standen.

»Das bringt nichts, mit dem Finger in das Schaufenster zu zeigen«, sagte Frank, »da ist doch nichts mehr drin.«

»Schmeißen die den Fisch eigentlich weg übers Wochenende?« fragte sein Bruder.

»Quatsch«, sagte Frank, »nur den, der stinkt, natürlich.«

»Oder die braten den oder was«, sagte sein Bruder. »Das ist ein gutes Fischgeschäft, da konnte man auch immer gut essen.«

»Kann man immer noch.«

»Die Pommes waren gut. Und die Mayonnaise«, sagte Franks Bruder.

»Du willst jetzt nicht wirklich mit mir über dieses Fischgeschäft reden, oder?« sagte Frank. »Ich meine, das ist nicht wirklich ein Thema, oder? Fischgeschäfte?«

»Dir kommt das vielleicht komisch vor«, sagte sein Bruder, »und ich hätte das vor einem Jahr auch noch nicht gedacht, aber neulich ist mir aufgefallen, was mir in Berlin wirklich stinkt: daß man da nirgendwo richtig gut Fisch kaufen kann.«

»Alles klar«, sagte Frank. »Laß uns doch mal eben zehn Meter weitergehen, dann kannst du mir vor dem Fahrradgeschäft ja noch erklären, daß man in Berlin keine guten Fahrräder kaufen kann.«

»Nein, im Ernst«, sagte Franks Bruder. »Du denkst, das ist nicht wichtig, du denkst über sowas gar nicht nach, aber wenn du erst mal ein paar Jahre in Berlin gewohnt hast, dann merkst du das auch. Es gibt Sachen, die einem wichtig sind, ohne daß man das weiß, oder jedenfalls merkt man es erst, wenn man sie nicht mehr hat.«

»Zum Beispiel Fisch?« sagte Frank.

»Ja, zum Beispiel auch Fisch.«

»Du kannst mir doch nicht erzählen, daß die da keine Fischläden haben!«

»Doch, haben die. Da muß man zwar ein bißchen suchen, aber haben die. Aber wenn du das Angebot siehst, das die haben, dann kommst du ins Heulen, ehrlich.«

»Manni, jetzt hör mal auf mit dem Scheiß. Wieso sollte man wegen einem Fischangebot ins Heulen kommen.«

»Du verstehst das nicht. Du denkst, das ist alles normal. Du denkst, das ist selbstverständlich, daß es an jeder Ecke ein Fischgeschäft gibt, weil du in Bremen wohnst, wo das so ist, und weil du nie irgendwo anders gelebt hast. Ich geb dir mal ein Beispiel: Die haben da ein Fischgeschäft in Schöneberg, und ich war da neulich mal tagsüber unterwegs wegen einer Ausstellung...«

»Ausstellung? Du hast eine Ausstellung?« unterbrach ihn Frank, der jetzt wirklich keine Lust auf das Fischthema hatte.

»Ja, aber nicht in Schöneberg, in Kreuzberg hatte ich letztens eine, oder noch, was weiß ich, aber das bringt ja alles nichts.«

»Wieso nicht?«

»Das ist eine lange Geschichte. Jedenfalls war ich in Schöneberg, und ich geh da rein und dachte, was man echt mal wieder kaufen sollte, das wäre...«

»Manni, was ist denn los mit dir? Ich meine, wir haben gerade so Scheißkohlrouladen gegessen und hinterher zwei Wagenladungen Butterkuchen und den ganzen Kram, und du kommst mir jetzt mit Fisch, das ist doch Quatsch.«

»Nein, das ist kein Quatsch. Ich sage zu denen, ob sie Bückling haben, und die sagen zu mir: Was ist das denn? Das mußt du dir mal vorstellen.«

»Und was hast du dann gesagt?« fügte sich Frank in das Unvermeidliche.

»Daß sie das ja wohl wissen sollten, wenn sie ein Fischgeschäft sind.«

»Und? Wußten sie's?«

»Nein. Die hatten keine Ahnung.«

»Und hast du ihnen dann erklärt, was Bückling ist, ja? Habe ich übrigens schon erzählt, daß es beim Bund Leute gibt, die im Stehen einschlafen können?«

»Nee, ich wußte das ja nicht so genau. Ich meine, woher soll ich wissen, was genau Bückling ist, wir haben den früher immer gekauft und gegessen, und das war's, Bückling ist Bückling, so sieht das doch aus. Das müssen die doch kennen.«

»Hast du denen das auch so gesagt?«

»Ja natürlich.«

»Und was haben die dann gesagt?«

»Die haben das überhaupt nicht ernst genommen, die Arschlöcher.«

»Das ist ja eine ungeheure Geschichte, Manni.«

»Bückling... Was ist das überhaupt?«

»Hering. Das ist geräucherter Hering, glaube ich«, sagte Frank.

»Scheiße, das hätte ich wissen müssen, da hätte ich denen ordentlich was erzählen können. Weißt du was, Frankie?« sagte sein Bruder und klopfte ihm auf die Schulter. »Du bist eigentlich genau der Richtige für Berlin. Du mußt da echt mal vorbeikommen, du würdest den Leuten da ordentlich in den Arsch treten!«

»Das geht nicht so einfach, da muß ich erstmal abwarten, bis ich Urlaub nehmen kann, das geht erst, wenn man ein halbes Jahr dabei war«, sagte Frank.

»Und wie lange bist du jetzt dabei?«

»Seit ersten Juli«, sagte Frank. »Das sind jetzt erst vier Monate.«

»Ach ja...«

Und damit erstarb das Gespräch erst einmal eine Zeitlang. Sie drehten an der Post um und schlenderten wieder zurück, und sie kamen dabei sogar am Fischgeschäft vorbei, ohne daß Franks Bruder wieder vom Fisch anfing, was Frank sehr erleichterte.

»Wenn ich nach Berlin will, dann zahlen die mir die Differenz zwischen dem Flug und der Bahn«, sagte er, als sie ungefähr auf der Höhe des Blumengeschäftes waren. »Weil ich nicht mit dem Zug fahren darf. Wegen dem Ostblock und so.«

»Das ist praktisch.«

»Ja, aber dann muß man auch fliegen, ist anders gar nicht erlaubt.«

»Na und?«

»Ich bin noch nie geflogen.«

»Echt nicht?« sagte Franks Bruder belustigt. »Du bist noch nie geflogen?«

»Nein, wann denn? Wohin denn? Du denn?«

»Ja, nach New York mal.«

»Echt? New York?«

»Ja. Mit dem Goethe-Institut.«

»Aha...«

»Also könntest du frühestens nächstes Jahr kommen, ja?«

»Ja. Wieso?«

»Nur so«, sagte Franks Bruder. »Das ist noch weit hin, das sind noch zwei Monate. Man weiß nie, was in zwei Monaten ist. So weit kann man gar nicht planen.«

»Nein«, sagte Frank, »das kann man nicht.«

»Das ist wie mit der Wettervorhersage: Länger als drei Tage im voraus geht das nicht. Und mit dem Planen ist das genauso.«

»Das sehen aber viele Leute anders.«

»Ja, aber das denken die nur. Meiner Meinung nach weiß man nie weiter als drei Tage im voraus.«

»Das ist Quatsch«, sagte Frank. »Ich weiß leider ziemlich genau, wo ich die nächsten dreihundertzwanzig Tage verbringe. Weißt du noch? Da unten war mal der Minigolfplatz.«

»Ja«, sagte sein Bruder. »Schon klar, Frankie. Laß uns in den Vahraonenkeller gehen, bevor wir sentimental werden.«

Im Vahraonenkeller war ordentlich was los; obwohl es schon Nachmittag war, saßen dort noch immer viele Schüler herum, und auch an Bauern, die nach dem Markt ihre Umsätze vertranken, war kein Mangel.

»Mann, hier ist ja noch alles wie immer«, sagte sein Bruder, nachdem sie sich, jeder mit einem Bier in der Hand, in eine Ecke gezwängt hatten. »Bißchen voll vielleicht. Man hätte in den Kiepenkerl gehen sollen.«

»Warst du denn schon mal im Kiepenkerl?« fragte Frank neugierig. Er hatte noch nie gehört, daß jemand, den er kannte, im Kiepenkerl gewesen war, einer Kneipe, die gleich um die Ecke lag.

»Nee, aber das wäre doch mal interessant gewesen«, sagte sein Bruder, »man muß auch mal was Neues, Aufregendes machen.«

»Wenn das Neue, Aufregende darin besteht, in den Kiepenkerl zu gehen, dann will ich lieber was Altes, Langweiliges«, sagte Frank.

»Jetzt aber echt mal, Frankie«, sagte sein Bruder plötzlich ernst, »was soll aus dir eigentlich mal werden?«

»Wieso? Was ist das denn für eine blöde Frage?«

»Nein, nicht schon wieder Streit, ich meine das nicht böse oder so, aber wo soll das enden?«

»Was? Wieso soll was wo enden?«

»Na, was du da im Augenblick so machst, das ist doch alles ein bißchen seltsam, mal ehrlich!«

»Das soll überhaupt nirgendwo enden«, sagte Frank. »Das soll überhaupt erst einmal anfangen, so sieht's doch aus. Ich meine, ich bin mit der Lehre fertig, im Augenblick bin ich beim Bund, da läuft nicht viel, damit muß man erstmal fertig werden, das geht noch dreihundertzwanzig Tage.«

»Und dann? Willst du dann wieder als Speditionskaufmann arbeiten?«

»Nein«, sagte Frank, und er war selbst erstaunt, wie

entschieden er das sagte, dabei hatte er noch gar nicht in Ruhe darüber nachgedacht. »Nein«, wiederholte er trotzdem, »das ist nichts, ich meine, das ist irgendwie okay, und ich war ja auch ganz gut dabei, aber das reicht nicht.«

»Was meinst du damit, das reicht nicht?«

»Es reicht nicht, wenn man irgendwas ganz gut macht, ganz gut ist gar nichts«, sagte Frank, der sich selbst darüber wunderte, wo diese Meinung so plötzlich herkam, er hatte sie vorher noch nie formuliert, und trotzdem war er in diesem Moment völlig überzeugt davon, daß das, was er hier spontan über ein Glas Bier hinweg im Vahraonenkeller seinem Bruder durch den allgemeinen Krach und Gestank hinweg zubrüllte, ganz und gar wahr und der Schlüssel zu allem war. Komisch, wie plötzlich sowas kommt, dachte er, und dann sagte er: »Etwas ganz gut zu machen ist ein Scheiß, das ist Zeitverschwendung. Man muß was finden, das man *richtig* gut macht, und das kann nur etwas sein, das man auch richtig gerne macht, und sei es nur, daß man es deshalb richtig gerne macht, weil man es richtig gut macht.«

»Hä?« rief sein Bruder, der jetzt durch einen Bauern, der eine verstümmelte Hand hatte, die in einer Ledermanschette steckte, abgedrängt wurde.

»Wenn man etwas nicht richtig gerne macht, dann macht man es auch nicht richtig gut«, redete Frank einfach weiter. »Und wenn man etwas nicht richtig gut macht, dann macht man es auch nicht gerne, das ist das Problem. Deshalb ist das auch Quatsch mit der Bundeswehr und der Wehrpflicht«, spann er den Gedanken fort, es stand ihm plötzlich alles ganz klar vor Augen, »sie zwingen die Leute dazu, dann haben die da keine Lust drauf, und deshalb wird da nur Scheiß gebaut.«

»Alles klar, Frankie«, sagte sein Bruder. »Da vorne sind zwei Plätze frei, laß uns da mal hinsetzen.«

Sie zwängten sich auf eine Bank neben irgendwelche anderen Leute.

»Was willst du denn sonst machen?« ließ sein Bruder nicht locker.

»Wie jetzt?«

»Wenn du nicht als Speditionskaufmann arbeitest, was willst du denn dann machen?«

»Du hast nicht zugehört«, sagte Frank. »Ich weiß es noch nicht genau.«

»Aha!«

»Vielleicht sollte ich studieren.«

»Studieren? Seit wann willst du studieren? Und was denn?«

»Keine Ahnung«, sagte Frank, »ich müßte auch erst einmal das Abi nachmachen.«

»Kannst meins haben«, sagte Franks Bruder. »Ich brauch das nicht mehr.«

»Nee«, sagte Frank, der jetzt keine Witze gebrauchen konnte. »Wenn, dann will ich mein eigenes haben.«

»Na dann... Sag mal Frankie, irgendwas ist anders heute mit dir.«

»Ja?«

»Ja. Irgendwie machst du heute einen entspannteren Eindruck als gestern.«

»Ja?« sagte Frank.

»Ja, echt mal«, sagte sein Bruder.

»Soso«, sagte Frank und dachte an Sibille, und wie er sie heute morgen gegen fünf verlassen hatte, und wie er dann durch das ausgestorbene Ostertorviertel geschlendert war und dabei ständig versucht hatte, sich einen Reim auf alles zu machen. Es ist eine seltsame Sache, dachte er, es ist, wie wenn man schwebt, und solange man nicht darüber nachdenkt und nicht darüber spricht, dachte er, fällt man auch nicht auf den Boden. »Soso«, wiederholte er.

»Ich muß gleich weiter, Frankie«, sagte sein Bruder, »ich muß gleich noch jemanden treffen, und dann fahren wir wieder zurück, Karl und ich. Mal sehen. Vielleicht klappt ja was, vielleicht klappt ja das mit dem Krankenhaus oder mit dem Stipendium, was weiß ich, mal sehen...«

»Stipendium?«

»Ja, ja, andermal«, sagte sein Bruder und gähnte. Dann rieb er sich die Augen. »Das ist noch nicht spruchreif. Ich wollte eigentlich nur sagen: Falls mal was ist, kannst du jederzeit nach Berlin kommen. Echt. Egal wann. Meine Adresse weißt du ja. Aber ruf vorher kurz durch, damit ich auch da bin. Ich glaube, das würde dir da gefallen, ehrlich. Hättest du schon lange mal machen sollen.«

»Okay«, sagte Frank. »Mal sehen.«

»Jederzeit«, schärfte sein Bruder ihm ein.

»Vielleicht mach ich das ja wirklich mal«, sagte Frank, aber er war nicht so überzeugt davon. Jetzt, wo alles anders war, war ihm nicht danach wegzufahren.

»Mach das mal. Würde dir gefallen.«

»Okay«, sagte Frank.

»Gehen wir«, sagte sein Bruder.

Sie tranken aus und gingen hinaus. Draußen wurde es langsam dunkel, und es pfiff ein starker, kalter Wind durch die Berliner Freiheit.

»Wird bald Weihnachten«, sagte Franks Bruder und knöpfte seinen Mantel zu. Dann lachte er komisch.

»Erstmal Freimarkt«, sagte Frank.

»Ja, hatte ich vergessen. Daran siehst du, daß ich kein Bremer mehr bin.«

»Würde ich nicht sagen«, sagte Frank. »Solange du noch über Fischgeschäfte redest...«

»Laß uns bloß hier abhauen«, sagte sein Bruder, »im Dunkeln deprimiert mich das hier immer.«

35. BREITES BÜNDNIS

Als Frank endlich wieder zu Hause war, war er unruhig und nervös. Er versuchte sich damit zu beruhigen, daß er Mommsens Römische Geschichte wieder einmal ganz von vorne zu lesen anfing, das hatte bisher eigentlich noch immer geholfen, aber heute abend wurde das nichts, er war nicht bei der Sache, er verstand nicht, was er da las, und so sehr er auch dem Umstand, daß er bei Kerzenlicht lesen mußte, weil es in der Wohnung seit neuestem keinen Strom mehr gab, die Schuld dafür geben wollte, daß ihm die schönen, klangvollen Worte Theodor Mommsens immer wieder durch die gedanklichen Lappen gingen, so sehr mußte er sich doch eingestehen, daß es wohl eher damit zu tun hatte, daß er immer wieder an Sibille denken mußte und sich dabei immer wieder die eine Frage aufdrängte: ob er sich nun endlich bei ihr melden sollte oder nicht. Das war ein schwieriges Problem, denn es war ja nichts ausgemacht, er hatte sich morgens um fünf aus dem Haus geschlichen, da hatte sie noch geschlafen, er dagegen hatte noch überhaupt nicht geschlafen gehabt und war auch, nachdem er sie verlassen hatte, noch wach geblieben und ein bißchen durch die Gegend gelaufen, um endlich müde zu werden, erst dann hatte er sich für einige Stunden hinlegen können, bevor er mittags schon wieder bei seinen Eltern hatte sein müssen, und jetzt, am Abend, glotzte er sinnlos in Mommsens Römische Geschichte, die er überhaupt nicht mehr kapierte, obwohl das immer sein Lieblingsbuch gewesen war, und das war dann auch irgendwie bitter und ein unhaltbarer Zustand, fand er.

Bitterer war noch, daß er auf die Frage, ob es in Ordnung war, wenn er sich jetzt bei Sibille meldete, oder ob es dafür vielleicht noch zu früh oder sogar schon wieder zu spät war, keine Antwort wußte. Falsch war es auf jeden Fall, da war er sich sicher, hier weiter bei Kerzenschein zu sitzen und in dieses Buch zu gucken, ein Buch, das ihm jetzt auf keinen Fall weiterhelfen würde, Sibille ist das eine, dachte er, und die römische Geschichte, gerade die frühe römische Geschichte, vor allem aber Mommsens Römische Geschichte ist was ganz anderes, dachte er, es bringt überhaupt nichts, sich mit Mommsens Römischer Geschichte zu beschäftigen, wenn man eigentlich die ganze Zeit an Sibille denkt, dachte er, das hat die römische Geschichte und speziell Mommsens Römische Geschichte dann auch nicht verdient, dachte er und stand schließlich auf, zog sich die Jacke an, pustete die Kerze aus und ertastete sich im Dunkeln den Weg aus der Wohnung, immer an der Wand lang und über die Steine stolpernd, die vom Türdurchbruch her noch im Flur herumlagen. Es war stockfinster und totenstill in der Wohnung, Frank war ganz alleine, und alles in allem fand er es jetzt ziemlich gruselig hier. Daß der Strom weg war, war eine neue Entwicklung, es war heute mittag passiert, kurz bevor Frank zu seinen Eltern gefahren war, plötzlich war es ganz still gewesen, beide Stereoanlagen, Wollis und Martin Klapps, hatten gleichzeitig den Betrieb eingestellt, woraufhin alle ratlos auf den Flur gelaufen waren, »das muß ein Irrtum sein«, hatte Martin Klapp gerufen, »es ist doch alles bezahlt«, und Wolli, der sogleich den Sicherungskasten geprüft hatte, hatte gesagt, daß er alles glaube, aber nicht das und daß er mal die Belege sehen wolle, und dann hatte es einiges an Beschimpfungen gegeben, und dann war Mike, der neuerdings aus der Wohnung ganz und gar nicht mehr wegzudenken war, aus der Küche gekommen und hatte gesagt, daß außerdem die Dusche kaputt sei, und Martin Klapp hatte ihm gesagt, daß ihn, Mike, das gar nichts anginge, weil er, Mike, hier eigentlich überhaupt nichts zu suchen hätte, und Ralf Müller hatte gesagt, daß ihm das langsam alles zu asozial würde, und dann hatten sich Martin Klapp und Ralf Müller über das Thema Katzenstreu in die Haare bekommen, und so war das immer weitergegangen, es war ein einziger Kampf jeder gegen jeden und alle gegen alle gewesen, nur Frank war losgegangen, Kerzen zu kaufen, Kerzen für alle wohlgemerkt, irgend jemand muß ja Frieden stiften, und da sind Kerzen nicht das Verkehrteste, hatte er gedacht, und mittlerweile hatten sich auch wenigstens Ralf Müller und Martin Klapp wieder vertragen und waren zusammen zu der Versammlung eines neuen Komitees gegen das Gelöbnis im Weserstadion gegangen, während Wolli und seine Kumpels irgendwo anders ihrem rätselhaften Treiben nachgingen.

Unten auf der Straße war ordentlich was los, Jubel, Trubel, Heiterkeit, dachte Frank, dessen Stimmung sich gleich ein bißchen aufhellte, in so einer Wohnung kann man abends nicht bleiben, dachte er, und so eine Sache wie die mit Sibille darf man auch nicht in der Schwebe lassen, dachte er obendrein und nahm sich vor, bei ihr anzurufen und zu sehen, wie die Sache mit ihnen beiden stand. Direkt bei ihr vorbeizugehen, traute er sich nicht, er wußte ja nicht, ob ihr das überhaupt recht war, da ist telefonieren erstmal besser, dachte er und betrat die nächste Telefonzelle, die war am Sielwall, und das Telefon darin war kaputt, deshalb ging er gleich wieder raus und die Straße Vor dem Steintor hinunter, immer weg von der Weberstraße, wo Sibille wohnte, je weiter man weg ist, desto mehr ergibt das Telefonieren einen Sinn, dachte er, obwohl es andererseits auch seltsam ist, dachte er, wenn der Weg zum Telefon weiter ist als der Weg zu dem, den man anrufen will, da ist dann auch irgendwas nicht ganz astrein, dachte er und fand schließlich eine Telefonzelle, die funktionierte, und er wählte ängstlich ihre Nummer, die er sich am Morgen, als sie noch geschlafen hatte, von ihrem Telefon abgeschrieben hatte, denn tatsächlich hatte sie auf ihrem Telefon auf den kleinen Zettel hinter der Wählscheibe ihre Nummer geschrieben, so wie es sich gehörte, und außerdem noch die Nummern 112 für Feuerwehr und 110 für die Polizei, das hatte ihn irgendwie besonders berührt.

Jedenfalls wählte er jetzt ihre Telefonnummer, und nach einigem Klingeln hob tatsächlich jemand ab und sagte

»Hallo«, und er hörte gleich an der Stimme, daß es Sonja war und nicht Sibille. Er fragte nach Sibille, und Sonja sagte, sie sei nicht da, und sie wisse auch nicht, wann sie wiederkäme. Er legte auf und war ratlos. Erstmal eine rauchen, dachte er und drehte sich eine Zigarette, und dann ging er langsam die Straße Vor dem Steintor hinunter und überlegte, was er jetzt mit dem angebrochenen Abend anfangen sollte. Vielleicht sollte man ein bißchen spazierengehen und dann noch einmal anrufen, dachte er, als er an die Lüneburger Straße kam und auf ihr in Ermangelung einer besseren Idee zur Weser hinaufging, einfach ein bißchen spazierengehen und dann noch einmal anrufen, dachte er, obwohl er Spaziergänge haßte, aber die Zeit zwischen zwei Anrufversuchen totzuschlagen, haßte er auch, da paßt das ganz gut zusammen, dachte er. Oben auf dem Deich wehte es ziemlich heftig, und ein leichter Regen setzte ein. Frank überquerte die Straße und ging hinunter zum Fluß, wobei er auf dem glitschigen, abschüssigen Rasen des Deiches einmal ausrutschte, geschieht mir recht, dachte er mit grimmiger Befriedigung, wer so einen Scheiß wie Spazierengehen macht, der sollte dabei mal ruhig ordentlich auf den Arsch fallen. Dann war er am Fluß, dessen Wasser so hoch stand, daß von der Uferbefestigung nichts mehr zu sehen war, es schwappte schon bedrohlich an den Rasen, so daß Frank sich an eine überlaufende Badewanne erinnert fühlte. Wenn man hier jetzt noch einmal ausrutscht, dachte er, dann rutscht man gleich rein, und auch das wäre nur die verdiente Strafe für einen, der bei so einem Wetter spazierengeht, wer sowas macht, der ist pervers, der frißt auch kleine Kinder, dachte er und kämpfte sich frierend flußabwärts gegen den immer stärker werdenden Wind und den Regen voran, bis er nach langer Zeit unter die erste Weserbrücke kam.

Dort traf er Wolli und einige seiner Kumpels. Sie hatten ein kleines Feuer angezündet, das sie mit ihren Körpern vor dem Wind schützten und mit Pappkartons fütterten, wozu sie Bier tranken und Musik aus einem Kassettenrecorder hörten.

»He Wolli«, sagte Frank. »Was macht ihr denn hier?«

»Mal ein Feuer«, sagte Wolli. Er saß auf einem Stück Karton und rückte ein wenig darauf beiseite. »Setz dich doch«, sagte er. Frank setzte sich neben ihn und guckte ins Feuer, das ziemlich klein war, dafür aber ordentlich qualmte.

»Was soll das sein, ein Schnellkurs in Wie-werde-ich-ein-Penner?« fragte er.

»Nee, wir hatten da bloß mal so Bock drauf«, sagte Wolli.

Frank nahm sich eine Dose Bocholt Pils aus einer Tüte, die neben Wolli lag. »Ich nehm mir mal eins, ja?« sagte er.

Keiner hatte was dagegen. Sie schwiegen eine ganze Zeitlang und starrten in das kleine qualmende Feuer, dann sagte Wolli zu Frank: »Bist du eigentlich nächsten Donnerstag bei der Vereidigung mit dabei?«

»Nein«, sagte Frank. »Ich hab's verweigert.«

»Verweigert? Ich denke, die haben dich schon abgelehnt!«

»Nein, das Gelöbnis verweigert.«

»Ach so, ich meinte bei der Demo.«

»Nein. Ich hab das Gelöbnis verweigert. Die wollten, daß ich da mitmache.«

»Echt?« sagte Wolli beeindruckt. »Dann wärst du da drinnen gewesen und wir da draußen, ja?«

»Ja. Kann man aber verweigern.«

»Und bei der Demo?«

»Nee«, sagte Frank.

»Wir gehen da alle hin«, sagte Wolli, »Das wird 'n Riesending.«

»Ralf und Martin sind heute abend bei dem Komitee«, sagte Frank.

»Was für ein Komitee?«

»Gegen die Vereidigung«, sagte Frank. »Da gibt's jetzt irgendein Komitee.«

»Das sieht denen ähnlich!« Wolli schnaubte verächtlich. »Komitee. Was brauchen wir ein Scheißkomitee?! Ich geh doch nicht zu so 'nem Scheißkomitee und sitz da mit Ralf und Martin im selben Raum, das ist ja wohl das

Letzte, wegen jedem Scheiß brauchen die immer ein Komitee!«

»Ihr solltet euch mal wieder vertragen«, sagte Frank.

»Darum geht's doch schon gar nicht mehr«, sagte Wolli.

»Worum dann?«

»Die wollen uns aus der Wohnung rausekeln, das sag ich dir. Das mit dem Strom ist doch auch so eine Sache. Das haben die absichtlich gemacht.«

»Glaube ich nicht«, sagte Frank. »Das trifft ja alle.«

»Und ob! War das eigentlich dein Bruder da neulich?«

»Ja.«

»Aha«, sagte Wolli. »Und der wohnt in Berlin, ja?«

»Ja.«

»Aha«, sagte Wolli wieder und seufzte. Und Frank war es, als hörte er die anderen, die die ganze Zeit nur stumm auf den bedrohlich heranschwappenden Fluß starrten, ebenfalls seufzen.

»Warum hockt ihr eigentlich immer am Fluß«, fragte Frank. »Ich meine, im Sommer kann ich das ja noch verstehen, aber im Winter ist das ganz schön hart, ich meine, unter der Brücke, das ist wirklich fast Pennerkram.«

»Ich mag das hier«, sagte Wolli. »Ich guck da gerne drauf.«

»Wieso?«

»Ich weiß nicht«, sagte Wolli.

»Kann ich dir sagen«, sagte Mike, der wie die anderen bisher geschwiegen hatte, überraschend. »Weil er sich bewegt. Weil er nie stillsteht. Und weil er aus Bremen auch gleich wieder abhaut.«

»Wir wollen auch bald mal abhauen«, sagte Wolli, »das wird jetzt langsam mal Zeit.«

»Wohin denn?« fragte Frank.

»Nach Berlin natürlich«, sagte Wolli, »wohin denn sonst?«

»Was willst du da denn machen?«, sagte Frank. »Was kannst du in Berlin machen, was du hier nicht machen kannst?«

»Mann«, sagte Wolli, »du hast ja keine Ahnung, Frankie, was da alles läuft, mit den Hausbesetzungen und allem, ich meine, echt mal, auch mit Musik und so, mit allem, was meinst du, was da alles läuft, Konzerte, Randale, der ganze Kram…!«

»Quatsch«, sagte Frank, »das ist doch Quatsch, die kochen doch auch nur mit Wasser.«

»Hast du nie daran gedacht, mal wegzugehen?« sagte Wolli. »Willst du immer in Bremen bleiben?«

»Weiß nicht«, sagte Frank. »Ich müßte erstmal wissen, wozu. Ich meine, einfach nur um irgendwo anders zu sein und wieder den gleichen Kram wie immer zu machen, das ist doch Quatsch.«

»Wieso ist das Quatsch.«

»Naja, ich habe nicht das Gefühl, hier in Bremen schon alle Möglichkeiten ausgeschöpft zu haben«, sagte Frank.

Das war ein großer Lacherfolg. Wolli lachte sogar so sehr, daß er sich verschluckte. Frank wollte ihm auf den Rücken hauen, aber Mike war schneller.

»Mann, Frankie«, sagte Wolli, als er wieder Luft bekam. »Mann, Frankie, du hast wirklich gute Sprüche drauf.«

»Nein, wieso?« ereiferte sich Frank. Wenn er irgendwas nicht leiden konnte, dann war es, wenn andere über ihn lachten, vor allem, wenn sie in der Überzahl waren, das ist, dachte er, wie wenn sie einen in Überzahl verprügeln.

»Das mag ja lustig sein«, rief er energisch in ihr Gelächter hinein, »aber vielleicht solltet ihr erstmal darüber nachdenken, bevor ihr lacht. Ich meine, nehmen wir mal an, du gehst von hier weg, Wolli, nehmen wir mal an, du gehst nach Berlin: Was willst du denn da anstellen, was du nicht auch hier hättest anstellen können? Ich meine, gibt's da irgendwie bessere Flüsse, an denen du hocken kannst? Oder bessere Brücken, unter denen du Feuer machen kannst? Ich meine, wenn dir hier in Bremen nichts Besseres einfällt als so ein Scheiß, was soll das dann bringen, nach Berlin zu gehen?«

»Warum sollte mir was Besseres einfallen?« sagte Wolli. »Es ist überhaupt nichts Schlechtes daran, am Fluß zu sitzen, das macht man ja nicht, weil einem nichts Besseres einfällt, im Gegenteil, man macht das, weil es einem Spaß macht.«

»So gesehen«, meldete sich Mike von hinten, »machen wir das Beste aus den Möglichkeiten, die Bremen zu bieten hat.«

Daraufhin lachten alle wieder.

»Okay«, sagte Frank, »aber wenn euch das Spaß macht, wieso wollt ihr dann noch nach Berlin?«

Daraufhin schwiegen sie alle einen Moment.

»Ich meine«, setzte Frank nach, »wenn das hier Spaß macht, wieso habt ihr dann von Bremen die Schnauze voll?«

»Du kapierst das nicht, Frankie«, sagte Wolli, »ich sage ja nicht, daß ich *immer* nur hier sitzen will, das wäre ja noch mal was anderes, man will ja auch mal was erleben und so. Und in Berlin ist einfach mehr los, da sind einfach viel mehr Konzerte und die anderen Punks und die Hausbesetzer und so, das ist schon noch mal was anderes.«

»Dann weiß ich nicht, was es bei dem zu lachen gibt, was ich da vorhin gesagt habe, so gesehen willst du ja einfach auch nur mehr *Möglichkeiten*, irgendwas zu machen.«

»Hör mal«, sagte Mike von hinten, »wir haben nicht über *dich* gelacht oder so. Das war nichts Persönliches. Du gehst nur von den falschen Voraussetzungen aus. Möglichkeiten ist kein Wort, das mich interessiert, ich scheiß auf Möglichkeiten, ich will keine Möglichkeiten oder so, da kann man doch drauf scheißen, auf alles eigentlich.«

»Das stimmt sowieso immer«, stimmte Wolli zu.

»Okay«, sagte Frank, »dann kannst du erst recht in Bremen bleiben. Komische Sache mit euch, ihr sagt, ihr scheißt auf alles, aber dann wollt ihr unbedingt aus Bremen weg. Das verstehe ich nicht. Ich scheiße nicht auf alles, aber mir ist es egal, in welcher Stadt ich wohne.«

»Das stimmt nicht«, sagte Mike. »Ich glaub das nicht.«

»Was glaubst du nicht?«

»Daß du nicht auf alles scheißt«, sagte Mike. »Ich glaube, du bist von uns allen derjenige, der am meisten auf alles scheißt, Frankie, ich glaube, dir ist wirklich alles scheißegal, du bist der Schlimmste von uns allen.«

»Nie und nimmer«, sagte Frank überrascht, auch davon, daß Mike ihn Frankie nannte, das fand er irgendwie unangebracht.

»Doch«, fuhr Mike unbeirrt fort, »guck dich doch mal an, ich meine, du bist beim Bund, obwohl du da keinen Bock drauf hast, das geht doch nur, wenn einem alles scheißegal ist.«

»Was weißt du denn davon?«

»Und in der Wohnung hältst du dich auch immer raus, da kommt immer nur Ärger von Martin und dem anderen da.«

»Was willst du, Mike? Daß *ich* dir auch noch Ärger mache?«

»Nein, aber was bist du eigentlich für ein Typ? Auf welcher Seite bist du eigentlich?«

»Was soll das denn? Wieso muß ich auf irgendeiner Seite stehen? Und wer definiert die Seiten? Du und Martin Klapp oder Wolli oder Ralf Müller? Und da soll ich mich entscheiden? Zwischen eurer Punkmucke und Kate Bush, oder was?«

»Wer ist denn Kate Bush?«

»Mann, Mike, das ist das Zeug, das Martin immer spielt«, sagte Wolli.

»Ist doch egal«, sagte Mike. »Jedenfalls weiß doch keiner, wo der eigentlich steht.«

»Wieso habe ich irgendwo zu stehen?« sagte Frank. »Was redest du da für einen Scheiß, Mike. Was ist das hier, irgend so 'ne Klassenkampfnummer, oder was?«

»Sag mir doch mal eine Sache«, sagte Mike, »die dir wirklich wichtig ist.«

Frank stutzte.

»Nur eine Sache«, sagte Mike.

Frank hätte eine gewußt, er dachte ja schon die ganze Zeit nur noch an Sibille, und daran, daß es langsam mal wieder Zeit wurde, sie anzurufen, aber Mike und seine Kumpels waren die letzten Menschen, denen er davon erzählen würde.

»Sag mir nur eine Sache!«, wiederholte Mike.

Jetzt begann Frank sich zu ärgern, er mochte den herrischen, fordernden Ton nicht, den Mike dabei anschlug, ich bin dem Arsch keine Rechenschaft schuldig, dachte er und überlegte fieberhaft, wie er Mike eins auswischen konnte.

»Die mir nicht scheißegal ist?«

»Genau.«

Frank überlegte hektisch.

»Nur eine Sache«, wiederholte Mike.

»Eine Sache, die mir nicht scheißegal ist?« wiederholte Frank, um Zeit zu gewinnen.

»Genau!«

»Etwas, das mir nicht scheißegal ist?«

»Genau.«

»Oder lieber gleich etwas, das mir richtig wichtig ist?«

»Das ist doch das gleiche.«

»Nein, ist es nicht. Etwas kann einem nicht scheißegal sein, ohne daß es richtig wichtig wäre. Ich meine, nicht scheißegal sind mir viele Sachen, aber nur wenige Sachen sind mir richtig wichtig.«

»Na gut, dann eben was, was dir richtig wichtig ist«, lenkte Mike ein, und das ist ja schon mal die halbe Miete, dachte Frank, jetzt hat er schon nicht mehr ganz so Oberwasser.

»Was mir richtig wichtig ist, ja?«

»Ja, meinetwegen«, sagte Mike.

»Meinetwegen ist Quatsch, Mike, ich meine, *du* hast gefragt, nicht ich!«

»Okay, okay, Frankie.«

»Sag nicht Frankie, Mike«, sagte Frank. »Das ist schon mal was, das mir nicht scheißegal ist. Sag nicht Frankie. Wolli meinetwegen, aber du nicht.«

»Soso, das ist dir also nicht scheißegal.«

»Genau.«

»Und was ist dir richtig wichtig?«

»Das brauchst du gar nicht mehr zu wissen, du wolltest doch nur wissen, was mir nicht scheißegal ist! Und das ist so was!«

»Moment mal, du hast damit angefangen«, rief Mike, aber die Luft war bei ihm jetzt ein bißchen raus, und die anderen wirkten alle schon ziemlich gelangweilt, Frank konnte das spüren, sehen konnte man es nicht, außer Wolli und Mike hatte von den anderen Punkleuten noch keiner was gesagt, sie saßen nur im Dunkeln und starrten vor sich hin und lauschten der Musik, die weiter aus dem Kassettenrekorder plärrte.

»Okay, Mike«, sagte Frank, »willst du wissen, was mir wirklich wichtig ist?«

»Ja, nun sag's schon. Was denn?«

»Willst du's wirklich wissen?«

»Ja was denn nun?«

»Meine Essenmarken.«

»Aha«, sagte Mike ratlos.

»Meine Essenmarken, Mike. So wie das bei uns zu Hause aussieht, und weil mir niemand Kekse backt, Mike, brauche ich die Essenmarken, um zu überleben!«

»Aha...« Mike dachte kurz nach. »Kann ich verstehen«, sagte er dann.

»Ich auch«, sagte Wolli. Die anderen nickten ebenfalls.

»Okay«, sagte Frank überrascht und ratlos. »Ich geh dann mal, ich hab noch was vor.«

»Was denn?« fragte Wolli.

»Weiß nicht«, sagte Frank, »mal sehen.«

Damit ging er. Und als er von ihnen wegging, dachte er, daß die Antwort mit den Essenmarken vielleicht besser gewesen war, als er gedacht hatte. Irgendwie wollen doch alle Essenmarken, dachte er, auch Wolli, auch Mike, auch die Punks, dachte er, irgendwelche Essenmarken, von irgendwem, für irgendwas.

Er ließ den Fluß hinter sich und kam von der anderen Seite, vom Wall her, wieder in das Ostertorviertel hinein. Am Goethetheater fand er eine Telefonzelle, aber bei Sibille meldete sich wieder nur Sonja.

»Ach, du bist das schon wieder«, sagte sie.

»Ja, ich hatte ja gesagt, daß ich nochmal anrufe.«

»Mir ist jetzt auch wieder eingefallen, wo sie hin ist«, sagte Sonja. »Sie ist zu dem Komitee gegangen, wegen der Vereidigung.«

»Dann ist sie nicht da?«

»Nein, die ist bei dem Komitee. Soll ich was ausrichten?«

»Nein, schon gut, oder halt, sag ihr mal, daß ich angerufen habe, ja?«

»Ja, wieso?«

»Wieso?« sagte Frank verwirrt. »Wieso was?«

»Schon gut, egal, mach ich«, sagte Sonja.

»Danke«, sagte Frank und legte auf.

Er atmete tief durch. Das war heikel, fast schon peinlich, und das reicht jetzt auch, dachte er, mehr kann man an einem Abend nicht verlangen.

Aus Martin Klapps Zimmer drang Kerzenschein in den Flur, als Frank die Wohnung betrat.

»Sieh an, der Frankie! Komm rein«, rief Martin Klapp herzlich, als Frank in sein Zimmer spähte, »schau doch mal, wer hier ist!«

Martin Klapp und Ralf Müller saßen auf dem Fußboden, und bei ihnen saß Achim. Alle drei hatten je eine Tüte Popcorn in der Hand, und neben Ralf Müller stand ein großer Karton mit noch viel mehr Popcorntüten, und einige Popcorntüten lagen auch auf dem Boden verstreut, außerdem hatten sie eine Kiste Fanta und eine Flasche Wodka dabei. Es hatte im Kerzenschein ein bißchen was von Kindergeburtstag und Weihnachten zugleich, nur der Wodka paßte nicht ins Bild.

»Mensch, Achim«, sagte Frank, »auch mal wieder da?!«

»Für immer«, sagte Achim. Er rülpste und schenkte sich Fanta und Wodka in ein schmieriges Glas. »Bin für immer wieder da.«

»Das ist schön, Achim«, sagte Frank und setzte sich dazu. »Wie war's denn so im Ruhrgebiet?«

»Wir kamen vom Komitee wieder«, sagte Ralf, »und er war einfach wieder da. Saß einfach hier im Zimmer und hatte den Wodka mitgebracht.«

»Bist du ausgetreten, Achim?«

Achim nickte.

»Hm...« Frank wußte nicht, was er dazu sagen sollte, nach seiner Erfahrung war bei frisch ausgetretenen Ex-Genossen immer Vorsicht angebracht, man wußte nie, ob man ihnen gratulieren oder sie bedauern sollte, das eine konnte so falsch sein wie das andere, deshalb drehte er sich erst einmal eine Zigarette. Er hatte schon wieder den ganzen Abend nicht richtig ans Rauchen gedacht, und langsam begann er sich zu fragen, wie das die anderen bloß immer hinkriegten.

»Achim jetzt auch«, sagte Martin Klapp, »Achim jetzt auch.«

»Das wird nichts mehr mit der Organisation, noch ein Jahr, dann sind die alle bei den Grünen oder so«, sagte Ralf Müller zu niemand Bestimmtem, mehr so in den Raum hinein. »Die ganzen Genossen, die wir früher rausgeworfen haben, die sind doch alle schon bei den Grünen, daran sieht man doch, wo der Hase langläuft.«

»Ja, ja...«, sagte Frank und nahm einen tiefen Zug von der Zigarette, um nicht einzuschlafen.

»Du glaubst gar nicht, wen wir da bei dem Komitee alles wiedergesehen haben«, sagte Ralf Müller, »die ganzen Ex-Genossen und was da sonst noch alles war, die Revis und das ganze Volk, du glaubst gar nicht, was da los war, die BGLer auch, MG, die ganzen Leute, sowas hat's schon ewig nicht mehr gegeben, ich meine, nichts gegen eine breite Aktionseinheit und so, aber irgendwie hat das hat auch ganz schön genervt.«

»Und das ist schon zu Ende? Nach nur drei Stunden oder so?« fragte Frank, mehr um etwas zu sagen als aus Interesse.

»Nein«, sagte Ralf und verdrehte die Augen, »wir mußten gehen, weil Martin irgendwann Sibille gesehen hat.«

»Wieso mußtet ihr denn deshalb gehen?«

»Nix«, sagte Martin Klapp, und Frank merkte erst jetzt, wie betrunken er war, mindestens so sehr wie Achim, wenn nicht noch mehr. Er saß, so hatte es für Frank den Eindruck, überhaupt nur noch wegen des Gesetzes der Massenträgheit aufrecht, und die Masse seines Oberkörpers begann sich auch schon bedenklich zu einer Seite zu neigen. »Kein Wort«, sagte er kurz und nach Luft schnappend, und Frank hatte schon Angst, er würde kotzen.

»Ist ja auch egal«, sagte Ralf Müller und verdrehte wieder die Augen, »jedenfalls war die auch da.«

»Ja, ich weiß«, sagte Frank.

»Wieso?« sagte Martin Klapp scharf und richtete sich auf. »Woher weißt du das?«

»Was?« stellte Frank sich schnell dumm.

»Wieso weißt du, daß Sibille da hingegangen ist? Woher weißt du das?«

»Ja, nee, weiß ich auch nicht, ich glaube, sie hat mir das neulich erzählt, daß sie da auch hingehen will.«

»Wo hast du sie denn neulich getroffen?«

»Was soll das, Martin?« sagte Frank. »Was weiß ich denn, wann und wo? Ich kann mir nicht alles merken. Vielleicht habe ich auch nur die andere getroffen, du weißt schon, die andere da, Sonja, was weiß ich denn?«

»Sowas weiß man doch«, sagte Martin Klapp, aber er schien beruhigt zu sein und sackte wieder in sich zusammen.

Frank atmete auf und nahm erst einmal wieder einen tiefen Zug von der Zigarette. »Wo habt ihr denn das Popcorn her?« wechselte er das Thema. »Und die Fanta?«

»Die hat Martin heute morgen ganz früh gefunden«, sagte Ralf Müller.

»Wo hast du die gefunden?«

»Hehe...«, lachte Martin Klapp nur und kratzte sich an der Hüfte. Dabei kam er aus dem Gleichgewicht und kippte um.

»Mann, ist der besoffen«, sagte Ralf Müller. »Was machen wir denn jetzt mit Achim?«

»Keine Ahnung«, sagte Frank, »wo wohnst du denn jetzt, Achim?« rief er.

Achim sah auf und lächelte. »In meinem Zimmer«, sagte er, und es klang erstaunlich deutlich, wie er das sagte, wenn es um die Wurst geht, sind sie gleich wieder nüchtern, dachte Frank, der jetzt erst einmal selbst einen Schluck von dem Wodka nahm. »In meinem Zimmer«, wiederholte Achim.

Frank seufzte. »Ich habe aber keine Matratze für dich«, gab er zu bedenken.

»Ich habe eine Luftmatratze. Mußt du nur aufpusten«, sagte Ralf Müller. »Geb ich dir gleich.«

»Nächsten Donnerstag«, rief Achim. »Da geht's ab. Ganz breites Bündnis. Volksmassen, das ganze Ding. Revolution!« brüllte er aus heiterem Himmel und schwenkte eine Flasche Fanta.

»Ich hab mal gehört, daß Fanta von den Nazis erfunden wurde«, sagte Ralf Müller.

»Hat Martin die auch gefunden?«

»Was?«

»Die Fanta.«

»Hat er gesagt.«

»Wo findet man denn wohl einen Karton Popcorn und eine Kiste Fanta?«

»Weiß ich nicht, die hat er heute morgen gefunden, hat er gesagt, als er nach Hause gekommen ist. Unten im Kino.«

»Ach so«, sagte Frank. Er merkte, daß er Hunger hatte, und nahm eine Tüte Popcorn. »Irgendwann rächt sich das mal.«

»Ich glaube, er hat die Rechnung nicht bezahlt«, sagte Ralf Müller.

»Welche Rechnung denn jetzt?«

»Die Stromrechnung natürlich.«

»Soso«, sagte Frank, der keine Lust hatte, sich mit Ralf Müller zu verbünden.

»Ich glaube auch, daß er die Miete nicht bezahlt hat«, sagte Ralf Müller.

»Soso«, wiederholte Frank.

»Schon einige Monate nicht mehr.«

»Soso. Und was hat er denn dann mit dem Geld gemacht?«

»He«, rief Martin Klapp, der jetzt auf der Seite lag und mit einer Kerze spielte, »man redet nicht über Anwesende in der dritten Person!«

»Da muß man doch was machen«, sagte Ralf Müller.

»Ja, wahrscheinlich«, sagte Frank ohne Überzeugung.

»Ich zahle erstmal nicht mehr an Martin«, sagte Ralf Müller.

Martin Klapp lachte leise vor sich hin. Dann hielt er einen Finger in die Flamme der Kerze und sagte: »Aua, verdammt nochmal!«

»Sag mal, Ralf«, sagte Frank, dem jetzt irgendwie danach war, mal reinen Tisch zu machen, »wie kommt das eigentlich, daß ich dich auf den Tod nicht ausstehen kann?«

»Wenn das so weitergeht«, sagte Ralf Müller völlig unbeeindruckt, so als ob Frank gar nichts gesagt hätte, »dann fliegen wir hier demnächst raus. Was mein Onkel dann sagt, daran will ich lieber gar nicht denken, aber irgendwann fliegen wir hier raus, ich meine, der hat wahrscheinlich seit Monaten nicht bezahlt, würde mich wundern, wenn der überhaupt mal Miete bezahlt hat, der hat das wahrscheinlich alles eingesteckt, das ganze Geld. Wenn das so weitergeht, dann fliegen wir hier raus, dann sitzen wir auf der Straße, und dann werdet ihr ganz schön blöd aus der Wäsche schauen, das geht dann nämlich irgendwann mal ganz schnell.«

»Ja, ja«, sagte Frank. »Heul doch, Ralf!«

»Ganz breites Bündnis«, rief Achim.

»Du bist ein Arschloch, Frankie, und ich war immer dagegen, daß du hier wohnst.«

»Ich weiß, Ralf. Aber das kann doch nicht der Grund sein.«

»Was für ein Grund?«

»Daß ich dich immer schon auf den Tod nicht abkonnte, daß du mir so absolut widerlich bist, Ralf.«

»Ist mir doch scheißegal, Frankie. Aber eins sag ich dir: Demnächst fliegen wir hier alle raus, und dann werdet ihr euch umgucken, dann sitzen wir alle auf der Straße.«

»Du vielleicht«, sagte Frank zufrieden.

»Du auch, Frankie.«

»Nicht unbedingt«, sagte Frank. »Ich kann dann immer noch in der Kaserne wohnen!«

36. DER MAJOR

»So, Männer«, rief der Major aufmunternd und voller Spannkraft, »ich hoffe, Sie hatten alle ein schönes Wochenende, ich hoffe sogar sehr, daß Sie alle ein schönes Wochenende hatten, denn dies wird eine lange Woche, und es kommen einige außergewöhnliche Aufgaben auf die Kompanie zu, da brauchen wir jeden Mann, und wir brauchen ihn frisch, motiviert und ausgeruht, und wie ich sehe, haben Sie sich alle übers Wochenende prächtig erholt!«

Es war für Frank wie immer nicht auszumachen, ob der Major bei seiner ebenso unvermeidlichen wie von allen gefürchteten Montagmorgenansprache vor der Nachschubkompanie 210 eher ironisch vorging oder ob er wirklich meinte, was er sagte. Letzteres war eigentlich kaum vorstellbar angesichts einer Kompanie, die müde und verkatert, teils im Sportanzug und teils im Grünzeug vor ihm stand und dumpf ins Nichts starrte. Wahrscheinlich weiß er es selbst nicht, dachte er, wahrscheinlich möchte er meinen, was er sagt, meint es aber trotzdem ironisch, dachte er. Der Mann war ihm ein Rätsel, er machte ganz den Eindruck eines schneidigen, eleganten, alles im Griff habenden Offiziers, war aber andererseits in Franks Augen auch ein Versager vor dem Herrn, denn so sehr der Major in seinem wie maßgeschneidert sitzenden Dienstanzug auch aussah wie frisch aus dem Ei gepellt, und er sah immer aus wie frisch aus dem Ei gepellt, so sehr er darüber hinaus auch Sportsmann war, und er war ein großer Sportsmann, vor allem im Langstreckenlauf, und so sehr er auch in seinen Ansprachen Tugenden wie Pünktlichkeit, Pflichtbewußtsein, Höflichkeit, Gehorsam, Disziplin und Kameradschaftlichkeit zu preisen pflegte, so sehr war andererseits die von ihm geführte Kompanie ein einziger verlotterter Sauhaufen, sogar nach Franks Maßstäben, und das waren die Maßstäbe von einem, der nach Dienstschluß in der wahrscheinlich verlottertsten WG des Ostertorviertels wohnte, also nicht gerade die strengsten.

»Ich sehe«, fuhr der Major unterdessen fort, »auch an diesem Montag wieder viele Kameraden im Sportzeug vor mir stehen, und ich weiß natürlich nicht, wer von Ihnen jetzt das Sportzeug trägt, weil er meint, krank zu sein und in den San-Bereich gehen will, und wer das Sportzeug trägt, weil er davon ausgeht, daß wir gleich wie immer die Woche mit dem Fünftausend-Meter-Standortrundlauf beginnen. Das Problem besteht meines Erachtens darin, daß die Kameraden, die Montag morgens in den San-Bereich gehen, um sich behandeln zu lassen, auf diese Weise immer den Standortrundlauf verpassen, und das empfinde ich als ungemein schade für diese Kameraden. Deshalb habe ich beschlossen, daß der Standortrundlauf ab sofort immer erst am Montagnachmittag stattfindet. Er beginnt jetzt immer direkt vor Dienstschluß, das wird jedem von Ihnen ein kleiner, zusätzlicher Ansporn sein, dabei sein Bestes zu geben.«

Der Major machte eine kleine Pause und schaute in die Runde.

»Ich sehe, das trifft auf allgemeine Zustimmung. Dann noch eine andere Bemerkung zum Thema San-Bereich: Ich habe verfügt, daß ab sofort diejenigen Kameraden, die dauerhaft krank geschrieben werden, über ihre gesamte Krankenzeit im San-Bereich versorgt werden sollen. Jawohl, auch die Heimschläfer«, rief der Major in die entstehende Unruhe hinein, »gerade auch die Heimschläfer, die werden ja besonders oft krank, ist mir aufgefallen, und je intensiver ihre medizinische Versorgung im Krankheitsfall ist, umso schneller sind sie wieder auf dem Posten und können Ihren Pflichten nachkommen. So, das war das, ich fasse noch einmal zusammen: Der Füntausendmeterlauf ist erst heute nachmittag vor Feierabend, und kranke Kameraden bleiben ab jetzt im San-Bereich liegen. Das wollte ich Ihnen sagen. Deshalb können sich jetzt auch gleich alle Kameraden, die noch den Sportanzug tragen, wieder umziehen und auf die Dienststellen gehen, bis auf die natürlich, die trotzdem noch in den San-Bereich gehen wollen, denen wünsche ich jetzt schon einmal gute Besserung.«

Der Major schaute auf einen kleinen Spickzettel, den er in der Hand hielt.

»Und nun etwas Besonderes: Sie haben alle von dem am Donnerstag dieser Woche bevorstehenden Feierlichen Gelöbnis im Weserstadion gehört, es wird ja viel darüber gesprochen und diskutiert und was weiß ich nicht alles, vielleicht ja auch unter Ihnen. Naja, vielleicht auch nicht. Wahrscheinlich eher nicht. Mir egal. Ist mir egal, ob Sie darüber diskutieren. Im Grunde genommen wäre es mir natürlich schon lieber, Männer, wenn Sie sich für diese Dinge interessieren und dabei auch mal einen Standpunkt einnehmen würden, über den Sie nicht nur unter sich diskutierten, sondern der auch dazu führte, daß die Angehörigen der Bundeswehr nach außen hin so auftreten, daß sie das Auftreten nach außen hin verteidigen, das heißt...«, der Major setzte kurz aus und blickte wieder auf seinen Spickzettel, aber da stand wohl nicht, was er sagen wollte, »das heißt..., was ich sagen will ist dies, Kameraden:...« – der Major machte eine Pause – »...was ich sagen will, ist dies, Kameraden:...« wiederholte er wie eine hängengebliebene Schallplatte, und Frank konnte die Spannung, die seine Kameraden erfaßt hatte, förmlich spüren, wie elektrisiert wartete die ganze Kompanie darauf, daß der Major dabei scheiterte, zu sagen, was es sei, das er sagen wollte, »...was ich sagen will, ist dies:...«, sagte der Major wieder, »das ist nämlich so, im Grunde genommen ist das nämlich so, und das will ich sagen, also...« – die Kompanie war mucksmäuschenstill, es war Frank, als hätten alle vor Aufregung sogar das Atmen eingestellt – »...was ich sagen will, ist dies:...« setzte der Major wieder an, und plötzlich hellte sein Gesicht sich auf, er hatte den Faden wiedergefunden, »...die Sache ist nämlich dies: Wir machen keine halben Sachen!« Der Major blickte sich triumphierend um. »Das ist der Punkt, Männer, das will ich eigentlich sagen: Wir machen keine halben Sachen! Wir sind die Bundeswehr, und entweder es gibt uns oder es gibt uns nicht. Und wenn es uns gibt, dann sind wir da, und dann verstecken wir uns nicht. Und dasselbe gilt für das Feierliche Gelöbnis. Das Feierliche Gelöbnis existiert, und es ist kein Selbstzweck, es ist nichts, das wir uns an langen, dunklen Abenden gegenseitig erzählen wollen, sondern es ist ein Versprechen an die Gesellschaft, in deren Mitte wir leben und deren Staat wir dienen, es ist unser Versprechen, sie zu beschützen und zu verteidigen, und damit verstecken wir uns nicht, und dessen schämen wir uns nicht, und dafür brauchen wir uns auch nicht zu verteidigen und Gott sei Dank!« rief der Major aus, denn er war jetzt sehr laut geworden, hatte sich geradezu in Rage geredet, »Gott sei Dank...«, wiederholte er, »...gibt es immer noch in dieser Gesellschaft eine große Mehrheit, die das verstanden hat, und deshalb brauche ich hier eigentlich nichts dazu zu sagen, ich hätte das Thema eigentlich überhaupt nicht anzusprechen brauchen, denn ich glaube nicht, daß es hier jemanden geben kann, der dem widersprechen wollte, und wenn, dann glaube ich nicht, daß er es hier tun würde, und überhaupt ist das hier kein Debattierclub, damit das mal klar ist, wir haben Aufgaben, die müssen erfüllt werden, und damit komme ich zu dem, was ich eigentlich sagen will, Männer, was ich nämlich *eigentlich* sagen will!«

Das ist nun doch erstaunlich, dachte Frank, der alte Fuchs! Irgendwie war ihm der Major, den sie in der Kompanie immer nur englisch *major* nannten, wenn er nicht dabei war, nicht ganz unsympathisch, er hat das gewisse Etwas, dachte Frank, und sei es nur deshalb, weil er vollkommen verrückt ist.

»Denn auch unser Beitrag ist gefordert«, sprach der Kompaniechef unterdessen weiter, »unsere Kompanie ist aufgefordert, und dadurch, daß unser Standort mitten in Bremen liegt, ist das weder überraschend noch zuviel verlangt, denke ich, zuviel verlangt sowieso nicht, im Gegenteil, es ist eher zu wenig, und wäre es gefragt, oder wäre ich gefragt, ich würde anbieten... – egal, jedenfalls werden fünfzehn Kameraden von unserer Kompanie gebraucht, um bei der Zeremonie im Weserstadion als Fackelträger zur Verfügung zu stehen, und bis heute nachmittag, bis zum Beginn des Standortrundlaufs, hängen die Namen der betreffenden Kameraden am Schwarzen Brett, da sollte es dann keiner versäumen, noch einmal nachzugucken, ob er nicht vielleicht dabei ist. Ich denke, man wird das gleichmäßig über die Gruppen verteilen können, so daß die Belastung überall gleich ist, wobei ich mir nicht sicher bin, ob man hier überhaupt von Belastung sprechen kann. Es ist durchaus eine Ehre, diese Aufgabe für die Kameraden, die das Gelöbnis ablegen, zu erledigen, und damit hat sich das, und nun noch was, Kameraden: das Barett!«

Der Major hob einen Arm und zeigte mit dem Zeigefinger auf das Barett auf seinem Kopf.

»Das ist das Barett, Kameraden! Das habt ihr in der letzten Woche alle bekommen. Und jetzt schaut mich genau an, Männer! So wie ich das trage, Männer, so tragen das ab jetzt alle. Ich will da keine verwegenen Dinger mehr sehen. Das wird nicht in den Nacken geschoben und auch nicht über die Nase. Das ist keine Baskenmütze, Männer, und auch nicht der Kapotthut von Oma. Das ist ein Barett. So wie ich es trage! Genau so! Und kein bißchen anders, Männer. Ich will das nie wieder sehen, daß irgend jemand das anders trägt. Und in diesem Sinne, Männer: Wir sehen uns alle heute nachmittag zum Standortrundlauf wieder. Fast alle«, fügte der Major nach kurzer Überlegung hinzu, »die einzigen, die wir vermissen werden, sind die, die auf ihren Stationen unabkömmlich sind, und die Kameraden, die die Nacht im San-Bereich verbringen wollen!«

Damit ließ der Major sie wegtreten, und das war, wie Frank und mit ihm wohl alle seine Kameraden dachten, keine Minute zu früh.

»Lehmann, was wollen *Sie* denn jetzt hier?«

Der Spieß stand hinter dem Tresen der Schreibstube und ließ sich von einem seiner Gehilfen eine Tasse Kaffee einschenken. Frank hatte schon geahnt, daß er den Spieß so kurz nach dem Antreten nur stören würde, aber er hatte keine andere Wahl gehabt, er mußte so schnell wie möglich auf die Tankstelle und die Peilung machen, bevor Groß oder Meyer das taten. Er hatte Stuffz Aster erst vor kurzem versprechen müssen, daß Groß und Meyer nie, nie, nie wieder in die Peilschächte gehen und irgendwelche Peilstände ermitteln würden, »das könnte das Ende sein«, hatte Stuffz Aster gesagt, und es war ihm ernst damit gewesen.

»Ich wollte das schriftlich abgeben, daß ich bei der Verweigerung, nein Vereidigung, also bei dem Gelöbnis nicht dabeisein will.«

»Wie, nicht dabeisein?«

»Aber Hauptfeld, Sie hatten doch gewollt, daß ich da mit hingehe.«

»Das können sie nicht verweigern.«

»Wie, das kann ich nicht verweigern?«

»Daß Sie da hinmüssen.«

»Wieso, ich kann doch wohl das Feierliche Gelöbnis verweigern. Dazu können Sie mich nicht zwingen, Hauptfeld.«

»Ach das«, sagte der Spieß, bei dem jetzt endlich der Groschen gefallen war, »das meinen Sie! Kein Problem. Ich hatte mich schon gewundert, die Liste hängt ja noch gar nicht draußen.«

»Welche Liste?«

»Egal. Geben Sie mal her.«

Frank gab dem Spieß den Zettel, den er am Sonntagabend, nachdem er ein letztes Mal an diesem Wochenende versucht hatte, Sibille zu erreichen, und Sonja ihm ein letztes Mal genervt versichert hatte, daß Sibille nun wirklich nicht da war, mit der Hand aufgeschrieben hatte. Martin Klapps Schreibmaschine war schon seit Wochen verschwunden.

»Das kann man ja gar nicht lesen«, sagte der Spieß. »Das kann ich unmöglich zu den Akten geben.«

»Wieso?« sagte Frank und nahm es ihm wieder aus der Hand. »Das ist doch total in Ordnung. Da steht: ›Hiermit verweigere ich das Ablegen des Feierlichen Gelöbnisses. Frank Lehmann, Nachschubkompanie 210.‹ Das ist doch ganz deutlich.«

»Na gut«, sagte der Spieß und nahm ihm das Schreiben wieder ab. »Mir soll's recht sein.«

Er stellte seine Kaffeetasse ab, nahm einen Kugelschreiber und kritzelte auf dem Papier herum.

»Da mach ich mir einfach einen Vermerk dran, dann geht's«, sagte er.

»Okay«, sagte Frank und wollte gerade gehen, als die Tür zum Büro des Kompaniechefs aufging und der Major herausschaute.

»Ich muß mit Lehmann zwei sprechen«, sagte er zum Spieß.

»Ist gerade hier«, sagte der Spieß. »Aber Lehmann eins ist seit sechs Wochen entlassen.«

»Gut«, sagte der Major und sah Frank dabei an. »Sind Sie Lehmann zwei?«

Frank nickte.

Der Major kam näher. »Wußte ich's doch.«

Er wandte sich an den Spieß und zeigte dabei auf Franks Zettel. »Was will er denn?«

»Das Gelöbnis verweigern.«

»Was gibt's denn da zu verweigern?«

»Er will es nicht ablegen.«

»Ablegen? Ablegen?« wiederholte der Hauptmann, so als würde er das Wort zum ersten Mal ausprobieren. »Hat der denn noch nicht das Gelöbnis abgelegt?«

»Nein, das ist irgendwie untergegangen«, sagte der Spieß.

»Und jetzt will er das verweigern?« sagte der Major ungläubig.

Frank hüstelte. Die beiden blickten ihn an. »Ich bin noch hier«, sagte Frank. »Sie können auch mich direkt fragen.«

»Mit Ihnen habe ich sowieso noch ein Hühnchen zu rupfen«, sagte der Major. »Wir haben da eine Meldung von den Feldjägern...«

»Ach ja«, warf der Spieß ein, »das hatte ich ja noch vergessen...«

»Die sagen«, fuhr der Major unbeirrt fort, »daß Sie ohne Heimschlaferlaubnis im Grünzeug draußen herumgelaufen sind.«

»Ich hatte die nicht dabei«, sagte Frank in der Hoffnung, daß der Spieß und der Major sich nicht mehr daran erinnerten, daß sie ihm die Grünzeugkarte vor kurzem erst entzogen hatten. »Ich glaube, ich habe die verloren. Ich wollte gerade den Hauptfeld bitten, daß ich eine neue bekomme.«

»Da müssen Sie erstmal eine Verlustmeldung schreiben«, sagte der Spieß. »Vorher geht da gar nichts. Außerdem: Sowas verliert man doch nicht einfach!«

»Und wenn, dann läuft man nicht ohne Karte draußen im Grünzeug rum, was denken Sie sich denn bloß dabei? Wie stehen wir denn jetzt da?« fügte der Major hinzu. »Sowas kann ich nicht durchgehen lassen, Lehmann, so leid mir das tut, da kommt noch was nach. Da überlege ich mir noch was. Da kriegen Sie morgen Bescheid. Kommen Sie morgen mal gleich nach dem Antreten wieder her, dann habe ich mir was überlegt.«

»Okay«, sagte Frank.

»Und was ist das jetzt mit dem Gelöbnis, Lehmann zwei?«

»Lehmann eins ist nicht mehr da«, sagte der Spieß.

»Ist doch egal«, sagte der Major unwirsch. »Was soll das mit dem Gelöbnis?«

»Ich will das nicht ablegen«, sagte Frank.

»Soso!« Der Major sah ihn nachdenklich an. Dann sah er noch einmal auf das Papier, das er in den Händen hielt. »Und da geben Sie uns hier so ein Schmierblatt, und dann sind Sie zufrieden, oder was?«

»Das da habe ich geschrieben«, erläuterte der Spieß. »Zur besseren Verständlichkeit, das kann man ja kaum lesen.«

»Sie wollen also kein Gelöbnis ablegen, ja?« sagte der Major. »Naja, man kann Sie nicht zwingen.«

»Nein«, sagte Frank.

»Das bringt ja nichts, so ein Gelöbnis, wenn es erzwungen ist«, sagte der Major.

»Ja, eben«, sagte Frank.

»Dann werden Sie aber auch kein Gefreiter!«

»Macht nichts«, sagte Frank, »dann eben nicht.«

»Können Sie vergessen.«

»Ich weiß.«

»Hm…« Der Major schien zu überlegen, ob es noch etwas zu sagen gab. »Und da sind Sie jetzt stolz drauf, oder was?«

»Ich weiß nicht, was Sie meinen«, sagte Frank, »ich will bloß das Gelöbnis nicht ablegen, das ist alles.«

»Ja, aber warum nicht?«

»Ich bin nicht freiwillig hier. Warum soll ich da plötzlich was geloben?«

»Hm… Sie hätten auch verweigern können.«

»Habe ich gemacht«, sagte Frank. »Wurde nicht anerkannt. Da werde ich doch jetzt nicht noch irgendwelche Sachen geloben.«

»Ach so, ja richtig, ich erinnere mich«, sagte der Major. »So einer sind Sie, genau, Lehmann zwei, ich erinnere mich! Na dann…«

»Ich hefte das mal ab«, sagte der Spieß und nahm dem Major den Zettel wieder ab.

»Gut«, sagte der Major. »Und für Sie, Lehmann, überlege ich mir noch was. Wegen der Grünzeugsache, meine ich.«

»Ja«, sagte Frank.

»Lehmann!« sagte der Spieß, als Frank schon an der Tür war.

»Schütze Lehmann, melde mich ab«, sagte Frank.

»Nein, nicht das. Na gut, das auch«, sagte der Spieß. »Aber was ich eigentlich sagen wollte: Vergessen Sie nicht, heute vor dem Standortrundlauf auf das Schwarze Brett zu schauen!«

»Wieso?«

»Nur so«, sagte der Spieß und lächelte.

»Haben Sie mich da als Fackelträger eingeteilt?« dämmerte es Frank.

Der Spieß grinste jetzt über beide Backen, so hatte Frank ihn noch nie grinsen sehen.

»Lassen Sie sich überraschen, Lehmann«, sagte er.

37. VOLLVERSAMMLUNG

»Fackel? Was für eine Fackel?« sagte Martin Klapp.

»Keine Ahnung«, sagte Frank genervt, denn er fand, daß das nun wirklich nicht die Frage war. »Ich habe keine Ahnung, was die Bundeswehr für Fackeln benutzt. Ich bin ja nicht bei EVG/NVG.«

»Was ist denn EVG/NVG?«

»Weiß ich auch nicht«, sagte Frank. Sie saßen im Litfasz, um sich ein bißchen aufzuwärmen, denn es war kalt geworden, und sie hatten keine Kohlen für die Öfen in ihrer Wohnung, außerdem gab es hier Licht, und man konnte jederzeit aufs Klo, das waren starke Argumente für das Litfasz. »Aber die haben sowas. Nehme ich jedenfalls an.«

»Viel Ahnung scheinst du ja nicht zu haben«, sagte Ralf Müller.

Frank ignorierte diese Frechheit. Er hatte keine Lust, sich zu streiten, und wenn Ralf Müller ihm mit so einem Scheiß kam, dann handelte es sich wahrscheinlich ohnehin um eine Falle. Was will er, dachte er grimmig, daß ich meine Soldatenehre verteidige?

»Das ist ganz schönes Pech«, sagte Achim. »Da hätte ich aber keinen Bock drauf. Ich meine, Fackelträger, das ist wirklich scheiße, aber vor allem da! Ich meine: Weserstadion! Echt mal!« Er kippte seinen Wodka hinunter und goß sich einen aus seiner Taschenflasche nach. Frank freute sich, daß Achim sich wieder einigermaßen gefangen hatte, er hatte bis vor kurzem nur immer auf der Luftmatratze in Franks Zimmer gelegen und geschlafen, und wenn er nicht geschlafen hatte, dann hatte er an die Decke gestarrt, und das war Frank nicht ganz geheuer gewesen. Aber jetzt ging es ihm wieder besser, er wirkte gut gelaunt und unternehmungslustig und war auch schon leicht betrunken, wenigstens das, dachte Frank.

»Ich dachte, du hast das verweigert mit der Vereidigung«, sagte Martin Klapp. »Wieso können die dich dann einfach da als Fackelträger einteilen.«

»Das ist ein Befehl«, sagte Frank, »das ist nichts, was man verweigern kann. Das Gelöbnis abzulegen ist freiwillig, aber das Fackeltragen ist ein Befehl, und wenn man den nicht befolgt...« Er ließ das mal so stehen. Er wußte nicht genau, was dann kam, Knast? Oder erst einmal irgendwas darunter? Schwer zu sagen.

»Was denn dann? Kommst du dann in den Knast, oder was?« fragte Ralf Müller, wie wenn er Franks Gedanken lesen konnte. »Weißt du das etwa auch nicht so genau?«

»Knast«, kam Achim Frank zu Hilfe. »Knast nicht unter zwei Wochen. In schweren Fällen bis zu zehn Jahren Zuchthaus. Gehorsamsverweigerung geht immer auch vor ein ordentliches Gericht, so sieht das aus, Ralf. Da würde ich mal den Ball flach halten, wenn ich einfach bloß Kriegsdienstverweigerer wäre.«

»Zivis unterliegen auch der Dienstpflicht«, sagte Ralf Müller, »ich kann auch nicht einfach nein sagen, wenn...«

»Ja, ja, ja, laber, laber, laber«, unterbrach ihn Achim. »Erzähl uns einen, Ralf. Und gleich kommt Martin noch damit, wie revolutionär es ist, wenn man sich untauglich schreiben läßt.«

»Ich mein ja nur«, sagte Ralf Müller.

»Ich mein ja nur ist scheiße«, sagte Achim. »Du hast einfach keine Ahnung, Ralf. Du kannst doch nicht von Frank verlangen, daß er da den Befehl verweigert. Was meinst du, was die mit ihm machen? Und was hat das dann genützt? Wenn du das für politisch hältst, dann verstehst du nichts von Politik und schon gar nichts von der konkreten Analyse der konkreten Situation.«

»Was hat denn die konkrete Analyse der konkreten Situation damit zu tun?« ließ sich Ralf Müller nicht so schnell unterkriegen. »Ich meine, warum demonstrieren wir denn dagegen, daß die sowas im Stadion machen, wenn es andererseits okay ist, daß Frankie da mitmacht?«

»Ich finde auch«, sagte Martin Klapp. »Man kann doch nicht sagen, es wären immer nur die paar Leute in der Regierung und die herrschende Klasse, ich meine, wenn Revolution ist, dann gehen die Fronten oft quer durch, ich meine, da hängen dann doch auch nicht immer nur Kapitalisten an den Laternen.«

»Was redest du denn da jetzt für einen Quatsch«, sagte Achim. »Seit wann willst du denn wieder Revolution machen? Und wieso soll jetzt gerade Frankie dran glauben?«

»Darum geht's doch gar nicht, ich sag doch nicht, daß man Frankie gleich dafür aufhängen soll.«

»Vielen Dank«, sagte Frank sarkastisch. »Vielen Dank auch, Martin, das ist nett von dir.«

»Dafür, daß du nicht mehr organisiert bist, Martin«, sagte Achim, »bist du aber ganz schön flott dabei mit der Revolution.«

»Du bist doch auch nicht mehr organisiert«, sagte Martin Klapp. »Man kann auch für die Revolution sein, wenn man nicht organisiert ist.«

»Ja, aber unter welchen theoretischen Voraussetzungen?« gab Achim zu bedenken.

»Ich bin immer noch Sympathisant«, sagte Martin Klapp, und spätestens hier blickte Frank überhaupt nicht mehr durch. »Außerdem sieht das doch so aus, daß wir, jedenfalls der KBW und so, daß wir also dazu aufrufen, daß man die Vereidigung verhindert, versteht ihr? Ich meine, echt mal, Achim, wenn man die verhindern will, dann muß man doch gewaltsam vorgehen, das ist ganz klar ein Fall von legitimer, revolutionärer Gewalt, und was ist, wenn Frankie dann auf der anderen Seite steht?«

»Noch dazu mit einer Fackel«, gab Frank zu bedenken. Achim lachte.

»Nein, das meine ich ernst, man muß die Sachen doch auch einmal zu Ende denken«, sagte Martin Klapp.

»Wir müssen gleich los«, sagte Ralf Müller. »Die VV fängt gleich an.«

»Ist da jeden Abend Sitzung? Nur wegen der einen Vereidigung?« fragte Frank.

»*Nur?*«, sagte Achim, »hast du eine Ahnung, nur! Das ist doch das Ereignis des Jahres, das ist doch wie Weihnachten und Ostern zusammen für unsere lieben Genossen und Ex-Genossen und Revis und die ganzen anderen Strategen, das ist doch für die alle das letzte Gefecht.«

»Na, na, Achim«, sagte Ralf Müller, »auf einmal tust du so, als ob du da gar nichts mehr mit zu tun hättest. Aber wer hat denn damals dafür gestimmt, daß Hans ausgeschlossen wurde? Wer hat denn damals die Alkohol- und Drogenbeschlüsse im KOB mit durchgesetzt? Und jetzt machst du hier gleich die Hundertachtziggradwendung. Da kannst du ja gleich zu den Jusos gehen. Ich meine, wer hat denn damals die ganze harte Linie mitgemacht?«

»Das ist das Schöne an dir, Ralf«, sagte Achim, »daß es immer die anderen gewesen sind.«

»Was macht ihr bei diesen Komiteesitzungen eigentlich immer so?« wechselte Frank das Thema. Er hatte keine Lust, daß die drei jetzt wieder alte Rechnungen miteinander aufmachten, sowas konnte ewig dauern und lebensgefährlich langweilig sein. »Und seit wann seid ihr bei dem Komitee eigentlich Mitglied?«

»So ist das nicht«, sagte Martin Klapp, »das ist keine Komiteesitzung, das ist eine Vollversammlung.«

»Vollversammlung von was?«

»Wie, von was?«

»Martin, das Wort Vollversammlung bezieht sich immer auf eine bestimmte, definierte Menge von Leuten, zum Beispiel alle Schüler einer Schule oder so, also Vollversammlung von wem jetzt?«

»Frankie, jetzt sei doch nicht so ein verdammter Korinthenkacker. Das ist einfach ein Plenum, ein Plenum halt, also für alle, die, äh,...«

»...die darüber reden wollen«, unterbrach ihn Achim. »Für alle, die darüber reden wollen, die mitreden wollen oder überhaupt nur irgend etwas reden wollen, für alle, die labern wollen, und labern und labern und labern...«

»Also kann da jeder hingehen, oder was?« sagte Frank.

»Ja natürlich«, sagte Achim, »was denkst du denn. Hauptsache, du willst reden oder besser noch, Hauptsache, du willst zuhören, man braucht ja auch Leute, die zuhören, ich glaube, vor allem werden da noch Leute gebraucht, die sich den ganzen Scheiß anhören.«

»Achim, ich weiß nicht«, sagte Martin Klapp, »irgendwie ist mir das jetzt auch ein bißchen zu defätistisch, ich meine, du hast ja recht, aber man kann das auch mal ein bißchen positiver sehen oder jedenfalls kämpferischer oder was...«

»Und wer organisiert das?« fragte Frank, ohne auf Martin Klapp zu achten.

»Das Komitee«, sagte Achim und hob einen Zeigefinger, »sowas organisiert natürlich das Komitee. Es gibt immer ein Komitee, das sowas organisiert, und wenn Publikum fehlt, dann gibt es ein Plenum!« Er goß sich wieder einen Wodka ein. »Prost. Auf die Plenums dieser Welt. Oder heißt es Plena? Oder Plenata? Da müßte man mal eine Vollversammlung drüber einberufen. Will jemand einen?«

»Jetzt hör mal auf damit, Achim, das ist ja langsam peinlich«, sagte Martin Klapp. »So geht das ja auch nicht, daß man immer alles runtermacht. Und Frankie, echt mal, das ist das Komitee gegen den fünften November, hast du da noch nie von gehört? Wo lebst du eigentlich?«

»Gegen den fünften November? Wie kann man gegen ein Datum sein?« sagte Frank, um Martin Klapp ein bißchen zu ärgern.

»Das Komitee gegen die Vereidigung, Frankie«, sagte Martin Klapp, mehr gelangweilt als verärgert. »Da gehen alle hin, Frankie, da sind wirklich alle, die MLer, die A-Nuller, die MGler, die Revis sowieso, die Grünen, die christlichen Typen, das ganze Gesocks, ganz große Aktionseinheit, die sind da alle beim Plenum, das ist jetzt jeden Tag, das Plenum, wegen der Mobilisierung und allem, was meinst du, was da los ist?! Da kann man jetzt nicht fehlen, da müssen alle hin.«

»Aha«, sagte Frank, überrumpelt durch Martin Klapps plötzlichen Eifer. Er hätte nicht gedacht, daß ihm das noch so viel bedeutete. Da fiel ihm was ein: »War da nicht auch Sibille?«

»Ja. Wieso?« fragte Martin Klapp und wurde etwas rot. »Warum? Was willst du denn von der?«

»Ich mein nur, das hattet ihr doch letztens erzählt, daß Sibille auch da war, neulich, als du da...«

»Ist doch egal«, unterbrach ihn Martin, »ja, die war auch da, na und?«

»Nur so...«, sagte Frank. Er hatte Sibille seit ihrer gemeinsamen Nacht noch immer nicht erreicht, und langsam war ihm alles recht. »Und da kann jeder hin?«

»Ja, Frankie. Dafür heißt es ja extra ›Vollversammlung‹.«

»Jeder«, sagte Achim. »Hauptsache laber, laber, laber. Kannst ja 'ne Rede halten, kommt sicher gut an.«

»Das nun nicht«, sagte Frank. »Aber ich glaube, ich komme mal mit.«

»Habt ihr das gehört?« rief Martin Klapp. »Er kommt mit!« Dann stutzte er. »Wieso eigentlich?«

»Nur so«, sagte Frank, »ich meine, wenn *ihr* da hingeht, was soll ich sonst machen? Fernsehen ohne Strom? Lesen bei Kerzenschein? Alleine saufen? Wo ist das überhaupt?«

»Das ist in der Aula von der Schule in der Kohlhökerstraße«, sagte Achim. »Komm mal mit, das kann lustig werden. Laber, laber, laber!«

»Was soll der denn da?« sagte Ralf Müller. »Was hat Frankie denn dabei zu suchen? Ausgerechnet! Außerdem ist die Schule nicht in der Kohlhökerstraße, die Schule ist in der Contrescarpe.«

»Wieso?« sagte Achim. »Wir gehen doch immer von der Kohlhökerstraße aus rein.«

»Ja, aber die offizielle Adresse der Schule ist Contrescarpe 26.«

»Nein, Ralf, wirklich?« sagte Achim. »Das ist ja Wahnsinn. Gut, daß wir dich haben, Ralf, was würden wir ohne dich anfangen. Am Ende wären wir weiter in dem Glauben geblieben, die Schule wäre in der Kohlhökerstraße.«

»Nein, die ist in der Contrescarpe«, beharrte Ralf Müller unbeeindruckt. »Außerdem wird man ja wohl noch fragen dürfen, was der da überhaupt will?«

»Wieso, Ralf Müller?« sagte Frank. »Ich denke, da darf jeder hin, oder bestimmst du das? Bist du da der Oberguru, Ralf Müller, oder was? Außerdem ist da geheizt, und sie haben ein Klo, immerhin.«

»Das hat jetzt noch gefehlt«, sagte Ralf Müller säuerlich, »daß da jetzt noch alle hinkommen, die sich bloß mal aufwärmen wollen.«

»Nun hör mal auf, Ralf«, sagte Martin Klapp, »wenn Frankie mitkommt, dann ist das doch genau richtig. Ich meine, wer hat mehr Grund, gegen diese Vereidigung zu sein, als er?«

»Eben«, sagte Frank, aber ihm war nicht ganz wohl dabei. Man müßte ehrlicher sein mit Martin, dachte er, man sollte ihm die Sache mit Sibille erzählen. Später, dachte er zur eigenen Beruhigung, später, wenn alles klar ist.

»Gehen wir«, sagte Achim.

Als sie in der Aula der Schule an der Kohlhökerstraße ankamen, war es dort schon so voll, daß sie an der Wand stehen mußten zwischen vielen anderen Ex-Genossen von Martin, Ralf und Achim, denn das war den dreien dann doch wichtig, daß sie unter Genossen oder auch Ex-Genossen standen, es ist manchmal unbequem, wenn man mit Martin befreundet ist, dachte Frank, als er mit dem Rücken zur Wand und hoffnungslos von Genossen und Ex-Genossen eingeklemmt in den Raum spähte und nach Sibille suchte. Martin, Ralf und Achim waren unterdessen dabei, alle möglichen Leute zu begrüßen, vor allem Achim erntete viel Schulterklopfen, was Frank zu der Einschätzung brachte, daß die meisten dieser Genossen wohl selber mittlerweile ausgetreten, also Ex-Genossen waren, das ergibt eine ganz neue Politgruppierung, die Fraktion der Ex-Genossen, dachte er, während vorne am Rednerpult eine Frau die Leute mit einem längeren Vortrag auf den Abend einstimmte.

»Nur zur allgemeinen Einführung will ich ein paar Dinge sagen«, begann sie ihren Vortrag, und dann redete sie davon, daß es wichtig sei, sich auf das eine Thema zu konzentrieren, nämlich auf die Verhinderung der Vereidigung im Weserstadion, und daß man dafür alle anderen Differenzen in den Hintergrund stellen solle, weil ein breites Bündnis das Gebot der Stunde sei, und daß sie hoffe, daß es heute abend nicht wieder zu endlosen Reibereien über zweitrangige Fragen käme, die die Breite der Aktionseinheit eher verhinderten als förderten. An dieser Stelle kamen bereits die ersten Zwischenrufe, und auf die Zwischenrufe kamen andere Zwischenrufe, woraufhin die Frau abgab an den Leiter der Versammlung, der sich, und das war dann auch für Frank überraschend, als Wolfgang entpuppte, Wolfgang, der Lehrer, Ex-Genosse und Ex-Mitbewohner von Martin Klapp, und als er ans Rednerpult trat, entdeckte Frank auch seine Frau, die ganz in der Nähe auf einem Stuhl saß und ihrem mittlerweile geborenen Kind gerade die Brust gab.

Wolfgang bekam ein bißchen Beifall aus der Mitte des Saals, nicht aber von den Genossen und Ex-Genossen um Frank herum, die buhten ihn aus, was Frank zu der Annahme brachte, daß Wolfgang mehr als nur ausgetreten war, wahrscheinlich hat er die Seiten zu schnell gewechselt, dachte er, wahrscheinlich ist er schon bei den Grünen, das geht manchmal schnell, dachte er, da ist dann Ex-Genosse nicht mehr gleich Ex-Genosse, dachte er und nahm sich vor, Martin Klapp, der irgend etwas in Richtung Rednerpult brüllte, bei Gelegenheit mal nach Details zu fragen.

Wolfgang ließ sich, falls ihn die Buhrufe seiner Ex-Genossen verwirrten, davon nichts anmerken. Er erklärte sich zum Kandidaten für das Amt des Versammlungsleiters und wollte, wie er sagte, zunächst etwas zum Verfahren sagen, daß es nämlich eine vorläufige Tagesordnung gebe, die er, und damit wäre man gleich bei Punkt eins dieser Tagesordnung, zunächst zur Diskussion stellen wollte, wobei, das wollte er für alle Neuankömmlinge noch einmal zum Verfahren sagen, Geschäftsordnungsanträge vorgezogen würden, allerdings müßten sie deutlich gemacht werden, indem bei einer Meldung zur Geschäftsordnung beide Hände gehoben werden müßten.

Daraufhin flogen schon einmal viele Hände hoch, und es gab viel Geschrei und Gebrüll, auch Martin Klapp hatte beide Hände oben und schrie etwas von »Gegenkandidat«, und in diesem Moment verlor Frank das Interesse, denn er hatte Sibille entdeckt, sie stand auf der anderen Seite des Saales in einem Pulk von Leuten und hopste ein bißchen herum, wohl um auch mal etwas zu sehen von dem, was vorne im Saal so passierte, wobei Frank sich schon fragte, wozu es gut sein sollte, Wolfgang zu sehen, der in diesem Moment sagte, daß er keine Lust habe, daß die ganze VV mal wieder durch Geschäftsordnungsanträge blockiert würde, oder so ähnlich, Frank hörte nicht mehr genau hin, er sah nur noch Sibille und wie sie herumhopste und dabei eine rauchte und mit jemandem sprach, der neben ihr stand, und Frank dachte, daß er auch gerne so neben ihr stehen würde und daß er sie dann auch gerne, falls sie das wollte, einmal hochheben würde, nur damit sie sehen konnte, wie Wolfgang sich mit jemandem herumrangelte, der an sein Mikrofon wollte.

Neben ihm holte Achim seinen Flachmann raus, nahm einen Schluck und reichte ihn Frank. »Auch was?« fragte er, und Frank nahm einen Schluck gegen die Aufregung, denn daß er Sibille endlich wiedersah, ließ ihm das Herz bis zum Halse schlagen.

»Schau dir das gut an«, brüllte Achim in Franks Ohr, denn um sie herum war es jetzt schon sehr laut geworden, »das ist das letzte Gefecht der K-Gruppen, ich sag's dir!«

Frank nickte gleichgültig, gab ihm die Flasche zurück und schaute wieder zu Sibille, und in genau diesem Moment trafen sich ihre Blicke, und Frank lächelte und winkte, und sie lächelte und winkte zurück, und Frank machte mit dem Daumen ein Zeichen zur nächstgelegenen Tür, und sie nickte und machte ein ähnliches Zeichen zu der Tür in ihrer Nähe, und Frank sagte »Bis gleich« zu Achim, aber der hörte sowieso nicht zu, sondern rief »Holla, holla, holla« in die Gegend und lachte dabei, und auch die anderen schienen schwer beschäftigt, also ging Frank ohne weitere Verabschiedungen zur nächsten Tür hinaus.

Dann stand er draußen auf dem Gang, der die Aula umfaßte und hatte ein Problem: Die Aula hatte mehrere Eingänge, und der, den Sibille nehmen würde, wenn sie ebenfalls die Aula verließ, lag genau auf der anderen Seite der Aula, und Frank fragte sich, ob er den die Aula umfassenden Gang nun links- oder rechtsherum gehen sollte, um sie zu treffen, das ist heikel, dachte er, wenn ich linksherum gehe, also oben herum, dachte er, und sie geht, wenn sie die Aula verläßt, ebenfalls links, damit aber unten herum, dachte er, dann könnten wir theoretisch immer im Kreis um die Aula herumlaufen, ohne uns zu treffen, dachte er, und umgekehrt ist es genauso, wenn ich aber einfach hier stehenbleibe in der Hoffnung, daß sie kommt, und weil ich nicht riskieren will, falsch herum zu gehen, dachte er, dann könnte es passieren, daß sie genauso denkt wie ich und auch bei ihrem Ausgang stehenbleibt, und dann könnten wir theoretisch ewig da stehenbleiben, und das bringt dann auch nichts, dachte er und kam zu der Erkenntnis, daß der einzig sichere Weg, sie zu finden, darin bestünde, so schnell auf dem Gang um die Aula herumzulaufen, daß man sie, für den Fall, daß sie in derselben Drehrichtung um die Aula herumging, dennoch irgendwann einholen und also abfangen konnte, und kaum hatte er das gedacht, sprintete er auch schon los und stieß, als er um die erste Ecke kam, fast mit Sibille zusammen, die erschrocken aufschrie, als er direkt vor ihr mit rudernden Armen zum Stehen kam.

»Hallo«, sagte Frank atemlos, »du also auch hier!«

»Ja«, sagte sie, »obwohl ich das eher zu dir sagen würde.«

»Ich also auch hier?«

»Ja«, sagte sie, »das finde ich irgendwie logischer.«

»Das kann sein«, sagte er, »obwohl ich nicht glaube, daß Logik hier eine große Rolle spielt.«

Sie nickte und lächelte und blickte zu ihm hoch, und das irritierte ihn, das sollte sie nicht müssen, dachte er, es ist nicht richtig, daß sie zu mir hochgucken muß, das hat sie nicht verdient, dachte er und wäre fast ein bißchen in die Hocke gegangen, damit sie auf gleicher Höhe miteinander reden konnten, aber dann fiel ihm noch rechtzeitig ein, daß man sowas auch falsch verstehen konnte, wenn nicht gar falsch verstehen mußte.

»Du hast es ja ganz schön eilig gehabt«, sagte sie unterdessen, »ist einer hinter dir her?«

»Nein, ich dachte, ich lauf mal eben um die Aula rum, du warst ja auf der anderen Seite.«

»Ja, das stimmt«, sagte sie.

Sie schwiegen einen Moment, wie wenn jeder seinen eigenen Gedanken nachhing.

»Was machst du hier überhaupt«, sagte er schließlich, als er das nicht mehr aushielt, »willst du auch Anträge zur Geschäftsordnung stellen?«

»Ja«, sagte sie lachend und fuhr sich mit den Händen durch die Haare, »ich hatte auch schon ganz vergessen, wie bescheuert diese Art von Vollversammlungen immer sind.«

»Zumal sich noch die Frage stellt, ob das Wort Vollversammlung in diesem Fall überhaupt das richtige Wort ist«, sagte Frank.

»Ja, ja«, sagte sie und tippte ganz leicht mit einem Zeigefinger gegen seine Brust.

»Ja«, sagte Frank, »wie geht's denn sonst so?«

»Gut«, sagte sie.

»Vielleicht sollte man sich mal treffen, vielleicht sollte man mal zusammen essen gehen«, sagte Frank.

»Ja«, sagte sie. Nur ein simples, einfaches »Ja«. Frank hätte nicht gedacht, daß es so einfach sein könnte.

»Warum nicht jetzt gleich?« sagte er, mutig geworden, »das ist doch sowieso alles totaler Quatsch da drin.«

»Würde ich so nicht sagen«, sagte sie ernsthaft, »das ist schon wichtig. Immerhin geht es um die Vereidigung.«

»Ich weiß, daß es um die Vereidigung geht«, sagte Frank, »und das mag ja auch wichtig sein. Es gibt aber Wichtigeres!«

»Was denn?«

»Naja, zum Beispiel... zum Beispiel...« Sie sah ihn neugierig an, und Frank dachte, daß das jetzt der Moment war, an dem man die richtigen Worte finden müßte, man muß nur die richtigen Worte finden, dachte er, es ist alles nur eine Frage, wie man es sagt, die Sache selbst ist ja klar, dachte er, was soll's, sie weiß doch Bescheid, aber irgendwas muß man auch sagen, dachte er, und er wurde ein bißchen sauer, weil er die richtigen Worte nicht fand, man kann es nicht einfach nur so sagen, dachte er, ohne die richtigen Worte macht man sich bloß lächerlich, dann stottert man nur herum und macht alles kaputt, dachte er, aber andererseits, dachte er, stellt sich auch die Frage, wieso gerade ich die richtigen Worte finden soll, warum versucht sie nicht auch irgendwas zu sagen, obwohl, dachte er, vielleicht sucht sie ja auch noch nach den richtigen Worten, und dann fiel ihm auf, das er jetzt schon ziemlich lange nichts mehr gesagt hatte, das wird dann langsam auch mal peinlich, dachte er, und deshalb sagte er »Essen«, und das klang ungewollt um einiges patziger, als es gemeint war, und es war ja eigentlich gar nicht gemeint, es ist ja nur eine dumme Verlegenheitsantwort, dachte er und bekräftigte: »Essen ist wichtiger.«

»Findest du?« sagte sie nachdenklich.

»Nein«, sagte Frank, »oder doch, egal, laß uns was essen gehen und die Scheiße hier gut sein lassen. Wir können ja dabei einen Antrag zur Geschäftsordnung formulieren.«

»Naja«, sagte sie zögernd und schüttelte dann den Kopf. »Geht nicht, ich bin nicht alleine hier, ich bin noch mit anderen Leuten hier, ich meine...«

»Ich auch«, sagte Frank. Er wollte nicht hören, was es mit den anderen Leuten auf sich hatte.

»Vielleicht morgen?« sagte sie und tippte wieder mit dem Finger auf seine Brust. »Wie wär's denn morgen?«

»Morgen ist gut, aber nicht so gut wie jetzt.«

»Aber jetzt geht es nicht«, sagte sie.

»Okay, dann morgen«, sagte Frank.

»Wo denn?« sagte sie.

»Dubrovnik«, sagte Frank, denn das war das einzige Restaurant, das ihm auf die Schnelle einfiel, »das ist ganz okay, das ist jugoslawisch.«

»Jugoslawisch«, sagte sie. »Das paßt ja, erst serbisches Reisfleisch und jetzt Dubrovnik.«

»Was für serbisches Reisfleisch?« fragte Frank.

»Das weißt du nicht mehr?« sagte sie. »Komisch, ich weiß das noch.«

»Ja, stimmt, die Mensa, aber da ging es, glaube ich, nicht so sehr um Jugoslawien«, sagte Frank, »das hatte mehr was mit Reis zu tun, ich glaube, die hatten damals mehr so den Reistag in der Mensa, mit Milchreis auch und so. Im Dubrovnik gibt's nicht viel Reis. Da gibt's nur Fleisch mit Fleisch.«

»Na dann...«, sagte sie und lächelte fahrig, und Frank merkte, daß sie unruhig wurde, es zog sie wohl zurück in die Aula zu ihren Freunden, ganz im Gegensatz zu Frank, den jetzt keine zehn Pferde mehr da hineingebracht hätten. »Laß uns morgen da treffen«, sagte sie und fügte, wie um es sich selbst besser einzuprägen, hinzu: »Morgen dann, im Dubrovnik.«

»Ja«, sagte Frank, »morgen im Dubrovnik.«

»Ja«, sagte sie, »ich muß dann mal wieder.«

»Ja«, sagte Frank, »das ist ja sicher auch wichtig.«

»Ja«, sagte sie, »ich bin mit den Leuten da.«

»Ich auch«, sagte Frank. »Ich bin auch mit den Leuten da. Du mußt dann da rum«, sagte er und zeigte in die Richtung, aus der sie gekommen war, »und ich geh dann da rum...«

Sie tippte ihm ein letztes Mal auf die Brust und lächelte ein letztes Mal zu ihm hoch. »Du bist ein Schatz, weißt du das?«

»Nein«, sagte er und wurde plötzlich wütend, »nein. Bin ich nicht. Ich bin kein Schatz!«

»Dann eben nicht«, sagte sie.

»Okay«, sagte er, und es tat ihm gleich schon wieder leid.

»Dann bis morgen«, sagte sie und ging in ihre Richtung.

»Wann morgen?« rief Frank ihr hinterher.

»Ach so, ja, wie wär's mit... acht?«

»Okay«, sagte Frank. »Um acht im Dubrovnik!«

Sie nickte und ging in die eine Richtung davon, und Frank ging in die andere Richtung, aber er ging nicht mehr zurück in die Aula, sondern verließ die Schule. Er wußte, daß er es nicht ertragen würde, Sibille den Rest des Abends aus der Ferne zu beobachten, und außerdem fürchtete er, daß Martin Klapp etwas merken könnte. Man sollte sein Glück nicht herausfordern, dachte er, während er die Kohlhöker Straße entlangging. Leider war es noch viel zu früh, um schlafen zu gehen, und zu Hause, das wußte er, hatte er nur noch einen kleinen Kerzenstummel, das reichte nicht, um noch ernsthaft etwas zu lesen.

Er kam an dem Haus vorbei, an das jemand vor ewiger Zeit schon die Worte ›Die lila Eule beginnt erst in der Dämmerung ihren Flug‹ gesprüht hatte. Kein Wunder, dachte er grimmig, kein Wunder, wahrscheinlich hat sie ihre Stromrechnung nicht bezahlt, die lila Eule, dachte er, das treibt sie aus dem Haus, wenn es dunkel wird.

38. BUDDENBROOKS

Und nicht nur das, die lila Eule ist auch Alkoholiker, dachte Frank grimmig, als er in die nächste Kneipe, an der er vorbeikam, hineinging, das war die Kneipe Zum steinernen Kreuz, die aber niemand so nannte, sondern die von allen immer nur Der Türke genannt wurde, und das ist auch kein Wunder, denn wenn man erst mal keinen Strom und keine funktionierende Dusche und kein funktionierendes Klo mehr hat, dachte er, dann ist man ja schon zur Hälfte obdachlos, und wer obdachlos ist, der ist ja meistens auch Alkoholiker, dachte er, bestellte sich ein Bier und setzte sich an einen freien Tisch. Die meisten Tische waren frei, wahrscheinlich weil Montag ist, dachte Frank, und weil die Studenten, die ja die einzigen sind, denen der Montag so scheißegal wie der Sonntag sein kann, dachte er, gerade alle bei der Vollversammlung sind, um die Vereidigung zu verhindern, dachte er, denn warum sie auch immer diesen Laden den Türken nennen, dachte er, mit Türken und der Türkei hat das hier nichts, mit Studenten aber alles zu tun. Dann bekam er sein Bier, und das machte ihn nicht fröhlicher, er hatte überhaupt keine Lust, Bier zu trinken, alles, was er sich wünschte, war, daß er müde wurde und schlafen gehen konnte, damit endlich bald der nächste Tag kam, der Tag, an dessen Abend er mit Sibille verabredet war.

Widerwillig trank er das Bier, Schluck für Schluck zwang er es hinunter, aber so ist sie nun mal, die Obdachlosigkeit, dachte er, einer Reportage im Fernsehen gedenkend, in der alle Obdachlosen einstimmig erklärt hatten, daß es die Obdachlosigkeit gewesen sei, die sie zu Trinkern gemacht hatte, »anders ist es gar nicht auszuhalten, dieses Leben«, hatte einer von ihnen gesagt, und Frank verstand jetzt gut, was der Mann meinte, und um die Sache rund zu machen, drehte er sich eine Zigarette, irgend jemand muß ja im Türken die studentischen Bräuche hochhalten, während die Studenten die Vereidigung verhindern, dachte er, ohne sich über diesen schönen Gedanken allzusehr freuen zu können, ein Buch und ein Bett wären besser als der schönste Gedanke über studentische Bräuche, dachte er, aber dann trank er noch ein paar Schlucke von seinem Bier und rauchte die Zigarette, und dann wurde ihm ordentlich schwindelig, und das verscheuchte die schlechte Laune ein bißchen, man muß sich auch mal mit den Gegebenheiten abfinden können, dachte er, während sich alles ein bißchen um ihn drehte, wenn es nun mal so ist, dann ist es nun mal so, da heißt es einfach mal die Zähne zusammenzubeißen oder die Arschbacken oder was weiß ich denn, wie das heißt, dachte er erheitert und schüttete die zweite Hälfte seines Bieres der ersten hinterher, das ist alles immer noch besser, als wie Wolli unter den Brücken abzuhängen, dachte er, obwohl, dachte er, als er aufstand und zum Tresen ging, um sein Bier zu bezahlen, wenn das so weitergeht, wird das Ersparte irgendwann knapp, und dann werde ich mich bei Wolli und seinen Dosenbierfreunden einklinken müssen, dachte er, wenn das so weitergeht, dachte er, als er den Türken verließ, dann wird es noch mal richtig zappenduster.

Egal, erst mal morgen Sibille treffen, das ist mal das Wichtigste, dachte er und ging bis zum Litfasz, wo er ein weiteres Bier trank und eine weitere Zigarette rauchte, mehr als das erlaubte er sich für ein und dieselbe Kneipe nicht, das sieht ja sonst so aus, dachte er, als er im Litfasz mit der einen Zigarette vor dem einen Bier saß, als hätte man keine Freunde, weil man hier so alleine herumsitzt, oder auch, als hätte man keine eigene Wohnung, dachte er, und, nun ja, dachte er, beides ist in meinem Fall ja auch nicht völlig falsch, wenn man von Martin Klapp mal absieht, der ist schon ein Freund, und ein bißchen ist ja die Wohnung auch noch eine Wohnung, außerdem habe ich noch die Kaserne, dachte er, obwohl, wenn man die Kaserne als Wohnung ansieht, dann ist man schon ziemlich weit unten, tadelte er sich selbst, dann kann man auch gleich Ralf Müller als Freund ansehen, dann geht's schon kaum noch niedriger, dachte er.

Das ist alles ziemlich trostlos, dachte er, als er das Litfasz wieder verließ, befand sich aber zugleich seltsamerweise in einer Art Hochstimmung, er war geradezu euphorisiert, ihm war leicht zumute, und aller Groll war verflogen, und er wunderte sich, woran das wohl lag, er dachte darüber den ganzen Weg bis zum Bremer Eck nach, denn müde war er noch nicht, und das Bremer Eck schien ihm jetzt eine gute Wahl zu sein, Zeit für ein Bier, eine Zigarette und ein Fladenbrot mit was Scharfem drin, dachte er, Schluß mit Gyros, lieber so ein türkisches Fladenbrot, heute ist türkischer Abend, dachte er, erst Der Türke, was allemal ein besserer Name ist als Zum Steinernen Kreuz, das ist wirklich ein grottiger Name für eine Kneipe, auch wenn er sich durch die gleichnamige Straße erklärt, dachte er, dann ein türkisches Fladenbrot im Bremer Eck, dachte er und bog vom Sielwall links ein in das Gewirr der kleinen Straßen, in dem die Bremer Straße und das Bremer Eck lagen, und das ist ja überhaupt das Absurdeste, daß sie die wohl kleinste Straße, die es in Bremen gibt, Bremer Straße genannt haben, dachte er, vor allem aber ist es nicht nur die kleinste Straße, sondern auch die am schwersten zu findende, dachte er kurze Zeit später, als er schon einige Zeit im Gewirr der kleinen Straßen herumgeirrt war, ohne die Bremer Straße und/oder das Bremer Eck gefunden zu haben. Ich muß irgendwo falsch abgebogen sein, dachte er und schaute auf das nächste Straßenschild, dort stand Seilerstraße, das sagte ihm gar nichts, aber wenn er ehrlich war, sagte ihm hier überhaupt kein Straßenname besonders viel, er wußte nur, daß er eigentlich jetzt am Bremer Eck sein müßte, aber da war kein Bremer Eck, und eine Bremer Straße auch nicht, also ging er weiter und die nächste Straße rechts, und plötzlich war er wieder am Sielwall, also ging er wieder zurück und weiter an der Seilerstraße vorbei und dann die nächste rechts, weil da irgendwo das Bremer Eck sein mußte, aber da war es nicht, da war der

Osterdeich, und es war kein Mensch auf der Straße, den er hätte fragen können, obwohl, dachte er, das wäre sowieso ein bißchen peinlich, in Bremen nach der Bremer Straße zu fragen, das geht überhaupt nicht, dachte er und ging wieder zurück in das Straßengewirr und die nächste rechts und dann links und dann wieder rechts, und dann war er in der Lübecker Straße, das ist ja schon mal nicht schlecht, dachte er, wo die Lübecker Straße ist, da kann die Bremer Straße nicht weit sein, Hansestädte sind sie beide, und wie die eine heißt, so sieht die andere aus, dachte er, während er zugleich feststellte, daß es ihm eigentlich völlig scheißegal war, ob er ins Bremer Eck ging oder in irgendeine andere Kneipe, am Ende sind sich ja alle Kneipen gleich, genau wie die Hansestädte, dachte er gut gelaunt und ging in die nächstbeste Kneipe, die er sah, es war die einzige in der Lübecker Straße, was die Entscheidung leicht machte, und sie hieß Buddenbrooks, und das, dachte Frank, ist schon mal erheblich einfallsreicher als zum Beispiel Bremer Eck und Zum Steinernen Kreuz, endlich mal jemand, der sich ein bißchen Mühe gibt, dachte er und ging hinein.

Auch innen drin hatten sie sich beim Buddenbrooks Mühe gegeben, jedenfalls hatten sie unendlich viele Kerzen angezündet, und die Kerzen waren, von einigen Scheinwerfern, die eine kleine Bühne beleuchteten, einmal abgesehen, die einzige Lichtquelle. Auf der Bühne saß eine vierköpfige Gruppe und machte mit allerhand Saiteninstrumenten Folklore. Gerade als Frank hereinkam, begann eine Frau zu singen, und Frank wäre gern gleich wieder hinausgegangen, aber das traute er sich nicht, das kam ihm zu unhöflich vor, zumal es im Buddenbrooks, so weit er sehen konnte, deutlich mehr Kerzen als Menschen gab, es verloren sich höchstens drei oder vier Gestalten in der weihnachtlichen Düsternis des Kneipenraums, und sowenig er jetzt auch Folkmusik von der Art, wie sie hier geboten wurde, gebrauchen konnte, sowenig wollte er andererseits dafür verantwortlich sein, daß die Musiker mit seinem Weggang gleich wieder zwanzig Prozent ihres Publikums verloren, die brauchen doch auch jeden Mann, dachte er und fand es deshalb auch nicht weiter verwunderlich, daß die Sängerin, die zugleich auch eine Art Hackbrett spielte, ihm zulächelte und zunickte, als er quer durch den Raum zum Tresen ging. Er ließ sich ein Altbier aufschwatzen und ging damit zurück in die Nähe des Ausgangs, um dort in Ruhe und so weit wie möglich von der Musik entfernt das Bier zu trinken, eine Zigarette zu rauchen und dann in einem günstigen Moment wieder zu verschwinden.

»Lehmann!« rief es leise zu ihm herüber, als er schon fast sein Ziel erreicht hatte. Er blickte sich um und sah einen Mann winken, der mit dem Rücken zur Wand hinter einer Kerze saß und schwer zu erkennen war.

»Lehmann«, rief der Mann wieder. »Hut ab im geschlossenen Raum.«

Frank faßte sich automatisch an den Kopf. »Ich habe doch gar nichts auf«, sagte er und erkannte den anderen in diesem Moment wieder, es war Koch, der Obergefreite Koch, der ihm alles über Betriebsstoffe und die Sitten und Gebräuche in der Nachschubkompanie 210 beigebracht hatte und der vor etwa sieben Wochen mit den Worten »Null, ihr Kisten« von ihnen gegangen war. Seine Haare hatte er sich seitdem nicht mehr schneiden lassen, und sein Bart war außerordentlich verzottelt.

»Koch«, sagte Frank.

»Lehmann«, sagte Koch.

»Koch«, sagte Frank und wußte nicht genau, was er jetzt tun sollte.

»Was machst du denn hier? Setz dich!« sagte Koch.

Frank setzte sich neben ihn. In diesem Moment hörte die Gruppe auf zu spielen. Koch klatschte laut in die Hände und rief »Bravo!« und Frank klatschte mit, damit er dabei nicht so allein war. Die Sängerin schaute zornig zu ihnen herüber. Koch warf ihr eine Kußhand zu.

»Ist sie nicht wunderbar«, rief er.

»Wer?«

»Die Frau natürlich!«

»Kennst du die?«

»Das ist quasi meine Freundin, Lehmann!«

»Ach so.«

»Wie findest du die Musik, Lehmann?«

»Das ist Spitzenmusik.«

»Ja, nicht wahr? Ganz groß ist das!«

Die Gruppe begann wieder zu spielen.

»Wie läuft's denn so in der Kompanie?« fragte Koch. »Nicht, daß es noch besonders wichtig wäre, aber wo du schon mal da bist...«

»Geht so«, sagte Frank. »Du weißt ja, wie es ist.«

»Ja.« Koch trank einen Schluck Bier. »Obwohl, ehrlich gesagt«, sagte er und schaute interessiert dabei zu, wie Frank sich eine Zigarette drehte, »ehrlich gesagt habe ich das eigentlich alles schon vergessen. Die ganze Bundeswehrzeit. Komplett weg.«

»Könnte ich nie«, sagte Frank. »Könnte ich nie vergessen.«

»Wart's ab«, sagte Koch, »wart's ab. Manchmal träume ich noch, ich müßte nachdienen, das ist dann kein schöner Traum.«

»Kann ich mir vorstellen«, sagte Frank.

»Aber was du da machst, ist auch nicht gerade schön«, sagte Koch und zeigte auf die Zigarette, die Frank sich gerade fertiggedreht hatte.

»Ich mach das noch nicht lange«, sagte Frank. Er steckte sich die Zigarette an und hob sein Bier. Koch und er stießen an. »Es ist komisch, dich hier als Zivilist zu sehen, Koch«, sagte Frank, »irgendwie wirst du für mich immer Obergefreiter bleiben.«

»Das ist bitter«, sagte Koch gut gelaunt, »das ist Stigmatisierung!«

»Aber du kannst mir vielleicht helfen«, sagte Frank, »du kannst mir vielleicht einen Tip geben.«

»Wenn's dabei um die Bundeswehr geht: Hab ich alles schon vergessen«, sagte Koch.

»Ich brauch eine gute Methode, um mich zu verpissen«, sagte Frank.

»Worum geht's denn, Manöver?«

»Ich soll als Fackelträger bei der Vereidigung mitmachen. Am Donnerstag, im Weserstadion.«

»Ach du Scheiße«, sagte Koch.

Die Folkgruppe brach mitten im Stück ab. »Ihr da! Könnt ihr vielleicht mal ein bißchen leiser sprechen, wenn ihr schon die ganze Zeit quatschen müßt?!« rief die Sängerin zu ihnen herüber.

»Tut mir leid, Schatz«, rief Koch.

»Und nenn mich nicht Schatz«, sagte die Frau. Dann gab sie ihren Mitspielern ein Zeichen, und sie fingen wieder an. Frank besah sich die Sängerin genauer. Sie war schlank, geradezu drahtig, trug sehr kurze Haare und eine Latzhose.

»Bist du sicher, daß das deine Freundin ist, Koch?«

»Wieso?«

»Naja, das wirkte jetzt nicht ganz so, als wenn...«

»Ja nun«, sagte Koch, »wie es wirkt, ist das eine, wie es ist, ist das andere. Außerdem hatte ich quasi gesagt, glaube ich.« Er trank einen langen Schluck Bier.

»Ist die bei der AAO?« fragte Frank.

»Nein, das sieht jetzt nur so aus, das ist nur wegen der Latzhose, die ist nicht bei der AAO, ich meine, wenn die bei der AAO sind, machen die doch keine Folkmusik!«

»Nein«, gab Frank zu, »das glaube ich auch nicht. Das paßt irgendwie nicht zusammen.«

»Nein, die ist nicht bei der AAO«, sagte Koch. »Da bin ich mir sicher.«

»Was soll ich denn jetzt wegen der Vereidigung machen?« kehrte Frank zum Thema zurück. »Ich brauche irgendwas, vielleicht eine Art Krankheit oder so, ich will da auf keinen Fall hin.«

»Das habe ich eigentlich alles schon vergessen«, sagte Koch. »Ich kenne übrigens einen, der war mal bei so einer öffentlichen Geschichte von der AAO, *der* hat vielleicht was erzählt, mein lieber Scholli...«

»Ich brauche irgendeinen Trick«, ließ Frank nicht locker.

»Rauchen!« sagte Koch, »ich hab's mal mit Rauchen geschafft.«

»Rauchen?«

»Ja. Da sollten wir nach Putlos auf Schießübung, vierzehn Tage Schießübung an der Ostsee, mein lieber Schwan...«

»Ja, ja, das ist schlimm, aber was hat das mit Rauchen zu tun?«

»Achtzig Gitanes ohne Filter! An einem Tag.« Koch zeigte auf Franks Tabakpackung. »Nicht so einen Quatsch da... Ich dreh mir mal eine, ja?«

»Klar«, sagte Frank. »Aber was soll das denn bringen?«

»Nur so. Eigentlich habe ich aufgehört mit dem Rauchen.«

»Nein, ich meine das mit den achtzig Zigaretten?«

»Verdacht auf Lungenentzündung«, sagte Koch. Er drehte sich in Blitzgeschwindigkeit eine Zigarette, steckte sie sich in den Mund und holte ein Feuerzeug raus. »Da rasselt die Lunge aber sowas von, da hättest mal das Gesicht von dem Arzt sehen sollen, der hatte mich schon fast aufgegeben. Warst du bei uns schon mal beim Arzt?«

»Beim Arzt? Nein.«

»Das ist damals so ein junger Heini gewesen, weiß nicht, ob der noch da ist, der war Wehrpflichtiger, der hatte überhaupt keine Ahnung, glaube ich. Ist auch Glückssache.«

Koch steckte sich die Zigarette an und nahm einen tiefen Zug. »Habe ich bei uns gesagt? Siehst du, jetzt hast du mich schon so weit, daß ich bei uns sage.«

»Tut mir leid«, sagte Frank.

»Macht nichts«, sagte Koch. »Ist sie nicht wunderbar?« Er zeigte wieder auf die Sängerin. »Und wie schön sie singt!«

»Was ist das eigentlich für eine Sprache?«

»Das ist Mittelhochdeutsch? Da kenne ich mich aus. Das ist eindeutig Mittelhochdeutsch. Ich weiß alles über diese Gruppe.«

»Aha«, sagte Frank.

»Kannst du mich fragen, was du willst, Lehmann.«

»Gut«, sagte Frank. Und weil Koch ihn so auffordernd anblickte, sagte er, um ihm eine Freude zu machen: »Wie heißen die denn?«

»Aventiure!«

»Aha«, sagte Frank.

»Das ist mittelhochdeutsch für Abenteuer. Das habe ich jetzt angefangen zu studieren. Deutsch und Geschichte. Auf Lehramt.«

»Aha...«, sagte Frank. »Da kenne ich noch einen. Aber wie schafft man es denn, achtzig Zigaretten zu rauchen? Das kommt mir ziemlich viel vor.«

»Gitanes, Lehmann, Gitanes ohne Filter. Das ist abartig. Aber vierzehn Tage Schießübung an der Ostsee, und dann noch im Winter, da fällt die Entscheidung leicht!«

»Hm«, sagte Frank zweifelnd. »Und das ging einfach so? Ich meine...«

»Lehmann!«

»...das sind vier Schachteln, Koch!«

»Was willst du, Lehmann? Willst du dich drücken? Tarnen, täuschen, verpissen? Dann darfst du nicht kleinlich sein.«

»Aber überleg mal, wenn der Tag sechzehn Stunden hat, dann mußt du bei achtzig Zigaretten fünf Stück pro Stunde rauchen. Wie soll das denn gehen?«

»Das geht nur, wenn man eisern entschlossen ist, Lehmann. Das geht nur mit Disziplin.«

»Das ist alle zwölf Minuten eine, Koch!« sagte Frank in die Pause hinein, die durch das Verstummen der Musik entstanden war. Koch klatschte wieder und rief »Bravo!«.

»Wir machen jetzt eine Pause«, sagte die Sängerin streng ins Mikrofon. »Vielleicht können sich dann alle erst mal in Ruhe ausquatschen.« Die Musiker verließen die kleine Bühne und gingen zum Tresen. Dort tuschelten sie ein bißchen, während sie ihre Getränke bekamen. Koch zog den Kopf ein. »Wir müssen leise sein«, sagte er. »Wo waren wir stehengeblieben?«

»Disziplin«, sagte Frank. »Zwölf Minuten.«

»Genau. Da mußt du schon ordentlich was bringen. Wer weiß, was da jetzt für ein Arzt ist. Die wechseln doch bei uns dauernd. Scheiße«, sagte Koch und haute sich mit der flachen Hand vor die Stirn, »jetzt habe ich schon wieder bei uns gesagt.«

»Ich weiß nicht, ob ich das schaffe«, sagte Frank, »achtzig Zigaretten, und dann noch Gitanes… Ich schaffe ja noch nicht mal richtig das Bier hier.« Er hob das Bier und setzte es wieder ab. Er war plötzlich sehr müde. Trotzdem drehte er sich wieder eine Zigarette. Man muß sich langsam vorarbeiten, dachte er, vielleicht ist es alles nur eine Frage des Trainings.

»Wann ist die Vereidigung? Donnerstag! Und was haben wir heute?« sagte Koch.

»Montag«, sagte Frank.

»Mein Gott, Montag, ich muß denen mal sagen, daß die montags nicht spielen sollen, ist doch kein Wunder, daß wir da keine Zuschauer haben, da geht doch kein Schwein aus dem Haus, das müssen die doch wissen. Kein Wunder, daß ich hier der einzige bin.«

»Ich bin doch auch da«, sagte Frank, »und da drüben sitzt auch noch einer.«

»Ihr zählt nicht«, sagte Koch, »ihr seid nicht wegen der Musik hier.«

»Ach so«, sagte Frank.

»Was wollte ich eigentlich noch mal sagen? Wo war ich stehengeblieben?« fragte Koch.

»Von wegen Montag, irgendwas mit Montag. Und mit Donnerstag.«

»Ach so. Also heute ist Montag. Mittwoch mußt du achtzig Zigaretten rauchen, ungefähr, auf eine mehr oder weniger kommt es dabei nicht an. Wenn du das Rauchen nicht gewohnt bist, gehen vielleicht auch ein paar weniger, was weiß ich. Aber Donnerstag muß die Lunge rasseln, aber wie. Mußt du dich halt dran gewöhnen. Da fängst du jetzt schön an mit Kettenrauchen, und bis Mittwoch hast du das im Griff. Ist leichter, als du denkst.«

»Aber Gitanes…«

»Zur Not gehen auch Roth Händle«, sagte Koch. »Oder Reval, wenn's gar nicht anders geht. Aber so, wie du Zigaretten drehst, brauchst du auf jeden Fall fertige, sonst schaffst du das nie. Man muß ja auch zwischendurch noch mal was essen…« Koch lachte und kriegte sich gar nicht mehr ein, »Der war gut«, keuchte er schließlich, »der war gut.«

»Nein, war er nicht«, sagte die Sängerin der Folkgruppe, die plötzlich vor ihnen stand. »War er nicht, Koch.«

Koch hörte auf zu lachen. »Warum nicht?«

»Nur so, Koch. Ich habe das nur so gesagt, weil ich sonst nicht weiß, wie ich mit dir noch reden soll. Reden nützt bei dir ja wohl gar nichts!«

»Äh...«, sagte Koch und zeigte auf Frank, »das ist übrigens Lehmann.«

»Kann nicht sagen, daß mich das freut, Koch. Schlimm genug, daß du hier auftauchst, schlimm genug, daß du überhaupt immer und überall auftauchst, wo wir spielen.«

»Naja«, versuchte Frank seinem Ex-Kameraden beizuspringen, »immerhin ist Koch ungefähr zwanzig Prozent eures Publikums.«

»Was ist das denn für ein Dödel?« sagte die Frau zu Koch. »Was will der denn? Bringst du dir jetzt neuerdings Schwachsinnsverstärkung mit, Koch?«

»Vorsicht!« sagte Frank, der nicht bereit war, sich beschimpfen zu lassen. »Außerdem bin ich zufällig hier, wegen der Musik wäre ich jedenfalls nicht gekommen, das ist vermuffter Mist, das ist genauso ein Scheiß wie Kate Bush.«

»He, Lehmann, so geht das aber nicht!« sagte Koch. »Du kannst doch nicht hierherkommen und Iris blöd anmachen.«

»Kate Bush? Hat er Kate Bush gesagt?« sagte die Frau. »Du willst wohl, daß ich dir in die Eier trete, oder was?«

»Nur, wenn du das auch auf mittelhochdeutsch sagen kannst, du blöde Kuh«, sagte Frank.

»He, Lehmann, ich habe gesagt, so geht das nicht«, sagte Koch streng. »Du kannst doch nicht hierherkommen und die Frau blöd anmachen. Schäm dich, Lehmann!« Und zu der Frau sagte er: »Und dem habe ich alles beigebracht, das muß man sich mal vorstellen. Dem habe ich alle Tricks gezeigt.«

»Was denn für Tricks?« fragte die Frau. »Das wollte ich immer schon mal wissen, was einer wie du für Tricks draufhat, Koch.«

»Er hat mir gezeigt, wie ich im Tankstellenhäuschen sitzen muß, damit mich beim Schlafen keiner sieht«, sagte Frank. »Immerhin.«

»Wer hat dich denn gefragt?« sagte die Frau. »Und was für ein Tankstellenhäuschen?«

»Beim Bund«, sagte Frank.

»Wieso warst du beim Bund in einem Tankstellenhäuschen, Koch? Ich dachte, du wärst Offizier gewesen.«

»Offizier?« fragte Frank und lachte.

»Komm schon, Lehmann«, sagte Koch und zwinkerte Frank dabei heftig zu, »jetzt erzähl hier keinen Scheiß. Ich hab dir alles beigebracht, vergiß das nicht.«

»Stimmt auch wieder«, sagte Frank.

»Halt du dich doch endlich mal da raus«, sagte die Frau zu ihm.

»Okay, okay«, sagte Frank, der jetzt ohnehin müde war und nur noch wegwollte. »Okay, ich gehe dann mal. Mach's gut, Koch.«

»Kannst du Koch nicht einfach mitnehmen?« sagte die Frau. »Das wäre mir echt lieber. Hau ab, Koch«, sagte sie an ihn gewandt. »Hau endlich ab. Ich habe dir das schon mal gesagt: Ich will nicht, daß du auf unsere Konzerte kommst. Ich will dich überhaupt nie wiedersehen.«

»Das ist nun aber auch übertrieben«, sagte Koch seelenruhig. »Ich weiß doch, daß du das in Wirklichkeit gar nicht meinst.«

»Ich geh dann mal«, sagte Frank.

»Mach's gut, Lehmann«, sagte Koch.

»Ja, du auch«, sagte Frank.

»Lehmann!« rief Koch, als Frank gerade die Tür zur Straße öffnete.

»Was denn?«

»Sag mal deine Tageszahl, ich will mich mal gruseln.«

»Dreihundertachtzehn«, tat Frank ihm den Gefallen.

Als er auf die Straße trat, hörte er, bevor die Tür zufiel, wie die beiden zusammen lachten. Immerhin, dachte er und atmete in der frischen Luft der Lübecker Straße noch einmal tief durch, jetzt lachen sie schon gemeinsam. Dann drehte er sich eine Zigarette. Es war Zeit, ernsthaft mit dem Rauchen anzufangen!

39. HANNI UND MANNI

Für weitere Forschungen nach dem Verbleib des Bremer Ecks war Frank schon zu müde. Endlich müde, dachte er, endlich müde und schlapp, und so schlug er sich, als er das Buddenbrooks verließ, irgendwie in bekanntere Gefilde durch, ging rechts die Straße hinunter, kam auf den Osterdeich, ging wieder rechts bis zum Sielwall und bog dort wieder rechts ein, was ihn auf den Gedanken brachte, daß er wohl einen kleinen Umweg genommen haben mußte, so viel Geometrie kann jeder, dachte er, aber er war zu müde, um diese Frage weiterzuverfolgen, und so müde und schlapp, wie er war, so gut gelaunt war er auch, gleich schlafen und dann morgen Sibille wiedersehen, dachte er und blieb kurz stehen, um sich eine neue Zigarette zu drehen, die er mit der, die er dabei noch im Mund hatte, gleich anmachte, das ist die Lösung, dachte er, auf diese Weise vergißt man das Rauchen nicht, und dann ging er fröhlich rauchend und hustend weiter. Sibille, dachte er dabei, Sibille wäre ein Ausweg, egal wie, dachte er, sie wäre ein Ausweg, obwohl es seiner Ansicht nach eigentlich falsch war, so von der Frau zu reden oder auch nur zu denken, die man liebt, Ausweg ist kein Name für eine Frau, mit der man sein ganzes restliches Leben teilen will, dachte er, schon Sibille ist nicht gerade ein Klassename, dachte er, aber Ausweg, so sollte man sie erst recht nicht nennen, das kann und darf nicht der Grund dafür sein, daß man jemanden liebt, dachte er, daß man sich von ihm oder ihr etwas verspricht, so geht das nicht, dachte er und drückte aus purem Übermut im Vorbeigehen auf den Knopf einer Fußgängerampel, die auch sofort umsprang. Hinter ihm, der er schon weiterging, ohne die Straße zu überqueren, kam ein Auto mit quietschenden Reifen zu stehen, und es war das einzige Auto weit und breit, und Frank war der einzige Fußgänger weit und breit, da war niemand, dem es genützt hätte, daß die Ampel umsprang und das Auto unter hohem Verlust an Reifengummi bremsen mußte. Frank fand das lustig, er war in der Stimmung für solchen Schabernack, er drehte sich um, grinste und winkte mit der Hand, und als bei dem Auto eine Scheibe runtergekurbelt wurde und jemand etwas rief, winkte er noch einmal und ging seelenruhig weiter, bis plötzlich das Auto mit ebenso quietschenden Reifen wieder anfuhr, neben ihm auf dem Bürgersteig hielt, ein ziemlich großer und ziemlich fies aussehender Mann heraussprang, ihn packte und gegen einen Zaun drückte. Hinter dem Mann kamen noch drei weitere Leute aus dem Auto heraus, es war ein Opel Rekord, ein ziemlich altes Modell, auch hier ein alter Opel, dachte Frank unsinnigerweise, während der sehr große, sehr schwere und sehr kräftige Mann ihn mit sehr großen Händen an den Zaun drückte wie ein lästiges Insekt.

»So«, sagte der Mann.

Frank sah jetzt, daß die anderen drei Leute, die sich hinter dem ihn festhaltenden Mann versammelten, zwar lange nicht so groß und so kräftig waren wie eben jener Mann, aber doch genauso fies aussahen, sie hatten eine ganze Menge an Bärten, langen, zotteligen Haaren und schlechten Zähnen zu bieten, und was sie sagten, klang auch nicht gerade ermutigend, einer sagte »Reiß ihm das Gesicht ab, Hanni«, der andere sagte »Guck dir den Wichser an«, und der dritte sagte »Lebensmüde!« und bei dem Wort lebensmüde merkte Frank mal wieder, wie müde er war, gerade jetzt, im festen, geradezu stählernen Griff jenes Mannes, der wohl Hanni hieß, war er so müde wie nie zuvor, und das ist seltsam, dachte er, eigentlich müßte das Adrenalin einen hellwach und mehr als munter machen, aber wahrscheinlich ist das Adrenalin auch nicht total bescheuert, dachte er, es ist die völlige Aussichtslosigkeit der Situation, die absolute Chancenlosigkeit, dachte er, die Tatsache, daß man bei einem wie Hanni nur hoffen kann, daß er es kurz macht, dachte er, die dazu führt, daß das Adrenalin gleich ganz zu Hause bleibt.

»He, Hanni«, rief da eine Frank bekannte Stimme.

Hanni drehte sich um und ebenso drehten sich seine drei Freunde um, und auch Frank schaute dahin, wo die Stimme herkam, und alle sahen sie Harry, der seelenruhig herangeschlendert kam.

»Laß ihn sofort los, Hanni«, sagte er, »das ist ein Kumpel von mir.«

»Der hat uns verarscht, Harry«, sagte Hanni.

»Vergiß es, Hanni. Laß ihn runter und entschuldige dich bei ihm«, sagte Harry, »das ist ein Kumpel von mir.«

»Konnte ich ja nicht wissen, Harry, tut mir leid, konnte ich ja nicht wissen, daß das ein Kumpel von dir ist, tut mir leid, Harry«, beteuerte Hanni. Er ließ Frank los und zupfte an seiner Jacke hin und her.

»Entschuldige dich nicht bei mir, Hanni, entschuldige dich bei ihm«, sagte Harry.

»Tut mir leid«, sagte Hanni zu Frank.

»Ist schon okay«, sagte Frank.

»Hallo Frankie«, sagte Harry. »Schön, dich mal wiederzusehen.«

»Hallo Harry! Finde ich auch«, sagte Frank.

»Was war denn los?« sagte Harry zu Hanni.

Hanni erzählte es ihm. Als er damit fertig war, dachte Harry kurz nach. »Dann mußt du dich auch entschuldigen«, sagte er zu Frank. »Das war nicht in Ordnung.«

»Ja, tut mir leid«, sagte Frank.

»Ist schon okay. Wenn du ein Kumpel von Harry bist, ich meine...« Hanni machte ein unbestimmtes Zeichen mit der Hand, »gut, daß der noch gekommen ist, da hätte sonstwas passieren können«, sagte er.

»Okay«, sagte Harry, »dann ist das ja geklärt. Und jetzt gehen wir alle mal schön einen trinken.«

Hanni und seine Kumpels nahmen den Wagen, während Harry mit Frank zu Fuß in die Weberstraße und dort in eine unauffällige Souterrain-Kneipe mit Namen Jogi's kleine Bierstube ging, in der nicht viel los war, genauer gesagt war niemand darin außer einem Mann hinter dem Tresen, der Harry mit Handschlag begrüßte und ihnen zwei Flaschen Bier gab.

»Gleich kommt noch Hanni mit den anderen«, sagte Harry zu ihm. »Die läßt du noch rein, und dann machst du zu.«

Der andere nickte, und Harry setzte sich mit Frank im hinteren Teil des Raumes an einen großen runden Tisch.

»Wir müssen im Augenblick ein bißchen aufpassen«, sagte Harry.

»Ah ja«, sagte Frank, der gar nicht so genau wissen wollte, was Harry damit meinte. Harry sah auch nicht so aus, als wollte er das gerne erzählen. Sie tranken Bier und sagten nichts, bis kurze Zeit später Harrys Kumpel auftauchten. Der Tresenmann schloß hinter ihnen ab und gab ihnen Bier. Dann setzten sie sich dazu.

»Hanni hast du ja schon kennengelernt«, sagte Harry, »und das sind Piet, Rudi und Wolli.«

»Wolli?« sagte Frank.

»Ja und?« sagte Wolli.

»Nur so«, sagte Frank. »Schon gut.«

»Wolli müßtest du eigentlich auch noch kennen«, sagte Harry, »der war mit uns auf der Adam-Stegerwald-Straße. Rudi und Hanni waren auf der Carl-Goerdeler-Straße.«

»Ach so«, sagte Frank vorsichtig. Er verspürte eine seltsame Mischung aus Langeweile und Panik, zwei Gefühle, von denen er nicht gedacht hätte, daß sie so gut zusammengingen.

»Wolli, Wolfgang Grabe, der war mit uns in der ersten Klasse, Frankie!«

»Ah, ja klar«, sagte Frank, »Wolfgang Grabe, klar, aber erste Klasse, Harry, ich meine, das war noch die Grundschule, das ist lange her.«

»Ist das Frankie Lehmann?« sagte Wolli, »Mann, ich faß es nicht, Frankie Lehmann.« Er beugte sich vor und klopfte Frank ordentlich auf die Schulter. »Du hast mir mal voll was auf die Fresse gehauen.«

»Echt? Dann ist das aber schon sehr lange her«, sagte Frank. »Und ihr seid alle bei den Silverbirds, oder was?«

»Die Birds gibt's doch nicht mehr«, sagte Hanni. »Wir sind jetzt die Lizzards.«

»Das verstehe ich immer nicht«, sagte Frank, »was war denn eigentlich falsch an den Birds, daß es die nicht mehr gibt.«

»Harry hat noch Bewährung, und eine der Auflagen ist, daß er sich von den Birds fernhält«, sagte Hanni, »also haben wir die Birds aufgelöst und sind jetzt die Lizzards.«

»Und das funktioniert?« sagte Frank ungläubig, »sind die so blöd, daß die den Scheiß nicht durchschauen?«

»Wieso Scheiß?« fragte Rudi. »Was meinst du denn mit Scheiß?«

»Nur so«, wiegelte Frank ab, »ich meine, ich hätte nicht gedacht, daß das so einfach ist.«

»Von wegen einfach«, sagte Hanni, »auf sowas muß man erstmal kommen!«

»Das stimmt«, gab Frank zu.

»Das war Harrys Idee!«

»Stimmt das wirklich?« sagte Frank zu Harry.

Harry nickte stolz. »Klar, Mann. Aber das darf keiner wissen.«

»Spitzenidee«, sagte Frank.

»Lehmann«, sagte Rudi, der bisher geschwiegen hatte. »Lehmann? Hast du mit Manni Lehmann was zu tun?«

»Das ist mein Bruder«, sagte Frank.

»Du bist der kleine Bruder von Manni Lehmann?« sagte Hanni.

»Ja«, sagte Frank und unterdrückte ein Gähnen. Jetzt bloß nicht gähnen, dachte er, das könnte zu Mißverständnissen führen.

»Manni Lehmann, den kenne ich auch noch«, sagte Wolli. »Das war dein Bruder?«

»Ja«, sagte Frank und erwischte sich bei dem Gedanken, wie schade es war, daß sein Bruder nicht auch zu den Silverbirds oder Lizzards oder wohin auch immer gegangen war. Dann hätten sie jetzt Hanni und Manni, dachte er. Er mußte lachen.

»Worüber lachst du, Frankie?« wollte Harry wissen.

»Nur so.«

»Nur so?«

»Ja, ich mußte gerade an einen Witz denken, den mein Bruder mir mal erzählt hat."

»Aha.«

Sie schwiegen alle ein bißchen und tranken Bier. Frank holte seinen Tabak raus.

»Hier«, sagte Harry und hielt ihm eine Schachtel Zigaretten hin, »nimm mal was Richtiges.«

Frank nahm eine Zigarette von Harry und machte vorsichtshalber den Filter ab.

»Manni Lehmann«, sagte Rudi gedankenvoll. »Der war hart drauf.«

»Der hat mir mal ordentlich was auf die Fresse gehauen«, sagte Harry.

»Wie du klein warst?« fragte Wolli.

»Nein, später.«

»Und du bist dem sein kleiner Bruder?«

»Ja«, sagte Frank.

»Wie läuft's denn so beim Bund?« fragte Harry.

»Nicht so gut.«

»Habe ich ja gleich gesagt, du bist da nicht der Typ für«, sagte Harry. »Du bist mehr so der Hippietyp.«

»Beim Bund? Panzer?« sagte Rudi zu Frank. »Fährst du da Panzer?«

»Nein«, sagte Frank. »Nachschub.«

»Hast du da auch so 'n Gewehr und den ganzen Scheiß?«

»Ja, aber nicht oft«, sagte Frank.

»Hör mal«, sagte Harry, »ich muß dich mal was fragen, Frankie.«

»Ja klar, Harry«, sagte Frank.

»Kannst auch nein sagen, wenn's nicht geht.«

»Okay, Harry.«

»Du wohnst doch hier irgendwo, oder?«

»Naja«, wiegelte Frank ab, »wenn man das überhaupt wohnen nennen kann, weil da nämlich...«

»Ich brauch nämlich mal für ein, zwei Wochen was, wo ich unterkommen kann«, unterbrach ihn Harry. »Dachte, vielleicht kannst du da helfen.«

»Nee, leider nicht«, sagte Frank, »ich meine, ich habe da nur ein Zimmer, und da sind noch viele andere Leute...«

»Das macht mir nichts«, sagte Harry, »ich bin gern unter Leuten.«

»Ja, sicher, gut, aber ich meine...«

»Vielleicht könnte ich nur mal eine Zeitlang bei dir pennen oder so, ich nehm auch 'ne Luftmatratze«, sagte Harry.

»Eigentlich gern, Harry«, sagte Frank. »Eigentlich gern, aber...«

»Bei uns geht das nämlich nicht«, sagte Hanni, »das ist, weil...«

»Das geht nicht«, unterbrach ihn Harry. »Mehr braucht Frankie gar nicht zu wissen. Bei den anderen geht's nicht. Ist nur für ein paar Tage, zwei Wochen vielleicht.«

»An sich gern, Harry«, sagte Frank. »Das Problem ist nur, daß bei mir schon einer auf der Luftmatratze schläft.«

»Hm«, sagte Harry und sah Frank scharf dabei an. »Da schläft schon einer bei dir im Zimmer auf der Luftmatratze? Was ist das denn für ein Scheiß!«

»Nein, ehrlich, Harry, ich meine, sowas denkt man sich doch nicht aus, warum soll ich dich anlügen, Harry, ehrlich mal.«

»Wer denn? Wer soll das denn sein?«

»Achim.«

»Welcher Achim?«

»Achim Schwarz, das ist der, den du mal mit mir da im Storyville getroffen hast.«

»Der bei Kellogg's arbeitet? Der Juso-Typ?«

»Genau. Bloß daß der da nicht mehr ist.«

»Was, bei den Jusos?«

»Das auch. Und bei Kellogg's. Ist 'ne lange Geschichte.«

»Und der wohnt bei dir in deinem Zimmer? Ich dachte, der wohnt da sowieso, ich dachte, der hätte bei euch ein eigenes Zimmer.«

»Nein, in dem wohnt jetzt ein anderer, der war zwischendurch ins Ruhrgebiet gezogen, und jetzt ist er wieder hier, und in seinem Zimmer wohnen jetzt andere, also ich, während in meinem früheren Zimmer...«

»Stimmt das auch?« schnitt Harry ihm das Wort ab.

»Harry, mal ehrlich, warum sollte ich dich anlügen?«

»Harry hat dir vorhin das Leben gerettet, Alter«, mischte Hanni sich ein.

»Halt's Maul, Hanni. Wenn ich will, daß du was sagst, dann sag ich es dir«, sagte Harry. »Bis dahin hältst du die Schnauze.«

»Okay, Harry!«

»Und wohnt der noch lange bei dir?«

»Weiß ich nicht. Glaube ich nicht, Harry«, sagte Frank, »oder vielleicht doch«, fügte er hastig hinzu, es war schwer zu entscheiden, was hier die richtige Antwort war, »keine Ahnung, ist halt ein Kumpel, der muß ja auch erstmal was anderes finden, was soll man machen, außerdem haben wir keinen Strom, die Dusche ist kaputt, das Klo geht nicht mehr...«

»Kein Scheißhaus? Wie geht das denn?«

»Katzenstreu. Da hat einer Katzenstreu reingeworfen.«

»Klumpstreu?« fragte Harry.

»Weiß ich nicht, ja, ich glaube schon...«

»Bestimmt Klumpstreu!« sagte Harry. »Mein Gott, wie bescheuert ist das denn? Werfen die Klumpstreu in ihr Klo!«

»Total bescheuert«, sagte Hanni.

»Was seid ihr bloß für Schweinehippies«, sagte Harry. »Das ist ja widerlich.«

»Ja, ja, sage ich ja auch immer«, sagte Frank. »Aber auf mich hört da keiner.«

»Das kann ich ändern, wenn du willst«, sagte Harry.

»Nee, danke, laß mal, Harry.«

»Mußt nur Bescheid sagen.«

»Ja«, sagte Frank und trank sein Bier aus. »Ist nett von dir, Harry, aber das geht erstmal auch so, glaube ich. Und vielen Dank für das Bier und so, ach nee, ich gebe das mal aus, meine ich...« Frank zerrte einen Zehnmarkschein aus der Hosentasche und legte ihn auf den Tisch. »Alles klar, Harry, ich muß dann mal, ich bin ziemlich müde, und morgen ist wieder Kaserne und so...«

»Nimm mal dein Geld wieder, ich hab dich eingeladen, Frankie«, sagte Harry und stopfte ihm den Zehnmarkschein in die Brusttasche seiner Jacke. »Wo bist du denn jetzt eigentlich in der Kaserne?«

»Ich? In der Vahr.«

»In der Vahr? Bei uns in der Kaserne?«

»Ja. Hat sich so ergeben.«

»Mann, hast du ein Glück...«

»Ja, so kann man das auch sehen. Ich gehe dann mal, Harry, okay? Und wenn sich wegen dem Zimmer noch was ergibt, dann sag ich Bescheid, ich melde mich dann von selber, okay? Ich melde mich, sobald sich was ergibt. Wo kann ich dich denn zur Not erreichen?«

»Hier«, sagte Harry. »Du kannst mich immer hier erreichen. Wenn ich nicht da bin, dann sagst du einfach Jogi Bescheid.«

»Wer ist Jogi?«

»Das ist Jogi«, sagte Harry und zeigte auf den Mann hinterm Tresen. Jogi nickte. »Sag Jogi Bescheid. Jogi weiß dann schon Bescheid.«

»Das ist gut«, sagte Frank und stand auf. »Ich sag dann Bescheid. Mach's gut, Harry.«

»Mach's gut, Frankie.«

»Ja, tschüß dann allesamt«, sagte Frank in die Runde und ging zur Tür. Jogi kam hinter dem Tresen hervor und schloß ihm die Tür auf.

»Und, Frankie«, rief Harry, als er die Tür schon geöffnet hatte.

»Ja, Harry?«

»Vergiß nicht: Du schuldest mir was. Ich habe dir vorhin den Arsch gerettet.«

»Schon klar, Harry, vielen Dank auch, Harry«, sagte Frank.

»Kein Problem«, sagte Harry.

Frank schloß die Tür hinter sich und ging die Stufen hinauf auf die Straße. An Sibilles Haus blieb er kurz stehen und überlegte, welches wohl das Fenster von ihrem Zimmer war. Und wo er dort schon einmal stand, drehte er sich auch gleich noch eine Zigarette. Die Fenster von Sibilles Haus waren alle dunkel. Morgen, dachte er, morgen vielleicht. Aber was, wenn nicht, dachte er. Was, wenn nicht?

40. MÄNNER MIT NERVEN

Am nächsten Morgen war Frank gerade damit beschäftigt, den Stand in den Benzin- und Dieseltanks zu peilen, als Stuffz Aster vorbeikam und ihm sagte, daß er zum Spieß kommen sollte.

»Was ist da eigentlich los mit Ihnen und dem Spieß?« fragte der Stuffz. Er stand oben, am Rande des Peilschachts, und Frank mußte den Kopf ziemlich weit in den Nacken legen, um nicht mit seinen Kniescheiben reden zu müssen.

»Keine Ahnung«, sagte Frank, »nur so Verwaltungskram.«

»Dann ist ja gut«, sagte der Stuffz, »nicht daß wir da noch Ärger kriegen.«

»Auf keinen Fall«, sagte Frank.

»Aber peilen Sie ruhig noch zu Ende.«

»Okay.« Frank wischte mit einem Lappen über den Peilstab, markierte ihn dort, wo er den Peilstand ungefähr vermutete, mit Kreide und ließ ihn in den Tank hinunter. Dann zog er ihn wieder hoch.

»Tausendvierhundertdreiundvierzig. Wir haben immer noch zuviel Diesel, Stuffz«, sagte er.

»Dann sehen Sie zu, daß Sie den loswerden, Lehmann«, sagte der Stuffz, »das kann doch nicht so schwer sein, überschüssigen Diesel loszuwerden. Das ist doch viel einfacher, als wenn wir zu wenig hätten.«

»Das ist nicht unbedingt gesagt«, sagte Frank. »Als wir damals…«

»Lehmann«, unterbrach ihn der Stuffz, »erzählen Sie das Ihrem Friseur. Ich kann mich doch nicht um alles kümmern. Wenn was ist: Ich bin im Uffz-Heim!« Damit ging der Stuffz.

Frank kletterte aus dem Tankschacht, wischte sich die Hände an der Hose ab und wartete, bis der Stuffz hundert Meter weiter weg war. Dann ging er hinterher.

»Ah! Lehmann zwei«, rief der Spieß.

»Lehmann eins ist seit sechs Wochen entlassen«, sagte Frank.

»Das weiß ich«, sagte der Spieß. »Aber solange Sie für den Major Lehmann zwei sind, sind Sie für mich auch Lehmann zwei. Haben Sie auch nicht versäumt, gestern noch aufs Schwarze Brett zu gucken, Lehmann?«

»Nein«, sagte Frank, »vielen Dank auch, Hauptfeld!«

»Was wollen Sie, Lehmann? Wollen Sie, daß ich Sie extra nicht zum Fackeltragen einteile, bloß weil Sie das Gelöbnis verweigert haben? Wollen Sie da noch 'ne Belohnung für?«

»Nein, das habe ich nicht gesagt«, sagte Frank. »Ich habe Vielen Dank auch, Hauptfeld gesagt.«

»Da können Sie hundertprozentig sicher sein, Lehmann, daß wir Sie nicht benachteiligen, bloß weil Sie kein Gelöbnis ablegen. Tun wir nicht. Alles fein. Aber bevorzugen können wir Sie dafür natürlich auch nicht.«

»Ja, vielen Dank auch, Hauptfeld.«

»Wissen Sie, Lehmann, mir gefällt Ihr Ton nicht.«

»Das tut mir leid, Hauptfeld.«

»Mir gefällt überhaupt schon lange nicht mehr, was die Mannschaften in dieser Kompanie sich immer öfter für einen Ton herausnehmen, Lehmann, und Sie sind da einer der schlimmsten.«

»Das macht mich betroffen, Hauptfeld.«

»Wollen Sie mich verarschen, Lehmann?«

»Um Gottes willen, Hauptfeld«, sagte Frank.

Der Hauptfeld schaute ihm grimmig in die Augen, so als wollte er sehen, ob Frank seinem Blick standhielt. Albernes Spielchen, dachte Frank und hielt dem Blick des Hauptfelds so lange stand, bis der Hauptfeld einen Kamm herausholte und sich damit durch das schüttere Haar fuhr.

»Passen Sie mal lieber ein bißchen auf, Lehmann«, sagte er. »Hier waren schon viele in der Kompanie, die sich für schlau gehalten haben. So wie Sie mit Ihrer Grünzeugkarte. Sie haben wohl geglaubt, daß wir Ihnen da nicht auf die Schliche kommen, was? Von wegen Grünzeugkarte vergessen! Ich weiß, wo Ihre Grünzeugkarte ist, Lehmann. Die ist hier!«

Der Spieß hielt triumphierend Franks beschlagnahmte Grünzeugkarte hoch. »In Ihrer Akte war die. Die ist mir gleich entgegengefallen, als ich Ihren Schrieb da reingetan habe. Was sagen Sie nun?«

Frank sagte nichts.

»Vielleicht denken Sie ja, wir wären hier alles Trottel, Lehmann«, fuhr der Hauptfeld fort, »ich und der Kompaniechef und die anderen Dienstgrade, daß wir totale Idioten sind oder sowas. Das haben schon viele gedacht. Die haben wir alle irgendwann verarztet. So und nun gehen Sie mal schön zum Major rein, dafür habe ich Sie ja schließlich rufen lassen.«

»Ah, Sie müssen Lehmann sein«, sagte der Major, als Frank sein Büro betrat. »Das sind Sie doch, oder?«

»Ja«, sagte Frank. »Lehmann zwei!«

»Ich glaube aber«, sagte der Major, »daß Lehmann eins zum letzten Quartalsende weg ist. Dann können wir das mit der Zwei ja weglassen.«

»Ist mir recht«, sagte Frank.

»So, ich habe mir das mal durch den Kopf gehen lassen, das mit Ihrer Heimschlaferlaubnis und so weiter. Und da sind ein paar Ungereimtheiten, Herr Schütze!«

»Ja...«, sagte Frank.

»Seien Sie still. Ich habe ja gerade erst angefangen zu reden. Also: Wenn ich es richtig sehe, haben wir Ihnen gerade erst vor zwei Wochen die Heimschlaferlaubnis für vier Wochen entzogen, wegen wiederholten Zuspätkommens zum Dienst, richtig?«

»Ja, wobei aber...«

»Gut«, unterbrach ihn der Major. »Immer nur ja und nein, das reicht vorerst, Lehmann. Ich komme gerade erst in Fahrt.« Der Hauptmann schaute in die Akte, die er vor sich auf dem Tisch liegen hatte. »Trotzdem sind Sie hier am 29. Oktober im Ostertorviertel im Grünzeug angetroffen worden.« Der Major blickte auf. »Wissen Sie eigentlich, Lehmann, was die Heimschlaferlaubnis bedeutet?«

»Ja.«

»Was dürfen Sie damit?«

»Ich darf damit...«

»Die Heimschlaferlaubnis erlaubt Ihnen, zum Dienstbeginn zu kommen statt schon zum Wecken hier sein zu müssen. Außerdem dürfen Sie damit den Weg von der Kaserne bis zu sich nach Hause und von sich zu Hause in die Kaserne auf dem kürzesten Wege im Arbeitsanzug zurücklegen, stimmt's?

»Ist das jetzt eine rhetorische...«

»Und wo wohnen Sie? Nach meiner Akte wohnen Sie in der Adam-Stegerwald-Straße, das ist hier gleich um die Ecke. Was machen Sie dann im Grünzeug im Ostertor, Lehmann?«

»Naja, eigentlich...«

»Und dazu noch ohne Grünzeugkarte? Die wir Ihnen extra entzogen haben, damit Sie das nicht dürfen? Meinen Sie, wir tun das zum Spaß?« Der Major klappte die Akte zu und sah ihn erwartungsvoll an. »Oder was?«

»Ja nun, ich würde dann...«

Der Major hob die Akte und schlug damit so laut auf seinen Schreibtisch, daß Frank zusammenzuckte.

»Einen Scheiß tun wir«, brüllte der Major und sprang auf. »Einen Scheiß tun wir! Was glauben Sie eigentlich, wo Sie hier sind?«

»Ich...«

»Reden Sie nicht, ich will nichts hören von Ihnen, Sie sind das Letzte, Lehmann!« Das Gesicht des Majors war hochrot von der Brüllerei, aber jetzt hielt er inne, so als wunderte er sich über sich selbst, er stand etwas unbeholfen hinter seinem Schreibtisch, nestelte an seiner Krawatte und setzte sich schließlich wieder hin.

»Kein Wort will ich von Ihnen hören«, sagte er schwer atmend, »kein Wort, das ist ja wohl das Allerletzte! Bin ich hier der Hampelmann, oder was«, wurde er wieder lauter, »bin ich der Trottel vom Dienst oder was«, begann er wieder zu schreien, »glaubt ihr eigentlich alle, daß ich hier der Hampelmann bin, oder was«, brüllte er und sprang wieder auf.

»Nein, nein«, rief Frank, der befürchtete, der Mann würde verrückt werden. »Nein, nein, nun beruhigen Sie sich doch, das glaubt wirklich niemand.«

»Dann ist ja gut«, sagte der Major und setzte sich wieder hin. »Ich dachte schon...«

»Nein, nein«, sagte Frank, »auf keinen Fall.«

»Dann ist ja gut«, sagte der Hauptmann.

»Ja, ja...«

Der Hauptmann seufzte. Dann griff er in die Brusttasche seiner Jacke, entnahm ihr ein Taschentuch und wischte sich damit den Schweiß von der Stirn.

»Ihr bringt mich alle noch ins Grab«, murmelte er.

»Tut mir leid«, sagte Frank, »ich wollte Sie nicht ärgern.«

»Ärgern, pah!« sagte der Major. »Wenn es nur das wäre... Das fällt doch alles auf mich zurück!«

»Ja, tut mir leid«, sagte Frank.

»Schon gut«, sagte der Major, »schon gut.« Er klappte die Akte wieder auf. »Jedenfalls habe ich einen Disziplinarbeschluß gegen Sie, Lehmann. Vier Wochenenden Ausgangssperre, beginnend mit dem kommenden Wochenende.«

»Vier Wochenenden!« sagte Frank. »Was soll das denn?«

»Nun machen Sie kein Theater, Sie sind selbst schuld.«

»Was soll ich denn vier Wochenenden in der Kaserne?«

»Darüber nachdenken, wie es so weit kommen konnte, Lehmann.«

»Darüber nachdenken, wie es so weit kommen konnte?« wiederholte Frank ehrlich erschüttert. Vier Wochenenden, irgendwie kam ihm das bekannt vor.

»Ja. Darüber nachdenken, wie es so weit kommen konnte, Lehmann.«

»Vier Wochenenden...«, sagte Frank, noch immer überlegend, woher ihm das bekannt vorkam. »Vier Wochenenden...«

»Haben Sie noch was zu sagen, Lehmann, oder reden Sie bloß, um es auswendig zu lernen?« fragte der Major hämisch.

»Unerlaubte Abwesenheit von der Truppe«, sagte Frank, dem es plötzlich wieder einfiel. »In meiner Grundausbildung gab es einen Fall, wo einer auch vier Wochenenden bekommen hat, aber wegen unerlaubter Abwesenheit von der Truppe. Den hatten die mit den Feldjägern holen müssen, dafür hat der vier Wochenenden bekommen. Und bei mir bloß wegen der Grünzeugkarte, das ist doch...«

»Was wollen Sie hier, Lehmann? Wollen Sie feilschen? Mit mir? Mit mir wollen Sie feilschen, ja? Ist das das Bild, das Sie von mir haben?« Der Major wurde wieder lauter. »Ist das das Bild, das ihr alle von mir habt, ja? Einer, mit dem man feilschen kann, wenn man gegen die Dienstvorschriften verstoßen hat? Irgend so ein Trottel?« brüllte der Major und sprang auf. »Bin ich das für euch, ja? Irgend so ein Vollidiot, der überhaupt nicht meint, was er sagt? Ist das so?«

»Alles klar, schon gut«, sagte Frank mit beruhigender Stimme, »ist ja schon gut.« Irgendwas stimmte mit dem Mann nicht. »Schon gut. Vier Wochenenden. Kein Problem. Ich geh dann mal.«

»Ja«, sagte der Major und ließ sich wieder auf seinen Stuhl fallen. »Gehen Sie, Lehmann, gehen Sie mir aus den Augen.«

»Schütze Lehmann, melde mich ab«, sagte Frank, und um dem Mann eine Freude zu machen, ging er sogar in Grundstellung und grüßte, aber der Major sah gar nicht hin, er schaute nur auf seine Hände, wie um festzustellen, ob sie zitterten.

»Tschüß dann«, sagte Frank vorsichtig, um zu sehen, ob der Mann noch ganz da war.

»Ja, tschüß dann«, sagte der Major. Seine Hände zitterten tatsächlich.

Frank machte, daß er wegkam. Draußen stieß er mit dem Spieß zusammen, der anscheinend gelauscht hatte. Der Spieß schaute ein bißchen sorgenvoll drein.

»Was war denn da drinnen los, Lehmann?« fragte er, nachdem Frank die Tür zum Major geschlossen hatte.

»Nichts«, sagte Frank.

»Was haben Sie denn mit ihm gemacht?«

»Ich? Mit ihm? Nichts.«

»Sie müssen doch irgendwas gemacht haben.«

»Ich habe nichts gemacht.«

»Sie müssen den Major doch wohl provoziert haben.«

»Weiß ich nicht«, sagte Frank.

»Ich hoffe, das wird Ihnen eine Lehre sein, Lehmann.«

»Ja«, sagte Frank.

»Das sollte es.«

»Auf jeden Fall«, sagte Frank.

»Sie sollten mal Ihre Klamotten wechseln, Lehmann. Sie stinken nach Diesel, das ist ja kaum auszuhalten.«

»Ich bin in der Betriebsstoffgruppe, Hauptfeld.«

»Na und? Die anderen in der Betriebsstoffgruppe stinken doch auch nicht nach Diesel.«

»Ja«, mußte Frank zugeben. »Ja, das stimmt. Aber einer muß ja auch die Arbeit machen.« Darüber mußte er lachen. Es war kein fröhliches Lachen, und er wollte es auch nicht haben, aber es ging nicht anders.

»Noch lachen Sie«, sagte der Hauptfeld. »Noch lachen Sie, Lehmann.«

»Tut mir leid«, sagte Frank noch immer lachend, es wurde immer schlimmer, »tut mir furchtbar leid.«

»Möchte mal wissen, was so lustig ist«, sagte der Hauptfeld.

»Ich auch«, lachte Frank, »ich auch.«

41. GRILLPLATTE BALKAN

Als Frank eine halbe Stunde früher als verabredet das Restaurant Dubrovnik betrat, war dort nicht viel los, es war tatsächlich, so weit er sehen konnte, kein Mensch da, aber das fand er nicht weiter erstaunlich, hier war noch nie viel los gewesen, und er hatte sich schon manches Mal gefragt, ob dieses Restaurant für die Leute, die es betrieben, nicht eher ein exzentrisches Hobby war. Und kaum war die Tür hinter ihm zugefallen, kam auch schon der Kellner aus der Tiefe des halbdunklen Raumes herbei, begrüßte ihn mit den Worten »Alles frei« und bugsierte ihn dennoch zielstrebig zu einem ganz bestimmten Tisch am Fenster. Frank hätte lieber einen Tisch weiter hinten gehabt, aber der Kellner wollte davon nichts wissen, »alles frei«, wiederholte er aufmunternd, »kein Problem, schön am Fenster«, sagte er und wartete neben dem Tisch, bis Frank sich gesetzt hatte. Dann verschwand er für einige Zeit, was Frank die Gelegenheit gab, durch die große Schaufensterscheibe am ›v‹ des Restaurantnamens vorbei auf den Ostertorsteinweg zu blicken und ein bißchen darüber nachzudenken, was nun werden sollte.

Nachdenken – das ist einfacher gesagt als getan, dachte er, während draußen die Leute vorbeihasteten und sich Autos und Straßenbahnen gegenseitig blockierten, es gab zu viel, über das es nachzudenken galt, in letzter Zeit waren die Dinge mehr oder weniger auf ihn eingestürzt, und das Ding, das ihn am meisten irritierte, war zugleich das, über das ihm das Nachdenken am schwersten fiel, das Ding mit Sibille, das zugleich aber auch das dringlichste Ding war, denn nun, da es endlich zu dem sehnlichst erwarteten Wiedersehen mit ihr kommen würde, zu einer Möglichkeit, in Ruhe und unter vier Augen mit ihr zu sprechen, mußte er feststellen, daß er nicht den Hauch einer Ahnung hatte, ob er wirklich mit ihr besprechen sollte, was er unbedingt mit ihr besprechen wollte, er wollte das zwar unbedingt besprechen, aber was ist mit ihr, dachte er, will sie das auch besprechen, das ist doch schon mal die Frage, und aus der Antwort ergibt sich doch überhaupt erst, ob ich das auch überhaupt wollen sollte, das wird ja alles immer verwirrender, dachte er, will ich es besprechen oder soll ich es besprechen, damit fängt es ja schon einmal an, und schon wenn man überhaupt nur anfängt, darüber nachzudenken, dachte er, kriegt man das schon durcheinander, wie soll man dann erst den ganzen Rest auf die Reihe kriegen, so kann man es jedenfalls nicht anfangen, wenn man mit einem reden will, den man liebt, dachte er und erschrak sofort angesichts dieses Gedankens, das ist ein starkes Wort, dachte er, liebt, das sollte man nicht leichtfertig verwenden, dieses Wort, dachte er, auch nicht in Gedanken, denn dahinter kommt nichts mehr, es gibt davon keine Steigerung, dachte er verwirrt, und wann hat das überhaupt angefangen?

»Zu trinken? Sie wissen schon?« fragte der Kellner, der unterdessen, von Frank unbemerkt, zurückgekommen war, der sich, wie Frank, der bei den Worten des Mannes zusammengezuckt war, verärgert dachte, geradezu angeschlichen hatte, der soll doch zum Bund gehen, wenn er schleichen will, dachte er, hier könnte das gefährlich werden, ich könnte Harry sein, dachte er, und dann gute Nacht, jugoslawischer Kellner, dann gibt's ordentlich was auf die Backen, Glück gehabt, Spaßvogel, dachte er, daß ich nicht Harry bin.

»Ja, weiß ich auch nicht...«

Er sah auf zu dem Mann, der sich der Gefahr nicht bewußt zu sein schien, in der er geschwebt hatte, und nahm von ihm die große, schwere, ledereingebundene Karte entgegen, in der, das wußte Frank natürlich schon von seinen vielen früheren Besuchen hier, die Namen einer unendlichen Anzahl jugoslawischer Fleischspeisen auf ihre Leser warteten.

»Ich nehme ein Bier vielleicht«, sagte er. »Ansonsten kommt da noch jemand.«

»Ein Bier vielleicht«, sagte der Kellner und ging davon. Frank sah ihm nach und fragte sich, ob das jetzt ein Witz gewesen war oder nicht, bis ihm einfiel, daß das nun wirklich völlig egal war, daß es wichtigere Dinge gab, Sibille zum Beispiel, und daß er sie liebte und die Frage, wann das eigentlich angefangen hatte, was überhaupt das größte Rätsel bei der ganzen Sache war.

Normalerweise weiß man sowas immer ganz genau, dachte er, als er sein Bier bekam, verdächtig schnell, wie er noch bemerkte, das war ihm schon immer aufgefallen, wie schnell die hier das Bier parat hatten, die haben ein Geheimnis, dachte er, aber das größere Geheimnis ist die Sache mit Sibille, kam er wieder auf sein eigentliches Thema zurück, es war nicht die Nacht mit dem Sex, dachte er, es war früher, aber wann? Und was hatte dabei der Quatsch mit Birgit zu bedeuten, fragte er sich, das wäre auch nochmal was, über das man nachdenken könnte, dachte er, von der Sache mit den vier Wochenenden Ausgangssperre einmal abgesehen, das wird alles ein bißchen viel im Moment, die Nerven werden dünn, dachte er, da beißt die Maus keinen Faden ab.

»Was wollen Sie essen?« fragte der Kellner, der plötzlich wieder neben ihm stand.

»Noch nichts«, sagte Frank, »ich bin hier verabredet, da kommt noch jemand, aber erst um acht, da ist doch noch ein bißchen Zeit...«

Der Kellner sah auf seine Uhr und nickte. »Ist noch Zeit!« bestätigte er.

»Na sehen Sie«, sagte Frank, der das Bier mittlerweile ausgetrunken hatte, so schnell wie sie es zapfen, so schnell trinkt man es auch, dachte er zerstreut, »dann bringen Sie mir doch noch, dann bringen Sie mir doch noch, ich weiß auch nicht, kein Bier, vielleicht...« – gerade noch rechtzeitig fiel ihm ein, daß Sibille eine große Rotweintrinkerin war und daß es vielleicht das beste war, sich gleich darauf einzustellen, »...einfach vielleicht Rotwein.«

»Rotwein vielleicht?« sagte der Mann.

»Genau. Was Sie da so haben. Trocken.«

»Halber Liter oder Liter?«

»Weiß nicht... Viertel vielleicht?«

»Haben wir nicht.«

»Warum nicht?«

»Hatten wir mal. Hat sich nicht gelohnt.«

»Okay, dann einen halben Liter. Und vielleicht gleich mal zwei Gläser.«

»Zwei Gläser vielleicht«, sagte der Kellner, der Frank langsam auf die Nerven ging, »muß ich mal sehen...« Er ging kopfschüttelnd davon.

»Wird schon klappen«, rief Frank ihm grimmig hinterher. Wahrscheinlich hatte es gleich damals angefangen, dachte er, ganz zu Anfang, beim ersten Mal, dachte er, als sie am Stern in das Auto stieg, dachte er und merkte, wie er sich gleich in der Erinnerung verlor, das warme Wetter, ihre flatternden Haare, und wie er noch nicht bei der Bundeswehr gewesen war... Man hätte mehr draus machen müssen, aus der ganzen Zeit, dachte er, und man hätte es gleich merken müssen, soviel verschwendete Zeit, dachte er, aber da war ja immer Martin hinter ihr hergewesen, dachte er, und ich bei der Bundeswehr, wie hätte das gehen sollen, dachte er, obwohl er wußte, daß das nur eine Ausrede war, es liegt nicht an Martin, dachte er, es liegt immer an einem selber, wenn...

»Halber Liter. Mit zwei Gläsern«, sagte der Kellner und stellte eine Karaffe Rotwein und zwei Gläser vor Frank auf den Tisch.

»Das kommt da hin!« sagte Frank und schob das Glas für Sibille von sich weg. »Da kommt doch noch jemand.«

»Ja«, sagte der Kellner, »ich freu mich drauf.« Er goß beide Gläser ein und ging. Frank nippte an seinem Rotwein und ärgerte sich, daß er überhaupt auf den Mann reagiert hatte, damit darf man gar nicht erst anfangen, dachte er, und wenn das trockener Rotwein ist, dachte er auch noch, dann darf man hier nicht Diabetiker sein.

Er schaut aus dem Fenster und fragte sich, was nun werden sollte. Auf der einen Seite sah er dreihundertsiebzehn Tage Bundeswehr vor sich, eine unvorstellbare Zahl immergleicher Stumpfsinnstage in der Lettow-Vorbeck-Kaserne, unterbrochen nur von ebenso vielen Stumpfsinnsabenden in einer Wohnung ohne Heizung, Klo, Licht und Verstand. Auf der anderen Seite war Sibille. Liebt man sie jetzt, weil sie die letzte Hoffnung ist, fragte er sich und leerte das ziemlich kleine Glas mit einem Schluck, oder ist sie die letzte Hoffnung, weil man sie liebt?

Er schenkte sich neuen Rotwein ein und beschloß, daß es auf eine solche Fragen keine Antwort geben konnte. Und wenn, dann hoffte er, daß es die zweite Möglichkeit war, die erste erschien ihm unfair und unromantisch. In diesem Moment ging ziemlich laut eine Balkan-Folkloremusik los. Der Kellner kam wieder zu ihm an den Tisch.

»Ist acht Uhr«, sagte er und zeigte dabei auf seine Armbanduhr. »Mit Musik geht alles besser.«

»Ja, sicher«, sagte Frank.

»Kommt der andere noch?«

»Ja«, sagte Frank, der keine Lust hatte, den Mann darüber aufzuklären, daß es kein der, sondern eine die war, die er erwartete, daß jetzt nicht wie üblich Martin Klapp kommen würde, genau das hätte natürlich noch gefehlt, daß Martin jetzt reinkommt, dachte er, und er war froh, daß Martin Klapp und die anderen wieder zu der Komitee-Vollversammlung zur Vereidigungsverhinderung gegangen waren.

Draußen wehte ein heftiger Wind und peitschte den Regen schräg über die Straße, und die wenigen Fußgänger, die noch unterwegs waren, hielten sich dicht an den Häusern und kämpften mit dem Wind, der hin- und hersprang und sie mal schob und mal zog. Er schenkte sich ein neues Glas Rotwein ein und trank es aus, und langsam wurde ihm etwas warm, er zog den Pullover aus, während er weiter auf die Straße sah, auf der nun die ersten Dinge vorbeiflogen, einen Pappkarton sah er vorübersausen, dann noch einen, und dann ein paar Plastiktüten, und dann fiel ein provisorisches Verkehrsschild um, Frank sah es ganz langsam zur Seite kippen und auf ein Auto schlagen. Hinter der großen Scheibe des Restaurants Dubrovnik bei brüllend lauter Balkanfolklore wirkte das wie ein Film ohne Originalgeräusche.

Ihm fiel ein, daß er nun schon lange in diesem Restaurant saß, ohne geraucht zu haben, dabei mußte er für den morgigen Mittwoch, an dem es um die Wurst ging, jede Möglichkeit zum Training nutzen. Und wo und wann paßt es besser, vor sich hin zu rauchen, dachte er, als in einem jugoslawischen Restaurant bei brüllend lauter Balkanfolklore, während draußen alles durcheinanderfliegt und man auf jemanden wartet, der für immer bei einem bleiben soll, dachte er und schenkte sich noch ein Glas von dem Wein ein, der jetzt gar nicht mal mehr so schlecht schmeckte, und so ist es wirklich, dachte er erstaunt, das will man, daß es für immer ist, und das wäre ein ganz neues Leben, dachte er, da würde man alles in ganz neuem Licht sehen, und man würde mit neuem Schwung an alles herangehen, dachte er, sich eine neue Wohnung suchen, vielleicht das Abitur nachmachen, irgendwas studieren, dachte er, es muß ja nicht gleich Deutsch und Sport sein, dachte er, jedenfalls nicht Sport, auf keinen Fall Sport, und Deutsch eigentlich auch nicht, dachte er, vielleicht haben sie ja Althistoriker in Bremen, dachte er, obwohl er das irgendwie für unwahrscheinlich hielt, die Bremer Uni kam ihm nicht vor wie eine, die Althistoriker ausbildet, egal, dachte er, später dann Kinder und das ganze Programm!

Er schenkte sich noch ein Glas ein, trank es aus und nahm sich vor, es mit dem Nachdenken mal nicht zu übertreiben, so weit sollte man nicht denken, dachte er, mit dem Nachdenken muß man vorsichtig sein, und mit dem Nachschenken auch, dachte er, denn in diesem Moment goß er sich wieder das Glas voll und schmodderte dabei aus Versehen einen guten Hieb Rotwein auf das Tischtuch, was umso peinlicher war, als in genau in diesem Moment der Kellner wieder neben ihm auftauchte.

»Wissen Sie schon, was?« sagte er.

»Wissen Sie schon was, was?« sagte Frank.

»Was Sie essen wollen.«

»Es kommt noch jemand«, sagte Frank.

»Ich meine ja nur ungefähr«, sagte der Kellner. »Nur ungefähr. Vielleicht wollen Sie schon für den Freund mitbestellen.«

»Warum sollte ich das tun? Ist so viel los, daß die das sonst in der Küche nicht hinkriegen?«

»Nur ungefähr, nur ungefähr, damit die das vorbereiten können«, sagte der Kellner.

»Wie, ungefähr?«

»Was Sie essen wollen, welche Richtung.«

»Hm«, sagte Frank, der den seltsamen Mann plötzlich richtig gern hatte, ohne daß er wußte, warum, vielleicht ist es der jugoslawische Rotwein, dachte er, vielleicht steigert der die Nächstenliebe. »Irgendwas mit Fleisch«, sagte er entschlossen.

»Ich sag Bescheid«, sagte der Kellner und wollte gehen.

»Halt«, sagte Frank, dem die Idee nicht gefiel, daß jeden Moment Sibille kommen und sehen konnte, daß er eine Halbliterkaraffe Rotwein allein fast ausgetrunken hatte. »Nehmen Sie die doch mit und bringen Sie noch eine neue.«

»Da ist noch was drin.«

»Egal.«

»Kann ich nicht machen. Aber ich bringe neue«, sagte der Kellner und verschwand.

Frank fand, daß dies nun wirklich die schlechteste Lösung von allen war, deshalb trank er schnell sein Glas aus, goß den Rest aus der alten Karaffe hinein und schwenkte sie in Richtung Kellner und rief, daß sie nun auch leer sei, und in diesem Moment kam Sibille herein.

Sie war von Kopf bis Fuß in Ölzeug gekleidet, in einem Gelb so leuchtend, daß es in den Augen schmerzte, wobei die Jacke eine von denen war, die man über den Kopf ziehen mußte, und das tat sie, sie kam zu ihm an den Tisch, zog sich wortlos die Öljacke über den Kopf und spritzte rings um sich her alles naß. Frank betrachtete sie fassungslos und voller Freude, ihr Auftritt war so eigenartig und entzückend, daß er darüber die ganze Peinlichkeit seiner Weinkaraffenschwenkerei, die sie wahrscheinlich, wie er erleichtert dachte, sowieso nicht richtig mitbekommen hatte, sofort vergaß, während sich um Sibilles Füße herum, die in gelben Gummistiefeln steckten, eine größere Pfütze bildete.

»Tut mir leid«, sagte sie, »ich bin zu spät, ich mußte erst noch nach Hause, mich passend anziehen.«

»Ja«, sagte Frank, »das sieht auch gut aus!«

»Ja«, sagte sie, »furchtbares Wetter.«

Sie setzte sich ihm gegenüber und nahm das gefüllte Glas, das für sie bereitstand. »Das ist gut«, sagte sie.

»Auf jeden Fall«, sagte Frank.

In diesem Moment kam der Kellner mit einer neuen Karaffe Wein zurück. Er stellte sie auf den Tisch und starrte Sibille an.

»Aha«, sagte er.

»Aha?« sagte Sibille.

»Moment«, sagte der Kellner und verschwand.

»Hallo«, sagte Sibille zu Frank und hob ihr Glas.

»Hallo«, sagte Frank und stieß mit ihr an.

Sie tranken ein bißchen Rotwein, und dann kam auch der Kellner schon wieder. Er trug eine Kerze in der einen und ein Feuerzeug in der anderen Hand. »Hätte ich das doch gewußt«, sagte er zu Frank, »daß eine Frau kommt, dann... er hat nämlich«, sagte er zu Sibille, »gesagt, daß noch *einer* kommt, da habe ich gedacht, es ist ein Mann, aber so...«

Er stellte die Kerze auf den Tisch und zündete sie an. »Haben wir doch Kerzen«, sagte er, »hätte er doch sagen können.«

»Hätte er sagen können«, sagte Frank säuerlich. »Dann hätte er aber auch wissen müssen, daß ihm, dem anderen, das wichtig ist. Er konnte ja nicht wissen, daß er noch solche Asse im Ärmel hat. Da ist er nun aber dankbar. Ja, ist er. Auch dafür, daß man in seinem Beisein von ihm in der dritten Person spricht, da gewöhnt er sich langsam dran.«

»Ja«, sagte der Kellner zufrieden. »Dann ist gut. Und hier ist noch eine Karte«, sagte er, nahm eine vom Nebentisch und gab sie Sibille. »Kannst du dir alles aussuchen, was du willst, ist noch alles möglich«, sagte er ernst. »Was du willst. Steht alles da drin.«

»Dann ist ja gut«, sagte Sibille. »Ich guck dann mal da rein.«

»Ja. Alles möglich«, sagte der Kellner und ging wieder weg, nicht ohne Frank ordentlich zugezwinkert zu haben.

»Bist du hier oft?« fragte Sibille, während sie in dem dicken Nachschlagewerk von einer Karte blätterte.

»Ich war hier früher öfter, mit Martin«, sagte Frank und dachte im selben Moment, daß es vielleicht nicht das Klügste war, Martin Klapp hier zu erwähnen, er wußte ja noch immer nicht, was damals zwischen ihm und ihr gelaufen war, und wer weiß, dachte er, vielleicht rührt man da an irgendwelche alten Wunden oder, schlimmer noch, dachte er, man beschwört schöne Erinnerungen herauf...

Sibille war aber nichts anzumerken, sie war in die Karte vertieft, runzelte die Stirn, blätterte vor und zurück und sagte dann: »Und was ißt man hier so?«

»Naja«, sagte Frank, »irgendwas. Fleisch vielleicht...«

Sie sah ihn über die Karte hinweg an, was nicht ganz einfach für sie war.

»Was du nicht sagst!«

Frank hatte das nagende Gefühl, daß hier irgend etwas nicht stimmte, es muß ja nicht gleich das große Tandaradei mit Händchenhalten sein, dachte er, auch Liebesschwüre müssen nicht gleich sein, auch kein Kuß zur Begrüßung, nein, nein, nein, dachte er, während er aus dem Fenster schaute, hinter dem es immer weiter regnete und stürmte, nur daß man nicht gleich in die Karte guckt statt den anderen an oder so, dachte er, das muß doch drin sein, und er sah sie an, und sie sah weiter in die Speisekarte und runzelte die Stirn, was angesichts des Essensangebotes im Dubrovnik nicht völlig abwegig, aber auch nicht zwingend notwendig war, wie Frank fand, und irgendwie kam ihm das alles ziemlich verdächtig vor, so als ob sie nur hier war, um einen lästigen, aber nicht mehr zu verschiebenden Termin wahrzunehmen, vielleicht bin ich ja auch zu voreilig, dachte er, aber es ist jedenfalls keine gute Voraussetzung dafür, sich eine Grillplatte Balkan zu teilen, vom ganzen restlichen Leben mal zu schweigen, dachte er.

»Hm«, sagte sie schließlich und sah ihn an, »was nimmst du denn?«

»Ich?« sagte Frank überrascht. Er schlug die Karte auf, die neben ihm lag, schaute kurz hinein und sagte dann: »Keine Ahnung.«

»Hm«, sagte Sibille, »wie wär's denn mit der großen Grillplatte Balkan für zwei Personen? Da braucht man sich wenigstens nicht zu entscheiden, da ist dann alles drauf.«

»Ja klar«, sagte Frank und schaute, wo der Kellner blieb. Dabei steckte er sich erst einmal wieder eine Zigarette an. Egal was ist, man darf beim Rauchen nicht abschlaffen, ermahnte er sich.

»Was rauchst du denn da?« sagte Sibille und nahm die Zigarettenschachtel in die Hand. »Gitanes ohne Filter?«

»Das hat sehr gute Gründe«, sagte Frank, und in diesem Moment kam der Kellner wieder. Er stellte zwei Gläser Schnaps auf den Tisch.

»Sliwowitz«, sagte er. »Das macht munter, daß ein bißchen Leben hineinkommt.« Dann sah er von Sibille zu Frank und wieder zurück. »Was wollt ihr essen?«

»Grillplatte Balkan«, sagte Frank.

»Grillplatte Balkan?« sagte der Kellner. »Wie immer?«

»Wieso wie immer? Ich war schon lange nicht mehr da«, sagte Frank.

»Ja, aber wenn du da warst, immer Grillplatte Balkan«, sagte der Kellner.

»Ja«, gab Frank zu.

»Aber nie mit Mädchen, immer mit Junge«, sagte der Kellner zu Sibille. »Für dich ist das erste Mal, hm? Grillplatte Balkan, ja?«

»Ja«, sagte Sibille amüsiert. »Und ich freu mich schon drauf.«

»Das ist schön: ein bißchen Freude im Haus«, sagte der Kellner und ging.

»Was für ein Junge?« fragte Sibille Frank.

»Wie, was für ein Junge?«

»Mit dem du immer die Grillplatte Balkan gegessen hast.«

»Martin. Mit dem war ich hier früher oft.«

»Ach so... Martin...«

»Wie war das eigentlich mit dir und Martin damals?« sagte Frank.

»Wieso? Was soll denn da mit mir und ihm gewesen sein?«

»Naja...«, sagte Frank, »wenn ich mich richtig erinnere, wart ihr beiden mal gut befreundet...«

»Aber nur das!« unterbrach sie ihn. »Daß das mal klar ist...«

»Ja, aber ich weiß noch«, sagte Frank, »als ich damals die Verweigerung hatte, da hatte ich ihn mittags getroffen, und da muß irgendwas gewesen sein.«

»Wieso muß da irgendwas gewesen sein?«

»Weil wir dich seitdem bis vor kurzem nie wiedergesehen haben, Sibille, obwohl wir dich vorher oft gesehen haben, und das, obwohl du doch mit Martin zusammen studierst, und außerdem tut Martin alles, um zu vermeiden, daß man über dich spricht in seiner Gegenwart, und so weiter und so fort.«

»Soso«, sagte sie und trank von ihrem Rotwein. Frank füllte sich das Glas, er hatte es zwischenzeitlich ausgetrunken. Er merkte, daß ihm schwindelig wurde, und wußte nicht genau, ob das die Zigaretten waren oder der Wein oder beides. Vielleicht sollte man mit dem Rauchen mal kurz pausieren, dachte er. Dann trank er das Glas aus und zündete sich eine an.

»Soso«, sagte Sibille noch einmal. »Hast du mich deswegen herbestellt? Ist irgendwas mit ihm, oder was?«

»Nein, deswegen nicht. Und wieso herbestellt?«

»Naja, herbestellt ist vielleicht das falsche Wort...«

»Wieso herbestellt?«

»Ich sage ja, das ist vielleicht das falsche Wort.«

»Ja, aber warum benutzt du gerade das? Das ist ja nun wirklich nicht gerade das Wort, das sich aufdrängt. Ich dachte, wir hätten uns verabredet.«

»Ja, ist schon klar, es ist nur...«

In diesem Augenblick kam der Kellner mit der Grillplatte. Er räumte mit der einen Hand auf ihrem Tisch herum, während er mit der anderen Hand die Grillplatte gefährlich nah an Franks Gesicht hielt, dann stellte er sie in der Mitte des Tisches ab.

»Grillplatte Balkan«, sagte er und strahlte, »ist alles dabei. Und Reis auch«, sagte er und zeigte auf zwei kleine Häufchen rotgefärbten Reis an der Seite der monströsen Grillplatte, auf der sich das Fleisch in mehreren Schichten stapelte, »Reis auch. Ist alles da. Pommes bringe ich noch.«

Frank bedankte sich, und er ging. Sie luden sich schweigend Fleisch auf ihre Teller. So muß es alten Ehepaaren gehen, wenn sie zusammen essen, dachte Frank, erst ein zähes Gespräch und dann ein Streit und dann schweigend essen. Es war alles sehr deprimierend.

»Tut mir leid«, sagte Sibille plötzlich aus heiterem Himmel. Sie ließ die Gabel, auf die sie gerade ein großes Stück gegrillter Leber aufgespießt hatte, fallen und begann zu weinen.

»Na, na«, sagte Frank erschrocken. Er wußte nicht, was er tun sollte, was immer man jetzt macht, dachte er, es ist wahrscheinlich das Falsche, so gesehen kann man sich frei entscheiden, dachte er und beugte sich so weit es ging über die Grillplatte Balkan und strich Sibille über den Kopf, »na, na«, wiederholte er, »was denn, was denn...«

»Ach«, sagte Sibille und wischte sich die Augen, »ist ja schon gut, ich bin nur ein bißchen labil, ich bin nur ein bißchen durcheinander, ehrlich.«

»Hier Pommes«, sagte der Kellner, der wieder unbemerkt aufgetaucht war. Er stellte eine große Schüssel Pommes an den Rand des Tisches. Dann sah er Sibilles verheultes Gesicht, sagte »Oh« und ging wieder weg, nicht ohne vorher Frank einen düsteren Blick zugeworfen zu haben.

»Das ist alles irgendwie unfair«, sagte Sibille.

»Was ist unfair? Zu wem?« sagte Frank und begann zu essen. Das Zeug muß weg, dachte er verwirrt, das muß alles weg.

»Dir gegenüber. Ich hatte mir das auch anders vorgestellt«, sagte sie.

Das wird ja immer rätselhafter, dachte Frank und stopfte sich ein großes Stück Schafskäse in den Mund, damit er gar nicht erst in Versuchung kam, jetzt etwas zu sagen.

»Ich wollte eigentlich schon gar nicht mehr kommen, ich meine, ich hätte abgesagt, wenn ich dich irgendwie erreicht hätte, aber man kann dich ja nicht erreichen.«

»Ja, das ist schlecht«, sagte Frank kauend und ohne noch nachzudenken.

»Ich hätte eigentlich... ach...« Sibille hatte schon wieder Tränen in den Augen, und Frank wäre jetzt gerne aufgestanden und hätte sie in den Arm genommen, aber irgendwie ging das nicht.

»Vielleicht solltest du einfach mal sagen, was los ist«, sagte er.

»Ach...«, sagte sie nur.

Frank sah, daß da immer noch sein Sliwowitz stand, den hatte er ganz vergessen. Er nahm ihn und kippte ihn runter. Dann nahm er den von Sibille und hielt ihn ihr hin. »Vielleicht solltest du deinen auch mal trinken. Das kann nicht schaden... Naja«, fügte er nach kurzem Nachdenken hinzu, »es sei denn, es geht um ein Alkoholproblem, das wäre dann etwas anderes.«

Sie blickte auf und sagte wieder »Ach«, und dann nahm sie den Schnaps und kippte ihn hinunter und begann zu husten, und Frank stand auf, ging um den Tisch und klopfte ihr ordentlich zwischen die Schulterblätter, wobei ihm wieder einfiel, wie er das damals beim Spieß in Dörverden gemacht hatte, bei dem, dachte er, war es aber das Rauchen gewesen, und dann setzte er sich wieder hin und zündete sich erst einmal eine an, was auch immer passiert, dachte er, man darf nicht vergessen zu rauchen.

»Als du mich eingeladen hast, neulich«, sagte sie, »ich meine, ich hatte mich so gefreut, dich wiederzusehen, Sonja hatte mir erzählt, daß du dauernd angerufen hast, und ich fand das ja auch toll neulich, und ich hatte mich auch gefreut, daß wir uns heute treffen, aber es ist nun mal so, daß ich neulich, nachdem du mich eingeladen hast, also nachdem wir uns verabredet hatten, meine ich, also auf der Veranstaltung wegen der Vereidigung da...«

Sie brach ab und putzte sich mit ihrer Papierserviette die Nase.

»Das war nicht neulich, das war gestern abend«, sagte Frank, als sie damit fertig war.

»Gestern? Ja, stimmt, gestern. Mir kommt das vor, als ob das ewig her wäre«, sagte sie und wischte sich wieder die Augen aus. Dann lächelte sie. »Entschuldigung«, sagte sie.

»Wofür?« sagte Frank. »Und vielleicht solltest du mal was von der Grillplatte essen. Diese Tiere können doch nicht alle umsonst gestorben sein!«

»Jedenfalls habe ich gedacht, er lädt mich ein, und ich habe mich gefreut, und dann habe ich auch gedacht, daß nach neulich...«

»Gestern«, warf Frank ein.

»Nein, gestern nicht, gestern war doch bloß, daß wir uns da getroffen haben, ich meine Samstag, als wir bei mir waren, du Dummer!«

»Ach so...«

»Jetzt habe ich den Faden verloren«, sagte sie.

»Du hast gedacht, daß nach neulich...«

»Ach ja, daß wir beide, also daß da, ich fand jedenfalls, als wir uns vorher so lange nicht gesehen hatten, habe ich oft an dich denken müssen und all das, und das war ja auch toll neulich, und...«

Frank goß ihnen beiden die Gläser voll und trank seins gleich aus. Das ist jetzt auch egal, dachte er, er war irgendwie gierig, merkte er, kaum hatte er das Weinglas abgestellt, aß er auch schon weiter und nahm sich von der Platte noch was nach, und während er aß, freute er sich schon wieder auf die nächste Zigarette, die ein weiterer Nagel im Sarg der imperialistischen Kriegsvorbereitung sein sollte, Rauchen gegen den Krieg, dachte er und verstand dabei überhaupt nicht, warum er jetzt plötzlich so komische Sachen dachte, so albernen Kram, wie er es selbst in Gedanken nannte, das ist eigentlich nicht die richtige Reaktion darauf, daß alles kaputtgeht, dachte er, obwohl, vielleicht gerade doch, wer weiß, dachte er.

»...und ich war ja auch dafür«, fuhr Sibille unterdessen fort, »das war ja gerade ich, die das eigentlich wollte, und eigentlich schon lange, und wenn du damals mit der blöden Birgit, mit der alten Kuh da nicht so eine Scheiße gemacht hättest, dann hätte aus uns... ach, was soll's, darum geht's ja eigentlich gar nicht, damit will ich ja gar nicht anfangen, jedenfalls sah das bis gestern doch alles noch so aus, als würde da was, ich meine, ich habe mich total gefreut, als Sonja sich bei mir beschwert hat, weil du da dauernd angerufen hast, ich konnte mich ja wegen Martin nicht bei dir melden, was weiß ich denn, was das da für einen Terror gegeben hätte, der ist ja auch total bescheuert...«

»Wieso *auch?*« sagte Frank. Je mehr sie redete, und je unsinniger er fand, was sie redete, desto mehr war er fasziniert von ihr, desto näher kam sie ihm eigentlich, fand er, und was immer es war, was sie da sagen wollte, und es war gewiß etwas Trauriges – die Art, *wie* sie es sagte, machte ihn erst richtig süchtig nach ihr, ich könnte ihr stundenlang zuhören, dachte er, egal was sie redet, und dafür ist Liebe kein zu starkes Wort. Auf diesen schönen Gedanken hin, der einen traurigen Trost der ganz eigenen Art bot, zündete er sich erst einmal eine Zigarette an und goß sich den Rest Wein ein, während Sibille immer weiterredete.

»...ich meine, wenn du mich fragst, was das mit Martin war, da kann ich nur sagen, da war nichts, außer für ihn, da blickt doch keiner durch, was der sich da vorgestellt hatte, jedenfalls geht es darum ja gar nicht, was ich eigentlich sagen will...«

Sie holte Luft und griff dann nach ihrem Rotweinglas und trank es aus. Frank nahm sein Glas und goß die Hälfte davon in ihres um. Wie vom Himmel gefallen stand plötzlich der Kellner neben ihnen, stellte eine neue Karaffe Wein auf den Tisch und war sofort wieder verschwunden.

»Jetzt sag's aber auch«, sagte Frank. Es war genug, fand er.

»Ich habe gestern abend bei dem Ding da einen alten Bekannten wiedergetroffen und habe gemerkt, daß ich immer noch in ihn verliebt bin.« Sibille beugte sich vor und nahm eine Zigarette aus Franks Schachtel. »Da kann ich nichts machen. Ich war früher mal in ihn verliebt, aber da war das nichts geworden, und jetzt habe ich gemerkt, daß das immer noch da war, und er ist jetzt auch...«

»Schon gut«, sagte Frank und goß sich Wein nach. »So genau will ich das gar nicht wissen.« Er schaute aus dem Fenster. Der Regen hatte aufgehört, aber es blies immer noch ein kräftiger Wind, und die Leute, die den Ostertorsteinweg hinuntergingen, gingen immer noch entweder weit vornübergebeugt gegen den Wind an oder ließen sich zurückgelehnt und widerspenstig von ihm schieben.

»Wer ist es denn?« sagte Frank. »Einer von deinen alten Revigenossen? Horst?« fiel ihm ein Name ein. »Ist doch sicher Horst, oder?«

»Nein«, sagte sie. »Außerdem meinst du Heiner. Horst war der Freund von Birgit, wenn du dich da vielleicht mal erinnern willst. Mit dem du da Faustkämpfe vorgeführt hast. Aber ich dachte, du willst das nicht so genau wissen.«

»Nur, ob ich ihn kenne. Kenne ich den?«

»So genau willst du das doch gar nicht wissen.«

»Nein«, sagte Frank, »will ich eigentlich auch nicht.«

Er schaute wieder aus dem Fenster und sah genau in das Gesicht von Martin Klapp, der auf der anderen Seite der Schaufensterscheibe stand und sie beide mit offenem Mund anstarrte. Etwas weiter hinten stand ein windzerzauster Ralf Müller, dessen lange Haare in rechtem Winkel zur Seite standen. Ralf Müller rief irgend etwas, was Frank nicht hören konnte, aber Martin Klapp reagierte nicht, er starrte nur immer weiter durch das Schaufenster Frank und Sibille an. Im selben Moment beugte sich Sibille, die ihn nicht bemerkt hatte, vor und strich Frank mit der Hand über die Wange. Dazu mußte sie aufstehen und sich weit vornüberbeugen, wobei ihre Haarspitzen auf der Grillplatte Balkan eingesaut wurden, wie Frank nicht umhinkonnte zu bemerken, als er den Blick ihr zuwandte. Sie schaute ihn stumm an und setzte sich dann wieder hin. Als Frank wieder zum Schaufenster hinausschaute, war Martin Klapp verschwunden, und für einen Moment lang glaubte er sich vorstellen zu können, daß das alles einmal ganz weit hinter ihm liegen könnte, das Restaurant, die Bundeswehr, Sibille, das Gesicht von Martin Klapp, der Regen, der Sturm, die Vereidigung und die Grillplatte Balkan. Das muß alles weg, dachte er. Das muß alles in die Vergangenheit.

»Es tut mir leid«, sagte Sibille.

»Ja«, sagte Frank und lächelte. »Mir auch, Sibille. Mir auch.«

42. VIEL SPASS NOCH

Als Frank am Nachmittag des nächsten Tages die Treppe zur Wohnung am Ostertorsteinweg hinaufstieg, war ihm ein bißchen übel und er atmete schwer. Hinter ihm lag ein langer Tag in der Kaserne, den er überwiegend mit Zigarettenrauchen zugebracht hatte, und obwohl er zu diesem Zeitpunkt erst sechzig der vom Obergefreiten Koch empfohlenen achtzig Gitanes ohne Filter geraucht hatte, hustete er bereits röchelnd und unter Hervorbringung großer Mengen Schleim vor sich hin. Als er auf halbem Wege stehenblieb, um zu verschnaufen und sich vor allem noch eine Zigarette anzustecken, beschlich ihn ein ungutes Gefühl, und das kam nicht vom Rauchen, an das er sich mittlerweile schon ganz gut gewöhnt hatte, sondern hatte irgend etwas mit der Wohnung zu tun, die ein Stockwerk höher auf ihn wartete. Er sog tapfer an der Zigarette und dachte wieder daran, wie er zuletzt Martin Klapps Gesicht auf der anderen Seite der Schaufensterscheibe des Restaurants Dubrovnik gesehen hatte, und Martin hatte dabei nicht so ausgesehen, als ob er das, was er gesehen hatte, für etwas nahm, das man auch anders als falsch verstehen konnte. Dieses Bild hatte ihn schon den ganzen Tag verfolgt, wenn er nicht gerade zu sehr mit Rauchen beschäftigt gewesen war oder damit, wegen der Sache mit Sibille niedergeschlagen zu sein. Es gibt bessere Tage als diesen, dachte er und stieg mühsam weiter die Treppe hinauf, und dabei, dachte er, als er sich bückte, um die Zange unter der Fußmatte hervorzuholen, ist der Tag noch nicht einmal vorüber, man soll ihn nicht vor dem Abend loben, diesen Tag, dachte er, es kann immer noch schlimmer kommen.

Die Zange war jedenfalls schon mal nicht da. Da haben wir es schon, dachte er, denn den naheliegenden Gedanken, daß jemand eingebrochen sein könnte, verwarf er gleich wieder, wer einbrechen will, dachte er, bringt ja wohl seine eigene Zange mit, und außerdem spielt er nicht Musik von Kate Bush, das hat alles nichts Gutes zu bedeuten, dachte er, hustete und klopfte mit der Faust an die Tür.

»Er ist da«, rief Martin Klapp, als er die Tür öffnete.

»Ja, ist er«, sagte Frank, und weil Martin Klapp keine Anstalten machte, beiseite zu treten, fügte er hinzu: »Und er will hinein.«

Hinter Martin Klapp tauchte Ralf Müller auf. »Da ist er ja«, sagte Ralf Müller.

»Ja, da ist er«, sagte Frank. »Was haben sie mit der Zange getan?«

»Wieso siezt du uns?« fragte Martin Klapp.

»Dritte Person Plural, Martin, ist mal was Neues!« sagte Frank und ging in die Wohnung hinein, wobei Martin Klapp ihn nur widerwillig vorbeiließ.

»Wir müssen mit dir reden«, sagte Martin Klapp.

»Nur zu«, sagte Frank und ging in sein Zimmer, um die Asche von seiner Zigarette zu streifen.

Die beiden folgten ihm.

»Wir wollen, daß du ausziehst«, sagte Martin Klapp.

»Ach nee«, sagte Frank. »Und wieso?«

»Weil wir das so beschlossen haben«, sagte Martin Klapp, und es hatte etwas Kurzatmiges, wie er das sagte, er schnaufte regelrecht dabei.

»Das ist ein bescheuerter Grund«, sagte Frank. »Nein«, korrigierte er sich, »es ist noch nicht einmal das, es ist bloß eine bescheuerte Antwort!«

»Willst du wissen, warum?« Martin Klapp zeigte mit dem Finger auf Frank, als er das sagte. »Willst du wissen, warum? Willst du echt wissen, warum?« wiederholte er und wurde lauter dabei, gleich wird er schreien, dachte Frank, es ist wie bei der Bundeswehr. »Willst du wissen, warum?!« schrie Martin Klapp und kam dabei auf ihn zu, wie wenn er handgreiflich werden wollte, Frank machte sich schon auf das Schlimmste gefaßt, aber Martin Klapp blieb kurz vor ihm stehen und fuchtelte nur mit einem Finger vor seiner Nase herum. »Weil du… weil du… weil du eine ganz linke Sau bist, Frankie, darum.«

»Okay«, sagte Frank, »das würde dann aber auch noch die Frage aufwerfen, warum *das* nun?«

»Frag nicht so blöd, Frankie, frag nicht so blöd. Du weißt genau, was ich meine!«

»Nein«, sagte Frank, »nein, weiß ich nicht.«

»Wir haben dich gestern abend gesehen«, warf Ralf Müller vom Flur aus ein, »mit Sibille!«

»Oh«, sagte Frank, »na sowas! Ihr habt mich gesehen! Mit Sibille! Na und?«

»Du bist ein Arschloch, Frankie«, rief Martin Klapp, und es klang ein bißchen, als würde er gleich anfangen zu heulen. »Du bist ein verdammtes Arschloch. Du bist kein Freund. Du weißt ganz genau, wieviel mir das mit Sibille bedeutet hat.«

»Und deswegen darf ich mich nicht mit ihr treffen, oder was? Deshalb ist sie jetzt für den Rest der Welt unberührbar, oder was?«

»Du bist nicht der Rest der Welt, Frankie«, rief Ralf Müller von hinten. »Du bist alles mögliche, aber garantiert nicht der Rest der Welt.«

»Und du bist ein Wichser vor dem Herrn, Ralf Müller, und gefragt hat dich auch keiner.«

»Laß Ralf in Ruhe.«

»Ich tu ihm ja gar nichts«, sagte Frank, der sich unterdessen wunderte, wie wenig ihn das alles berührte. Er ist doch eigentlich mein Freund, dachte er, da müßte es einen doch irgendwie mehr berühren. »Noch nicht, jedenfalls. Ich sage nur, daß die Leibeigenschaft abgeschafft ist, Martin, das müßtest sogar du wissen. Sibille ist nicht dein Eigentum.«

»Darum geht es nicht«, sagte Martin Klapp. »Es geht nicht darum, was *sie* macht, es geht darum, was *du* machst.«

»Hm…«, sagte Frank. Er wußte nicht genau, was er dazu sagen sollte.

»Du warst mal mein Freund, Frankie. Aber das war mal!«

»Hm…«, sagte Frank wieder nur.

»Und deshalb will ich, daß du hier ausziehst. Und zwar sofort. Ich will dich nicht mehr sehen.«

»Ist mir scheißegal, was du willst, Martin«, sagte Frank.

»Du hast mich total hintergangen, Frankie.«

»Jetzt reicht's aber«, sagte Frank. »Was soll der Kack? Muß ich dich um Genehmigung bitten, bevor ich mich mit jemandem treffe? Warst du mit Sibille zusammen, Martin?«

»Darum geht's doch gar nicht«, sagte Ralf Müller.

»Halt die Schnauze, Ralf Müller«, sagte Frank. »Ich habe Martin gefragt: Warst du mit ihr zusammen, Martin? War sie deine Freundin? Habt ihr überhaupt mal was zusammen gehabt? Ich meine, wo nimmst du das Recht her, zu bestimmen, wen ich treffen darf und wen nicht?«

»Mit Recht hat das nichts zu tun«, sagte Martin, und Frank dachte, daß er nicht ganz falsch damit lag. Er hat nicht recht, dachte er, aber er hat auch nicht ganz unrecht. »Du warst mein Freund« fuhr Martin Klapp fort, »und da hättest du das nicht einfach so machen dürfen.«

»Was überhaupt?« sagte Frank. »Was überhaupt hätte ich nicht einfach so machen dürfen? Was *habe* ich denn überhaupt gemacht, Martin?«

»Ach, du verdrehst einem ja alles, Frankie. Du willst dich ja bloß rausreden. So, wie du's immer machst.«

»Wieso wie ich's immer mache?« sagte Frank, der nun doch wütend wurde. »Wieso wie ich's immer mache? Ich habe mich noch nie irgendwo rausgeredet, Martin, noch nie irgendwo.«

»Das glaubst du aber!«

»Jetzt weiß ich überhaupt nicht mehr, was das hier soll«, sagte Frank verwirrt. »Wieso reden wir jetzt darüber, ob ich mich irgendwo mal rausgeredet habe?«

»Ist mir doch scheißegal«, sagte Martin Klapp. »Wir wollen jedenfalls, daß du hier ausziehst, daß du hier verschwindest, und zwar so schnell wie möglich.«

»Ach nee? Wer ist denn wir?«

»Ralf und ich.«

»Und was sagt Achim dazu?«

»Der ist schon weg«, sagte Ralf Müller. »Der kann dir nicht mehr helfen.«

»Wieso ist der schon weg, der war doch heute morgen noch da«, sagte Frank und zeigte auf die Matratze, auf der Achim am Morgen noch gelegen hatte.

»Der hat irgendwas anderes gefunden«, sagte Martin Klapp. »Der hat gesagt, er kommt nicht wieder. Und das solltest du mal auch lieber schnell machen.«

»Du kannst ja in der Kaserne schlafen«, rief Ralf Müller von hinten.

»Weißt du was, Ralf? Irgendwie würde ich dir unheimlich gerne was auf die Schnauze hauen.«

»Das kann ich gut verstehen«, sagte Ralf Müller.

Frank wollte zu ihm hin und ihm eine verpassen, aber Martin Klapp hielt ihn am Arm fest.

»Hör auf, Frankie, hör jetzt echt mal auf. Wir wollen dich hier nicht mehr haben, und das bringt doch nichts, wenn du dich jetzt auch noch mit uns prügelst, ich meine, echt mal, wenn du hier 'ne Schlägerei mit Ralf anfängst, dann mach ich auch noch mit, dann geht das hier zwei gegen einen.«

»Zwei gegen einen?« sagte Frank, der einerseits glaubte, nicht richtig zu hören, und sich andererseits immer noch wunderte, wie wenig ihn das alles berührte.

»Da kannst du dich drauf verlassen, Frankie«, sagte Martin Klapp. »Gegen uns beide kommst du nicht an, Frankie. Man muß auch mal merken, wenn man verloren hat.«

»Jetzt ist es sechs«, sagte Ralf Müller und schaute dabei auf eine Armbanduhr, die er gar nicht besaß. »Ich würde mal sagen, bis acht Uhr bist du hier raus. Wenn du bis dahin nicht raus bist, schmeißen wir dein Zeug aus dem Fenster.«

»Was?«

»Genau«, sagte Martin Klapp und lachte freudlos. »Dann war's das.«

»Nimm mal die Finger da weg«, sagte Frank, und Martin Klapp nahm endlich die Hand von seinem Arm.

»Bis um acht, Frankie«, sagte Ralf.

»Okay«, sagte Frank. Er hatte plötzlich eine Idee. »Alles klar, Jungs!«, Er hob wie zum Zeichen der Kapitulation beide Hände. »Ich geh dann mal kurz um die Ecke, okay?«

»Meinetwegen«, sagte Martin Klapp.

Frank ging in den Flur und zur Wohnungstür.

»Bis gleich, Jungs«, sagte er. »Ich bin gleich wieder da. Ich muß nur kurz ein paar Sachen klären!«

»Bis acht«, ermahnte ihn Ralf Müller mit erhobenem Zeigefinger.

»So lange wird's nicht dauern«, sagte Frank und verließ die Wohnung.

Jogi's kleine Bierstube war noch geschlossen, aber auf Franks Klopfen hin kam Jogi persönlich an die Tür und ließ ihn herein.

»Hallo Jogi.«

»Was willst du denn?«

»Harry sprechen. Ich hab was für ihn!«

»Setz dich mal da hin«, sagte Jogi und zeigte auf einen Tisch, an dem bereits Hanni und Wolli saßen.

»Hallo Jungs«, sagte Frank und setzte sich dazu. Die beiden sagten nichts. Jogi verschwand durch eine Tür und kam kurz darauf mit Harry zurück.

»Frankie«, sagte Harry erfreut. Er klopfte ihm im Vorbeigehen auf die Schulter, holte vom Tresen zwei Flaschen Bier und setzte sich dazu. Er schob Frank eine der beiden Flaschen hin und sagte »Prost erst mal.«

»Und was ist mit uns?« sagte Hanni.

»Hol noch welche, Jogi«, sagte Harry. »Du siehst schlecht aus, Frankie, irgendwie krank.«

Endlich mal einer, der sich Sorgen um einen macht, dachte Frank, und wenn Harry der einzige ist, der sich Sorgen um einen macht, dann steht es wirklich schlimm, dachte er. Aber gerührt war er trotzdem.

»Das liegt am Rauchen«, sagte er und steckte sich eine an. Es waren höchstens noch fünfzehn Zigaretten in der letzten der vier Schachteln. »Ist bald geschafft«, fügte er hinzu. Dann hustete er ausgiebig. Harry haute ihm auf den Rücken.

»Verstehe ich nicht. Warum läßt du das nicht bleiben, Alter? Du klingst ja, als wenn du 'ne Lungenentzündung hättest.«

»Das ist gut«, sagte Frank, »aber darum geht's nicht.«

»Worum geht's denn?« sagte Harry.

»Ich hab was zu wohnen für dich.«

»Seht ihr, Leute«, sagte Harry, »ich hab's euch doch gesagt: Der einzige, auf den man sich noch verlassen kann in diesem Puff hier, ist Frankie!«

»Hallo Martin«, sagte Harry, als Martin Klapp auf Franks Klopfen hin die Tür öffnete.

»Harry!« sagte Martin Klapp.

»Hier wohnt ihr also«, sagte Harry und schob sich an Martin vorbei in die Wohnung. Frank folgte ihm und schloß die Tür.

»Harry!« sagte Ralf Müller, der jetzt aus Martins Zimmer kam.

»Ralf Müller!« sagte Harry. »Wie geht's denn so? Wo habt ihr denn das Bier her?« Ralf Müller und Martin Klapp hatten jeder eine Flasche Haake-Beck in der Hand. »Geht's da rein?« Er ging in das Zimmer von Martin Klapp. »Komischer Durchgang. Habt ihr das selbst gebaut? Mein Gott, das müffelt hier vielleicht!« In Martin Klapps Zimmer stand ein voller Kasten Haake-Beck. »Das ist doch Bauarbeiterpisse«, sagte Harry. Er nahm zwei Flaschen aus dem Kasten und öffnete sie mit einem Feuerzeug. »Hier, Frankie. Frankie hat mir alles erzählt, Jungs! Nett von euch.«

»Naja...«, sagte Ralf Müller.

»So, dann prost alle zusammen.« Harry strahlte Martin Klapp an. »Martin Klapp, mein Gott. Und Ralf Müller. Daß ich mit euch nochmal zusammenwohnen würde, alter Schwede.« Er hob die Flasche und wartete. Nichts passierte. Ralf Müller und Martin Klapp starrten ihn nur an. »Na, was ist, Jungs? Anstoßen!« Harry wedelte mit seinem Bier. »Aber eins sage ich euch gleich, Jungs: An der Wohnung müßt ihr noch einiges machen, das sieht ja hier aus wie bei Luis Trenker im Rucksack!«

Frank hob sein Bier und stieß mit ihm an. »Das wird schon, Harry«, sagte er. »Ich zeig dir mal dein neues Zimmer.«

»Das ist gut«, sagte Harry.

Sie gingen hinüber in Franks Zimmer.

»Die Möbel und die Matratze und das ganze Zeug, das kannst du erstmal alles haben, Harry, das hole ich vielleicht später mal ab, das weiß ich noch nicht so genau«, sagte Frank.

»Gutes Zimmer«, sagte Harry. »Hätte man aber mal renovieren können.«

»Naja«, sagte Frank, »du weißt ja, wie es ist.« Er nahm eine Tasche und packte ein paar Klamotten und Mommsens Römische Geschichte hinein und auch die Tüte, in der er die Mandrax-Tabletten und drei übriggebliebene Minischnapsflaschen aufbewahrte. Dann steckte er sich erst einmal eine Zigarette an und gab Harry auch eine.

»Mann, ist das ein Zeug«, sagte Harry, als seine Zigarette brannte. »Wie kannst du so'ne Scheiße rauchen?«

»Ich muß«, sagte Frank. »Die Miete für diesen Monat ist ansonsten schon gezahlt, die hat Martin schon gekriegt, das schenk ich dir, Harry.«

»Danke, Mann«, sagte Harry. »Wo wohnst du denn jetzt eigentlich?«

»Im Hotel der tausend Betten«, sagte Frank.

»Verstehe ich nicht...«

»Egal.« Frank hob die Flasche Bier, und sie stießen noch einmal an. »Viel Glück, Harry!«

»Alles klar, Mann!«

Sie tranken. Martin Klapp und Ralf Müller standen derweil in der Tür und starrten sie an.

»Was ist los, Jungs?« fragte Harry. »Habt ihr ein Problem?«

»Äh...«, sagte Martin Klapp und weiter nichts. Ralf Müller schüttelte stumm den Kopf.

»Schlüssel gibt's leider nicht, Harry. Aber du hast ja die Zange«, sagte Frank.

Harry nickte und zog die Zange aus seiner Jacke, es war eine Wasserpumpenzange, und er hielt sie in der Hand wie einen Totschläger.

»Ihr müßt mir dann gleich mal zeigen, wie das geht«, sagte er zu Martin Klapp und Ralf Müller. »Ist nur für ein paar Wochen, Jungs. Ich glaub sowieso nicht, daß ich es in dieser Schweinebude lange aushalte!«

»Tja«, sagte Frank, »ich muß dann mal. Viel Spaß euch allen.«

»Werden wir haben«, sagte Harry munter. »Nicht wahr, Jungs?«

Die Jungs nickten.

»Okay!« Frank verließ das Zimmer, und als er zur Wohnungstür ging, kamen ihm alle hinterher, wie um ihn gemeinsam zu verabschieden.

»Macht's gut! Viel Spaß noch«, sagte er, als er schon in der offenen Tür stand und sich noch einmal umdrehte.

»Hau rein, Frankie«, rief Harry von hinten und hob eine Hand zum Gruß wie ein Indianer im Fernsehen.

Martin und Ralf standen in der Tür und sagten gar nichts. So, wie sie dreinschauten, taten sie ihm fast schon wieder leid. Aber nur fast. Er hob das Bier, das er mit der Zigarette zusammen in derselben Hand hielt, trank den letzten Schluck und reichte Martin Klapp die Flasche.

»Hier, Martin«, sagte er, »da ist noch Pfand drauf.«

Dann ging er.

43. LUNGENENTZÜNDUNG

»Männer, wenn ich das hier sehe, so viele von euch im Sportzeug, dann kann ich daraus nur zwei mögliche Schlüsse ziehen…«

Der Major lächelte grimmig und schaute dabei Frank an, der in der ersten Reihe stand und fror. Das Sportzeug war für das kalte und stürmische Wetter dieses Tages nicht geeignet, es war zu dünn, und obendrein hatte Frank in der Nacht nur wenig geschlafen, weil er so viel hatte husten müssen von den Zigaretten.

»Entweder trainiert ihr alle für Olympia, oder ihr seid ganz schnell krank geworden und wollt euch gleich in den San-Bereich abmelden.«

Der Major lachte einige kurze, bittere Hahas, und die riesige Gruppe von Dienstgraden, vor allem Feldwebel jeden Rangs und Alters, die hinter ihm stand, lachte mit.

»Niemand würde sich mehr als ich freuen, Männer, wenn ihr sportlichen Ehrgeiz entwickelt hättet. Aber wenn ihr für Olympia trainieren wollt, dann müßt ihr das vorher mit mir absprechen. Dann helfe ich euch, Männer. Dann lasse ich euch in eine Sportkompanie versetzen, da kenne ich nichts, da bin ich Kumpel, Männer!«

Wieder lachte er kurz und freudlos, während hinter ihm die Feldwebel sich schon gegenseitig in die Rippen stießen.

»Aber irgendwie habe ich das Gefühl, daß hier doch einige eher ganz schnell mal eben krank geworden sind. Und ich werde den Verdacht nicht los, daß das was mit der heute stattfindenden Veranstaltung im Weserstadion zu tun hat, bei der mitzuhelfen einige von uns die Ehre haben werden.«

Frank mußte husten. Ihm ging es wirklich sehr mies, und das beruhigte ihn. Es wird alles gut, dachte er, Koch weiß alles, der gute, alte Koch, dachte er, während sich ihm vor Augen alles drehte, er konnte kaum stehen, nicht nur vor Müdigkeit, sondern auch, weil ihm todübel war. Er hatte am Morgen zur Sicherheit noch ein paar Zigaretten geraucht und sogar daran gedacht, ein Buch einzustecken, das kleinste, das er in seinem Wertfach gefunden hatte, die Historien des Herodot im Dünndruck, sie steckten in seiner rechten Beintasche statt des Gewehrreinigungszeugs, dadurch würde er was zu lesen haben, falls sie ihn im San-Bereich gleich dabehielten, denn davon ging er aus, daß sie das tun würden, schließlich geht es um eine Lungenentzündung, dachte er, da dürften die eigentlich nicht lange fackeln.

»Ja, und da husten ja auch schon die ersten«, ließ sich unterdessen der Major höhnisch vernehmen, »es ist ja auch ein schlimmes Wetter, Männer, wiewohl die kräftigeren unter euch dieses Wetter vielleicht auch als herrliches Wetter bezeichnen würden, denn wie sagt der Dichter: Wir lieben die Stürme, die brausenden Wogen, das sagt er, nicht aber Wir lieben den San-Bereich und die schäbige Simulation.«

Jetzt lachte der Major lange, lustvoll und laut, während die Feldwebel eher zweifelnd dreinschauten, wie als ob sie sich nicht sicher waren, welcher Dichter gemeint war, vielleicht aber auch, wie Frank vermutete, weil ihnen der Major langsam etwas unheimlich wurde.

»Aber da will ich euch gar nichts unterstellen, Männer. Ich will nicht unterstellen, daß ihr keine Lust habt, bei der Ausrichtung eines öffentlichen Feierlichen Gelöbnisses zu helfen. Ich will nicht glauben, daß ihr kneift, weil es sich dabei um eine in der politischen Öffentlichkeit dieses Landes durchaus umstrittene Angelegenheit handelt, oder daß ihr etwa, was fast noch schlimmer wäre, nur aus Bequemlichkeit eure Kameraden dort im Stich lassen wollt, nein, das will ich nicht, nein!«

Jetzt war er laut geworden, der Major, das letzte Nein hatte er schon geradezu herausgebrüllt.

»Nein, das will ich nicht glauben, ich will viel lieber glauben, daß ihr wirklich alle ernstlich krank seid, Männer, und deshalb mache ich mir Sorgen um euch, denn wer mitten in der Woche, an einem Donnerstagmorgen, so krank ist, der bedarf der Schonung und der Pflege, der wird, dafür habe ich gesorgt, Kameraden, bis mindestens Montag früh im San-Bereich bleiben und dort kuriert werden, und damit er sich in Zukunft außerhalb der Kaserne nicht zu sehr aufreibt, vielleicht beim Putzen in der heimischen Wohnung oder beim Stemmen zentnerschwerer Weiber oder dergleichen, werde ich weiterhin dafür sorgen, daß er für lange Zeit wieder schön in der Kaserne schläft, wo es warm ist und geheizt und sich niemand erkälten muß, wo die Betten hart und gesund sind und die Schlafenszeiten menschlich, Kameraden, ihr wißt, was ich meine, ich liebe euch alle, ich mache mir Sorgen um euch, ich habe mit dem Arzt geredet, der euch heute untersucht, ihr werdet euch wundern, Kameraden, ihr werdet euch wundern, wozu wir fähig sind. Und nun geht, Kameraden, geht auf eure Stationen und tut euren Dienst, oder geht in den San-Bereich, wenn ihr Lust auf ein Abenteuer habt, und die Kameraden, die heute zum Weserstadion abkommandiert sind, treffen sich alle um elf Uhr hier vor der Kompanie, bis dahin ist Zeit genug, gesund zu werden, und dann geht es mit dem KOM 21 ab an den Deich, dann geht es hinunter zum Fluß, Kameraden, dann geht es dorthin, wo, wie der Dichter sagt, die Action ist, und Hauptfeldwebel Hildebrand freut sich schon drauf, denn der wird die ganze Aktion leiten. Ich dagegen werde im Publikum sitzen, Kameraden, und ich freue mich auch schon drauf, auf diese Weise haben alle etwas, auf das sie sich freuen können. Gibt es noch Fragen, Männer?«

Es gab keine Fragen, und der Major ließ sie alle wegtreten.

Frank kannte den San-Bereich, er war schon einmal, kurz nach seiner Ankunft in dieser Kaserne, dort gewesen wegen einer leichten Nebenhodenentzündung, und hatte den Arzt als ziemlich nett in Erinnerung. Als er dort ankam, war nicht viel los, nur zwei Soldaten aus dem Inst.-Bataillon warteten schon vor der Tür des Arztes, Frank kannte sie von der Beleuchtungsaktion, bei der sie ihn mit seinem Auto reingeritten hatten, und sie hatten außerdem manchmal bei ihm getankt. Aus Franks Kompanie war keiner der im Trainingsanzug gekleideten Kameraden mehr mitgekommen, die Worte des Majors hatten ihre Wirkung nicht verfehlt. Es ist gar nicht so schlecht, wenn man nichts mehr zu verlieren hat, dachte Frank, als er sich hinter den beiden Inst.-Leuten anstellte, ich bin jetzt der einzige in der Kompanie, dem alles scheißegal sein kann, gerade so, wie Mike unter der Brücke gesagt hat, dachte er, das war damals zwar Quatsch gewesen, dachte er, aber jetzt stimmt es. Eine Viertelstunde später war er dran. Hier wird keine Zeit verschwendet, dachte er, als der zweite Inst.-Mann mit einer Packung Tabletten in der Hand die Praxis verließ und durch die von ihm offengelassene Tür heiser und leise nach dem nächsten gerufen wurde.

Er trat in die Praxis ein und sah dort nicht den freundlichen jungen Arzt von damals, sondern einen alten Mann im weißen Kittel, zu alt eigentlich, dachte Frank, um noch bei der Bundeswehr zu sein. Er war mindestens siebzig und kam ihm merkwürdig bekannt vor. Bevor er noch groß darüber nachgrübeln konnte, woher, bekam er einen Hustenanfall, in den der Arzt recht mitleidslos hineinrief: »Nun machen Sie schon die Tür hinter sich zu, bevor Sie noch die ganze Kaserne verseuchen.«

Frank schloß die Tür.

»Setzen Sie sich.«

Noch immer hustend, setzte Frank sich hin.

»Das Geräusch kenne ich«, sagte der alte Arzt. Frank sah sich um, aber er konnte keinen Gehilfen sehen.

»Was suchen Sie?« fragte der Arzt.

»Haben Sie keinen Hiwi?«

»Nein. Ist krank. Ich bin hier nur zur Vertretung, bis der neue Stabsarzt kommt.«

»Sie sind nicht beim Bund, oder?« fragte Frank.

»Nein. Ich bin nur eine alte Aushilfe. Ich wohne hier in der Gegend und hatte hier auch mal eine Praxis, da nehmen die mich manchmal.«

»Wo denn?«

»Was?«

»Wo hatten Sie die Praxis hier in der Gegend?«

»In der Adolf-Reichwein-Straße«, sagte der Arzt.

»Wo ist die denn nochmal?« sagte Frank.

»Da drüben«, sagte der Arzt und zeigte mit dem Daumen hinter sich an die Wand, »in der Neuen Vahr Nord.«

»Ach so«, sagte Frank und hustete wieder.

»Kein Grund, vertraulich zu werden, bloß weil ich nicht beim Bund bin«, sagte der Arzt, »das sage ich Ihnen gleich, daß Sie da nicht auf dumme Gedanken kommen. Name, Einheit?«

»Lehmann, Nachschubkompanie 210. Wieso vertraulich? Wer ist Ihnen denn jetzt vertraulich gekommen?«

»Moment...«

Der Arzt stand mühsam auf und schlurfte zu den Karteikästen und kramte darin herum, bis er Franks G-Karte gefunden hatte.

»Nachschub 210?«

»Ja.«

»Hier«, sagte der Alte und wedelte Franks G-Karte, »gefunden! Und Nachschub 210, da habe ich auch noch eine Liste«, sagte er und ging an seinen Tisch und kramte darauf herum. »Da habe ich sie ja«, rief er und hielt sie hoch. Frank sah, daß es eine Liste mit Namen war, weiter nichts.

»Moment mal...« Der Arzt setzte sich eine Brille auf und hielt die Liste mit ausgestrecktem Arm von sich weg. »Lehmann? Kommt mir bekannt vor, der Name«, sagte er.

»Ich war mal Lehmann zwei«, sagte Frank, den das hier langsam nervös machte, der Alte war ihm zu unberechenbar, und außerdem überlegte er noch immer fieberhaft, woher der Mann ihm bekannt vorkam.

»Ja, da gibt es viele, Lehmanns gibt es viele«, sagte der Alte. »Lehmann zwei, soso, haben Sie immer noch zwei in der Kompanie?«

»Nein«, sagte Frank und merkte erst im nächsten Moment, daß er einen Fehler gemacht hatte.

»Dann sind *Sie* das hier wohl«, sagte der Arzt und zeigte auf die Liste, die er noch immer auf Armlänge vor sich herhielt. »Sie sollen heute wohl da zu der Sache in dem Stadion, ja?«

»Ja. Ich bin aber krank«, sagte Frank, und wie bestellt fing er wieder an zu husten.

»Das klingt nicht gut«, sagte der Arzt und legte die Liste wieder hin. »Ich glaube, die halten mich für einen Volltrottel, wenn die mir so eine Liste geben. Die glauben, ich würde das nicht merken, wenn einer simuliert!«

»Ja, ja«, keuchte Frank zwischen zwei Hustern hervor. »So sind die.«

»Na dann wollen wir mal«, sagte der Arzt und erhob sich seufzend. »Ich weiß gar nicht, warum ich mir das noch antue«, sagte er, als er um den Tisch herumging. »Setzen Sie sich da mal drauf und machen Sie den Oberkörper frei«, sagte er und zeigte auf eine Liege an der Seite des Raums.

Frank setzte sich auf die Liege und machte den Oberkörper frei. Dabei rätselte er weiter über den Mann, er kannte ihn, da war er ganz sicher, auch die Stimme war ihm vertraut, unangenehm vertraut, wie er fand, aber er kam nicht drauf, woher.

»So, und nun mal tief einatmen«, sagte der Arzt.

Frank tat das, und der Arzt horchte ihn ab, murmelte »soso« und »oha«. Dann prüfte er Franks Pupillen, schaute ihm in den Hals, wobei er »hm!« sagte und dann noch einmal »hm!« und dann »puh!«. Dann faßte er Frank mit der Handfläche an die Stirn.

»Fieber haben Sie zwar nicht«, sagte er, »aber ihre Lunge klingt nicht gut.«

»Ja«, sagte Frank.

»Die klingt gar nicht gut.«

»Ist das eine Lungenentzündung?« fragte Frank hoffnungsvoll.

»Könnte man meinen«, sagte der Arzt, »der Verdacht könnte einem schon kommen.«

Er kratzte sich am Kopf.

»Tut Ihnen auch die Brust weh?«

»Ja.«

»Wo?«

»Na so insgesamt, das tut alles irgendwie ziemlich weh.«

»Auch wenn Sie *nicht* husten, ja?«

»Ja.«

»Und so ein beklemmendes Gefühl, ja?«

»Ja.«

»Wundert mich nicht«, sagte der Arzt. »Ist Ihnen auch ein bißchen schlecht? Schweißausbrüche? Schwindelgefühl?«

»Ja, ja!«

»Wundert mich gar nicht. Tja... Dann ziehen Sie sich mal wieder an.«

Der alte Mann ging wieder zurück zum Schreibtisch.

»Was ist es denn? Ist es eine Lungenentzündung?« sagte Frank.

»Hm«, sagte der alte Mann und schrieb etwas in Franks G-Karte. »Das nun gerade nicht.«

»Was denn sonst?«

»Also wissen Sie« sagte der alte Mann und schaute zu ihm hoch, »irgendwie kommen Sie mir bekannt vor, wissen Sie das?«

»Sie mir auch«, sagte Frank.

»Sind Sie mal bei mir in der Praxis gewesen?«

»Nein«, sagte Frank, »in der Neuen Vahr Nord war ich nie beim Arzt.«

»Dann irgendwo anders her«, sagte der Alte und kratzte sich am Kopf. »Jedenfalls brauchen Sie sich keine Sorgen zu machen«, fügte er hinzu, »Sie haben keine Lungenentzündung, Sie haben eine Nikotinvergiftung. Sie sollten mal eine Zeitlang mit dem Rauchen kürzertreten.«

»Na hören Sie mal«, sagte Frank. »Ich habe ganz klar eine Lungenentzündung. Oder jedenfalls Verdacht auf Lungenentzündung.«

»Verdacht ist keine Krankheit«, sagte der Alte und hob einen Finger. »Verdacht ist Feigheit. Jedenfalls bei Ärzten. Wenn einer zu feige ist für eine Diagnose, dann schreibt er ›Verdacht‹. Sie haben eine Nikotinvergiftung, und wenn ich schlecht gelaunt wäre, dann würde ich Sie melden, wegen Selbstverstümmelung.«

»So nennt man das heute nicht mehr«, sagte Frank, aber er war abgelenkt, schlecht gelaunt, schlecht gelaunt, dachte er, das brachte bei ihm ein Glöckchen zum Klingeln.

»Haben Sie nicht mal den Kriegsdienst verweigert?« sagte der andere.

»Wieso? Steht das auch in meiner G-Karte?« sagte Frank, und dann wußte er plötzlich, wer der Alte war.

Und der Alte wußte es auch. »Ich weiß, wer Sie sind!« sagte er und zeigte mit dem Finger auf Frank. »Ich weiß, wer Sie sind.«

»Ich weiß auch, wer *Sie* sind«, sagte Frank. »Sie sind damals bei meiner Verweigerung dabeigewesen.«

»Ja, genau, ich erinnere mich«, sagte der Alte.

»Sie waren doch der schlechtgelaunte alte Mann, der gegen mich gestimmt hat.«

»Soso«, sagte der Alte. »Glauben Sie?«

»Na klar, geben Sie's doch zu!«

»Ha!« Der Alte grinste, und Frank sah dabei, daß er kaum noch Zähne im Mund hatte. »Woher wollen Sie das denn wissen?«

»War doch klar. Sie waren doch vom Kreiswehrersatzamt bestellt. Der mit dem Bart war von der SPD, und der Typ in der Mitte glaubte an den Quatsch. Der hat auch gegen mich gestimmt.«

»Papperlapapp, das waren alles Idioten. Ich habe *für* Sie gestimmt. Als einziger. Hab mir gleich gedacht, daß Sie ein Drückeberger sind.«

»Das versteh ich nicht«, sagte Frank verwirrt. »Wieso haben Sie dann für mich gestimmt?«

»Sie hatten das so dämlich angestellt, daß klar war, daß die anderen alle gegen Sie sein würden. Da habe ich für Sie gestimmt. Hatten Sie auch verdient. Sie hatten wenigstens ein bißchen Mumm in den Knochen.«

»Das verstehe ich nicht«, sagte Frank.

»Da gibt's auch nichts zu verstehen«, sagte der Alte. »Und das mit Ihrer Lunge, das ist eine Nikotinvergiftung. Wenn Sie sich vor dem Dienst drücken wollen, dann müssen Sie sich schon was Besseres einfallen lassen. Oder wenigstens nicht so höllisch nach Zigaretten stinken, wenn Sie den Mund aufmachen.«

»Ich glaube, Sie sind nicht ganz dicht«, sagte Frank.

»Männer in meinem Alter sind nie ganz dicht«, sagte der Alte und lachte meckernd. »Das liegt in der Natur der Sache. Aber Sie können doch nicht von mir erwarten, daß ich Ihnen hier einen Verdacht auf Lungenentzündung aufschreibe, wenn ich doch weiß, daß Sie eine Nikotinvergiftung haben.«

»Wieso?« sagte Frank, der merkte, daß er dem Alten irgendwie nicht böse sein konnte. »Bei der Verweigerung haben Sie doch auch für mich gestimmt, obwohl Sie dachten, ich wäre nicht astrein. Das war ja auch nicht gerade konsequent.«

»Das ist was anderes«, sagte der Arzt. »Da war's mir ja egal. Das ist doch Quatsch mit diesen Verhandlungen, wer kann das schon ernst nehmen? Aber Medizin, da kenne ich nix, junger Mann, das ist mein Beruf. Sie haben Pech gehabt. Bei dem, wie Ihr Atemsystem rasselt, hätte jeder von den jungen Ärzten, die sie hier sonst haben, sofort einen Schreck gekriegt. Und ab Montag haben sie hier wieder so einen. Aber heute bin ich da. Und ich schreibe Sie dienstfähig.«

»Ja, ja, ich geh dann mal«, sagte Frank und zog sein Hemd wieder an.

»Ja, viel Spaß noch«, sagte der Arzt. »Und passen Sie auf sich auf.«

»Sie sind eine Pfeife«, sagte Frank. »Sie sitzen da in so einer Kommission und lassen die Leute nach Belieben durchrasseln oder bestehen und haben keine Ahnung, was das für deren Leben bedeutet.«

»Woher wollen Sie das denn wissen?«

»Sie haben doch selbst gesagt, daß Sie das nicht ernst nehmen.«

»Ja, das stimmt«, sagte der Alte und zündete sich zu Franks Überraschung eine Zigarette an. »Wollen Sie auch eine?«

»Nein, lieber nicht«, sagte Frank.

»Sehen Sie: Nikotinvergiftung«, sagte der Arzt zufrieden paffend. »Dann mag man nicht mehr.« Er überlegte kurz und schaute dabei auf seine Zigarette. »Ich habe nicht gesagt, daß ich keine Ahnung hätte, was das für das Leben der

Leute bedeutet. Na gut, ich würde auch nicht sagen, daß ich es wüßte, wer kann das schon von sich sagen...« Er zog an der Zigarette, pustete den Rauch aus und sah dann Frank lächelnd an. »Aber vergessen Sie nicht«, sagte er, »ich habe *für* Sie gestimmt. Und ich war der einzige. Immerhin.«

»Und ab Montag ist hier ein anderer?« wechselte Frank nachdenklich das Thema.

»Ja. Ich bin nur noch morgen da. Ab Montag können Sie's noch einmal versuchen. Ich habe Fußpilz aufgeschrieben. Die müssen ja nicht alles wissen.«

»Montag nützt mir das nichts«, sagte Frank.

Der Arzt zuckte die Schultern. »Tut mir leid.«

»Ich geh dann mal«, sagte Frank.

»Ja. Viel Spaß noch«, sagte der Arzt und winkte ihm mit der brennenden Zigarette. »Und machen Sie's gut. Ich nehme nicht an, daß wir uns noch ein drittes Mal sehen.«

»Nein, besser nicht«, sagte Frank. »Ich meine, nehmen Sie's nicht persönlich, aber zweimal reicht.«

»Kann ich sehr gut verstehen«, sagte der Arzt, als Frank die Tür öffnete.

Frank drehte sich noch einmal um und sah ihn an. Der alte Mann zwinkerte nervös hinter seiner Zigarette. Dann hob er die Hände wie zur Abwehr einer Gefahr.

»Gucken Sie mich nicht so an«, sagte er. »Ich bin ein alter Mann. Man schlägt keine alten Leute!«

Frank lachte. »Schau an, schau an«, sagte er. »Da spricht das schlechte Gewissen.« Dann ging er hinaus und schloß die Tür hinter sich.

44. FACKELTRÄGER

Als Frank um elf Uhr im Großen Dienstanzug aus der Kompanie trat, waren alle seine Mitstreiter schon versammelt. Sie waren fünfzehn Mann plus Hauptfeldwebel, darunter der Obergefreite Baumann von der EVG/NVG, der gleich winkte, als er Frank aus der Kompanie kommen sah. Er rief: »Lehmann, da bist du ja!«

»Sie da«, rief der Hauptfeldwebel. »Sie sind spät dran. Und nehmen Sie den Helm ab. Bis ich was anderes sage, tragen Sie erstmal das Barett.«

Frank nahm den Stahlhelm vom Kopf und setzte das Barett auf. Dabei fiel ihm der Stahlhelm zu Boden, was unter seinen Kameraden einige Heiterkeit erregte.

»Wie heißen Sie?« rief der Hauptfeld.

»Lehmann!«

»Lehmann, soso«, sagte der Hauptfeld und hakte Franks Namen auf einer Liste ab. »Und werfen Sie Ihren Stahlhelm nicht so auf den Boden. Der ist Eigentum der Bundeswehr, den sollen Sie vorsichtig behandeln.«

»Den Stahlhelm?«

»Ja. Sie wissen doch, was ich meine. Okay, Leute, jetzt alle mal herhören: In Linie antreten!«

Sie stellten sich vor ihm auf, nur der Busfahrer nicht, der neben seinem KOM 21 stand und sich das alles gelangweilt anschaute.

»Sie auch, Ludwig!« brüllte der Hauptfeldwebel ihn an. »Bewegen Sie Ihren Arsch hier rüber.«

Ludwig, ein Hauptgefreiter, kam dazugeschlendert.

»Hört zu, Männer, ich weiß nicht genau, warum man gerade euch ausgesucht hat für diesen Job, und ihr denkt vielleicht, das sei jetzt verdammtes Pech oder so, und das ist es auch, soviel ist mal sicher.« Der Hauptfeldwebel hielt kurz inne. »Aber jetzt sind wir mal hier, und ich will auch nicht lange reden, das hat ja der Kompaniechef heute morgen schon getan. Was ich sagen will, ist, daß wir jetzt zusammen da drinhängen und daß wir am besten miteinander klarkommen, wenn einfach alles genau so gemacht wird, wie ich das sage, ohne Gelaber, ohne großes Getue, ohne Widerworte, ihr haltet einfach die Klappe und macht, was ich euch sage, dann geht das ganz sauber über die Bühne. Und wenn ihr doch mal was sagen wollt oder ein Problem habt, dann sagt ihr es immer schön sofort, und ich sage euch sofort, ob ich euch helfen kann oder nicht, und dann gibt es kein Gemurre, sondern es wird alles so gemacht, wie ich es sage. Habt ihr das verstanden?«

Sie nickten alle.

»Gut. Gibt es noch Fragen?«

Baumann, der neben Frank stand, meldete sich: »Wann sind wir wieder zurück, Hauptfeld?«

»Oh...« Der Hauptfeld seufzte und schaute auf die Uhr. »Jetzt ist es elfhundert. Das Gelöbnis ist um achtzehnhundert. Ich denke mal, so gegen zweiundzwanzignullnull dürften wir wieder hiersein, wenn alles glattgeht.«

Das rief Unruhe hervor, Stöhnen, Kopfkratzen, Füßescharren, leises Fluchen.

»Was habt ihr denn gedacht?« sagte der Hauptfeld. »Das war doch vorher klar. Und daß mir das gleich klar ist: Wir fahren alle zusammen wieder zurück in die Kaserne, dann wird sich umgezogen, und dann ist Feierabend. Daß mir da keiner meint, er kann sich einfach vorher in die Büsche schlagen, bloß weil die Veranstaltung vorbei ist oder er in der Nähe wohnt oder was. Ich bin für euch alle verantwortlich, bis wir wieder hier sind, daß das nur klar ist, Männer. Sonst noch Fragen?«

Wieder meldete sich Baumann. »Wenn das erst um achtzehn Uhr losgeht, warum fahren wir da jetzt schon hin?«

»Weil da später Demonstrationen erwartet werden, und da wollen wir doch wohl nicht mittendurch fahren, Baumann, das müßten sogar Sie kapieren. Noch Fragen?«

Keiner hatte noch Fragen.

Sie stiegen in den KOM 21 und fuhren los. Baumann setzte sich neben Frank und redete. Frank hörte mit einem halben Ohr zu, während der Wagen die Kaserne verließ und in Richtung Weserstadion fuhr.

»Jedenfalls«, sagte Baumann, »ist wenigstens nicht Freitag, wenn Freitag wäre, dann wäre das ganze Wochenende versaut, weil es total verkürzt wäre, ich meine, wenn man Freitagabend erst um zehn aus der Kaserne kommt, dann ist das doch kein Wochenende mehr, mal ehrlich, so gesehen ist das noch ein Glück, daß heute Donnerstag ist, am Freitag wäre ich jetzt echt sauer, außerdem möchte ich gerne mal wissen, wieso die *mich* eingeteilt haben und nicht Sowenski, wenn einer von EVG/NVG keine Ahnung hat, dann ja wohl Sowenski, außerdem bin ich schon länger dabei, die älteren Soldaten sollten sowas nicht machen, hast du mal gesehen, daß die hier überhaupt so viele Zeitsoldaten eingeteilt haben? Das sind ja fast alles Zeitsoldaten, das sind ja alles totale Tagekisten, da sind ja überhaupt keine W15er, obwohl, du bist ja da, Lehmann, aber du bist ja trotzdem 'ne Kiste, wundert mich jetzt irgendwie, guck mal, da drüben, das ist Ilitsch, kennst du den?«

»Nein«, sagte Frank, der sich unterdessen still darüber wunderte, wie anders es war, wenn man die sonst so vertrauten Straßen zwischen der Vahr und dem Weserstadion durch die Scheiben eines KOM 21 sah, mit einem Stahlhelm auf dem Schoß und im Großen Dienstanzug; es war gespenstisch: Jetzt gerade fuhren sie am Schulzentrum an der Julius-Brecht-Allee vorbei, er hatte einmal ein Mädchen gekannt, das dort zur Schule gegangen war, das konnte er sich jetzt, in einem Bundeswehrbus mit einundzwanzig Sitzplätzen sitzend, gar nicht mehr vorstellen. Wenn man nicht frei ist, sieht alles anders aus, dachte er, irgendwie eingefärbt, oder wie unter Wasser.

»Den kennst du nicht?« sagte Baumann.

»Nein.«

»Der ist beim Stab. Der ist auch Zettzwo. Und da hinten, die HGs alle, die auch.«

»Ja, ja« sagte Frank, um Baumann nicht vor den Kopf zu stoßen. Draußen glitt wie im Film die Stadt vorbei, und

Frank bemühte sich, nichts zu verpassen, ins Weserstadion, ins Weserstadion, dachte er, während sie unter der Eisenbahnbrücke hindurchfuhren und linker Hand das Gebäude mit den rätselhaften Buchstaben ÜNH passierten.

»Ilitsch, den kennt man doch, der ist bei den Ersatzteilen, glaube ich, keine Ahnung, jedenfalls hat der eben noch seine Reservistenkordel abnehmen müssen, der Hauptfeld hat gesagt, das geht nicht, daß der die heute trägt, das muß man sich mal vorstellen, aber eigentlich ist Hildebrand ein ganz okayer Typ, ich finde den ganz gut, mit dem waren wir mal beim Sport unterwegs, das war...«

Sie bogen in die Georg-Bitter-Straße ein, und an deren Ende stießen sie auf den Osterdeich, wo sie eine Polizeisperre passierten und den Deich hinunterfuhren zwischen die Sportplätze der Pauliner Marsch, durch die hindurch sie sich dem Weserstadion näherten. Hier standen schon viele olivgrüne Busse und Lastwagen und Mannschaftswagen der Polizei, und es war ein Gewimmel von Soldaten, Ordnern, Polizisten, Feldjägern und dergleichen mehr.

»...irgendwann letztes Jahr, da ging das um das bronzene Sportabzeichen, weiß ich noch genau, da hat der, glaube ich, den Weitsprung gemacht, ich meine, der hat dagestanden und gemessen und so, oder war es, nein, warte mal, Hundertmeterlauf, mein Gott, guck dir das mal an, die ganzen Bullen, hier ist ja was los, alter Schwede, ich war hier schon mal, da auf dem Sportplatz, da habe ich als Kind mal irgendwas gemacht, ich glaube, das war hier, das war von der Neustadt aus...«

»Sicher, sicher«, sagte Frank und starrte dabei aus dem Fenster. Der Bus wurde immer langsamer und steckte schließlich fest, Ludwig, der Fahrer, öffnete sein Fenster und diskutierte lang und breit mit einem Polizisten, dann unternahm er fluchend ein längeres und sehr kompliziertes Wendemanöver, um schließlich wieder oben auf dem Osterdeich zu landen, der, so weit das Auge reichte, für den allgemeinen Verkehr gesperrt war. Dort fuhr er noch ein kurzes Stück und stellte den Bus dann ab.

»So«, rief er in den Bus. »Das war's. Hier bleibt die Karre stehen. Alles aussteigen.«

Alle standen auf.

»Moment!« rief der Hauptfeldwebel. »Wo bin ich hier eigentlich? Spinnen hier jetzt alle, oder was? Seit wann bestimmen Sie, Ludwig, wann hier ausgestiegen wird? Seit wann geben Sie die Befehle hier, Sie Pfeife.«

»Weiter kann ich nicht fahren.«

»Das ist uninteressant, Ludwig. Ich rede hier nicht über Ihre Fahrkünste, das interessiert mich einen Scheißdreck. Aber wann ausgestiegen wird, das sage ich und sonst keiner, haben Sie das kapiert?«

»Ich mein ja nur...«

»Haben Sie das kapiert, Ludwig?«

»Ja.«

»Wie heißt das?

»Ja, Herr Hauptfeld!«

»Dann ist ja gut.« Der Hauptfeldwebel, der bis jetzt immer noch im Sitzen gesprochen hatte, stand auf.

»Und jetzt steigen alle aus. Draußen vorm Bus in Linie antreten. Und daß ihr mir keine Schande macht, Männer!«

Sie stiegen aus dem Bus, und der Hauptfeld rief dazu: »Hopp, hopp, hopp, beeilt euch mal, ihr Gurken, ich mach euch Beine«, aber das brachte nichts. Draußen stellten sie sich auf, und dann marschierten sie auf das Weserstadion zu, wobei der Hauptfeld sie ab und zu anhalten ließ, weil er nach dem Weg fragen wollte, aber alle, die er fragte, Polizisten wie auch Feldjäger, die hier in Massen herumstanden, zuckten mit den Schultern. Als sie am Weserstadion ankamen, marschierten sie eine Weile daran entlang, bis der Hauptfeldwebel sie anhalten ließ und eine kleine Ansprache hielt.

»Hört zu, Männer«, sagte er, und er sprach überraschend leise. »Ich kenne mich hier nicht so gut aus, und das wird jetzt eine Weile dauern, bis wir dahin gekommen sind, wo wir hinmüssen. Deshalb würde ich mal vorschlagen, daß wir jetzt mit der Marschiererei aufhören und schön gesittet und wie eine Gruppe erwachsener Menschen zusammenbleibend weitergehen und rausfinden, wo hier die Räume 27E-1376 und 28E-1376 sind, denn da müssen wir hin. Noch Fragen?«

»Wie heißen die Räume noch mal?« rief Baumann. »Ich hab das nicht so gut verstanden.«

Der Hauptfeld wiederholte es.

»Das kenne ich«, sagte Baumann. »Ich war hier schon oft. Hier haben die einzelnen Blöcke Buchstaben. Das muß in Block E sein.«

»Ja«, sagte der Hauptfeld, »da stehen wir ja jetzt auch vor. Danke, Baumann. Vielen Dank.«

»Kein Problem«, sagte Baumann. »Gern geschehen.«

»Ist lieb von Ihnen, Baumann. Ich bin froh, daß Sie dabei sind.«

»Ich auch, Herr Hauptfeld«, sagte Baumann.

»Können wir jetzt weiter, Baumann?«

»Klar, Herr Hauptfeld.«

»Dann ist ja gut.«

Sie gingen in das Stadion hinein. Baumann hielt sich immer dicht an Frank und redete auf ihn ein, während sie durch irgendwelche Gänge im Innern des Stadions irrten auf der Suche nach den Räumen 27E-1376 und 28E-1376.

»Ich kenne einen, der liest jeden Montag den Kicker«, sagte Baumann, »ehrlich, jeden Montag, und der hat 'ne Dauerkarte für Werder, der ist vielleicht sauer, daß die in der zweiten Liga sind, das kannst du dir gar nicht vorstellen, und der kennt alle Ergebnisse, bis runter in die vierte Liga, welche ist das nochmal, ist ja auch egal, jedenfalls hat der gesagt, daß das Weserstadion...«

»Ich kenne auch einen, der sehr auf Werder steht«, sagte Frank. »Der heißt Harry.«

»Echt? Das ist ja interessant. Die würden sich sicher gut verstehen. Jedenfalls...«

»Das würde ich bestreiten, daß die sich gut verstehen würden«, sagte Frank. Er wußte nicht genau, warum er das sagte, es war nur so, daß er von Baumann langsam die Schnauze voll hatte. Sie waren erst eine Dreiviertelstunde unterwegs, sie waren noch nicht einmal in den Räumen 27E-1376 und 28E-1376 angekommen, und Baumann hatte ihn schon geschafft, dabei hatten sie noch schätzungsweise zehn gemeinsame Stunden vor sich. Baumann ist eine Naturgewalt, dachte er, genau wie Harry, und er überlegte fieberhaft, wie man es erreichen konnte, daß Baumann in 27E-1376 und er, Frank, in 28E-1376 untergebracht werden könnte.

»Wieso, wenn die sich beide gut auf Werder einigen können und so, dann wüßte ich eigentlich nicht...«

»Laß gut sein, Baumann.«

»Hä?«

»Egal.«

»Versteh ich jetzt nicht...«

»Ist egal, Baumann. Ich hätte nicht davon anfangen sollen.«

»Hm...« Baumann schwieg für einige Sekunden. Es hatte fast den Anschein, als dachte er nach. Dann hielt er Frank den durch die Faust gesteckten Daumen der linken Hand unter die Nase und hob zugleich die rechte Hand.

»Sprechen Sie in dieses Mikrofon, solange diese rote Lampe leuchtet«, sagte er.

»Onko«, sagte Frank.

Sie liefen noch eine Zeitlang weiter, bis der Hauptfeld irgendwann anhielt und »Hier!« rief. Er zeigte auf ein Plastikschild an einer Tür. »27E-1376«, rief er. Dann prüfte er die Klinke. Der Raum 27E-1376 öffnete sich.

»Hier gehen die ersten acht rein«, rief er und wedelte mit der Hand acht Männer in den Raum. »Da bleiben Sie drin, bis Sie wieder von mir hören. Und wehe, einer haut ab. Und die anderen eins weiter.«

Wie von Frank befürchtet, ging Baumann mit ihm zusammen in den Raum 28E-1376. Es war ein recht kleiner Raum mit einem Tisch in der Mitte und einigen Stapeln Stühle an der Wand. »Da ist auch ein Klo«, sagte der Hauptfeld und zeigte auf eine graue Tür. Dann zählte er die Stühle durch. »Alles da. Na, das klappt ja. Ich komme bald wieder. Ihr bleibt hier, Männer, bis ich euch was anderes sage.«

Damit verschwand er. Frank nahm sich einen Stuhl vom Stapel und setzte sich an den Tisch. Die anderen taten es ihm nach. Baumann setzte sich neben ihn.

»Das wird dauern«, sagte Baumann. »Das wird dauern.«

»Ja«, sagte Frank und zog die Historien des Herodot aus der Innentasche seiner Uniformjacke und schlug sie auf.

»Was ist denn das?« sagte Baumann. »Was liest du denn da?«

»Nix«, sagte Frank und steckte es wieder ein. »Das wird dauern.«

»Sag ich ja«, sagte Baumann zufrieden und bot Frank eine Zigarette an.

Zwei Stunden später saßen sie immer noch da. Die anderen schliefen mit dem Kopf auf dem Tisch, nur Frank und Baumann nicht, denn Baumann hatte viel zu erzählen. Der Hauptfeldwebel war noch nicht wieder aufgetaucht, und Frank erinnerte das alles an den Kameraden, der einige Wochen zuvor durch alle Zeitungen gegeistert war, weil man ihn bei einem Manöver bei der Bewachung einer Brücke vergessen hatte, woraufhin er eine Woche dort ausgeharrt hatte, von den Bewohnern eines Dorfes in der Nähe mit Essen und Trinken versorgt. Die ganze Welt hatte darüber gelacht, aber Frank begann langsam zu verstehen, in welchem Dilemma sich der Mann befunden hatte.

»...jedenfalls war ich hinten drin«, sagte Baumann gerade, »und Sowenski vorne, dabei hätte ich gar nicht hinten drin sein dürfen, ist ja nicht erlaubt, wenn Ladung drin ist, und dann klopfe ich an die Wand zur Fahrerkabine und klopfe und klopfe, und Sowenski...«

»Sag mal, Baumann«, sagte Frank, »hast du eigentlich auch Hunger?«

»Ist der Papst katholisch, haha?! Klaro, Mann, klar hab ich Hunger.«

»Wie lange sind wir jetzt hier?«

»Fast zwei Stunden«, mischte sich Rückert von der Munitionsgruppe ein. Er stand auf und ging in das kleine Klo. Dort drehte er an einem spucknapfgroßen Waschbecken das Wasser auf und trank davon. »Fast zwei Stunden«, wiederholte er.

»Vielleicht sollte man mal nach dem Hauptfeld gucken«, schlug Frank vor.

»Wo willst du denn da gucken?« sagte Baumann.

Einer der anderen wachte auf, er schaute hoch und legte den Kopf wieder zurück auf den Tisch.

»Haltet doch mal die Schnauze, ihr Schnüffel«, sagte er.

»Weiß ich nicht, nebenan«, sagte Frank. »Erstmal nebenan.«

»Und dann?«

»Dann mal fragen, wann das hier was zu essen gibt«, sagte Frank.

»Hm...«, sagte Baumann. »Das ist riskant.«

Rückert zuckte mit den Schultern. »Ich hab keinen Hunger«, sagte er lustlos.

Frank stand auf und öffnete die Tür zum Gang. Da draußen liefen viele Leute hin und her, Polizisten, Soldaten, Sanitäter, Zivilisten, es war einiges los. Er ging hinaus, schloß die Tür von Raum 28E-1376 und ging zu Raum 27E-1376 hinüber und öffnete vorsichtig dessen Tür einen Spaltbreit. Auch hier war die Luft dick vom Qualm der Zigaretten, und auch hier lagen einige Kameraden mit dem Kopf auf dem Tisch, andere allerdings hatten sich zu einem Kartenspiel zusammengefunden, es waren lauter Hauptgefreite, darunter Ludwig, der Fahrer, und der Mann, den Baumann Ilitsch genannt hatte. Die Zeitsoldaten sind eben Profis, dachte Frank, bis auf Baumann.

»Was willst du Schnüffel?« sagte Ludwig unfreundlich.

»Wo ist der Hauptfeld?«

»Was weiß ich? Was willst du denn von dem?«

»Was geht's dich an, Arschloch?«

»Willst du was auf die Fresse?«

»Versuch's doch, du Fettsack!«

Frank schloß die Tür und als er sich umdrehte, um zu Raum 28E-1376 zurückzugehen, stand der Hauptfeld vor ihm.

»Was machen Sie denn hier draußen?« fragte er freundlich, und Frank konnte seine Fahne riechen. Er machte einen gutgelaunten Eindruck, eben wie jemand, der gerade ein paar alte Kumpels getroffen und mit ihnen einen genommen hatte.

»Ich hab Sie gesucht«, sagte Frank.

»Was wollen Sie denn?«

»Wir sind jetzt schon zwei Stunden da drin.«

»Na und? Wollen Sie vielleicht lieber draußen stehen? Da ist es kalt, da weht ein rauher Wind, wir haben das extra organisiert, daß Sie hier einen eigenen Raum haben, so ist das nämlich.« Der Hauptfeld lachte dröhnend und klopfte Frank auf die Schulter. »Seien Sie froh!«

»Es ist ja nur, weil ich Hunger habe. Ich meine, wir sind um elf Uhr los, das war vor über zwei Stunden, also ist das jetzt wohl dann eins, dann ist doch eigentlich schon lange Mittag...«

»Ach so«, unterbrach ihn der Hauptfeldwebel und kraulte sich den Bart. »Da ist natürlich was dran. Wie heißen Sie nochmal?«

»Lehmann.«

»Gut, Lehmann, gehen Sie zurück in Ihren Aufenthaltsraum. Ich guck mal, ob ich was zu essen finde. Das dauert sowieso noch, bis das hier losgeht.«

Der Hauptfeld stiefelte entschlossenen Schrittes davon. Frank ging zurück in seinen Raum. Dort erzählte gerade Baumann Rückert eine Geschichte.

»...jedenfalls wollte ich das natürlich nicht, aber der Oberfeld, der wußte natürlich genau, wo der Hase langläuft, also hat der gleich zu mir gesagt, hallo Lehmann, hast du den Hauptfeld gefunden?«

»Ja. Er will mal gucken, ob's was gibt.«

»Rückert hat gerade erzählt, daß die im Schrank von der Mun-Gruppe noch zweihundert Gramm Dynamit rumliegen haben.«

»TNT«, verbesserte ihn Rückert.

»Das mußt du dir mal vorstellen, Lehmann. Hast du sowas schon mal gehört? Naja«, wandte er sich wieder Rückert zu, »jedenfalls habe ich zu unserem Oberfeld gesagt, daß man doch gucken könnte, ob man die Kochgeschirre und die Eßbestecke nicht zusammen unter derselben Nummer...«

Frank setzte sich an den Tisch und war froh, daß Baumann einen anderen Gesprächspartner gefunden hatte.

Und damit das so blieb, legte er den Kopf auf die Tischplatte und tat, als würde auch er schlafen.

Etwa eine Stunde später kam der Hauptfeld herein. »Sitzen bleiben«, sagte er, obwohl niemand Anstalten gemacht hatte aufzustehen, und er sagte es gemütlich und jovial, fast ein bißchen schwerfällig, wenn nicht gar vernuschelt, wie Frank fand, der es im Halbschlaf hörte. Er blickte auf und sah den Hauptfeldwebel mit zwei Plastiktüten in der Hand, von denen er eine auf den Tisch stellte.

»Mit der Verpflegung ist irgendwas schiefgegangen«, sagte er in schleppendem Tonfall. Sein Gesicht war gerötet, und er atmete schwer. »Die haben hier irgendwie keine verdammte Verpflegung. Ich habe euch ein bißchen was zu essen besorgt, auf eigene Rechnung, Männer.«

Damit verschwand er wieder. Baumann nahm die Plastiktüte und sah hinein.

»Mann, schau dir das an«, sagte er und hielt einen Marsriegel hoch. »Nur das hier. Und Treets, verdammte Scheiße.« Er hielt eine Tüte Treets hoch. »Und Kartoffelchips.« Diesen Moment nutzte Rückert, um den Kopf auf den Tisch zu legen und zu schlafen oder jedenfalls so zu tun.

»Was ist denn mit Rückert«, sagte Baumann. »Hat der keinen Hunger? Und die anderen? Sollen wir die aufwecken?«

»Weiß nicht«, sagte Frank, »lieber nicht, naja, vielleicht Rückert. Vielleicht sollte man Rückert aufwecken.«

»Schläft der denn?«

»Keine Ahnung«, sagte Frank und nahm einen Marsriegel und eine Tüte Treets und aß beides auf. Baumann tat das gleiche, doch er redete dabei weiter, »...jedenfalls habe ich gleich gesagt, daß der *major* mal lieber aufpassen sollte, daß er keinen Ärger kriegt. Ich meine, alles gut und schön mit dem TNT von Rückert da...«

»...das ist nicht *mein* TNT«, klang es gedämpft von Rückert herüber, der sich nicht die Mühe machte, auch nur den Kopf zu heben.

»Ist ja egal, jedenfalls habe ich gestern mit dem Spieß geredet, und der hat gesagt, daß...«

Frank fragte sich, was wohl Martin Klapp oder Ralf Müller oder irgendwelche ihrer Genossen oder Ex-Genossen dabei denken würden, wenn sie sehen könnten, welches Bild der bewaffnete Arm der Bourgeoisie in diesem Moment abgab. Dann rüttelte er Rückert am Arm.

»He, Rückert, wach mal auf.«

»Was gibt's denn?«

»Essen.«

»Was denn?«

»Das hier«, sagte Baumann und hob die Tüte. »Ich hab ja immer gesagt, heute morgen noch, die sollen uns was mitgeben, habe ich gesagt, Epa meinetwegen, was weiß ich denn, das könnte man sich wenigstens warm machen...«

»Wie willst du das denn warm machen, ohne Eßgeschirr und ohne Esbit-Kocher. Und selbst wenn du das hast, wie willst du denn hier drin den Esbit-Kocher benutzen? Das ist doch garantiert gar nicht erlaubt«, stieg Rückert darauf ein, und Frank legte schnell wieder den Kopf auf den Tisch.

Zwei Stunden später tauchte der Hauptfeldwebel wieder auf. Er öffnete die Tür mit dem Fuß, und zwar so schwungvoll, daß sie gegen die Wand krachte, und dann stand er im Türrahmen, er schwankte ziemlich und war über und über mit Epa-Schachteln beladen.

»Hier Männer, nehmt euch, es ist reichlich da«, dröhnte er. »Aber daß mir keiner hier drin den Esbit-Kocher anmacht, obwohl, ich kenne euch, den hat ja sowieso keiner dabei.«

»Wir sind im großen Dienstanzug, Hauptfeld«, sagte Baumann. »Da hat man doch keinen Esbit-Kocher!«

»Reden Sie nicht, Baumann, einen Esbit-Kocher hat man immer am Mann, man weiß nie«, sagte der Hauptfeld, während Rückert und Wolter, ein Mann aus dem Ersatzteillager, der bis vor kurzem nur geschlafen hatte, ihn nach und nach von seinen Schachteln befreiten.

»Nicht alle nehmen, Männer, die nebenan wollen auch noch was.«

»Hauptfeld, wann geht's denn los?«

»Was weiß ich denn, um sechs oder was.«

»Das ist ja noch über ’ne Stunde.«

»Seien Sie froh, wenn das überhaupt losgeht, Sie haben ja keine Ahnung, was da draußen los ist.«

»Was ist denn da draußen los, Hauptfeld?«

»Fragen Sie lieber nicht, Baumann, fragen Sie lieber nicht.«

Der Hauptfeld ging mit den restlichen Schachteln wieder hinaus.

»Machen Sie mal die Tür hinter mir zu, Rückert.«

Rückert machte die Tür hinter ihm zu. Dann aßen sie kalte Spaghetti mit Schinken und Ei, Hartkekse, Schokolade und Schwarzbrot.

Dazu erzählte ihnen Baumann noch ein paar Geschichten aus der EVG/NVG.

Noch einmal anderthalb Stunden später, Frank rauchte gerade die erste Zigarette seit seinem morgendlichen Arztbesuch, und ihm war ziemlich schwindelig, kam der Hauptfeldwebel wieder, diesmal mit einem großen Bündel Fackeln unter dem Arm.

»Hier, Männer«, sagte er, »jeder eine.«

Sie nahmen jeder eine Fackel von ihm.

»Gleich geht’s los. Und am besten, ihr setzt schon mal den Stahlhelm auf, Männer, das geht gleich los, das geht aber sowas von los gleich...«

Mit schwerer Schlagseite ging der Hauptfeldwebel nach nebenan weiter.

»Endlich geht’s los, dann ist auch bald Feierabend«, sagte Baumann, als er sich seinen Stahlhelm aufsetzte.

Eine Stunde später saßen sie noch immer dort. Die Stahlhelme hatten sie mittlerweile wieder abgesetzt und die Fackeln aus der Hand gelegt.

»Was sollen wir eigentlich da machen?« sagte Rückert.

»Fackeln tragen«, sagte Wolter.

»Ach so«, sagte Rückert. »Ich hab mich schon gewundert...«

»Jetzt aber schnell«, brüllte der Hauptfeld, als er das nächste Mal kam, »alle raus, draußen antreten.«

Sie drängelten sich durch die Tür und trafen draußen, auf dem Gang, auf die Kameraden vom anderen Raum, mit denen sie sich zusammen irgendwie aufstellten.

»Alle mir nach«, sagte der Hauptfeld und schwankte ohne sich umzusehen voran. Er bog um eine Ecke, öffnete eine Tür und führte sie in einen Gang, an dessen Ende schon das Stadion auf sie wartete, und Frank sah im Näherkommen, daß es draußen schon dunkel war und sie das Flutlicht angemacht hatten.

»Weiter, weiter, die warten doch schon alle«, rief der Hauptfeldwebel und verfiel in einen leichten Trab, und seine Männer trabten mit, bis er am Eingang des Stadions anhielt.

»So, Männer«, rief er, »jetzt äußerste Disziplin. Ihr geht jetzt einfach ohne große Fisimatenten in einer Reihe hinter mir her, und ich weise euch eure Plätze zu. Und absolute Ruhe dabei!«

Sie betraten das Stadion. Es regnete ein feiner Sprühregen auf sie hinab, und oben, in den Masten der Flutlichtanlage, konnte man den Wind heulen hören, das mußte ein ziemlicher Sturm sein, es war ein permanentes Geheule und Geknatter. Auf der gegenüberliegenden Seite des Stadions war die Tribüne überdacht, dort saß Publikum, die nicht überdachten Ränge waren menschenleer. Zum Publikum hin waren die Rekruten in drei Blöcken auf dem Fußballfeld aufgestellt, außerdem gab es dort noch einen Spielmannszug und eine überdachte Rednertribüne und einen Flaggenmast und ähnliches Zeug, und Frank und seine Kameraden kamen nun von hinten dazu, und der Hauptfeldwebel wies sie auf ihre Plätze. Frank wurde hinter den mittleren Block der Rekruten gestellt. Viel sehen konnte er dort nicht. Nach einiger Zeit kam der Hauptfeldwebel mit einer brennenden Fackel vorbei und gab ihnen Feuer.

So stand Frank dann die nächsten anderthalb Stunden dort herum, mit der brennenden Fackel in der Hand, die im

Nieselregen, der weder stärker noch schwächer wurde, leise zischte, und weiter vorne lief ein Programm aus Ansprachen und Musik und wieder Ansprachen ab, von dem er wenig verstand, denn dort, wo man ihn hingestellt hatte, kam nur wenig davon an, es war alles auf das Publikum unter der überdachten Tribüne gerichtet, und was er verstand, klang bitter und verbissen, es war mehr der Ton als der Inhalt, der ihn erreichte. Und das Heulen des Windes wurde lauter, es war ein komisches Heulen, und es dauerte lange, bis er begriff, daß es gar nicht das Heulen des Windes war, das er da hörte, sondern vielmehr Polizei- oder Feuerwehrsirenen, die in der Ferne, außerhalb des Stadions, ihr Lied sangen, sehr leise zwar und allein kaum wahrnehmbar, in ihrer Vielzahl aber beunruhigend dicht im Klang, so dicht, daß ihre einzelnen Melodien nicht mehr zu erkennen waren, es ist ein Cluster, dachte Frank, sich eines längst vergessen geglaubten Begriffs aus dem Musikunterricht erinnernd, und irgendwann stiegen neben dem Stadion auch noch Leuchtkugeln auf und man hörte Fetzen von Megafon-Ansprachen und Geschrei, die sich in das Lied der Sirenen hineinmischten, aber alles nur ganz leise, es war wie ein Hintergrundrauschen, wie die beunruhigende Mahnung, daß da draußen, jenseits des Stadions, noch ein ganz anderes Programm lief als das hier drinnen, wo man nach langer Zeit endlich mit den Ansprachen fertig wurde und zur Sache kam. Die Rekruten wurden mit Befehlen eingedeckt, standen still und murmelten die Gelöbnisformel, dann gab es Musik, dann wieder Lautsprecherdurchsagen, Kommandos, das zog sich hin, und die ganze Zeit lief dazu jener andere Sound mit, der Frank sagte, daß seine Freunde und ihre Genossen dort draußen irgendwo am Werk waren, beziehungsweise Ex-Freunde und Ex-Genossen, wie er dachte, als er dort stand und stand und nichts mitkriegte, es wird langsam alles Ex, dachte er, nicht nur die Freunde und deren Genossen, auch Ex-Wohnung, Ex-Kompanie, vielleicht sogar Ex-Freundin, dachte er, obwohl, das vielleicht gerade nicht, dachte er, dazu hätte sie erst einmal eine Freundin sein müssen, Ex-Kriegsdienstverweigerer ist man auch schon, dachte er, irgendwann ist alles Ex, und was bleibt dann noch? fragte er sich, aber er wußte keine Antwort und wollte in diesem Moment auch keine, wegen ihm konnten sie jetzt noch stundenlang mit diesem Quatsch weitermachen, er glitt hinüber in eine eigenartige Stimmung, fühlte sich leicht und leer, wie in einer Zwischenwelt, einer unwirklichen, flutlichtbeleuchteten Zone mit seltsamen Farben und Tönen, in der es keine Zeit gab, und wo ihn der Rest der Welt nichts mehr anging.

Dieses Gefühl half ihm über die Zeit, er versank so vollständig in Trance, daß er nicht einmal registrierte, wie ihm mittendrin die Fackel ausging, erst als der Hauptfeldwebel mit einer neuen kam, sie ihm brennend in die Hand drückte und besorgt fragte, ob alles mit ihm in Ordnung sei, reagierte er mit einem wortlosen Nicken. Und kurz darauf war die Sache vorbei. Die Rekruten marschierten ab, und der Hauptfeldwebel machte wieder die Runde, diesmal mit einem Eimer Wasser, in dem Frank seine Fackel löschen konnte. Dann sammelte der Hauptfeld sie alle in umgekehrter Reihenfolge wieder ein und ging mit ihnen zurück zu ihren Räumen.

»So, Männer«, sagte er ernst und, wie es Frank schien, plötzlich auch wieder nüchtern, »hier wartet ihr erstmal wieder. Wir können noch nicht abrücken. Das muß der Reihe nach gehen. Außerdem ist da draußen einiges los, Mannomann.«

»Was denn?« rief Baumann. »Was ist denn los, Hauptfeld?«

»Krawall, Baumann. Krawall, das ist los«, sagte der Hauptfeldwebel, und es klang bitter. »Die hauen sich da draußen die Schädel ein, Baumann. Die müssen das erst alles geräumt haben, vorher geht das für uns nicht weiter.«

Sie gingen wieder in ihre Räume und warteten eine Stunde, und dann noch eine, saßen müde und reglos auf ihren Stühlen und sagten gar nichts mehr.

Dann endlich kam der Hauptfeld und gab den ersehnten Befehl zum Abmarsch mit den Worten: »Auf geht's! Laßt uns bloß sehen, daß wir hier rauskommen, Männer!«

»Hauptfeld?!« rief Baumann.

»Was wollen Sie denn jetzt schon wieder, Baumann?«

»Sollen wir Barett tragen oder Stahlhelm.«

»Tja«, sagte der Hauptfeldwebel. »Tja...«, er schaute ratlos in die Runde. »Wenn man das wüßte! Ich würde bis auf weiteres mal sagen:...« Er machte noch eine Pause. »...naja, ich würde sagen: Stahlhelm!«

45. MÄNNER UND HELME

Als sie aus dem Stadion kamen, hatte es aufgehört zu regnen, der Himmel war aufgerissen, und ein strammer Wind jagte zerfetzte Wolken darüber her. So schnell es ging, schlängelten sie sich im Gänsemarsch zwischen ineinander verkeilten Lastwagen und Bussen hindurch, wobei ihre kleine Gruppe immer wieder auseinandergerissen wurde in dem allgemeinen Gewusel aus Polizisten, Soldaten, Feldjägern und Sanitätern. Die Tatsache, daß sie dabei ihre Stahlhelme aufhatten, machte die Sache nicht leichter, und wohl nur, um keinen von ihnen zu verlieren, brüllte der Hauptfeldwebel, der als einziger keinen Stahlhelm trug, weil er gar keinen dabeihatte, immer wieder Dinge wie »Hier, Männer«, oder »Schön zusammenbleiben!« und ähnlichen Unsinn mehr. Es lagen Steine und Scherben herum, viele Fahrzeuge hatten geborstene Scheiben, über allem lag der pfeffrig-chemische Geruch von Tränengas, und oben auf dem Deich standen Mannschaftswagen der Polizei in einer langen Reihe und warfen ihr Blaulicht über die Szenerie. Und auf den Deich mußten auch sie, denn dort stand irgendwo der KOM 21, und nach einigem Suchen fanden sie ihn auch, er lag allerdings auf der Seite und war völlig ausgebrannt.

»Die Schweine, die verdammten Schweine«, schrie Ludwig, während der Hauptfeldwebel erst einmal versuchte, sich anhand des Nummernschildes, das einigermaßen intakt war, davon zu überzeugen, daß das große verkohlte Gerippe, das dort wie ein toter Elefant auf der Seite lag, wirklich *ihr* KOM 21 war, das taktische Zeichen war nicht mehr zu erkennen. »Die Schweine, die verdammten Schweine«, schrie Ludwig immer wieder, und Frank schien es, als würde er gleich zu heulen anfangen. Frank und die anderen Kameraden standen in einigem Abstand dabei und sahen zu, wie Ludwig mit der Faust auf seinen Bus einhämmerte, während der Hauptfeldwebel die Hoffnung noch nicht aufgegeben hatte, daß das alles ein Irrtum und dies der falsche Wagen sei und Ludwig anbrüllte, er solle nun endlich mal den Fahrbefehl zeigen wegen der Nummer des Wagens, bis Ludwig schließlich zurückbrüllte, er, der Hauptfeld, könne ihn mal am Arsch lecken, er würde doch wohl noch sein Auto erkennen, worauf der Hauptfeld schrie, Ludwig solle sich gefälligst zusammenreißen, und während Ludwig desungeachtet immer weiter »Die Schweine, die verdammten Schweine« brüllte, trat schließlich der Hauptfeld mit dem Ausruf »Verdammte Scheiße nochmal«, gegen das Buswrack, und dann noch einmal, und dann brüllte Ludwig ihn an, daß er gefälligst damit aufhören solle, und dann dachte Frank, daß es an der Zeit sei, dem Wahnsinn ein Ende zu machen.

»Hauptfeld«, rief er, »Hauptfeld!«

»Was denn?«

»Das bringt doch nichts!«

»Halten Sie doch die Schnauze, Lehmann.«

»Was soll das denn werden, Hauptfeld? Sollen wir hier übernachten, oder was?«

Der Hauptfeld starrte ihn an.

»Ich will Ihnen ja nicht zu nahe treten, Hauptfeld, aber mit dem Ding können wir nicht mehr fahren.«

»Halt die Schnauze, du Arschloch!« schrie Ludwig. »Halt du doch die verdammte Schnauze.«

In diesem Moment flogen die Steine. Einer traf den Hauptfeld an der Schulter, und er schrie auf, andere klatschten um sie herum auf den Asphalt, kleine und größere, und dann sah Frank, daß weiter vorne Leute auf sie zustürmten, einige von ihnen trugen Motorradhelme und Transparentstangen, es waren nicht viele, vielleicht zwanzig, schätzte er, und sie mußten irgendwo durch die Absperrungen gebrochen sein.

»Deckung«, brüllte der Hauptfeld, der nun auf dem Asphalt kniete, von noch einem Stein getroffen, diesmal am Kopf, »Deckung, alle hinter den Bus!« Frank lief zu ihm hin und zerrte ihn hinter den ausgebrannten Bus, Baumann half ihm dabei. Der Hauptfeldwebel blutete aus einer Platzwunde am Hinterkopf, aber sonst schien er ganz munter zu sein, denn er brüllte wie am Spieß immer weiter Befehle wie »Alle zu mir, Deckung, verdammte Scheiße, Helm auf!«, und Baumann sagte »Aber Hauptfeld, wir haben doch alle die Helme auf, bloß Sie nicht, da habe ich mich schon gewundert, daß Sie den Helm nicht aufgesetzt haben, wo Sie doch extra...«, und der Hauptfeldwebel unterbrach ihn mit den Worten »Wer sind Sie denn?«, während Frank überlegte, wo sie jetzt einen Sanitäter herbekommen konnten. Er drehte sich um und sah den Osterdeich in die andere Richtung hinunter, und von dort kam jetzt ein Trupp Polizisten mit Schilden, Helmen und gezogenen Knüppeln herbeigelaufen.

Dann ertönte ein Gejohle, und hinter der anderen Seite des Buswracks kamen die Demonstranten hervorgestürmt. Sie liefen an Frank und seinen Kameraden vorbei, ohne sie zu beachten. Etwa zehn Meter weiter hielten sie an und warfen Steine, die sie aus ihren Jackentaschen holten oder auch vom Asphalt wieder aufklaubten.

»Ihr verdammten Schweine«, schrie Ludwig. Er war ein kleiner dicker Mann, und Frank hätte ihm die Geschwindigkeit nicht zugetraut, mit der er jetzt aufsprang, seinen Helm vom Kopf nahm und helmschwingend die Demonstranten von hinten angriff. Die merkten davon nichts, bis Ludwig in einen großen Kerl in schwarzem Leder hineinkrachte, ihn dabei umwarf und mit seinem Helm auf ihn einschlug. Dann stürzten sich die anderen Steinewerfer auf ihn.

»Scheiße«, rief Frank und lief, ohne lang zu überlegen, hinterher, seinen eigenen Stahlhelm vom Kopf reißend und in der Faust schwingend. Neben sich sah er Baumann dasselbe tun, und hinter ihm erhob sich ein Gebrüll, und als er in den Haufen Leute hineinstürzte und mit seinem Stahlhelm in der Hand auf den Motorradhelm eines Mannes haute, der wiederum den mittlerweile am Boden liegenden Ludwig mit schweren Stiefeln in die Seite trat, kam von hinten der Rest der Kameraden und warf sich obendrauf. Es ergab sich ein allgemeines, großes Handgemenge und Gewühle, Frank wurde umgerissen, und andere Leute fielen über ihn drüber, Freund und Feind gleichermaßen, es war jetzt nur noch ein großes, unentwirrbares Knäuel von Leibern und Gliedmaßen, und während er dort ganz unten lag und sich gar nicht mehr rühren konnte, schoß es Frank kurz durch den Kopf, daß ihn das an die Zeit erinnerte, als sie sich bei Hochzeiten in der Kirche in der Adam-Stegerwald-Straße als Kinder immer um die ihnen zugeworfenen Bonbons gebalgt hatten, und er fragte sich einen friedlichen Wimpernschlag lang, ob dieser Brauch, Bonbons unter die fremden, zuschauenden Kinder am Wendeplatz der Adam-Stegerwald-Straße zu werfen, wohl immer noch gepflegt wurde, er nahm sich sogar vor, seine Mutter bei Gelegenheit mal zu fragen, vielleicht wußte sie Näheres darüber, bis ihm klar wurde, daß das in seiner augenblicklichen Lage ein ziemlich abwegiger Gedanke war, aber andererseits, dachte er, was soll man denn machen, wenn man ganz unten liegt und sich sowieso nicht bewegen kann?

Dann rief irgend jemand »Die Bullen«, und es kam wieder Bewegung in die Sache, Frank hörte Schmerzensschreie, und um ihn herum begann der Menschenhaufen panisch zu zappeln und sich aufzulösen, er kam mühsam hoch und bekam einen Schlag mit einem Knüppel an die Schulter. Er schrie auf und schubste um sich herum Leute weg, die auch alle prompt davonliefen, die Demonstranten wie die Polizisten, und noch bevor er sich darüber wundern konnte, sah er, daß nur der Hauptgefreite Ludwig noch da war. Er stand bei einem Demonstranten, der ohne Helm auf dem Boden lag und sich krümmte, während Ludwig mit seinen Stiefeln auf ihn eintrat.

»Du verdammte Sau, du verdammte Sau«, schrie er dabei.

Frank sah, daß der Mann schon ziemlich blutete, am Kopf und auch aus Mund und Nase, wie es schien, das sah sehr schlimm aus. Er ging zu Ludwig und packte ihn am Arm und versuchte, ihn von dem Mann wegzuzerren.

»Hör auf, Ludwig«, rief er, »hör auf, was soll denn der Scheiß!«

»Laß mich los, du Arschloch«, sagte Ludwig und schlug mit der Faust nach Frank. Die Faust traf ihn am Ohr, und einen Moment lang dröhnte es in Franks Kopf, dann fing er sich und sah rot. Er packte Ludwig, der sich inzwischen, als ob nichts gewesen wäre, wieder dem Demonstranten widmete, von hinten um den Hals, stellte ein Bein vor und riß ihn zu Boden. Dann haute er ihm mit aller Kraft mehrmals auf die Nase. Ludwig schrie auf, und Blut schoß aus seiner Nase hervor, er zappelte auf dem Rücken liegend mit Armen und Beinen, und Frank ließ ihn los und trat einen Schritt zurück. Ludwig sprang auf und hielt sich die Hände vor das blutverschmierte Gesicht. Auch Franks Hände waren voller Blut, wie er feststellte, als er jetzt da draufguckte, es ist immer dasselbe, dachte er, genau dieselbe Scheiße wie mit Horst. Wenigstens sah es nicht so aus, als wollte Ludwig weitermachen, er stand da und hielt sich die Hände vor die Nase und schnappte nach Luft und weinte und rief »Wo ist mein Bus«, und dann lief er weg, den Deich hinunter Richtung Stadion. Frank schaute nach dem Demonstranten, der nun mit hängendem, blutendem Kopf auf allen vieren auf dem Asphalt hockte wie ein trauriger Hund. Frank kniete sich neben ihn und fragte, ob alles in Ordnung sei, aber jetzt gerade schwebte über ihnen in nicht allzu großer Höhe ein Hubschrauber und was immer der Mann sagte, war nicht zu verstehen. Weiter drüben, am ausgebrannten Bus, lag der Hauptfeldwebel auf dem Rücken und hatte unter seinen Beinen einen Stahlhelm, was Frank so deutete, daß er wohl einen Schock erlitten hatte oder zumindest der Verdacht darauf bestand. Neben ihm hockte ein Sanitäter und redete auf ihn ein.

»Warte mal«, sagte Frank zu dem Demonstranten, der immer noch auf allen vieren hockte.

»Ich muß hier weg«, sagte der Demonstrant. Jetzt erkannte Frank ihn an seiner Stimme und auch an seinem Irokesenhaarschnitt, der ihm vorher gar nicht aufgefallen war: Es war Mike, Wollis Punk-Freund. Mike wischte sich das Blut aus den Augen. »Die buchten mich sonst ein.«

»Ja, warte mal«, sagte Frank. »Ich will auch weg. Warte noch eben, wir können gleich zusammen gehen.«

»Wer bist du eigentlich?«

»Ich bin's«, sagte Frank und ging neben ihm in die Hocke. »Frank. Frankie. Du weißt schon, der bei Wolli wohnt.«

»Frankie, was machst du denn hier?«

»Ich bin hier beruflich«, sagte Frank und lachte bitter. »Lauf mal nicht weg, ich bin gleich wieder da.«

Frank ging zum Hauptfeldwebel und beugte sich über ihn. »Hauptfeld!« sagte er. »Hören Sie mich?«

»Ja«, sagte der Hauptfeld. Er sah sehr blaß aus, soweit man das bei dem wenigen Licht erkennen konnte.

»Ich bin's, Lehmann. Schön liegenbleiben, Hauptfeld! Ich wollte nur sagen: Ich gehe dann mal!«

»Was?« sagte der Hauptfeld, während der Sanitäter, der ein ziviler Sanitäter war, Frank verständnislos anblickte.

»Ich gehe dann mal, Hauptfeld. Ich melde mich ab.«

»Wo sind die anderen, Lehmann?«

»Keine Ahnung«, sagte Frank. »Die sind irgendwo anders, die sind alle weggelaufen. Ich gehe jetzt jedenfalls nach Hause.«

»Das geht doch nicht so einfach, Lehmann!« sagte der Hauptfeld leise.

»Was soll ich denn sonst machen, Hauptfeld? Mir einen suchen, mit dem ich hier für die Nacht ein Zelt aufbauen kann?«

»Nein. Egal«, stöhnte der Hauptfeldwebel.

»Laß den jetzt mal in Ruhe«, sagte der Sanitäter. »Der sollte mal besser nicht reden.«

»Mach ich«, sagte Frank. »Bis denn dann, Hauptfeld. Gute Besserung!«

Der Hauptfeld drehte den Kopf zur Seite und übergab sich.

»Hau schon ab«, sagte der Sanitäter.

Frank ging zurück zu Mike. Der hatte sich inzwischen aufgerappelt.

»Wie siehst du denn aus?« sagte Mike.

»Ich hab doch gesagt: Ich bin beruflich hier«, sagte Frank. »Laß uns mal gehen.« Er schaute sich um. Niemand beachtete sie, aber er hatte ein bißchen die Befürchtung, daß das nicht so bleiben würde. Von weiter vorne sah er Baumann kommen, und er wußte, wo Baumann war, da konnten die anderen nicht weit sein.

»Schnell«, sagte er. Er fand einen Stahlhelm in der Nähe liegen und gab ihn Mike. »Setz den auf, schnell.«

»Wieso das denn?«

»Frag nicht. Und zieh die Lederjacke aus.«

Frank setzte Mike selbst den Stahlhelm auf und Mike schrie vor Schmerz kurz auf, als der Helm seinen Kopf berührte, aber wenigstens war der Irokesenschnitt jetzt nicht mehr zu sehen. Mike trug Stiefel und Bundeswehrhosen, das war schon mal ganz praktisch, fand Frank. Er öffnete Mikes Lederjacke und half ihm da raus. Mike wehrte sich nicht, er fragte nur: »Was soll das? Was willst du mit meiner Jacke.«

»Hast du da noch irgendwas drin, was du brauchst?«

»Nein.«

»Auch keinen Ausweis oder sowas? Wo dein Name drauf ist oder so?«

»Nein.«

Frank durchsuchte die Taschen, fand aber nur eine Schachtel Zigaretten, die er einsteckte. Dann ließ er die Jacke fallen.

»Dann laß uns mal abhauen«, sagte er.

»Was macht ihr denn hier?« sagte Baumann, der in diesem Augenblick zu ihnen stieß.

»Ich muß den mal eben zum Verbinden bringen«, sagte Frank und zeigte auf Mike.

»Was ist denn das für einer?« sagte Baumann mißtrauisch.

»Das ist ein Bekannter von mir. Der ist vom Pionierbataillon 8.«

»Wie sieht der denn aus?«

»Den hat's voll erwischt.«

»Und wo ist der Hauptfeld?«

»Da drüben.«

»Soll ich dir helfen?«

»Nein, geh du mal zum Hauptfeld, ich bringe den mal zu seiner Einheit«, sagte Frank.

»Ich kann meinen Stahlhelm nicht mehr finden!« sagte Baumann und schaute sich suchend um.

»Ich auch nicht«, sagte Frank.

»Das wird teuer«, sagte Baumann. »Ich weiß nicht mehr genau, wieviel, aber Stahlhelm ist teuer, was soll ich denn in die Verlustmeldung reinschreiben, ich meine, Prügelei und so, das muß man ja auch erst mal klären, was das für Konsequenzen haben kann, ich meine, da schreibt man dann eine Verlustmeldung und dann schreibt man da rein, daß man sich mit denen da gekloppt hat...«

»Alles klar, Baumann«, unterbrach ihn Frank, »ich muß den mal wegbringen.«

»Aber die Sanis sind doch da drüben«, sagte Baumann und zeigte zum Stadion hinüber.

»Ja, aber der muß zu seiner Einheit«, sagte Frank. »Warte du mal hier auf die anderen. Wo sind die überhaupt?«

»Die sind da vorne, da ist noch ordentlich Keilerei.« Baumann zeigte den Osterdeich hinunter Richtung Innenstadt. »Ich wollte eigentlich bloß meinen Helm holen.«

»Ach so. Naja. Der Hauptfeld liegt jedenfalls da drüben.«

»O Gott, der Hauptfeld«, sagte Baumann. »Ich weiß gar nicht, was ich jetzt machen soll. Was sollen wir denn jetzt machen? Soll ich zu dem jetzt hingehen oder lieber nicht, vielleicht hat der einen Schock, das habe ich mal bei einem erlebt, da weiß man gar nicht, ob das noch gilt, wenn der einem jetzt irgendwas befiehlt oder so, nehmen wir mal an...«

»Mach's gut, Baumann.«

Frank setzte sein Barett auf, nahm Mike am Arm, und sie gingen los. Bei der nächsten Gelegenheit bogen sie rechts ab in die Straße Auf dem Peterswerder, an deren Eingang eine Sperre war. Frank ging mit Mike an den dort versammelten Polizisten vorbei, und niemand hielt sie auf, man beachtete sie gar nicht. Dann bog er gleich wieder links ab, in die Braunschweiger Straße, die war ganz ruhig und menschenleer.

»Nimm mal den Helm ab«, sagte er zu Mike, als sie um die Ecke waren.

»Wieso?« fragte Mike. Es ging ihm offensichtlich nicht besonders gut, er war ziemlich wackelig auf den Beinen, und Frank stellte ihn an einen Vorgartenzaun, damit er alleine stehen konnte.

»Ich glaube, in dieser Gegend sollte man jetzt nicht mehr mit einem Stahlhelm herumlaufen.« Er nahm Mike vorsichtig den Helm vom Kopf und warf ihn über den Zaun.

»Du hast doch auch Uniform an.«

»Ja, aber ich habe wenigstens keinen Stahlhelm.«

»Das ist doch unlogisch.«

»Mike, willst du wirklich lieber den Stahlhelm tragen? Dann hole ich ihn da wieder raus und du kannst ihn wieder aufsetzen, echt mal!«

»Ja, ja, Entschuldigung.«

»Kein Grund, sich zu entschuldigen.«

»Ja, ja«, sagte Mike. Er lehnte sich über den Gartenzaun und kotzte einen ordentlichen Schwall in den Vorgarten.

»Laß mal deinen Kopf sehen«, sagte Frank, als Mike damit fertig war.

Mike beugte sich vor und Frank schaute sich die große Platzwunde auf Mikes Kopf an. Sie blutete immer noch.

»Damit mußt du ins Krankenhaus, Mike.«

»Wie soll ich denn jetzt ins Krankenhaus?«

»Wir müssen nur zum St.-Jürgen-Krankenhaus, das ist nicht weit.«

»Ich will nicht in ein Krankenhaus. Wenn mich da die Bullen kriegen.«

Mike sah bleich aus und er zitterte.

»Wenn sie dich da kriegen, dann können die dir gar nichts beweisen.«

»Ich würde lieber nach Hause«, sagte Mike.

»Du hast da eine riesige Wunde«, sagte Frank.

»Da kann sich meine Mutter drum kümmern, da würde ich echt lieber nach Hause.«

»Wo wohnt denn deine Mutter?«

»In Walle.«

»Du kannst doch jetzt nicht mit der Straßenbahn nach Walle fahren.«

»Doch, klar«, sagte Mike.

Sie gingen ein paar Schritte weiter, dann knickte Mike in den Beinen ein und fiel auf das Pflaster.

»Mike«, sagte Frank, aber Mike antwortete nicht mehr.

Frank versuchte, Mike irgendwie hochzukriegen, aber das ging nicht so einfach, er war zu schwer. Schließlich entsann er sich dessen, was er in seiner Grundausbildung gelernt hatte, und nahm ihn in den Rautek-Griff. Es war also doch nicht alles ganz umsonst, dachte er, als er Mike auf diese Weise die Braunschweiger Straße hinunter bis zur Lüneburger Straße schleifte. In der Lüneburger Straße trafen sie auf jede Menge Mannschaftswagen der Polizei, und bei denen standen und in denen saßen jede Menge Polizisten, die Frank verwundert anstarrten, als er mit Mike im Rautek-Griff aus der Braunschweiger Straße kam. Da muß man jetzt durch, dachte er. Er legte Mike in der stabilen Seitenlage auf dem Gehweg ab und ging zur nächsten Gruppe herumstehender Polizisten.

»Da ist einer verletzt«, sagte er zu einem, der einen Kopf größer war und durch das Visier seines Helms auf ihn hinunterblickte.

»Ja, seh ich schon«, sagte der. Seine Kameraden lachten.

»Der braucht einen Sanitäter, aber schnell.«

»Ich hab aber keinen«, sagte der Polizist. »Was geht mich das an?«

»Rufen Sie einen über Funk oder so«, sagte Frank.

»Dafür bin ich nicht zuständig. Außerdem läuft der ja schon wieder.«

Frank schaute zurück zu Mike und sah, daß er schon wieder auf allen vieren hockte. Er ging zu ihm hin und half ihm auf.

»Was war das denn?« sagte Mike. »Ich glaube, mir war ein bißchen schwindelig…«

»Kannst du laufen?«

»Ich glaub schon.«

»Dann laß uns bloß hier abhauen!«

Eine Viertelstunde später waren sie im St.-Jürgen-Krankenhaus. Frank brachte Mike in die Notaufnahme, wo eine Menge Leidensgenossen von ihm saßen und darauf warteten, daß ihre Platzwunden, Gehirnerschütterungen, Blutergüsse und Prellungen behandelt wurden. Frank fühlte viele feindselige Blicke, als er mit Mike zusammen in den Wartebereich kam, mit dem großen Dienstanzug machte man sich hier keine Freunde, auch ohne Stahlhelm nicht.

»Mike, ich hau dann mal ab«, sagte er, nachdem er ihn auf eine Bank gesetzt hatte.

»Ja«, sagte Mike. »Bis denn mal. Und vielen Dank.«

»Kein Problem«, sagte Frank. »Wir hatten ja denselben Weg.«

Dann ging er. Bis zur Kaserne war es noch ein ordentliches Stück Fußmarsch, und es gab einiges, über das er nachdenken mußte.

46. NOTAUSGANG

Am nächsten Morgen wachte er von alleine auf, obwohl es noch dunkel war. Er hatte keine Uhr, aber er wußte, daß es früh am Morgen war und nicht etwa mitten in der Nacht. Er fühlte sich frisch und von einem Tatendrang erfüllt, den er sich zunächst überhaupt nicht erklären konnte, als er da im Dunkeln in seinem Bett lag, die Bettfedern und die Matratze über sich anstarrte und auf den Weckruf wartete, von dem er sicher war, daß er gleich kommen mußte. Aber dann erinnerte er sich wieder an alles, auch an den Entschluß, den er auf dem Heimweg vom St.-Jürgen-Krankenhaus zur Kaserne endgültig und unwiderruflich gefaßt hatte. Und das ist ja auch gut, daß man sich endlich mal für etwas entschieden hat, dachte er, während er noch dort so lag und den schweren Atemzügen des Schützen Scholl lauschte, der aus dem Ruhrgebiet kam und deshalb kein Heimschläfer sein konnte, und der als einziger außer Frank noch regelmäßig in dieser Stube schlief, obwohl, was heißt schon regelmäßig, dachte Frank, das waren bis jetzt nur die letzte und diese Nacht, dachte er, und diese beiden Nächte sind jetzt vorbei, und das war's dann auch, dachte er, da kann man von regelmäßig wohl kaum sprechen, denn wenn man sich einmal entschieden hat und entschlossen ist, das dann auch durchzuziehen, dann war's das ja wohl, dachte er, und er dachte zugleich, daß er sich bis zum Wecken noch eine letzte Frist geben sollte, sich das noch einmal zu überlegen. Am nächsten Morgen muß man so etwas noch einmal überdenken, dachte er, es ist in Ordnung, wenn man sich am Abend endgültig entschieden hat, aber man sollte immer prüfen, ob das dem nächsten Morgen dann auch standhält, und die Nacht ist gleich um, und wenn ich mich bis zum Wecken nicht umentschieden habe, dachte er, dann bleibt es dabei, es gibt eine Zeit zum

Nachdenken und eine Zeit zum Handeln, und da man vor dem Wecken nicht handeln kann, sollte man bis zum Wecken noch nachdenken, nach dem Wecken aber, dachte er, ist Zeit zum Handeln, da darf man dann nicht mehr nachdenken, denn wenn man dann noch ins Nachdenken kommt, dann könnte es sein, daß man Schiß bekommt, dachte er, und dann zuckt man zurück, und dann hat man noch über dreihundert Tage vor sich, dachte er, und da fiel ihm auf, daß er seine Tageszahl nicht mehr wußte, gestern hatte er sie noch gewußt, heute war sie weg, irgendwas mit dreihundert, mehr war nicht mehr herauszufinden, und das sagt ja wohl alles, das ist ein Zeichen, dachte er, wenn man die Tageszahl nicht mehr weiß, dann ist es vorbei, dann wird es Zeit zum Handeln, und in diesem Moment ertönten eine Trillerpfeife und ein Geschrei, und er beschloß, daß die Würfel gefallen waren.

Das Schwierigste war das Timing. Er wollte am liebsten beim Antreten umkippen, das hatte zwar etwas unangenehm Theatralisches, war ihm aber zugleich aus eigener Anschauung vertraut, so hatte er es damals bei Pionier Reinboth erlebt, und er hatte das Gefühl, daß ein bißchen allgemeine Aufmerksamkeit bei der Sache nicht schaden konnte, je durchgeknallter es wirkt, desto besser, dachte er, als er nach dem Frühstück und ungefähr eine Viertelstunde vor dem Antreten, als sich die Stube langsam mit anderen Kameraden füllte, vor seinem offenen Spind stand und das Wertfach aufschloß. Ärgerlich war vor allem, fand er, daß er Reinboth damals überhaupt nicht nach den technischen Details befragt hatte, zum Beispiel darüber, wann genau er sein Medikament genommen hatte und vor allem, welches Medikament das überhaupt gewesen sein soll, dachte er, als er Mommsens Römische Geschichte anhob, um dahinter die Plastiktüte hervorzuholen, in der die drei Minischnapsflaschen und der Streifen mit den blauen Tabletten steckte. Er hatte auf dem Fußmarsch in die Kaserne schon darüber gegrübelt, wie viele von den Tabletten er wohl nehmen sollte, es war ja kein Beipackzettel dabei, deshalb war das eine heikle Sache. Ein oder zwei kamen nicht in Frage, das ist zu wenig, hatte er gedacht, als er die Bismarckstraße entlangmarschiert war, dann schon lieber vier, hatte er gedacht, vier können keinesfalls eine normale Dosis sein, dachte er auch jetzt, vier ist sicher schon ziemlich heftig, dachte er, und da er sich entschlossen hatte, noch einen oder zwei Schlüpferstürmer obendrauf zu kippen, blieb er auch dabei. Er drückte alle zehn Tabletten aus dem Streifen und legte den leeren Streifen zurück in das Wertfach. Vier Tabletten steckte er in die Brusttasche seines Grünzeugs, die sechs übrigen behielt er in der Hand. Dann steckte er noch zwei kleine Schnapsflaschen ein, einen Busengrapscher und einen Schlüpferstürmer, schloß Wertfach und Spind wieder ab und ging auf die Toiletten. Dort angekommen, suchte er sich ein Klo, sperrte ab, spülte fünf der sechs überzähligen Mandrax hinunter und setzte sich auf den Deckel, um noch einige Minuten zu warten.

Er hatte Angst. Andere nehmen die Dinger zum Spaß, dachte er, um sich Mut zu machen, und ich scheiße mich ein, das geht nicht an, dachte er, vier Stück, so schlimm wird's schon nicht sein, Hauptsache, sie merken nicht, daß es nur vier waren, dachte er, fünf sind wahrscheinlich besser, vier kann unmöglich eine ernstgemeinte letale Dosis sein, und er war froh darüber, daß er die anderen fünf schon ins Klo gespült hatte, mehr als fünf können es jetzt jedenfalls nicht mehr werden, dachte er, er traute sich selber nicht ganz über den Weg, viel hilft viel, dachte er, das ist schon mal wahr, und wie leicht denkt man das, und dann ist am Ende irgendwas für immer im Eimer… Er wog die vier Tabletten, die er aus der Brusttasche gefummelt hatte, hin und her, nach viel sah es nicht gerade aus, deshalb tat er die fünfte hinzu. Er schätzte, daß es auch noch fünf Minuten bis zum Antreten waren, fünf Tabletten, fünf Minuten, dachte er, was natürlich, wie er auch sogleich dachte, totaler Quatsch war. Jetzt oder nie, dachte er, aber er tat nichts, er schaute bloß auf die fünf Tabletten und hatte Schweiß auf der Stirn. Dann eben umgekehrt, dachte er, dann eben erst den Schnaps und dann die Pillen. Er schraubte den Schlüpferstürmer auf und trank ihn aus. Beim Frühstück hatte er sich zurückgehalten, nur einen

Kaffee genommen, und der Schlüpferstürmer brannte auf dem ganzen Weg nach unten, gleich den Busengrapscher hinterher, dachte er, wenn schon Schlüpferstürmer, dann auch noch schön den Busengrapscher obendrauf, dachte er, trank auch den und versteckte dann beide kleinen Flaschen im Spülkasten des Klos, er wollte nicht, daß sie davon etwas erfuhren, denn wenn sie vom Alkohol nichts wußten, würden sie vielleicht die Mandrax-Dosis höher einschätzen, als sie in Wirklichkeit gewesen war, so dachte er.

Er wartete kurz, bis der Schnaps seine Wirkung entfaltete oder er sich das wenigstens einbilden konnte, bis er sich mutig genug fühlte jedenfalls, auch den letzten Schritt zu tun, und dann schluckte er vier Tabletten, warf die fünfte ins Klo, zog die Spülung, ging hinaus und trank aus dem Waschbecken Wasser nach. Dann ertönte auch schon der Ruf zum Antreten. Hoffentlich wirken sie nicht zu spät, dachte er, obwohl, andererseits, dachte er, während er mit seinen Kameraden zusammen vor das Kompaniegebäude trabte, besser zu spät als zu früh, man kann ja nach dem Antreten immer noch ins Büro vom Spieß gehen und da zusammenklappen.

So weit kam es aber nicht. Der Major hatte eine besonders lange Ansprache zu halten bezüglich der Vorkommnisse am Tag zuvor, insbesondere die Verletzung von Hauptfeldwebel Hildebrand betreffend, und er hatte damit gerade erst angefangen, als Frank sich plötzlich sehr, sehr komisch fühlte, wie in Watte gepackt, und er dachte noch, der Worte Martin Klapps über das Den-Papst-Machen gedenkend, daß es vielleicht doch ein Problem war, wenn man in der ersten Reihe stand, weil man dann keinen hatte, gegen den man fallen und der einen auf diese Weise beim Fallen ein bißchen bremsen könnte, und dann wunderte er sich noch darüber, wie sorglos er diesen Gedanken verfolgte, wahrscheinlich hat Mike recht, und ich bin so ein Scheißegaltyp, dachte er, und dann hörte er den Major nur noch aus weiter Ferne sprechen, erste Reihe hin oder her, dachte er, der ist ganz schön weit weg, und dann war auch schon alles vorbei.

47. ABSCHIED

Als Frank einige Tage später die Kaserne verließ, fand er sein Auto nicht mehr wieder. Er suchte die ganze Eislebener Straße ab, lief sie einmal rauf und runter, und dann erst erinnerte er sich wieder daran, daß er den Wagen damals, vor etwa einer Woche, in der Wilhelm-Leuschner-Straße abgestellt hatte, also lief er den ganzen Weg von der Eislebener zur Wilhelm-Leuschner-Straße, was ihm aber nichts ausmachte, denn er war ja, wie er auf diesem Weg immer wieder voller Verwunderung dachte, jetzt frei und hatte Zeit. Sie hatten ihn am Morgen im San-Bereich mit den Worten »Sie können jetzt aufstehen« geweckt, ihm seine Zivilklamotten gebracht und eine Auskleidung in Blitzgeschwindigkeit vorgenommen. Beim Spieß hatte es noch einige Bescheinigungen gegeben, darunter auch eine über die Entlassung aus der Bundeswehr wegen Untauglichkeit.

»Das können Sie sich einrahmen«, hatte der Spieß mit bitterem Unterton gesagt, »ich hoffe, Sie sind stolz drauf.«

Frank hatte nicht geantwortet, weil es ihm egal gewesen war, was der Spieß von ihm dachte, denn so schwer und langsam er sich auch seinerzeit an die Bundeswehr gewöhnt hatte, so schnell und leicht ging sie ihm jetzt aus dem Sinn. Der Major war nirgendwo zu sehen gewesen, und auch sonst hatte sich niemand von ihm verabschiedet, sie hatten es irgendwie so eingerichtet, daß er niemanden zu sehen bekam, und ihm war das ganz recht so gewesen.

Und jetzt war er frei, und deshalb machte es ihm nichts aus, den ganzen Weg von der Eislebener Straße bis zur Wilhelm-Leuschner-Straße zu Fuß zu laufen, das ist nun auch egal, dachte Frank, ja mehr noch, es gefiel ihm, ein bißchen Bewegung zu haben nach den vielen Tagen in dem stickigen Zimmer im San-Bereich mit den vielen Befragungen, Untersuchungen und auch Verhören, der alte Arzt und der Major hatten mit ihm gesprochen, ein neuer, junger Stabsarzt auch, ein Oberstarzt war extra von Hamburg gekommen, um ihn einer psychologischen Untersuchung zu unterziehen, und der S2 hatte versucht, mit ihm über seine »linksradikalen Freunde«, wie er es genannt hatte, zu plaudern, wobei sich Frank dermaßen dumm gestellt hatte, daß das Gespräch keine fünf Minuten gedauert hatte.

Aber das war jetzt alles ganz weit weg, bloß wackelige Beine hatte er noch, als er die Kurt-Schumacher-Allee hinunterging, was an der langen Bettlägrigkeit liegen konnte oder auch an der Tatsache, daß er, wie der Stabsarzt ihm versichert hatte, immer noch eine ganze Menge Methaqualon im Körper hatte, »das Zeug ist lipophil, das ist jetzt überall, bewegen Sie sich viel, dann geht das schneller raus«, hatte er gesagt, und Bewegung hatte er jetzt, soviel war sicher.

Auf der Höhe des Herbert-Ritze-Bads entdeckte er eine Telefonzelle, und er versuchte, seinen Bruder anzurufen, die Nummer konnte er auswendig, aber am anderen Ende sagte eine Stimme, daß dieser Anschluß zur Zeit nicht besetzt sei, was bloß bedeutete, daß sein Bruder die Rechnung nicht bezahlt hatte. Das ist Pech, dachte er, das ist nicht geplant, aber andererseits, dachte er, ist es auch irgendwie menschlich, und wenn man sowieso keine Wahl hat, ist es auch nicht weiter wichtig, man soll sowieso nicht immer alles so wichtig nehmen, dachte er beschwingt, und beschwingt bog er auch um die Ecke in die Wilhelm-Leuschner-Straße ein, wenn man sich so fühlt wie jetzt, dachte er, ist beschwingt überhaupt das Wort der Stunde, eigentlich ein bißchen verdächtig, wenn man plötzlich so beschwingt ist, dachte er, ist das nun das restliche Methaqualon, oder ist es die neugewonnene Freiheit, fragte er sich, aber eigentlich war ihm das auch schon wieder egal, und dann fand er auch gleich sein Auto, und das ist ja schon mal das Wichtigste, dachte er, wenn man sein Auto wiederfindet, zeigt das jedenfalls, daß das gute alte Gehirn noch funktioniert, Methaqualon hin, Methaqualon her, dachte er, sie hatten überhaupt dauernd von Methaqualon gesprochen, wenn es um das Mandrax ging, das war ihnen nicht geheuer gewesen, soviel war mal sicher, und ganz legal war es wohl auch nicht gewesen, und daß er leicht hätte draufgehen können, hatten sie auch immer wieder gesagt, aber das interessiert ja nun auch kein Schwein mehr, dachte er, als er sein Auto aufschloß, es ist noch ein weiter Weg bis Berlin, und es sind noch einige Sachen zu klären, dachte er, das sind wichtige Sachen, wichtiger jedenfalls als Methaqualon, dachte er, als er den Motor anließ, außerdem macht man keine Reise ohne Gepäck, zumal wenn es eine Reise ohne Wiederkehr ist, dachte er, als er den Wagen wendete, um die Wilhelm-Leuschner-Straße wieder zu verlassen, das letzte Hemd hat keine Taschen, aber das gilt auch nur für das letzte Hemd, dachte er albern, als er in die Kurt-Schumacher-Allee einbog, nicht aber für das, das ich gerade trage, das hat Taschen und ist schmutzig, und irgendwas zum Wechseln wäre nicht schlecht, außerdem muß man sich auch in Ruhe von den Dingen verabschieden, man kann jetzt nicht direkt auf die Autobahn fahren, dachte er, als er die Bismarckstraße hinunterbrauste in Richtung Innenstadt, man will ja auch wissen, wie es den anderen so geht, jetzt mit null Tagen auf dem Buckel, dachte er, als er in den Sielwall einbog, da will man ja seinen Frieden gemacht haben, bevor man alles hinter sich läßt, nicht, daß die darauf warten, dachte er, so wohl nicht, aber man braucht ja auch noch ein bißchen was zum Anziehen, Gepäck und so, nur die paar Bücher aus dem Wertfach und eine Miniflasche Kümmerling, das kann nicht alles sein, mit dem man nach Berlin fährt, obwohl andererseits, dachte er, als er den Wagen auf der Suche nach einem Parkplatz einmal um den Körnerwall herumquetschte, wäre das vielleicht gerade die Lösung, schön mit nichts nach Berlin einrauschen und »Hallo, hier bin ich« sagen, das hätte sicher auch was, aber das wird dann teuer, dachte er, irgendwann muß man sich den ganzen Scheiß ja doch wieder kaufen und dann ärgert man sich, vor allem Hosen kaufen ist schwierig, das war schon immer so, dachte er, als er den Wagen endlich irgendwo abstellen konnte.

Als er aber seine Ex-Wohnung erreichte, war die verschlossen, und nicht so, daß man sie mit einer Zange hätte öffnen können. Es war ein neues Schloß eingebaut, außerdem war ein Siegel über Türrahmen und Tür geklebt, und ein maschinengeschriebener Zettel mit Stempel, der an die Tür geheftet war, besagte, daß diese Wohnung auf Anweisung des Gesundheitsamts geschlossen worden sei und sich etwaige ehemalige Bewohner und/oder Eigentümer von darin sich befindlichen Gegenständen in dem und dem Amt unter der und der Telefonnummer melden sollten, und so war wenigstens klar, daß Frank nicht der einzige war, der diese Wohnung seine Ex-Wohnung nennen durfte. Er stand eine Weile davor und überlegte, was er jetzt tun sollte, dann entschied er sich, nichts zu tun. Die Vorstellung, in irgendwelche Amtsstuben hinein seinen Klamotten hinterherzutelefonieren, deprimierte ihn, er mochte gar nicht an sowas denken, wenn man mit sowas anfängt, dachte er, dann kann man auch gleich einen Wohnberechtigungsschein beantragen und in die Neue Vahr Süd zurückziehen. Und zurück wollte er nicht, er wollte vorwärts, und er wußte, daß er dazu den Schwung nicht verlieren durfte, aber neugierig war er auch, und da er ohnehin Lust darauf hatte, sich bei irgend jemandem gründlich und nach allen Regeln der Kunst zu verabschieden, und zwar für immer, beschloß er, es bei Sibille zu versuchen, immerhin wohnte sie in der Nähe, und von allen Leuten, die er kannte, war sie die einzige, an der ihm wirklich etwas lag oder mal gelegen hatte, oder was auch immer, dachte er, denn richtig im Griff hatte er seine Gedanken noch lange nicht wieder.

Als er bei Sibille klingelte, öffnete Achim die Tür. Frank war so überrascht, daß er nur sagen konnte: »Ist Sibille da?«

»Oh Frankie«, sagte Achim, »nein, nein, ist in der Uni, Sibille«, sagte er.

»Wohnst du jetzt hier?« sagte Frank.

»Ja. Wie geht's dir denn so?«

»Gut«, sagte Frank. »Also bist *du* der alte Bekannte

von Sibille, in den sie sich neulich wieder verliebt hat, ja?«

»Genau.«

»Hm…«, sagte Frank, der darüber erst einmal nachdenken mußte.

»Alles klar, Frankie?«

»Ja. Ich geh gleich. Aber eine Frage noch: Hast du eine neue Mini-Schnapsflaschen-Sammlung angefangen?«

»Die war nicht von mir.«

»Und die Mandrax?«

»Die auch nicht. Die hatte ein Genosse bei sich gefunden und wußte nicht, was er damit machen sollte.«

»Hä?«

»Ja, tut mir leid, ich weiß, das klingt blöd, aber so war das.«

»Ah ja«, sagte Frank, »ich hatte mich schon gewundert… Naja, ein bißchen jedenfalls.«

Es gab weiter nichts zu sagen, und es war auch nicht interessant, dachte Frank, nicht das mit Sibille und das mit der Mini-Schnapsflaschen-Sammlung schon gar nicht, das ist jetzt beides vorbei, dachte er, auf jeden Fall das mit den Mini-Schnapsflaschen, fast, dachte er.

»Hier«, sagte er, und zog die Kümmerling-Flasche aus seiner Jacke. »Die ist davon noch übrig. Willst du sie wiederhaben?«

»Ist irgendwas mit dir?« sagte Achim, und es klang fast ein bißchen besorgt, wie er das fragte. Trotzdem nahm er die Flasche sofort an sich.

»Wieso?«

»Du machst irgendwie so einen komischen Eindruck, so ein bißchen, ich weiß auch nicht, komisch irgendwie.«

»Nein, ist alles in Ordnung. Grüß mal Sibille schön. Ich muß dann mal weiter.«

»Alles klar. Und grüß mal Martin und Ralf von mir.«

»Mach ich«, sagte Frank und lachte. »Mach ich, wenn ich sie sehe.«

»Bist du sicher, daß mit dir alles in Ordnung ist? Was ist denn mit deinem Gesicht passiert?«

»Da bin ich draufgefallen.«

»Ach Quatsch.«

»Doch, bin ich draufgefallen.«

»Niemand fällt auf sein Gesicht. Da müßte man ja keine Arme haben, wenn man direkt auf sein Gesicht fällt.«

»Ja«, sagte Frank. »Oder sowas Ähnliches…«

»Kann ich irgendwas für dich tun? Willst du vielleicht reinkommen?«

»Nein danke, ich muß weiter, vielen Dank, Achim, und mach's dann mal gut, ich meine, in der Zukunft und so.«

»Klar doch, Frankie.«

»Und grüß Sibille schön.«

»Klar doch, Frankie.«

Dann ging Frank endlich. Das sind nicht die Unterhaltungen, die einem den Abschied schwermachen, dachte er, als er die Treppe hinunterging. Er wußte nicht genau, was er sich von seinem Besuch bei Sibille versprochen hatte, aber irgendwie war es ihm gerade recht so.

Als er in die Vahr kam, parkte er erst einmal bei der Berliner Freiheit und rief bei seinen Eltern an, er wollte nicht zu ihrer Wohnung gehen und von Frau Koopmann oder sonstwem dabei gesehen werden, wie er klingelte und keiner aufmachte. Und tatsächlich war noch keiner zu Hause, es war ungefähr halb eins, seine Mutter mußte, wenn alles mit rechten Dingen zuging, jeden Moment kommen, also entschloß er sich, einfach noch ein bißchen durch die Berliner Freiheit zu bummeln, wer weiß, wann man die mal wiedersieht, dachte er, und außerdem mußte er noch sein letztes Geld vom Sparbuch abheben, es war ein Postsparbuch, und so ging er quer durch die Berliner Freiheit zur Post, stellte sich dort in eine Schlange und wartete, bis er dran war.

»Alles«, sagte er zu der Frau hinter der Panzerglasscheibe und reichte ihr sein Sparbuch und die Sicherungsmarke darunter durch.

»Wieviel?«

»Alles.«

»Aha…« Die Frau schaute skeptisch in sein Sparbuch. »Vierhundertdreiundzwanzig. Aber wenn Sie das auflösen, dann kostet das fünf Mark Gebühr, lassen Sie doch einfach eine Mark drauf, dann haben Sie mehr davon.«

»Nein, ich will das auflösen.«

»Aber das ist doch ein schlechtes Geschäft!«

»Das macht nichts«, sagte Frank, »das macht überhaupt nichts. Da hab ich mich dran gewöhnt.«

Die Frau schaute ihn skeptisch an, dann auf sein Sparbuch, dann auf die Sicherungskarte, dann wieder auf ihn, und schließlich sagte sie: »Dann muß ich auch noch Ihren Ausweis sehen.«

Frank schob ihr seinen Personalausweis hinüber, und sie prüfte lange und ausgiebig sein Gesicht und das Foto in dem Ausweis, schaute hin und her und her und hin, bis Frank das etwas zu dumm wurde und er sagte: »Entweder rücken Sie jetzt das Geld raus oder Sie rufen die Polizei, da müssen Sie sich schon entscheiden.«

Die Frau sagte nichts, begann aber endlich etwas in das Sparbuch zu schreiben, dann stempelte sie ausgiebig darin herum, holte noch ein Formular, das sie ausfüllte und das Frank unterschreiben mußte, nahm schließlich einen Locher, mit dem sie zwei Löcher in das Sparbuch stanzte, gab es ihm wieder und legte noch vierhundertachtzehn Mark dazu.

»Na also, geht doch«, sagte Frank und ging grußlos davon. Heute machen sie es einem wirklich leicht, dachte er.

Draußen fing es an zu nieseln, und er ging langsam zurück Richtung Kurt-Schumacher-Allee. Bei der Sparkasse traf er auf Wolli. Wolli kam aus der Sparkasse und lief ihn fast über den Haufen, und das war auch gut so, denn sonst hätte Frank ihn gar nicht erkannt. Wolli hatte sich die Haare geschnitten und einigermaßen zivile Klamotten an, er sah jedenfalls gar nicht punkmäßig aus, er trug sogar Halbschuhe statt der üblichen Stiefel.

»Wolli«, sagte Frank, »was machst du denn hier?«

»Oh, Frankie«, sagte Wolli, »tja, das ist eine lange Geschichte.«

»Und wie siehst du überhaupt aus?« fügte Frank hinzu.

»Das ist nur für jetzt, ich will hier eine Wohnung haben, ich kann mir die gleich angucken.«

»Eine Wohnung? In der Vahr?«

»Ja, klar, ich meine, ich wohne im Augenblick bei Kumpels, da muß ich bald mal raus.«

»In der Vahr? Ich denke, du kommst aus Walle, was willst du denn hier in der Vahr?«

»Die haben hier Wohnungen, ich hatte die gefragt bei der Neuen Heimat, und die hatten noch Einzimmerwohnungen frei in der Vahr.«

»Aber da brauchst du doch einen Wohnberechtigungsschein.«

»Ja klar, Mann, hab ich.«

»Aha...«, sagte Frank.

»Und du, was machst du so?« sagte Wolli.

»Ich bin gerade beim Bund entlassen worden.«

»Echt? Jetzt schon? Wieso das denn?«

»Ich bin jetzt auch untauglich«, sagte Frank. »So wie Martin.«

»Ah ja...« Wolli sah nicht aus, als würde er das verstehen, aber er fragte auch nicht weiter, was Frank nur recht war. Sie standen kurz schweigend herum.

»Und was ist mit deinem Gesicht passiert? Das sieht ja übel aus!« sagte Wolli schließlich.

»Ich bin hingefallen.«

»Echt? Wie geht das denn? Aufs Gesicht gefallen?«

»Ja. Und du willst hier wirklich herziehen?« wechselte Frank das Thema.

»Naja...«, sagte Wolli und hob die Hände, »bevor ich auf der Straße wohne, ich meine, was erwartest du?«

»Ja, ist schon klar«, sagte Frank, der Wolli nicht in die Enge treiben wollte. »Ist schon klar, würde ich auch machen«, log er.

»Und du? Was hast du jetzt vor?« fragte Wolli.

»Ich geh nach Berlin. Mein Bruder wohnt da ja.«

»Nach Berlin? Für immer?«

»Ja. Für immer, weiß ich nicht, mal sehen, mein Bruder meinte neulich, ich könnte jederzeit kommen, und hier läuft ja gerade nicht viel und so.«

»Ja... – Berlin!« sagte Wolli. »Jetzt mal ehrlich, du fährst da echt gleich hin?«

»Ja.«

»Weiß dein Bruder, daß du kommst?«

»Nein, sein Telefon geht nicht, aber ich weiß, wo er wohnt.«

»Und du fährst einfach so los?«

»Ja. Was soll ich denn sonst machen?«

»Keine Ahnung«, sagte Wolli.

»Genau«, sagte Frank, »ich geh dann mal, Wolli.«

»Dieser Harry«, sagte Wolli wie aus heiterem Himmel und ohne Zusammenhang, »der hat den Typ vom Kino, als der wieder mal hochkam, den Hippie da, wegen seiner Colabombe oder was, jedenfalls hat der den so zusammengehauen, daß der ins Krankenhaus mußte. Und dann kamen die Bullen und haben ihn aus der Wohnung geholt, und die haben dann einen vom Liegenschaftsamt geholt, und der hat einen vom Gesundheitsamt geholt, und dann sind wir alle hochkant rausgeflogen.« Er guckte Frank an, als erwartete er eine Erklärung dafür.

»Ja nun«, sagte Frank, »so ist das nun mal...«

»Ja«, sagte Wolli, »kann man nichts machen. Die haben uns einfach rausgeschmissen und abgesperrt.«

»Tja«, sagte Frank, »ich geh dann mal«,

»Fährst du jetzt los nach Berlin?«

»Gleich. Ich wollte eben noch meinen Eltern tschüß sagen.«

»Wie lange dauert denn das?«

»Weiß nicht, eine Stunde?«

»Nimmst du mich mit?« fragte Wolli.

»Nach Berlin?«

»Klar. Ich kenn da Leute. Und mit den ganzen besetzten Häusern ist das mit Wohnen und so auch kein Problem, ich kenn da Leute.«

»Hm...«, sagte Frank, dem das nicht ganz recht war, nichts gegen Wolli, dachte er, aber irgendwie will man ja auch mal alles hinter sich lassen und nicht seinen alten Kram mit rumschleppen, dachte er, und Wolli ist definitiv alter Kram, ihn mitzunehmen ist wie das Sparbuch nicht aufzulösen, obwohl, dachte er, das ist jetzt auch irgendwie ungerecht, ein Sparbuch ist das eine, und ein alter Kumpel ist das andere, und einen alten Kumpel sollte man nicht Kram nennen, auch nicht in Gedanken, dachte er.

»Kein Problem, Wolli. Wie spät ist es denn jetzt?«

»Weiß nicht, ungefähr eins oder so.«

»Treffen wir uns um halb drei wieder hier.«

»Das schaffe ich nicht. Ich muß mir noch Klamotten und Kram holen, und ich habe doch kein Auto, da muß ich mit der Straßenbahn fahren.«

»Um drei dann«, sagte Frank und seufzte.

»Okay.«

»Um drei, oder ich fahr alleine, Wolli.«

»Ich bin da, Frankie, auf jeden Fall. Hier vor der Sparkasse.«

»Nein, da«, sagte Frank. »Da unten, im Vahraonenkeller.«

»Was soll das denn sein?«

»Das ist 'ne Kneipe. Um drei. Da unten.«

»Alles klar, Frankie, ist nett von dir, ehrlich.«

»Kein Problem, Wolli.«

»Bis gleich.«

Wolli winkte, drehte sich um und rannte los Richtung Straßenbahn, so schnell hatte Frank ihn noch nie rennen sehen, und es tat ihm jetzt ein bißchen leid, ihn so unter Druck gesetzt zu haben, irgendwie ist es ja auch alles meine Schuld, dachte er, jedenfalls ist es nicht Wollis Schuld, dachte er, soviel steht wohl fest.

»Was soll das heißen, untauglich?«

Seine Mutter stand in der Küche und rührte in einer Suppe vom Vortag, die sie schnell warm machen wollte für sich und Frank. »Wieso bist du untauglich? Spinnen die? Und selbst wenn, wieso merken die das erst jetzt?«

»Naja, das hat sich jetzt erst rausgestellt. Das ist was mit dem Rücken«, begann Frank seine sorgfältig zurechtgelegte Notlüge auszubreiten, »ich hatte immer so Rückenschmerzen, nichts Schlimmes, aber die meinten jetzt, daß mich das für Betriebsstoffwart untauglich macht und auch zum Gewehrtragen oder so, und jetzt haben die mich ausgemustert.«

»Das ist doch Käse. Dann kannst du gar nichts mehr tragen, oder was?«

»Nein, so ist das nicht, das ist mehr so eine bürokratische Sache.«

»Na, ich weiß nicht...«, sagte seine Mutter und probierte schlürfend von der Suppe, »da ist doch irgendwas faul, genau wie mit dieser Suppe hier.« Sie griff nach einer großen Flasche Maggiwürze und haute einige große Spritzer in die Suppe. »Das hilft immer«, sagte sie, und dann drehte sie sich zu Frank, der in der Tür zur Küche stand, um und sagte: »Du verheimlichst mir doch irgendwas, oder?«

»Nein, auf keinen Fall.«

»Hast du da irgendwas angestellt?«

»Nein, nix. Hier, ich habe das schriftlich«, sagte Frank und hielt ihr das Entlassungsschreiben hin. »Untauglich, da steht's.«

Aber seine Mutter wollte davon nichts wissen.

»Bleib mir weg damit. Was sagt das schon. Da ist irgendwas faul. Und was ist mit deinem Gesicht passiert?«

»Ich bin hingefallen, das habe ich doch vorhin schon gesagt.«

»Na gut«, sagte seine Mutter und seufzte. »Mir sagt ja schon lange keiner mehr, was wirklich los ist. Das muß auch nicht unbedingt sein. Man will ja auch gar nicht alles wissen, ehrlich nicht. Aber verkauft mich nicht alle für blöd! Rückenschaden! Wenn du wissen willst, was ein Rückenschaden ist, dann schau mich an. Du hast keinen Rückenschaden. Wenn du einen Rückenschaden hast, dann bin ich der Bundeskanzler. Nein«, wehrte sie Franks Versuch ab, etwas zu sagen, »laß mal lieber, Hauptsache, du bist einigermaßen gesund und da raus, Schaden kann's nicht, wenn du da weg bist, ich habe doch gleich gesagt, das ist da nichts für dich. Da will ich nichts mehr von hören. Jetzt essen wir erstmal diese Suppe hier.«

Suppe zu essen, hatte Frank immer schon als unangenehm empfunden, man konnte soviel falsch machen dabei, und wenn man nicht schlürfen durfte, und bei seiner Mutter durfte man nicht schlürfen, und die Suppe außerdem heiß war, und bei seiner Mutter war sie immer sehr heiß, dann mußte man dauernd pusten und das wiederum nicht zu stark und nicht zu schwach, und den Mund verbrannte man sich schließlich doch, und das machte ihn immer aggressiv, das Schlürf-Verbot ist eine der dümmsten Erfindungen der bürgerlichen Gesellschaft, dachte er, das macht aggressiv, wiewohl er sich nicht sicher war, ob es nicht einfach bloß eine Erfindung seiner Mutter war, da müßte man sich mal erkundigen, dachte er, während er pustete und löffelte und sich den Mund verbrannte und sich zugleich mit seiner Mutter anschwieg, obwohl das vielleicht sowieso in eins zusammenfällt, die bürgerliche Gesellschaft und die eigene Mutter, dachte er, aber das war ihm dann doch ein zu unpersönlicher Gedanke, auf sowas kommt man nur, wenn man aggressiv ist, dachte er, so sollte man über seine Mutter nicht denken, und in diesem Moment schob seine Mutter den Teller zurück und sagte: »Die ist noch zu heiß. Und was willst du jetzt machen?«

»Ich will nach Berlin, zu Manni«, sagte Frank.

»Soso, nach Berlin«, sagte seine Mutter und musterte ihn mißmutig.

»Und da willst du dann wohnen, ja, bei Manni?«

»Erstmal. Mal sehen.«

»Und was willst du da machen?«

»Was weiß ich, Speditionskaufmann vielleicht? Hab ich schließlich gelernt«, stellte Frank sich dumm.

»Speditionskaufmann? In Berlin?«

»Ja, warum nicht?«

»Weil die da ja auch gerade noch auf dich gewartet haben in Berlin, ja? Auf einen Speditionskaufmann, ja?«

»Na und? Ist doch egal«, sagte Frank patzig. »Ist doch meine Sache. Habe ich dich um Geld gebeten oder sowas? Ich komm schon klar. Bin ich immer.«

Es entstand eine kurze Pause, in der Franks Mutter schließlich wieder den Teller nahm, schweigend ein bißchen Suppe löffelte und ihn dann wieder wegschob.

»Ja, ist schon richtig«, sagte sie, und sie klang müde dabei, »das ist deine Sache. Und ich sag dir mal was, Frank: Das ist auch gar nicht so falsch.«

»Was ist gar nicht so falsch?«

»Nach Berlin zu gehen. Du bist noch jung, jetzt kannst du noch ein bißchen rumkommen, und wenn du mit deinem Bruder zusammen bist, dann ist mir das irgendwie auch lieber. Du mußt mir versprechen, daß du auf Manfred ein bißchen aufpaßt.«

»Wieso das denn jetzt, der ist vier Jahre älter als ich!«

»Na und? Was hat das schon zu sagen? Um Manfred habe ich mir immer mehr Sorgen gemacht als um dich. Weiß auch nicht, warum, vielleicht weil er zuerst da war und man da noch mehr Angst hatte, obwohl, nein, du warst ja so oft krank früher, da hatte man auch immer Sorgen, aber immer den Kopf in den Wolken, so ist der Manfred. Du bist anders, Frank, du kommst immer durch, da hast du schon ganz recht, um dich muß man sich keine Sorgen machen, du bist sogar aus der Bundeswehr rausgekommen, wie auch immer, ich will's lieber gar nicht wissen.«

Sie schaute ihn an, müde zwar, aber nicht unglücklich, wie jemand, der den ganzen Tag hart gearbeitet und dabei alles geschafft hat, was er sich vorgenommen hatte.

»Paß mir auf den Manfred auf, zu zweit werdet ihr sicher viel Spaß haben, aber du mußt auch ein bißchen auf ihn aufpassen. Der hat oft so komische Vorstellungen, auch mit diesem Kunstquatsch und so...«

»Was soll denn daran Quatsch sein?«

»Egal. Vergiß es, ich will das gar nicht gesagt haben, das weißt du sowieso selber. Grüß ihn schön von mir. Und wenn ihr mal Zeit habt, dann kommt ihr mal nach Bremen.«

»Klar«, sagte Frank und er spürte, daß er etwas im Hals hatte. »Und grüß du mir Papa schön.«

»Die Suppe ist nicht so gut«, sagte seine Mutter. »Soll ich dir noch was anderes machen?«

»Die Suppe ist sehr gut«, sagte Frank und zog seinen Teller wieder zu sich heran.

»Du bist ein guter Junge«, sagte seine Mutter, »aber du lügst wie gedruckt. Mach dir wenigstens noch ein bißchen Maggi rein.«

Sie schob ihm die Maggiflasche hin und stand auf.

»Ich mach schon mal Kaffee.«

Sie nahm ihren Teller und ging damit in die Küche. Frank nahm an, daß sie dort weinen würde, und er wußte nicht, ob er hingehen und sie trösten oder die Suppe weiteressen sollte. Wie man's macht, ist es falsch, dachte er, aber dann aß er schnell auf und ging mit seinem leeren Teller in die Küche.

Als Frank zum Vahraonenkeller kam, war es erst Viertel vor drei, aber Wolli war schon da, er stand draußen vor dem Eingang zum Keller, hatte wieder die üblichen Punk-Klamotten an und trug eine Tasche über der Schulter.

»Wolli, da bist du ja schon.«

»Hab mich beeilt. Müssen wir da echt rein? Ich war da eben drin, um zu sehen, ob du da bist, Alter, das ist ja vielleicht ein Laden!«

»Hättest du dich dran gewöhnen müssen, Wolli«, sagte Frank, »wenn du erstmal in der Vahr gewohnt hättest...«

»So 'ne Läden gibt's auch in Walle, Frankie. Laß uns mal fahren, echt mal.«

»Moment noch«, sagte Frank, »ich will nur noch schnell was für meinen Bruder besorgen, zum Mitbringen.«

»Was denn?«

»Bin gleich wieder da.«

Frank ließ Wolli stehen und lief schnell zum Fischladen. Fisch kaufen hat immer etwas Beruhigendes, dachte er, als er das kühle Geschäft betrat und dazu die Türglocke bimmelte.

»Was darf's denn sein?« fragte die junge Frau hinter der Theke.

»Bückling. Ich hätte gerne Bückling. Zwei oder so.«

»Bückling?«

»Ja, Bückling.«

»Moment.«

Die Frau verschwand und kam mit einem älteren Mann wieder.

»Worum geht's denn?« sagte der Mann.

»Bückling«, sagte Frank. »Ich hätte gerne zwei Bücklinge.«

»Haben wir nicht«, sagte der Mann. »Der wird ja kaum noch genommen, das lohnt sich nicht.«

»Wieso wird der kaum noch genommen? Das ist doch astreiner Fisch.«

»Ja, aber der wird kaum noch genommen. Die Leute nehmen jetzt lieber geräucherte Makrele, das mögen die lieber.«

»Ich will aber keine Makrele. Ich will Bückling.«

»Tut mir leid«, sagte der Mann.

Frank ging zurück zu Wolli.

»Was hast du denn jetzt gekauft?«

»Vergiß es«, sagte Frank. »Laß uns bloß abhauen aus dem Puff hier.«

»Meine Rede«, sagte Wolli.

Zur Autobahn ging es auf der Schnellstraße, die die Neue Vahr Süd von der Neuen Vahr Nord trennte. Während sie die entlangfuhren, erinnerte sich Frank daran, wie er in einer seiner Fahrstunden zum ersten Mal auf die Autobahn gefahren war und wie sein Fahrlehrer, als sie auf dem Beschleunigungsstreifen angekommen waren, gegen Franks Willen das Gaspedal voll durchgetreten hatte. Frank hatte sich sehr erschrocken und den Mann angebrüllt, was das solle und daß das doch gefährlich sei.

»Wenn Sie auf die Autobahn wollen«, hatte der Fahrlehrer nur gesagt, »dann müssen Sie auch ordentlich auf die Tube drücken, sonst können Sie es auch gleich ganz lassen.«

Daran mußte er denken, als er jetzt von der Schnellstraße auf die Rampe zur Autobahn fuhr.

»Hast du deinen Ausweis?« fragte er Wolli.

»Klar. Sogar Reisepaß«, sagte Wolli und klopfte auf seine Tasche. »Braucht man.«

»Dann ist ja gut«, sagte Frank.

Sie erreichten den Beschleunigungsstreifen, und Frank drückte ordentlich auf die Tube.

INHALT

I. BUCH: GRUNDAUSBILDUNG

2. BUCH: FEIERLICHES GELÖBNIS

»Morgens ist es am schlimmsten, da fängt der Tag an.«

Sven Regener
Herr Lehmann
Ein Roman
300 Seiten · geb. mit SU
€ 18,90 (D) · sFr 33,–
ISBN 3-8218-0705-9

Herr Lehmann ist fast 30 und lebt weitgehend verantwortungsfrei in seiner Kreuzberger Eineinhalbzimmerwohnung. Über Jahre hat der hauptberufliche Tresenmann sämtliche Ansprüche von Eltern, Vermietern, Nachbarn und Frauen erfolgreich ausgesessen. Doch plötzlich bricht eine unvorhergesehene Störung nach der anderen in seinen heißgeliebten Alltagstrott. **Herr Lehmann** muß nicht nur sein Revier gegen einen wurstförmigen Hund verteidigen, der ihn am Überqueren des Lausitzer Platzes hindert, er wird auch vom Besuch seiner Eltern aus der Provinz bedroht und trifft in der Markthalle auf eine Frau, der es gelingt, ihn zu einem Besuch des Prinzenbads zu verführen und in emotionale Verwirrung zu stürzen.

»Mit hinreißend komischen Dialogen und einem Alltag, der einem mit seinem Suff das Herz zerreißt.« Helmut Karasek im **Tagesspiegel**

Eichborn BERLIN
www.eichborn.de